Harald Kauf

2120 A.D.

- Neuland -

Roman

NOEL-Verlag

Originalausgabe
Oktober 2011

NOEL-VERLAG
Hans-Stephan Link
Achstraße 28
D-82386 Oberhausen/Oberbayern

www.noel-verlag.de
info@noel-verlag.de

Die Deutsche Bibliothek verzeichnet diese Publikation in der Deutschen Nationalbibliografie, Frankfurt; ebenso die Bayerische Staatsbibliothek in München.
Das Werk einschließlich aller Abbildungen ist urheberrechtlich geschützt. Jede Verwertung außerhalb der Grenzen des Urheberrechtsschutzgesetzes ist ohne Zustimmung des Verlages und der Autoren unzulässig und strafbar. Das gilt besonders für Vervielfältigungen, Übersetzungen, Mikroverfilmungen und die Einspeicherung und Bearbeitung in elektronischen Systemen.

Der Autor übernimmt die Verantwortung für den Inhalt des Werkes.
Sämtliche im Werk verwendete Namen sind frei erfunden.
Ähnlichkeiten mit lebenden Personen sind rein zufällig.

Autor: **Harald Kaup**
Umschlaggestaltung: Gabriele Benz

1. Auflage
Printed in Germany
ISBN 978-3-942802-21-5

Entgegen der chronologischen Herausgabe der Bücher wird dem Neueinsteiger empfohlen, zunächst die Black-Eye-Reihe 1-4 zu lesen.

Dann ist dieses Buch das fünfte in der gesamten Neuland-Saga incl. der Black-Eye-Reihe.

Falls Sie mit diesem Buch beginnen, wird empfohlen, die sechs Bücher Neuland bis 2129 A.D. – AQUARIUS – zu lesen. Falls danach noch Interesse besteht, kann dann hier im Rückblick die Vorgeschichte zu Neuland über die Black-Eye-Reihe nachgelesen werden.

Anschließend geht es dann mit 2130 A.D. – EDEN – weiter. Hier verschmelzen die beiden Zeitlinien und die Protagonisten aus beiden Reihen agieren zusammen. (Durch ein Bio-Upgrade werden die Menschen mindestens doppelt so alt, sodass dies auch geschehen kann.)

Zwei recht unterschiedliche Menschengruppen aus zwei Zeitepochen der Erde versuchen gemeinsam in der Fremde zu bestehen.

Bisher, Stand 01.11.2018, sind 21 Bücher erschienen. Die Reihe wird fortgesetzt …

1. Startvorbereitungen

<u>8. Juni 2120, 15:00 Uhr Bordzeit, Raumschiff Good Hope, Stase-Schlafraum, 3 Wochen vor dem geplanten Start:</u>

Thomas Raven stand ganz oben auf der Aussichtskanzel und schaute hinab in die langen Reihen des Schlaflagers. Tausende von Stase-Containern, mit dem Wertvollsten, was die Erde zu bieten hatte, waren hier aufgereiht. Männer, Frauen und teilweise auch Kinder schliefen den Kälteschlaf bereits seit mehreren Tagen in der Hoffnung, dass er, Thomas Raven, sie sicher zu einem bewohnbaren Planeten bringen würde. Insgesamt hatten die Führer der Erde 50.000 Menschen ausgewählt. Sorgsam nach Alter, Geschlecht, Gesundheit, Beruf – und, soweit es möglich war, auch nach charakterlichen Eigenschaften. Bewerber hatte es genug gegeben, seitdem die Erde einiges an Attraktivität verloren hatte. Thomas trocknete sich mit einem Handtuch den Schweiß von der Stirn und langsam beruhigte sich sein Atem. Wie jeden Tag, hatte er seinen Jogginglauf durch das Schiff an dieser Stelle beendet. Mit den Blicken auf die Container holte er sich die Motivation, alle Startvorbereitungen des Schiffes mit höchster Genauigkeit zu vollenden. Thomas war bereits seit mehreren Monaten, also kurz vor Fertigstellung des Schiffes, eingetroffen und kannte, so nahm er jedenfalls an, mittlerweile jede Schweißnaht. Zurzeit kreiste die Good Hope im Orbit des Mars. Die Vorbereitungen für die Reise waren nahezu abgeschlossen. Vor sechs Wochen war die 50-köpfige Besatzung eingetroffen, die sich Thomas größtenteils selbst ausgesucht hatte. Ein Privileg, welches laut Tradition jedem Captain gewährt wurde.
Selbstverständlich hatte man seitens des Space Command Headquarter einige Vorschläge gemacht. Teils hatte Thomas sie angenommen, teils hatte er seine eigene Wahl getroffen. Alles war kommentarlos akzeptiert worden. Genau seit sechs Wochen übte die Mannschaft den Umgang mit diesem Stahlkoloss. Zahlreiche Trainingsprogramme stellten die teils fassungslosen Spezialisten vor Probleme, die sich nur mit äußerster Genauigkeit, Schnelligkeit und einer gehörigen Portion Fantasie bewältigen ließen. Die Simulationen waren perfekt, einschließlich der ausfallenden Beharrungsdämpfer, sodass beim Hin- und Herpurzeln schon mal blaue Flecken entstanden, obwohl sich das Schiff nicht einen Zentimeter vom Orbitkurs wegbewegte. Beim großen Aufatmen und Pala-

ver in der Mannschaftskantine war man sich darüber einig, dass nur ein psychisch kranker Ausbilder derart perverse Probleme programmiert haben konnte.

Dieser ‚kranke' Ausbilder saß derweil im lederbezogenen Sitz des 1. Offiziers. First Subcommander Laura Stone, eine reife Frau von 55 Jahren, untersetzt und mit roten Stoppelhaaren, versah die Funktion eines XO und grinste vergnügt die Monitore an, auf denen das Bemühen der Crew zur Bewältigung der von ihr geschaffenen, aktuellen Übungen zu sehen war. Über Funk trieb sie die Mannschaft zur Eile an oder, was noch schlimmer war, sie gab noch ein paar kleine Probleme oben drauf. Bei den anschließenden Manöverkritiken schien sie nie richtig zufrieden zu sein. Sie setzte Lob äußerst sparsam, wenn nicht gar geizig, ein. Der Eindruck täuschte allerdings. Laura war stolz auf ihre Mannschaft und die unübersehbaren Fortschritte. Thomas hatte sie aufgefordert, nicht ganz so streng mit der Mannschaft zu sein.
Sie hatte ihm geantwortet: „Mich müssen sie hassen, damit sie für ihren Captain durchs Feuer gehen."
Er hatte sie gewähren lassen.

<u>Gleiche Zeit, Maschinenraum:</u>

Es roch ein wenig nach Ozon und Phil Mory, ein schmächtiger 33-jähriger Engländer von gerade mal 162 cm Größe, drahtig, wieselflink und ein Genie, was die Handhabung von Schiffsmaschinen und deren Antriebe betraf, fluchte entgegen seiner sonst humorvollen Art leise vor sich hin. Er kroch gerade zwischen den Energieumwandlern der beiden mächtigen Ionenantriebe herum. Er konnte sich des Eindrucks nicht erwehren, dass er den Job des Chefmaschinisten nur deshalb bekommen hatte, weil er am besten zwischen den engstehenden Aggregaten hindurchpasste. Das war natürlich Unsinn.
Er konnte sich dunkel daran erinnern, vor ein paar Jahren mit dem Captain in irgendeiner Kneipe ein paar Bier getrunken und sich angeregt unterhalten zu haben. Man hatte dann noch eine Menge Spaß gehabt und am anderen Morgen einen entsprechenden Kater.
Für Phil kam das Angebot auf der Good Hope anzuheuern völlig überraschend. Wie von Thomas vorausgeahnt, hatte der kleine Engländer sofort und mit Begeisterung zugesagt. Diese Begeisterung hatte mitt-

lerweile einen gehörigen Dämpfer bekommen, zwar war er von den allgemeinen Übungen befreit, jedoch hatte er vom XO ganz klar die Anweisung erhalten, in spätestens drei Wochen alle Maschinen blind bedienen und auch reparieren zu können. Keine leichte Übung, hatte der Maschinenraum doch die Ausdehnung eines Fußballfeldes inklusive Zuschauerränge. Die meisten Gerätschaften waren für Phil kalter Kaffee, aber der Ionenantrieb und der sogenannte Jumper, der Sprungantrieb, waren bisher für ihn reine Theorie gewesen.

Wenig später, Brücke:

Laura entspannte sich im Copilotensessel. Die aktuelle Übung war gerade beendet worden und sie war sehr anstrengend und erfolgreich gewesen. Die Mannschaft hatte die gestellten Aufgaben in ansprechender Zeit gelöst. Sie beobachtete auf den Monitoren die abgekämpfte Schiffscrew, die langsam Richtung Kantine strebte. Sie schaltete einige Monitore durch und zufällig sah sie Thomas im Staselager schwitzend mit einem Handtuch um den Hals auf der Empore stehen, aufgestützt auf die stählerne Reling. Nachdenklich sah sie den etwas über 1,80 m großen Commander der Mission mit dem markanten Gesicht und den locker anliegenden dunkelbraunen, nicht ganz kurzen Haaren an und ihre Gedanken schwebten in die Vergangenheit. Vor vier Monaten hatte Thomas sie angesprochen und ihr den Job als XO der Good Hope angeboten. Zunächst hatte sie widersprochen. Sie wäre schon zu alt, um bei einer solchen Mission noch eine so wichtige Rolle zu spielen.
Thomas hatte ihre Bedenken mit den Worten abgetan: „Ich brauche einen vertrauten Menschen, jemanden, der mich kennt, der mich vor Fehlern bewahrt, der kein Blatt vor den Mund nimmt, mit dem ich auf gleicher Augenhöhe Probleme dienstlich und vielleicht auch privat diskutieren kann."
Lauras Widerstand war geschmolzen wie Eis im Hochofen. Gut, wenn der junge Mann eine Amme braucht, bitte – mach ich, das waren damals ihre belustigten Gedanken gewesen. Außerdem fühlte sie sich dem alten Eisen noch lange nicht zugehörig, ganz im Gegenteil, sie würde beweisen, dass das gezeigte Vertrauen absolut gerechtfertigt war. Laura war Thomas Ausbilderin bei der Space Force gewesen. Gleich bei Eintritt des jungen Kadetten Thomas Raven war er ihr aufgefallen durch

Neugier und rasche Auffassungsgabe. Seitdem hatte sie ihn ständig in irgendeiner Form begleitet. Dies war kein Zufall gewesen. Das Space Force Headquarter hatte ihr zu verstehen gegeben, dass man eine Menge von diesem talentierten, jungen Mann erwartete und hatte ihr die Rolle der Aufpasserin hinter den Kulissen aufgedrückt.
Das war dann auch nötig gewesen.
Als junger Mann hatte Thomas nicht immer mit seinen Kräften und Fertigkeiten maßvoll umgehen können. Vieles musste Laura wieder geradebiegen. Vor vier Jahren hatte sie Thomas gegenüber diese Geheimmission, die beendet war, zugegeben. Statt wie viele andere aufgebracht zu sein, hatte Thomas lediglich genickt und Laura für ihr Tun gedankt und um Entschuldigung gebeten, für die sicherlich vielen Unannehmlichkeiten, die er ihr durch sein ungestümes Auftreten bereitet hatte. Sie hatte ihn damals auf ihre mütterliche Art, die sie nur selten zuließ, einfach in den Arm genommen und ihm eine gute Zukunft gewünscht. Damit, so dachte sie etwas traurig, würden sich ihre Wege trennen.
Doch Thomas ließ den Kontakt zu ihr nie abreißen. Sie war für ihn der einzig vorhandene Mensch, mit dem er sich vertrauensvoll austauschen konnte. Thomas war alles andere als fehlerfrei, jedoch das Beste, was das Headquarter für eine solche Mission auftreiben konnte. Dazu hatte man ihn zum First Commander Space Force ernannt und sie war damit automatisch seine Vertreterin.
In solche Überlegungen vertieft, überhörte sie fast das um Aufmerksamkeit heischende Räuspern des vor ihr sitzenden Piloten.
„Ja?", fragte sie.
„Laura, die Übung ist beendet, die Simulationscomputer und die angeschlossenen Aggregate sind allesamt runtergefahren und im Ruhezustand. Der Bordrechner hat wieder übernommen", antwortete ihr Lutz Heinken.
„Gut, du kannst Pause machen wie die anderen", mit diesen Worten entließ sie Lutz, der sich erhob und die Zentrale räumte.
Lutz Heinken war ein nicht ganz dreißigjähriger Deutscher von beeindruckender Größe und trotz seiner Jugend nicht ganz bauchfrei. Zudem trug er einen Pferdeschwanz und obwohl sauber, sahen seine langen Haare immer etwas fettig aus. Seine Aufgabe war am ehesten mit dem eines Rudergängers alter Art zu vergleichen.

Er steuerte das Schiff. Während der Übungen hatte er lediglich darüber zu wachen, dass alles als Übung ablief und nicht irgendein Programm fälschlicherweise in die tatsächliche Schiffsführung eingriff.
Eine reine Vorsichtsmaßnahme.
Trotzdem hatte der gute Lutz Blut und Wasser geschwitzt, ein Fehler und das Schiff wäre in Gefahr gewesen.
Laura gönnte sich einen Kaffee aus dem Automaten der Zentrale. Während sie genießerisch die ersten kleinen Schlucke trank und sich der Ruhe nach dem Sturm der Übung hingab, schlug die Schiffsautomatik Vollalarm.
Dass sich das helle Licht auf der Brücke übergangslos in ein diffuses Rot verwandelte, ging ja noch, der durchdringende auf- und abschwellende Alarmton jedoch, der durch das gesamte Schiff hallte, ließ Laura erschrecken. Die Hälfte des Kaffees ergoss sich über ihre Bluse.
Fluchend schwang sie sich wieder in den Pilotensessel, stellte mit einer raschen Handbewegung die Alarmsirene ab und schlug mit der Faust auf die Com-Taste für das gesamte Schiff: „Vollalarm, alle Stationen besetzen! Das ist keine Übung, ich wiederhole, das ist keine Übung! Thomas sofort auf die Brücke! Achtung Vollalarm – keine Übung! Alle Stationen Vollzugsmeldung abgeben!"
Während Thomas vom Stase-Schlafraum aus losrannte, der Adrenalinschub setzte wieder Kräfte frei, erreichte Lutz Heinken als Erster die Zentrale, warf sich in seinen Sitz, überflog die Kontrollen, schaltete die Automatik ab und drückte die grüne Taste für die Bereitschaftsmeldung. Auf Lauras Schaltpult leuchteten immer mehr grüne Punkte auf, während die Brückenmannschaft eintraf. Die Disziplin war hoch, keiner fragte warum und wieso, jeder stellte einfach nur die Einsatzbereitschaft seiner Station her. Anweisungen würden schon noch kommen.
Navigation – bereit, Astrogation – bereit, Kommunikation – bereit, weitere Stationen folgten.
„Maschinenraum! Phil! Wo bleibt dein O.K.?", Lauras Finger trommelten ungeduldig auf ihrem Tableau.
Leises Stöhnen erklang aus dem Lautsprecher: „Sind gleich soweit", kam die Antwort von Phil Morey.
„Alles in Ordnung?", fragte Laura besorgt.
„Ja, alles O.K.", kam die Antwort von Phil.
So O.K. war ihm aber gar nicht. Er hatte sich beim ersten Ton der Alarmsirene in gebückter Haltung zwischen den Zusatzaggregaten des

Jumpers befunden und sich beim Hochschrecken ganz gewaltig den Kopf angeschlagen. Jetzt stürzte er benommen zu seinem Kommandopult, währenddessen seine Mannschaft bereits die Energiemeiler hochfuhr. Meiler 1 zeigte bereits 100%, Meiler 2 achtzig, weitere folgten. Zwei Minuten später drückte Phil auf die Bereitschaftstaste. Alle 5 Energiemeiler, sowie 2 Reservemeiler, zeigten Werte knapp über oder knapp unter 100%. Das Schiff war aus Sicht der Energieversorgung bereit für alle denkbaren Kommandos.

Thomas traf in dem Augenblick auf der Brücke ein, als auf Lauras Tableau alle Anzeigen auf Grün standen. Schwitzend, mit dem Handtuch noch um den Hals, warf er sich neben Laura in den Commandositz des Captains.

„Bericht bitte", wandte er sich an Laura.

„Keine Ahnung", gab sie zurück, „der Vollalarm wurde offensichtlich von unserem Oberkommando ausgelöst."

Thomas wandte sich zur Funkstation. Bevor er noch die Kontaktaufnahme mit dem Hauptquartier anordnen konnte, blinkte vor ihm die Com-Taste. Die Funkerin, eine kleine, schwarzhaarige Frau aus dem Erdenstaat Japan rief ihm zu: „Das Oberkommando ruft uns. Nur Audio – kein Bild!"

Thomas drückte die blinkende Taste und meldete sich: „Hier Raumschiff Good Hope, es spricht Captain Thomas Raven."

Aus den Lautsprechern innerhalb der Brücke kamen zunächst einige ungewohnte Störgeräusche, dann meldete sich die gepresste Stimme eines älteren Mannes: „Hier spricht Admiral Baines. Euer Start wird vorgezogen!"

Überraschung spiegelte sich so ziemlich in allen Gesichtern der Zentrale.

„Und deswegen Vollalarm? Was ist los auf der Erde?" Etwas ungehalten stellte Thomas seine Fragen.

„Thomas, du wirst sofort starten und zwar als Notstart! Dies ist kein Vorschlag, sondern ein Befehl! Die Erde …", der Rest ging in plötzlich stärker werdenden Störgeräuschen unter.

„Hol den Admiral wieder – sofort", ging die Anordnung von Laura an die Funkerin.

Die Japanerin ließ ihre Finger über das Touch-Panel tanzen. Nach kurzer Zeit gab sie jedoch schulterzuckend auf: „Unmöglich, keine Chance, die Interferenzen sind zu stark. Es ist kein Durchkommen."

Laura und Thomas sahen sich einen Augenblick an.

„Laura, ich muss wissen, was da los ist. Starte du das Schiff. Ich schaue nach."

Mit diesen Worten schwang Thomas sich aus seinem Kommandositz und begab sich zur Notrutsche an der Seite der Brücke. Mit geübten Griffen klappte er die Luke auf, hielt sich mit den Händen oben an den dafür vorgesehenen Griffstangen fest und schwang sich mit den Füßen voran in die enge Röhre. Die Sensoren an der Röhreninnenwand registrierten die Benutzung und starteten die Abschussvorbereitungen für das Beiboot des Captains. Thomas landete kurze Zeit später auf einer weichen Matte unmittelbar neben dem schlanken 25 Meter langen Beiboot mit kurzen Stummelflügeln.

Das kleine Schiff war extrem schnell, wendig und für den jetzt von Thomas angestrebten Zweck ideal, nämlich als Aufklärer. Thomas rannte die kurze ausgefahrene Rampe hoch und nahm mit Befriedigung zur Kenntnis, dass der Bordcomputer die bordeigenen Systeme startete. Sofort hinter ihm wurde die Rampe eingefahren und die Luke geschlossen. Thomas hatte auf das normale Betreten des Schiffes verzichtet und mit der Benutzung der Notrutsche einen automatischen Prozess ausgelöst. Alles lief nach Erreichen verschiedener Stationen vollkommen automatisch ab. So auch jetzt, als er sich im Pilotensessel angeschnallt und den Mehrzweckhelm aufgesetzt hatte. Er konnte gerade noch aus den Augenwinkel sehen, dass das Flightpanel Grünwerte zeigte, als ein heftiger Ruck durch das kleine Boot ging. Aufgrund der heftigen Beschleunigung wurde Thomas hart in den Sitz gepresst und das Boot über Magnetschienen in Richtung Außenschott geschossen. Blitzartig ging die Luke auf und Thomas befand sich kurze Zeit später mit Restbeschleunigung im All.

Riesig und rot lag der Mars unter ihm, während der Bordcomputer, eine sonore männliche Stimme, ertönte: „Start abgeschlossen – Kurseingabe erforderlich!"

Thomas überwand das leicht unwohle Gefühl, welches ihn immer beschlich, wenn er dicht über einen Planeten flog und wählte auf seinem Touchpanel die Erde als Ziel aus. Das Schiff drehte sich augenblicklich, ließ den Mars hinter sich und in der Frontscheibe wurde ein grüner Kreis abgebildet, in dessen Mitte sich ein kleiner Planet befand – die Erde.

Gleiche Zeit, Brücke der Good Hope:

Als Laura sah, dass Thomas in der Notrutsche verschwunden war, hagelte es Befehle: „Lutz, Kurs setzen! Brücke an Maschinenraum! Phil, Ionenantrieb in Bereitschaft!"
Wieder dieses Räuspern.
„Ja, Lutz?"
Lutz drehte sich zum XO um: „Welchen Kurs bitte?"
Tja, dachte Laura, das ist das Problem. Kursdaten hatte man offiziell noch gar nicht bekommen. Sie sollten erst kurz vor dem Start an die Crew übermittelt werden. Laut sagte sie: „Dreh das Schiff mit dem Mars im Rücken geradewegs heraus aus unserem Sonnensystem. Lass dir die Kursdaten von der Astrogation errechnen."
Während Lutz sich wieder seinen Kontrollen zuwandte, dachte Laura an Thomas extravagante Aktion. Das war mal wieder typisch für ihn. Es war gegen alle Regeln, dass der Captain das Schiff verließ und dann noch innerhalb einer Vollalarmphase. Er hätte normalerweise jemanden schicken müssen. Aber was ist schon normal? Die ganze Mission war es nicht, der Vollalarm selber und der abgerissene Funkkontakt zur Erde erst recht nicht.
Laura sah zur Funkerin. Diese zuckte weiterhin mit den Schultern – immer noch keine Verbindung zur Erde. „Stell eine Verbindung zum Captain her", verlangte Laura.
Wenig später meldete sich Thomas: „Start gelungen, alle Systeme online, ich melde mich, sobald ich etwas weiß." Damit unterbrach er die Funkverbindung.
„Maschinenraum", dröhnte Phils Stimme über die Com-Leitung, „Ionenantriebe aufgeladen und vorgewärmt, bereit für Eingaben."
Laura wandte sich an Lutz: „Kursdaten eingegeben?"
Nach dem O.K. des Navigators gab sie den Befehl: „Dann mal raus aus dem Orbit, 10% Schub!"
Lutz grinste, 10%, das würde ewig dauern. Aber er wusste, in welcher Zwickmühle Laura steckte. Auf der einen Seite der unmissverständliche Befehl von Admiral Baines sofort zu starten und auf der anderen Seite der Aufklärungsflug des Captains. So konnte man beiden Seiten einigermaßen gerecht werden. Lutz nahm die entsprechenden Schaltungen vor. Unbemerkt von der Besatzung verließ die brandneue, riesige Good Hope zum ersten Mal in ihrem Maschinenleben die Umlaufbahn des

Mars. Die beiden Ionenantriebe stemmten sich mit 10% ihrer Leistung gegen die Anziehungskraft des Mars und hatten wegen des relativ großen Abstandes auch keine Mühe damit. Wenig später hatte die 3.000 Meter lange und 550 Meter breite Good Hope ihre Nase aus dem Sonnensystem herausgerichtet und beschleunigte langsam – sehr langsam.
Die Good Hope war die neueste Schöpfung der Raumschiffentwicklung der Erde. Alle technischen Neuerungen waren erprobt und für tauglich befunden worden. Allerdings in einem viel kleineren Maß als in der Good Hope verbaut. Es sollte sich zeigen, wie sich das riesige Schiff unter Weltraumbedingungen und unter harter Belastung verhalten würde. Das Raumschiff hatte die Form einer flachgedrückten Röhre mit abgerundeter Nase und zwei seitlich angeflanschten Triebwerksgondeln, die nochmals je 1.000 Meter lang und mittig zur Schiffslänge angebracht waren.
Plötzlich hatte Laura eine Idee. Sie verließ ihren Platz und begab sich zur unbesetzten Taktik-Station. Man hatte alle nicht wirklich benötigten Crewmitglieder in die Stasekapseln gesteckt. Wer schlief, brauchte kaum Nahrung, verbrauchte keine Luft und machte auch sonst keinerlei Probleme. Selbstverständlich war es der Schiffsführung überlassen bei Bedarf die Spezialisten zu wecken. Laura erreichte die verwaiste Station und nahm ein paar Scans in Richtung Erde vor.
Das Ergebnis war erschreckend.
„Lutz, komm mal her und beeil dich", nötigte sie den für seine Gemächlichkeit bekannten Navigator.
Lutz kam dann auch eine Spur schneller als sonst zu ihr.
„Was hältst du von den Werten?", fragte sie ihn.
„Das sind Energieentladungen erheblichen Ausmaßes", antwortete Lutz und seine Stirn bekam Sorgenfalten. „Du solltest Thomas anfunken."
Laura nickte der Funkerin, die jedes Wort mitgehört hatte, zu und wenig später meldete sich Thomas. „Was Neues von der Erde?", fragte er. „Nein", gab Laura zurück, „aber scanne mal in diese Richtung. Wir haben heftige Energieausbrüche angemessen."
Wenig später kam die Antwort vom Beiboot: „Du meine Güte, das sieht nicht gut aus. Ich brauche noch ca. 30 Minuten unter Vollbeschleunigung, dann müsste ich was feststellen können."
Laura seufzte: „Sei bitte vorsichtig. Hier warten 50.000 Personen auf dein Kommando und damit auf deine Rückkehr!"

Thomas brach mit einem „O.K." den Kontakt ab.

Gleiche Zeit, wesentlich näher an der Erde, in einem winzigen Beiboot:

Thomas hatte den Autopiloten abgestellt und umklammerte mit beiden Händen das Steuer des kleinen Raumschiffes. Solche Kleinfluggeräte hatten gegenüber den größeren Raumschiffen den Nachteil, dass aus Platzgründen fast keine Beharrungsdämpfer – wie auch künstliche Schwerkraft eingebaut waren. Daher kamen alle Beschleunigungskräfte nahezu ungefiltert durch und daher war Anschnallen Pflicht, wollte man nicht hilflos durch die Gegend fliegen. Allerdings waren die Boote von der Beweglichkeit kaum zu übertreffen, wenn der Pilot nicht ohnmächtig wurde aufgrund der hohen Gravitationskräfte. Aber auch dafür gab es einen Sensor, der solches bemerkte und den Autopiloten zuschaltete. Das Boot war nur bedingt für Atmosphärenflüge geeignet, sprich, es musste schon eine relativ hohe Marschgeschwindigkeit gehalten werden, damit die kurzen Stummelflügel das Fluggerät in der Luft halten konnten und es nicht einfach vom Himmel herunterfiel.
Für die Landung gab es an der Unterseite einige Schubdüsen. Im Weltraum waren der Beweglichkeit kaum Grenzen gesetzt. Der Pilot konnte das Fluggerät im vollen Flug um die eigene Hochachse drehen – Flugzeuge alter Art konnten das gerade mal um die Längsachse. Thomas beherrschte die Maschine völlig, und so umklammerte er sicher das Steuerruder, während er mit dem linken Fuß die Bremstriebdüsen aktivierte. War er vorher nach hinten in den Sitz gepresst worden, so hing er jetzt nach vorn in den Gurten. Aufgrund der hohen Geschwindigkeit war es ihm bisher nicht möglich gewesen, mit seinen Augen etwas wahrzunehmen. Nach der Bremsperiode würde er zwischen Mond und Erde zum Stillstand kommen.

Gleiche Zeit, Good Hope, Zentrale:

Laura saß wieder in ihrem Kommandosessel und sprach mit Phil auf dem Maschinendeck: „Ich hoffe, du kommst mit deinen Maschinen zurecht? Die allgemeine Übung und die Gewöhnungszeit könnte unter Umständen vorbei sein."

„Äh, ja, alles klar hier. Wir kommen bestens hin, kein Problem." Phils Antwort war etwas zögerlich.
„Fein", kam es von der Brücke zurück, „dann wird es ja jetzt auch kein Problem sein, den Sprungantrieb vorzubereiten."
„Oh – selbstverständlich", tönte es von Phil Morey aus dem Maschinendeck, „wir brauchen aber mindestens 30% Lichtgeschwindigkeit, um den Sprung ausführen zu können."
Laura zog eine Augenbraue hoch: „Erzähl mir was, was ich noch nicht weiß! Lutz, wie lange brauchen wir bis 30% Licht?"
Lutz räusperte sich – wieder mal: „Ausgerechnet habe ich es nicht, aber ich schätze bei der Beschleunigung so ungefähr vier Tage oder so."
Laura wandte sich wieder an Phil: „Geh mal davon aus, dass du keine vier Tage Zeit hast. Bereite den Sprung vor."

<u>Kurz darauf, Good Hope, Maschinendeck:</u>

Phil machte kein sehr glückliches Gesicht. Er hätte schon gerne mehr Zeit für die relativ neue Technik des Jumpers gehabt. Mit Hilfe eines komplizierten physikalischen Vorganges war man in der Lage, das Einstein'sche Universum zu verlassen und nahezu gleichzeitig an einer anderen Stelle wieder aufzutauchen. Bisher hatte man die Triebwerke erst zu Versuchszwecken in kleiner Form hergestellt. Man hatte Strecken von wenigen Lichtwochen überwunden, aber immerhin – zumindest schienen die Geräte sehr sicher zu sein. In der Good Hope waren weitaus größere Konverter eingebaut worden. Sie in der Praxis zu erproben, war seine, Phils, Aufgabe. Dass sie funktionieren würde, war unstritten, sonst hätte man sie nicht verbaut. Aber welche Reichweiten sich erzielen ließen – niemand wusste es. Ruhig gab Phil seine Kommandos an die Deckcrew. Der immense Akku, der zum Sprung seine gesamte Energie freigab, musste geladen werden. Die Leistungen von zwei kompletten Meilern zogen seine Leute ab und leiteten die Energie in den Sprungantrieb. Langsam kletterte die Bereitschaftsanzeige. Als Mitglied der Schiffsleitung war Phil das Reiseziel, zumindest das erste, bekannt. Es sollte nach Alpha Centauri gehen. Dort sollte auf Wunsch des Oberkommandos die Suche nach einem bewohnbaren Planeten beginnen. Das Schiff sprang immer in der geraden Richtung, in der es beim Sprung flog. Der von Lutz gesetzte Kurs führte ziemlich genau in die Richtung von Alpha Centauri. Da man etliche Jumps benötigen würde, konnte man die Feinausrichtung immer noch vornehmen.

<u>Ende der Bremsphase, Captains-Boot, erdnaher Orbit:</u>

Gleißende Lichterscheinungen blendeten Thomas. Erst, als er die Frontfenster seines Fliegers verdunkelte, konnte er etwas sehen. Blitzartig schaltete er alle verfügbaren Aufzeichnungsgeräte ein. Er sah eine Unzahl quaderförmiger Flugobjekte, die zum Teil wesentlich größer waren als die Fluggeräte der Erde. Aus diesen unbekannten Objekten zuckten Blitze, die nach den Fluggeräten der Erde griffen. Wo sie auftrafen, verfärbte sich der Stahl und platzte dann auf. In einer großen, geräuschlosen Detonation verging so ein stolzes Schiff der Erde nach dem anderen. Mit ihren ballistischen Waffen und Raketen erzielten die Erdstreitkräfte kaum Wirkung. Mit fliegenden Fingern versuchte Thomas, Funkkontakt zum Oberkommando zu bekommen. Nach etlichen vergeblichen Versuchen erschien der Kahlkopf eines offensichtlich gestressten und verzweifelten Offiziers. Thomas erkannte Admiral Bains.
„Was geht hier vor?", fragte er.
Statt auf die Frage zu antworten, hatte der Admiral so etwas wie Panik im Blick: „Du hier?", schrie er, „ich hatte den sofortigen Notstart befohlen. Das, was du hier siehst, ist die Antwort auf die Frage, ob wir allein im Weltraum sind. Offensichtlich sind wir das, wie wir immer schon vermutet hatten, nicht, und unsere neuen Freunde scheinen nicht gerade friedlich zu sein!"
Thomas sah auf den Anzeigen, dass immer mehr Erdenschiffe ausfielen. Von überall waren Notrufe zu hören. Schräg rechts vor ihm platzte ein schwerer Kreuzer auseinander wie eine Seifenblase. Trotz der verdunkelten Frontscheiben musste Thomas kurz die Augen schließen.
„Haben wir eine Kapitulation angeboten?", fragte er den Admiral.
„Ja", antwortete dieser resignierend, „vor 30 Minuten, sie haben nicht geantwortet, sie haben das Feuer sogar noch verstärkt, sie schießen selbst auf unsere Rettungskapseln. Irgendwie haben sie es geschafft, dass unser Planet Feuer gefangen hat. Ich weiß nicht wie, aber die Wüste Gobi brennt! Ich weiß nicht, wie das geschehen konnte!"
Der Admiral war sichtlich verzweifelt.
„Können wir helfen?", fragte Thomas.

„Wie denn", erwiderte Baines, „mit einem unbewaffneten Schiff?" Die letzten Worte schrie er heraus: „Verschwinde zur Good Hope und sicher das Überleben der Menschheit! Ich bin mir nicht sicher, ob wir hier das Ende des Tages erleben werden! Das ist ein Befehl! Erfüll deine Mission, bevor diese Schlächter auch noch auf die Good Hope aufmerksam werden!"
Der Admiral sah Thomas beschwörend über die Videoverbindung an: „Ich bin kein gläubiger Mensch, aber Gott schütze dich trotzdem!"
Mit diesen Worten unterbrach Baines die Verbindung. Thomas saß in seinem Pilotensessel wie vom Donner gerührt. Während er noch überlegte, stellte er mit einem Blick auf seine Anzeigen fest, dass sich einer der roten Punkte dem Mittelpunkt der Anzeige näherte – und der Mittelpunkt auf diesem Nahbereichscanner war – er, in seinem winzigen, unbewaffneten Schiffchen.

<u>Good Hope, Zentrale, gleiche Zeit:</u>

Laura hatte ihre zahlreichen Versuche, mit Thomas oder der Erde Kontakt aufzunehmen, endgültig aufgegeben. Sie hatte mit dem Gedanken gespielt, den einen oder anderen Spezialisten aufzuwecken. Aber sie brauchte die Leute möglicherweise sofort und nicht erst in 36 Stunden. So lange dauerte nämlich die Erweckungsphase und die anschließende Betreuung, bis ein Aufgeweckter geistig und körperlich völlig fit war. Das war eindeutig zu lang. Ungeduldig warteten alle in der Zentrale auf ein Lebenszeichen der Erde oder von ihrem Captain. Jeder versuchte auf seine Art mit der Nervosität fertigzuwerden.
Lutz tat das, was er immer und am Liebsten tat, nämlich gar nichts. Ungerührt und völlig bewegungslos saß er vor seinen Kontrollen. So phlegmatisch wie er dasaß, traute ein Uneingeweihter ihm wohl keine große Leistung zu. Aber allein die Tatsache, dass er dort saß, war Beweis genug.
Die Funkerin trommelte mit ihren Fingern entweder auf ihrem Tableau herum oder drehte hektisch an den Stellpotentiometern ihrer Geräte. Hotaru, auf diesen Namen hörte sie, wenn auch etwas unwillig. Sie hoffte, dass keiner die Bedeutung dessen erfuhr. Hotaru war das japanische Wort für Glühwürmchen. Eine Schande, Crewmitglied auf dem ersten Auswandererschiff, Besatzungsmitglied der Zentrale und dann ein solch niedlicher Name. Gut, dass niemand Japanisch sprach.

Laura putzte ihre Brille. Jawohl – ihre Brille. Niemand trug in der heutigen Zeit mehr eine Brille. Mit Laser konnte mittlerweile jegliche Augenkorrektur vorgenommen werde. So auch bei Laura, jedoch war sie der Ansicht, dass eine schwarze Hornbrille ihr mehr Autorität verleihen würde. In Wahrheit war lediglich Fensterglas in ihre Brille eingesetzt worden. Ihre Augen waren völlig in Ordnung. Auch das sollte niemand wissen. Wenn also Warten angesagt war, dann putzte Laura ihre Brille. Je mehr Stress, desto fester wurde gereinigt. Im Moment waren die Gläser einer harten Belastungsprobe ausgesetzt.

<u>Wenig später in einem kleinen unbewaffneten Schiffchen mitten im Kampfgebiet:</u>

Thomas hatte das Beschleunigungspedal bis zum Anschlag durchgedrückt. In einem weiten Bogen, der es ihm gerade noch gestattete, nicht aufgrund der Querbeschleunigung ohnmächtig zu werden, nahm er Fahrt zurück in Richtung Mars auf. Das Kampfschiff der Fremden beschleunigte ebenfalls, konnte aber mit Thomas Boot nicht mithalten. Raven wurde wegen der nicht ausreichend dimensionierten Beharrungsdämpfer tief in den Pilotensitz gepresst. Genauso hörte sich auch seine Stimme an, als er die Good Hope über Funk zu erreichen versuchte. Er schnappte verzweifelt nach Luft und presste seine Worte förmlich aus dem Körper heraus in das Helmmikro. Immer wieder rief er die Good Hope. Zwar vergrößerte sich immer noch der Abstand zum feindlichen Raumschiff, jedoch musste Thomas irgendwann abbremsen, um das Landedeck der Good Hope anzufliegen. So konnte er sich leicht ausrechnen, dass der Gegner genau dann aufholen würde und das Feuer eröffnen konnte. Bei der miterlebten Zerstörungskraft wäre das Programm ‚Auswanderung' schnell zu Ende. Daher ließ er nicht locker. Irgendwann hörte ihn Hotaru auf der Good Hope und gab seinen Ruf weiter.
„Hier Good Hope, XO spricht", meldete sich Laura.
„Laura", ertönten Thomas hastige, laute Worte über die Lautsprecher, „sofort Fahrt aufnehmen und Sprung vorbereiten. Die Erde wird angegriffen, ich selbst werde verfolgt. Ich habe euch in der Peilung und folge. Das fremde Schiff darf die Good Hope auf keinen Fall erreichen! Wenn ich es nicht schaffe, kennst du die Order!"

Zentrale Good Hope im Anschluss:

Laura war blass geworden. Die Erde wurde angegriffen. Von wem? Bisher war man nirgendwo auf intelligentes Leben getroffen. Mit einem Rundblick erkannte Laura, dass alle Mitglieder der Zentrale geschockt waren. Sofortiges Handeln war vonnöten, damit diese hilflose Starre von der Crew abfiel. Ihre Befehle kamen sofort, unmissverständlich und in einem klaren Ton, der keine Frage oder gar Widerworte aufkommen ließ.

„Lutz – maximale Beschleunigung, sofort! Phil – ist der Jumper aufgeladen? Hotaru – Funkkontakt mit Thomas halten! Mist, ich brauche die Taktikstation! Wie lange können wir beschleunigen und sind für Thomas trotzdem noch erreichbar? Wo ist der Rendezvouspunkt? Phil, kannst du die Aufgabe der Taktikstation übernehmen und die Berechnungen durchführen? Ich schicke dir die Daten runter."

Phil fing leicht an zu schwitzen. Nun erwies es sich als Fehler, den wichtigen Taktikoffizier in die Stasekammer geschickt zu haben, er sollte erst im Zielgebiet aufgeweckt werden.

„Laura", antwortete Phil, nachdem er einen Blick auf die übermittelten Daten geworfen hatte, „wir können mit 100%, also maximal, beschleunigen. Thomas wird immer noch um einiges schneller sein als wir. Kritisch ist das Anpassungsmanöver beim Andocken. Wir sollten Fangseile installieren, falls er zu schnell reinkommt."

Laura bestätigte und trug ihm auf seinen Vorschlag durchzuführen.

Phil rief ein paar Leute zu sich, und gemeinsam rannte er mit ihnen zum Landedeck.

Captains Beiboot:

Thomas hatte einen verzweifelten Versuch gestartet. Er war von der geraden Fluglinie zur Good Hope abgewichen, in der Hoffnung, dass ihm das Schiff der Fremden folgen würde. Er wollte das Auswandererschiff schützen und den Gegner in die Irre führen. Es hatte nicht funktioniert. Die Good Hope war wahrscheinlich schon auf den Scannern der Fremden aufgetaucht und man hatte wohl das große Raumschiff ihm vorgezogen. Also nahm er wieder direkten Kurs auf die Good Hope.

Nun erwies es sich schon zu Beginn als sehr großen Fehler, die Good Hope nahezu unbewaffnet auf die Reise geschickt zu haben. Es waren ein paar ballistische Handfeuerwaffen an Bord, die es erlaubten, sich gegen Tiere zu verteidigen, aber mehr nicht. Die Oberplaner hatten einen feindlichen Kontakt für unwahrscheinlich gehalten, beziehungsweise wollten einen bewaffneten Konflikt, der von den Erdbewohnern ausging, auf jeden Fall vermeiden. Es hatte einige heftige Gegenstimmen dazu gegeben, aber die Pazifisten hatten sich durchgesetzt. Nun hing das große Auswandererschiff wie eine überdimensionierte Zielscheibe hilflos mitten im All.
Der Abstand zur Good Hope verkleinerte sich zusehends. Langsam aber sicher kam Thomas an den Punkt, an dem er die Bremstriebwerke zünden und die Landung vorbereiten musste.

Good Hope, Landedeck:

Phil hatte mit seinen Leuten ganze Arbeit geleistet. In Windeseile hatte die Crew die entsprechenden Fangseile in Form eines Netzes angebracht. Diese sollten das Schlimmste verhindern. Aber wenn Thomas viel zu schnell reinkam, waren auch diese nutzlos. Das Navigieren bei 30% Licht, so schnell war die Good Hope mittlerweile, war auch mit Computerunterstützung eine heikle Sache, selbst wenn beide Schiffe gleich schnell unterwegs waren, und wurde noch nie durchgeführt. Phils Crew hatte das Landedeck bereits wieder verlassen und er selbst hatte die Installation der Seile aus Spezialkunststoff an Laura bestätigt.
Phil blieb im separaten Beobachtungs- und Bereitschaftsraum des Deckoffiziers, um die Ankunft von Thomas abzuwarten. Seine Anwesenheit war im Maschinenraum zurzeit nicht nötig. Die Energiemeiler liefen, der Jumper war voll aufgeladen und er hatte das Kommando an seinen Vertreter abgegeben. Es blieb ihm jetzt nur, durch die schützende Panzerscheibe zu gucken und zu warten.

Good Hope, Zentrale:

Laura rannte zur Taktikkonsole, nachdem sie die Bestätigung von Phil erhalten hatte, und öffnete das Schott zum Landedeck, welches sich im Heck des Schiffes befand. Zu Hotaru gewandt, kam folgende Anordnung: „Schiffsweite Com-Leitung aktivieren."

Die Japanerin machte sich an ihren Kontrollen zu schaffen und wenig später ertönte über die im ganzen Schiff verteilten Lautsprecher die weibliche Stimme des Zentralcomputers: „Schiffsweite Com-Leitung aktiviert."
Damit waren die Commandos von Laura im ganzen Schiff zu hören. Jedes Crewmitglied mit Leitungsfunktion konnte aber auch sprechen und wurde in der ganzen Good Hope gehört. Es gehörte einiges an Disziplin dazu, damit eine solche Maßnahme auch funktionierte und nicht im allgemeinen Gerede unterging. Im Prinzip wartete man auf die Befehle des Captains oder des XO, um diese dann zu bestätigen. Nur in wirklich wichtigen Dingen sollte ein Crewmitglied diese Com-Leitung von sich aus auch benutzen. Laura schaltete die Heckkamera der Good Hope auf den 8 Meter Frontbildschirm der Zentrale.
„Mein Gott", entfuhr es ihr.
Man sah in der Ferne das Beiboot des Captains auftauchen. Es leuchtete von vorne wie ein äußerst heller Stern, da Thomas alle verfügbaren Bremstriebwerke gezündet hatte. Er kommt viel zu schnell rein, dachte Laura. Aber das war nicht das Schlimmste. Hinter Thomas Boot konnte man einen quaderförmigen großen Kasten erkennen, der schnell größer wurde – das Schiff der Fremden. Sehnsüchtig schaute Laura hinüber zur Kampfstation innerhalb der Zentrale. Die Station inklusive Tableau war zwar vorhanden, aber abgedeckt und ohne Funktion. Wie gerne hätte Laura jetzt ein paar Raketen rechts und links an Thomas vorbeigefeuert und die Fremden entsprechend ‚willkommen' geheißen. So blieb nur die Flucht, welche nicht gerade ihrer Art entsprach. Gleichwohl drückte sie die Verantwortung für über 50.000 Menschen.
Mit den Worten „Maschinenraum – sofortiger Sprung auf mein Kommando!", begab sie sich wieder zur Taktikstation, während aus der angesprochenen Abteilung eine Bestätigung eintraf.
Mit einem Finger auf die Schaltung ‚Landeschott zu' sah sie atemlos zum Hauptbildschirm, um den Landevorgang des Captains zu verfolgen. Thomas Schiff war jetzt merklich größer geworden – und es war immer noch zu schnell. Der Kasten hinter ihm schien ebenfalls die Bremstriebwerke gezündet zu haben. Offensichtlich wollten auch die Fremden eine Kollision vermeiden.

Gleiche Zeit, Landedeck:

Phil hatte alles für eine Notlandung vorbereitet. Das Notinnenschott nahe der Fangseile war auf Notschließung programmiert. Die Haltetrossen waren auf Notfang eingestellt. Nach der vollständigen Schließung war eine Flutung mit Luft vorgesehen und gleichzeitig das Abfeuern der Schaumkanonen zur Brandbekämpfung. Phil hoffte, dass er alles zum Gelingen der Schnelllandeaktion getan hatte. Mory fiel es schwer, seinen heiteren Optimismus zu bewahren. Da er unbeobachtet und allein war, legte sich seine Stirn in etliche Sorgenfalten. Er bot einen Anblick, den sonst niemand von ihm kannte.

Captains-Beiboot kurz vor der Landung:

Thomas wurde bald übel. Die Bremskräfte schoben ihn unerbittlich nach vorne. Verschwommen erkannte er die Positionslichter, die ihm ‚seine' Schleuse anzeigte. Er erkannte, dass dieses Landedeck weit offenstand. Ein Blick auf den Monitor für die rückwärtige Kamera zeigte ihm das aufholende Schiff der Fremden. Er hatte keine Ahnung von der Feuerreichweite der feindlichen Geschütze. Eine ungute Ahnung vermittelte ihm aber den Gedanken, dass nicht mehr viel für einen wirksamen Schuss fehlte.
Was dann passieren konnte, hatte er miterleben müssen.
Er war immer noch viel zu schnell. Hastig programmierte er die Automatik. Sie sollte in dem Augenblick übernehmen, wenn er entweder nicht mehr in der Lage war zu reagieren, oder wenn er falsch reagierte.
Der Autopilot würde jetzt ohne Rücksicht auf ihn weitere Bremsmanöver durchführen, damit er nicht in die Good Hope einschlug wie eine Kanonenkugel.

Kurz darauf, Landedeck:

Thomas kam mit wild feuernden Bremstriebwerken herein. Als er die Hälfte des Landedecks in Richtung Fangseile passiert hatte, zündete die Bordautomatik zusätzliche Bremsdüsen, die Phil in seiner Beobachtungskanzel erzittern ließen. Thomas verlor aufgrund des Anpressdrucks kurzzeitig das Bewusstsein. Als er wieder klarsehen konnte, tauchten unmittelbar vor ihm die Fangseile auf. Hart schlug sein Boot

in das Kunstfasernetz. Hochwertiger Stahl kreischte und knackte. Die Hülle des Bootes platzte an mehreren Stellen auf.
Dann passierten mehrere Dinge gleichzeitig.
Das Notschott schloss sich blitzartig wie eine Guillotine, der Raum um das havarierte Beiboot wurde mit Luft gefüllt und der Funkenregen wurde durch die blitzartig agierenden Schaumkanonen ausgeschaltet.
In der Zentrale hieb Laura auf den Knopf ‚Landeschott zu' und schrie ihren Befehl in Richtung Maschinenraum: „Sprung!"
Thomas fühlte sich in dem Augenblick, als das Beiboot fast zur Ruhe gekommen war, als wenn er von einem Schnellzug überrollt worden wäre. Längst zeigten fast alle Systemleuchten des Bootes Rotwerte an. In dem Augenblick, als die Magnettrossen den vollständigen Halt erfassten und blitzschnell in Richtung Beiboot geschossen wurden, schnallte sich Thomas bereits ab, viel zu früh. Bevor er gegen die Frontscheibe flog und erneut das Bewusstsein verlor, nahm er nur noch ein heftiges Krachen wahr und dass sich die Fangseile von seinem Schiff entfernten. Sein Beiboot knallte rückwärts gegen das Notschott und verlor dabei auch noch die letzten funktionierenden Systeme. Ein hohes Singen und einen nochmaligen lauten Knall nahm Thomas schon nicht mehr wahr. Danach war alles dunkel.

2. Schiffstaufe

<u>10. August 2105, 01:30 Uhr,</u>
<u>Frachthafen von Geelong – Australien:</u>

Thomas sah die junge Frau an. Blut strömte über ihr Gesicht.
„Bitte", sagte sie verzweifelt, „helfen Sie mir. Sie sind hinter mir her!"
Flehend sah sie Thomas an. Gerade als er fragen wollte, wer ‚sie' denn seien, tauchten drei nicht gerade vertrauenerweckende Männer auf. Die junge Frau schrie auf und brach weinend zusammen.
„Hallo Bürschchen! Willst du nicht lieber verschwinden und uns die Braut überlassen?"
Hämisch grinste ihn das vierschrötige Gesicht des offensichtlichen Anführers an. Alle drei waren muskelbepackte Schläger von der übelsten Sorte. Die Sorte, vor der immer gewarnt worden war.
„Nein, das will ich nicht", antwortet Thomas, dabei ließ er unbemerkt seine Muskeln zucken, um sich auf den möglichen bevorstehenden

Kampf vorzubereiten. Er sollte sich bei seiner Einschätzung nicht geirrt haben. Der Anführer zückte ein Messer und ging in gebückter Haltung auf Thomas los. Seine beiden Kollegen waren wohl der Meinung, dass ihr Anführer das kleine Problem locker lösen würde und hielten sich beobachtend und grinsend zurück. Thomas nahm dies lächelnd zur Kenntnis. Er wurde häufig unterschätzt. Er hatte zwar nicht die Muskelberge dieses Typen vor ihm, aber er war geschult und bestens trainiert. Seine Gegner hatten einen kleinen Fehler gemacht. Thomas konnte es gar nicht vertragen, wenn eine Frau misshandelt wurde – und dieses arme Geschöpf blutete sogar. Wahrscheinlich hatte sie Todesangst und wahrscheinlich sogar zu Recht.
Der Muskelberg kam auf ihn zu und schob das Messer vor sich her. Plötzlich stach er zu. Thomas wich nach links aus, erfasste die Messerhand des Gegners mit der rechten Hand, und als dieser mittels eigenem Schwung an ihm vorbeitorkelte, schlug ihm Thomas den linken Handballen kräftig gegen die Schläfe. Der benommene Angreifer bereitete Thomas keine Probleme mehr. Er legte seinen linken Arm über den Hals des Angreifers und zog ihn nach hinten, während er immer noch die Messerhand festhielt. Anschließend zog er ruckartig den rechten Arm des Gegners mit dem Messer nach unten, während er sein rechtes Knie hochriss. Ein trockenes Knacken und ein gewaltiger Schrei kündeten vom Bruch des Ellenbogengelenkes. Das Messer fiel scheppernd auf den Boden. Aus den Augenwinkeln sah er, dass einer der beiden anderen Männer mit entschlossener Miene eine Schusswaffe aus dem Schulterhalfter zog. Thomas hatte den Angreifer noch immer wimmernd rücklings auf seinem linken Oberschenkel liegen, den Kopf heftig eingeklemmt unterhalb seines linken Arms. Blitzartig richtete sich Thomas auf und ließ seinen Angreifer dabei nicht los. Ein hässliches Knacken im Bereich des Genicks, und der Körper unter ihm wurde schlaff. Thomas ließ den Körper fallen, hechtete Richtung Messer, während der erste Schuss ihn verfehlte, ergriff das Messer und rollte sich ein paar Mal ab. Bevor der Schütze noch einen weiteren Schuss abgeben konnte, hatte Thomas das Messer aus einer fließenden Bewegung heraus auf den zweiten Angreifer geworfen. Mit einem dumpfen Plopp verschwand das Messer in der Herzgegend. Stocksteif und mit weit aufgerissenen Augen fiel der zweite Angreifer nach hinten. Bevor er auf den Boden aufschlug, feuerte er noch einen zweiten Schuss ab, der aber irgendwo im Nachthimmel verschwand.

Wie von Furien getrieben, rannte der dritte Schläger davon. Jeder andere hätte es dabei sicherlich bewenden lassen – nicht so Thomas. Die drei hatten ihn gerade kaltblütig umbringen wollen. Der Sinneswandel des letzten Angreifers passte ihm daher so gar nicht ins Konzept. Also rannte er hinter ihm her. Der Typ war verdammt schnell, die Angst trieb ihn, er wollte wohl nicht so enden wie seine Kumpane. Thomas rannte schnell und dank seines Trainings ausdauernd hinter ihm her und nach einem halben Kilometer hatte er ihn eingeholt. Thomas Adrenalinspiegel hatte mittlerweile astronomische Höhen erreicht. Er packte den Gegner an den Schultern und warf ihn seitlich gegen eine Mauer. Der Schläger ächzte, während Thomas knurrte: „Du hast ein Date! Warum läufst du weg?"

„Was – Date? Was für ein Date?", schrie der Misshandelte.

„Mit dem Tod", sagte Thomas gefährlich leise und schlug dem Gegner die Faust ins Gesicht. Der Mann taumelte und drehte dabei Thomas den Rücken zu. Blitzschnell griff Thomas zu, wobei er seine beiden Arme unter denen des Angreifers durchführte und seine Hände hinter dem Nacken des Gegners faltete. So hebelte er ihn aus und schleppte den zappelnden Kerl zu einem Geländer. Hilflos hing der Gangster im unerbittlichen Griff. Als er anfing zu schreien, hob Thomas ihn hoch und schlug ihn mit der Schläfe auf die Geländerkante.

Mit dem metallisch dumpfen Schwingen verstarben auch sofort die Schreie. Thomas war wie im Rausch. Noch zweimal hämmerte er den Kopf des Gegners auf das Geländer, dann warf er die leblose Gestalt über die Reling ins Hafenbecken. Ein lautes Platschen und der Körper versank in der stinkenden Brühe des Hafenwassers.

Thomas schaute sich um. Niemand schien irgendetwas gesehen oder beobachtet zu haben. Was war mit dem Mädchen? Thomas hastete zurück und fand die Stelle, an der die junge Frau zusammengebrochen war, leer vor. Hier war etwas nicht in Ordnung!

Thomas witterte Gefahr.

Auf einmal hörte er Warnsirenen, ein rotes, diffuses Licht ging überall an. Thomas rannte so schnell er konnte zur nächsten Reling, und mit einem Hechtsprung setzte er darüber hinweg. Während des Fluges bereitete er sich darauf vor, in die kalten Fluten des Hafens einzutauchen, aber statt des kalten Wassers war überall Schaum und eine monotone Stimme gab die Anweisung: „Hüllenbruch, alle Systeme ausgefallen, Notsignal wird ausgesendet!"

Thomas stöhnte. Statt im Hafenbecken gelandet zu sein, befand er sich halb im Pilotenstuhl des völlig zerstörten Beibootes. Als die monotone Computerstimme die Meldung nochmals wiederholen wollte, schaltete Thomas den noch funktionierenden Notcomputer ab, ebenso wie das völlig unnötige Notsignal. Die schnelle Bewegung verursachte ihm Schmerzen. Ein kurzer Check seines Körpers brachte ihm die Gewissheit, dass es wohl mit etlichen Prellungen, Abschürfungen und einer guten Portion Kopfschmerzen noch mal gut gegangen war. Der Schaum löste sich schon wieder etwas auf und so verließ Thomas seinen schief in der Verankerung hängenden Pilotensessel. Da er wegen des Schaums nicht auf den Boden sehen konnte, bewegte er sich schlurfend Richtung Schleuse. Das Schleusenschott war verklemmt und ließ sich auf normalem Weg nicht öffnen. Thomas schlug mit der Faust auf den Schlagschalter ‚Notauf' und brachte sich einigermaßen in Deckung.
Nach genau 10 Sekunden gab es eine heftige Explosion und das Schott wurde nach draußen katapultiert. Heftiger Qualm hatte sich dabei gebildet und schnell kämpfte er sich hustend ins Freie des Landedecks. Überall löste sich blubbernd der Schaum auf. Als er sich umdrehte und das völlig zerstörte Beiboot mit seiner an vielen Stellen aufgeplatzte Hülle begutachtete, war selbst auf den Flügeln und auf dem Leitwerk abtropfender Schaum zu erkennen.
Was aber, so dachte er, ist mit dem Schiff der Fremden?
War die Good Hope im letzten Augenblick gesprungen und dem Feind entkommen?
Über sein Helmmikro rief er die Zentrale.
Es kam keine Antwort.
Auch auf dem Landedeck war lediglich die Notbeleuchtung in Funktion.
Nach einem Landeanflug hätte die volle Beleuchtung aktiviert sein müssen. Er stürzte ins Beiboot zurück. Auch dort Fehlanzeige, die Funkanlage war im gleichen Zustand, wie der Rest des einst so schönen und schnellen Schiffes. Toll, dachte Thomas, es sind ja nur fast zwei Kilometer bis zur Zentrale. Eilends machte er sich auf den Weg. Die Sorge um das Schiff ließ ihn seine Blessuren, wie auch die bohrenden Kopfschmerzen, vergessen. Nun machte sich seine Kondition bezahlt. In weiten Sprüngen hastete er durch das Schiff.

Überall gab es lediglich diese diffuse Notbeleuchtung und dazu noch in Rot.
Also sandte der Schiffscomputer gleich zwei Meldungen: Energieausfall und Vollalarm.
Die Beschädigungen, die Thomas unterwegs bemerkte, waren lediglich geringfügiger Art. Nirgendwo gab es wirklich besorgniserregende Schäden. Allein der Energieausfall war eine Sache für sich.
Die Good Hope war darauf programmiert die Lebenserhaltungssysteme und das Staselager bis zum letzten Watt Energie zu erhalten. Alles andere würde zwangsläufig irgendwann abgeschaltet werden.
Irgendwann während seines Laufes durch das Schiff passierte es dann, die sonst auf Annäherung reagierenden Schotts öffneten sich nicht mehr automatisch. Thomas rannte mit voller Wucht gegen ein solches Stahlschott. Im letzten Moment gelang es ihm, sich noch ein wenig umzudrehen, sodass sein Kopf nicht weiter in Mitleidenschaft gezogen wurde. Das war auch gut so, weil er seinen schützenden Mehrzweckhelm unterwegs bereits weggeworfen hatte. Der Aufprall traf ihn heftig. Stöhnend wälzte er sich auf dem Boden des Ganges. Mit wenig salonfähigen Worten richtete er sich hastig wieder auf und unterdrückte dabei einen Schwindelanfall. Sollte die Sauerstoffversorgung bereits gelitten haben? Thomas schob es auf seinen körperlich lädierten Zustand und löste die Abdeckplatte der manuellen Schottöffnung.
Mit Handpumpen konnte er dann die Schotthälften schubweise auseinanderpressen. Nun ging es erheblich langsamer voran. So alle 50 Meter hatte Thomas dieselbe Aufgabe zu lösen. Nach einer Dreiviertelstunde eiligen Rennens und Pumpens erreichte er völlig atemlos die Zentrale der Good Hope.
Die Schotthälften der Zentrale ließen sich, weil wesentlich dicker, noch schwerer auseinanderpressen als alle anderen. Thomas öffnete sie nur zum Teil und quetschte sich dann hindurch. Die kreisrunde, ca. 30 Meter durchmessende und drei Etagen hohe Zentrale, war ebenfalls in rotes Licht getaucht. Thomas kam auf der Galerie der mittleren Etage an und schaute hinunter in das untere Geschoss des Schiffsleitstandes.
Blitzschnell ließ er sich an der Notstange nach unten gleiten. Dort sah er verschwommen die leblosen Körper seiner Besatzung liegen.
Zuerst kümmerte er sich um Laura, die verkrümmt in ihrem Commandositz lag.

Sie atmete gleichmäßig und äußerlich waren keine Verletzungen zu erkennen.
Dasselbe stellte er bei Hotaru fest, die rücklings auf dem Boden vor ihrer Station lag.
Lutz lag quer über seinem Steuertableau.
Bei allen nur tiefe Bewusstlosigkeit. Vorsichtig schob Thomas den Navigator zur Seite und stellte die nervtötende Alarmsirene in der Zentrale ab. Als Nächstes entnahm er dem San-Schrank eine Injektionspistole mit Aufputschmitteln. Zischend entlud sich die erste Ladung in Lauras Nacken.
Gespannt beobachtete Thomas die Reaktion seiner XO. Kurze Zeit später begannen die Augenlider zu zittern und anschließend öffnete Laura ihre Augen und rieb sich ihren Nacken: „Was ist los? Oh, du hast es geschafft? Wo sind wir?"
„Die letzte Frage ist sicherlich die interessanteste, aber eins nach dem anderen", antwortete ihr Thomas während er sich mit der Injektionspistole bereits an Lutz zu schaffen machte.
Als er Hotaru die Injektion verabreichte, kam Lutz zu sich. Währenddessen rief Laura nach dem Maschinenraum, jedoch ohne Erfolg. Lutz starrte fassungslos auf seine Anzeigen und auf eine Frage von Laura hob er nur die Arme: „Keine Ahnung, wo wir gelandet sind. Die Anzeigen sind nicht eindeutig, wesentliche Informationen fehlen wegen des Energiemangels."
„Genau", sagte Thomas, „das erste zu lösende Problem – wir müssen in den Maschinenraum und unsere Mannschaft dort flottbekommen. Ansonsten sind wir blind und hilflos wie Neugeborene."
Laura wirkte neugierig: „Warum bist du so fit?"
„Keine Ahnung, aber vielen Dank für die Notlandeprogrammierung mit dem Fallschott und der Schaumdusche."
Thomas grinste ein wenig schief und auf Lauras Stirn entstanden steile Falten: „Habe ich nicht initiiert", sagte sie ein wenig konfus.
„Aber", so Thomas nachdenklich, „wenn du nicht hier von der Zentrale, dann kann nur der Deckoffizier das vor Ort eingeben – und der Deckoffizier liegt stockstein in seiner Stasekapsel!"
„Ah, Phil wollte Fangseile anbringen, es ist dann wahrscheinlich, dass er noch ein paar weitere Maßnahmen eingeleitet hat", versuchte Laura eine Erklärung.

„Na, damit hat er mir das Leben gerettet und, herrje, dann ist er womöglich noch da unten!", entfuhr es Thomas.
Hastig stürzte er zum San-Kasten, entnahm zwei weitere Injektionspistolen und mehrere Aufputsch-Magazine. Er drückte eine dem verdutzten Lutz in die Hand mit den Worten: „Maschinendeck auf Vordermann bringen! Die Herrschaften sollen sich sofort um unsere Hauptenergieversorgung kümmern."
Zu Hotaru, die sich gerade stöhnend aufrichtete: „Erklärung gibt es vielleicht später. Nimm die Injektionspistole und ein paar Aufputschmagazine. Kümmere dich um das Kontrollpersonal in der Stasekammer. Ich will schnellstmöglich einen Bericht aus dem Staselager, und die sollen sofort unseren Taktikoffizier aufwecken."
Thomas kletterte die Treppe zum Ausgang hoch: „Laura du übernimmst weiterhin die Brücke, starte den Hauptcomputer neu, wenn wieder Energie da ist, ich suche meinen Lebensretter!"
Damit entschwand der Captain von der Brücke und machte sich auf den Rückweg zum Landedeck.

20 Minuten später, Good Hope, Maschinenraum:

Lutz hatte sich tatsächlich beeilt. Von den zehn Angehörigen des Maschinendecks rührten sich etwa die Hälfte. Phil konnte er nirgendwo entdecken. Stöhnend und ächzend machten sich die Spezialisten sofort ans Werk und Lutz half den restlichen auf die Beine. Innerhalb weniger Minuten lief ein Notaggregat im Maschinendeck an, damit zumindest dort effektiv nach einer Lösung gesucht werden konnte. Etwas benommen suchten die Crewmitglieder nach dem fehlenden Energiefluss, doch schon kurze Zeit später meldete der stellvertretende Leiter des Teams dem Navigator, dass offensichtlich aufgrund eines heftigen Energieüberschusses sämtliche Sicherungen durchgebrannt seien. Auf die Frage von Lutz, wie lange die Reparatur dauern würde, wurde ihm geantwortet: „Haben wir gleich!"

Wenig später, Landedeck:

Thomas war die letzten paar hundert Meter gerannt wie ein Sprinter. Er hechtete quer über das Landedeck, Richtung Beobachtungsraum des Deckoffiziers. Kurz davor rutschte er auf den glitschigen Resten des

Schaumes aus und knallte mit voller Wucht gegen die Tür des Raumes. Geistesgegenwärtig hatte er dabei den Türöffner betätigt, sodass er mit seinem Restschwung in den Raum hineingetragen wurde, allerdings stürzte er dann über einen im Weg stehenden Stuhl. Der Raum sah grauenvoll aus. Schränke waren umgestürzt, das Äquivalent eines Schreibtisches lag auf der Seite. Laut rief Thomas nach Phil und fing an, die Schränke aufzurichten. Ein leises Stöhnen ließ ihn jedoch zur anderen Seite des Raumes gehen.

Dort lag Phil halb unter einem Schrank begraben. Schnell befreite Thomas ihn aus dieser Lage und untersuchte ihn flüchtig. Phil war so gewitzt gewesen, einen Raumanzug noch vor der Landung anzuziehen und war daher leidlich geschützt gewesen. Als Thomas den Helm abschraubte, öffnete Phil die Augen: „Oh, habe ich die große Show verpasst? Immer bin ich nicht dabei, wenn was los ist!"

„Du warst mittendrin und wegen deiner Voraussicht bin ich dir was schuldig. Zunächst musst du mit meinem Dank zufrieden sein", kräftig zog Thomas seinem Chefmaschinisten auf die Beine, beziehungsweise er wollte das tun.

In diesem Moment setzte jedoch die künstliche Schwerkraft aus. Von Thomas ziehenden Armen recht kräftig in Schwung gebracht, flog Phil an dem Helfenden vorbei Richtung Decke. Geistesgegenwärtig hielt Thomas ihn fest, was dann zur Folge hatte, dass er selbst den Kontakt mit dem Boden verlor und hilflos mit Phil an der Decke entlangschwebte und ein paarmal recht heftig an den Wänden anschlug. Hört das denn nie auf, dachte Thomas, als ein- und dieselbe Körperstelle nun schon mehrfach aus verschiedenen Gründen malträtiert worden war. Schließlich gelang es den beiden auf halber Höhe an einem Regal zum Stillstand zu kommen.

<u>Maschinenraum, gleiche Zeit:</u>

Lutz wurde in dem Moment von der fehlenden Schwerkraft überrascht, als er mit einigem Druck die Injektionspistole am Hals eines vor ihm liegenden Technikers auslöste. Durch den Druck der Pistole getrieben, segelte Lutz seitlich rollend und mehrfach Saltos rückwärts schlagend quer durchs Maschinendeck. Das sah irgendwie in Zeitlupe recht elegant aus, doch nur solange, bis er rücklings mit dem Kopf nach unten an der hintersten Wand anschlug. Den letzten Rest von Grazie löschte der Gebrauch eines Kraftausdruckes. Zwei Techniker kümmerten sich um den völlig überraschten Lutz und fixierten ihn am Boden. Dann nickten sie einem dritten Techniker zu, der ein paar schnelle Schaltungen an seinem Tableau vornahm. Fünf Sekunden kam zunächst das Licht wieder und dann – die Schwerkraft.

Beobachtungsraum Deckoffizier zur selben Zeit:

Da das Licht zuerst anging, konnten Phil und Thomas zumindest genau sehen, wohin sie fielen. Nicht, dass ihnen dies etwas genützt hätte. Sie stürzten klassisch ab aus einer Höhe von ca. 1,5 Metern. Schwer schlugen beide auf. Nun ist es aber wirklich gut, dachte Thomas schmerzgepeinigt. Phil probierte seinen neuesten Fluch.

Zentrale der Good Hope, gleiche Zeit:

Laura war beim Ausfall der Schwerkraft reaktionsschnell genug gewesen, um sich zunächst am Pilotensitz festzuhalten und sich dann anzuschnallen.
„Thomas, bitte melde dich. Alles klar bei euch?", fragte Laura per Bordfunk.
Undeutliches Gestöhne antwortete ihr: „Wir sind ein wenig abgestürzt, aber keine zusätzlichen Verletzungen. Ich bringe Phil mit, es geht ihm leidlich", kam die gequälte Antwort des Captains.
„XO an Maschinendeck: Welcher Gipskopf von euch hat sofort die volle Schwerkraft und das auch noch ohne Vorwarnung eingeschaltet?"
Kleinlaut meldete sich Phils Vertretung.
„Wenn wir uns selbst dezimieren, dann brauchen das andere nicht mehr zu tun!"
Aus Lauras heftiger Entgegnung troff der Spott.
„Haben wir wieder ausreichend Energie für alle Systeme?"
Erleichtert darüber, dass das Thema gewechselt wurde und man positiv berichten konnte, atmete der zurzeit diensthabende Chef des Maschinenraums wieder auf. „Ja", berichtete er, „alle Meiler laufen wieder. Schäden im Maschinendeck gibt es keine, abgesehen von ein paar Sicherungen oder geschmolzene Energieleitungen. Wir benötigen für die Reparatur nicht ganz einen Arbeitstag."

Mit einem: „Dann an die Arbeit!", schaltete Laura den Funk zum Maschinenraum ab.

Kurz zuvor, Staselager:

Hotaru war nicht von der Schwerelosigkeit überrascht worden.
Sie war davon ausgegangen, dass die energiefressenden Projektoren jeden Moment von der Automatik abgeschaltet würden. Sie waren für das Leben an Bord nicht unbedingt erforderlich. Dementsprechend vorsichtig hatte die Funkerin sich bewegt.
Als sie beim Staselager eintraf, wurde sie schwerelos.
Sofort überfiel sie das Gefühl, in einen Abgrund zu stürzen. Mit etwas Konzentration eliminierte sie das Unwohlsein und schwebte in das Staselager. Hier schien alles in Ordnung zu sein. Die Kapseln standen noch dort, wo sie zu stehen hatten, und der Inhalt schien friedlich in der Kälte zu schlafen. Lediglich die drei Pfleger, die sich permanent um die Bedürfnisse der Passagiere zu kümmern hatten, lagen am Boden.
Hotaru überzeugte sich davon, dass alle drei offensichtlich unverletzt, aber ohnmächtig waren. Behutsam bugsierte die junge Frau die drei Bewusstlosen in ihre Kontursessel und schnallte sie darin fest. Als sie die Injektionspistole zückte, setzte die Beleuchtung und kurz danach die Schwerkraft wieder ein. Hotaru stürzte zwar nur 10 cm und das auch noch auf die Füße, jedoch ging ein heftiger Schlag durch ihr Rückgrat.
„Idioten", entfuhr es ihr, „ohne Vorwarnung und dann gleich auf Erdschwere. So was kann tödlich enden." Schmunzelnd verfolgte sie anschließend die beißende Kritik von Laura, die öffentlich über den Bordfunk die Techniker maßregelte.
Dreimal zischte die Medizinpistole, dreimal leichtes Gestöhne und verwunderte Laute, dann war die Besatzung ‚Staselager' wieder halbwegs fit.
„Ihr sollt den Cheftaktiker aufwecken und schnellstmöglich fit machen", verlangte Hotaru.
„Dazu müssen wir erst einmal wissen, wer das ist", murmelte einer der drei und machte sich an einem Computer zu schaffen. Offensichtlich gab er dort ein paar Suchkriterien ein. Wenig später hatte er es: „Joe, er liegt in B 616. Geh und leite den Vorgang ein."

Einer der anderen beiden, offenbar Joe, nickte und machte sich auf die Suche nach dem Stasecontainer B 616.

„Was ist denn unser Taktiker für einer", fragte Hotaru den Pfleger am Computer.

„Hm, mal sehen, was unsere Blechdose so ausspuckt."

Offensichtlich war die Neugier aller geweckt. Die Position des Cheftaktikers auf der Brücke musste sehr hoch eingeschätzt werden. In der Regel handelte es sich um fähige Wissenschaftler, die gleichfalls mit Einsatztaktik und Menschenführung vertraut waren. Eine Kombination, die nicht allzu häufig auftrat.

Der Wichtigkeit ihrer Mission angemessen, musste geradezu eine Koryphäe in B 616 schlummern.

„Oh, gerade vom wissenschaftlichen Zweig der Offiziersschule des Oberkommandos als Jahrgangsbester mit Auszeichnung entlassen worden. Die Wahl kam nicht vom Captain, man hat ihn uns mehr oder weniger ins Nest gelegt. Im Prinzip ein Jungspund mit gerade mal 28 Jahren, ohne nennenswerte praktische Erfahrung."

Die Stimme des Pflegers sprach mit wenig Begeisterung.

„Aber die Abschlüsse", Hotaru schaute ihm über die Schulter, „sprechen doch wohl für sich. Studienabschlüsse mit hervorragenden Noten in Mathematik sowie in den klassischen naturwissenschaftlichen Gebieten und in Programmierung und Robotik, dazu Psychologie, Taktik und Kommunikation."

„Ja", vervollständigte Hotarus Gesprächspartner das Bild, „und unser Tausendsassa kommt aus dem Erdenstaat Paraguay und hört auf den klangvollen Namen Paulo Baretta."

„Wie dem auch sei", entgegnete die Funkerin, „macht ihn fit und bringt ihn zur Brücke. Übrigens, der Captain wünscht in kürzester Zeit einen kompletten Zustandsbericht des Staselagers. Besser ihr macht euch sofort an die Arbeit."

Während sich im hinteren Lagerbereich ein gewisser Joe an B 616 zu schaffen machte, fuhren die anderen beiden Pfleger ihre Kontrollrechner hoch, um der letztgestellten Aufgabe nachzukommen. Hotaru verließ das Staselager, weil sie in anderen besetzten Abteilungen helfen wollte.

Zentrale Good Hope, etwas später:

Thomas und Phil erreichten in doch recht lädiertem Zustand die Brücke des Auswandererschiffes.
Ächzend sank Thomas in seinen Pilotensessel und sah Laura fragend an. Laura gab einen kurzen Zustandsbericht des Schiffes ab. Wenig später meldete sich die Stase-Abteilung mit einem Bericht, der alles in Grünwerten beschrieb, auch sei der Aufweckvorgang für den Taktikoffizier innerhalb beschleunigter Parameter.
„Gut", schaute Thomas zum Navigator, „Lutz, jetzt können wir die nächste Frage angehen. Wo sind wir?"
Lutz machte ein sehr bedrücktes Gesicht: „Ich habe schon mal ein wenig meine Instrumente befragt", meinte er schulterzuckend, „ehrlich gesagt, ich habe keine Ahnung. Ich finde keine bekannte Sternenkonstellation, unsere Sonne kann ich auch nicht finden."
„Sehr interessant, wir haben uns also verlaufen?", fragte der Captain.
„Ja, also verlaufen …", fing Lutz an, als Thomas beschwörend die Hand hob, „so … äh … könnte man es auch ausdrücken." Verlegen kratzte sich Lutz hinter seinem rechten Ohr.
„Dann will ich mal hoffen, dass irgendjemand Brotkrümel gestreut hat oder uns die Pfadfinder alsbald aufgreifen!", versuchte Thomas an alte Zeiten scherzhaft zu erinnern.
Doch Lutz zuckte nur nochmals mit den Schultern und selbst der ständig humorvolle Phil verzog keine Miene. In diesem Moment betrat Hotaru die Zentrale, in der Hand hielt sie immer noch die Injektionspistole. Sie gab einen kurzen positiven Bericht über den Zustand der Mannschaft.
„Okay, danke." Thomas nickte ihr zu.
„Hotaru, wir benötigen im Moment keine Kommunikationskraft. Den Bordfunk können wir von unseren Tableaus hier steuern. Wir brauchen jemanden an der Taktikkonsole. Guck mal zu, dass du das Ding aktivierst und irgendwo ein Bedienungshandbuch findest, sodass wir zumindest ein paar nützliche Informationen bekommen. Niemand erwartet, dass du perfekt bist."
Die schlanke Japanerin nickte kurz und machte sich an die Arbeit.
„Lutz, wie schnell sind wir eigentlich?"
„Augenblick, habe ich gleich." Lutz schaute auf seine Instrumente.

Thomas fasste sich in Geduld. Es war im All nicht gerade einfach, die eigene Geschwindigkeit zu messen. Viel hing von den vorhandenen Bezugspunkten ab. Wenig später kam die Auskunft, dass die Good Hope immer noch mit 30% Licht flog.
„Gut, Geschwindigkeit halten. Wir wissen nicht, wann wir wieder springen müssen. Hotaru, kannst du schon etwas mit der Konsole anfangen?"
„Ich glaube schon, was soll ich tun?"
„Scanne das All um unser Schiff insbesondere in Flugrichtung. Ich möchte keine unangenehmen Überraschungen erleben oder in irgendwas hineinrasen. Kannst du uns die Frontkamera auf den Hauptbildschirm legen?"
Die Funkerin bestätigte. Kurz darauf ging der riesige Videoschirm gegenüber den Kommandosesseln an und zeigte vordergründig die absolute Leere mit abertausenden von Sternen im Hintergrund. Kein Wunder, dachte Laura, dass Lutz sich hier nicht zurechtfindet.
Sie wandte sich an Phil: „Wie lange braucht ihr, um den Jumper zu laden?"
„Oh, das geht schnell, wenn wir ausreichend Energie zur Verfügung haben, können wir innerhalb von 5 Minuten einen Sprung ausführen", berichtete Phil.
„5 Minuten können eine ganze Menge sein. Geht das nicht schneller?"
Laura war mal wieder nicht zufrieden.
„Wir müssten mehr Energie durch die Leitungen schicken als erlaubt wäre."
„Ich erlaube es aber." Laura lächelte gönnerhaft. „In der nächsten freien Minute macht ihr euch daran. Für Notfälle schickt ihr so viel Energie durch die Leitungen wie ihr verantworten könnt."
Phil bestätigte.
Hotaru meldete sich: „Über Lichtjahre kein einziges Staubkorn. Wir sind allein."
„Thomas, was tun wir als nächstes?"
Die Frage von Laura stand im Raum und jeder schaute zum Captain.
„Ich denke, wir sollten versuchen, uns ein wenig auszuruhen. Wir sind jetzt seit 16 Stunden auf den Beinen. Lutz soll mit Hotaru den Hauptcomputer so programmieren, dass er uns weckt, wenn etwas Außergewöhnliches passiert. Laura, stell bitte den Vollalarm ab."

Laura tat wie ihr geheißen und die roten Leuchtbänder an den Seiten der Zentrale und innerhalb der Gänge und Abteilungen des Schiffes erloschen. Sie sollten alle etwas Ruhe finden, dachte Laura, das war ein Problem. Bei der geplanten Reise sollte so viel Energie wie möglich gespart werden. Je mehr Leute sich außerhalb der Stasekammern aufhielten, umso mehr Energie wurde verbraucht für die Ernährung, das Wasserrecycling, die Sauerstoffgewinnung und so weiter. Daher war auch eine Nachtschicht auf der Brücke nicht geplant. Die Privaträume des Captains lagen gegenüber der Zentrale auf der untersten Ebene. Zunächst erreichte man einen Besprechungsraum für ca. 12 Personen, bevor es dann in den eigentlichen Wohnbereich ging. Alle anderen hatten zwei Etagen höher ihre Räumlichkeiten, die sie über Lifte erreichen konnten. So war gewährleistet, dass die Schiffsführung innerhalb weniger Sekunden auf dem Posten war. Lutz und Hotaru bestätigten die Alarmprogrammierung des Hauptrechners.
Über Bordfunk gab Thomas die allgemeine Ruhephase bekannt. Zur Brückencrew gewandt: „Wir sehen uns in 10 Stunden in der kleinen Kantine."
Zu Laura gewandt: „Der Letzte macht's Licht aus!" Damit verschwand er in seinen Privaträumen.

<u>Knapp 10 Stunden später, kleine Kantine der Brücke:</u>

Thomas hatte eine Nacht, oder besser gesagt eine Ruheperiode, hinter sich gebracht, wobei von Ruhe nicht viel die Rede sein konnte. Die wenigen Stunden, in denen er geschlafen hatte, war sein Geist von allerlei Albträumen geplagt worden. In dementsprechend schlechter Verfassung war er vor Ablauf der von ihm selbst gesetzten Frist aufgewacht, war in die Brückenkantine gegangen und hatte sich schon einmal daran gemacht, für sich und seine Mannschaft so etwas wie Frühstück zuzubereiten.
Noch konnte man sich aus den Vorräten bedienen, die schon vor einer Woche zum Schiff gebracht worden waren. Je nachdem wie viele Leute davon zehrten, mussten die bordeigenen hydroponischen Gärten die Vorräte ersetzen. Dann würde alles aus pflanzlicher Nahrung bestehen. Wie die Nahrung am Ende ihrer Reise aussehen würde, wusste keiner. Jedenfalls war man zu dem Ergebnis gekommen, dass man keine Tiere mit an Bord nehmen würde. Auch die Aussaat von Getreidearten oder

Gemüse war sehr fraglich. Man hatte auf der Erde schon begreifen müssen, dass es nicht gut war, wenn der Mensch in die Natur eingriff. So beschränkten sich die Hoffnungen darauf, dass man einen Planeten fand, der seinerseits Nahrung bereitstellte, die für Menschen geeignet war.

In einer Kanne dampfte der Kaffee schwarz und heiß, als Laura die Kantine betrat. Nach dem üblichen Morgengruß stellte Thomas am Gesichtsausdruck seiner Vertreterin fest, dass ihre Nacht wohl auch nicht die erholsamste gewesen sein musste. Während Spiegeleier und Speck in der Pfanne rösteten, trafen auch Phil, Hotaru und Lutz ein.

„Los", forderte Thomas auf, „ran ans Frühstück, ich brauche eine erholte und kräftige Crew."

Man griff herzhaft zu. Nachdem Eier und Speck vom Tisch verschwunden waren, Lutz lud sich geradezu Unmengen auf seinen Teller, und man satt bei einer Tasse Kaffee zusammensaß, forderte der Captain die Anwesenden auf, Vorschläge zur Bewältigung der Situation zu machen.

„Ich hoffe, jemand von euch hat eine zündende Idee zur Lage", eröffnete er die Diskussion, von der er sich ein paar Anregungen erhoffte.

„Ich meine", begann Hotaru, „wir sollten zunächst erst mal versuchen die Erde wiederzufinden. Wenn wir davon ausgehen, dass wir in gerader Linie zur Flugroute gesprungen sind, so müsste sich unsere Heimatwelt gerade hinter uns befinden. Zumindest sollten wir dort mit der Suche beginnen."

Thomas nickte nachdenklich.

„Ich möchte", so brach es aus Phil heraus, „unbedingt das Wrack untersuchen, das noch auf dem Landedeck liegt. Ich hoffe, ein paar Informationen über unsere neuen Freunde herausfinden zu können."

„Ich finde, dass wir unterbesetzt sind. Wir sollten darüber nachdenken, wer von unseren Gästen im Staselager uns zur Bewältigung der Probleme helfen könnte", trug Laura ihren Beitrag zur Diskussion bei.

Lutz hatte keine Meinung. Stattdessen stellte er die Frage in die Runde, was man nun tun könne.

„Wir tun alles", antwortete Thomas, „Lutz und Hotaru suchen die Erde hinter uns, Phil nimmt sich eine oder zwei Leute und beschäftigt sich mit dem Beibootwrack, zwei weitere wird Phil abstellen, um die hydroponischen Gärten anzufahren, um mehr Nahrung und Sauerstoff bereitzustellen, damit wir Lauras Vorschlag überhaupt aufgreifen können.

Laura wird sich mit der Frage beschäftigen, wer uns denn helfen könnte. Ich selbst werde die Zeremonie vorbereiten."
„Äh, welche Zeremonie", kam es von Lutz etwas verständnislos.
Mit ernstem Blick schaute Thomas seine Crew an: „Wenn wir auch im Moment nicht ganz genau wissen, was zu tun ist, so kann es ganz hilfreich sein, nach der Tradition der Flotte zu handeln. Nach dem gestrigen Angriff auf unsere Heimatwelt befinden wir uns genau genommen im Krieg."
„Und so werden wir", sprach Laura, „unser friedliches Schiff in einer Zeremonie umtaufen und dem Gegner feierlich den Krieg erklären. Ich gehe schon mal Stöcke und Steine suchen, damit wir uns verteidigen können." Die letzten Worte kamen reichlich sarkastisch an, stimmten aber. Man würde etwas zum Schießen benötigen, anderenfalls bliebe immer nur die Flucht.
Thomas dachte an den pazifistischen Gedanken der Missionsgründer, der nun die Good Hope zwang, völlig unbewaffnet eventuellen feindlichen Angriffen ausgesetzt zu sein. Wir müssen das Beste daraus machen, dachte er und sagte laut: „An die Arbeit. Wir treffen uns in fünf Stunden wieder hier. Ich möchte dann von jedem einen Zwischenbericht."
Die Crew ging auseinander und der Captain ging sich umziehen fürs Joggen. Macht den Kopf frei, sagte er zu Laura und begann seinen Lauf durchs Schiff. Zur Zeremonie gehörte aber auch, dass man vor der Kriegserklärung noch ein Fest feierte. Auch damit wollte Thomas nicht brechen. Wer weiß, wann man nochmals einen Grund zum Feiern finden würde.

<u>5 Stunden später, Kantine, Brücke:</u>

Thomas sah seine kleine Crew der Reihe nach an und sie begannen ihren Bericht.
Phil war der Erste: „Ich habe mit zweien meiner Leute das Wrack genauestens nach eventuell gespeicherten Daten durchsucht. Wir haben eine Menge sicherstellen können, jedoch scheinen die Daten verändert zu sein. Bisher haben wir nichts herauslesen können. Zurzeit haben wir die Daten im Labor und fertigen Kopien an, damit wir beim Entschlüsselungsversuch nichts zerschießen. Im Übrigen haben wir die Leistungen der Energieaggregate in den hydroponischen Gärten etwas ange-

hoben. Wir sind jetzt in der Lage, die aktive Besatzung zu vervierfachen und trotzdem auf etwaige Vorräte verzichten zu können."

Der Blick ging zu Lutz und Hotaru. Die gelernte Funkerin zuckte nur bedauernd mit den Schultern: „Leider scheint die Theorie des geraden Sprungs bei derartigen Entfernungen ein Irrglaube zu sein. Direkt hinter uns befindet sich unsere Sonne nicht."

„Jedenfalls nicht in einer für uns sichtbaren Entfernung", fügte Lutz hinzu.

Die Reihe war an Laura: „Ich bin auf einige Schwierigkeiten beim Durchsuchen unserer Passagierdateien gestoßen."

Laura machte ein nachdenkliches Gesicht.

„Irgendwie scheint keiner dabei zu sein, der uns bei militärischen Aktionen hilfreich sein könnte, beziehungsweise bei etlichen Personen sind die Daten nicht lesbar."

„Wie nicht lesbar", echote Thomas, „wie geht das denn?"

Laura zog die Mundwinkel nach unten: „Entweder die Daten waren beim Start nicht komplett oder wir sollen sie nicht lesen, oder mein Zugangscode ist nicht ausreichend."

„Du hast die gleichen Zugangsrechte wie ich. Diese Möglichkeit scheidet aus", bemerkte Thomas nachdenklich, „und dass sie nicht komplett waren, will ich auch nicht glauben. Bleibt also nur die Möglichkeit, dass wir sie nicht lesen sollen. Aber warum? Die Frage können wir im Moment nicht beantworten. Okay."

Thomas schlug leicht mit der Hand auf den Tisch. „Machen wir erst einmal weiter. Ich habe, wie es unsere Tradition erfordert, ein kleines Fest anberaumt. Unser Koch wird für heute Abend, also in fünf Stunden, ein opulentes Mahl in der Hauptkantine bereitet haben. Auch werden entsprechend Musik und alkoholische Getränke, ich meine, er sprach von Bier, zur Verfügung stehen. Ich erwarte eine vollständige Teilnahme der Crew und eifriges Mitmachen beim Ablauf."

Phils Blick bekam einen sehnsüchtigen Ausdruck: „An mir wird es nicht scheitern, bestimmt nicht." Damit begab er sich wieder an seine Arbeit.

„So Laura." Thomas wandte sich an seine Stellvertreterin. „Nun zeig mir mal diese ominösen, nicht lesbaren Dateien."

Beide begaben sich zum Computerterminal an der Taktikkonsole. Thomas gab seinen Code ein und rief die Personaldaten der Passagiere auf. Erst als er sich die Daten, sortiert nach Befähigungen, abrufen

wollte, fielen ihm geschwärzte Datenfelder auf. Was er auch anstellte, die Dinger blieben schwarz und die Daten somit für ihn nicht sichtbar.
„Was glaubst du, was das zu bedeuten hat?", fragte er Laura.
„Ganz klar", kam die enttäuschte Antwort, „irgendwer will nicht, dass wir etwas über diese Leute wissen."
„Tja, es würde mich erstens brennend interessieren warum, und zweitens, was sind das für Leute?", kam es Thomas über die Lippen.
„Finden wir es heraus und wecken wir einige von ihnen", sprach Laura spontan.
„Okay, werden wir tun. Aber nicht jetzt. Erst die Feier, dann die Taufe und dann werden wir den einen oder anderen auswählen und befragen."

Weitere fünf Stunden später, Hauptkantine:

Die Mannschaft war komplett versammelt, stand um die aufgestellten Tische herum und wartete in teilweise heftigen Diskussionen vertieft auf ihren Captain.
Der Koch stand, wie traditionell immer noch üblich, in seiner weißen Kochschürze und der Kochmütze etwas abseits und wartete darauf, nach der sicherlich erfolgenden Rede des Captains, sein Tagewerk, sprich das Buffet, freigeben zu können.
Laura hatte Thomas über Armbandsprechfunk das Zeichen gegeben, dass alle Mannschaftsmitglieder angetreten waren. Er wollte als Letzter den Saal betreten, seine Leute aber auch nicht unnötig warten lassen. Wenig später betrat er dann auch den Versammlungsraum.
Die Geräuschkulisse erstarb augenblicklich und alle Personen richteten ihre Aufmerksamkeit auf den gerade erschienenen Captain. Thomas nahm diese freiwillige Form der Disziplin dankbar zur Kenntnis. Dieses Fest bedeutete eben, dass am nächsten Tag das Kriegsrecht ausgerufen werden würde. Dann war die legere Art des Umganges miteinander vorbei. Dann würde statt der individuell ausgesuchten Kleidung eine Uniform getragen werden. Scheinbar stellte sich seine Mannschaft schon einmal darauf ein.
Ein paar Meter abseits hatte man ein kleines Rednerpult aufgestellt, welches von Thomas aber nicht beachtet wurde. Er stellte sich mitten unter seine Leute, sah sie an und versuchte dabei wirklich jedem in die Augen zu sehen.

Er sah neugierige, entschlossene, verbissene, aber keine verzweifelten Gesichter.
Kein Wunder, fast alle hatte er selbst ausgewählt: „Guten Abend, Crew!", begann er.
„Guten Abend, Captain", erscholl es zurück.
„Wir haben uns heute hier versammelt, um unserer Tradition nachzugehen. Wie ihr mittlerweile alle wisst, ist unsere Erde Ziel eines feindlichen Angriffs geworden. Ich habe es mit eigenen Augen sehen müssen. Die Feinde haben selbst auf unsere Rettungsboote und -kapseln geschossen. Das Schicksal der Erde ist ungewiss. Keiner weiß, ob dort noch jemand lebt. Schlimm, weil wir im Moment auch nicht nachsehen können. Irgendetwas ist bei unserem Sprung passiert. Die theoretische Reichweite scheint weit überschritten zu sein. Vielleicht ist das gut so. Eventuell hat der Feind vielleicht Mühe, uns zu finden. Und wie ich ihn erlebt habe, wird er versuchen, uns zu finden. Wir werden uns darauf vorbereiten. Wir haben", und dabei sah er seine Crew beschwörend an, „die Verantwortung für 50.000 Passagiere. Vielleicht der Rest unserer Zivilisation. Wir werden diese Leute an einen Ort bringen, an dem sie sicher sind. Das ist unsere vordringlichste Aufgabe. Selbst wenn dieses Schiff bewaffnet wäre, so müssten wir doch jedem Konflikt, soweit es geht, ausweichen, um der Sicherheit unserer Passagiere willen. Ich fordere jeden von euch auf, sein Bestes dafür zu geben und zwar so lange, bis wir unser Ziel erreicht haben! Und wenn wir unsere Passagiere sicher abgesetzt haben, dann werden wir uns ganz intensiv mit dem Feind beschäftigen und ihm deutlich machen, was wir von seinem Überfall auf die Erde halten!" Thomas war bei seinen letzten Worten etwas lauter geworden und schaute dafür in entschlossene Gesichter.
„Ich habe immer ein offenes Ohr für Vorschläge aller Art. Im Moment wird unser Taktikoffizier aus seiner Stasekammer geholt. Wir werden dann die nächsten Schritte beraten. Und nun die Bekanntgabe des Ziels."
Dabei hob Thomas seinen linken Arm und rief laut: „Ich verspreche, dass unsere Zivilisation nicht untergeht!"
Vielstimmig ertönte es laut zurück: „Wir versprechen, dass unsere Zivilisation nicht untergeht!"
„Ich verspreche es mit meinem Leben!"
„Wir versprechen es mit unserem Leben!"
„Bis der Tod mich hindert!"

„Bis der Tod uns hindert!"
„Zu eurer Information: Morgen um 10:00 Uhr wird auf dem Hangardeck B die feierliche Umtaufe der Good Hope stattfinden. Zu diesem Zweck werden wir alle in Uniform antreten. Und nun wünsche ich allen einen gelungenen Abend."
Während von der Crew heftig applaudiert wurde, zerrte der Koch bereits die Abdecktücher vom Buffet – und er hatte sich wirklich jede Menge Mühe gegeben. Es war fast alles da, was man auch in guten bis sehr guten Restaurants auf der Erde bekam und das für jede Geschmacksrichtung. Über Fisch, Fleisch und Geflügel war alles vorhanden, was das Herz eines hungrigen Raumfahrers erfreute. Lächelnd beobachtete der Koch, wie die Mannschaft sein Tagewerk eifrig verzehrte. Er selbst stand hinter einem provisorischen Tresen und zapfte Bier.
Thomas sprach dem Koch sein Kompliment aus, was diesen sichtlich freute. Laura kam auf ihn zu: „Sehr ergreifend, deine Rede, wie immer kurz und knapp."
„Danke für die Blumen. Sind die Scanner mit dem Hauptrechner verbunden? Ich möchte eine ungestörte Feier."
„Selbstverständlich Captain", beeilte sich Laura zu versichern und im Verschwörerton, „ich mache mir nichts aus Alkohol, nicht weitersagen. Ich habe die Computer so vernetzen lassen, dass ich von hier den Jumper laden kann. Bis zum Sprung kann ich dann auf der Brücke sein."
„Gut", nickte Thomas anerkennend während er bemerkte, dass sich ihnen Phil näherte: „Sir, darf ich auf ein Bier einladen, Sir?"
„Phil, morgen – morgen kannst du ‚Sir' sagen, nicht heute", tadelte Thomas seinen Chefingenieur aus Spaß.
Dann legte er dem kleineren Spezialisten den Arm um die Schulter und zog ihn Richtung Zapfanlage.
„Was meinst du übrigens mit einem Bier? Meinst du wir bekommen nicht mehr?"
Laura sah dem ungleichen Pärchen lächelnd hinterher. Sollen sie sich vergnügen, ich habe die Aufsicht, dachte sie.
Der Koch sah die beiden kommen und beeilte sich zwei besonders große Gläser mit dem Gerstensaft bereitzustellen. Er sollte sie an diesem Abend nicht zum letzten Mal gefüllt haben.
Lächelnd überreichte er das stark schäumende Bier.
„Auf Ex", forderte Phil und sein Captain ließ sich nicht lumpen.

Schneller als gedacht, musste der Koch wieder nachfüllen. Mit fortschreitendem Abend wurde die Gesellschaft immer lockerer und lauter und irgendwann dann auch wieder leiser und seltsam undeutlich. Nach etlichen Stunden, das Buffet war wie leergefegt, die Bierfässer voll Luft und die letzte Musik gespielt, saßen nur noch zwei Personen erschöpft auf zwei Stühlen nebeneinander – Laura und der Schiffskoch.
„Wie heißt du eigentlich?", fragte Laura den ca. 45 Jahre alten schlanken Mann von ca. 1,80 m Größe mit schwarzen vollen Haar und eisgrauen Augen.
Dieser hatte seine Kochmütze längst abgelegt: „Meine Eltern ließen mich auf den Namen Joseph taufen. Mein voller Name ist Joseph Eisman. Ich stamme aus Israel."
„Und, Joseph", fragte Laura, „wo hast du so gut kochen gelernt?"
Joseph sah Laura an: „Meine Mutter hat es mir gezeigt!"
„Wie, du hast kochen gar nicht gelernt? Was machst du dann hier als Schiffskoch? Ich dachte wir beschäftigen nur Spezialisten! Was hast du denn gelernt?"
„Ich bin", begann Joseph ruhig zu sprechen und starrte einen willkürlich gewählten Punkt in der Kantine an, „Spezialist für zielverfolgende Raketensysteme!"

<u>30 Minuten später, Lauras Kabine:</u>

Laura lag mit weit geöffneten Augen auf ihrem Bett. Sie hatte nicht mehr aus Joseph herausbekommen. Er hatte lediglich beide Arme abwehrend gehoben und gesagt, dass sie ihn morgen nach der Schiffstaufe befragen könne. Er wolle dann auch bereitwillig Auskunft geben. Ihre sämtlichen Umstimmungsversuche waren an ihm abgeprallt. So hatte sie sich mit dieser Auskunft zufriedengeben müssen. Die von ihr geöffnete Personaldatei wies bei Joseph ebenfalls geschwärzte Datenfelder auf. Nun lag sie da und sinnierte: Wahrscheinlich ist Hotaru nebenbei dann auch eine Nuklearexpertin und Lutz bastelt in seiner Freizeit Strahlwaffen oder so etwas. Irgendwann schlief sie dann ein und träumte von grässlichen Aliens, denen sie hilflos ausgesetzt war, bis Joseph als Lichtgestalt erschien und sie vom Schlachtfeld trug.

Am nächsten Tag, Hangardeck B, 10:00 Uhr:

Das Deck selbst war ein schmuckloser Raum von ca. 100 x 70 Metern und diente normalerweise mit seinen großen Außenschleusen als Unterbringungsmöglichkeit für gelandete Shuttles. Große, runde Bullaugen aus Panzerplast ließen Neugierige direkt ins All schauen. Aufgrund der immer noch hohen Geschwindigkeit erschienen die näheren Sonnen etwas unscharf. Nun diente dieser Raum als Versammlungsort für einen wichtigen, traditionellen Akt.
Die Mannschaft war komplett angetreten und stand mehr oder weniger in Achtung vor dem Rednerpult. Ausnahmslos, auch der Koch, in der üblichen petrolfarbenen, bequemen, körperbetonten Uniform mit dunkelrotem T-Shirt und leichten Bordstiefeln. Man bemühte sich allenthalben um Haltung, doch so manchem war die lange Nacht anzusehen. Trotzdem, ob Kater oder nicht, alle waren ergriffen von diesem bedeutungsvollen Augenblick. Die Menschheit hatte erfahren (müssen), dass sie nicht die einzige Intelligenz im Universum war. Und dem, auf den man getroffen war, erklärte man nun den Krieg.
Thomas betrat, gefolgt von Laura, die ein mobiles Touchpad hielt, den Saal. Dieses Mal ignorierte er das Rednerpult nicht, sondern trat sofort dahinter, um unmittelbar mit seiner Rede zu beginnen: „Guten Morgen, Crew!"
„Guten Morgen, Captain!"
„Ich sehe, wir sind alle hier angetreten, um eine wichtige Tradition der Flotte aufrechtzuerhalten. Wir wollen im Angesicht der schrecklichen Verluste, die unserer Heimatwelt zugefügt wurden, den Kriegszustand ausrufen und unserem Schiff traditionell einen neuen Namen geben."
Die Crew hörte aufmerksam zu. Gespannt wartete man auf den Namen aus dem Munde des Captains.
Nur dieser hatte das Recht einen Kriegsnamen auszuwählen.
„Ich gebe hiermit den Kriegszustand bekannt. Eine Kriegserklärung wird übermittelt, wenn wir wissen wie. Zum neuen Namen der Good Hope: Es ist mir nicht leichtgefallen, einen Namen zu finden, der der Situation angemessen ist und mit dem wir uns identifizieren können. Aber es hat in der amerikanischen Geschichte einen großen Mann gegeben, der nie aufgab, auch wenn die Situation noch so schlecht für ihn und sein Volk war, der auch gegenüber einer großen Übermacht unerschrocken gekämpft hat. Völlig uneigennützig und nur auf das Wohl

seines Volkes bedacht. Der viel Leid und Entbehrungen erfahren musste. Er war der Kriegshäuptling eines der Stämme der Apachen und ich zitiere ihn anlässlich seiner Rede vom 25. März 1886:
‚Ich möchte nur zu gerne wissen, wer den Befehl gab, mich festzunehmen und zu hängen. Ich lebte friedlich dort mit meiner Familie im Schatten der Bäume und tat genau das, was General Crook mir geraten hatte zu tun. Ich habe oft um Frieden gebeten, aber Ärger kam immer von den Agenten und Dolmetschern. Ich habe nie Unrecht ohne Grund getan, und wenn ihr von Unrecht redet oder auch nur an Unrecht denkt, so tätet ihr besser daran, an das Unrecht zu denken, das ihr dem Roten Manne zugefügt habt, und das tief und weit wie ein Ozean ist, durch den niemand mehr waten kann, ohne darin zu ertrinken. Mein Unrecht ist dagegen wie ein kleiner ausgetrockneter Bachlauf, den habgierige Weiße mit den Tränen meines Volkes gefüllt haben. Ich habe dieselben Weißen diese Tränen austrinken lassen, bis auf den letzten Tropfen, sodass ich wieder an den Bach gehen kann, ohne meine Mokassins mit Unrecht zu nässen. Sagt mir, was daran Unrecht ist! Ihr sagt selbst, dass ein Mensch, der einen anderen tötet, getötet werden muss. Seht, wie zahlreich der rote Mann war, bevor ihr kamt, und seht, wie viele rote Menschen ihr getötet habt. So dürft ihr nach euren eigenen Gesetzen heute nicht hier stehen, sondern müsstet alle tot sein, wenn euer Gesetz wahrhaftig wäre!'"

Thomas ließ sein zuvor aufgefaltetes Script sinken.
„Zu Ehren dieses unerschrockenen Kämpfers taufe ich unser Schiff auf den Namen ‚GERONIMO'!"
Und wie die Tradition es erforderte, rief die Mannschaft dreimal hintereinander den neuen Namen des Schiffes. Alle applaudierten anschließend langanhaltend.
Nachdem wieder Ruhe eingekehrt war, nickte Thomas Laura zu: „Namen des Schiffes im Logbuch ändern und bestätigen."
Laura gab den Namen ‚Geronimo' auf ihrem Touchpad ein und bestätigte diesen. Somit war der Akt der Schiffstaufe beendet und das Ergebnis ins Logbuch eingetragen.
Kaum hatte Laura die Eingabe beendet, leuchteten an den Seiten des Decks gelbe Lichtbänder für den Teilalarm auf und ein Knacken kündigte eine schiffsweite Durchsage an: „Hier spricht das Sicherheitsunterprogramm des Zentralcomputers. Für das Schiff besteht Teilalarm. Captain und Vertreter werden dringend ersucht, im Besprechungsraum des Captains den Computer für weitere Informationen einzuschalten. Ende der Durchsage!"

Es knackte noch einmal kurz und die schiffsweite Durchsage war beendet. Sofort begann die Mannschaft wild zu diskutieren, was diese Überraschung zu bedeuten hatte.

„Hallo Crew!"

Die Mannschaft wandte sich verstummend ihrem Captain zu.

„Ich glaube, der eine oder andere von euch muss noch mal im Handbuch nachsehen!"

Während die Crew verwirrt ihren Captain ansah, holte Laura etwas Luft, um dann laut zu werden: „Alle Mann auf die Stationen! Wir haben Kriegszustand. Teilalarm bleibt Teilalarm, egal, wer ihn ausgelöst hat! Bin ich hier von Anfängern umgeben? Wird's bald? Ich erwarte Klarmeldungen!"

Schon bei den ersten lauten Tönen von Laura beeilte sich die Mannschaft, ihre Stationen zu erreichen.

Vor dem Ausgang kam es zu einem kleinen Stau.

„Crewman Eisman, ich glaube die Küche braucht dich jetzt nicht. Folge uns!"

Dabei setzte sich Laura in Richtung Brücke in Bewegung.

Thomas war etwas erstaunt und folgte Laura: „Wozu brauchen wir einen Koch auf der Brücke? Hast du Hunger?"

„Quatsch", wehrte Laura mit einer Handbewegung ab, „später erkläre ich es dir."

Thomas gab sich damit zufrieden, Laura hatte bestimmt einen Grund für die bisher nicht erklärbare Anordnung. Zu dritt strebten sie der Zentrale zu. Lutz und Hotaru waren bereits anwesend.

Laura wies Joseph den freigewordenen Stuhl der Funkstation zu und befahl ihm dort zu warten.

Eilig betraten Laura und Thomas den Besprechungsraum. Hinter Laura schloss sich die Tür und Thomas schaltete den Computer ein. Nach kurzem Flimmern erschien dort das wohlbekannte Gesicht von Admiral Nyota M`Ganda. Die dunkelhäutige Afrikanerin trug ihr schlohweißes, langes Haar offen. Dies gab der Frau unbestimmbaren Alters ein etwas bizarres Aussehen. Sie war bis zur Brust in ihrer braunen Admiralsuniform zu sehen: „Wenn diese Aufzeichnung abgespielt wird, ist unserer alten Tradition gefolgt worden. Wir müssen davon ausgehen, dass dieses Schiff und seine Besatzung samt der unendlich wertvollen Fracht in ernsthaften Schwierigkeiten steckt."

Du ahnst gar nicht wie Recht du hast, dachte Thomas und Laura nickte zustimmend.

„Wir hatten daher beschlossen, zumindest einige von uns", dabei lächelte Admiral Nyota M`Ganda, „dass wir euch doch nicht so ganz unbewaffnet losschicken wollen. Dieser Computer hält unter dem Passwort ‚Troja' Informationen bereit, die euch sicherlich interessieren werden. Gleichzeitig sind gewisse Informationssperren in Computerteilbereichen automatisch aufgehoben worden."

Die Afrikanerin beugte sich vor, als wolle sie aus dem Display in den Raum hineinschauen. Fast flüsternd sagte sie: „Wir haben euch Hilfe an die Hand gegeben. Geht weise und rechtschaffend damit um und schützt um Gottes Willen die Mission. Unsere besten Wünsche begleiten euch."

Mit den letzten Worten war die Aufzeichnung beendet.

Thomas und Laura sahen sich an.

„Und jetzt?", fragte Thomas.

„Nun", erklärte Laura, „möchte ich dir jemanden vorstellen."

Sie ging zur Tür, die sich bei ihrer Annäherung automatisch öffnete und rief den Koch herbei. Als dieser im Besprechungsraum erschien, wies sie mit der offenen Hand auf ihn und bemerkte etwas theatralisch: „Darf ich vorstellen? Unser Spezialist für zielverfolgende Raketensysteme!"

Thomas, immer noch unter dem Eindruck des überraschend ausgelösten Sicherheitsprogrammes, kam aus dem Staunen nicht heraus: „Aber, er hat uns doch das Buffet ganz ausgezeichnet zubereitet!"

„Jaja, unseren Gaumen erfreute er so nebenbei, als eine Art Hobby. In Wahrheit beschäftigt er sich mit der Herstellung von Vernichtungswaffen, wie er mir gestern gegenüber zugab. Joseph, bitte setz dich und erkläre mir und dem Captain den Umstand, warum wir einen Hobby-Koch an Bord haben, der im Hauptberuf Raketen bastelt."

Joseph setzte und räusperte sich: „Glaubt mir, so recht wohl gefühlt habe ich mich in meiner Rolle nicht."

Sein verlegener Blick ging zwischen Laura und Thomas hin und her.

„Ich bin sozusagen als Sicherheit eingebaut worden. Es wäre meine Aufgabe gewesen, euch beide auf Troja hinzuweisen, wenn niemand auf die Idee gekommen wäre, das Schiff umzutaufen. Auch mit dieser Möglichkeit hat das Hauptquartier gerechnet."

„Was weißt du sonst noch?", kam die Frage des Captains, der sich schnell in die ungewöhnliche Situation eingefunden hatte.

„Nichts, rein gar nichts. Man hat mir gesagt, dass es meine einzige Aufgabe wäre, euch aufzufordern, das Kennwort ‚Troja' in diesen Rechner dort einzugeben, wenn die Situation es erfordert. Alles Weitere würde ‚Troja' beantworten."

„Okay, also Troja. Hast du weitere Aufgaben, von denen ich nichts weiß?", kam die Frage des Captains und als Joseph dieses verneinte, „du kannst gehen, dieser Job ist erledigt – danke."

Während Joseph erleichtert dem Ausgang entgegenstrebte, tippte Thomas bereits das Kennwort ‚Troja' in den Computer.

3. Troja

<u>10. Juni 2120, 11:00 Uhr, Captains Besprechungsraum:</u>

Thomas und Laura saßen dicht aneinandergedrängt vor dem Computerterminal und staunten nicht schlecht.

Der Captain stöhnte leise. „Das muss ich sehen, sofort!"

Er ließ Laura allein und stürzte aus dem Raum. In der Zentrale sahen Lutz und Hotaru erstaunt auf, als sie den Captain in zügigem Trab aus dem Raum laufen sahen. Ohne Erklärung stieg er die Rampe zur nächsten Etage hoch und verließ die Brücke. Was beide nicht sahen: Draußen erhöhte Thomas sein Tempo noch um Einiges. Schweratmend kam er schließlich im hinteren Sektor des Schiffes an. Dort ging er durch eine Tür der automatischen Feuerlöschanlage und räumte einen Schrank beiseite, der merkwürdig leicht war. Dahinter kam ein Schott zutage. Thomas Raven legte seine Hand auf ein Sensorfeld und sprach das Wort ‚Troja' aus. Wenig später leuchtete das Sensorfeld grün auf und eine automatische Stimme ertönte: „Autorisation Raven, Thomas, akzeptiert. Hangar auf Dauer freigegeben."

Gleichzeitig öffnete sich eine große Tür. Als er durch die Tür trat, flammte das Hallenlicht auf.

Da standen sie.

Thomas traute seinen Augen nicht. Flügel an Flügel, soweit das überraschte Auge reichte: Ein Kampfjet der neuesten Ausführung der Marke Sparrow Hawk nach dem anderen.

Weiter hinten standen die etwas klobigeren Aufklärer des Typs Tiger Shark. Captain Raven ging auf den ersten Jet zu. Als könne er es nicht glauben, streckte er seine Hand aus. Von unten konnte er gerade die Unterseite der kurzen Stummelflügel berühren. Bewundernd strich seine Hand über das kühle Metall der bedrohlich wirkenden, weiß lackierten Maschinen. Leise fröstelte es ihn, wenn er daran dachte, was diese Fluggeräte anzustellen vermochten. Unter jedem der zwei kurzen Flügel waren Trägersysteme für zielverfolgende Raketen mit Bilderkennung angebracht. Per Aufschlagszünder würden gewaltige Energien freigesetzt werden.

Thomas hatte diese Vernichtungswaffen bei Übungen erleben können. In der Nase des Jägers steckte eine Maschinenkanone, die extrem schnelle Explosivgeschosse freisetzte. Unter Volllast konnten diese Maschinen etwas mehr als die halbe Lichtgeschwindigkeit erreichen. Niemand kam jedoch auf den aberwitzigen Gedanken, in diesem hohen Geschwindigkeitsbereich irgendwelche Kampfhandlungen anzuzetteln. Thomas ging weiter.

Er erreichte eine Tiger Shark und legte seine rechte Hand auf ein seitliches Sensorfeld. Umgehend öffnete sich eine Seitentür und eine Zutrittsrampe wurde ausgefahren, während im Innern des Aufklärers das Licht aufflammte. Der Captain betrat das Fluggerät und setzte sich in den Pilotensessel. Sofort schloss sich die Luke. Thomas nahm alle Einzelheiten in sich auf. Das Flightpanel zeigte Grünwerte. Der Flieger war nagelneu, vollgetankt und bereit zum Start. Seine Wendigkeit war nicht so groß wie die der Jäger, aber er verfügte über Schnellfeuerkanonen mit den Sprengsätzen an den beiden Flügelenden. Insgesamt konnte er Raketen und Torpedos unterschiedlichsten Typs direkt aus einer Schleuse, man könnte auch sagen Torpedorohr, die sich unterhalb seiner Nase befand, abschicken. Die Maximalgeschwindigkeit von 35% Licht lag deutlich unterhalb der Sparrows, jedoch waren die Aufklärer sinnvollerweise mit Jumpern ausgerüstet. Jede Tiger Shark hatte eine Besatzung von zwei Piloten und konnte weitere 6 Personen transportieren. Die wesentlich schlankeren Sparrows boten je nach Ausführung entweder nur für einen Piloten oder für einen weiteren Kampfbeobachter Platz.

Nachdem Thomas sich noch ein wenig weiter im Hangar umgesehen hatte, stellte er fest, dass wohl ein Zwischendeck eingezogen worden war, das sich fast über die gesamte Geronimo erstreckte. Nicht alles

wurde von Jägern oder Aufklärern beansprucht. Es gab auch Hebebühnen, Reparaturdocks und Magazine.
Er entdeckte jetzt auch an den Seiten hin und wieder ein Schott, sodass der weitere Zutritt nicht mehr über diesen Feuerraum erfolgen musste. Über einen der seitlichen Ausgänge verließ er dieses geheime Zwischendeck und begab sich Richtung Brücke.

<u>Wenig später, Brücke der Geronimo:</u>

Thomas hatte gerade die Kommandobrücke betreten und wurde von Laura angesprochen, die sich bereits wieder in ihren Pilotensessel gesetzt hatte: „Und?"
„Du kannst es dir nicht vorstellen", begann Thomas. „Lutz, Hotaru, zuhören. Wir haben tief in unserem Bauch ein paar einsatzklare Geschwader von Sparrow Hawks und Tiger Sharks an Bord. Allesamt nagelneu, vollgetankt, hoch aufgerüstet und einsatzbereit. Das, was wir nicht haben, sind Piloten, die diese Kampfjets fliegen."
„Oh doch", grinste Laura, „die haben wir. Ich habe weitere Informationen, die von Troja freigegeben wurden, aus unserer Passagierliste entnommen. Wir haben ausreichend Piloten und Bedienungsmannschaften an Bord. Wenn wir alle wachküssen, können wir in den Krieg ziehen. Was machen wir als Nächstes?"
Thomas wurde nachdenklich: „Ich denke, wir brauchen eine Strategie und wir müssen das Schiff gefechtsklar machen. Außerdem brauchen wir eine Inventur des vorhandenen Kriegsmaterials."
„Das könnte meine Aufgabe sein, Sir", unbemerkt hatte der Taktikoffizier Paulo Baretta den Eingang der Zentrale betreten.
„Ich melde mich hiermit zum Dienst, Captain."
Thomas sah die auf der nächsthöheren Ebene der Zentrale stehende Gestalt näher an. Paulo schwankte etwas, außerdem war er außergewöhnlich blass. Ein kleines Zugeständnis an die etwas überstürzte Aufweckung. Er würde die Herren Pfleger etwas tadeln müssen – sie hatten eindeutig übertrieben. Paulo war ein dürres Männchen von ca. 165 cm Größe, mit dichtem, schwarzen Haar und braunen Augen.
Thomas ging ihm entgegen: „Willkommen an Bord. Wir brauchen deine Hilfe, dringend."
Thomas bemerkte die Schweißperlen auf der Stirn seines neu hinzugekommenen Crewmitglieds.

„Du bist nicht einsatzfähig. Begib dich sofort wieder in den Behandlungsraum des Staselagers und melde dich wieder hier, wenn du ausreichend fit bist."

„Danke Captain, im Moment ist mir wirklich nicht ..., aber eine Empfehlung habe ich."

Die Worte kamen etwas abgehackt aus dem Munde des wissenschaftlichen Führungsoffiziers.

„Ich habe mir einen kurzen Überblick über die Lage verschaffen können. Ich empfehle nichts zu tun, was Energieausstöße hervorruft. Bitte nur in absoluten Notfällen springen."

„Okay", nickte Thomas langsam und nachdenklich. „Lutz, bring unseren Taktikoffizier zurück in pflegerische Obhut."

Paulo Baretta wollte ablehnen, aber eine eindeutige Geste des Captains scheuchte beide von der Brücke.

„Was nun tun?", wollte Laura erfahren.

„Nichts", ließ sie Thomas wissen. „Ich gedenke dem Ratschlag unseres Cheftaktikers zu folgen – falls nichts Besonderes passiert. Wir warten auf Paulo. Außerdem habe ich Hunger. Sag unserem Raketenbastler, er soll ein Menü für vier Personen auf die Brücke zaubern."

<u>Zwei Tage später, Captains Besprechungsraum, 09:00 Uhr:</u>

Erwartungsvoll saßen alle Brückenoffiziere inklusive Phil in ihren petrolfarbenen Uniformen am ovalen Besprechungstisch und sahen Paulo Beratta zu, wie er vor dem Tisch stehend vorsichtig und umständlich ein paar bunt bedruckte Kunststofffolien ordnete und dabei eine höchst teilnahmslose und damit wichtige Miene zur Schau stellte. Offensichtlich war er sich der Wichtigkeit seiner Ausarbeitungen bewusst und genoss die Aufmerksamkeit seines Publikums.

„Los Paulo, mach es nicht so spannend", verlangte der Captain.

„Also", begann Paulo vielsagend, „es ist meine Aufgabe gewesen, eine Art Bestandsaufnahme des so urplötzlich aufgetauchten Zwischendecks 13b vorzunehmen."

Mann, der könnte gut einen Lehrer abgeben, dachte Laura, und Paulo dozierte weiter: „In zeitaufwendiger Kleinarbeit habe ich also alle vorhandenen Materialien mit den Bestandslisten, innerhalb des trojanischen Bereichs der Computersysteme, mit den tatsächlich vorhandenen Materialien auf Deck 13b verglichen."

Es erfolgte eine bedeutungsvolle Pause und Thomas beugte sich nach vorn: „Und?"

„Sie stimmen überein, alle in den Dateien aufgelisteten Gegenstände sind auch tatsächlich vorhanden." Paulo war sichtlich zufrieden mit den Vorarbeiten der Schiffsausrüster und natürlich mit sich selbst.

„Ich will", begann Thomas leise, „einen Überblick über unsere militärischen Möglichkeiten, keinen Abgleich irgendwelcher Daten, weil", dabei wurde er etwas leiser, „es wahrscheinlich niemanden mehr gibt, den ich für Falscheingaben zur Rechenschaft ziehen könnte!"

Paulo räusperte sich verlegen und gab sich einen Ruck: „Also gut, die Daten. Ich beschränke mich auf die größeren und damit wichtigeren Fundstücke. Eine genaue Bestandsliste habe ich hier auf den Folien ausgedruckt." Dabei verteilte er die farbigen Datenfolien.

„Zunächst möchte ich auf die Fluggeräte zu sprechen kommen. Wir haben sechs volle Geschwader der Sparrows Hawks an Bord, davon zwei des Typs Beta, also mit zwei Mann Besatzung. Von den Tiger Sharks stehen uns vier Geschwader zur Verfügung. Alle Flugzeuge sind vollgetankt, komplett aufgerüstet und startklar."

Die Zuhörer staunten nicht schlecht. Das war eine ganz ansehnliche und schlagkräftige Ausrüstung, denn jedes Geschwader bestand aus 12 Jägern plus einem Leaderschiff. Selbst Lutz war beeindruckt.

Mannomann, dachte er, jetzt wird aus der wehrlosen Zielscheibe noch ein beeindruckendes Kampfschiff.

„Was ist mit der bordeigenen Bewaffnung?"

Thomas Frage unterbrach die Gedanken der Mannschaft.

„Ich habe zahlreiche Raketenabschussvorrichtungen entdeckt. Weiterhin Explosivgeschosse unterschiedlichsten Kalibers. Es steht uns auch Herstellungs- und Reparaturgerät zur Verfügung, sowie noch ein paar größere Bergungsboote für unterschiedliche Einsätze. Wir müssten uns nur rechtzeitig um Nachschub an Rohstoffen bemühen." Paulo setzte sich und gab damit zu verstehen, dass er seinen Part der Besprechung zunächst für erledigt hielt.

Thomas Blick galt Laura.

„Wie viele Besatzungsmitglieder wir aufwecken, hängt davon ab, wie kampfstark dieses Schiff sein soll." Die Subcommanderin hatte sich ebenfalls auf dieses Treffen vorbereitet.

„Nun", begann Thomas, „da unser nächstes Treffen auf unsere Feinde auch gleich das letzte sein könnte, halte ich es für angebracht, die volle Stärke zu erreichen. Vielleicht haben wir keine weitere Chance."
„In Ordnung, dann brauchen wir ca. 900 Crewmitglieder inklusive der Marines, die ich noch auf der Passagierliste entdeckt habe. Ich habe mir deine Entscheidung so vorgestellt. Eine Datei der betroffenen Personen habe ich bereits dem Staselager übermittelt."
Laura hatte also schon vorgearbeitet und entsprechende Weichen gestellt.
Thomas brauchte es nur zu befehlen und schon bald würde es erheblich lebhafter innerhalb der Geronimo werden. Thomas Blick ging zu Phil. Dieser wusste, was erwartet wurde: „Ich kann mir gut vorstellen, dass Laura auch an ein paar Techniker gedacht hat. Ich würde jetzt von meiner Truppe 6 Leute abziehen, um die hydroponischen Gärten auf ca. 60% Leistung zu bringen. Das müsste dann reichen."
Thomas stand auf und leitete somit das Ende der Besprechung ein. Während sich alle von ihren Plätzen erhoben, gab Thomas seine Entscheidungen bekannt.
„Phil, hydroponische Gärten auf 60% bringen. Laura, übermittel deine Liste auf meinen Computer. Paulo, Auftrag Part 2, versuch eine Auswertung der Daten, die Phil aus meinem Aufklärungsflieger sichergestellt hat."

13. Juni 2120, Captains Besprechungsraum, 09:00 Uhr:

Man traf sich nunmehr jeden Morgen um 09:00 Uhr im Besprechungsraum des Captains. Auch diesen Morgen begann Paulo Baretta mit seiner Auswertung. Dieses Mal verhielt er sich völlig professionell. Die Auswertung der Daten schien erheblich zu seiner ernsten Haltung beigetragen zu haben. Mit ruhiger Miene begrüßte er kurz sein Publikum: „Guten Morgen, zusammen." Dabei schaltete er einen Wandmonitor ein, um seine Worte bildhaft zu untermalen.
Die Crew sah teilweise zum ersten Mal die Abläufe im heimatlichen Sonnensystem. Paulo schwieg und ließ allein die Bilder wirken. Wenig später war allen blass gewordenen Zuschauern klar, was Paulos Ernsthaftigkeit und auch sein anfängliches Schweigen ausgelöst hatte. Man sah wie diese riesigen rechteckigen Schiffe der Feinde mit ihren Energiestrahlen ein Schiff der Erde nach dem anderen aus dem Weltraum

fegten. Im Hintergrund war zu sehen, dass ein paar von diesen Schiffen abdrehten und Kurs auf die Erde nahmen, die weiter zurück wie ein blau funkelndes Juwel im All leuchtete. Paulo hatte die Vielzahl der Videoaufzeichnungen aus Thomas Beiboot geschickt vergrößert und zusammengeschnitten.
Als in einer Szene zu sehen war, dass selbst die Rettungsboote und -kapseln von den Feinden angegriffen und zerstört wurden, ging ein Aufstöhnen durch den Raum.
„Was sind das für Kreaturen!", rief Phil mit geballten Fäusten.
„Wir werden uns revanchieren – ich verspreche es euch!"
Thomas war, obwohl er das Ganze schon live gesehen hatte, ebenfalls wütend. In der Hektik hatte er damals keine Zeit gehabt, alle Details in sich aufzunehmen. Der Film war schließlich zu Ende und betroffenes Schweigen herrschte im Raum. Seltsamerweise war es Hotaru, die sich als Erste wieder etwas fasste: „Was hast du herausbekommen, Paulo?"
Baretta nickte und setzte sich an den Tisch: „Diese Waffen – es handelt sich mit an Sicherheit grenzender Wahrscheinlichkeit um hochverdichtete Lichtenergie, eine Art Laser. Die Reichweite der Waffen scheint irgendwo bei 100.000 km zu liegen. Ich denke, je näher ein Ziel ist, desto wirkungsvoller sind diese Waffen. Ich habe keine anderen Waffensysteme bemerkt, kann mir aber nicht vorstellen, dass dies die einzige Waffe ist, die unseren Gegnern zur Verfügung steht."
Thomas blickte zu Paulo: „Zumindest scheint diese Hauptwaffe recht effektiv zu sein. Gibt es eine Möglichkeit, sich davor zu schützen?"
„Im ersten Angang habe ich die Möglichkeit gesehen, ein Gefecht auf Distanz zu führen. Unsere Raketen und Torpedos haben wesentlich größere Reichweiten, aber dann ..." Paulo legte eine kleine Pause ein.
„Dann fiel mir ein, dass wir schon einen Schutz dagegen haben."
Erstaunte Ausrufe kamen aus der Runde der Zuhörer.
„Ja, unser Hochgeschwindigkeitsschirm." Dabei ging Paulos auffordernder Blick in Richtung Phil.
Phil ergänzte den Bericht von Paulo: „Ab einer gewissen Geschwindigkeit werden selbst kleinere Gesteinsbrocken im Weltall auch für unsere dicke Panzerung ein Problem – sie würden uns dann einfach durchschlagen. Auch wenn hier draußen keine Schwerkraft herrscht, die Masseträgkeit hat dieselben physikalischen Gesetze. Daher schaltet sich selbsttätig bei Erreichen von 50 km/sec unser Energieschirm ein, der derlei Objekte vor Erreichen der Panzerung pulverisiert."

„Danke für die Erläuterung."
Paulo nickte Phil zu und fuhr fort: „Dieser Energieschirm kann uns mit hoher Gewissheit, mein Rechner gibt eine Wahrscheinlichkeit von 88% an, vor diesen Strahlen schützen. In gewisser Weise wird unser Schirm unter Beschuss noch eher an Wirksamkeit gewinnen. Es darf nur nicht zu viel werden, denn dann brennen unsere Projektoren durch."
Thomas beugte sich erstaunt vor: „Soll das etwa heißen, dass unsere Schiffe in Erdnähe nicht hätten vernichtet werden müssen, wenn das jemand gewusst hätte?"
Paulo nickte bekümmert: „Selbst wenn es jemandem aufgefallen wäre, hätte es nichts mehr genutzt. Wir haben den Schild mit dem Ionenantrieb gekoppelt. Bei den Geschwindigkeiten, die den Schirm einschalten lassen, kann man keine Raumkämpfe mehr führen."
Thomas schaute auffordernd zu Phil, der schnell begriff: „Aye, Captain, ich mache mich sofort an die Arbeit. Ich denke, der abgekoppelte Schirm steht in ein paar Stunden zur Verfügung, solange sollten wir die derzeitige Geschwindigkeit noch halten."
„Gut, beruhigend zu wissen, dass wir zumindest im Moment geschützt sind."
Thomas gab sich zufrieden.
Das hatte sich ja alles einigermaßen entwickelt. Die Feinauswertung von Troja hatte ergeben, dass die Geronimo gut und gerne das Flaggschiff der Erde hätte sein können. Die Größe und diese Bewaffnung konnte kein anderes Erdenschiff vorweisen. Der Haken an der Sache waren nur die 50.000 Schläfer im Staselager. Ansonsten hätte Thomas das Schiff längst gestoppt. Da man aber nicht wusste, ob das Schiff als einziges den Angriff überstanden hatte, und wie es zu Hause auf der Erde aussah, musste man unbedingt die vielleicht letzten Menschen in Sicherheit bringen. Paulo beendete die Besprechung noch mit einer kleinen Überraschung: „Unser Captain hat bei seiner Aufklärungsmission noch einen Sendeimpuls aufgefangen. Er stammt eindeutig nicht von uns. Die Entschlüsselung ist äußerst kompliziert, aber machbar. Ich melde mich, wenn ich Erfolg habe. Weiterhin möchte ich folgenden Vorschlag machen: Das Aufwecken der Besatzungsmitglieder braucht Zeit, weil wir nicht alle auf einmal betreuen können. Außerdem benötigen wir Rohmaterialien. Ich habe schräg vor uns ein riesiges Asteroidenfeld gescannt. Das gesamte Feld strahlt schwach in allen

Energieformen. Wir könnten diesen Umstand eventuell nutzen, um nicht geortet zu werden."

„Wir spielen also Verstecken", warf Laura ein.

„Ja, so kann man es auch sehen, wenn wir den Kurs geringfügig ändern, könnten wir in drei Tagen dort sein." Paulo sah erwartungsvoll den Captain an.

Thomas nickte: „Lutz, sprich dich mit Paulo ab und ändere den Kurs. Wir werden uns dort umsehen. Wo ich gerade von Umsehen spreche, wir brauchen einen Flight Commander, der unsere Geschwader dirigiert."

„Ist schon in der Aufweckphase", antwortete Laura.

„Ach ja." Dem Captain fiel noch etwas ein. „Paulo, warum sollten wir nicht mehr springen? Du hattest es empfohlen."

„Ich gehe davon aus, dass es zumindest beim Wiedereintritt in das Einsteinuniversum zu einer messbaren Schockwelle kommt. Wenn der Feind mehrere Schiffe darauf ansetzt und aus verschiedenen Richtungen misst, kann er höchstwahrscheinlich unsere Position bestimmen. Beim ersten Sprung war er auf diese Messungen nicht vorbereitet, nun aber wird er auf unseren nächsten Sprung warten."

Thomas nickte: „Wir werden erst dann springen, wenn wir bereit dazu sind. Hotaru, Lutz, haltet bitte Ausschau nach Systemen, die einen oder mehrere Planeten in der Grünzone haben."

Damit war diese Besprechung beendet und alle verließen den Raum.

<u>Wenig später, Maschinendeck:</u>

Phil hatte Besuch vom Captain bekommen, der sich nach den Arbeiten am Schutzschirm erkundigen wollte. Phil hämmerte verbissen auf seiner Tastatur herum: „Für wen haben die das eigentlich gemacht? Das Programm ist besser abgesichert als damals Fort Knox. Ich musste ein Unterprogramm schreiben, um überhaupt Zugriff zu finden."

„Wirst du es schaffen?"

„Ja sicher, sicher, ich wollte aber eher fertig werden als angegeben und das klappt jetzt nicht."

Thomas grinste und schlug Phil auf die Schulter: „Es reicht mir völlig, wenn du deine Zusagen einhältst. Wunder erwarte ich nur selten."

Wenig später ertönte die Stimme von Laura im Maschinendeck, sie rief Thomas auf die Brücke. Da weder Teil- noch Vollalarm gegeben wurde, beeilte sich Thomas nicht besonders. Als er die Brücke erreichte, sah er zwei Techniker, die gerade dabei waren, den Kommandostand des Flight Commander zu installieren.

Ein dritter machte sich an der Waffenstation zu schaffen. Thomas deutete mit der Hand auf den letztgenannten Mechaniker und sah Laura fragend an.

„Ich habe mir erlaubt, gewisse Voraussetzungen zu schaffen. Der Waffenspezialist wird demnächst geweckt und er soll ja sein Spielzeug vorfinden. Aber deswegen habe ich dich nicht gerufen. Der Flight Commander hat sein Erscheinen angekündigt. Ich denke mir, dass du ihn persönlich begrüßen willst."

Ein etwas vergnügliches Lächeln sagte Thomas, dass er mit einer ganz besonderen Erscheinung zu rechnen hatte. Weitere Nachfragen bei Laura würden ungehört verhallen, außerdem wollte er ihr die kleine Freude nicht nehmen. Also setzte er sich in den Kommandosessel und wartete die nächsten Minuten gespannt auf das neue Brückenmitglied. Als er dann das leise Zischen der eine Etage höheren Zutrittsschiebetür hörte, fiel es ihm schwer, nicht gleich aufzuspringen und sich umzudrehen. Diese etwas zurückhaltende Art kam Lutz überhaupt nicht in den Sinn. Zwar sparte er sich das Aufspringen, aber er drehte sich mitsamt seinem Pilotensitz in Richtung Brückeneingang und legte den Kopf in den Nacken, um den Neuankömmling zu sehen. Thomas fiel die Überraschung in Lutz Gesicht sofort auf.

Kein Wunder, denn die Kinnlade war nach unten geklappt.

„Flight Commander Grace Ojok meldet sich zum Dienst, Sir."

Die Worte drangen mit tiefer und rauchiger Stimme an das Ohr des Captains. Dieser stand auf und flüsterte Lutz zu: „Lutz, Mund zu – Kaffee wird kalt."

Während Lutz sich beeilte, die untere Mundhälfte nach oben zu klappen, hatte sich Thomas gänzlich umgedreht. Oh ja, dachte Thomas mehr als überrascht, das ist wirklich eine bemerkenswerte Erscheinung. Auf der Veranda in der ersten Etage des Umlaufes der Brücke stand eine hochgewachsene überaus schlanke Schwarzafrikanerin. Ihre ebenholzfarbene Haut stand im sehr guten Kontrast zu der Uniform. Ihr Alter war undefinierbar. Sie hätte ebenso gut 25 wie 50 Jahre alt sein können. Thomas schätzte aufgrund des wirklich dunklen Teints, dass Grace Ojok aus dem ehemaligen Eritrea, einem Staat aus dem nordöstlichen Afrika, stammte, beziehungsweise ihre Vorfahren dort beheimatet waren. Grace maß gute 1,90 m und trug ihre schwarzen Haare stoppelkurz und glatt.

„Willkommen an Bord, Flight, nimm deinen Posten ein."

Thomas hatte damit die allgemein gebräuchliche Bezeichnung des Flight Commanders gewählt.

Offiziell hieß es FliCo. Die Wahl der Abkürzung Flight beinhaltete gleichwohl auch eine Art Anerkennung und Akzeptanz.

Grace Ojok schaute zur Brückenbesatzung herab: „Die Abkürzung muss ich mir erst verdienen. Wenn es erlaubt ist, sehe ich zuerst nach meinem Team und dann nach der technischen Ausrüstung."

Thomas schaute verdutzt, während Laura antwortete: „Ist in Ordnung, Grace. Spätestens morgen um 09:00 Uhr ist hier Besprechung."

Grace nickte und verschwand mit einem katzenartigen Gang wieder aus der Zentrale. Sie war gerade hinaus, da gab Thomas seiner Verblüffung Ausdruck, indem er grüßend in Richtung Ausgang die Hand hob und so etwas wie „Tschüss auch" murmelte. Selbst die sonst sehr ernste Japanerin konnte sich ein Lächeln nicht verkneifen. Thomas sah sich in der Zentrale um. Jeder tat so, als hätte er den Auftritt, und so musste man es ja bezeichnen, nicht bemerkt.

„Na gut, sehr schön, wir haben jetzt eine Flight Commanderin, die sich sozial engagiert und anschließend ausgiebig in unseren Aussteuerkisten rumwühlt. Welch ein Auftritt! Laura, hast du das gewusst?"

„Ja – Sir!"

Laura wandte sich ab, damit Thomas das breite Grinsen in ihrem Gesicht nicht bemerkte. Irgendwas war scheinbar auf der anderen Seite mit ihrem Tableau nicht in Ordnung und bedurfte nun ihrer ganzen Aufmerksamkeit

4. Erster Kontakt

<u>16. Juni 2120, Nähe Asteroidengürtel:</u>

Lutz hatte die Geronimo langsam und vorsichtig nahe an den Asteroidengürtel herangeflogen. Im Moment stand das Schiff zum Gürtel still. Die Ausmaße dieser Erscheinung im All waren schier gigantisch. Nach vorsichtigen Schätzungen hätte man das gesamte Sonnensystem darin unterbringen können. Dagegen wirkte die an sich riesige Geronimo wie ein kleines Staubkorn. Die unterschiedlichen Strahlungen waren stärker

geworden, ohne dass man sagen konnte, um was es sich genau handelte. Die einzelnen Asteroiden waren von unterschiedlichster Größe und Zusammensetzung. Von ein paar Metern Durchmesser bis zur Mondgröße und darüber hinaus schien alles vorhanden zu sein.
Thomas verband mit diesem Ziel zwei Hoffnungen.
Als Erstes erhoffte er sich ein gutes Versteck und zum Zweiten wollte er die bordeigenen Lagerräume mit vielleicht später benötigten Rohstoffen füllen. Nun stand man vor dem Entschluss hineinzufliegen oder nicht. Die Entscheidung wurde erschwert, weil es nicht gelang, mehr als ca. 100 Meter tief in das Feld hineinzuscannen. Man diskutierte eifrig auf der Brücke.
„Wir brauchen verwertbare Daten für unsere Entscheidung. Grace, wie weit sind deine Piloten?"
Thomas sah seinen Flight Commander fragend an.
„Ich kann noch nicht ein Schiff besetzen."
„Doch kannst du. Und zwar du selbst und Phil. Ihr fliegt in einer Tiger Shark direkt hinein. Eile tut Not. Ihr startet in 15 Minuten. Wir bleiben mit Normalfunk in ständiger Verbindung. Wenn der Kontakt abreißt, kehrt ihr spätestens nach 60 Minuten um."
Grace Ojok nickte wortlos und verließ die Brücke. Genau 15 Minuten später saß sie mit Phil in einer der nagelneuen Tiger Sharks und bat um Starterlaubnis. Kurz nach dem Abflug verschwand der Aufklärer im Asteroidenfeld und das buchstäblich. Der Flieger konnte weder geortet noch per Funk erreicht werden. Bevor Unruhe in der Zentrale entstehen konnte, verwies Thomas auf die 60-Minuten-Frist. Außerdem, was konnte man von einem Versteck Besseres erwarten?
„Ich möchte darauf aufmerksam machen, Captain, dass ich diesen Geröllhaufen gefunden habe", ließ der Taktikoffizier vernehmen.
„Und, was willst du uns damit sagen?", konterte Laura.
„Dass er das Recht hat, einen Namen dafür zu vergeben", sinnierte Thomas. „Wie soll's denn heißen?"
„Äh, ich weiß noch nicht. Ich denke nach."
Paulo war leicht irritiert, weil man seinem Wunsch so schnell stattgegeben hatte. Die Warterei zerrte an den Nerven. Zwar hatte Phil schon längst das manuelle Einschalten der Schutzschirme realisiert, jedoch konnte niemand etwas über die genaue Wirksamkeit aussagen. Beim plötzlichen Auftauchen von Feinden war die stillstehende Geronimo eine leichte Beute. Bei dem Oberfächenscan waren zwar ausreichend

große Zwischenräume festgestellt worden, aber wie weit man mit der Geronimo da hineinfliegen konnte, war höchst ungewiss.
„Paulo, was kannst du messen?"
Der Angesprochene beeilte sich, die Daten von seinem Touchpanel abzulesen, um der Subcommanderin eine entsprechende Antwort geben zu können.
„Ich messe Magnetismus. Normalerweise müssten diese Gesteinsbrocken bei der Gesamtmasse wegen der Gravitation schon längst zu einem großen Himmelskörper zusammengefunden haben. Hier scheint es sich um ein Gleichgewicht aus Anziehung und Abstoßung zu handeln. Ich kann bisher keine Eigenbewegung der sicht-, beziehungsweise scanbaren Asteroiden feststellen. Außerdem habe ich mich zu einem Namen entschlossen!"
Alle schauten Paulo erwartungsvoll an.
„Der Name soll sein: Stonehall." Dabei blickte er sich triumphierend um.
„Okay, Laura, trag den Namen ins Logbuch ein. Lutz, vermerke es beim Anfertigen der Sternkarten und -dateien."
Beide Angesprochenen antworteten mit einem „Aye, Captain."
Das ist ja mal wirklich ein ausgefallener Name, amüsierte sich Thomas in Gedanken.

Gleiche Zeit, an Bord der Tiger Shark:

Da hatte sich ein Einsatzteam zusammengefunden, wie es unterschiedlicher nicht sein konnte. Der schmächtige Engländer wurde von der Schwarzafrikanerin um mehr als Haupteslänge überragt. Er agil, redefreundlich und stets humorvoll, und sie ruhig, gelassen und nahezu emotionslos. Es gab nur noch wenige Leute ihrer Art. Die Seuche Aids hatte Afrika, bis sie im Jahre 2090 endgültig besiegt worden war, fast vollständig entvölkert. Auch wenn diese Gefahr schon vor über einer Generation vor Grace Geburt eliminiert worden war, schien es immer noch auf sie zu wirken. In Afrika hatte sich die Natur weitestgehend wieder ausgebreitet. Man hatte auf der Erde auch andere Sorgen, als sich die wilde Natur Afrikas im Moment wieder untertan zu machen.
Als die Tiger Shark in Stonehall eindrang, riss der Funkkontakt zur Geronimo ab. Grace tat so, als wenn sie nichts anderes erwartet hätte, und schaltete sämtliche Aufzeichnungsgeräte und Scanner ein.

Phil murmelte eine Verwünschung und spähte mit verkniffenen Augen aus dem Cockpit. Es war nicht gänzlich dunkel dort draußen. Ein fahles, blaues Leuchten ging von den Gesteinsbrocken aus und ein leises Knistern drang bis in die Pilotenkanzel vor.
„Was ist das?", wollte Phil wissen.
Grace, die, statt nach draußen zu starren, lieber die Scanner im Blick behalten hatte, wusste auch gleich eine Antwort: „Viele, vielleicht alle Gesteinsbrocken dort draußen enthalten Erz. Magnetisiertes Metall. Teilweise ziehen wir diese an. Sie knallen dann gegen unsere Bordwand und bleiben kleben. Nein, es ist nicht gefährlich, wir ziehen nur die kleinsten an. Die großen benötigen aufgrund der Masseträgheit erheblich mehr Zeit, um auf uns zu reagieren, bis dahin sind wir längst aus dem Einflussbereich." Grace lenkte den Aufklärer um einige größere Brocken herum. Die Aufzeichnungsgeräte liefen, aber auch hier war die Reichweite begrenzt, aber innerhalb der Wolke waren schon größere Distanzen möglich. Die Dichte der Asteroiden war erheblich. Dennoch konnte Grace jetzt schon ein paar ausreichend große Einflugmöglichkeiten für die Geronimo ausmachen. Eine knappe Stunde liefen die Aufzeichnungsgeräte, dann machte sich die Tiger Shark auf den Heimweg. Übergangslos tauchte der Aufklärer wieder auf den Ortungsschirmen der Geronimo auf und sorgte bei der Brückencrew für Aufatmen.
„Erbitte Landeerlaubnis", drang die rauchige Stimme von Grace über die Lautsprecher auf die Brücke.
„Landedeck freigegeben, lass den Autopiloten auf den Peilstrahl einrasten", kam Lauras Anordnung.
Während Grace bestätigte, bewegte sich die Tiger Shark schon zielstrebig auf das Heck der Geronimo zu.

<u>Zwei Stunden später, Captains Besprechungsraum:</u>

Paulo hatte sich eilends die gespeicherten Daten aus dem Aufklärer überspielen lassen und diese zunächst erst mal nach Einflugmöglichkeiten für die Geronimo gesucht und oberflächlich nach Gefahren ausgewertet.
Eine der möglichen Einflugschneisen wurde schließlich von Lutz, denn er hatte die Geronimo zu fliegen, ausgesucht. Lutz schwitzte anschließend Blut und Wasser, um die 3.000 Meter lange, 550 Meter breite und 300 Meter hohe Stahlwalze im richtigen Winkel in Stonehall hineinzu-

fliegen. Lutz nutzte fast ausschließlich die Korrekturtriebwerke und schaltete nur gelegentlich und äußerst kurz den Ionenantrieb hinzu. Während der nächsten fünf Stunden brachte er die Geronimo fast 400 Mio. km hinein und ‚parkte' das Schiff zwischen mehreren etwa Mond großen Asteroiden. Der Nächste war gerade mal 100.000 km entfernt.
Die Geronimo war erheblich weiter in Stonehall eingedrungen als der Aufklärer.
Ein Lob des Captains brachte ihm die Tatsache ein, dass er beim Navigieren so geschickt geflogen war, dass die Anziehungskraft der Monde auf das Schiff sich gegenseitig aufhob. Die Geronimo hatte ihren Parkplatz oder ihr Versteck erreicht.
Laura murmelte etwas von Handbremse anziehen oder Anker werfen.
Das Tagesziel war erreicht. Gespannt wartete man auf die turnusmäßige Besprechung am nächsten Morgen. Paulo hatte verlauten lassen, dass er bis dahin wohl den fremden Sendeimpuls entschlüsselt habe.
Nachdem sich fast alle der verdienten Ruhe hingegeben hatten, marschierte Phil munter Richtung Landedeck. Ihn interessierten die auf der Außenhülle klebenden Gesteinsbrocken auf der eingesetzten Tiger Shark. Und wirklich, das gesamte Schiff, zumindest die metallischen Teile, war mit Steinen übersät. Mühsam zog er diese mit einer Zange ab und brachte sie in Untersuchungsgefäßen unter. Anschließend machte er sich auf den Weg zum Labor.

17. Juni 2120, Captains Besprechungsraum, 09:00 Uhr:

Es hatten sich alle versammelt, nur der Wichtigste heute Morgen, Paulo Baretta, fehlte. Als man sich schon nach seinem Verbleib erkundigen wollte, kam er, Entschuldigungen murmelnd, in den Besprechungsraum gehetzt.
„Ich hab's fertig", gab er mit schweren Augenlidern bekannt.
Offensichtlich hatte er, um nicht wortbrüchig zu werden, erhebliche Teile der Nacht mit der Entschlüsselung des aufgefangenen Sendeimpulses verbracht.
„Allerdings ist das Video dazu O.K., das Audiosignal ist so schwer beschädigt, dass ich den entschlüsselten Text dazu vorlesen werde."
Die Anwesenden machten große Augen. Bekam man nun den Feind zu Gesicht? Paulo schob einen Speicherchip in das Lesegerät des Tisches. Automatisch fuhr die Raumbeleuchtung etwas runter und der große

Bildschirm an der Kopfseite des Raumes sprang an. Nach einigem Flimmern und Rauschen wurde das Bild scharf. Paulo hatte die Tonsequenz ganz herausgenommen.

Der Bildschirm zeigte den Kopf und die Schulterpartie eines entfernt humanoiden Wesens. Der unbehaarte Kopf war weitgehend dreieckig und lief im unteren Bereich spitz zu. Die Hautfarbe schimmerte golden. Anstelle der Nase waren drei querlaufende Hautlappen zu erkennen, die in der Mitte des Kopfes die Hälfte der Breite des Schädels einnahmen. Das Wesen sprach und man erkannte anstelle der Zähne schwarze Knochenplatten. Das Merkwürdigste aber waren die Augen. Sie standen ziemlich hoch und weit auseinander und statt eines Augapfels bestanden die übergroßen Sehorgane aus Facetten, wie man sie von den Insekten der Erde kannte. Ohren oder etwas Entsprechendes waren nicht zu erkennen. Die Menschen in dem Besprechungsraum waren unangenehm berührt. Dieses Alien war nach menschlichen Maßstäben hässlich. Geradezu unheimlich und bedrohlich wirkten die glanzlosen Facettenaugen, die teilnahmslos und hart auf die Brückencrew herunterzublicken schienen. Das Wesen bewegte sich nur ein paar Minuten, dann fror das Bild ein.

„So, ich werde jetzt den Teil der Sendung vortragen, den ich entschlüsseln konnte. Wie gesagt, die Sequenz war bereits beschädigt. Aber ich glaube schon, dass ich den Sinn der Botschaft, und darum handelt es sich, entziffern konnte."

Paulo schaute sich um und als er sicher war, dass ihm alle ihre Aufmerksamkeit schenkten, stand er auf und begann von einer Druckfolie abzulesen: „Die Fremden beschuldigen uns eines schweren Verbrechens. Sie umschreiben es mit: Hand an die Allmächtigkeit gelegt. Im weiteren Verlauf des Textes wird nicht weiter darauf eingegangen. Sie beschreiben uns als Gefahr für sie und alle anderen Intelligenzen im Weltraum. Daher haben sie beschlossen, uns anzugreifen und zu vernichten, bevor wir zur ernsthaften Gefahr werden können."

Betroffen guckten sich alle Beteiligten an.

„Wenn man nur herausfinden könnte, was diese Wesen meinen", begann Hotaru. „Vielleicht ist alles nur eine Verwechslung oder ein Irrtum."

„Eine Verwechslung, ein Irrtum", echote Thomas. „Hotaru, selbst wenn es so wäre, hat dieser Irrtum wahrscheinlich 8 Milliarden Men-

schen getötet. Ich sehe mich kaum in der Lage, großzügig darüber hinwegzusehen!"
Thomas war aufgesprungen und sprach mittlerweile deutlich lauter, wobei er mit seiner Hand auf das eingefrorene Bild zeigte: „Seht euch das an. Das ist der Feind. Wir werden lernen, wie man ihn bekämpft. Wir werden seine Schwachstelle herausbekommen und dann wird er uns kennenlernen. Wir haben unsere Heimat verloren. Wir sind abgeschnitten von allem, was uns lieb und wichtig war. Viele von uns haben nicht nur die Heimat, sondern auch Familienangehörige und Freunde verloren. Ich erwarte in der nächsten Zeit von jedem von uns, alles zu tun, um zwei Ziele zu erreichen: Erstens – wir brauchen einen neuen Planeten, den wir mit unseren Schläfern besiedeln können. Zweitens – müssen wir unseren Feind in die Knie zwingen und zwar so lange, bis er dauerhaft von seinem Vernichtungsplan ablässt. Paulo, hast du sonst noch irgendetwas herausgefunden?"
Der Angesprochene räusperte sich: „Aus der Tonspur des Signals ging hervor, dass die Fremden sich in einer Art Zwitschersprache unterhalten, ähnlich den Vögeln unserer …, äh ja und wie groß dieses Wesen ist, kann man bei diesem Bild nicht sagen, es fehlt eine Vergleichsmöglichkeit. Dieser Fremde kann genauso gut 50 cm wie 3 Meter groß sein. Es gibt einfach keinen Anhaltspunkt. Aber ich habe auf einem anderen Gebiet noch eine Erklärung anzubieten, nämlich warum wir so weit gesprungen sind. Im Moment des Sprunges hat uns eine Energiesalve des fremden Schiffes getroffen. Die Wirkung des Schusses wurde zwar in unseren aktivierten Schirmen absorbiert, jedoch bekam unser Jumper noch eine Art Anstoß. Da der Strahl offensichtlich nicht genau in Flugrichtung ausgelöst wurde, haben wir uns auch von der geraden Flugbahn wegbewegt, sodass wir gerade hinter uns die Erde beziehungsweise unser Sonnensystem nicht mehr finden."
Paulo hob beide Arme als Zeichen, dass er nichts weiter zur heutigen Besprechung beitragen konnte und setzte sich wieder auf seinen Platz.
„O.K.", begann Thomas. „Vielen Dank, Paulo, ausgezeichnete Arbeit. Du legst dich gleich ins Bett und holst den versäumten Schlaf nach, ich erwarte dich um 14:00 Uhr an deiner Konsole. Phil, ich möchte, dass du alle Beiboote, Aufklärer und Jäger mit dem manuell zu schaltenden Schutzschirm versiehst.
Sprich dich mit Grace ab, welche Schiffe zuerst ausgerüstet werden sollen. Ich will niemanden mehr ohne Schutz dort draußen rumfliegen

haben. Hat irgendjemand eine Idee, und sei sie auch noch so verrückt, was es mit der Allmächtigkeit auf sich haben kann?"
Alle angesprochenen Mitglieder des Brückenteams schüttelten den Kopf.
„O.K., ich nehme Ideen auch später an. Laura, wann steht uns der Feuerleitoffizier zur Verfügung?"
„In etwa drei Tagen", antwortete die Subcommanderin.
„Ich möchte, dass der Aufweckungsprozess dieses Crewmitglieds vorgezogen wird!"
Laura bestätigte und Thomas entließ die Besprechungsteilnehmer zu ihrer normalen Arbeit. Thomas hatte sich etwas dabei gedacht, den Feuerleitoffizier früher auf die Brücke zu beordern. Es war ihm nach der Besprechung nicht ganz geheuer, nur so halbwegs im kampftauglichen Zustand zu sein. Der sogenannte ‚Gunner' bediente an Bord von Raumschiffen das Kampftableau, oder wie Insider sagten, die Feuerorgel. Auf Anordnung des Captains oder XO startete der Gunner von seiner Konsole aus die entsprechenden Raketen oder Torpedos, beziehungsweise feuerte er ballistische Waffen ab. Das konnte er ganz manuell machen, er konnte jedoch auch mit Rechnerunterstützung feuern und ganze Programme zur Bewältigung von Kampfsituationen aufrufen. Im Prinzip hatten Flight und Gunner zusammenzuarbeiten.
Daher saßen beziehungsweise standen sie auch nebeneinander mit ihren Konsolen.
In der Geronimo waren mittlerweile alle benötigten Konsolen auf der Brücke montiert worden.
Die Konsolen waren alle heb- und senkbar, sodass eine Bedienung im Stehen wie im Sitzen möglich war.
Eine Tatsache, die von allen Bedienern als ergonomisch perfekt empfunden wurde. Es war den einzelnen Bedienern selbst überlassen, ob man im Moment lieber stehen oder sitzen wollte.

Einen Tag später im Staselager:

„Nimm deine dreckigen Pfoten von mir", rief die junge Frau leicht hysterisch.
Der Angesprochene beziehungsweise in diesem Fall der Angebrüllte, ein gewisser Joe und seines Zeichens Pfleger, dem mit seinen Kollegen im Moment eine wahre Akkordarbeit beim Aufwecken zugemutet wur-

de, zuckte zusammen. „Entschuldigung, ich wollte dir nur behilflich sein."
„Das sagen sie alle", fauchte die zierliche etwa 158 cm kleine und überaus schlanke, wenn nicht gar dürre, Person. Ihre grauen Augen blitzten und sie schüttelte ihre langen, blonden Haare.
„Sind wir da?" Mit einem Satz sprang sie vom Bett und hatte nicht einkalkuliert, dass ihre Muskeln aufgrund des Kälteschlafes kaum einsatzbereit waren. Prompt geriet sie ins Straucheln und fiel hin. Fluchend versuchte sie wieder auf die Beine zu kommen: „Warum hast du mich nicht aufgefangen?"
Joe grinste. „Ich wollte ja, aber meine dreckigen Pfoten sind zurückgezuckt."
„Das ist ein lausiger Service hier. Was ist mit meiner Frage? Sind wir da und wie lange habe ich geschlafen?"
„Tja, also ehrlich, wir sind nicht da und du hast gerade mal etwa 4 Wochen geruht."
Aus der Miene der jungen, vielleicht 23-jährigen Frau wich augenblicklich jede Aggressivität. Völlig ruhig und aufmerksam sah sie sich um und bemerkte die hektischen Aktivitäten. Sie sah Menschen auf den Betten liegen, die man aus den Stasekapseln geholt hatte. Infusionen und medizinische Geräte wurden an ihnen angeschlossen.
„Dann", sagte sie gefasst und leise zu Joe, „gibt es offensichtlich ein Problem, und ich bin in meiner Eigenschaft als Gunnerin geweckt worden."
Joe nickte. „Es ist in der Tat so und es sieht nicht gut aus."
„Dann lasst mich auf die Brücke."
Mit einer lockeren Armbewegung wollte sie den wesentlich schwereren und größeren Pfleger zur Seite schieben, verkalkulierte sich abermals und drohte wiederum zu stürzen. Dieses Mal griff Joe beherzt zu, fing sie wie eine Puppe auf und entschuldigte sich sofort.
„Sorry, Anordnung des Captains: Es werden nur absolut fitte Leute auf der Brücke geduldet. Wir haben strengste Order, keine Schlafwandler über die Flure laufen zu lassen."
„Danke fürs Auffangen. Meinst du, du kannst mich irgendwo ablegen und mal erzählen was eigentlich so los ist?"
„Gut", meinte Joe, „weil du Brückenoffizier bist, will ich mal eine Ausnahme machen. Du siehst ja, was hier los ist. Normalerweise habe ich

keine Zeit dafür, und ich muss bestimmt gleich nach meinen anderen Patienten sehen."
Joe legte seine spezielle Patientin wieder in ihr Bett.
„Also in Kurzform: Wir mussten etwas überstürzt abreisen, weil die Erde angegriffen wurde. Wir sprangen getroffen von einem feindlichen Energiestrahl viel weiter als wir ursprünglich vorhatten oder auch konnten. Wir wissen zurzeit nicht, wo wir sind. Wir wissen auch nicht, ob unsere Heimatwelt den Angriff überlebt hat. Wir verstecken uns momentan in einem riesigen Asteroidenfeld. Bei der traditionellen Schiffstaufe hat uns eine freundliche Fee, die unbewaffnete Good Hope, in eine hübsch wehrhafte Geronimo verwandelt."
„Ich weiß", gab die blonde Frau zu, „ich war eingeweiht. Wäre ja auch Blödsinn, eine Gunnerin zu einem Pazifistentreffen mitzuschleppen."
Joe nickte grinsend.
„Ich muss mich jetzt wieder kümmern. Über deinem Bett hängt ein Infoboard. Du kannst dir alles anschauen. Wir haben extra für die Neuankömmlinge Infomaterial zusammengestellt. Ruf mich, wenn du was brauchst. Drück einfach den grünen Knopf neben deinem Bett."
Joe verabschiedete sich und wollte sich anderen Patienten zuwenden.
„Wie heißt du?"
Er sah lächelnd zurück: „Joe."
„Danke, Joe."

<u>Kurz darauf, Geronimo, Brücke:</u>

„Komisch", meldete Paulo Baretta, „ich bekomme einen geringfügigen Druckabfall in Sektor B, Hangar 3/11 angezeigt."
Thomas reagierte sofort: „Und nun?"
„Druck wieder innerhalb normaler Parameter."
Laura war ebenfalls hellhörig geworden: „Check die Sensoren."
Paulo schaltete an seinem Touchpanel und meldete wenig später seine Sensorik im grünen Bereich.
„Grace, welche Maschinen hast du startbereit?"
Die Frage des Captains kam vielleicht für Einige überraschend, nicht für die Flight Commanderin.
„Ein halbes Geschwader Tiger Sharks plus Leader."
„Gut", kam die Anordnung des Captains, „bring sie raus, sofort. Zwei Maschinen kontrollieren die nähere Umgebung der Geronimo, eines

fliegt auf unserem Weg zurück bis zum Ausgang des Feldes und scannt nach Feinden. Bei Feindberührung oder -sichtung sofort zurück. Dieses Schiff soll halbstündlich zu uns zurückfliegen bis in Normalfunknähe und Meldung abgeben. Der Rest des Geschwaders sucht in größerer Entfernung zur Geronimo. Wir verwenden ausschließlich Normalfunk mit geringer Reichweite. Überlichtfunk ist untersagt."
Grace bestätigte und gab die Kommandos mittels ihrer Konsole weiter. Auf dem Landedeck entstand hektische Bewegung. 14 Piloten und Copiloten, sowohl männliche wie auch weibliche, rannten zu ihren Maschinen. Die Tiger Sharks standen verankert mitten auf dem Landedeck. Sie mussten per Hand aus der Geronimo geflogen werden, während die Jäger der Sparrow Hawks mittels Magnetschienen auf einer Art Gleis ins All geschossen wurden. Wenige Augenblicke später hatte Grace sieben grüne Startbereit-Lämpchen auf ihrer Konsole flackern.
Per Mikro gab sie die Startfreigabe und teilte den Piloten ihre Aufgaben zu. Das halbe Geschwader schwärmte auseinander und nahm Fahrt auf.
„Hotaru, haben wir eine Kamera in 3/11? Wenn ja, dann will ich ein Bild auf den Monitor", verlangte Thomas.
Die Japanerin bestätigte und wenig später zeigte der große Frontmonitor den Hangar 3/11. Überall waren bei reiner Notbeleuchtung große und kleine Kisten zu sehen. Angefüllt mit Material, was Siedler in einer neuen Welt so brauchen können oder glauben, zu brauchen. Hotaru schwenkte die Kamera und die gesamte Brückencrew starrte gebannt auf den Monitor. Thomas glaubte eine Bewegung erkannt zu haben:
„Nach links schwenken!" Aber da war die Bewegung schon vorbei.
„Paulo, Hangar 3/11 verriegeln. Ich sehe mal nach. Wir bleiben in Funkverbindung. Sagt mir Bescheid, wenn ihr etwas entdeckt."
„Was?", rief Laura. „Du willst gehen?"
„Genau", bestätigte Thomas. „Wer sonst!"
Thomas verschwand eilends in seinen Privaträumen und kam anschließend mit einer großkalibrigen Pistole, einer Desert Eagle, wieder zum Vorschein.
Laura bekam große Augen: „Du machst keine halben Sachen, wie? Vielleicht sollten wir einen lebendig fangen?"
Thomas zuckte mit den Schultern und verließ die Brücke.
Laura sah ihm nach.
Bemerkenswert, fand sie, was aus diesem Mann geworden war.

Seine Eltern waren damals von Deutschland nach Australien ausgewandert und hatten recht erfolgreich eine Krokodilfarm betrieben. Thomas war irgendwie zwischen Krokodilen aufgewachsen. Für Geschwister hatten seine Eltern keine Zeit gehabt. Als Thomas 14 Jahre alt war, passierte das Unglück. Sein Vater war mit einem Jeep im Outback unterwegs, als er wegen einer Fahrzeugpanne anhalten musste. Was dann geschah, ging aus einem kritzeligen Abschiedsbrief hervor, den sein Vater unmittelbar vor seinem Tod geschrieben hatte. Beim Versuch, den Wagen zu reparieren, sei er von einer Schlange, wahrscheinlich von einer Todesotter, gebissen worden. Seine alte Angewohnheit, der Abenteuerlust zu frönen und frei und ohne Sicherungen unterwegs zu sein, sprich ohne Kommunikationseinrichtungen, erwiesen sich jetzt als tödlich. Man fand Thomas Vater fünf Tage später neben seinem Fahrzeug liegend, beziehungsweise das, was von ihm übriggeblieben war. Die Tiere Australiens sind bei der Futteraufnahme nicht gerade wählerisch. Eine genaue Todesursache festzustellen blieb daher illusorisch. Man ging davon aus, dass auf dem Zettel die Wahrheit stand, zumal sich Thomas Vater bei seiner Familie für das bisherige gute Leben bedankte und seiner Hoffnung Ausdruck verlieh, dass es auch ohne ihn weitergehen würde. Thomas Mutter verwand diesen Verlust nie.
Thomas selbst bemühte sich, seinen Vater so gut es ging zu ersetzen.
Im nächsten Jahr schuftete er wie wild und lernte viel dazu.
Dann passierte das nächste Unglück.
Australien blieb von der geänderten klimatischen Situation der Welt nicht unbetroffen.
Im Herbst 2095 zog ein verheerender Hagelsturm über die Krokodilfarm.
Die Tiere, die nicht von den tennisballgroßen Eiskugeln getötet wurden, starben entweder durch die Kälte oder wurden anschließend von den Wassermassen weggespült.
Von der Farm war nach Abfluss des Wassers nichts mehr vorhanden.
Als Thomas mit seiner Mutter aus dem eigens für solche Zwecke, einschließlich Wirbelstürmen, gebauten Schutzraum kam, erlitt die immer noch vom Verlust des Mannes geschwächte Frau einen Nervenzusammenbruch.
Thomas versorgte seine Mutter volle fünf Tage, bis endlich Hilfe eintraf. Diese fünf Tage zusammen mit einem geliebten Menschen, der

sich selbst und seine Umwelt nicht mehr wahrnahm und zur Nahrungsaufnahme gezwungen werden musste, veränderten Thomas völlig. In ihm reifte die Erkenntnis, dass es sich nicht lohnt, materielle Güter anzuhäufen. Zu schnell ist man selbige wieder los. Entweder durch eigene Schuld oder wie in diesem Fall durch höhere Gewalt.
Im späteren Verlauf seines Lebens steckte Thomas alles in das, was ihm so leicht nicht genommen werden konnte, nämlich in seinen Körper beziehungsweise seinen Geist. Er schulte und trainierte seinen Körper und seinen Geist bei jeder sich bietenden Gelegenheit. Es gab auf der Erde so gut wie kein Fahrzeug, egal ob es schwamm, flog oder fuhr, welches Thomas nicht bedienen konnte. Sport wurde von Thomas danach ausgesucht, welcher extrem fordernd und kräftezehrend war. So entstand schließlich ein Mensch, der zwar kaum etwas besaß, dafür aber zu den Reichsten gehörte.
Als er mit seiner Mutter gerettet worden war, interessierte sich das damalige Amt für Jugend für ihn, denn er war erst 15 Jahre und ohne Erziehungsberechtigte. Man wartete auf ihn, als er seine Mutter, die ihn immer noch nicht erkannte, im Sanatorium in Perth besuchen wollte. Thomas erkannte jedoch die Sachlage recht früh und konnte seinen Häschern entfliehen. Er tauchte volle fünf Jahre in der Wildnis Australiens unter. Was er dort erlebt und wie er überlebt hatte, wusste kein Mensch und der erwachsene Thomas verlor nie ein Wort darüber.
Laura wischte ihre Gedanken beiseite: „Hotaru, schalte das Bild auf Infrarot."
Die Ansicht schaltete auf ein fahles Grün, aber selbst diese Betrachtungsart ergab kein Ergebnis. Alle Gegenstände innerhalb des Hangars schienen dieselbe Temperatur zu besitzen.

<u>Gleichzeitig vor Hangar 3/11:</u>

Thomas erreichte nach schnellem Lauf 3/11. Über Armband-Com erkundigte er sich auf der Brücke nach dem neuesten Stand. Keine weiteren Beobachtungen wurden ihm gemeldet, er solle aber trotzdem vorsichtig sein.
Durch ein Sichtfenster schaute er vorsichtig ins Hangarinnere. Als er nichts Verdächtiges bemerken konnte, entsicherte er seine schussfertig geladene Waffe und gab den Autorisierungscode in die Tastatur der Zugangstür des versiegelten Lagers ein. Zischend öffnete sich die Tür.

Thomas sicherte nach beiden Richtungen. Er sah zahlreiche Metallcontainer unterschiedlicher Größe, nacheinander aufgereiht mit entsprechenden Abständen. Durch die Notbeleuchtung konnte er nicht den gesamten Hangar übersehen. Das andere Ende des Raumes verlor sich im Dunkeln. Ein Albtraum für jeden Einzelkämpfer. Hinter jeder Ecke konnte der Feind lauern. Mit Sicherheit war das Öffnen der Zugangstür von ihm registriert worden. Geduckt huschte Thomas zwischen die ersten Container, während er seine Pistole vor sich hingestreckt hielt. Von Feinden bemerkte er nichts. Völlig ruhig hockte er zwischen etwa doppelt mannshohen Containern und wartete ab.

Tiger Shark Blau 3, zur selben Zeit:

Blau 3 war auf dem Weg zum Eintrittsort der Geronimo in Stonehall. Eddie und seine Copilotin Shelly versuchten die Instrumente und die Außenwelt gleichzeitig zu beobachten.
„Zu dumm, dass wir selbst mit dem Normal-Funk nicht allzu weit kommen", bemerkte die kräftige, rothaarige Shelly.
„Genau deswegen werden wir ja auch gleich umkehren, wenn wir das All gescannt haben", beruhigte sie der schlanke und große Eddie.
Blau 3 schoss aus dem Stonehall hinaus, bremste scharf ab und die Scanner begannen auf Knopfdruck von Shelly mit ihrer Tätigkeit. Wenige Minuten stand fest, dass sich kein Schiff in der Reichweite der Erfassungsgeräte aufhielt. Eddie wendete den Aufklärer und flog wieder in Stonehall hinein, Richtung Geronimo.

Hangar 3/11, kurz darauf:

Thomas war vom Hauptgang zu einigen Containern weitergehuscht. Bemerkt hatte er nichts. Er fühlte sich in die Zeit zurückversetzt, als er volle fünf Jahre durch Australien gewandert war. Allein hätte er sich anfangs nie zurechtgefunden. Australien ist ein schönes Land, aber auch wild und gefährlich. Die giftigsten Tiere der Welt sind dort zu Hause. Ein Aborigine hatte von seinem Schicksal erfahren und ihn für lange Zeit begleitet. Gwoya, so hieß dieser Ureinwohner, war mit der Zeit zu einem Freund geworden. Er hatte ihm alles gezeigt, was er brauchte, um in der Wildnis zu überleben. Wo es Wasser gab, was essbar war und was giftig. Zudem hatte er Thomas Sinne geschult. Was

würde Gwoya jetzt sagen, dachte Thomas. Es war als würde Gwoya zu ihm sprechen: „Wo du nicht siehst, sollst du hören und achte auf dein Gefühl!"
Thomas schloss seine Augen, konzentrierte sich auf sein Gehör und versuchte mit seinem Geist, die Umwelt zu erfassen. Wenig später hörte er ein feines Kratzen ungefähr 15 Meter schräg rechts vor ihm.
Ein untrügliches Gefühl für Gefahr erfasste ihn. In dem Augenblick, als er ein Zischen hörte, sprang er los. Die Deckung, hinter der er eben noch Schutz gesucht hatte, begann rot zu leuchten und explodierte.
Durch die Druckwelle der Explosion wurde Thomas zurück auf den Hauptgang geschleudert.

Brücke Geronimo gleichzeitig:

Da die Kamera von 3/11 immer noch auf Infrarot eingestellt war, wurde die Brückencrew von der sich entwickelnden Hitze vom Monitor fast geblendet. Laura schrie auf und Hotaru schaltete hastig die Kamera auf Normalansicht und kam Lauras Befehl nach, die maximale Beleuchtung in 3/11 einzuschalten.

Hangar 3/11:

Während seines teilweise unfreiwilligen Fluges brachte Thomas seine Pistole in Anschlag. Er war durch die plötzlich einsetzende Beleuchtung etwas überrascht. Mehr als überrascht waren jedoch die drei Fremden, die in 30 Meter Entfernung vor ihm auftauchten und wohl erhebliche Probleme mit der Helligkeit hatten. Schützend hielten sie eine ihrer Hände vor die Facettenaugen. In der anderen Hand hielten sie waffenähnliche Geräte, die sie versuchten in Thomas Richtung zu halten. Im Flug und bei der anschließenden rutschigen Landung feuerte Thomas sein gesamtes Magazin auf die Fremden. Die Desert Eagle brüllte auf, keilte beim Rückschlag aus wie ein Esel und verschoss ein großkalibriges Geschoss nach dem anderen. Einer der drei Feinde wurde von mindestens einem Projektil getroffen und meterweit über den Gang geschleudert. Ein weiterer lief zu dem Getroffenen, während der andere weiterhin versuchte Thomas unter Feuer zu nehmen.
Thomas verschwand blitzartig zwischen weiteren Containern und wechselte im Laufen sein Magazin. Mit einer Handbewegung ließ er das

Verschlussstück der Waffe wieder nach vorne schnappen. Fertig – der nächste Waffengang konnte erfolgen. Merkwürdigerweise hatte man das Feuer auf ihn eingestellt.

Vorsichtig ging er zu der Stelle zurück, an der der Kampf unterbrochen worden war. Er legte sich flach auf den Boden und schaute um die Ecke in die vermutete Feindesrichtung. Zwei der Aliens schleppten den verwundeten oder toten Dritten mit sich und begaben sich in eine kleine Außenschleuse.

Thomas sprang auf und begann auf die Feinde zuzurennen.

<u>Brücke Geronimo, zur gleichen Zeit:</u>

Die Mannschaft hatte aufatmend festgestellt, dass der Captain wohlauf und durchaus kampfbereit war. Das Dröhnen der Desert Eagle klingelte noch allen in den Ohren. Hotaru hatte anschließend hastig die Mikrofone aus 3/11 zurückgeregelt. Auch waren erstklassige Videoaufnahmen von den Aliens gemacht worden. Man wusste jetzt, da es Vergleiche gab, dass sie ca. 200 cm groß waren und zwei Arme und Beine hatten. Der Hals führte über einen Bogen von hinten zum Kopf, sodass sich fast ein Vergleich mit den heimatlichen Geiern ergab. Weiterhin bewegten sich die Fremden ruckartig schleichend, was noch weiter befremdlich erschien. Man bemerkte auch, dass die Fremden versuchten, die Mannschleuse nach außen zu erreichen.

„Soll ich die Außenschleusentür verriegeln?", fragte Hotaru.

Leider war eine solche Fernschaltung aus Sicherheitsgründen nur bei der Außentür möglich.

Laura überlegte hastig. Wenn die Fremden nicht fliehen konnten, würden sie sich wieder nach innen begeben und Thomas genau in die Arme laufen. Laura winkte ab, sollten sie doch fliehen, Thomas mit seiner Desert Eagle war den Strahlwaffen in der direkten Konfrontation unterlegen.

Sie traute ihm eine Menge zu, aber sie wollte das Glück auch nicht zu sehr reizen, auch wenn er ihr später Vorwürfe machen würde.

<u>3/11:</u>
Die Fremden wollten gerade die innere Schleusentür schließen, als Thomas nur noch 30 Meter entfernt war. Thomas stoppte und riss seine Waffe beidhändig hoch. Wieder bellte die großkalibrige Waffe

auf. Thomas jagte einen Schuss nach dem anderen in die geöffnete Schleuse. Die Projektile, wenn sie nicht direkt trafen, jaulten innerhalb der Schleuse als Querschläger von einer Wand zur anderen und richteten dabei erhebliche Schäden bei denen an, die ihrer Flugrichtung im Weg standen. Trotzdem gelang es den Aliens die Tür zu schließen und das Außenschott zu öffnen. Hilflos musste Thomas vom Bullauge der inneren Schleusentür mit ansehen, wie die Aliens das Schiff verließen und seitlich wegdrifteten. Thomas wollte gerade die Brücke über Funk rufen, als ihn selbst die Aufforderung Lauras erreichte: „Captain zur Brücke, beeil dich, es geht weiter. Erneuter Feindkontakt."
Eine Verwünschung murmelnd machte Thomas kehrt und rannte raus aus 3/11, dem Ort der ersten Begegnung.

<u>Draußen in einiger Entfernung von der Geronimo, kurz vorher:</u>

„Blau 5 an Leader, bitte kommen."
„Hier Leader blau. Was gibt es?"
„Ich habe Energieechos auf dem Scanner. Entfernung 100.000 km."
„Hier Leader. Stoppen und warten, wir kommen sofort."
Wenig später hatte Leader blau sein Geschwadermitglied Blau 5 erreicht und konnte dieselben Feststellungen auf dem eigenen Scanner machen.
„Okay Blau 5. Ich fliege langsam voran. Du bist mein Flügelmann."
Blau 5 bestätigte und beide Schiffe setzten sich schräg zueinander versetzt in Richtung der Energieechos in Bewegung.
„Leader blau an Basis, bitte kommen."
„Hier Basis", bestätigte Laura, „die Meldung bitte."
„Wir messen Energieechos und vermuten ein feindliches Schiff. Sichtkontakt im Moment wegen der Vielzahl von Asteroiden nicht möglich. Geschätztes Rendezvous in 4 Minuten. Wir nähern uns zu zweit. Blau 5 ist mein Flügelmann."
„Hier Basis. Ist okay, bitte Vorsicht. Aufzeichnungsgeräte einschalten."
Blau Leader bestätigte. „Leader blau an Blau 5. Schutzschilde einschalten!"
Blau 5 bestätigte und so hüllten sich beide Schiffe in die schützenden Schirme und flogen vorsichtig weiter. Wenig später bestand Sichtkon-

takt. In der Vergrößerungsoptik erkannte Leader blau ein ca. 60 Meter langes kastenförmiges Schiff.
Die beiden Aufklärer stoppten vorsichtig und ohne große Energieentladungen.
Leader blau meldete den Sichtkontakt an die Geronimo.
Bei Laura bestand aufgrund der Begegnung mit dem Feind an Bord der Geronimo und der äußeren Form des fremden Schiffes kein Zweifel daran, dass man es hier mit einem feindlichen Schiff zu tun hatte.
Sie befahl eine Übermittlung des Videosignals des Leader-Schiffes auf die Geronimo und ließ das Video auf den Frontmonitor projizieren.
Nun sahen alle das fremde Schiff.
„Wir dürfen auf keinen Fall entdeckt werden. Wenn das Schiff entkommt und unsere Anwesenheit meldet, kostet uns das Kopf und Kragen. Leader Blau, vernichte das Schiff!"
Lauras Anordnung drang hart aus dem Kopfhörer von Leader Blau. Die XO überließ es also Leader Blau die Waffen auszuwählen. Nach kurzer Überlegung entsicherte Leader Blau eine NCB Vulcan-Rakete mit Bilderkennung und Zielverfolgung. Diese Rakete war schnell und mit einem Aufschlagzünder versehen, der bei Kontakt erhebliche Sprengwirkung entwickeln konnte. Aus der Reihe der möglichen an Bord befindlichen Raketensysteme war diese in der mittleren Zerstörungshierarchie einzuordnen.
Eine Klappe unterhalb der Nase der Tiger Shark schob sich nach unten.
Eine Rakete mit 25 cm Durchmesser schob sich ein wenig heraus und schaltete die Optik ein.
Der Pilot wählte das Ziel von seinem Sitz aus an und ließ es auf das feindliche Schiff einrasten. Von nun an würde die NCB Vulcan-Rakete das fremde Schiff solange verfolgen, bis sie es erreichte, der Treibstoff ausging oder sie selbst getroffen wurde. Der Daumen des Piloten näherte sich dem Feuerknopf und drückte ihn dann fest nach unten. In einer Atmosphäre hätte sich nun fauchend und zischend die Rakete aus ihrer Halterung entfernt. So aber sah man nur einen roten, lautlosen Feuerschweif und sich schnell verflüchtigenden Qualm, während sich die 1,5 Meter lange Rakete aus ihrem Hangar bewegte und dann immer schneller werdend das Ziel aufs Korn nahm. Atemlos verfolgten die Brückencrew sowie Leader Blau und Blau 5 den Weg der NCB Vulcan. Kurz bevor diese ihr Ziel erreichte, wurde sie offensichtlich bemerkt.

Das fremde Schiff nahm unvermittelt Fahrt auf. Aber es war schon zu spät. Die Rakete verfolgte nun in einem schwungvollen Bogen das feindliche Schiff und schlug mittschiffs ein.
Die darauffolgende ebenfalls lautlose Detonation war gewaltig.
Sie riss das kastenförmige Flugzeug der Fremden in der Mitte auseinander.
Beide Hälften explodierten wenig später.

<u>Geronimo Brücke, zur gleichen Zeit:</u>

Thomas war so rechtzeitig auf der Brücke eingetroffen, dass er noch das Ende des feindlichen Schiffes auf dem Frontschirm miterleben konnte. Ein vielstimmiger Jubelschrei der Crew ertönte. Laura gratulierte per Funk Leader Blau und bestätigte den Abschuss. Unter welcher Spannung die Mannschaft hier stand, konnte man daran feststellen, dass man sich über diesen kleinen Erfolg so sehr freute, als wenn es ein großer wäre. Lutz saß mit hochgereckten Armen in seinem Pilotensessel. Hotaru hatte beide Fäuste geballt und schwang sie nach vorne. Laura sprach ein Lob, wie selten, an die Crew aus und beorderte das halbe Geschwader zurück auf die Landedecks.
Die Freude war allseits recht groß und Thomas hatte endlich seinen Platz erreicht und erhielt von Laura einen heftigen freundschaftlichen Hieb auf die Schulter. Überall standen mittlerweile die Crewmitglieder zusammen und freuten sich über die gelungene Aktion. Jetzt hätte nur noch der Ausschank von Sekt gefehlt.
„Erneuter Feindkontakt. Schiff entfernt sich schnell von uns. Länge des Schiffes ca. 1500 Meter."
Die harten Worte von Paulo ließ den Jubel verstimmen und brachte alle auf den äußerst harten Boden der Tatsachen zurück. Jeder beeilte sich wieder an seine Konsole beziehungsweise in seinen Sessel zu kommen.
„Feindschiff benutzt unsere Route raus aus Stonehall", war die nächste Information des Taktikoffiziers.
„Und fliegt damit genau in Richtung unseres zurückkehrenden Tiger Blau 3."
Lutz war für seine Verhältnisse äußerst beunruhigt, denn er war aufgesprungen und sah mit diesen Worten zum Captain.
„Hotaru, versuchen Sie unsere Leute anzufunken", kam Thomas Befehl, aber die Japanerin schüttelte nur ihren Kopf.

„Keine Chance, Blau 3 ist außerhalb der Reichweite. Innerhalb von Stonehall ist der Funk stark eingeschränkt. Bis zum Funkkontakt sind sich die Schiffe bereits begegnet."
Paulo schaltete ungefragt eine Rechnersimulation auf den Frontschirm. Er zeigte als Symbol in Blau die Geronimo. Die eigenen Jäger beziehungsweise Aufklärer waren als grüne Punkte dargestellt, das Feindschiff in Rot. Der Monitor war weiß eingerahmt. Dies bedeutete, dass zumindest Teile der Darstellung vom Computer aufgrund der letzten Informationen berechnet beziehungsweise hochgerechnet worden waren. Der weiße Rahmen verschwand in dem Augenblick, wenn der Rechner tatsächlich auf Scannerwerte zurückgreifen konnte und eine reale Darstellung des Ablaufes zeigte. Stillstehende Einheiten wurden als Dauerzeichen dargestellt, bewegliche Ziele blinkten.
Auf dem Monitor war zu sehen, dass sich die landenden Jäger allesamt auf der anderen Seite der Geronimo im Anflug befanden. Der blinkende, rote Punkt flog in Richtung eines sich nähernden grün blinkenden Punktes – Blau 3. Thomas erkannte sofort, dass eine Hilfe der anderen Tiger Sharks in jedem Fall zu spät kommen würde, auf der anderen Seite war eine Warnung an Blau 3 auch nicht möglich.
Der kleine Aufklärer gegen dieses im Vergleich riesige Schiff.
Sollte dies der Tag sein, an dem er seine ersten Leute verlor?

<u>Blau 3, dieselbe Zeit:</u>

An Bord von Blau 3 war so etwas wie Gemütlichkeit eingekehrt.
Eddie hatte einen Speicherkristall mit etwas Country-Musik eingelegt und summte leise mit.
Shelly war in Gedanken bei ihrer 4-jährigen Tochter Lea, die noch im Staselager ruhte. Es war gar nicht so einfach gewesen, an Bord der Good Hope mit Tochter zu kommen, dazu als Pilotin. Auch im 22. Jahrhundert waren Beziehungen nicht zu unterschätzen. Aber sich auf Verwandtschaft oder ähnliches zu beziehen, wäre Shelly nie in den Sinn gekommen. Die quirlige Irin war einfach ein beliebter Mensch und durch Förderung von Freunden hatte sie den begehrten Platz auf der Good Hope erhalten – trotz Tochter.
Eddies Auswahl zur Abkommandierung auf die Good Hope war der Tatsache zu verdanken, dass er als Pilot erstklassig war und tatsächlich auf der Erde keinen lebenden Verwandten besaß.

Weder Eddie noch Shelly dachten an irgendwelche Gefahren und somit auch nicht daran, den Schutzschirm einzuschalten. Der nächste Funkkontakt mit der Geronimo sollte in ca. 30 Minuten erfolgen. Bis dahin gedachte man die Aussicht zu genießen und seinen Gedanken nachzuhängen.

<u>Brücke Geronimo, gleicher Zeitabschnitt:</u>

Die Brückencrew auf der Geronimo verfolgte atemlos die sich nähernden blinkenden Punkte auf dem Hauptschirm. Das große Schiff der Feinde beschleunigte immer mehr. Es war offensichtlich, dass es aus Stonehall herauswollte. Gleichfalls konnte sich jeder denken, dass das Fremdschiff die Manöver der Aufklärer mitverfolgt hatte und zumindest da draußen noch ein weiteres Schiff vermuteten.
Das senkte die Überlebenschancen von Blau 3 fast auf den Nullpunkt.

<u>Blau 3:</u>

Shelly träumte von ihrem kleinen Töchterchen. Dabei hatte sie ihr Augenmerk, obwohl sie nicht ganz bei der Sache war, auf den Scanner in Flugrichtung gelegt.
„Was zum Teufel ...", begann sie, und reflexartig schlug sie mit der linken Hand auf den erst kürzlich von Phil installierten Schalter für die Schutzschirme. Blitzschnell bauten sich die Schutzschirme auf und hatten Millisekunden später die eintreffenden Energiestrahlen des plötzlich in Flugrichtung aufgetauchten Schiffes zu absorbieren. Dies gelang nicht ganz. Zumindest die mechanischen Kräfte kamen teilweise durch. Die Tiger Shark wurde heftig aus dem Kurs gerissen und die beiden Insassen hingen in den Sicherheitsgurten und kämpften bei den starken Beschleunigungskräften mit der Ohnmacht. Blau drei drehte sich mehrfach und die Längs- und Querachse und driftete seitlich aus dem Kurs. Eddie war von den Vorgängen total überrascht worden.
„Mein Leben gehört dir", zog er eine grimmige Bilanz von Shellys schnellem Handeln.
Anschließend hatte er alle Hände damit zu tun den Aufklärer zu stabilisieren. Mit etwas Mühe gelang es ihm recht schnell.
„Los", forderte Shelly, „hinterher! Wir müssen ihn unbedingt vorm Verlassen von Stonehall erwischen!"

Eddie beschleunigte mit Höchstwerten, aber das Feindschiff hatte schon erheblichen Vorsprung.
„Wir verlieren Druck, Shelly, guck nach, wo das Leck ist."
Shelly schnallte sich los und bewegte sich nach hinten. Wenig später kam sie zurück: „Wir haben ein kleines Leck im seitlichen Bereich der Passagierkabine. Ist O.K., wir schotten die Pilotenkanzel ab."
Kaum hatte sich Shelly wieder gesetzt, da schloss Eddie das Schott direkt hinter den Sitzen. Auch wenn dahinter bald Vakuum herrschte, konnten die beiden noch voll aktionsfähig bleiben, wenn, so dachte Eddie, das Schiff keine weiteren Schäden davongetragen hatte. Aber danach sah es nicht aus. Alle Anzeigen waren innerhalb normaler Parameter. Die Tiger Shark holte stark auf, aber es war noch eine gewaltige Entfernung bis zum Waffeneinsatz.

Brücke, Geronimo:

Kurz vor dem Rendezvous der beiden Schiffe war der weiße Rahmen des Frontmonitors verschwunden.
In Echtzeit wurde die Begegnung übertragen. Schwitzend nahm die Crew zur Kenntnis, dass Blau 3 ein gutes Stück nach der Begegnung aus dem Kurs getragen wurde, aber der grüne Punkt blinkte noch – und er machte sich an die Verfolgung des roten Punktes.
„Wissen die Piloten, was zu tun ist", fragte Thomas die Flight Commanderin.
„Allein die Tatsache, dass Eddie und Shelly die Verfolgung aufnehmen, lässt den Schluss zu, dass sie das Feindschiff angreifen werden."
Grace schaute etwas sorgenvoll. Gerade dem Tod von der Schippe gesprungen und mutig nochmal drauf springen, war nicht das, was sie von ihrem Team verlangen wollte. Thomas Befehle kamen kurz und bündig: „Grace, zwei deiner Tiger Sharks sollen Blau 3 unterstützen. Brücke an Maschinenraum: Phil, nimm dir eine Mannschaft und nimm das Bergungsschiff Rescue 1. Flieg hinterher und sammel auf, was es aufzusammeln gibt."
Die beiden Angesprochenen bestätigten.
Auf dem Frontmonitor bildete sich ein blinkender roter Kreis zunächst um die Darstellung des Feindschiffes und dann auch um Blau 3.
Wenig später waren diese beiden Symbole vom Schirm gelöscht. Der Rechner hatte angezeigt, dass er zu wenige Daten für eine sinnbringen-

de Hochrechnung hatte und die Darstellung dieser Flugkörper abgebrochen. Dafür machte sich das Restgeschwader auf den Weg, Richtung Ausgang Stonehall.

„Du hast alle Aufklärer losgeschickt?", fragte Laura.

„Ja, ich habe eine Idee", bestätigte die Afrikanerin.

„O.K., weitermachen!" Thomas nickte anerkennend. Er war nicht der Typ von Commander, der Eigeninitiative seiner Offiziere zu unterbinden suchte. Wenn Grace etwas ausprobieren wollte, dann sollte sie es tun.

Blau 3:

„Wie lange noch?"

Damit meinte Eddie die Zeitspanne, bis Shelly die Waffensysteme einsetzen konnte.

„Du musst näher ran. Ich kann die Zieloptik noch nicht einrasten lassen. Ich nehme erst mal unsere kleinsten, weil schnellsten Raketen. Vielleicht können die den Mistkerl da draußen etwas verlangsamen."

Shelly hatte Raketen vom Typ Hellfire ausgewählt. Die Sprengkraft war begrenzt, dafür waren sie die Schnellsten überhaupt. Bevor ein Feind die Raketen richtig wahrnahm, schlugen sie auch schon ein.

Shelly mühte sich mit dem Stick für die Bilderkennung ab. Mindestens drei Sekunden musste der Kontakt unterhalb einer gewissen Entfernung, die stark abhängig von der geflogenen Geschwindigkeit war, bestehen, bis das Ziel eingeloggt war.

„Vielleicht haben wir nur eine Chance. Jag alles raus, was wir haben."

Shelly nickte nur zur Bestätigung. Kurze Zeit darauf rief sie: „Eingeloggt, ich feuere!"

Das Signal auf ihrem Display hatte Grünwerte gegeben und sie hatte, wie es im Jargon hieß, auf ‚All in' programmiert. Das System würde jetzt alle Raketen dieses Typs verschießen.

Die Klappe unterhalb der Nase des Tiger Sharks öffnete sich übergangslos und im Sekundentakt verließen 20 Hellfire unter heftiger Nebelbildung und mit starkem Feuerschweif den Aufklärer. Wie ein feuerspuckender Drache flog das Erdenschiff hinter dem Feind her.

Aufgeregt verfolgten die beiden Piloten die ausgeschickten Raketen, die wie an einer Perlenkette hintereinander auf den Feind zuflogen. Die ersten erreichten das feindliche Schiff und schlugen im Heck ein. Zu-

nächst zeigte sich keine große Wirkung, aber als die Hälfte das Ziel erreicht hatten, musste zumindest eine von ihnen den Antrieb getroffen haben. Das gegnerische Schiff wurde langsamer.
Als Eddie und Shelly schon jubeln wollten, traf sie ein Energiestrahl aus dem Heck des Feindes.
Die Tiger Shark wurde wiederum hart aus dem Kurs gerissen, dadurch wurde verhindert, dass der nächste Strahl den Aufklärer voll traf. Dies wäre verheerend gewesen, weil die Schutzschirme ihren Dienst wegen Überlastung bereits eingestellt hatten. So wurde lediglich der linke Stummelflügel mit den Lenkdüsen abrasiert. Weitere Energiestrahlen kamen nicht mehr. Offensichtlich hatte der Rest der eintreffenden Hellfire das Geschütz zerstört.
Nun konnte Eddie seine Flugkünste demonstrieren. Ohne die linken Korrekturtriebwerke bekam er die Tiger Shark in Richtung des immer langsamer werdenden Feindes. Shelly hatte mittlerweile die NCB-Vulcan aktiviert. Bei Grünwerten auf ihrer Konsole gab es wiederum ein >all in< nur, dass dieses Mal 10 wesentlich stärkere Raketen die Verfolgung des Feindes aufnahmen. Atemlos verfolgten Eddie und Shelly die abgefeuerten Raketen.
„Ausfall der Lebenserhaltungssysteme, Ausfall der Lebenserhaltungssysteme."
Eddie schaltete die Warnstimme des Bordcomputers ab.
„Schnell, in die Raumanzüge!"
Shelly gehorchte und kramte unter ihrem Sitz den schützenden Anzug hervor. Wenig später steckten beide in ihren Anzügen, während es in der Kabine kälter und luftleerer wurde.
Die Anzeige für die Notstromversorgung blinkte rot.
Das Schiff hatte erheblichen Schaden genommen.
Genau genommen, war es so gut wie tot.

<u>Brücke, Geronimo:</u>

Grace hatte ihrem Geschwader die Order gegeben, eine Kette zu bilden, sodass eine Relaisstation für den Funk von Schiff zu Schiff vom Rande Stonehall bis zur Geronimo stattfinden konnte. Die Spitze bildete Leader Blau. Dieser entdeckte auch als erster die völlig hilflos treibende Blau 3.

Das Feindschiff schoss gerade aus Stonehall hinaus, aber wenige Kilometer dahinter wurde es von den ersten NCB-Vulcan eingeholt. Leader Blau, der sofort die Verfolgung aufnahm, wies seinen Copiloten ebenfalls an, diesen Raketentyp zu aktivieren. Aber bevor auch nur eine seiner Raketen den Schacht verlassen konnte, wurden sie Zeuge eines gewaltigen Spektakels im All. Die erste Vulcan hatte das feindliche Schiff erreicht. Kaum hatte sich der Explosionsblitz etwas verflüchtigt, so schlug auch schon die nächste Vulcan ein. Leader Blau hatte den Eindruck, dass jede Explosion heftiger war. Und so war es auch. Kurz nach der zehnten Rakete verging das Feindschiff in einer grellen Explosion. Blau 3 und deren Raketen hatten ganze Arbeit geleistet.
Mit einem grimmigen: „Fahr zur Hölle", begleitete Leader Blau das Erlöschen der Lichterscheinungen um das vernichtete Feindschiff.
Mittlerweile stand die Funk-Relaiskette von Tiger Sharks bis zur Geronimo, sodass man dort am Funkverkehr teilnehmen konnte.
„Leader Blau an Basis, bitte kommen."
„Hier Basis, Bericht bitte."
„Das Feindschiff wurde kurz nach dem Austritt aus Stonehall von Blau 3 vollständig vernichtet. Allerdings scheint Blau 3 einige Treffer abbekommen zu haben."
„Hier Basis, verstanden. Kümmer dich um Blau 3, wir haben Rescue 1 losgeschickt."
„Hier Leader Blau verstanden." Der Geschwader-Chef steuerte Blau 3 an. Der Aufklärer schien reichlich mitgenommen.
Von der ehemaligen Farbe Weiß war kaum noch etwas zu sehen.
Der linke Stummelflügel war vollständig verschwunden und mehrere Löcher klafften in der Außenhaut des ehemals stolzen Schiffes.
Elektrische Entladungen zuckten über die Außenhaut.
Leader Blau hatte seine Videobilder über die Relaiskette geschickt, sodass man auf der Geronimo seine Bilder live mitsehen konnte. Er versuchte einen Funkkontakt, der jedoch nicht zustande kam. In der Geronimo verfolgte man mit Sorge die Bergung des Aufklärers. Leader flog so nahe an Blau 3 heran, dass er durch die Frontscheibe Eddie und Shelly sehen konnte.
„Leader an Basis. Ich sehe beide Piloten. Sie stecken in ihren Raumanzügen und geben mir das Signal >Alles O.K.<, offensichtlich gibt es an Bord keine Energie mehr."

„Hier Basis. Wir sehen es. Warte das Eintreffen von Rescue 1 ab und bringt uns Team Blau 3 heil nach Hause."

Geronimo, Brücke:

Als sich der aufgebrandete Jubel einigermaßen gelegt hatte, stand Thomas auf und sah Richtung Grace: „Flight?"
Die Dunkelhäutige neigte leicht den Kopf und bestätigte: „Flight."
Thomas lächelte in die Runde: „Ich glaube, wir haben ab heute zwei neue Helden an Bord. Ich möchte einen gebührenden Empfang auf dem Landedeck."
Laura stellte die Schiffsautomatik ein und alle verließen, teilweise heftig gestikulierend, die Brücke in Richtung Landedeck. Unterwegs stießen noch viele Besatzungsmitglieder hinzu. Thomas ließ die bisher aktiven Besatzungsmitglieder fast vollständig auf dem Landedeck in einer Doppelreihe antreten.
Zuerst schwebten drei Tiger Sharks an der wartenden Gruppe vorbei, dann kam das Bergungsschiff, auf dessen flachem Heck Blau 3 mit Magnettrossen verankert war. Dieses Schiff setzte genau vor der Gruppe auf, die restlichen Aufklärer landeten dahinter. Zuerst sprang Phil aus dem Cockpit des Bergungsschiffes heraus und lief um den Teil mit der lahmgeschossenen Tiger Shark herum: „Das krieg ich wieder hin, das krieg ich wieder hin", rief er.
„Phil!" Thomas rief ihn zur Ordnung und zeigte auf die Schleuse der waidwunden Tiger Shark.
„Oh, sofort Captain."
Phil beeilte sich zur Schleuse zu kommen, trat etwas zur Seite und betätigte den Notausstiegshebel. Sofort öffnete sich die Luke und knallte auf das Heck des Bergungsschiffes. Danach kamen Eddie und Shelly, immer noch in Raumanzügen, aus dem Aufklärer heraus. Nachdem sie ihre Helme abgenommen hatten, brandete ihnen von der angetretenen Crew Beifall entgegen. Das Klatschen wollte nicht enden.
Beide strahlten um die Wette und verbeugten sich leicht.
Schließlich hob Thomas beide Arme und der Beifall erstarb: „Im Namen der gesamten Crew: Herzlich willkommen an Bord. Das war eine Meisterleistung. Ihr habt euch meinen und den Respekt eurer Kameraden redlich verdient. Das muss gefeiert werden. Ich sage in der Kantine Bescheid, dass der Captain heute Abend einen ausgibt."

Abermals wurde heftig geklatscht, dieses Mal auch von Eddie und Shelly, die zwar glücklich lächelten, aber jetzt nach dem Stress des Kampfes leicht wackelige Knie bekamen. Thomas ging mit der Brückencrew auf beide zu und gratulierte per Händedruck zu diesem Abschuss. Danach mussten reichlich Hände geschüttelt werden. Ein allgemeines Gejohle und Schulterklopfen war angesagt. Thomas ließ sie gewähren, bis er wenig später wieder zur Arbeit aufrief: „Leute, wir sehen uns heute Abend in der Kantine!"

5. Die Falle

<u>Tags darauf, Brücke Geronimo:</u>

„Melde mich zum Dienst, Captain."
Thomas drehte seinen Sitz um 180 Grad und schaute etwas nach oben: „Willkommen an Bord, Trixie. Dort ist deine Konsole."
Mit diesen Worten zeigte er auf das letzte verwaiste Touch-Panel und drehte sich im Stuhl wieder nach vorne, nicht ohne im Vorbeischwenken einen Blick auf das Gesicht von Laura zu werfen. Lauras Augen waren geradezu starr noch vorne gerichtet und sie schien auch ein wenig blass geworden zu sein: „Nicht diese Trixie, sag, dass das nicht wahr ist – nicht diese Trixie", wobei eine besondere Betonung auf ‚diese' lag.
Ein langgezogenes ‚doch' beantwortete ihre Frage, während Trixie mit dem innenliegenden Fahrstuhl auf die unterste Ebene sank und zu ihrer Konsole ging.
„Auf ein Wort", verlangte Laura energisch und machte sich auf den Weg, Richtung Captains Besprechungsraum. Thomas folgte ihr seufzend. Die Tür hatte sich gerade hinter den beiden geschlossen, als Laura sich umdrehte und losgiftete: „Was hast du dir dabei gedacht? Von allen möglichen Gunneroffizieren das unmöglichste Exemplar herausgesucht? Sag mir nicht, man hätte uns diese kleine respektlose Schnepfe untergejubelt. Das ist mit deinem Wissen geschehen!"
Laura war kaum zu bremsen. Thomas hob beschwörend beide Arme und zeigte seiner Stellvertreterin dabei die offenen Handflächen. Zickenkrieg war jetzt das Letzte, was er gebrauchen konnte.
„Stopp, liebe Laura, ich bin da wirklich in was reingerutscht."
„Ach!"

Allein dieses einzige heftig ausgesprochene Wort von Laura ersetzte so ziemlich die Beschreibung des jetzigen Gefühlszustandes der Subcommanderin, sowie der Situation im Allgemeinen und der Lage an Bord im Besonderen.

„Admiral Baines hat mich sehr eindringlich gebeten, sein einziges Kind mitzunehmen. Die Art der Bitte hatte mich schon peinlichst berührt. Seine Frau war kurz nach der Geburt des Kindes bei einem Unfall ums Leben gekommen. Er selbst hatte nie richtig Zugang zu seinem Kind bekommen und trotzdem war es das einzige, was er hatte und was ihm wichtig war. Er hatte nie wieder geheiratet und Trixie, die im bürgerlichen Namen Beatrice heißt, war zum großen Teil von Baines Schwiegereltern aufgezogen worden, die Trixie als Ersatz für ihre verunfallte Tochter annahmen. Entsprechend verwöhnt war diese Göre und hatte ihren Pflegeeltern, sowie dem Admiral einige peinliche Probleme bereitet. Der alte Baines hat sie mir untergejubelt als Elektronik-Spezialistin. Wahrscheinlich ist sie das auch. Erst bei ‚Troja' habe ich nachlesen können, dass sie als Gunnerin gelistet ist. Baines war mit diesem Sorgenkind ein armer Kerl. Sie selbst ist in ihrer Rolle wahrscheinlich auch nicht die Glücklichste. Du weißt, was wir beide dem alten Baines zu verdanken haben. Heute ist Zahltag. Es wird Zeit, dass wir ihm etwas zurückgeben, auch wenn wir seinen Dank dafür vielleicht nie erhalten werden."

Lauras Miene wechselte von peinlich berührt über mitleidig bis zornig. Ein Mienenspiel, das zu betrachten sie nur Thomas gestattete.

„Ich will keine Respektlosigkeiten an Bord", konterte sie schon wesentlich ruhiger. „Alles kann davon abhängen, dass jeder seine Pflicht genauestens erfüllt."

„Trixie wird nie sein wie die Anderen, aber sie wird sich keine Respektlosigkeiten erlauben dürfen, ich werde dafür sorgen", mit diesen Worten beruhigte Thomas Laura.

<u>Zwei Tage später, 21. Juni 2120,</u>
<u>Captains Besprechungsraum, 09:00 Uhr:</u>

Es war ruhig geblieben im Asteroidenfeld. Grace hatte immer einen Aufklärer am Rand des Asteroidenfeldes stehen. Für die Kommunikation sorgte ein Relaissystem aus mehreren kleinen Funksatelliten. Der Aufklärer wurde alle 8 Stunden abgelöst.

Die morgendliche Runde im Captains Besprechungsraum war recht groß geworden.
Den Anfang hatte Paulo Baretta gemacht, wie immer mit sorgfältig gekämmtem und gegeltem Haar.
Die Japanerin Hotaru mit den langen, schwarzen Haaren, welche sie in letzter Zeit immer wieder als Pferdeschwanz trug.
Der immer humorvolle und schmächtige Phil Mory, kaum mal still, immer eine Pointe auf den Lippen, und nicht zuletzt Lutz Heinken, der sich fast immer im Zustand äußerster Tiefenentspannung zu befinden schien, in dem er nichts tat, außer sich äußerst bequem hinzusetzen.
Grace Ojok, die hochgewachsene Afrikanerin, wirkte wie ein Exot zwischen ihren Kollegen. Kerzengerade und mit unbewegter Miene saß Grace am Besprechungstisch und verfolgte die Gespräche der anderen. Jeder Zoll von ihr war akkurat gepflegt, gänzlich im Gegensatz zu Beatrice (Trixie) Baines, der die Uniform um den Leib schlabberte und deren blonde Haarpracht sich jeder Führung zu widersetzen schien. Trixie lag auch mehr auf dem Tisch, als dass sie daran saß, mit dem Kopf auf dem aufgestützten Arm.
Captain Raven betrat den Raum und die Gespräche erstarben. Thomas schaute kurz in die Runde, lächelte, als er Trixie sah, und wollte gerade den üblichen Morgengruß entbieten, als Laura hinter ihm den Raum betrat.
„Beatrice Baines, setz dich gerade hin und zeig uns sowas wie Haltung. Für deine Haare empfehle ich: Waschen, kämmen oder die Schere. Morgen um diese Zeit wirst du in der Uniform ein gescheites Bild abgeben."
„Ja, Chef", maulte Trixie und setzte sich widerstrebend gerade hin.
„Nachdem wir das geklärt haben", begann Thomas, „wünsche ich einen guten Morgen und schlage vor, dass wir zur Tagesordnung übergehen."
Phil grinste, Lutz schämte sich etwas fremd, die anderen taten so, als wäre nichts vorgefallen.
„Paulo, bitte", ging die Aufforderung des Captains an den wissenschaftlichen Cheftaktiker. Der ließ sich auch nicht lange auffordern. Nachdem sich der Captain und Laura gesetzt hatten, stand Paulo auf. „Ich habe die Daten und die Spuren der letzten Begegnung mit den Golds ausgewertet."
Damit war der Name gefallen.

Irgendeiner hat es ja sein müssen und irgendjemand hätte es auch benennen müssen. Der Name war naheliegend gewesen. In Anbetracht der Hautfarbe war man schon gestern übereingekommen, die Feinde ‚Golds' zu nennen.

Paulo trat sehr selbstsicher und ernst auf. Gegenüber seinem Debut in dieser Runde war seine Weiterentwicklung in so kurzer Zeit wirklich bemerkenswert. Er war freundlich, sachlich und in dem, was er sagte, zielstrebig. Seine Meinung wurde allenthalben wertgeschätzt. So war es denn auch kein Zufall, dass er fast jeden Morgen den Anfang machte, als Einstieg in eine sachliche und ergebnisreiche Besprechung.

„Ich komme zunächst auf die Spuren zu sprechen. In der Mannschleuse auf 3/11 haben wir Reste von Körperflüssigkeit gefunden, wir würden Blut dazu sagen. Es ist übrigens leider das einzige, was wir von den Golds gefunden haben – und Blut würde ich das auch nicht nennen. Diese schwarze Flüssigkeit war auch nach Stunden noch nicht geronnen oder ausgetrocknet – bis jetzt sogar nicht. Wir haben versucht, es einzufrieren oder zu verdampfen. Das Zeug scheint weder einen Gefrier- noch einen Siedepunkt zu besitzen. Es verändert einfach seine Konsistenz nicht. Wir werden es weiter untersuchen."

„Warum", begann Laura, „hatte ich beim Wärmebildmodus kein Echo auf dem Zentral-Monitor aus 3/11?"

Thomas beugte sich vor: „Die Frage kann ich dir beantworten. Weil sie keine Wärme abgeben. Sie sind durch die Mannschleuse ins All, und zwar ohne Raumanzüge! Sie scheinen sich der Außentemperatur anzupassen. Nach dem, was Paulo sagt, ist zumindest ihr Blut dafür geeignet."

Paulo fuhr fort: „Zusammenfassend können wir davon ausgehen, dass wir es mit einem biologisch hochentwickelten, sehr widerstandsfähigen Organismus zu tun haben. Die Golds werden schwer zu töten sein."

„Aber sie bluten", warf Trixie ein, „und damit sind sie verwundbar. Alles was blutet, ist auch zu töten!"

Es war für die Beteiligten an dieser Runde etwas befremdlich, dies aus dem Munde einer so jungen Frau zu hören, aber wer in ihre grauen Augen sah, konnte erkennen, dass es ihr sehr ernst war mit dieser Bemerkung.

„Ja", warf Paulo in Richtung Trixie ein, „unser Captain hat eine Desert Eagle Mark XXV mit 50 Action Express Munition verwandt. Er hat insgesamt zwei Magazine mit jeweils 11 Schuss verfeuert. Und wir haben", dabei beugte er sich über den Tisch Richtung Trixie, „in ganz 3/11 nur 4 Geschosse gefunden!"

„Das bedeutet?", fragte Trixie.

„... dass unsere Freunde 18 Schuss in ihren Körpern mit nach draußen genommen haben", vollendete Phil den Satz, „und demnach nun ganz schlechte Schwimmer sein werden."

Allgemeines Schmunzeln war die Reaktion auf Phils kleines Witzchen.

„Es sollte jedem klar sein, dass man mit einer solchen Waffe mühelos Elefanten erlegen kann und das mit deutlich weniger als 18 Schuss", damit legte Paulo seine Schreibfolien auf den Tisch und gab damit zu verstehen, dass er zum Metabolismus der Golds im Moment nichts mehr zu sagen hatte. Er sah fragend zum Captain und dieser nickte auffordernd.

„Okay, danke, nun zum zweiten Teil Paulo – die Wirkung unserer Waffen auf die Schiffe der Golds."

„Wir haben ein Beiboot der Golds nahezu mühelos mit einer Vulcan-Rakete getroffen und vernichtet. Nicht gesagt werden kann, ob die Golds zu Abwehrmaßnahmen gekommen sind, oder ob sie vollkommen überrascht waren, oder gar nicht an Bord."

Paulo legte eine kurze bedeutungsvolle Pause ein: „Mit dem zweiten Schiff, ein erheblich größeres und wie wir jetzt wissen, ca. 1350 Meter lang, hatte Blau 3 große Probleme. Es wurden 20 Hellfire-Raketen und 10 Vulcans verbraucht, bis auch dieses Schiff zerstört war. Die Auswertung hat ergeben, dass die elfte abgefeuerte Hellfire-Rakete genau den Antrieb getroffen hat. Eine wohl empfindliche Stelle beim Feind. Dies hat dazu geführt, dass erstens die Triebwerksleistung nachgelassen, aber auch zweitens die strukturelle Integrität schweren Schaden genommen hat, wahrscheinlich durch die Druckwelle der Detonation des Triebswerks ins Schiffsinnere. Trotzdem mussten noch weitere Hellfire und das gesamte an Bord befindliche Arsenal der Vulcan-Raketen nachhelfen. Ich bin äußerst skeptisch, ob wir dasselbe Ergebnis erzielt hätten, wenn nicht der Glückstreffer in Form von Hellfire 11 gewesen wäre. Der Angriff auf das Feindschiff hätte fast mit der Vernichtung unserer Tiger Shark geendet. Ich bin versucht, das Ganze als Kampf David gegen Goliath zu bezeichnen. Ich rate von weiteren Auseinandersetzungen in dieser Konstellation ab."

Paulo setzte sich und wie aus den vorherigen Besprechungen bekannt, wusste nun jeder, dass Paulo keine weiteren Informationen mehr bereithielt und vielleicht noch Fragen beantworten konnte. Fragen hatte niemand. Man war ein wenig erschrocken, war man doch davon ausgegangen, dass man gute Chancen hatte, wenn die vergleichsweise kleine Tiger Shark gegen ein solches Riesenschiff bestehen konnte. Nun hatte man hören müssen, dass dies wohl lediglich ein Glückstreffer gewesen war.

„Okay", Thomas schlug mit der flachen Hand leicht auf den Tisch. „Danke, Paulo. Nun du, Phil, was hast du mit deinen Leuten über die Materialien in diesem Asteroidengürtel herausbekommen?"

Phil kramte in seiner Tasche herum und legte einen kleinen Zettel vor sich auf den Tisch.

Die Runde staunte nicht schlecht. Phil verwandte echtes Papier für seine Notizen. Für einen Spezialisten, der stets mit der neuesten Technik umzugehen hatte, ein kleiner Anachronismus, benutzte man doch nur noch Schreibfolien aus Kunststoff oder Tablett-PCs.

„Wir haben nahezu alles an Erzen und sonstigen Materialien entdecken können, dabei Unmengen von Edelmetallen und seltenen Quarzen. Wir können eine Menge brauchen, und wenn ich das o.k. habe, fange ich gleich an, mit den Bergungsschiffen entsprechende Materialien für unsere Läger einzusammeln. Zu meiner Verwunderung habe ich auch jede Menge Uran gescannt. Wir wären sogar in der Lage, Nuklear-Waffen zu bauen."

Nach einem kurzen Augenblick der Stille war ein kurzes Räuspern zu hören. Alle Augen richteten sich ganz automatisch auf den wortkargen Lutz. Dieser setzte sich dann nicht ganz so bequem aufrecht hin und wiederholte die Worte: „Hand an die Allmächtigkeit gelegt."

Mehr sagte Lutz nicht und jedem fiel Paulos Übersetzung der Golds wieder ein, aus der diese Worte stammten. Thomas sah Paulo Baretta fragend an. Dieser zog die Augenbrauen hoch, zuckte mit den Schultern und ließ die Mundwinkel nach unten hängen: „Wäre schon möglich."

Hatten die Golds die Anwendung von Atomwaffen gemeint? Die Schlimmste aller Waffenarten, die die Menschen je entwickelt hatten? Die zurzeit verwendeten Waffensysteme waren allesamt atomwaffenfrei. Diese Art von Vernichtungsmaterialien war aus der Mode gekommen, als 2105 ein ganzes Lager von Atomwaffen im Iran hochgegangen war und außer dem Iran praktischerweise auch noch große Teile des Irak dem Erdboden gleichgemacht hatte. Die Auswirkungen auf den

gesamten Nahen Osten waren verheerend gewesen – und nicht nur auf den Nahen Osten.
Die gesamte Erde hatte stark gelitten.
Es wurde nie genau bekannt, was passiert war.
Die Einen behaupteten, der lasche Umgang mit den Waffen hätte zu einem Dominoeffekt bei einer ungewollten Zündung geführt, andere machten den israelischen Mossad dafür verantwortlich. Wie dem auch sei: Allen Verantwortlichen wackelten anschließend die Knie. In einer groß angelegten Versammlung beschloss der Rest der Menschheit die Ächtung und die Vernichtung von Atomwaffen. Niemals waren sich alle so einig gewesen. Kein Wunder, stand die Welt doch schon vor einem großen Abgrund. Die aufziehende und dadurch noch beschleunigte Klimakatastrophe lenkte die Aufmerksamkeit in ganz andere Richtungen. Tatsache war aber auch, dass die jetzt vorhandenen Waffensysteme bei weitem nicht die Zerstörungskraft der Nuklearwaffen hatten.
Es herrschte nach wie vor Schweigen in der Runde und jeder hing seinen Gedanken nach.
„Je länger ich darüber nachdenke", durchbrach Thomas die Stille, „desto eher glaube ich, dass sich die Golds vor dieser Waffe fürchten. Was also sollen wir tun?"
Ein auffordernder Blick ging in die Runde. Wenig später wurde hitzig diskutiert. Das Für und Wider wurde abgewogen, erklärt oder heftig verteidigt. Schließlich schlug Laura mit der flachen Hand auf den Besprechungstisch. „Genug der Rede." Dabei sah sie Thomas an. „Du bist der Captain. Du bestimmst und du hast die Verantwortung."
„Da hast du Recht. Ich könnte mir das jetzt einfach oder schwer machen. Was was ist, kommt dabei auf den Standpunkt an. Wir haben uns seinerzeit verpflichtet, keine Atomwaffen mehr herzustellen und erst recht nicht zu verwenden. Nun sind die Verhältnisse aber bestimmt nicht die, die man damals vorhersehen konnte. Wir sollen vernichtet werden, weil wir welche verwandt haben, haben aber keine mehr. Wenn wir sie wieder aus dem Keller holen, haben die Golds vielleicht einen guten Grund und wir werden unserer eigenen Entwicklung untreu. Das ist nicht so einfach mit >Befehl und Gehorsam< aus der Welt zu schaffen. Ich möchte, dass meine Crew hinter einer gemeinsam getroffenen Entscheidung steht. Jeder soll bedenken, dass wir möglicherweise die Reste der Menschheit mit uns führen. Ein Schritt in die fal-

sche Richtung kann unsere Spezies auslöschen. Ich möchte ...", und dabei sah Thomas jeden einzelnen Teilnehmer in die Augen, „... dass jeder bis Morgen darüber nachdenkt und dann hier sein Votum abgibt. Phil, du wirst das Uran vorerst draußen lassen. Mit der Bergung der anderen Mineralien kannst du beginnen." Damit entließ Thomas seine Crew aus der Besprechung.

<u>Am Abend, Hauptkantine – Mannschaftsdeck:</u>

Trixie und Lutz hatten sich nach Feierabend in der Kantine zufällig getroffen, saßen etwas abseits und damit ungestört an einem Zweiertisch und redeten natürlich über ihr am nächsten Tag abzugebendes Votum. Trixie hatte sich vom Barkeeper ein scharfes Mixgetränk Marke >Ionendusche< besorgt, während sich der gemütliche Lutz an seinem Lieblingsgetränk labte, dem Bier ... und das gleich aus einem vollen Maß. Damit war dann auch klar, woher Lutz seinen Bauchansatz hatte.
„Ich würde sie allesamt zur Hölle jagen, und wenn das mit Atomkraft schneller geht, soll es mir recht sein", sprachs und nahm einen kräftigen Schluck Ionendusche.
„Och, ich weiß nicht. Diese Dinger waren damals schon Mist und werden bestimmt wieder Mist sein. Es war nicht gut, damals solche Waffen zu haben. Hat man ja gesehen, was wir davon hatten. Große Teile der Welt auf Jahrzehnte, wenn nicht Jahrhunderte, unbewohnbar. In gewisser Weise haben die Golds ja Recht. Es stört mich nur, dass sie uns deswegen gleich komplett vernichten wollen", bemerkte Lutz und führte den Bierkrug genüsslich zum Munde.
„Eben, und deswegen brauchen wir solche Waffen. Du hast doch gesehen, wenn wir gegen eine größere Anzahl von den Einheiten kämpfen müssen, und Thomas hat berichtet, dass er viel größere gesehen hat, dann haben wir keine Chance. Vielleicht sollten wir auf Abschreckung setzen. Wenn die Golds wissen, dass wir Nuklearwaffen besitzen, vielleicht greifen sie uns dann nicht mehr an. Zumindest die Abschreckung hat auf der Erde mehrere Jahrzehnte gut funktioniert. Niemand war gezwungen, die Waffen einzusetzen. Vielleicht finden wir ja bis dahin eine Welt zum Leben oder aber auch ein paar gute und mächtige Verbündete."
Lutz dachte über die Argumentation von Trixie nach und je häufiger er aus dem Krug trank, desto logischer erschien sie ihm. Haben und An-

wenden waren zweierlei Paar Schuhe. Vielleicht sollte man lieber haben, nichtanwenden konnte man immer noch. Wenn sie aber gebraucht würden und waren nicht da, das wäre schlimm. Schließlich nickte er Trixie als Zeichen seiner Zustimmung zu. Erfreut gab Trixie dann noch einen aus und es sollte nicht der letzte an diesem Abend gewesen sein, den man gemeinsam trank.
Etwas später tauchte Phil auf und stellte noch einen Stuhl dazu, orderte beim Keeper einen doppelten Whiskey und schloss sich nach kurzer Debatte ebenfalls Trixies Auffassung an. Nicht zuletzt deshalb, weil er zum gleichen Schluss gekommen war. Nachdem das geklärt war, ging man zum gemütlichen Teil des Abends über und hatte noch eine Menge Spaß.
Unbemerkt hatte Thomas die Kantine betreten. Als er die drei dort sitzen sah, lächelte er nur kurz und machte wieder kehrt. Sollten sie ihre Freizeit genießen und Spaß haben. Wer weiß, wie lange noch. Er als Captain hätte in dieser Runde nur gestört. Also machte er sich auf den Weg ins Staselager zu einer kurzen Inspektion.

Kurz darauf, Staselager:

Joe nahm tatsächlich so etwas wie Haltung an, obwohl ihm dafür kaum Zeit blieb. Thomas winkte deswegen auch gleich ab.
„Guten Abend Joe. Was läuft denn so im Moment hier ab?", dabei schweifte sein Blick über die aufgestellten Betten mit den im Aufweckungsprozess befindlichen Personen. Manche lagen noch stocksteif in den Kissen, angeschlossen an eine Vielzahl von Maschinen und Überwachungsgeräten, während andere sich schon leicht bewegten und die Augen öffneten. Die fast vollständig Hergestellten sahen sich über Monitore das Info-Material an, das nach der Flucht aus dem Sonnensystem, und so musste man es ja bezeichnen, zusammengestellt worden war.
„Wir arbeiten hier die Liste ab, die uns Subcommanderin Stone übermittelt hat." Joe wirkte etwas erschöpft. „Im Moment haben wir Major Dekker und seine Mannschaft auf der Liste stehen."
Thomas war interessiert: „Und wer ist dieser Dekker?"
„Er ist der Führer einer zwölfköpfigen Gruppe von Marines. Allesamt Elitekämpfer mit reichlich Erfahrung aus den Krisenherden der Erde. Jeder Mann, eine Armee für sich. Ich habe die Dossiers gelesen und bin

schwer beeindruckt. Man hat uns da echte Spezialisten mitgegeben. Dekker selbst kommt aus Delaware, USA. Er war in den letzten 10 Jahren in nahezu allen Kriegsgebieten der Erde eingesetzt. Dem Himmel sei Dank, dass er seine Orden nicht mitgenommen hat, sonst hätten wir wegen Gewichtsproblemen den Orbit des Mars nicht verlassen können."
Thomas grinste. Leute wie Joe gefielen ihm. Kein Blatt vor dem Mund und schnell mal einen lockeren Spruch: „Wo liegt er? Ist er schon ansprechbar?"
„Nein, ist er noch nicht. Er liegt da vorne, im Bett 35", dabei zeigte Joe in die Richtung eines einzeln stehenden Bettes.
Thomas dankte für die Auskünfte und bat Joe weiterzumachen. Er selbst ging zum Bett 35 und warf einen Blick darauf. Der dort liegende Mann hatte die Augen geschlossen. Er war etwa 180 cm groß, vielleicht 40 Jahre alt und trug eine auffallende Glatze. Die beginnenden Haarstoppel auf dem Schädel zeugten davon, dass sich Major Dekker das Haupt rasierte und nicht etwa an Haarausfall litt. Die Figur war untersetzt und äußerst kräftig. Das energische Kinn kennzeichnete ihn als Führungspersönlichkeit.
Alles in allem machte diese Person im Schlaf einen sympathischen aber auch sehr durchsetzungsstarken Eindruck.
Leute wie Dekker werde ich brauchen, dachte Thomas und verließ nach einem Gruß Richtung Joe das Staselager.

Am nächsten Tag, Captains Besprechungsraum:

Thomas hatte sich in Absprache mit Laura unter einem Vorwand fast eine halbe Stunde verspätet. Als er dann endlich eintraf und sich an den Besprechungstisch setzte, war der beabsichtigte Effekt erzielt worden. Man hatte diskutiert und war zu einem Schluss gekommen.
Es war an Laura, die Meinung der versammelten Führungs-Crew widerzugeben. Sie stand auf und erklärte in ruhigen und sachlichen Worten den gemeinsamen Beschluss: „Wir sind nach einigen Überlegungen zu dem Schluss gekommen, dass wir von unseren Selbstbeschneidungen abweichen wollen. Wir stimmen dafür, Nuklearwaffen anzuschaffen und möglicherweise auch einzusetzen und zwar nicht zuletzt aus dem Grund, damit wir uns in dieser Galaxie überhaupt Gehör verschaffen. Wir sind zu dem Schluss gekommen, und Paulos Rechner hat eine

Wahrscheinlichkeit von über 80% ausgerechnet, dass es den Golds völlig egal ist, ob wir Atomwaffen besessen haben oder besitzen. Verurteilt scheint verurteilt. Ohne diese Waffen würden wir einen großen Trumpf aus der Hand geben."

Thomas nickte zufrieden: „Ist diese Entscheidung einstimmig gefällt worden?"

Dieses Mal ergriff Hotaru das Wort: „Die Abstimmung war einstimmig. Aber es war keine Abstimmung zwischen Weiß und Schwarz. Bei manchem überwiegt die Zustimmung mehr als bei anderen. Zusammenfassend kann ich sagen, dass jeder von uns Zweifel an dieser Entscheidung hat."

Thomas sah seine Crew lange Zeit prüfend an: „Ist schon klar. Auch ich habe meine Zweifel. Um die Abstimmung korrekt zu machen: Ich bin ebenfalls für die Aufrüstung. Ich gebe allerdings mein Versprechen ab, dass diese Waffen nach Erreichung unserer Ziele beseitigt werden sollen. Laura, trag diese Entscheidung bitte ins Logbuch ein. Phil, sammel Uran ein und schau, welche Wissenschaftler dir beim Bau der Waffen helfen können. Ich kenne da einen guten Hobbykoch, der dir vielleicht behilflich sein könnte."

Phil schaute etwas verdutzt aus der Wäsche und sah verständnislos von einem zum anderen, bis Laura ihm des Rätsels Lösung in Persona von Joseph Eismann präsentierte.

<u>Zwei Tage später, Brücke Geronimo,
kurz vor der morgendlichen 9-Uhr-Besprechung:</u>

„Major Ron Dekker meldet sich zum Dienst, Sir!"

Jedes Mitglied der Brückencrew war aufgrund der laut und hart ausgesprochenen Worte unwillkürlich zusammengezuckt.

Dann hörte man noch ein leises Knallen – offensichtlich hatte der Major in alter militärischer Manier die Hacken zusammengeschlagen.

Thomas lümmelte, wie immer am Morgen, etwas bequem in seinem Kommandosessel. Langsam drehte er den Stuhl um 180 Grad, um den Major anzusehen. Ron Dekker war kurz hinter der Tür in der mittleren Etage der Brücke stehengeblieben und stand buchstäblich stramm. Statt einer petrolfarbenen Uniform trug er die schlichte schwarze, einteilige Kombination der Marines. Sein Barrett trug er unter dem linken Arm. Fehlt nur noch, dass er salutiert, dachte Laura.

„Schön, Major, komm runter!"
Thomas winkte Ron lässig zu sich herab.
Der Marine benutzte den Aufzug und erschien wenig später auf der untersten Etage der Brücke. Thomas stand auf und schüttelte dem Major die Hand: „Willkommen an Bord und auf der Brücke, Major. Sind alle Begleitumstände unserer Lage bekannt?"
„Jawohl Sir. Ich darf melden, dass meine Männer in 12 Stunden voll einsatzfähig sind. Ich erwarte Befehle, Sir."
Nun wirkte Thomas leicht irritiert. Er bekleidete selbst einen der höchsten militärischen Ränge, aber viel Aufhebens um die Gepflogenheiten der Armee hatte es in den Einheiten der Raumflotte nie gegeben. Man hatte alles sehr viel lockerer gesehen und den Berichten aus dem harten Drill der Marines und dem strikten Befehl und Gehorsam kaum Glauben geschenkt.
„Ich glaube, wir sollten uns einen kleinen Augenblick in meinem Besprechungsraum unterhalten."
Damit machte Thomas eine einladende Geste in Richtung Captains Besprechungsraum und ließ Dekker vorgehen. Dort angekommen schloss Thomas die Tür und bot Dekker an, sich zu setzen.
„Ich stehe lieber, Sir."
„Hinsetzen, Major!"
„Jawohl, Sir", und schon saß Dekker auf einem Stuhl. Geht doch, dachte Thomas, setzte sich auf die Tischkante vor Dekker: „Ron, so kommen wir nicht weiter. Ich bin dankbar, dich und deine Männer an Bord zu haben. Wir werden euch brauchen. Stell dir bitte folgendes vor: Wir sind eine etwas größere Familie mit wenig mehr als 50.000 Mitgliedern. Wir sind auf uns allein gestellt. Wir müssen diese Familie heil durch die uns aufgezwungenen Wirren führen. Unsere Spezies muss überleben! Nur das kann unser Ziel sein! Das kann ich nicht alleine. Ich brauche fähige Leute und keine reinen Befehlsempfänger. Ich brauche Rat gebende Fachleute. Du bist auf deinem Gebiet einer der erfahrensten Marines. Ich brauche deine Hilfe als Crewmitglied. Wenn ich Befehle geben sollte, kannst du gerne mit ‚Sir' oder ‚Captain' bestätigen, ansonsten heiße ich Thomas."
Erwartungsvoll sah Thomas den Major an. Ron war anzusehen, dass er am liebsten ‚Jawohl, Sir' gesagt hätte, jedoch wurde er etwas nachdenklich.

„Ich werde mich bemühen, Thomas. Wie soll die Zusammenarbeit aussehen?"
Erleichtert nahm Thomas das etwas entspanntere Gesicht des Majors zur Kenntnis.
„Wir treffen uns hier jeden Morgen um 9:00 Uhr. Es wird besprochen, diskutiert und es werden Aufgaben verteilt. Du wirst jeden Morgen teilnehmen und ich erwarte von dir, dass du deine Meinung sagst, egal ob sie mir möglicherweise gefällt oder nicht. Für den Rest des heutigen Tages kümmerst du dich bitte um deine Leute, das hattest du wahrscheinlich sowieso vor, informierst sie und führst sie in ihre Quartiere, die dir Laura zuweisen wird."
„Einverstanden."
Ron stand auf und reichte Thomas die Hand. Dieser schüttelte sie ein zweites Mal.
„Komm, ich stell dir die Brückencrew vor."
Dekker folgte Thomas, der sich bei der Vorstellung der Crew sehr viel Zeit nahm und erfreut feststellte, dass sich der Major immer weiter entspannte, jedem die Hand schüttelte und bei Hotaru sogar ein Lächeln zeigte. Die Besprechung fand dann mit einstündiger Verspätung statt.

Zwischensequenz:

Die nächsten Tage fanden in relativer Ruhe statt. Weitere Besatzungsmitglieder wurden geweckt, umfassend über die Lage informiert und in ihre Quartiere geführt.
Phil rüstete alle Aufklärer und Jäger mit der neuen Schildtechnik aus und nebenbei füllten sich die Lager mit den entsprechend benötigten Erzen und mit – Uran.
Einige Wissenschaftler und Techniker waren schon dabei, die benötigten Nuklearwaffen herzustellen.
Trixie hatte sich mit den üblichen Bordgepflogenheiten arrangiert. Trotz kesser Lippe und burschikosen Auftritten wurde sie von der Crew akzeptiert. Das war wichtig, denn außerhalb von Gefechten war sie nicht nur die Gunnerin, sondern auch der oberste Sicherheitschef an Bord der Geronimo. In dieser Eigenschaft streifte sie ständig durch das Schiff und sah nach dem Rechten.

Thomas hatte zusammen mit Ron und Phil neuartige Munition für die Desert Eagle, wie auch für die kurzläufigen Gewehre der Marines entwickelt. Die Projektile waren jetzt mit kleinsten, aber sehr wirkungsvollen Sprengsätzen ausgestattet. Die Ladung der Patronen war noch einmal erhöht worden. Auch hatte man eine Vorrichtung gefunden, die das Abfeuern der Waffen im luftleeren Raum gestattete. Sie glich in etwa der bordeigenen Artillerie, die auch ohne Sauerstoff auskommen musste. Die Produktion der Munition lief bereits auf Hochtouren.
Regelmäßig fanden die 9-Uhr-Besprechungen statt.
Thomas wollte noch den einen oder anderen dabeihaben, zum Beispiel den leitenden Bordarzt. Dieser hatte aber immer wieder mitteilen lassen, dass er im derzeitigen Stadium der Aufweckprozesse in den Saniräumen unabkömmlich wäre. Nicht jeder Aufweckvorgang lief glatt, teilweise waren auch Nachbehandlungen erforderlich. Thomas war aus anderen Gründen zeitlich nicht in der Lage gewesen den Bordarzt aufzusuchen. So verschob man den fälligen Termin auf später.
Grace hatte mehrere Aufklärer ausgeschickt, um eine Karte des Asteroidenfeldes anzufertigen. Nachdem die tatsächliche Größe bekannt wurde, hatte sie den Auftrag insofern eingeschränkt, dass die Aufklärer mindestens einen anderen Weg für die Geronimo aus dem Trümmerfeld hinausfinden sollten.
Ein anderer, aber sehr viel längerer Weg stand seit gestern fest.

<u>30.06.2120, Brücke Geronimo, 13:00 Uhr:</u>

Auf Thomas Kommandopanel blinkte die grüne Ruftaste.
„Hier Brücke, was gibt's?"
„Hier spricht der Sicherheitschef. Ich würde es begrüßen, wenn du in den Produktionsbereich B3 kommen würdest!"
Die Tatsache, dass Trixie akkurat und sachlich eine Meldung absetzte, ließ eine steile Sorgenfalte auf Thomas Stirn erscheinen.
„Du hast die Brücke", so übergab Thomas das Kommando an Laura, nachdem sich beide eine kurze Zeit nachdenklich angeschaut hatten und verließ eiligen Schrittes die Zentrale.
Produktionsbereich B3 war für die Herstellung von Atomwaffen vorgesehen. Trixie erwartete ihn vor der Zugangstür des Produktionsbereiches in Begleitung von zwei kräftig aussehenden Sicherheitsleuten.

„Kurze Lagebeschreibung, Captain. Im Produktionsbereich ist ein Techniker auf die Idee gekommen, dass es ihm gar nicht gefällt, dass wir wieder Atomwaffen herstellen. Dieser gewisse Brent Sneider hat die übrigen Techniker aufgewiegelt und sie zumindest dazu gebracht, dass sie ihre Tätigkeiten eingestellt haben. Um nicht noch mehr Konfrontation hervorzurufen, habe ich zunächst erst einmal den Produktionsbereich verlassen und mir hier Verstärkung geholt." Dabei wies sie auf ihre beiden Begleiter.
Thomas nickte zustimmend.
„Dann mal rein in die gute Stube."
Er trat auf die Tür zu, die sich zischend öffnete und betrat mit den Sicherheitsleuten und Trixie im Schlepp den Produktionsbereich. Inmitten von allerlei technischen Gerätschaften und Raketenkörpern hatte sich ein Kreis von weiß bekittelten Technikern gebildet, die aufmerksam einem in ihrer Mitte und auf einer Kiste stehenden Mann, offensichtlich Brent Sneider, zuhörten.
„Deshalb werden wir uns der Herstellung dieser Waffen verweigern! Kein Mensch darf je wieder solche Dinge herstellen, egal wie groß der Preis ist, den wir dafür bezahlen!"
Brent Sneider begleitete seine laut ausgesprochenen Worte mit heftigen Armbewegungen, als wolle er diese Doktrin seinen Zuhörern regelrecht einpeitschen. Thomas bedeutete seinen Begleitern zu warten und ging allein auf die etwa 20-köpfige Menschentraube zu. Thomas war bemerkt worden und der Kreis öffnete sich, sodass er bald vor Brent Sneider stand. War Brent Sneider schon ein recht großer und kräftiger Mann, so überragte er jetzt Thomas immer noch auf einer Kiste stehend um mehr als zwei Haupteslängen.
„Steig von der Kiste herunter!"
Thomas war nicht zum Spaßen zumute. Hier stand seine Autorität auf dem Spiel. Sein Verhalten in dieser Situation würde Thema sein auf dem gesamten Schiff und das spätestens morgen.
„Kannst du vergessen und deine willenlosen Büttel da vorne kannst du nach Hause schicken."
Verächtlich spie Brent dem Captain die Worte entgegen und zeigte mit dem Finger auf Trixie und ihre Sicherheitsleute.
„Du wirst mich nie dazu bringen, Atomwaffen zu bauen und wenn ich die Möglichkeit habe, werde ich die Golds vor diesen Waffen warnen, wenn du es doch schaffen solltest, welche herzustellen! Und ich werde

keine Ruhe geben und alle meine Kollegen überzeugen, dir nicht zu folgen!"
Diese herausgeschrienen Worte waren gleichbedeutend mit Aufstand, Putsch und Hochverrat und das unter Kriegsrecht.
Thomas Miene wurde härter. „Ich gehe davon aus, dass deine Worte unüberlegt sind und du wegen vielfacher Überlastung nervlich am Ende oder gar dem Raumkoller verfallen bist, also steig herab von dieser Kiste und lass uns wie vernünftige Leute darüber reden."
Auch diese an sich goldene Brücke, die ihm sein Captain als Ausweg anbot, ließ Brent Sneider völlig außer Acht. „Scher dich zum Teufel! Aber wenn du Atomwaffen bauen willst, bist du es vielleicht gar selbst." Höhnisch lachte Brent lauthals los.
Thomas bemerkte, dass die anderen Techniker gespannt auf seine Reaktion warteten. Hier stand eine Menge auf dem Spiel. Wollte er die Mission glücklich zum Abschluss führen, so musste er unbedingt Führungsstärke zeigen und sich Respekt verschaffen. Ansatzlos trat Thomas dem Aufständler die Kiste unter dem Körper weg. Brent hing einen kleinen Moment um Gleichgewicht balancierend in der Luft und klatschte wenig später mit der linken Seite auf den harten Boden. Da lag er aber nicht lange. Mit dem linken Arm hob Thomas den schweren Mann am Kragen hoch, und als er ihn fast oben hatte, schlug er ihm mit der rechten Faust ans Kinn. Brent flog geradezu aus dem Kreis seiner Zuhörer, der sich schnell öffnete, hinaus und blieb mehrere Meter später benommen rücklings auf dem Boden liegen. Als er sich ächzend und Verwünschungen ausstoßend erheben wollte, war Thomas schon wieder bei ihm.
Dieses Mal ergriff er ihn mit der rechten Hand am Kragen und hob ihn einfach an und zog ihn hinter sich her. Tage später berichtete man sich in der Kantine von der Körperkraft des Captains, der scheinbar mühelos den schweren Techniker schleppte. Als Brent versuchte, sich mit Faustschlägen zu wehren, ging Thomas in die Knie und ließ Brennts Kopf heftig auf den Boden aufschlagen. Anschließend schleppte er den Bewusstlosen weiter quer durch den Produktionsraum in Richtung Mannaußenschleuse. Mit geübten Griffen öffnete er die Schleuse und schob den Meuterer hinein. Danach verriegelte er die Tür und klappte die Steuerungsabdeckung für das Außenschott hoch. Thomas gab den Sicherheitscode ein, bestätigte diesen mit seinem Fingerabdruck und

schlug dann auf den Start-Knopf. Das Außenschott öffnete sich und durch den Sog wurde Brent Sneider ins All geschleudert.
Der gesamte Vorgang hatte nur wenige Sekunden gedauert.
Sorgsam schloss Thomas wieder das Außenschott und anschließend den Deckel der Steuerung. Wortlos und erschreckt hatten alle Anwesenden das Geschehen verfolgt. Trixie hatte die Luft angehalten und die Techniker waren leichenblass. Thomas drehte sich zu den unfreiwilligen Zeugen herum. „Möchte irgendwer die Diskussion fortsetzen?"
Betretenes Schweigen war die Antwort. Thomas schaute sich um.
Die Leute waren geschockt und richteten ihre Blicke auf den Boden.
„Dann an die Arbeit – bitte."
Mit sicheren Schritten verließ Thomas die Produktionshalle und begab sich Richtung Brücke. Zurück ließ er die Techniker sowie Trixie mit ihren Sicherheitsleuten, die noch ganz im Bann des vorhin Erlebten standen und nur ganz langsam wieder in die Wirklichkeit zurückfanden. Vorsichtig gab es die ersten Gespräche, fast flüsternd, wenig später nahmen die Techniker wieder ihre Arbeit auf.
Trixie schickte die Sicherheitskräfte in ihren Bereitschaftsraum und folgte dem Captain.

<u>Wenig später Brücke der Geronimo:</u>

Thomas war gerade zurückgekehrt, und während er auf seinen Kommandositz zuging, verlangte er von Hotaru die Errichtung der schiffsweiten Kommunikation.
„Kommunikation steht, Captain."
Damit waren Thomas Worte im gesamten Schiff zu hören.
„Crew der Geronimo, hier spricht euer Captain, ich bitte um Aufmerksamkeit. Es hat sich heute ein Fall der versuchten Meuterei, des versuchten Hochverrats und der Befehlsverweigerung ergeben. Ich mache alle darauf aufmerksam, dass wir im Zustand des Kriegsrechtes sind. Wir stehen mit dem Rücken zur Wand und müssen jede sich bietende Chance nutzen. Ganz bestimmt werden wir keine Chance haben, wenn wir darüber debattieren, welche Befehle ausgeführt werden und welche nicht. Alle, die der Meinung sind, dass ich lediglich Vorschläge mache und keine Befehle gebe, mögen bitte Richtung backbord aus dem Schiff sehen. Ich werde jeden, der sich gegen das Ziel unseres Überlebens

stellt, eigenhändig aus der Schleuse werfen und zwar ohne Raumanzug!"
Mit einer Handbewegung gab Thomas gegenüber Hotaru zu verstehen, dass die schiffsweite Kommunikation unterbrochen werden sollte. Ein Gong zum Zeichen des Kommunikationsendes war zu hören.
Laura beugte sich vor und sah Thomas ernst an: „Meine Güte, hast du etwa ..."
„Ja, habe ich. Mach einen Eintrag ins Logbuch. Brent Sneider wegen Hochverrats, Meuterei und Befehlsverweigerung exekutiert."
Laura war geschockt. Der erste Tote war zu beklagen und dieser war nicht einmal im Kampf gefallen.
Die Art wie Thomas seine Antwort gab und sein Blick nach vorne richtete, machte klar, dass er nicht gewillt war, mehr darüber zu berichten.

Einen Tag später, Captains Besprechungsraum, 09:00 Uhr:

Als Thomas den voll besetzten Besprechungsraum betrat, herrschte absolutes Schweigen. Die Leitungscrew sah etwas betreten auf die Tischplatte.
Sie müssen mich für einen Unmenschen halten, dachte Thomas. Mit einem Blick im Kreis stellte er fest, dass der Bordarzt wieder nicht an der Besprechung teilnahm.
„Laura, wie sieht das Prozedere bei einer Meuterei und Hochverrat im Kriegsfall aus?"
„Nun ja", begann Laura etwas zögerlich, „bei derlei Verstößen sieht die Flotte die Exekution vor. Es gibt da zwei Möglichkeiten. Bei eindeutiger Schuld kann der Captain die Ahndung sofort vollziehen, wenn ihm dies in Anbetracht der Umstände angemessen erscheint. Hauptsächlich soll dies zur Abschreckung genutzt werden. Eine andere Möglichkeit ist, aus den leitenden Offizieren der Schiffscrew ein Kriegsgericht zu bilden und den Betreffenden nach erwiesener Schuld durch dieses zum Tode zu verurteilen."
Thomas bedankte sich für diese korrekte Wiedergabe der Flottenbestimmung.
„Ich gehe davon aus, dass euch Trixie den genauen Hergang in B3 erläutert hat. Ich bin nicht ganz sicher, ob jeder von euch sehr glücklich in der Person eines Kriegsrichters gewesen wäre."
Alle Anwesenden nickten schweigend.

„Mit ein wenig Einsicht von Brent Sneider wäre alles vermeidbar gewesen. Ich kann und will nicht dulden, dass eine Person gegen die Interessen von uns allen handelt. Ich bin kein Diktator. Die Entscheidung, wieder diese fürchterlichen Waffen herzustellen, haben wir gemeinsam getroffen. Aber ich habe die Verantwortung. Und ich allein muss mit meiner gestrigen Entscheidung den Rest meines Lebens zurechtkommen. Ich hätte diese Entscheidung auch durch ein Kriegsgericht treffen lassen können – das Ergebnis wäre jedoch das Gleiche gewesen."

Erleichtert stellte Thomas fest, dass ihn die Anwesenden wieder ansahen. Durch seine schnelle Aktion gestern hatte er den einen oder anderen davor bewahrt, als Kriegsrichter anschließend selbst mit einem Todesurteil klarkommen zu müssen. Vielleicht rechnete man ihm das an.
„Was ist unser nächstes Ziel?" Thomas stellte diese Frage erwartungsvoll in den Raum.
„Wir sollten unbedingt mehr über den Feind erfahren!"
Thomas nickte bestätigend, er hatte von Major Ron Dekker nichts anderes erwartet.
„Und wie machen wir das?" Hotaru blickte von einem zum anderen, während ihr schwarzer Pferdeschwanz hin und her flog.
„Wir müssten", begann Paulo, „ein Schiff des Feindes in unsere Nähe locken und blitzschnell entern. Das Anlocken könnte mit einem Jump geschehen. Beim Wiedereintritt wird das gewaltsame Eindringen in das Einsteinuniversum als Schockwelle mit Sicherheit gemessen werden."
„Und wenn dann so ein Riesenkahn oder gleich mehrere nach dem Verursacher suchen?" Phil war der Skeptiker in der Runde.
„Wir könnten eine Tiger Shark die Schockwelle auslösen lassen. Sie ist im Verhältnis zur Geronimo wesentlich kleiner und man wird wahrscheinlich nicht gleich mit einer ganzen Armada auftauchen", schlug Hotaru vor.
„Und wie überwältigen wir das gegnerische Schiff, ohne es zu vernichten", fragte Thomas.
Alles überlegte angestrengt, bis man ein Räuspern hörte. Alle Augen richteten sich wieder einmal auf Lutz Heinken.
„Wir sollten", so begann er etwas zögerlich, „Nuklearwaffen einsetzen."

„Na prima. Damit puste ich sie dann ganz bestimmt aus dem Raum", begehrte Trixie auf.
„Nein, so war es nicht gemeint. Ich meine den NEMP, den nuklearen, elektromagnetischen Puls. Wenn die Golds keine Atomwaffen besitzen oder kennen, dann werden sie darauf nicht vorbereitet sein. Auch ihre Geräte werden mit einer Art Strom betrieben werden. Die Kunst wird es nur sein, eine nukleare Explosion in exakter Entfernung zu ihrem Schiff herbeizuführen. Das Schiff sollte kaum beschädigt werden, aber der Puls sollte noch volle Wirkung haben. Die Geräte werden ausfallen und das Schiff kann durch uns geentert werden. Da innerhalb einer Atmosphäre die Reichweite durch die Luftmoleküle wesentlich größer ist, wird es hier schon schwieriger, die Bombe genau zu platzieren."
Thomas war erstaunt. Seine Crew hatte einige recht brauchbare Vorschläge unterbreitet.
„Aber", so begann er, „wir werden doch kaum eine Tiger Shark in den Raum stellen und dem Feind als Futter vorwerfen. Wir müssen uns was Zusätzliches überlegen. Phil, was ist mit meinem ehemaligen Beiboot? Bekommst du das so hin, dass man nicht auf den ersten Blick sieht, dass es sich um einen Schrotthaufen handelt?"
Der Gefragte nickte bestätigend: „Ein oder zwei Tage Arbeit für zwei Leute. Ich würde auch einen Energieverbraucher unterbringen und etwas Beleuchtung, damit es echt aussieht."
„Prima", Thomas klatschte in die Hände, „Paulo, du solltest jetzt so viel Infos haben, dass du uns spätestens übermorgen einen brauchbaren Plan mit den erforderlichen Details vorlegen kannst."
Nachdem Paulo zugestimmt hatte, wurde die Besprechung beendet. Thomas schlüpfte anschließend in sein Sportzeug und joggte durchs Schiff. Er musste dabei feststellen, dass ihm mehr und mehr Personal begegnete. Die Zeiten des einsamen Rundkurses waren vorbei. Trotzdem nahm er diese deutlichen Lebenszeichen mit Befriedigung zur Kenntnis. Thomas nutzte seinen Lauf nicht nur zum Sport. Oft hielt er an und sah nach dem Rechten. Das eine oder andere Gespräch ergab sich mit den angetroffenen Leuten. Auf dem Landedeck sprach er mit den Technikern, die Phil zum ‚Ausbeulen' seines ehemaligen Beibootes abgestellt hatte. Ganz viel Zeit verbrachte Thomas in der Nuklearwaffen-Produktion B3, bei den dortigen Technikern. Er erläuterte ihnen den Plan, soweit er schon feststand und fragte auch nach Meinungen. Zunächst verhielten sich die Spezialisten zurückhaltend.

Als sie aber merkten, dass Thomas ihr Know-How zurate ziehen wollte, waren sie aktiv dabei. Viele Vorschläge wurden dazu gemacht. Grundsätzlich wurde der Plan für durchführbar gehalten. Alles hing nur davon ab, ob sich der Feind anlocken ließ, ob er überhaupt die technische Möglichkeit besaß, die Jumps anzumessen. Thomas sprach beruhigend auf die Techniker ein. Selbst wenn nichts passieren würde, wäre es immer noch ein gutes Ergebnis, denn dann könne man schließlich davon ausgehen, dass die Sprünge nicht angemessen und verfolgt werden konnten. Alleine schon zu diesem Zwecke musste man die Aktion durchführen. Die Techniker waren überzeugt und versprachen eine derartige Bombe mit Fernzünder, deren Hauptaufgabe der Ausstoß eines möglichst großen NEMP sein würde. Thomas verabschiedete sich und lief zur Krankenstation.

Doch hier wurde er abermals enttäuscht. Der Doktor war nicht da. Offensichtlich irgendwo im Schiff zu einem Patienten unterwegs. Thomas hätte ihn rufen können, jedoch wollte er nicht aus reiner Neugier auf die Person des Arztes dessen Arbeit behindern. Daher trabte er locker zum Sportbereich und legte noch ein gutes Krafttraining oben drauf.

<u>Tags darauf, 09:00 Uhr, Captains Besprechungsraum:</u>

Paulo hatte sein Konzept fertig. In schlüssigen, sicheren Worten trug er dies vor: „Die Analyse des Rechners bezüglich des Planes ergab eine Erfolgsaussicht von 66%. Von den restlichen 34% ist die Hälfte davon abhängig, ob unsere Jumps angemessen werden können. Darauf weiß der Computer keine Antwort und das ist somit reine Spekulation.

Der Plan im Einzelnen: Eine Tiger Shark, besetzt mit zwei Personen, fliegt aus Stonehall heraus und bewegt sich mit Höchstgeschwindigkeit, also etwa ein Drittel der Lichtgeschwindigkeit, für 3 Tage in irgendeine Richtung. Anschließend folgen mindestens 3 Jumps in unterschiedliche Richtungen. Danach zwei in gerader Linie, wobei der letzte unmittelbar vor Stonehall endet, in der Nähe unseres Köders. Wenn der Feind die gerade Linie der letzten beiden Jumps zurückverfolgt, wird er in die Irre geleitet und wird nichts finden. Beim Eintreffen vor Stonehall wird diese Tiger Shark abdrehen und in Stonehall verschwinden, sodass der hoffentlich auftauchende Gegner ausschließlich unseren Köder bemerken wird.

Innerhalb von Stonehall werden zwei Tiger Sharks mit Major Dekker und seinen Marines an Bord warten.
Wenn sich der Gegner unserem Lockvogel nähert, werden wir per Fernzündung die Bombe und damit den NEMP auslösen. Sobald wir feststellen, dass der Gegner handlungsunfähig ist, greift Major Dekker mit seinen Leuten an und übernimmt das feindliche Schiff. Anschließend schleppen wir das Schiff in Stonehall hinein und werden es untersuchen. Vielleicht machen wir auch den einen oder anderen Gefangenen, den wir verhören können."
Paulo war fertig und schaute abwartend in die Runde, ob Verbesserungsvorschläge oder Kritik vorhanden waren. Niemand sagte etwas dazu, bis Thomas zustimmte: „Der Plan scheint mir durchführbar, weil einfach, es ergeben sich keine Vorbehalte. Grace, such eine Besatzung aus und schicke diese für drei Tage auf die Reise. Während dieser Zeit können wir noch Feintuning an Paulos Plan durchführen."
Grace bestätigte den Auftrag und Thomas beendete die Sitzung.

Zwischensequenz:

Ca. 3 Stunden nach dieser Sitzung machte sich eine Tiger Shark auf den Weg ins Nirgendwo, um nach drei Tagen wieder an der vereinbarten Stelle zu sein. Danach brach an Bord der Geronimo gezielte Hektik aus. Das ehemalige Beiboot des Captains wurde, nachdem es optisch einigermaßen instandgesetzt worden war, an den Rand von Stonehall gebracht. Per Fernsteuerung konnte das Schiff mittels seiner noch funktionierenden Korrekturdüsen in die endgültige Position gebracht werden. Phil hatte an Bord einige Energieverbraucher und selbstverständlich auch eine Energiequelle angebracht, sodass auf oberflächlichen Scans die Falle nicht entdeckt werden würde – falls der Feind überhaupt kam. Und auch das war ein Diskussionspunkt in den folgenden 9-Uhr-Besprechungen. Was tun, wenn ein Schiff kommt, das keine Ähnlichkeit mit denen der Golds hat? Diese Frage bereitete einige berechtigte Kopfschmerzen. Schließlich einigte man sich darauf, den Plan nur dann durchzuführen, wenn eindeutig ein Schiff der Golds erkannt werden konnte. Mit anderen wollte man einen Kontaktversuch unternehmen.
Thomas war es wichtig, so schnell wie möglich wieder ein eigenes Beiboot für sich bereitzuhaben. Phil und er fanden tatsächlich eine fast fertiggestellte Tiger Shark im Reservehangar. Mit zahlreichen Modifika-

tionen wurde das Fluggerät von Phil und seinem Team in einen Flugkörper verwandelt, der auch von einer einzelnen Person mit entsprechender Rechnerunterstützung geflogen werden konnte.

Die Personentransportkabine wurde für weitere Bewaffnung umgerüstet, der freigewordene Co-Pilotensitz wurde für einen zusätzlichen Bordrechner und einen weiteren Schutzschirmgenerator benötigt.

So konnten auf diesem Aufklärer nur drei weitere Personen Platz finden. Für die Optik hatte sich Phil etwas ganz Besonderes ausgedacht. Auf den Stummelflügeln wurden goldene Streifen angebracht, es prangte ein Blitzsymbol rechts wie links seitlich, und auf dem Leitwerk stand in goldenen Lettern ‚Eagle One'.

Das Flugobjekt wurde im Rahmen einer Feierstunde, besser gesagt Feierminute, dem Captain übergeben. Dieser bedankte sich per Handschlag bei Phil und seinen Leuten und erprobte den umgebauten Aufklärer bei einem fast vierstündigen Jungfernflug. Außerhalb der Scannerreichweite der Geronimo verlangte Thomas dem Aufklärer so ziemlich alles ab, was dieser zu leisten imstande war. Er sagte nichts als er zurückkam, lediglich Laura fiel auf, dass Thomas außergewöhnlich ‚fertig' war. Scheinbar war der Test zur Zufriedenheit des Captains ausgefallen, dieser hob nur grüßend die Hand, nickte wohlwollend und verschwand einfach in seine Gemächer.

Während dieser Zeit verbrachte Ron Dekker mit seinen Kämpfern jede sich bietende Gelegenheit entweder auf dem Sport- oder auf dem Landedeck. Es wurde die schnellstmögliche Enterung geübt.

Wenn Ron glaubte, dass seine Männer völlig fertig waren, ging er mit ihnen ‚zur Erholung' in die Schießsimulation. 24 Stunden vor Einsatzbeginn gab er seinen Männern frei – auch eine Tradition, die immer dann, wenn es möglich war, auch genutzt wurde.

Paulo Baretta startete mit Hilfe seines Rechners alle denkbaren Konstellationen und ließ die Erfolgsaussichten berechnen. Schließlich schüttelte er den Kopf. Wahrscheinlich kommt es so wie immer, nämlich ganz anders, und dann würden Bauchgefühl und Schnelligkeit den Ausschlag geben.

Laura ging zum x-ten Male die Liste der zu weckenden Personen durch. Sie war zufrieden mit ihren Entscheidungen. Offensichtlich hatte sie niemanden von Wichtigkeit vergessen.

Grace stellte einen Dienstplan zusammen, der aus den Piloten bestand, die Dekkers Leute schnellstmöglich zum Einsatz bringen sollten, wie auch dem Jetführer, der das ehemalige Captains-Beiboot per Fernsteuerung in Position bringen sollte.

Trixie war ausschließlich unterwegs, um Munitionsbestände und Raketensilos innerhalb der eingesetzten Einheiten zu kontrollieren. Nachdem sie dies dreimal gemacht hatte, verlagerte sie ihre Aktivitäten auch in Richtung zunächst nicht eingesetzter Flugkörper.

Hotaru programmierte einige verschiedene Kommunikationswege und -netze, sodass auch während der Aktion, sowohl Audio- wie auch Videoübertragungen auf der Geronimo von allen eingesetzten Einheiten vorhanden waren.

Lutz – tat nichts. Aber er machte sich Sorgen, sehr große sogar. Schließlich war es seine Idee gewesen. Vielleicht verloren Leute bei der Durchführung des Plans ihr Leben und er, Lutz Heinken, war dann schuld daran. Thomas, dem der Gemütszustand seines Navigators auffiel, vermochte Lutz seine beginnenden Schuldgefühle nicht zu nehmen. Sicher, es war nicht seine Entscheidung gewesen, nur sein Vorschlag. Aber dennoch, hier ging es nicht um gerichtlich nachweisbare Schuld, hier ging es um den morgendlichen Blick in den Spiegel. Eine Tatsache, die nach dem Fall Brent Sneider auch für Thomas ein Problem war.

Schließlich war es soweit. Noch ungefähr sechs Stunden, so genau konnte man es in hochrelativistischen Bereichen nicht sagen, bis die ausgesandte Tiger Shark vor Stonehall als Lockvogel die alles entscheidende Schockwelle auslösen sollte.

Rons Männer hatten, wie traditionell üblich, vor einem gefährlichen Einsatz, die letzten Mitteilungen und Grüße an ihre Familien geschrieben, für den Fall, dass sie nicht zurückkommen würden. Zwar wusste jeder, dass man vor erheblichen Problemen stehen würde, diese Briefe zuzustellen, aber Tradition war eben Tradition. So hatte Laura die Briefe angenommen und ihrer Hoffnung Ausdruck verliehen, dass sie alle lebend wiederkommen würden.

Zwei Tiger Sharks mit den Marines an Bord machten sich auf den Weg. Thomas hatte es sich nicht nehmen lassen, mit seinem neuen Beiboot die Aktion zu leiten. Ein Bergungsschiff flog langsam hinter der Kampfgruppe her und sollte nach Absprache weit hinter der Einsatzgruppe in Wartestellung gehen. In einem der beiden mit Marines besetzten Boote befand sich die Fernsteuerung für das Lockschiff ehemals ‚Captains Beiboot' – und nicht nur das. Mit an Bord war eine recht ansehnliche Nuklear-Bombe – für den NEMP.

4 Stunden vor der erwarteten Rückkehr der ausgeschickten Tiger Shark traf man am Rand von Stonehall ein. Die Bombe wurde zum Lockvogel herüber transportiert und platziert. Die beiden Tiger Sharks und Eagle One blieben in der Deckung von Stonehall. Über verschiedene Relais, die bis zum Rand von Stonehall gingen, waren die Schiffe in der Lage, die Dinge außerhalb von Stonehall zu beobachten. Dann begann das lange Warten. Alles würde davon abhängen, ob und in welcher Schnelligkeit die Golds reagieren würden und wie genau die Fremden den Wiedereintrittspunkt berechnen konnten. Die zurückkehrende Maschine musste unbedingt die Sicherheit von Stonehall erreichen, sonst wäre die Falle durchschaut.

Das Warten zerrte an den Nerven der Crew. Bei Geschwindigkeiten oberhalb von 30% Licht kam es zu zeitlichen Verschiebungen. Diese berechnen zu können, fehlte momentan noch die Erfahrung. Nach weiteren 3 Stunden des Wartens konnte jederzeit mit der Rückkehr des Aufklärers gerechnet werden.

Es dauerte aber noch 27 lange Minuten, bis die Tiger Shark anrückte.

Thomas unterdrückte ein Stöhnen. Der Aufklärer war weit vor Stonehall aus dem Überraum herausgekommen. Für Thomas Geschmack zu weit, etwa 5 Lichtminuten entfernt. Bei 30% Licht würden über 15 Minuten vergehen, bis die Tiger Shark den schützenden Bereich erreichen und sich wie die anderen verstecken konnte. Das musste auch die spätere Erfahrung und Erprobung erbringen: Zielgenaue Sprünge.

Seufzend stellte Thomas einen Zeitzähler an. Er wollte wissen, wie lange es dauerte, bis die Golds reagierten. Mit wild feuernden Triebwerken und weiterer hoher Beschleunigung versuchte der Rückkehrer die Sicherheit von Stonehall schnell zu erreichen. 5 Minuten vor Erreichen der unkritischen Zone ließ Thomas den Lockvogel auf die Reise schicken. Langsam bewegte sich dieses Schiff aus dem Asteroidengürtel heraus auf seine wahrscheinlich letzte Reise.

„Blau 1 an Basis. Wir sind zurück, bitte melden."

„Hier Eagle One. Willkommen zurück. Fliegt weiter zur Basis – euer Job ist erledigt, gute Arbeit, ab jetzt Funkstille."

Ohne weiteren Kommentar drang Blau 1 in Stonehall ein und flog zur Geronimo.

Das Warten ging weiter.

An Bord Geronimo wenig später:

Blau 1 war auf dem Hangardeck gelandet und die beiden Piloten hatten den Flieger gerade verlassen, als der Deckoffizier seine Leute zur höchsten Eile antrieb. Offensichtlich hatte er vor, aus der Rückkehr eine Übung zu veranstalten. In höchster Eile wurde die Tiger Shark aufgetankt, Sauerstoff in die Tanks nachgefüllt, Abfallstoffe entsorgt und ansonsten einem kompletten technischen Check unterzogen.
Der Aufklärer wies keinerlei Mängel auf und stand geschlagene 15 Minuten später einsatzbereit in seiner Parkbucht. Paulo Baretta hatte sich alle gespeicherten Daten vom Bordrechner der Tiger Shark auf den Schiffscomputer der Geronimo kopiert und begann mit der Auswertung des dreitägigen Fluges.
Grace hatte der Besatzung zwei Tage dienstfrei gewährt.

Warteposition Grenze Stonehall, wenig später:

Das Warten zerrte weiterhin an den Nerven. Dazu kam, dass Thomas die Benutzung von Raumanzügen befohlen hatte. Nicht für jeden war es ein Vergnügen, in diesen Anzügen zu stecken. Schließlich, nach fast zwei Stunden geschah es dann, nicht wie im Sprung, sondern wie aus einem rasend schnellen Flug abrupt gestoppt, erschien ein Schiff.
Die Spezifikationen stimmten mit denen der Golds überein. Nachdem Thomas auf seinen Scanner geschaut hatte, stöhnte er auf: 900 Meter lang und ein wenig bulliger wirkend als das zuletzt besiegte.
Es gab keinen Funkverkehr.
Die weiteren Maßnahmen waren abgesprochen.
Sobald ein Schiff der Golds auftaucht, so lautete die Absprache, wurden die Frontscheiben der Tiger Sharks abgedunkelt, um die starke Blendwirkung der atomaren Bombe herauszufiltern. Thomas hatte den Fernzünder vor sich liegen. Er würde entscheiden, ob und wann die Bombe den NEMP auslösen würde.
Danach war der Funkverkehr wieder freigegeben.
Der Scanner zeigte an, dass sich das Schiff langsam dem Lockvogel näherte. Den Abstand bezifferte der Scanner auf zwei Lichtminuten. Das war noch viel zu weit entfernt. Frühestens ab einer Distanz von 500 km, besser 50 km, war daran zu denken, die Bombe zu zünden. Also hieß es wieder warten. Da man nicht mehr durch die Scheiben

nach draußen gucken konnte, saugten sich die Augen der Beteiligten an den Scannern fest. Das Schiff der Golds bewegte sich langsam aber stetig in Richtung Lockvogel. Nach einer guten Viertelstunde war das Schiff nur noch 100.000 km vom Ziel entfernt und bremste stark ab. Langsam glitt es näher.
Thomas war einige Male versucht auf den Fernzünder zu drücken.
Immer wieder hielt er sich selbst zurück.
Nur keine vorschnelle Aktion.
Zu viel hing jetzt vom Gelingen der Mission ab.
Dass dieser Angriff auf die Golds möglicherweise dazu führte, dass der Standort der Geronimo, zumindest der ungefähre, offenkundig wurde, hatte man debattiert und einkalkuliert. Ein Krieg ohne Risiko zu führen, ging nun einmal nicht.
Thomas Scanner zeigte an, dass das Schiff gestoppt hatte. Die Entfernung wurde mit 80 km zum Lockvogel angegeben. Jetzt oder nie, dachte Thomas und drückte auf den Fernzünder. Aufgrund der Entfernung dauerte es fast drei ganze Sekunden, bis ein helles Blitzen durch die abgedunkelten Frontscheiben drang. Thomas stellte die Scheiben wieder auf klar. In großer Entfernung sah man noch ein rotes Glühen. Was war von den Fremden übriggeblieben? Hatte der Impuls ausgereicht oder war gar das Schiff vernichtet worden?
Während die Tiger Sharks mit Ron Dekkers Mannschaft an Bord blitzartig Fahrt aufnahmen und Stonehall in Richtung Golds verließen, stellte Thomas mit einem Blick auf seine Anzeigen fest, dass der Fremde immer noch unbeweglich im Raum stand, nur der Lockvogel war verschwunden bzw. in viele Einzelteile zerrissen worden, die jetzt durch den Raum schwebten.
Thomas verließ ebenfalls das schützende Asteroidenfeld und flog langsam hinter Dekker her. Der Fremde zeigte keinerlei Aktivität. Trotzdem näherten sich die Tiger Sharks mit eingeschalteten Schutzschirmen. Man wollte sich keinesfalls überraschen lassen. Thomas stoppte sein Schiff und beobachtete das Vorgehen der Marines.
Beide Tiger Sharks gingen längsseits. Rons Männer brachten Sprengladungen an der Außenwand des Feindschiffes an. Daraufhin entfernten sich die Maschinen für die Zündung. Zwei helle Lichtblitze zeigten die Detonation der Sprengladungen an. Wieder legten die Tiger Sharks mit den Entermannschaften an Bord an. Dekkers Männer steckten in ihren schwarzen Raumanzügen. Die Schnellfeuersturmgewehre mit der neu-

artigen Explosivmunition hielten sie schussbereit in den Händen, als sie einer nach dem anderen, dabei sich gegenseitig Deckung gebend, zum Feindschiff überwechselten. Mittlerweile herrschte wieder Funkverkehr. Ron Dekker gab an Thomas durch, was er gerade sah und feststellte: „Keine Beleuchtung, hohe Gänge, Gravitation etwa halbe Erdschwere, atembare Luft ist nicht vorhanden, Temperatur minus 173 Grad Celsius. Strahlung negativ."
Zwischendurch gab er Anweisungen an seine Männer.
Gespannt verfolgte Thomas den Funkverkehr und nicht nur er, an Bord der Geronimo war die schiffsweite Kommunikation aktiviert worden, sodass jeder, ob er wollte oder nicht, die akustischen Abläufe mitverfolgte. Nach Ablauf von 10 Minuten war immer noch kein Feindkontakt zustandegekommen. Es sah so aus, als wenn es sich um ein Geisterschiff handeln würde. Doch dann kam die Meldung Dekkers: „Wir sind auf die Fremden gestoßen. Eine ganze Menge. Alle liegen bewegungslos auf dem Boden. Sie sind tot, Sir!"
Thomas überlegte fieberhaft. Tod durch den NEMP? Das war unwahrscheinlich. Lebewesen, die sich ungeschützt im Vakuum des Raumes und dort auch unter harter Strahlung bewegen konnten, starben nicht so einfach durch diesen elektromagnetischen Impuls.
„Captain", schrie Paulo Baretta von Bord der Geronimo aus in den Funk.
„Ich kann es mir denken", antwortete Thomas und dann laut und viel hektischer als geplant: „Ron, raus da, sofort raus aus dem Schiff! Beeilt euch! Zurück in die Aufklärer!"
Ron bestätigte kurz. Während seine Männer anfingen zu rennen, schnappte sich Dekker einen der Fremden und legte ihn sich über die Schulter. Er war überraschend leicht. Die durchtrainierten Männer flogen nur so durch das fremde Schiff. Halbe Erdschwere machte sich jetzt angenehm bemerkbar. Außerdem mussten sie nicht mehr auf Deckung achten. Man ging davon aus, dass alle Fremden tot waren.
Thomas beobachtete dann auch wenige Minuten später, dass die beiden Tiger Sharks vom Feindschiff wegdrifteten und mit hohen Werten in seine Richtung beschleunigten. Thomas drehte ebenfalls sein Schiff um 180 Grad und begann zu beschleunigen. Aus seinem Lautsprecher kamen erschreckte Ausrufe: „Wie? Was soll das heißen nicht hinten? Sir, hier Blau 3, Notfall, bitte kommen."

Thomas erinnerte sich an Blau 3, Eddie und Shelly, ein hervorragendes Team.
„Hier Eagle One, was habt ihr für ein Problem?"
„Shelly ist nicht an Bord, Sir. Ich dachte sie wäre im Heck an der Schleuse, um die vollzählige Rückkehr der Marines zu überwachen. Sie muss noch an Bord des Feindschiffes sein."
Thomas murmelte einen Fluch. Das durfte einfach nicht wahr sein. Wir lassen niemanden zurück, dachte er: „Fliegt weiter und stoppt beim Bergungsschiff."
Gleichzeitig drehte er erneut seine Maschine um 180 Grad um die Hochachse und beschleunigte voll in Richtung Goldschiff.
Sein Helm-Funk summte. Laura wollte ihn sprechen und zwar, ohne dass jemand mithören konnte. Mit einem Knopfdruck forderte er Laura auf zu sprechen: „Thomas, von Grace erfahre ich gerade, dass Shelly eine vierjährige Tochter in der Stasekammer hier an Bord liegen hat."
„Na großartig. Sag ihr, da wird noch drüber zu sprechen sein. Ich habe den Verdacht, dass wir selbst in eine Falle geflogen sind. Ich werde mich jetzt um Shelly kümmern. Lass diesen Kanal offen."
Thomas war gerade dabei, einigermaßen schnell längsseits an die gewaltsam geschaffenen Löcher des Fremdschiffes zu gehen, als er durch hektisches Blinken seines Scanners abgelenkt wurde. Gleichzeitig hörte er den Warnruf von Laura: „Feindkontakte! 10, nein 20, jetzt 50 Schiffe sind aufgetaucht. Allesamt von der 60-Meter-Sorte. Thomas, du musst dich in Sicherheit bringen!"
Thomas murmelte noch ein paar Verwünschungen. Ein Blick auf seinen Scanner zeigte ihm, dass die Fremdschiffe in weniger als 10 Minuten bei ihm sein würden. Viel zu kurz, um in der Zeit Shelly zu retten.
Thomas griff zu einer Notmaßnahme: „Eagle One! Sprachsteuerung ein!"
Eine sonore mechanische Männerstimme antwortete: „Sprachsteuerung aktiviert. Ich erwarte Befehle."
„Meinen Helmkomkanal als zusätzliche Steuerungsmöglichkeit akzeptieren."
„Akzeptiert. Ich messe anfliegende Schiffe an, Sir. Ihr Befehle?"
Thomas hatte mittlerweile das große Schiff der Golds erreicht und begab sich nach hinten und öffnete die Mannschaftsschleuse. Während er sich abstieß um überzuwechseln gab er seine Befehle: „Eagle One. Angriffsmuster alpha alpha. Vernichte die anfliegenden Schiffe!"

Der Bordrechner bestätigte kurz den Befehl und der ehemalige Aufklärer legte ab und beschleunigte mit hohen Werten. Angriffsmuster alpha alpha gab dem Bordrechner die komplette Tiger Shark mit all ihren Möglichkeiten in die Hand.

Blitzschnell berechnete der Computer die Kurse der angreifenden Schiffe und suchte nach größtmöglicher Effektivität für seine eigenen Angriffe, wobei er auch die Eigengefährdungen berücksichtigte.

Die Erfahrungen mit der Vernichtung des 60-Meter-Bootes innerhalb von Stonehall waren ihm einprogrammiert, sodass der Bordrechner genau wusste, mit wem er es zu tun hatte und wie er seine Angriffe durchführen musste. Die Klappen der Raketensilos öffneten sich und die Schnellfeuerkanone im Bug schob ihre Läufe nach vorne. Die erste NCB Vulcan verließ gespenstisch geräuschlos ihr Silo, beschleunigte schnell und erreichte das anvisierte Ziel.

Währenddessen rannte Thomas durch die Gänge des fremden Schiffes. Rons Männer hatten einige Spuren hinterlassen, nach denen er sich richten konnte. Außerdem hatte er den Suchscanner am Armband aktiviert. Darauf wurden ihm alle Mitglieder seiner Crew im Umkreis von 5 km gezeigt, die einen aktivierten Raumanzug trugen. Shellys Signal war recht deutlich zu sehen und befand sich nur noch 50 Meter von ihm entfernt, als er Lauras Warnruf vernahm: „Thomas, ein Schiff der Fremden hat bei dir angedockt. Wir müssen davon ausgehen, dass Golds auf das Schiff überwechseln."

„Verstanden. Ich hab Shelly gleich. Ich denke mal, wenn ich Besuch bekomme, ist die Gefahr der Selbstzerstörung des Schiffes gebannt."

Thomas rannte einen langen Gang entlang. Hinter der nächsten Abzweigung sollte sich nach dem Scanner Shelly befinden. Richtig, da lag ihre Gestalt etwas verkrümmt auf dem Boden. Hastig kniete sich Thomas nieder und nahm eine oberflächliche Untersuchung vor. Der Raumanzug war unbeschädigt und funktionierte. Die Anzeigen auf dem Armband zeigten an, dass alle lebenswichtigen Funktionen der Trägerin im grünen Bereich lagen. Warum Shelly nicht bei Bewusstsein war, blieb zunächst ein Rätsel.

Keine Zeit um Rätsel zu lösen, dachte Thomas, legte sich Shelly vorsichtig auf die Schulter und hielt sie mit der linken Hand fest. Mit der freien Hand zog er seine Desert Eagle und machte sich auf den Rückweg: „Eagle One! Zustandsbericht!"

Sofort antwortete die Automatik: „Ich stehe unter schwerem Beschuss, Sir! Die Schutzschilde sind bei 80%. Bisher keinerlei Beschädigungen. Mir sind einige Abschüsse gelungen."
Einige Abschüsse waren eine nette Untertreibung.
Die Brücken-Crew der Geronimo verfolgte atemlos die aberwitzigen Manöver von Eagle One. Die Schiffsautomatik hatte festgestellt, dass sich kein menschliches Wesen an Bord aufhielt und hatte demzufolge alle Sicherheitsprotokolle bezüglich der Begrenzung von Beschleunigungs- und Beharrungskräften abgeschaltet. Somit war aus diesem etwas behäbigen Aufklärer ein brandgefährliches Monster geworden, welches sich mit Feuereifer auf die Schiffe der Golds stürzte. Dabei schlug das Schiff mehr als einen Haken und konnte der Mehrzahl der Strahlenschüsse ausweichen. Nur hin und wieder kam ein Schuss durch. Dafür spukte Eagle One Feuer und Verderben.
Die NCB Vulcans waren nach zwei Minuten bereits verbraucht und hatten von den Gegnern nichts übriggelassen. Der Raum um das Schiff, in dem sich Thomas mit Shelly befand, füllte sich mit umherfliegenden, ausgeglühten Schrottteilen.
Die interne Auswertung ergab, dass eine Hellfire-Rakete und einige Treffer aus der Bordkanone ausreichten, um ein Fremdschiff zumindest kampf- oder manövrierunfähig zu schießen. So ging die Tiger Shark dann auch vor. Ziel aufnehmen und verfolgen, Ziel einrasten lassen, Rakete abfeuern, Einschlag abwarten und dann Einsatz der Bordkanone. Allerdings kämpfte Eagle One gegen Windmühlenflügel. Aus den ursprünglich 50 Feindschiffen, die sie erfolgreich dezimiert hatte, waren jetzt erheblich mehr geworden. Der Strom an zusätzlich auftauchenden Raumern riss nicht ab. Dann rief Thomas die umgebaute Tiger Shark: „Eagle One! Ein Feindschiff hat hier angedockt. Vernichte das Schiff. Der Befehl hat höchste Priorität!"
Eagle One bestätigte und nahm Kurs in Richtung des geenterten Schiffes auf.
Schnell war das angedockte Schiff im Visier von Eagle One. Nachdem die Bilderkennung eingerastet war, verließen zwei Hellfire-Raketen ihre Silos. Eine der beiden Raketen konnte durch einen Strahlschuss des Gegners vernichtet werden, die andere schlug mittschiffs ein und richtete erheblichen Schaden an. Eagle One hatte den Abschuss seiner Hellfire-Rakete registriert und gleich Ersatz auf die Reise geschickt.

Der zweite Treffer verwandelte das angedockte Feindschiff in einen Glutball. Innerhalb des großen Raumers bemerkte Thomas die Erschütterungen. Kurz darauf erhielt er von Eagle One die Bestätigung, dass der letzte Befehl ausgeführt worden sei.

Thomas rannte weiter und war darauf bedacht, wenigstens einigermaßen dabei in Deckung zu bleiben. Ein letzter langer Gang war noch zu bewältigen, dann musste nach einem Knick das gezackte Loch in der Außenwand des Schiffes zu sehen sein. Bald geschafft, dachte er, als im gleichen Augenblick zwei Golds auftauchten. Die Desert Eagle ruckte lautlos in seiner Hand und spuckte den Feinden bleihaltige Explosivgeschosse entgegen. Den ersten Angreifer erwischte Thomas genau zwischen den Facettenaugen. Der Kopf explodierte förmlich und bespritzte mit einer schwarzen Flüssigkeit den schräg dahinterstehenden anderen Angreifer. Dieser wurde dadurch etwas abgelenkt, woraufhin sein Strahlschuss Thomas um gut einen Meter verfehlte.

Die Chance zu einem zweiten Schuss gab ihm Thomas nicht.

Zwei Schüsse aus der großkalibrigen Pistole zerrissen den Brustkorb des Aliens, der weit zurückgeschleudert wurde und leblos an einer Wand liegenblieb.

Nach wenigen Metern hatte Thomas das Loch erreicht. Vorsichtig legte er Shelly auf den Boden ab und rief nach Eagle One. Der Aufklärer sollte längsseits gehen und seine Schleuse öffnen, damit er mit Shelly an Bord kommen konnte. Eagle One bestätigte mit dem Hinweis, dass diese Aktion extrem gefährlich sei, weil für den Moment des Betretens der Schirm abgeschaltet werden musste. Eagle One gab seine Rendezvouszeit mit 2 Minuten an.

Hastig rannte Thomas zu den beiden toten Golds zurück und nahm die beiden Strahlenwaffen an sich. Zumindest einen kleinen Teilerfolg wollte er sich sichern. Wenig später stand er mit Shelly auf den Armen am gewaltsam geschaffenen Loch in der Bordwand und wartete auf das Anlegen von Eagle One.

Die Automatik des umgebauten Aufklärers hatte in einer letzten gewaltsamen Aktion alle noch verfügbaren Hellfire-Raketen abgeschossen, um sich etwas Platz und Zeit zu verschaffen. Die ausgesandten Raketen scannten ihrerseits den Raum und per Bilderkennung stürzten sie sich jetzt selbstständig auf den Gegner. Tatsächlich gab es etwas Luft. Eagle One kam dicht an Thomas und Shelly an, schaltete den Schirm ab und öffnete die Schleuse. Thomas nahm etwas Anlauf und

mit einem gewaltigen Sprung landete er mit Shelly etwas unsanft in der offenen Luke. Die Automatik baute sofort wieder den Schutzschild auf, schloss die Schleuse und nahm wieder, dieses Mal mit menschlicher Fracht an Bord, mit verminderter Beschleunigung Fahrt auf. Thomas überzeugte sich kurz davon, dass es Shelly immer noch gut ging, ließ sie dann an Ort und Stelle liegen und stürzte zum Pilotensessel.
Ein Blick auf die rot blinkende Kampfkonsole zeigte ihm, dass alle Raketen verbraucht waren. Die Munition für die Bordkanone zeigte bereits Reservestatus. Ein weiterer Blick auf die Scanner zeigte ihm, dass sich der Feind zwischen ihm und dem Asteroidenfeld formiert hatte. Keine Chance da durchzukommen, dachte er, und der Feind nahm in seine Richtung Fahrt auf.

<u>Kurz zuvor an Bord der Geronimo, Brücke:</u>

An Bord herrschte Teilalarm. Die konstante gelbe Beleuchtung seitlich an den Wänden machte dies jedem Schiffsmitglied deutlich. Es herrschte angespannte Ruhe im Schiff. Jeder hoffte auf einen glücklichen Ausgang der Mission. Laura hatte gerade an Thomas den Funkspruch über die an Bord befindliche Tochter von Shelly abgesetzt.
„Wir müssen den Captain und Shelly dort herausholen", Lutz hatte sich in seinem Pilotenstuhl umgedreht und sah fast flehentlich Laura und Grace abwechselnd an.
„Lutz hat Recht", begann Laura, „unsere Optionen?"
„Ich starte Kampfgeschwader."
Mit diesen Worten drückte Grace verschiedene Schalter auf ihrem Touchpanel. Die so aktivierten Piloten saßen bereits seit Beginn des Teilalarms mit aufgeklappten Helmen im Bereitschaftsraum. Eine Hupe dort forderte die Aufmerksamkeit der dort Wartenden. Die Blicke hefteten sich an den Statusmonitor. Darauf war kurz danach die Mitteilungen zu lesen:
\>\> Start für Sparrow Hawk, Gruppe alpha<<´
\>\> Start für Sparrow Hawk, Gruppe beta<<
\>\> Start für Sparrow Hawk, Gruppe gamma<<
\>\> Start für Sparrow Hawk, Gruppe delta<<
\>\> Start für Sparrow Hawk, Gruppe epsilon<<
\>\> Start für Sparrow Hawk, Gruppe zeta<<

Mit schnellen Schritten liefen die Piloten zu ihren Einsatzrutschen. Schnell wurden die Helme geschlossen und ab ging es durch die engen Röhren bis zum Einsatzdeck der Kampfgeschwader.
Die Automatik hatte nach Grace Druck auf die Schalter die Bordrechner der Maschinen hochgefahren und die Triebwerke angewärmt. Alle Energiemeiler zeigten schon Grünwerte, als die ersten Piloten über eine Gangway, die etwas oberhalb der Flieger herführte, eintrafen. Die Piloten stiegen von der Gangway von oben in die Sparrow Hawks. Sobald die Piloten in ihren Sitzen saßen, den Helm arretiert und die Bereitschaftstaste gedrückt hatten, wurden die Maschinen automatisch in ihre Abschusstuben gezogen. Anschließend verriegelte sich das Schott zum Einsatzdeck und die Außenklappe der Röhre schwang auf. Nachdem der Deckoffizier Grünwerte erhalten hatte, schoss er die Sparrow Hawks im Pulk, jeweils ein gesamtes Geschwader, ab. Hart wurden die Piloten in ihre Sitze gepresst und mit hohen Werten per Magnetimpulse ins All geschossen. Als das sechste und letzte Geschwader draußen war, ertönte in den Helmen Grace Stimme: „Leader alpha, du bist MC. Hol unseren Captain da raus!"
MC bedeutete Mission Commander und damit hatte Leader alpha die Befehlsgewalt über alle sechs Kampfgeschwader.
„Verlass dich auf uns! – Kampfgruppe, Deltaformation einnehmen. Wir fliegen mit höchster Beschleunigung bis zum Austritt aus diesem Geröllhaufen. Alpha und Beta greifen in gerader Linie an, Gamma weicht nach rechts aus und greift von der Flanke an, Delta von links – Epsilon wird von uns aus gesehen nach unten ausweichen und von dort angreifen, Zeta dieselbe Aktion von oben!"
Die Führer der jeweiligen Gruppe bestätigten den Befehl. Mit voller Beschleunigung machten sich insgesamt 78 Kampfmaschinen auf den Weg, um ihren Captain aus seiner misslichen Lage zu befreien. In einer Dreiecks- bzw. Deltaformation rasten die Maschinen dicht hintereinander her. Im Kampf würde das anders aussehen, da musste man in die Breite ausweichen, um weniger Ziel zu bieten. Innerhalb der einzelnen Geschwader waren jeweils die ungeraden Zahlen die Angreifer, während die nächste gerade Zahl deren Flügelmann war.
Aufgabe der ‚Wingman' war es, Flankenschutz für den Angreifer zu geben.
Der Leader hielt sich in der Regel etwas zurück und half dort aus, wo er gebraucht wurde. So stand es jedenfalls im Handbuch und so wurde es

trainiert. In wenigen Minuten würde sich zeigen, ob diese Taktik erfolgreich sein würde.

Eagle One:

Verdammt, dachte Thomas, ein wirklich kurzes Kommando. Seine Sorge galt auch Shelly, die immer noch innerhalb der Schleuse lag. Sich dieser Übermacht entgegenzustellen war sinnlos. Er wollte gerade sein Schiff wenden, da hörte er ein leises Stöhnen.
„Shelly? Kannst du mich hören?"
„Ja, kann ich", gequält kam die Antwort aus dem Helmlautsprecher.
„Was ist mit dir? Bis du o.k.?"
„Mir ist schlecht. Ich glaube, ich muss mich übergeben."
Als wenn die Lage nicht schon beschissen genug wäre, dachte Thomas, denn sich innerhalb eines geschlossenen Raumanzuges zu übergeben, war eine recht gefährliche Sache.
„Warte bitte, Shelly, wir haben keine Atemluft. Ich flute den Innenraum."
Hastig nahm Thomas die erforderlichen Schaltungen vor. Ein deutlich hörbares Zischen war innerhalb der Eagle One zu hören.
Gebannt schaute Thomas ein paar Sekunden auf die Anzeigen, dann rief er: „Jetzt Shelly! Kannst du den Helm alleine abnehmen?"
Eine gestammelte Bestätigung war zu hören und danach ein Gurgeln und Würgen. Thomas schaute wieder auf den Scanner. Die Feinde waren nähergekommen. Es würde spannend werden, ob er ihnen noch entwischen konnte. Er wollte gerade sein Schiff wenden, als er aus den Augenwinkeln noch mehr Anzeigen auf dem Scanner sah. Nur nicht weitere, dachte er, als er auf der Konsole grüne Punkte entdeckte mit jeweils dem kleinen Schriftzeichen SH für Sparrow Hawks darüber. Freude durchzuckte ihn und aus dem Helmlautsprecher kamen die Worte: „Hier MC. Durchhalten, Sir. Hier kommt die Kavallerie!"
Erfreut schaute Thomas aus dem Bugfenster und sah auf den Teil von Stonehall, aus dem die fast 80 Kampfmaschinen hervorschossen. Er bewunderte das elegante Manöver, da es durch die Feuerschweife aus den Triebwerken für ihn so aussah, als würde sich eine Blüte öffnen. Die Sparrows Hawks stürzten sich auf die gezählten 180 Einheiten der Gegner. Diese schienen völlig überrascht. Sinnvolle Manöver waren

nicht zu erkennen. Gemeinsame Aktionen, wie sie von den terranischen Piloten vorgetragen wurden, waren in der Eile kaum möglich.

Thomas nahm wieder Fahrt auf und zwar dieses Mal in Richtung Gegner, als er ein Geräusch neben sich hörte. Shelly hatte sich bis zum Copilotenstuhl geschleppt. Sie ließ sich hineinfallen und stöhnte geräuschvoll: „Was ist passiert", fragte sie.

„Erklär ich dir, wenn Zeit ist. Geht es wieder? Dann setz den Helm wieder auf."

Trotz leerer Raketensilos nahm Thomas wieder den Kampf auf. Es war eben nicht seine Sache, die Jägerpiloten mit ihrer Aufgabe allein zu lassen. Wenig später war der Kampf voll entbrannt. Überall ringsherum waren die farbigen Effekte von Einschlägen und Explosionen zu sehen. Die Strahlwaffen der Fremden zuckten zunächst relativ wahllos durch den Raum, schossen sich dann doch etwas genauer ein. Während diese Eindrücke völlig geräuschlos verliefen, war im Funkverkehr die Hölle los. Die Jägerpiloten warnten sich vor Angreifern oder sprachen sich zu einer gemeinsamen Hatz ab. Hin und wieder waren die Feuerschweife von Hellfire- und manchmal auch die von Vulcan-Raketen zu sehen.

Die Bestückung mit Raketen war aus Platzgründen bei den Sparrow Hawks eher dürftig. Dafür hatten die Bordkanonen unter der Nase größere Kaliber und die Jäger führten wesentlich mehr Munition mit sich als die Tiger Sharks. Die Bordkanonen waren es auch, die für heftige Beschädigungen an den feindlichen Schiffen sorgten. Es sah so aus, als hätten die Fremden keine Mittel gegen diese rein ballistischen Projektile mit Sprengkopf. Wenn zwei Jäger einen Fremden unter Feuer nahmen, war es nur eine Frage von Sekunden, bis dieser zumindest manövrierunfähig oder kampfunfähig war. Sobald das erreicht war, wurde das nächste Ziel ausgesucht.

Thomas war es noch gelungen zwei Gegner auszuschalten, als eine rote Lampe an seiner Konsole hektisch aufblinkte.

„Eagle One an MC! Ich habe mein Pulver verschossen."

„OK, Eagle One. Setz dich ab. Wir besorgen den Rest!"

Ohne Munition weiter im Kampfgebiet zu bleiben, wäre reine Dummheit, daher drehte Thomas in Richtung Stonehall ab. Direkt vor ihm tauchte ein Schiff der Golds auf und kam direkt auf ihn zu.

Der Gegner erkannte das Hindernis und drehte hektisch bei und zwar in dem Augenblick, als kurz darauf eine Rakete in sein Heck einschlagen sollte. Es war vorher nie bekannt gewesen, was eine NCB Vulcan-

Rakete an einem mit Schutzschild gesicherten Tiger Shark anrichten konnte. Für die Rakete war eine direkte Verfolgung des ursprünglichen Zieles nicht möglich, dafür war sie einfach zu schnell. Normalerweise hätte sie in einem weiten Bogen gedreht und die Verfolgung ihres Zieles wieder aufgenommen, wenn da nicht plötzlich die Tiger Shark des Captains aufgetaucht wäre.
In dem Augenblick, als Thomas die Gefahr erkannte, schlug die Rakete auch schon ein.
Im Nachhinein betrachtet, erwies sich lediglich die zusätzliche Anbringung eines weiteren Schutzschildgenerators als lebensrettend. Ohne diesen wäre von dem umgebauten Aufklärer und seiner Besatzung nur Staub übriggeblieben. Aber es war auch so schon schlimm genug.
Die Schutzschirme wurden gerade in dem Moment überlastet, als sie alle Energie abgefangen hatten. Die Trägheitsdämpfer waren mit dem rein mechanischen Moment völlig überfordert. Die komplette Bordenergie fiel wegen durchgebrannter Steuerelemente aus. Thomas sah die Frontscheibe auf sich zukommen und dachte noch den aberwitzigen Gedanken: Nicht schon wieder! Dann spürte er nur noch wie sein Helm unter dem Aufprall zersplitterte und es mit einem heftigen Schmerz Nacht um ihn wurde.
Mission Commander hatte den Volltreffer live miterlebt. Er sah, wie Eagle One voll getroffen und heftig aus dem Kurs gerissen wurde. Anschließend überschlug sich das Flugzeug um die Längs- und Höhenachse. MC, der sich schnell dem getroffenen Schiff näherte, orderte die Geschwader Alpha und Beta herbei, um Eagle One zu schützen. MC konnte beobachten, dass das Kabinenlicht noch einmal flackerte und dann ganz ausfiel. Er flog dicht heran und machte die Drehbewegungen so gut es ging mit. Dabei erkannte er durch das Seitenfenster, dass der Helm von Thomas gesplittert war. Shelly schwebte innerhalb der Pilotenkanzel herum und hatte erst gar keinen Helm auf, sie war nicht mehr dazu gekommen, ihren Helm aus der Schleuse zu holen.
„MC an Bergungsschiff Rescue 1. Komm aus deinem Versteck und nimm Eagle One auf! Ich vermute Atemluft an Bord. Eagle One darf erst auf der Geronimo geöffnet werden! Geronimo, halten Sie einen Arzt bereit, wir bringen zwei möglicherweise Schwerverletzte. Geschwader Gamma und Delta stellen Begleitschutz für Rescue 1."
Die Angesprochenen bestätigten, allerdings war ein Schutz für Eagle One und für Rescue 1 nicht mehr nötig. Die stark dezimierten Fremden

zogen einen Rückzug vor. Mit beeindruckender Beschleunigung entfernten sich die restlichen Einheiten. Trotzdem behielt MC ein großes Aufgebot vor Ort und erlaubte nur beschädigten oder leergeschossenen Maschinen die Rückkehr zur Geronimo.

6. Dr. Lenn

<u>Kurz zuvor, Brücke Geronimo:</u>

Auch hier hatte man das Aufeinandertreffen von Eagle One und der NCB Vulcan mitverfolgen müssen.
Hotaru hatte kurz aufgeschrien und Lutz stand ungläubig vor dem Monitor, Laura schluckte schwer. Zwar beruhigte alle die Tatsache, dass der Flieger noch in einem Stück war, aber jeder konnte sich die rein mechanischen Kräfte durch den abrupt aufgezwungenen Kurswechsel sehr gut vorstellen.
Bevor Laura noch irgendwelche Anordnungen geben konnte, hatte Mission Commander schnell und kompromisslos gehandelt und hatte demzufolge die Situation, soweit es eben ging, unter Kontrolle. Nachdem MC ein Ärzteteam an Bord der Geronimo für die baldige Landung angefordert hatte, wählte Laura auf ihrem Kommandopanel den Rufcode für die Medostation: „Dr. Lenn mit einem Notfallteam auf das Hauptlandedeck – erwarten Sie zwei Schwerverletzte!"
Es kam keine Antwort, dafür blitzte lediglich Lauras Ruftaste ein paar Mal auf, damit war die Anordnung verstanden und bestätigt. Na ja, dachte Laura, entweder kurz angebunden oder sehr in Eile.
Laut sprach sie zu Hotaru: „Bitte Hauptlandedeck auf den Hauptschirm."
Wenig später sah man von der Brücke aus das Landedeck. Zunächst erkannte man nur Versorgungs- und Bedienungsmannschaften, die auf die zurückkehrenden Maschinen warteten. Dann kamen die ersten beschädigten Sparrow Hawks durch das schützende Energiefeld geschwebt, welches die Atemluft und Wärme an Bord hielt.
Einige sahen sehr mitgenommen aus, aber alle hatten aus eigener Kraft den Rückweg geschafft.
Sobald ein lädierter Flieger gelandet und abgestellt war, legten die Bedienungsmannschaften eine fahrbare Leiter an, der Pilot stieg aus und

sofort machten sich ein halbes Dutzend Techniker und Versorger daran, die Einsatzbereitschaft wiederherzustellen.
Sieht ziemlich gut aus, dachte Laura, wenn da nicht der Unfall von Eagle One wäre. Eben trafen sechs Personen mit wehenden, weißen Kitteln über den petrolfarbenen Uniformen, zwei fahrbaren Tragen und fahrbare medizinische Gerätschaften ein – das Notfallteam wartete auf Eagle One. Beim genauen Hinsehen konnte man auch die schmale, kleine Gestalt von Phil erkennen, der aufgeregt zwischen den beschädigten Maschinen hin- und herlief. Ihn hatte es einfach nicht mehr an seinem Platz gehalten.
Laura drehte sich zu Grace um: „Gute Arbeit, Flight!"
Grace verbeugte als Zeichen des Dankes leicht ihr Haupt. Einer der seitlichen Monitore zeigte aufgrund von Paulos Tastenkombination eine schematische Darstellung der Abläufe außerhalb der Geronimo. Es waren zurzeit noch mehr als 50 Maschinen draußen, die auf dem schwarzrandigen Monitor als grüne Punkte dargestellt wurden. Etwa 30 Flieger bildeten zwei Reihen, wie eine Perlenkette bis zur Geronimo. Ein grüner Punkt war zu sehen, der sich zwischen diesen Reihen langsam zur Geronimo bewegte – das Bergungsschiff Rescue 1.
Der Rest der Sparrow Hawks folgte in kurzem Abstand. Dann endlich schwebte Rescue 1 auf dem Landedeck ein und setzte kurz vor dem Ärzteteam auf. Das Bergungsschiff bestand aus einer Pilotenkanzel für maximal 5 Personen, die auf einem äußerst flachen und großen Quader angebracht war. Seitlich gab es lediglich noch die Triebwerke. Dazwischen war Platz für Bergungsgut und im Moment stand dort, mit Magnettrossen verankert, die beschädigte Eagle One mit zwei Personen an Bord, deren Gesundheitszustand noch keiner beurteilen konnte.
Kaum kam Rescue 1 zur Ruhe, stürmte auch schon Phil auf das Bergungsdeck und machte sich an der Schleuse zu schaffen. Da sie klemmte, löste Phil die Notentriegelung aus. Krachend schlug die Luke nach außen auf das Deck von Rescue 1. Bevor Phil sich vordrängeln konnte, war das gesamte medizinische Notfallteam an ihm vorbei ins Innere gestiegen. Wenig später wurden zwei leblose Gestalten nach außen getragen und auf die bereitstehenden Tragen gelegt. Zwei Ärzte nahmen einen kurzen Check vor, dann zeigten sie auf den Ausgang des Landedecks, offensichtlich sollten die weiteren Untersuchungen und Behandlungen auf der Medostation vorgenommen werden. Die Tragen wurden angehoben und die Verletzten abtransportiert.

Phil hatte nur einen kurzen Blick auf die Verunglückten geworfen, dann hatte er sich an seine Aufgabe erinnert. Ebenso schnell wie die Ärzte nahm er den von ihm umgebauten Aufklärer unter die Lupe. Wenig später hielt er seinen erhobenen Daumen in Richtung Kamera. Offensichtlich war er der Meinung, dass er Eagle One wieder reparieren konnte.

Mittlerweile waren wieder alle Geschwader an Bord der Geronimo und alle Piloten waren ausgestiegen. Wie es Tradition war nach solchen Einsätzen, warteten die Rückkehrer auf eine Ansprache des Captains, die ihnen Aufschluss über Erfolg oder Misserfolg, und zwar noch auf dem Landedeck, geben sollte. Stellvertretend ergriff Laura das Wort und ihre Stimme hallte über die Köpfe der Piloten durchs gesamte Landedeck: „Geschwader Alpha, Beta, Gamma, Delta, Epsilon und Zeta: Willkommen zurück an Bord. Mission Commander, ich danke dir für die Durchführung dieser schwierigen Operation. Abschüsse: 197."

Dabei brandete Jubel auf. Die Frauen und Männer der Geschwader rissen die Arme hoch und schrien sich ihre Anspannung weg.

„Eigene Verluste", dabei kehrte Stille auf dem Deck ein. „Wir wissen noch nicht, was mit Shelly und dem Captain ist. Wir warten auf Informationen aus der Medostation. Hoffen wir das Beste! Danke für euren Einsatz. Wegtreten!"

Damit begaben sich die Piloten, miteinander diskutierend, zum Ausgang und dann zu ihren Kabinen. Auf dem Landedeck sollte noch lange keine Ruhe einkehren. Die Mannschaften würden einige Zeit damit verbringen, alle Sparrow Hawks wieder auf Vordermann zu bringen, beziehungsweise deren Einsatz- und Kampfbereitschaft wiederherzustellen.

Laura sowie die anderen Brückenmitglieder hatten auf dem Hauptmonitor das Geschehen auf dem Landedeck verfolgt. Einige Zeit später, als sich das Landedeck ziemlich geleert hatte, stand Laura auf. „Lutz, du hast die Brücke, ich bin auf der Medostation."

Sprach's und wollte sich zum Gehen wenden, als Lutz stotterte: „Äh, wie ich, wieso, was... soll denn ich", dabei stand Lutz plötzlich und machte ein recht unglückliches Gesicht.

Laura winkte ab. „Ach was, sieh einfach zu, dass du das Schiff nicht von der Stelle bewegst. Wenn was ist, dann ruf nach mir."

Damit ließ sie den verdutzten Lutz stehen, der sich nicht daran erinnern konnte, das Schiff in den letzten Wochen auch nur um ein paar Zentimeter bewegt zu haben. Als Laura die Zentrale verlassen hatte, setzte sich Lutz und überlegte, was zu tun sei. Dann entschied er, nichts zu tun, zumindest solange sich an der jetzigen Situation nichts änderte.

<u>Kurz darauf, Medostation:</u>

Laura rauschte in die Medostation und rannte fast einen Arzt über den Haufen.
„Wo ist der Captain?"
Hastig antwortete der über den schwungvollen Auftritt von Laura erschrockene Mediziner: „Nächste Tür links."
Zügig schritt Laura zu dem genannten Zugang und öffnete ihn leise aber schnell. Mitten im Raum, angeschlossen an einigen Geräten, lag Thomas in einem weißen Bett. Sein Gesicht zeigte zahlreiche Prellungen und sorgsam desinfizierte kleinere Wunden. Die Augen waren geschlossen, sein Gesicht angespannt, die Haare etwas unordentlich, offensichtlich war er noch ohne Bewusstsein.
Fast liebevoll betrachtete Laura das Gesicht ihres ehemaligen Schützlings und jetzigen Chefs. Sie hatte nicht immer verhindern können, dass sie Thomas als eine Art Sohn ansah. Nicht verwunderlich bei einer kinderlosen Frau in Lauras Alter.
„Hallo ..."
Die sanft ausgesprochene Begrüßung erschreckte Laura beinahe. Sie drehte sich um und sah sich einer jungen Frau gegenüber.
„Sie müssen Dr. Lenn sein."
„Richtig. Ewa, wenn es recht ist."
Laura staunte nicht schlecht. Vor ihr stand eine Frau Mitte dreißig, und wenn es ein Schönheitsideal gab, dann war es bestimmt die Schiffsärztin. Die schlanke Frau mit den geradezu perfekten Proportionen war bestimmt 175 cm groß. Ihre grünen Augen kontrastierten gut zu den kastanienfarbenen, langen, gewellten Haaren, die ihr bis weit über die Schultern reichten. Über das leicht gebräunte Gesicht verteilten sich einige Sommersprossen, die dem Antlitz einen ganz eigenen Reiz gaben. Ewa hatte von dem Recht Gebrauch gemacht, in ihrer Position eine andere Art von Uniform zu wählen. Zu den weichen Bordstiefeln trug sie einen weiten geschwungenen Rock, der etwas oberhalb des Knies aufhörte. Zwar hatte sie das Unterstreichen ihrer Weiblichkeit bestimmt nicht nötig, aber das Outfit passte haargenau zu ihr. Ewa's

sonstige Kleidung war, selbstverständlich in petrolfarben, darüber einen weißen Kittel mit dem Äskulapstab auf der linken Brustseite, eingerahmt durch ein C, welches sie als den Chefmediziner an Bord auswies. Laura gab sich selbst gegenüber sofort zu, als Mann hätte sie sich höchstwahrscheinlich Hals über Kopf verliebt.

„Wie geht es unserem Captain", fragte Laura, nachdem die kurze Musterung beendet war.

„Ich habe ihn in ein künstliches Koma versetzt, um ihn besser untersuchen zu können, und um noch nicht erkannte Gesundheitsschädigungen gering zu halten. Er hat reichlich Blutergüsse, Prellungen, Verstauchungen und kleinere Wunden – nichts Ernsthaftes."

Dabei beugte sich die Ärztin etwas zu Thomas herab und strich die Zudecke glatt. „Shelly geht es ähnlich, sie liegt ein Zimmer weiter. Beide haben einen guten Schutzengel gehabt. Verdachtsmomente wie Gehirnerschütterungen haben sich nicht bestätigt. Zwei Wochen weiter und ihnen wird nur die Erinnerung daran bleiben."

Laura atmete entspannt aus: „Das ist eine erfreuliche Mitteilung. Vielen Dank, Ewa. Aber warum ist er noch nicht bei Bewusstsein?"

Ewa zuckte mit den Schultern: „Ich wollte die Schmerzmittel noch ein wenig wirken lassen, bevor ich den künstlichen Schlaf beende. Wenn du es wünschst, kann ich ihn sofort wecken. Es gibt keinerlei medizinische Bedenken."

Laura nickte: „Dann tu es bitte, ich weiß nicht wie lange wir noch von unseren Freunden in Ruhe gelassen werden."

Ewa verließ das Behandlungszimmer und holte aus einem Medoschrank eine Injektionspistole. Anschließend beugte sie sich über Thomas und hielt ihm das Injektionsgerät an die Halsschlagader. Zischend entlud sich die Pistole und drückte dabei das Medikament in Thomas Blutkreislauf. Ewa richtete sich auf und wollte das Zimmer verlassen. Laura ergriff sie am Arm: „Halt, bleib bitte. Ich weiß nicht, wie er reagiert. Vielleicht braucht er dich."

Zögernd blieb Ewa stehen und drehte sich wieder zum Bett. „Wie du meinst", kam es etwas steif aus Ewa heraus.

Thomas Augen begannen etwas zu flackern, dann schlug er sie weit auf und starrte zur Decke.

Laura beobachtete, wie er mühsam aus seiner Ohnmacht erwachte. Sein Blick suchte nach irgendwas Erkennbarem oder Wiedererkennbarem im Sichtbereich.

Die erste Person, die er sah, war Ewa.
Mit Thomas Gesicht ging eine merkwürdige und erstaunliche Veränderung vor. Seine Züge wurden unglaublich weich und die Augen weiteten sich. Er versuchte zu sprechen, aber es kam nur ein Krächzen heraus. „Hallo Tom."
Tom, überlegte Laura, wer nennt ihn denn Tom?
Thomas machte Anstalten sich aufzurichten und nach Ewa zu greifen, etwas kraftlos der Versuch, dann bemerkte er Laura und sofort stellte er seine Bemühungen ein und sank wieder in sein Kissen. Ewa schenkte aus einer Karaffe etwas Nährflüssigkeit in einen Becher, stützte Thomas im Rücken und flößte ihm so etwas Nahrung und auch wohl Aufputschmittel ein, denn er erholte sich recht rasch. Thomas trank geradezu gierig, offensichtlich hatte er nach dem künstlichen Koma erheblichen Durst. Nachdem er genug getrunken hatte, erkundigte er sich nach Shelly.
„Es geht ihr den Umständen entsprechend gut", lautete die Antwort der Schiffsärztin, dabei lächelte sie vielsagend.
Thomas war skeptisch geworden: „Welche Umstände meinst du?"
Ewa hob beide Arme und die Schultern entschuldigend an und bemerkte: „Die anderen Umstände."
Laura platzte heraus: „Willst du etwa sagen, dass Shelly schwanger ist?"
Ewa fasste sich an ihre kleine Nase und rieb sie: „Im dritten Monat etwa. Ich muss sie noch genauer untersuchen."
„Oh, nein", stöhnte Thomas, „wie konnte das denn passieren?"
Laura grinste: „Müsstest du eigentlich wissen, bist ja schon ein großer Junge."
Thomas schlug sein Bettlaken zurück und schwang die Beine aus dem Bett. Kurz darauf stand er, noch ein wenig wackelig zwar, aber auf eigenen Füßen: „Selbstverständlich weiß ich wie. Meine Frage bezieht sich darauf, wie es geschehen konnte, dass wir eine Schwangere mit einem Risikoauftrag betrauen. Laura, ich glaube es ist besser, wenn du das regelst."
Laura nickte.
Thomas wandte sich Ewa zu: „Wusstest du, wer das Kommando hier hat?"
Ewa nickte und sah auf den Boden.
„Okay, ich bin noch etwas angeschlagen. Ich bin in meinen Privaträumen zu finden. Wir sehen uns spätestens morgen um 09:00 Uhr. Laura,

bitte übernimm das Kommando für den Rest des Tages und schicke Aufklärer los, die unser Umfeld sichern."
Laura und Thomas, der noch ein wenig von seinem XO gestützt werden musste, verließen die Krankenstation. Ewa befasste sich nachdenklich mit ihrer schwangeren Patientin.

Am nächsten Morgen, Brücke der Geronimo, 08:30 Uhr:

Laura hatte bereits im Kommandosessel Platz genommen und von Hotaru die schiffsweite Kommunikation aktivieren lassen. Anschließend räusperte sie sich leise: „Guten Morgen, Crew der Geronimo, hier spricht eure Subcommanderin. Ich möchte mich auch im Namen unseres Captains für euren gestrigen Einsatz bedanken. Thomas sowie Shelly sind wohlauf. Mögen nur alle unsere zukünftigen Einsätze so glimpflich und erfolgreich ablaufen wie dieser. Aber wir müssen uns vorbereiten. Unserem Feind ist unser jetziger Aufenthaltsort zumindest ungefähr bekannt. Aber das wisst ihr selbst und das ist auch nicht der Grund meiner jetzigen Ansprache. Wir haben gestern aus Unwissenheit eine Schwangere mit einem Risikoeinsatz beauftragt. In diesen Zeiten, in denen wir nur noch so wenige sind, oder zu sein scheinen, ist eine schwangere Frau unglaublich wertvoll und hat den Schutz von uns allen verdient. Besondere Situationen erfordern besondere Maßnahmen. Hier geht es um das Überleben unserer Rasse und dies ist sehr wohl eine besondere Situation. Ich fordere alle unsere weiblichen Besatzungsmitglieder auf, sich regelmäßig, falls erforderlich, einem Test auf unserer Medostation zu unterziehen. Wenn jemand von euch schwanger ist, dann bin ich die erste, die euch gratuliert, aber gleichzeitig auch die letzte, die euch in einen Risikoeinsatz schickt. Wir haben hier an Bord genug wichtige Arbeiten zu erledigen, ihr werdet alles andere als untätig sein. Wir überlegen im Moment, ob wir nicht alle weiblichen Besatzungsmitglieder im gebärfähigen Alter von Risikoeinsätzen befreien sollen. Gebt eure Meinung dazu bitte euren Gruppenführern bekannt. Das wäre es gewesen, ich wünsche uns einen erfolgreichen Tag."
Laura machte gegenüber der Funkerin die Geste des ‚Halsabschneidens' und Hotaru unterbrach die schiffsweite Kommunikation.

<u>Captains Besprechungsraum um 09:00 Uhr:</u>

Es waren alle wiederum erschienen, na ja, fast alle.
„Wo ist Dr. Lenn", fragte Laura und sah sich demonstrativ um.
„Wahrscheinlich Schwangerschaftstests durchführen." Thomas zuckte mit den Schultern. „Ich weiß es nicht, lass uns anfangen. Grace, bitte den Status deiner Staffel!"
Mit ihrer dunklen Stimme begann Grace die Aufzählung der Fakten: „Einige meiner Piloten haben Prellungen davongetragen, ansonsten gab es keine Verletzungen. Meine Mannschaft ist komplett einsatzbereit."
Thomas Blick wanderte zu Phil.
„Ja, bei den Sparrow Hawks sieht es etwas anders aus. Von den 78 Maschinen sind gestern 35 beschädigt worden. Davon sind 20 bereits jetzt wieder einsatzfähig. Weitere zehn werden morgen wiederhergestellt sein, die restlichen fünf werden erst in ein paar Tagen wieder das Reparaturdeck verlassen können. In aller Regel sind Teile der Verkleidungen abgeschmolzen worden, wenn die Schutzschirme kurzfristig zusammenbrachen. Wir müssen erst neue Verkleidungsteile herstellen."
Trixie war die Nächste: „Ich habe mir den Munitionsverbrauch angesehen. Es sind alle Raketen verschossen worden, der Munitionsbestand lag nur noch bei 20%. Die Jungs und Mädels haben es ganz schön krachen lassen. Die einsatzbereiten Maschinen sind bereits wieder aufmunitioniert."
Thomas nickte zufrieden. Bisher ein annehmbares Ergebnis.
Paulo begann mit seinem Bericht: „Ich habe die Aufzeichnungen des Kampfes ausgewertet. Es scheint so, dass die Fremden ebenfalls Schutzschirme haben. Da sie selbst aber nur mit Energiewaffen arbeiten, scheinen sie keine wirkungsvolle Verteidigung gegen unsere vielleicht etwas altertümlichen Raketengeschosse und Explosivmunition zu haben. Auch scheint mir ihre Angriffs- oder Verteidigungstaktik wenig effektiv.
Alles ein Vorteil für uns. Allerdings scheinen sie sehr darauf bedacht zu sein, uns keine Informationen über sich selbst zu geben. Das von uns geenterte Schiff, wie auch alle flugunfähig geschossenen Feindverbände, wurden zerstrahlt oder vernichteten sich selbst. Es kann nicht ausgeschlossen werden, dass sich Golds selbst oder ihre Artgenossen töteten, damit keiner von ihnen uns in die Hände fällt und das weder tot noch lebendig. Dies sagt eine Menge aus über das Gefüge und die Zivi-

lisation unserer Feinde. Der Einzelne scheint nichts, die Allgemeinheit alles zu sein. Vielleicht stammen sie von Insekten ab und haben sowas wie einen Königinnenstaat. Dies würde dann ihre Rücksichtslosigkeit gegen sich selbst oder ihre Artgenossen erklären. Jedenfalls stehen wir wieder mit leeren Händen da. Unser Ziel haben wir nicht erreicht und sind nur ganz knapp einem Fiasko entgangen."
„Äh, nicht ganz."
Ron Dekker hatte das Wort ergriffen und alle sahen den Chef der Marines an.
„Mir ist es gelungen, einen toten Gold aus dem geenterten Schiff mitzunehmen. Er liegt im Hangarbereich Z13 in einer verschlossenen Metallkiste. Aus Energiespargründen gibt es in diesem Hangar weder Luft noch Wärme. Er wird sich ganz gut halten. Einer unserer Exobiologen kann ihn sich in Ruhe ansehen und studieren."
„Klasse, gut gemacht, Ron."
Thomas freute sich über den Teilerfolg, die übrigen Leitungsmitglieder klopften anerkennend auf den Besprechungstisch.
„Ich habe auch etwas aus der Schlacht mitgebracht und werde es dir geben Phil. Es sind zwei Handstrahler der Golds. Geh bitte vorsichtig damit um."
Phils Augen begannen zu leuchten. Interessante fremde Technik, das war etwas für ihn.
„Wir haben vor Stonehall", begann Hotaru, „und in einiger Entfernung um die Geronimo, Sensoren installiert und die Übertragung der Daten per Relaiskette zu uns sichergestellt. Wir werden frühzeitig gewarnt, wenn sich jemand nähert."
„Gut", Laura nickte zufrieden, „und nun hätte ich gerne unsere Schiffsärztin befragt wie es Shelly geht. Aber unsere Göttin in Weiß glänzt durch Abwesenheit!"
Thomas schaute etwas missbilligend zu Laura, während ein bekanntes Räuspern zu hören war. Alle Köpfe drehten sich langsam in Richtung Lutz.
Lutz begann verlegen zu stottern: „Ich, ich weiß wie es äh, Shelly, äh ... geht."
„Und", kam es aus einigen Mündern fragend.
„Es, äh ... geht ihr gut. Sie, sie ist wach und hat auch wieder Appetit und so." Lutz sah dabei verlegen von einem zum anderen.

„Wie kommt es eigentlich", stellte Thomas die Frage in den Raum, „dass wir eine Schwangere an Bord haben? Werden Schwangere in Stase versetzt? Geht das überhaupt mit Rücksicht auf den Fötus?"
„Tja, äh, äh…", wieder richteten sich alle Augen auf Lutz, der auf einmal nicht mehr im Zustand der totalen Tiefenentspannung war und in seinem Sitz immer kleiner und im Gesicht immer roter wurde, „… Shelly gehörte zur ersten Mannschaft und ist demnach schon seit über sechs Monaten an Bord, so wie, äh, ich auch. Sie wurde vor Troja als Technikerin geführt."
„So, so" begann Laura vielsagend, „entweder wir haben demnächst ein vielseitiges junges Talent, welches zum Beispiel über Flüssigkeiten laufen kann ohne unterzugehen, oder der Vater des Kindes muss noch an Bord sein."
Phil grinste so breit, dass seine Mundwinkel fast die Ohrläppchen berührten.
Trixie hielt es fast nicht mehr auf ihrem Stuhl: „Los, Lutz, du scheinst sie doch recht gut zu kennen. Hat Shelly einen Partner? Kennst du ihn?"
Nun wurde es Lutz doch sichtlich unangenehm und er begann nervös auf seinem Stuhl hin und her zu rutschen: „Ich, äh…"
„Ja?" Thomas blickte ihn durchdringend an und zog die Augenbrauen hoch. „Willst du uns noch etwas sagen, Lutz?"
„Ich … äh, war's", kam es sehr leise von Lutz.
„Wie, du warst es?" Laura schien etwas weniger schnell mit dem Begreifen zu sein.
Lutz richtete sich auf, nahm seinen gesamten Mut zusammen und sagte: „Ich, ich, äh … bin der Vater des Kindes!"
Alles schaute ihn mit mehr oder weniger offenem Mund an, bis Thomas anfing zu lächeln und zunächst langsam und leise, dann immer lauter anfing zu klatschen. Die übrigen fielen ein.
Phil flüsterte in dem aufbrandenden Lärm Hotaru zu: „Hätte ich gar nicht gedacht, dass es für Lutz noch etwas anderes in der Freizeit gibt, als nichts zu tun."
Schließlich stand Thomas auf und hielt dem völlig überraschten und von der Situation etwas überforderten Lutz die Hand hin. Lutz stand umständlich auf und ergriff die Hand seines Captains. Danach musste Lutz auch noch dem Rest der Brückencrew die Hände schütteln. Jeder freute sich und gratulierte dem werdenden Vater. Thomas bemerkte,

dass Lutz von der Reaktion positiv überrascht war. Offensichtlich hatte er wohl mit Vorwürfen gerechnet. Er nahm Lutz beim Arm und etwas zur Seite: „Hör zu, Lutz. Die Schwangerschaft ist kein Unfall, sondern ein absolutes Muss, wenn unsere Zivilisation überleben soll. Sicher sind die Umstände nicht gerade glücklich. Aber bisher wurden noch in jedem Krieg Kinder geboren. Das ist gut so, das erinnert uns daran, warum wir kämpfen."
Laut sprach er zu allen: „Wir treffen uns heute Abend in der Kantine. Lutz hat mir soeben erzählt, dass er einen ausgeben will."
Nachdem die Beifallsrufe verebbt waren, löste Thomas die Besprechung auf und gab jedem noch einen Tagesauftrag mit.

Zwei Stunden später, Medostation:

Laura hatte Thomas irgendetwas von Schiffsinspektion erzählt und hatte mit dieser vagen Andeutung die Brücke verlassen. Schnurstracks war sie dann Richtung Medostation geeilt und traf dort auf Dr. Ewa Lenn, die gerade mitten in der Station stand und wohl in eine Krankenakte vertieft war. Ewa schaute nur kurz auf: „Keine weiteren Schwangerschaften bisher an Bord, Laura."
„Deswegen komme ich nicht, aber gut zu wissen. Können wir uns ungestört unterhalten?"
Ewa seufzte: „Natürlich", und zeigte in die Richtung, in der ihr Büro lag. Laura ging vorweg und setzte sich in die eigens dafür geschaffene recht gemütliche Besucherecke. Ewa ließ sich daneben auf einem Stuhl nieder.
Laura begann dann auch ohne weitere Umschweife: „Mir ist gestern deine und Thomas, den du merkwürdigerweise als einzige Tom nennst, Reaktion nicht verborgen geblieben. Ihr scheint euch von früher zu kennen. Irgendwie habe ich das Gefühl, dass diese Bekanntschaft für uns alle in der derzeitigen Situation gefährlich werden kann. Daher frage ich dich: Kennst du Thomas oder Tom und wie stehst du zu ihm?"
Ewa wollte irgendwas von Privatsphäre erzählen, doch Laura winkte ärgerlich ab: „Ich bin der XO dieses Schiffes! Und wenn der Captain, aus welchen Gründen auch immer, nicht funktioniert, dann geht mich das sehr wohl etwas an! Also erzähl mir bitte eure Geschichte, damit ich entweder beruhigt bin oder etwas unternehmen kann!"

Ewa gab nach: „Nun, gut, du magst Recht haben. Ich kannte Tom, oder Thomas, das heißt wir … kannten uns sehr gut. Wir waren das, was man ein Paar nennt. Das ist mehr als 15 Jahre her. Das hat auch gut funktioniert – wir waren sehr glücklich, er ist ein toller Mann."

„Aber", fragte Laura und beugte sich vor, „was ist passiert? Warum seid ihr kein Paar mehr?"

Ewa zuckte mit den Achseln: „Tom wollte mehr. Er wollte mich heiraten, eine Familie gründen, sesshaft werden."

„Verstehe", begann Laura, „und du wolltest das nicht."

„Genau!" Mit Bedauern in der Stimme berichtete Ewa weiter. „Eines Tages stand er mit einem riesengroßen Strauß roter Rosen, ich weiß bis heute nicht, wo er die damals aufgetrieben hat, in meiner Wohnung und machte mir vor meinen anwesenden Freundinnen und Bekannten einen Heiratsantrag. Im Gegensatz zu mir waren alle begeistert. Aber ich wollte nicht, noch nicht, ich wollte nicht gebunden sein, ich wollte noch reisen und die Welt sehen, ich war einfach unreif, und so gab ich ihm zum Entsetzen aller einen Korb!"

Man sah Ewa an, dass sie die ganze Geschichte wohl wenig später bedauert hat und auch jetzt wirkte sie sehr mitgenommen.

„Und?", fragte Laura mitfühlend. „Wie hat er reagiert?"

„Man hat ihm keine Enttäuschung angesehen. Er hat mich gebeten, die Rosen an meine Freundinnen zu verteilen, und hat uns noch einen schönen Tag gewünscht. Dann hat er meine Wohnung verlassen und ich habe ihn bis gestern nicht wiedergesehen. Ich weiß nicht, was er die letzten 15 Jahre gemacht hat."

Bedrückt umfasste Ewa ihre Knie und hielt den Blick gesenkt.

„Aber ich weiß es." Laura war aufgestanden und begann in Ewas Büro auf- und abzugehen. „Er war ja damals schon bei der Space Force. Er hat sich weit weg versetzen lassen und sich auf seine Ausbildung konzentriert. Kurz danach lernte ich ihn kennen. Ich wurde seine Ausbilderin und wenn man es so will, seine inoffizielle persönliche Betreuerin. Der gute Thomas hat nach der Trennung gelitten wie ein Hund. Er ist nie wieder ein Verhältnis eingegangen. Spaß ja, sicherlich, sicherlich auch reichlich. Aber er hat sich nie wieder gebunden. Wahrscheinlich hatte er Angst, wieder auf den Bauch zu fallen, oder aber keine hat deine Qualitäten erreicht. Er hat oft von dir gesprochen, aber nie deinen Namen erwähnt."

Laura war stehen geblieben und sah die Ärztin an: „Ewa, das war die Vergangenheit! Was willst du jetzt? Mit welchen Zielen bist du hier? Willst du noch was von Thomas?"
Ewa zuckte verlegen mit den Schultern: „Ich habe mich verändert und er sicher auch. Ich weiß nicht, ob wir noch zusammenpassen. Ich habe mich für diese Mission nicht freiwillig gemeldet. Ich bin gefragt worden. Bevor ich eine positive Antwort gab, wusste ich aber, dass er das Kommando hat. Ich sah es als Wink des Schicksals. Vielleicht führt es uns zusammen, vielleicht auch nicht. Es ist die Frage, ob wir an alte Zeiten anknüpfen können." Ewa sah müde aus.
„Es hilft nicht", fiel Laura in leicht strengem Tonfall ein, „wenn du versuchst, ihm aus dem Weg zu gehen. Jeden Morgen um 09:00 Uhr ist Treffen im Captains Besprechungsraum. Du bist der ranghöchste medizinische Offizier an Bord und hast an diesen Treffen teilzunehmen! Gibt es medizinische Bedenken, Doc?"
Ewa schüttelte den Kopf: „Nein, keine."
„Also dann." Laura wandte sich zum Gehen, überlegte es sich aber doch anders: „Was ist mit Shelly? Muss sie noch hierbleiben?"
„Ich mache noch ein paar Tests, dann kann sie gehen."
Laura entschwand mit den Worten: „Wir treffen uns alle heute Abend um 21:00 Uhr in der Schiffskantine, am besten bringst du Shelly mit, der glückliche Vater gibt einen aus."
Ewa stand noch eine ganze Weile nachdenklich in ihrem Büro, bevor sie ihr Tagewerk wieder aufnahm.
Währenddessen ging Laura zurück zur Brücke. Na, prima, dachte sie, das Überleben der Menschheit hängt an einem seidenen Faden und beim höchsten kommandierenden Offizier meldet sich die unglückliche Liebe aus der Vergangenheit. Es hat gerade noch gefehlt, dass Thomas sich von seinen eigenen Gefühlen ablenken lässt. Es kann ihn nicht völlig kalt lassen. Genau konnte sich Laura noch an den teilweise völlig apathischen jungen Mann erinnern, für den von jetzt auf gleich eine ganze Welt zusammengestürzt war. Für einige Momente hatte Thomas sein Herz gegenüber Laura geöffnet und diese war erschüttert wegen der Leiden dieses Mannes. Aus seiner Sicht hatte er nach dem Verlust seiner Eltern alles verloren, für das es sich zu leben lohnte. Er hatte sich damals nur noch an die Disziplin innerhalb der Flotte gehalten. Die Ausbildung stand für ihn ganz oben. Er war völlig rücksichtslos gegen sich selbst geworden und verlangte sich alles ab. Gegenüber sei-

nen Mitmenschen war er rücksichtsvoll und zurückhaltend, geradezu duldsam. Jedoch tat man gut daran, ihn nicht zu reizen und keinerlei wunde Punkte zu berühren.

Die Gangster damals im Hafen von Geelong hatten Thomas auf dem falschen Fuß erwischt. Im Nu waren bei ihm alle Hemmungen gefallen und er hatte kompromisslos von seiner Kampfausbildung Gebrauch gemacht. Zurück blieben drei Tote, die keinerlei Chance gehabt hatten. Für Laura war es unter den damaligen Verhältnissen auf der Erde kein großer Akt gewesen, die Strafverfolgungsbehörden in Australien davon zu überzeugen, die vorhandenen Spuren nicht weiter zu verfolgen. Ihr Ausweis als Second Class Officer von Space Command und die Tatsache, dass die drei Toten wegen mehrfachen Mordes gesucht wurden, hatte wie von Zauberhand die Ermittlungsakten schließen lassen – Aufdruck ‚ungeklärt und eingestellt'.

Am Abend in der Kantine erschienen tatsächlich alle, auch Ewa und Shelly.

04.07.2120, Captains Besprechungsraum, 09:00 Uhr:

Um 09:00 Uhr saßen lediglich Laura, Grace und Ron am Besprechungstisch. Sie hatten am gestrigen Abend ein Glas Sekt auf den zu erwartenden, neuen Erdenmenschen getrunken – mehr nicht. Die beiden Frauen hatten freiwillig die Wachbereitschaft übernommen, der Rest der Brückenmannschaft – nun, es war sehr gesellig gewesen. Der Kaffee dampfte bereits in ihren Tassen, aber von den übrigen Mitgliedern war im Moment noch nichts zu sehen. Leicht verspätet erschien dann Thomas. Etwas gebeugt und blass schlich er zu seinem Stuhl, hob schweigend eine Hand zum Gruß und zuckte förmlich zusammen als Grace und Laura ihm einen schönen Morgen wünschten. Ächzend sank er auf seinen Stuhl.

Die nächsten beiden waren Phil und Trixie, die völlig übernächtigt und etwas unsortiert erschienen. Beide, sonst sehr gut mit dem Mund unterwegs, waren tief in Schweigen versunken.

Hotaru erschien lächelnd wie immer, allerdings ließen die Schweißperlen auf ihrer Stirn auf einen anderen Gemütszustand schließen.

Paulo kam hektisch und mit ungegelten Haaren, etwas völlig Neues, murmelte eine Entschuldigung und setzte sich vorsichtig auf seinen Platz.

Dann schließlich kam Ewa. Perfekt gekleidet und leicht geschminkt, aber sie schien an diesem Morgen den Kampf mit ihrem Fön doch verloren zu haben. Ihre kastanienbraune Prachtmähne lag etwas unregelmäßig verteilt. Die eine oder andere Strähne stand sogar ein bisschen ab.
„Oh", stöhnte Thomas, „wie schön, unser Doc. Hast du was für uns?"
Ewa warf eine Pillenpackung auf den Tisch: „Sicher!"
Bevor Thomas danach greifen konnte, hatte sich Laura das Medikament gegriffen und las laut vor: „Magnesium, hoch dosiert. Sollte der gestrige Abend etwas anstrengend gewesen sein?"
Sie warf die Packung zurück auf den Tisch. Grace zeigte beim Lächeln ihre perfekten weißen Zähne und stellte eine Karaffe mit Wasser und einige Gläser auf den Tisch. Hastig wurde danach gegriffen und schließlich waren Wasser und Pillenpackung leer. Laura schaute in die Runde: „Was ist mit unserem werdenden Vater? Kann Lutz noch keine feste Nahrung zu sich nehmen?"
Thomas winkte müde ab: „Lass ihn. Die Sorge um Shelly hat ihm übel mitgespielt. Er war so glücklich gestern, dass er mit Jedem einen mittrinken wollte – und das mehrfach."
Laura wollte zu einer heftigen Entgegnung ansetzen, als die Lautsprecher mit einem leisen Knacken auf sich aufmerksam machten und die Stimme des Deckoffiziers ertönte: „Captain auf das Landedeck! Captain auf das Landedeck!"
Die Richtlinien für das Auslösen dieses Rufmechanismus waren für den Deckoffizier streng vorgegeben und daher hatte sich auch der Captain, falls keine dringenden Gründe dagegen sprachen, unverzüglich auf dem Landedeck einzufinden. Mit einer Verwünschung erhob sich Thomas und machte sich schnellstmöglich auf den Weg.
„Das war eine kurze Besprechung", bemerkte Laura. „Lasst uns auf unsere Positionen auf der Brücke gehen. Vielleicht setzen wir unsere Besprechung gleich fort."

<u>Wenig später kurz vor dem Landedeck:</u>

Thomas war im lockeren Trab zum Ort des Geschehens gelaufen. Das hatte seinen Kreislauf in Schwung gebracht und das Magnesium anständig im Körper verteilt. Er fühlte sich einigermaßen fit, bis auf die Sorge, was so urplötzlich einen Notruf vom Landedeck ausgelöst haben mochte. Schwungvoll öffnete er die Tür zum Deck und blieb überrascht stehen.

Sie waren alle gekommen. Nun, nicht wirklich alle, aber alle, die nicht unmittelbar auf ihren Stationen gebraucht wurden. Es waren bestimmt 300 Mannschaftsmitglieder, die ihn in zwei Dreierreihen, die Mitte blieb frei, erwarteten. Das normale Licht war weitgehend gelöscht, dafür brannten in flachen Schalen einige große Flammen. Am Ende der Reihen erwartete ihn jemand. Offensichtlich war geplant, dass er zwischen den angetretenen Mannschaften hindurchschritt. Als er damit begann, fingen die Angetretenen an, rhythmisch bei jedem seiner Schritte zu klatschen. Als er die Hälfte des Weges zurückgelegt hatte, erkannte er am anderen Ende Shelly, die dort auf ihn wartete. Schräg dahinter stand der eben noch vermisste Lutz. Alle Crewmitglieder hatten ihre Blicke auf Thomas gerichtet und nicht nur die Anwesenden.

Vom Landedeck hatte es einen Hinweis an die Brücke gegeben und so konnten Laura und ihre Crew das Geschehen über den Hauptmonitor mitverfolgen.

Langsam schritt Thomas die Formation ab. Er schaute rechts wie links in zuversichtliche und entschlossene Gesichter. Ein warmes Gefühl des Stolzes kam in ihm hoch. Seine Männer und Frauen, seine Crew – er konnte sich darauf verlassen. Ein überwältigendes Gefühl für einen Commander. Schließlich erreichte er Shelly und blieb unmittelbar vor ihr stehen und das Klatschen erstarb mit seinem letzten Schritt.

„Captain Thomas Raven", sprach Shelly mit lauter und klarer Stimme, „deinem mutigen Einsatz verdanke ich, dass ich jetzt hier auf der Geronimo stehen kann. Bisher hat uns keiner das Motto ‚WIR LASSEN NIEMANDEN ZURÜCK' so deutlich vor Augen geführt wie du. Ich danke dir von ganzem Herzen. Die gesamte Crew, und nicht nur die hier Angetretenen, hat mich gebeten, dir in ihrem Namen Dank, Anerkennung und Respekt auszusprechen. Thomas, wir folgen dir! In meinem Namen und im Namen von Lutz bitte ich dich, auch wenn es an dieser Stelle etwas verfrüht oder unüblich ist, die Patenschaft für unser Kind zu übernehmen."

Thomas war völlig perplex, Shelly ging auf ihn zu, umarmte ihn herzlich und drückte ihm links und rechts einen Kuss auf die Wange, dann trat sie erwartungsvoll einen Schritt zurück. Thomas hatte diese kleine Aktion genossen. Es war schon lange her, dass er von einer Frau umarmt wurde und diese dankbare, nette Geste war ehrlich gemeint. Es störte ihn keinesfalls, dass fast die gesamte Crew zuschaute.

Nach der Rettungsaktion von Shelly war die Angelegenheit Brent Sneider wohl erledigt. Er hatte sich die Sympathie und die Anerkennung seiner Crew gesichert. Er stellte sich neben Shelly und sprach zur Mannschaft: „Es wird mir eine Ehre sein, die Patenschaft eures Kindes zu übernehmen und das Heranwachsen mit zu verfolgen. Es ist mir weiterhin eine Ehre, mit dieser Crew zu fliegen. Alleine hätte ich dich nicht aus dieser Situation herausholen können. Nur dem Einsatz der gesamten Crew ist es zu verdanken, dass wir jetzt beide hier stehen können. Ich zolle meinen Respekt gegenüber dieser Crew – es ist mir eine Ehre."

Mit diesen Worten verbeugte sich Thomas leicht in Richtung der angetretenen Mannschaft, die seine Worte mit lautem Beifall und Jubelrufen quittierte. Nach einiger Zeit des Beifalls hörte man den Deckoffizier ‚Wegtreten' brüllen und die Mannschaften machten sich wieder auf den Weg in ihre Stationen. Selbst Lutz hatte sich wieder in Richtung Brücke begeben, sodass nur noch Thomas und Shelly auf dem Landedeck standen.

Thomas wandte sich zu ihr: „Shelly, du wirst nominell Phil als Technikerin zugeordnet. Ich habe gestern noch mit dem Quartiermeister gesprochen. Wir werden aus drei Einzelkabinen eine kleine Wohnung bauen. Die Arbeiten sind gestern begonnen worden. Eine Familie braucht Platz. Wo ich gerade von Familie spreche, deine kleine Tochter holen wir so schnell wie möglich aus der Stasekammer. Die Geronimo wird, ob wir wollen oder nicht, zum Generationenschiff – und eine Familie gehört zusammen!"

Fassungslos schaute Shelly ihren Captain an. Hatte sie sich eben vor versammelter Mannschaft gut im Griff, so brach ihre Beherrschung jetzt völlig zusammen. Sie umarmte Thomas und ließ ihren Tränen freien Lauf. Obwohl der Captain wusste, dass es Freudentränen waren, fühlte er sich doch etwas überfordert. Gerne hätte er gesehen, dass Lutz irgendwo aufgetaucht wäre. Aber dem war nicht so. So musste er wohl oder übel eine geraume Zeit warten, während er selbst etwas wehmütig an die Zeit mit Ewa dachte, bis sich Shelly etwas beruhigt hatte. Dann schickte er sie in ihr Quartier.

Die bald darauf fortgesetzte Besprechung ergab keine neuen Anhaltspunkte. Lediglich Paulo sprach von einem vagen Plan, bat aber noch um einen Tag Zeit für Berechnungen.

7. Unter Beschuss

<u>05.07.2120, Captains Besprechungsraum, 09:00 Uhr:</u>

Dieses Mal eröffnete Thomas stehend die Besprechung, bei der alle Verantwortlichen vollzählig erschienen waren, selbst: „Die Zeiten der Vorbereitung sind vorbei. Es ist nur eine Frage der Zeit, bis wir von unseren Sensoren die Ankunft des Feindes gemeldet bekommen. Wir können nicht davon ausgehen, dass dieses kleine Scharmützel von neulich bereits eine Entscheidung hervorgebracht hat. Das Versteckspielen in Stonehall dürfte der Vergangenheit angehören. Wir haben unseren Feinden bestimmt klarmachen können, dass wir als Gegner nicht zu unterschätzen sind und eine dementsprechende Reaktion ist zu erwarten. Ich habe gestern klare Anordnungen verteilt. Wir brauchen Ergebnisse und einen guten Plan. Ewa, ich bitte um deine Ergebnisse."
Damit setzte sich Thomas und Ewa stand auf, schaltete den Projektor ein, um ihre Ausführungen visuell zu unterstreichen. Die Teilnehmer schauten gespannt zum Wandmonitor, auf dem zunächst die Leiche des Gold zu sehen war, den Ron von dem geenterten Schiff mitgebracht hatte und nachfolgend nähere Einzelbilder.
„Einer meiner Kollegen, ein Exobiologe, hat an dem Leichnam des Aliens eine Sektion vorgenommen. Das Ergebnis hat er mit mir besprochen und diskutiert. Die jetzt vorliegenden Fakten sehen wie folgt aus.
Erstens: Wir sind nicht völlig in der Lage, die Biologie der Fremden zu verstehen. Wir müssten ein lebendes Exemplar untersuchen, um Genaueres herauszufinden. Zweitens: Die Muskulatur erscheint uns im Gegensatz zum Menschen unterentwickelt. Kein Alien wäre in einer körperlichen Auseinandersetzung einem Menschen gewachsen. Dies könnte zum Beispiel bedeuten, dass entweder die Heimatwelt über eine geringere Anziehungskraft verfügt oder aber die Aliens schon seit längerer Zeit im Weltraum leben mit geringerer Gravitation. Drittens: Es ist uns nicht gelungen geschlechtsspezifische Merkmale herauszufinden. Sie scheinen eingeschlechtlich zu sein. Vielleicht reicht ein weiteres

Exemplar zur Reproduktion aus. Wir haben in unserem Exemplar drei befruchtete Eier in unterschiedlichen Entwicklungsstadien gefunden. Dies würde eine unglaubliche Vermehrungsrate bedeuten."
Ewa ließ ihre Worte ein wenig auf die Zuhörerschaft einwirken.
Alle schauten sich entsetzt an.
„Genau", sagte Ewa. „Das ist auch der Grund für die Rücksichtslosigkeit sich selbst gegenüber. Es gibt mehr als genug von ihnen.
Viertens: Sie haben lediglich eine Art Rückgrat. Knochen sind nicht vorhanden. Die Haut bzw. Muskeln haben einen gummiartigen Charakter. Zu den übrigen benötigten Antworten muss ich sagen, haben wir nicht. Wir haben keine Antwort darauf, wie das Gehirn funktioniert, sowas wie eine Lunge haben wir überhaupt nicht gefunden, das Blut ist ein einziges Rätsel. Es scheint aber eine hochentwickelte Spezies zu sein, die sich den Erfordernissen des Weltraums angepasst hat. Anders ist die Überlebensfähigkeit im freien Weltraum nicht zu erklären. Zu den Facettenaugen können wir sagen, dass sie exakt so funktionieren, wie sie es bei unseren heimischen Insekten tun, hier ist die Ähnlichkeit frappierend."
Ewa hob noch einmal entschuldigend dafür, dass sie nicht mehr an Informationen anzubieten hatte, die Arme, schaltete den Wandmonitor aus und setzte sich dann hin.
Thomas lächelte Ewa an, bedankte sich für die Arbeit und bat sie, das Lob auch an ihren Kollegen weiterzugeben. „Trixie, nun du."
Auch Trixie stand auf, irgendwie schien das bei der heutigen Besprechung nötig zu sein, vielleicht ein Hinweis auf die Wichtigkeit: „Auf deine gestrige Anordnung hin habe ich mich in unseren Nuklearwerkstätten nach den entsprechenden Waffen erkundigt. Wir können etwa 20% der Raketen unseres Schiffes mit Atomsprengköpfen ausrüsten und wir verfügen über 100 Minen mit Atomsprengsatz. Wir können auch die stärksten Raketen aller Tiger Sharks, die Phantoms, mit Atomsprengköpfen ausrüsten."
„Sehr gute Arbeit." Thomas schien zufrieden. „Gib es so in Auftrag! Eagle One wird ebenfalls auf Nuklear-Phantoms umgerüstet. Stellt dort fünf Nuklearminen bereit."
Trixie nickte bestätigend und setzte sich.
„Grace, Einwände?", fragte Thomas die Afrikanerin.
„Nein, Captain, wir sind zu 95% einsatzbereit, in zwei Tagen zu 100%."
Thomas nickte und blickte zu Phil.

Dieser stand erst gar nicht auf: „Tut mir leid, aber ich habe lediglich ein paar Versuche mit den Energiestrahlern machen können. Die Energieabgabe ist beeindruckend, wir sollten aber in einigen Wochen soweit sein, dass wir Dekkers Männer mit Körperschutzschirmen ausrüsten können, die zumindest ein paar Treffer abhalten können. Bisher habe ich keine Möglichkeit gefunden, die Strahler gefahrlos zu öffnen. Ich will nicht, dass uns die Dinger hier an Bord um die Ohren fliegen."
Phil schlug sachte mit der flachen Hand auf den Besprechungstisch um den nächsten Beitrag frei zu geben.
Dieser kam dann auch von Paulo, der schon ungeduldig auf seinen Einsatz gewartet hatte.
„Ich gehe davon aus, dass der Feind unsere Position einigermaßen gut kennt. Sicherlich weiß er, dass wir uns in Stonehall aufhalten. Wir sind hier relativ gut geschützt, einer konzentrierten Suche innerhalb dieses Geröllhaufens können wir uns jedoch nicht aussetzen, der Manövrierfähigkeiten unserer Geronimo wären hier enge Grenzen gesetzt. Wir sitzen hier selbst mehr oder weniger in der Falle. Ein Ausweichen auf einen anderen Ausgang wäre langwierig und im Erfolg fraglich. Ich führe die relative Ruhe in letzter Zeit darauf zurück, dass der Feind Einheiten zusammenzieht, um dann effektiver als beim letzten Mal angreifen zu können. Ich würde nach der letzten Schlappe so ziemlich alles aufbieten, was ich bekommen könnte."
Paulo schaute nach dieser Zusammenfassung der derzeitigen Situation seine gespannt lauschenden Weggefährten an. Er setzte sich und sah bei seinen nächsten Worten die Leitungscrew einen nach dem anderen an: „Ihr erinnert euch doch, dass wir zur Vorbereitung der Enterung einen Aufklärer ungefähr drei Lichttage weggeschickt hatten. Der Aufklärer hatte alle Daten gespeichert, die er auf seinem Flug gesammelt hatte. Dabei ist mir etwas sehr Ungewöhnliches aufgefallen. In einiger Entfernung gibt es einen relativ dichten und sehr großen Meteoritenschwarm, der mit sehr hoher Geschwindigkeit durch das All rast. Die Geschwindigkeit beträgt ca. 500 km/sec und die gemessene Größe der Felsbrocken beträgt zwischen 100 und 400 Metern. Der Schwarm, so bezeichne ich ihn, hat erhebliche Ausmaße. Ob wir unsere Feinde jemals bezwingen können, weiß ich nicht, aber wir können ihnen vielleicht große Verluste beibringen. Vielleicht ändert ja das deren Einstellung uns gegenüber."

Hotaru, die gespannt den Ausführungen des Cheftaktikers gefolgt war, stellte die Frage, die eigentlich alle interessierte: „Und wie soll uns ein rasender Meteoritenschwarm dabei helfen?"
Paulo lächelte und dieses gezeigte Lächeln hatte nichts mit Humor, sondern mit Entschlossenheit zu tun: „Wir werden unseren Feind dort hineinlocken und den Schwarm unsere Arbeit tun lassen!"
Nun war die Ruhe im Besprechungsraum vorbei. Paulo hatte seine ‚Bombe' platzen lassen und erfreute sich jetzt wohl an der heftig entbrannten Diskussion. Jeder redete mit jedem und dafür dann auch noch alle durcheinander und gleichzeitig. Genau zwei Minuten hielt Laura das durch, dann schlug sie mit der Faust auf den Tisch: „Ruhe, bitte! Beruhigt euch! Wir sind hier nicht auf einem Basar!"
Langsam kehrte Ruhe ein und Laura wandte sich an Paulo: „Wie soll das denn gehen? Ich denke mal, dein Plan ist noch nicht zu Ende."
Paulo bestätigte: „Natürlich nicht. Vereinfacht ausgedrückt werden wir mit der Geronimo bis kurz vor den Schwarm springen und uns verfolgen lassen. Die dann auftauchenden Golds werden im Meteoritenschwarm vernichtet."
Lutz regte sich, dieses Mal ohne sein charakteristisches Räuspern: „So ganz ohne Risiko ist das wohl nicht, oder?"
Paulo hob die linke Augenbraue, zuckte mit den Schultern: „Wir müssen schon äußerst genau springen. Zu kurz und wir sind selbst dran, zu weit und der Feind wird auch verschont."
„Mmh." Ron Dekker schien auch noch ein paar Bedenken zu haben. „Der Plan scheint mir noch mehrere Unbekannte zu haben. Du gehst davon aus, dass die Fremden den Schwarm nicht kennen und auch nicht in der Lage sind, bei ihrem Flug eventuell auftauchende Hindernisse zu erkennen."
Paulo nickte bedauernd: „Wir müssen den Feind dazu bringen, uns schnellstmöglich zu folgen. Er darf keine großartige Bedenkzeit haben. Aus unseren bisherigen Kämpfen wissen wir, dass er wenig rücksichtsvoll gegen sich selbst vorgeht. Warum sollte das jetzt anders sein? Ich kann die Position des Schwarms aufgrund der vorhandenen Daten sehr genau berechnen. Meine Unbekannten sind einmal die mangelnde Erfahrung beim Jump und die Zeit, die unsere Feinde zum Anmessen und Auswerten unseres Sprunges brauchen, bis sie uns folgen können. Da ich vermute, dass sie lernfähig sind und sie sich direkt hinter uns befinden, sollte das nicht allzu lange dauern, bis sie uns in gerader

Sprungrichtung aufgefunden haben. Es wird knapp werden, sehr knapp sogar."

Wieder kam die Diskussion in Gang. Laura wollte schon unterbrechen, als sie von Thomas zurückgehalten wurde: „Lass sie reden und hör zu. Vielleicht kommt die eine oder andere gute Idee dabei raus."

Etwa dreißig Minuten dauerte das teilweise heftige Palaver, bis Thomas einschritt und die Ideen und Vorschläge in gerichtete Bahnen lenkte. Die Führungscrew debattierte dann anschließend noch drei Stunden, bis das Feintuning für den Plan fürs Erste fertig war. Thomas schickte die Crew mit einigen Sonderaufgaben in den Tag, lediglich Lutz hielt er einen Augenblick auf: „Lutz, zufrieden mit der Unterkunft?"

Lutz lächelte breit: „Alles gut, Captain. Wir haben ausreichend Raum, vielen Dank."

Thomas fasste Lutz am Arm: „Wir werden Shellys Tochter aus der Stase holen, wenn wir die nächste Mission überstanden haben. Ich hoffe, du kommst klar mit einer Vierjährigen?"

Lutz machte ein spöttisch bedenkliches Gesicht: „Soll ich wohl. Ich freue mich auf die Kleine und Shelly hält es kaum noch aus ohne sie."

Thomas nickte und schlug Lutz ein paar Mal auf die Schulter: „Okay, dann sind wir uns einig. An die Arbeit – du kennst deinen Auftrag."

<u>Wenig später, Brücke der Geronimo:</u>

Lutz schwitzte.

Hatte er doch die letzten Wochen fast nichts zu tun gehabt, nun musste er die Geronimo in die richtige Position bringen, um schnellstmöglich und geradeaus Stonehall verlassen zu können. Nur mit den Korrekturdüsen schaffte er es, innerhalb von zwei Stunden das Schiff vorsichtig mit der Nase in Richtung Ausgang zu manövrieren. Normalerweise wäre das schneller gegangen, aber mittlerweile hatte sich einiges an magnetischem Material an der Außenhülle des Flaggschiffs angesammelt und die Bewegungen waren schwerfälliger geworden, insbesondere deswegen, weil die Ansammlungen nicht gleichmäßig verteilt waren. Schließlich stand das Schiff in der richtigen Position und auch wieder bewegungslos in Bezug zu Stonehall.

Zwischensequenz:

Innerhalb des Schiffes wurde heftig gearbeitet. Die Phantom-Raketen der Tiger Sharks wurden auf Atomsprengköpfe umgerüstet. Damit konnten sie als schwere Bomber wie auch als Aufklärer bezeichnet werden.
Grace hielt mit den Staffelführern der TS Einsatzbesprechungen ab.
Trixie fegte durch das Schiff und überwachte das Anwachsen des Waffenarsenals.
Paulo spielte innerhalb seines Computers eine Simulation nach der anderen ab. Der Plan wurde noch ein paar Mal geringfügig geändert.
Phil kitzelte aus den Energiemeilern der Geronimo noch ein paar Prozent mehr an Leistungsabgabe heraus. Die Lager mit den angesammelten Mineralien waren schon seit Tagen zum Bersten voll.
Schließlich gab es nichts mehr zum Vorbereiten. Das wahrscheinlich letzte Schiff der Menschheit war voll gefechtsklar. Die Operationspläne standen fest und es kehrte Ruhe ein auf dem Schiff – die Ruhe vor dem Sturm. Alles wartete nur noch auf das nächste Auftauchen der Fremden. Ab dann würde ein Automatismus ablaufen, Kommandos würden kaum noch erforderlich sein.
Laura betrachtete mit Sorge das Verhalten von Thomas. Dieser aber schien das Auftauchen seiner unglücklichen Liebe von damals ohne weitere Reaktionen verdaut zu haben – sollte sie denken, aber Laura war schon eine erfahrene Frau. Die heimlichen Blicke, die Wehmut in seinen Augen immer dann, wenn Ewa auftauchte. In Wirklichkeit verlor sich Thomas jedes Mal in diesen sagenhaft grünen Augen. Er konnte sich nicht satt sehen an diesem kastanienfarbenen Haar. Diese Sommersprossen, die sanfte Stimme, es war für ihn so wie früher. Alles zog ihn mit Macht zu Ewa. Er bemerkte stellenweise nicht, wenn er angesprochen wurde, teilweise schien er etwas entrückt. Und wenn er dann völlig losgelöst einmal ein paar Augenblicke nicht auf seine aufgesetzte Maske achtete, zog Laura ihre Schlüsse.

08.07.2120, Brücke der Geronimo,
kurz nach der 09:00-Uhr-Besprechung:

Die Besprechung war nur kurz und hatte außer der Tatsache, dass alle Tiger Sharks nun wieder einsatzklar und mit Nuklear-Phantoms ausgerüstet waren, nichts Neues gebracht. Thomas hatte sich wieder auf der Brücke in seinen Kommandosessel gesetzt und hatte etwas bedauernd hinter Ewa hergeschaut, die mit wehenden Haaren und schwingendem Rock in Richtung Medocenter davongeeilt war. Als Thomas wieder nach vorne auf den Hauptmonitor schaute, bemerkte er, dass jemand hinter seinem Sitz stand und sich auf die Lehne stützte. Es war Laura, die ihn von hinten ansprach: „Wie schaffen es zwei erwachsene Leute, erfolgreich im Beruf, sehr zielstrebig, intelligent und sicher in allem was sie tun, sich und ihren Gefühlen so konsequent aus dem Weg zu gehen?"

Thomas war irritiert: „Ähm, wie oder was meinst du?"

Laura beugte sich von hinten noch weiter über den Sitz. Die Stimme wurde leise, fast flüsternd, sodass niemand anderes etwas davon hören konnte: „Ewa und du. Jeder an Bord, der schon mindestens sechs Monate aus der Pubertät heraus ist, kann erkennen was mit euch beiden los ist."

„Und", meinte Thomas, „was ist mit uns los?"

„Das sollt ihr herausfinden. Ich habe für euch beide heute Abend einen Tisch bestellt."

Nun war Thomas völlig verwirrt: „Wo kann man denn hier einen Tisch bestellen?"

Laura stöhnte: „Siehst du. Sonst fiel der Groschen doch schneller bei dir. In der Kantine natürlich. Heute Abend um 20:00 Uhr. Ein Tisch, etwas abseits vom üblichen Trubel, für zwei Personen, eine Flasche Rotwein, eine Kerze und ein leckeres Essen. Ich habe dem Koch gesagt, wenn er sich keine Mühe gibt, dann jage ich ihn ohne Raumanzug von Bord. Bei Ewa liegt eine schriftliche Einladung vor. Verlass dich darauf. Sie wird kommen – und wenn du nicht gehst, werde ich hier eine Meuterei anzetteln!"

„Okay." Thomas winkte ab. „Ist zwar schon eine lange Zeit her und ich bin vielleicht etwas aus der Übung, aber ich gehe hin. Bestimmt werde ich um 20:00 Uhr Hunger haben, oder so ..."

Laura nickte zufrieden und gab ihm ein paar Klapse auf die Schulter: „Recht so!"

Der restliche Tag an Bord der Geronimo verlief ohne weitere Zwischenfälle. Jedoch bemerkte Thomas, dass es bei ihm anfing etwas zu kribbeln. Irgendwie war er nervös, er, der Kommandant des Flaggschiffs der Erde, fühlte sich wie ein Pennäler bei seinem ersten Rendezvous. Je später es wurde, desto unruhiger rutschte er auf seinem Sessel hin und her. Laura tat so, als wenn sie nichts bemerken würde. Insgeheim freute sie sich diebisch. Sollte man ihr doch Kuppelei vorwerfen, diese beiden Menschen passten vielleicht prima zueinander und wenn sie einen Stups brauchten, sie, Laura, war gerne bereit auszuhelfen. Sie wartete gespannt auf den Ausgang dieses Abends. Gegen Mittag nahm Thomas eine Auszeit für sein tägliches Jogging. Mit Dauerlauf hatte das Ganze aber fast nichts mehr zu tun. Die Besatzung sah ihren Captain mehr oder weniger durch das Schiff sprinten.

Kantine kurz vor 20:00 Uhr:

Thomas näherte sich dem Eingangsbereich der Kantine. Frisch geduscht, mit einem schwarzen, bequemen Freizeitanzug und einem weißen Hemd versehen, drückte er auf den Türöffner. Zischend glitten die Türhälften zurück und gaben den Eingang frei. Thomas schritt durch die Tür und blieb wie angewurzelt stehen. Der erwartete, sonst übliche Lärm in der Kantine blieb aus. Das Licht war gedämpft, überall brannten Kerzen und niemand war in der Kantine – fast niemand. Der Koch kam auf Thomas zu.
„Joseph, heute keine Raketen basteln?"
„Nein, Sir, heute nicht. Ich habe meinen freien Tag und gehe meinem Hobby nach."
„Soso, und wo sind die anderen Gäste?"
„Sir, wir haben heute geschlossene Gesellschaft." Mit diesen Worten und einer einladenden Handbewegung forderte der Raketenspezialist Thomas auf, ihm zu folgen.
In der Mitte des Raumes war ein kleiner Tisch festlich gedeckt. Joseph bedeutete dem Captain, dort Platz zu nehmen. Donnerwetter, dachte Thomas, Laura hat sich echt was einfallen lassen und das halbe Schiff scheint bei diesem Komplott mitzumachen. Alleine heute Abend die Kantine menschenleer zu machen, bestimmt eine Leistung und ganz gewiss nicht von Laura angeordnet. Die Mannschaft verzichtete freiwillig – zu seinen Gunsten. Mit etwas schlechtem Gewissen nahm er Platz.
„Wo ist denn die Speisekarte, Joseph?"

Joseph schaffte es in seinem schwarzen Anzug in etwa die Haltung und den Tonfall eines altenglischen Butlers einzunehmen: „Die Speisekarte ist aus, Sir. Es gibt ein Menu à la Surprise."
Thomas nickte anerkennend und sah auf die Uhr. Es war bereits 20:10 Uhr. Das alte und immer noch bestehende Recht der Frauen. Sie kamen zu spät – auch als aufgeklärte Leistungsträgerinnen der Neuzeit – sie kamen zu spät zum Rendezvous! Kein Mann hätte es gewagt, darüber zu schimpfen, es war eben so.
Joseph hatte sich gerade mit Hinweis auf das zu erstellende Menu wieder in den Küchenbereich zurückgezogen, da ging die Tür der Kantine auf und Ewa kam herein. Thomas ging auf Ewa zu und unterwegs stockte ihm der Atem.
Ewa hatte natürlich nicht die übliche Bordkombination angezogen. Was da gerade durch die Tür schritt, war schlechthin der Männertraum überhaupt. Ewa trug ein enganliegendes, schulterfreies, seidiges Kleid in der grünen Farbe ihrer Augen, welches ihr bis knapp unter die Knie reichte. Ihr üppiges Haar war teils hochgesteckt und teils umspielte es ihre Schultern, sehr dekorativ und unsortiert angeordnet. An den zierlichen und gepflegten Füßen trug sie silberne Riemchenpumps mit mittelhohem, klassischem Pfennigabsatz. Die Ohren zierten silberne Anhänger aus vielen nachgebildeten Eiskristallen. In der Hand hielt sie ein silbernes Etuitäschchen. – Der höchste medizinische Offizier an Bord mit einem silbernen Etuitäschchen – alleine dieser Kontrast war schon anbetungswürdig. Genauso anbetungswürdig war das stolz dargebotene Dekolleté. Nicht zu viel, aber auch nicht so wenig, dass man nicht die wundervollen Rundungen erahnen konnte.
Thomas war wie elektrisiert.
Das war Erotik pur.
Ewa hatte mit ihrem Outfit ins Schwarze getroffen.
Sie sah sich nur kurz im Raum um und lächelte. Offensichtlich hatte sie viel schneller als Thomas registriert, was hier gespielt wurde. Mittlerweile hatte Thomas sie erreicht: „Du siehst toll aus, Ewa."
Sie lächelte ihn an und ihre Augen funkelten dabei verdächtig und vergnügt: „Danke, Tom. Hast du die Geronimo für heute Abend räumen lassen?"
„Ähm, nein. Das Ganze ist nicht so meine Idee gewesen."

Der Gedanke, dass über 600 Mann Besatzung in Aufklärern, Jägern und Bergungsschiffen neben der Geronimo herflogen, während er und Ewa das Riesenschiff für sich alleine hatten, belustigte ihn etwas.
„Bereust du etwa", fragte Ewa schelmisch und legte ein wirklich verführerisches Lächeln auf.
Mann, dachte Thomas, wenn ich jetzt ein Eisberg wäre, hätte Ewa gleich nasse Füße.
„Nein, natürlich nicht. Hier ist unser Tisch. Bitte nimm Platz."
Höflich rückte er ihr den Stuhl zurecht, wobei ihm so nebenbei auffiel, dass das Kleid weitgehend rückenfrei war. Er schloss zwei Sekunden die Augen, atmete tief durch und begab sich dann an seinen Platz. Kaum saß er, da erklangen leise melodische Töne aus den verborgen angebrachten Lautsprechern.
Joseph kam auf leisen Sohlen, zündete auf dem Tisch eine Kerze an, nachdem er einen bewundernden Blick auf Ewa geworfen hatte und erkundigte sich nach dem Getränkewunsch. Man wählte einen trockenen Weißwein, welchen Joseph auch eilends herbeischaffte.
„Wie ist es dir nach ... äh ... unserer Trennung, ergangen, Ewa?"
Ewas Lächeln verlosch nicht ganz, aber beinahe: „Nun, ich hatte natürlich mit einer solchen Reaktion von dir gerechnet, aber doch gehofft, dass es so nicht geschieht. Ich war in den anschließenden Wochen und Monaten ziemlich niedergeschlagen. Ich konnte meine Wohnung, in der wir viele schöne, gemeinsame Stunden verbracht hatten, nicht mehr ertragen. Du hast mir mehr gefehlt, als ich mir selbst eingestehen wollte. Ich zog weiter weg. Irgendwann entdeckte ich dann mein Interesse an der Medizin. Ich studierte Humanmedizin und ein paar weitere Nebenfächer. Ich hatte tolle Professoren und lernte unheimlich viel. Schließlich leitete ich das größte Krankenhaus in Perth. Männer haben in meinem Leben keine große Rolle gespielt."
Man stieß miteinander an, sah sich in die Augen und nun fragte Ewa nach Thomas Erlebnissen.
„Ich bin ebenfalls sehr weit weg. Ich habe meine Ausbildung an oberster Stelle gesehen. Ich habe praktisch jeden verdienten Sold in mich selbst und meine Ausbildung oder Bildung hineingesteckt. Ich bin viel gereist, und wenn es irgendwo Lehrgänge oder sonstige Bildungsmöglichkeiten gab, dann war ich da. Ich habe Körper und Geist geschult. Schließlich führte es dazu, dass ich, obwohl ich schon etwas die Karriereleiter hochgeklettert war, praktisch nichts besaß. Ich bin zu diesem

Kommando hier berufen worden und konnte hier einchecken und musste lediglich mein möbliertes Zimmer kündigen. Alles, was mir gehörte, passte in einen kleinen Koffer."

Bevor Ewa ihr Erstaunen kundtun konnte, kam Joseph mit dem ersten Gang. Das Essen war einfach köstlich. Joseph hatte sich selbst übertroffen. Thomas konnte sich nicht daran erinnern, dass jemand mal in der Lage gewesen wäre, aus den Produkten der hydroponischen Gärten etwas so Schmackhaftes gezaubert zu haben.

Ewa und Thomas erzählten sich fast vergessene Geschichten aus ihrer gemeinsamen Vergangenheit. Sie lachten viel und Thomas begann sich wohlzufühlen in der Gegenwart dieser einzigartigen Frau. Schönheit und Intelligenz. Ewa war gereift. Aus einem sehr hübschen Mädchen war eine wunderschöne Frau geworden. Ewa schenkte ihm ihr schönstes Lächeln, ihr Blick war offen und versprach so einiges. Thomas kannte die Zeichen der Körpersprache und Ewa tat nichts, um diese Signale zu verschleiern.

„Und", fragte sie kokett, „hast du dein Herz schließlich an eine Frau vergeben, Tom?"

Thomas wurde ernst: „Ich habe mein Herz damals einer jungen Dame geschenkt und du als Ärztin solltest wissen, dass man nicht so viele davon hat. Diese besagte junge Dame ist immer noch damit unterwegs."

Ewa sah Thomas nachdenklich und ernst an.

„Tom, tust du mir einen Gefallen?"

„Jeden, wenn ich nicht das Schiff damit gefährde."

„Küss mich!"

Thomas zögerte nicht einen Augenblick: „Ich denke, das kann ich verantworten."

Er fasste Ewas Hand stand auf und ging um den Tisch herum. Joseph, der gerade geräuschlos den Nachtisch servieren wollte, erfasste die Situation, machte eine Kehrtwende um 180 Grad und verschwand wieder in der Küche. Ewa war ebenfalls aufgestanden. Ganz dicht standen sich die beiden gegenüber und ihre Gesichter näherten sich einander. Kurz bevor sich ihr Lippen berührten, erlosch die diffuse Beleuchtung und machte dem hektischen roten Blinken der Leuchtbänder an den Wänden der Kantine Platz, gleichzeitig erscholl das Heulen der Sirenen für den Vollalarm. Schlagartig erreichten die Golds auf Thomas Beiebtheitsskala einen noch niedrigeren Rang, wenn das überhaupt mög-

lich war. Ewa, die den Kuss mit geschlossenen Augen erwartet hatte, verspürte zu ihrer Enttäuschung nur einen kurzen Schmatzer auf ihren Lippen.
„Das muss erst mal genügen! Wir holen das nach – versprochen!"
Damit lief Thomas schon Richtung Ausgang.
„Ewa, besetz deine Medostation, wirf das Personal aus den Betten! Joseph, blas die Kerzen aus! Ich will kein Feuer an Bord!"
Schon hatte Thomas die Kantine verlassen. Ewa versuchte, die ersten paar Meter ebenfalls schnell zu sein, besann sich dann aber anders, hielt an, zog ihre Pumps aus und rannte anschließend barfuß aus der Kantine. Joseph warf einen bedauernden Blick auf den übriggebliebenen Nachtisch und blies anschließend in Rekordzeit die aufgestellten Kerzen aus. Dann begab er sich eilends in seine richtige Wirkungsstätte – dem Raketenbau.
Zurück blieb eine verlassene Kantine mit dem Duft verloschener Kerzen.
Die Sirene war verstummt, lediglich die jetzt stetig leuchtenden, roten Lichtbänder kündigten vom Vollalarm.

<u>Ein paar Minuten später, Brücke der Geronimo:</u>

Thomas war in seinem schwarzen Anzug durch das Schiff gerast. In Anbetracht der ungünstigen Umstände und eines verpassten schönen Abends, hatte er sich einige deftige Flüche gestattet.
Unterwegs hörte er das Brummen des Antriebs. Offensichtlich hatte Laura den abgesprochenen Plan bereits in die Tat umgesetzt. Die Geronimo nahm Fahrt auf. Dies konnte nur bedeuten, dass die Golds vor Stonehall angekommen waren. Schließlich erreichte Thomas heftig atmend die Brücke. Während er die Notstange zum untersten Deck herunterrutschte, vernahm er die Meldung von Grace, dass alle Tiger Sharks ausgeschleust worden waren. Dies war ein Teil des Plans. Die schweren Bomber sollten als Reserve zunächst zurückbleiben, um dann als Überraschungsmoment ins Gefecht geschickt werden zu können. Die Golds hatten es bisher nur mit den Sparrow Hawks und mit dem umgebauten Aufklärer Eagle One zu tun gehabt. Das Wissen um Dekkers Enterung mittel TS war mit der Explosion des fremden Schiffes sicherlich untergegangen. Es erschien bei der Planung ratsam, noch einen Trumpf im Ärmel zu haben. Thomas schwang sich in seinen Sitz.

„Schicker Anzug. Hast du sie geküsst?" Trotz der Frage ließ Laura ihre Kontrollen keine Sekunde aus den Augen.
„Flüchtig, flüchtig. Über das Szenario sprechen wir noch."
Thomas war hoch konzentriert und sein Befehlston kam deutlich, laut und unmissverständlich: „Paulo, Bericht bitte!"
„Captain, wir haben zahlreiche Schiffe mit Gold-Signatur gescannt. Es sind 25 Einheiten mit 1.500 Metern und weitere 12 mit 2.500 Meter. Es ist damit zu rechnen, dass kleinere Einheiten ausgeschleust werden."
„Danke. Trixie – Status bitte!"
Trixies Stimme erklang fest und ohne Nervosität: „Raketensilos online. Alles grün. Ich bin bereit und hungrig."
Thomas grinste: „Zunächst nur Raketen ohne Nuklearsprengköpfe."
Trixie bestätigte.
„Lutz, wie lange noch?"
Von Lutz angeborener Trägheit war im Moment nun wirklich nichts zu spüren. Flink regulierte er den Kurs der Geronimo: „Wir verlassen Stonehall in exakt 4 Minuten und 23 Sekunden. Es ist damit zu rechnen, dass wir anschließend zunächst den gesamten magnetischen Schrott von der Außenhülle verlieren und dass das Schiff wegen des Masseverlustes stark beschleunigt wird."
„Verstanden! Hotaru, schiffsweite Kommunikation!"
Das Signal ertönte.
„Hier spricht der Captain. In etwa vier Minuten könnte das eine oder andere Gravos an Beschleunigung durchkommen. Bitte anschnallen! Im Übrigen gilt ab jetzt Gefechtsalarm!"
Der Gefechtsalarm bedeutete für die Mannschaft, dass Raumanzüge anzulegen waren. Lediglich die besonders gesicherte Brücke und die Medostation bildeten eine Ausnahme. Die Brückencrew beeilte sich die Anschnallgurte anzulegen.
Trixie huschte mit flinken Fingern über ihr Touchpanel. Sie hatte bereits die Scannerdaten erhalten und programmierte die Raketen. Thomas sah nur kurz zu ihr hinüber. Befehle waren unnötig, Trixie wusste genau was zu tun war.
Paulo hatte einen Countdown auf den Hauptmonitor geschaltet, der wegen der Beschleunigung des Flaggschiffs immer schneller herunterzählte. Im Moment stand er bei 2 Minuten 10 Sekunden. Die Abdeckklappen der Raketensilos öffneten sich völlig geräuschlos.

Dann war es soweit, die Geronimo verließ den Schutz von Stonehall und befand sich im freien All. Der angekündigte Ruck war heftig. So um die drei Gravos schätzte Thomas. Hart, aber aushaltbar und auch glücklich, weil die dieses Mal schnell reagierenden Golds bereits auf die Geronimo mit ihren Strahlenwaffen aus mehreren Schiffen gleichzeitig geschossen hatten. Die sich kreuzenden Strahlen verfehlten aber wegen der ruckartigen Beschleunigung des Erdenschiffes ihr Ziel. Der Konter kam über Trixie.

Mit einem schnellen Tastendruck auf ihrem Touchpanel aktivierte die Gunnerin die zuvor erfolgte Programmierung. Deutlich war noch innerhalb der Zentrale der Start der STS Ganymed-Raketen zu vernehmen, die sich auf die kleineren Einheiten stürzten. Die wesentlich größeren Raketen des Typs STS Europa hatten die 2500 Meter-Einheiten im Visier. Jede Rakete kannte ihr Ziel. Da diese ebenfalls wie die Geronimo mit einem Schutzschild versehen waren, konnten die Golds diese Vernichtungswaffen auch nicht so leicht abschießen.

Bevor die ersten Raketen ihr Ziel fanden, kam der Warnruf von Paulo: „Feind hat Raketen gestartet. Wir werden von Raketen erfasst!"

Das war neu. Laura reagierte augenblicklich: „Trixie, Artillerie-Flakabwehr, jetzt!"

Wiederum tanzten Trixies schlanke Finger über die Waffenkonsole. Überall an der Oberfläche der Geronimo öffneten sich Schächte, und Vierlingsartilleriegeschütze wurden nach oben geschoben und schwenkten automatisch auf sich nähernde Raketen ein. Ab Reichweite eröffneten die Artilleriestände selbsttätig das Feuer. Das Wummern war bis in der Zentrale zu hören, dafür erglühten im All überall die Detonationen der getroffenen feindlichen Raketen. Es kamen aber auch eine Handvoll Raketen durch und erreichten die Geronimo. Die Einschläge waren deutlich in der Zentrale zu bemerken. Ein leichtes Schütteln ging durch das Schiff.

„Paulo", rief Thomas, „Schadensbericht!"

Paulo schaute auf seine Anzeigen: „Im Wesentlichen haben die Schilde gehalten. In einigen Bereichen sind sie aber runter auf 55%. Viel können wir davon nicht mehr vertragen."

Es bestand noch die Möglichkeit Sparrow Hawks zur Raketenabwehr auszuschleusen, aber Thomas verzichtete auf diese Möglichkeit – der Plan war ein anderer.

„Lutz, wie lange noch?"

Die Antwort kam so schnell, als hätte der Navigator auf diese Frage gewartet: „Drei Minuten und 10 Sekunden, Captain, dann können wir springen."
Mittlerweile hatten die eigenen Raketen die Schiffe der Golds eingeholt. Trotz einiger Fluchtversuche erreichte die vernichtende Energie die Goldschiffe. Die Zielerkennung war unerbittlich. Während die STS Europa-Raketen mehr oder weniger kurzen Prozess mit den Zielen machten, waren die Ganymeds weniger erfolgreich. Dennoch reichten diese Treffer aus, um die gegnerischen Schiffe kampfunfähig oder zumindest langsamer werden zu lassen. Zahlreiche farbliche Kaskaden, schön und tödlich zugleich, zeugten von Einschlägen der Europa-Raketen. Zurück blieb nur ausglühender Schrott.
„Neuer Kontakt", Paulo rief die schlechte Nachricht in die Zentrale, „weitere Einheiten der Golds kommen an und noch ein, mein Gott ..."
Thomas sah es selbst auf dem Hauptmonitor.
Urplötzlich war ein Gigant aufgetaucht!
Der Rechner gab die Gesamtlänge des feindlichen Schiffes mit 14.800 Metern an.
Fünf Mal so groß wie die Geronimo!
Dieses Schiff war längsseits der Geronimo aufgetaucht, blieb aber wegen des Fahrtüberschusses der Geronimo schnell zurück.
Bevor noch dieser Gigant ins Geschehen eingreifen konnte, rief Lutz: „Sprung!"
Das Erdenschiff verschwand augenblicklich vom Gefechtsfeld und tauchte fast drei Lichttage später, kurz vor dem rasenden Meteoritenschwarm wieder auf.
Das kurze Ziehen in den Muskeln zeugte nur von einem sehr kurzen Sprung.
„Habt ihr das Ding gesehen?", rief Trixie geschockt.
Die Bestätigung kam von Paulo: „Masse etwa 10fach wie die der Geronimo. Kein leichter Gegner."
Thomas war äußerst konzentriert: „Trixie, im Sekundentakt die Nukleärminen abwerfen. Paulo, wie genau war unser Sprung?"
Während sich unterhalb der Geronimo eine Luke öffnete und jede Sekunde eine scharfe Atommine ausspie, kam die Antwort von Paulo: „Genauer geht es nicht, Captain. Ich schlage vor, das Tempo etwas zu erhöhen, sonst geraten wir in die Vorhut des Schwarms."
„Lutz, du hast es gehört, mehr Energie auf den Antrieb."

Thomas blieb angespannt und abwartend. Paulo hatte wieder die Simulation auf den Hauptmonitor geschaltet. Dort war zu sehen, wie die Geronimo geradeaus flog und von links sich die Meteoriten schnell näherten. Es zeigte sich, dass die eingebaute Sicherheitsreserve in den Berechnungen vollauf genügte. Das Schlachtschiff der Erde hatte keine Mühe, noch vor den Meteoriten den Weg ungefährdet zu kreuzen. Alles hing nun davon ab, wie schnell die Fremden folgen würden.
Und sie folgten schnell – viel zu schnell.
Als erstes kam der Riesenkasten hinter der Geronimo zum Vorschein. Fast hätte auch er es geschafft, ungefährdet den Weg der Gesteinstrümmer zu kreuzen, aber ein 50-Meter-Asteriod traf das gewaltige Schiff am Heck. Es gab einen heftigen Einschlag und der Raumer wurde etwas aus dem Kurs gerissen. Abermals Glück für die Geronimo, denn die Strahlengeschütze verfehlten dadurch wiederum ihr Ziel. Als die Golds das Schiff stabilisiert hatten, traten die Atomminen in Aktion. Sekündlich würde das riesige Feindschiff von atomaren Gewalten getroffen. Der Erfolg war zwar sichtbar, aber nicht so endgültig wie gehofft. Zu allem Überfluss schleuste das Schiff noch kleinere 50-Meter-Kampfeinheiten aus.
„Grace", rief Laura.
„Ich habe es gesehen", antwortete die Afrikanerin ruhig, „starte drei Staffeln Sparrow Hawks."
Ihre Tastendrücke aktivierten die Kommandos für die Staffeln Alpha, Beta und Gamma. Wenig später wurden aus den Abschusstuben 39 voll bewaffnete Jäger katapultiert mit dem Ziel, die kleinen gegnerischen Einheiten zu bekämpfen. Auf dem Hauptmonitor wurde es bunt und turbulent.
„Trixie, es wird Zeit, dass die Golds unsere Atomraketen kennenlernen."
Thomas griff zum äußersten Mittel, da er wie alle anderen bemerkte, dass einige größere Einheiten der Golds neben der Geronimo aufgetaucht waren. Trixie bestätigte mit verkniffenem Mund. Wenig später verließen einige Ganymed und Europa-Raketen, versehen mit Atomsprengköpfen, die Geronimo. Gleichzeitig wurde das Erdenschiff von zahlreichen Strahlschüssen und auch Raketen getroffen. Die Geronimo schüttelte sich; der Lärm an Bord schwoll an.
Paulo rief eine Warnung mit Schutzschilden bei 40%.

Auf der anderen Seite vermochten die mittleren Einheiten der Golds den atomaren Kräften nichts entgegenzusetzen. Mit hellen Lichtkaskaden verglühten diese Schiffe.

Zur gleichen Zeit kamen weitere Raumer der Golds aus dem Nichts, doch kamen diese zu kurz und gerieten direkt in den Meteoritenschwarm.

Wenn ein Meteor von 200-Meter-Durchmesser, mit einer Geschwindigkeit von 500 km/Sek, auf ein 2.500-Meter-Schiff trifft, dann ist das Ergebnis tödlich – und zwar für beide. Zahlreiche Einheiten des Feindes fielen den rasenden Gesteinsbrocken zum Opfer. Die kleinen Einheiten der Feinde leisteten den Sparrow Hawks erbitterten Widerstand. Grace hatte die Leader jedoch angewiesen, so schnell wie möglich alle vorhandenen Raketen abzufeuern und Vollzug zu melden. Eben war die Vollzugsmeldung gekommen – alle Raketen waren verfeuert. Grace startete die Staffeln Delta, Epsilon und Zeta. Während sich die ersten beiden Staffeln mit dem Gegner befassten, gab Grace an Staffel Zeta die Weisung aus, die auf die Geronimo abgefeuerten Raketen abzuschießen. Bisher hatte es keine Verluste, sondern nur Beschädigungen gegeben. Alle waren noch flugbereit. Grace beorderte die erste Angriffswelle zum Nachladen zurück auf die Geronimo.

„Wo bleiben unsere Tiger Sharks", rief Thomas.

„Kommen gleich", antwortete Grace mit ihrer dunklen Stimme.

Das gigantische Schiff der Fremden feuerte immer noch und schleuste immer noch kleinere Einheiten aus. Es waren praktisch nur noch das große Schiff der Golds und die Geronimo auf dem Schlachtfeld und deren Jäger- und Bombereinheiten. Die ausgeglühten Reste der Goldschiffe waren längst von nachfolgenden Meteoriten pulverisiert worden. Die Geronimo bäumte sich unter den nachfolgenden Treffern auf. Dann endlich erschienen die Tiger Sharks. Leider so unglücklich, dass sie genau vor den Strahlenrohren des Gegners auftauchten. Thomas, der sich blitzschnell in die Kommunikation einklinkte, schrie: „Weg da, sofort raus aus der Gefahrenzone, absetzen und neu formieren. Visiert die Strahlenkanonen an und dann feuert!"

Die TS-Staffeln reagierten augenblicklich. Leider nicht alle rechtzeitig. Innerhalb der nächsten 5 Sekunden gab es 33 Totalausfälle. Der Rest formierte sich neu und nahm die Strahlenbatterien des Fremden aufs Korn und das ziemlich erfolgreich.

„Trixie, was ist los?", fragte Laura.

Die Gunnerin hob beide Arme: „Der Ausverkauf war erfolgreich – ich hab nichts mehr!"

Thomas stöhnte: „Paulo, Status?"

„Die SH-Staffeln haben die feindlichen Jäger fast alle zerstört. Es werden auch keine neuen Einheiten mehr ausgeschleust. Aber der große Kahn schießt immer noch, zwar nicht mehr so heftig, aber immerhin. Unsere Schutzschilde sind runter auf 20%, der Sprungantrieb ist beschädigt, vom Antrieb funktionieren nur noch die Korrekturdüsen und wir haben nichts mehr zum Schießen."

„Oh doch." Thomas erhob sich. „Hotaru, schiffsweite Kommunikation."

Das Signal für die Aktivierung ertönte.

„Grace, hole deine Hawks zurück. Phil, sammle unsere Leute aus dem All und berge an Material, was zum Bergen lohnt. Laura, du hast die Brücke!", sprach's und sprang vom Sitz auf, hastete zur Notrutsche und bevor irgendjemand reagieren konnte, war Thomas auf dem Weg zu seiner Eagle One.

Laura war nicht wirklich überrascht: „Phil, kitzel' das letzte Quäntchen Energie aus deinen Meilern und speise alles in die Schutzschirme."

Als Phil bestätigte, war Thomas schon auf dem Landedeck angekommen und spurtete den Landungssteg seiner Eagle One herauf. Wie einprogrammiert waren die Maschinen des Captain-Schiffes alle online und der Steg zog sich schon ein. Kaum saß Thomas, wurde das Schiff auch schon über Magnetschienen zum Abschusskanal gezogen. Eben hatte Thomas die Sprachsteuerung aktiviert, da befand er sich auch schon im All: „Hier Eagle One. Ich brauche einen Flügelmann. Wer ist frei?"

„Hier ist Blau 3, Sir. Ich habe meinen Flügelmann verloren."

Thomas war erfreut: „Eddie, bist du es? Wer ist bei dir?"

Die Antwort kam aus den Lautsprechern: „Ich bin es. Es ist niemand bei mir, seit Shelly sich als Hausfrau und Mutter bewährt – ich fliege meinen Vogel mit Computerunterstützung."

Thomas unterdrückte ein Lächeln: „Okay Blau 3. Du bist mein Flügelmann. Du siehst diesen Kahn da vorne. Ich werde versuchen, ins Landedeck einzudringen, um meine Atomminen ins Innere zu transportieren. Du hältst mir eventuelle Jäger vom Hals. Alles klar?"

Von Blau 3 kam ein kurzes Schlucken: „Alles klar, Sir, ich passe auf deinen Hintern auf!"

Thomas befand sich in leicht überhöhter Position vom Feindschiff und schwenkte nun im weiten Linksbogen auf den Gegner ein. Während des Manövers verließen zwei atombestückte Phantom-Raketen den Abwurfschacht der Eagle One und stürzten sich ebenfalls in einem weiten, nach unten führenden Linksbogen, auf das Feindschiff.
Blau 3 gelang es, während des Anfluges auf das Riesenschiff zwei gegnerische Jäger auszuschalten. Thomas machte schließlich auf den Scannern so etwas wie ein Landedeck bei den Feinden aus. Er bedeutete Eddie ihm zu folgen und nahm Kurs auf das Riesenschiff.
Die abgefeuerten Raketen schlugen knapp oberhalb der Nase des Fremdschiffes ein und richteten einigen Schaden an. Zumindest legte der EMP das Schiff zumindest kurzfristig lahm. Thomas fand das gesuchte Landedeck und nahm Kurs darauf. Eddie befahl er, von außen am Landedeck vorbeizufliegen.
Immer näher erschien das riesige Schiff der Fremden in der Zieloptik. Das Strahlenfeuer war nahezu erloschen. Mit höchster Beschleunigung raste Thomas in Richtung gegnerisches Landedeck. Kurz vor Erreichen sandte er zwei Hellfire-Raketen aus. Die erste explodierte an einer Art Kraftfeld, die zweite rauschte einfach durch, genau wie von Thomas beabsichtigt. Dieser hatte das Landedeck des Gegners fast erreicht. Der Tunnel war recht groß, so ca. 300 m im Durchmesser.
„Eagle One an Geronimo, bitte kommen!"
Laura antwortete fast augenblicklich: „Geronimo hört."
„Bitte eine gesicherte Leitung in die Medostation", verlangte Thomas. Damit war eine abhörsichere Verbindung mit Ewa gemeint.
„Steht", funkte Hotaru und schaltete um.
„Ewa, kannst du mich hören?"
„Ja Tom. Was gibt es?"
„Ehm", funkte Thomas, „Ewa, ich liebe dich, wie schon fast immer!"
Ein Knacken in der Leitung zeigte an, dass Thomas die Verbindung unterbrochen hatte.
„Medostation an Brücke, bitte kommen."
„Hier Brücke", kam die Antwort von Laura, „was gibt es Medostation?"
„Was hat Thomas vor, ich mache mir Sorgen?", kam die Stimme von Ewa aus den Lautsprechern.

„Tja", sagte Laura, „die Sorgen machen wir uns auch. Offensichtlich will er in das fremde Schiff hineinfliegen, um es von innen heraus zu zerstören. Ich sehe im Moment auch keine risikoärmere Lösung."
„Oh, nein – nicht wieder", kam es schluchzend aus der medizinischen Abteilung.
„Ewa, reiß dich zusammen! Gleich kommen die ersten Verletzten. Rescue 1 und 2 sind im Landeanflug. Bereite dich darauf vor!"
Ein Knacken beendete die Kommunikation.

Thomas sah von seinem Bugfenster aus nur noch das Feindschiff und ein recht großes Landedeck.
Blau 3 hatte gehorsam den Kurs gewechselt, um parallel zu Thomas außen am Schiff vorbeizufliegen. Thomas Finger tanzten über das Kampftableau. Kurz vor Erreichen des Landedecks konnte er erkennen, dass es auf der anderen Seite herausführte. Thomas stabilisierte seinen Flug in Geradeausrichtung, schaltete den Antrieb ab und schwenkte den schweren Bomber dann um 90 Grad auf die Hochachse, sodass die Nase seiner Eagle One in Richtung Schiffsmitte zeigte und er somit praktisch quer über das Landedeck raste. Er sah schemenhaft einige Golds in ihrer ruckartigen Bewegungsweise über das Landedeck hasten.
Dann schlug Thomas mit der Faust auf die Aktivierungstaste des Kampftableaus und getreu seiner zuvor eingegebenen Programmierung feuerte Eagle One im Salventakt die nuklearbestückten Phantomraketen ab. Aufgrund der hohen Geschwindigkeit sah Thomas selbst nicht, wie die schweren Vernichtungswaffen die Abschusstuben des umgebauten Tiger Shark verließen. Nach ca. 200 m Flug detonierten die Raketen an der inneren Schiffswand, die sie teilweise durchdrangen und dabei die meiste Energie ins Schiffsinnere freigaben. Zu diesem Zeitpunkt war Eagle One aber schon ein ganzes Stück weiter und hatte die nächsten Phantoms losgeschickt. So flüchtete das Captainsschiff vor den atomaren Gewalten, die sich heftig ausbreiteten und als alles verzehrende Glutwelle hinter dem Menschenschiff hereilten. In etwa der Mitte des Landedecks klinkte Thomas die fünf Atomminen aus, die eine erheblich größere Sprengwirkung als die Phantoms hatten.
Das Kampftableau zeigte beim Raketenstatus Phantom Rotlicht.
Sofort drehte Thomas den Bomber wieder mit der Nase in Richtung Landedeckausgang und schaltete den Antrieb ein. Eine vorsorglich

abgefeuerte Hellfire-Rakete konnte das Landedeck verlassen, ohne von einem Kraftfeld aufgehalten zu werden. Kurz darauf schoss Thomas aus dem Fremdschiff hervor, die Glut der Explosionen leckte noch hinter dem Schiff des Captains hinterher, konnte es jedoch nicht mehr erreichen.

„Blau 3, Blau 3, wo bist du, Status?"

Thomas schaute auf seinen Scanner, aber da kam schon die Stimme von Eddie: „Knapp hinter dir, Sir. Etwa auf zwei Uhr."

Thomas schaute aus dem rechten Cockpitfenster und sah kurz hinter sich Eddie: „Bei der nächsten Karussellfahrt will ich aber mit, Sir."

Eddie winkte rüber zu Thomas, in dem Augenblick wurde Eddies Tiger Shark von einem Strahlschuss des großen Schiffes getroffen. Thomas erkannte augenblicklich, dass der Bomber so gut wie vernichtet war. Teile der Verkleidung waren nicht mehr vorhanden, das halbe Heck fehlte. Der Aufklärer begann unkontrollierte Flugbewegungen zu vollführen.

„Raus, Eddie, raus! Sofort raus, steig aus, beeil dich!"

Thomas schrie die Anweisungen in sein Mikro. „Ich hol dich gleich, mach schon!"

In diesem Moment wurde Eddies Flieger erneut getroffen – dieses Mal endgültig. In einer heftigen Explosion verging Blau 3 und mit ihm Eddie, der es nicht mehr nach draußen geschafft hatte.

Ein langgezogenes, geschrienes „Nein" von Thomas ließ allen Brückenmitgliedern der Geronimo, die selbstverständlich alles über Funk mithörten, das Blut in den Adern gefrieren. Laura rief Thomas über Funk: „Captain, es ist gut. Kommt zurück. Das Schiff der Golds ist schwer getroffen. Wir starten von hier einen zweiten Bomberangriff."

Einen Moment herrschte Ruhe im Funk, dann kam Thomas Antwort und seine Stimme vibrierte vor Wut: „Nichts ist gut. Ich werde erst zurückkommen, wenn dieses Schiff vernichtet ist."

Die Brückencrew sah fassungslos auf dem Übersichtsmonitor, dass Eagle One in einem weiten Bogen wieder kehrt machte und erneut auf das Feindschiff zuflog und wieder ertönte Thomas laute energische Stimme: „Wenn noch Einheiten in der Nähe des Feindes sind, beidrehen und auf der Geronimo landen. Und nun zu euch, ihr dreckiges Ungeziefer. Heute ist Zahltag. Ich habe euch ein hübsches Geschenk hinterlassen, direkt hinter eurer Haustüre. Ich erkläre euch den Krieg.

Ich werde euch jagen und vernichten, überall dort, wo ich euch antreffe, ich schwöre es und jetzt fahrt zur Hölle!"
Die letzten Sätze hatte Thomas herausgeschrien, dann drückte er auf den Fernauslöser für die Atomminen. Das Ergebnis war gewaltig. Es sah so aus, als blähte sich das Riesenschiff für einen Augenblick auf. Dann bekam die Außenhülle Risse. Danach explodierte das bisher größte von den Menschen gesehene Schiff der Golds und die Sterne verblassten vor der gewaltigen Lichtflut der Explosion. Eagle One stand jetzt ohne Fahrt im Raum und Thomas betrachtete voll grimmiger Genugtuung die letzten ausglühenden Trümmerteile.
„Thomas", rief Laura jubelnd, „Volltreffer, du hast sie vernichtet. Komm zurück."
„Ich bin noch nicht ganz fertig", widersprach Thomas. „Ich muss sichergehen, dass keiner überlebt hat!"
Dabei nahm er Fahrt auf, begab sich zum Zentrum der Explosion und schaute nach überlebenden Golds. Tatsächlich konnte er den einen oder anderen entdecken, der bewegungslos im All trieb. Seine Wut war grenzenlos. Die Projektilwaffe des Bombers hämmerte und zerfetzte einen Gold nach dem anderen.
„Tom! Hallo Tom! Komm bitte nach Hause", die sanfte Stimme Ewa's war auf einmal in der Eagle One zu hören.
Laura hatte Psychologie betrieben und Ewa in der Medostation gebeten Thomas zu rufen. Hotaru hatte die Schaltungen dafür gelegt.
„Tom", war wieder die Stimme von Ewa zu hören, „die Geronimo ist schwer beschädigt. Wir brauchen dich – komm zurück!"
Thomas erwachte durch Ewas Stimme wie aus einem Rausch. Das Verantwortungsgefühl für die Geronimo, deren Besatzung und Fracht, kam augenblicklich wieder zum Vorschein.
„Okay", war seine Antwort, „ich komme zurück. Danke Laura, danke Ewa!"
Thomas wusste nur zu gut, dass er dringend an Bord der Geronimo gebraucht wurde. Mit geübten Fingern gab er die Kursdaten für den Rückflug ein, ließ sich anschließend von einem Peilstrahl einfangen und landete wenig später auf der Geronimo. Auf dem Landedeck hatten sich alle Piloten versammelt, man wartete traditionsgemäß auf das Ergebnis. Die Flieger wurden schon wieder fit gemacht für den nächsten Einsatz.

Als Thomas seine Eagle One über den Steg verließ, applaudierten die Piloten. Sie zollten dem Einsatz ihres Captains Respekt und dem erfolgreichen Vernichten des gegnerischen Schiffes. Jedoch gab es keine Begeisterung und auch kein Lächeln dabei. Jeder hatte mittlerweile erfasst, dass man dieses Mal Mitstreiter und vielleicht auch Freunde für immer verloren hatte. Thomas nickte nur kurz und setzte sich mit den anderen auf irgendwelche herumstehenden Kisten und wartete ebenfalls.
Bald ertönte ein Knacken in den Lautsprechern und man hörte Lauras Stimme: „Ich danke euch allen für euren Einsatz. Ihr habt 95 fremde Jäger und Bomber abgeschossen. Aber es gab auch Verluste. Ich übergebe an Flight."
Jeder stand von seiner Sitzgelegenheit auf und senkte den Kopf. Dann sprach Grace mit ihrer dunklen sanften Stimme zu den Piloten: „Wir haben 27 Piloten verloren."
Es folgte eine namentliche Aufzählung der Gefallenen. Als letztes wurde Eddie genannt. Thomas biss die Zähne aufeinander, hätte er Eddie bloß zurückgeschickt und hätte es alleine versucht. Aber, hätte, hätte ... es war nicht mehr zu ändern. Wie bei vielen Entscheidungen in seinem Leben, auch damit musste Thomas jetzt zurechtkommen. Mit gesenkten Häuptern verließen die Piloten das Landedeck in Richtung ihrer Quartiere. Mittels Armbandkommunikator berief Thomas eine Besprechung der Brückencrew in 30 Minuten ein. Dann begab er sich auf den Weg zur Zentrale.

30 Minuten später, Captains Besprechungsraum:

Es waren alle anwesend bis auf Ewa. Sie hatte von Rescue 1 und 2 einige Verletzte übergeben bekommen und sich entsprechend zu kümmern. Völlig verschwitzt hatte sich Thomas in seinen Sessel am Besprechungstisch geworfen und war übergangslos zum Thema gekommen: „Paulo, Status der Geronimo."
Paulo atmete schwer durch und gab dann eine Aufzählung der Beschädigungen ab: „Jumper ist offline. Antrieb ebenfalls. Wir haben zahlreiche Hüllenbrüche, die aber durch Schleusen oder Kraftfelder stabilisiert werden konnten. Wir sollte unverzüglich mit der Reparatur beginnen."

Damit ging automatisch das Zepter an Phil weiter: „Das Schiff ist in einem bedauernswerten Zustand. Wir sollten dringend eine Werft anfliegen."

Phil schaute sich um, aber keiner reagierte auf diesen Spruch, alle schauten ihn nur entgeistert an.

„Okay", gab er nach, „zuerst ist der Antrieb dran. Ich schätze die Reparaturzeit auf zwei Tage, schneller geht es nicht. Den Jumper – keine Ahnung. Wahrscheinlich dauert die Fehlersuche zwei Tage. Wir sollten erst mal weg von hier. Die Hüllenbrüche sind nicht so das Problem. Ich habe schon Reparaturteams losgeschickt. Das sollte in einem Tag erledigt sein."

Die Reihe war an Grace: „Die Verluste unter den Piloten sind bekannt. An Material sind 11 Tiger Sharks vernichtet worden, 23 sind von Phil geborgen worden und innerhalb der nächsten Tage wieder verfügbar. Uns stehen im Moment lediglich 18 Aufklärer zur Verfügung. Die Sparrow Hawks sind vollzählig einsatzbereit."

Thomas auffordernder Blick wanderte zu Trixie: „Was kannst du uns berichten?"

Trixie zuckte bedauernd mit den Schultern: „Ich habe alles verfeuert, was mir zur Verfügung stand. Wir haben außer ein wenig Flakmunition nichts mehr zur Verfügung. Wir müssen zurück!"

„Wie zurück", kam es verwundert von Hotaru.

„Ja zurück", wiederholte Trixie, „wir müssen uns wieder in Stonehall verkriechen, die Wunden lecken, Schäden beseitigen und dabei aufrüsten."

Thomas stand auf: „Trixie hat Recht. Wir haben zwar die Schlacht gewonnen, sind aber so gut wie wehrlos dem nächsten Angriff des Feindes ausgesetzt. Phil reparier den Antrieb mit deinen Leuten – und beeilt euch! Hotaru, du sorgst dafür, dass unsere Toten, wenn wir sie haben bergen können, in den freien Stasekapseln aufbewahrt werden. Wir wollen sie beerdigen, wenn wir eine Heimat gefunden haben. Paulo, wir haben 18 einsatzbereite Aufklärer zur Verfügung. Wenn wir unseren Antrieb nicht flottbekommen, werden wir beim nächsten Angriff des Feindes die Geronimo aufgeben. Im Notfall gehen 20 Personen in einen Aufklärer. Es ist deine Aufgabe, diese Personen festzulegen. Ich will darüber keine Diskussion. Beim Angriff starten die Aufklärer mit diesen Leuten an Bord. Gib ihnen einen Kurs und unseren Segen mit."

Paulo bestätigte mit gesenktem Kopf. Das war hart. Eine schier unlösbare Aufgabe.

„Phil, es liegt an dir. Wir müssen tatsächlich zurück nach Stonehall, alleine der Ressourcen wegen. Je schneller du arbeitest, desto eher sind wir raus aus dem Dilemma."

Phil bestätigte und machte sich eilends in Richtung Maschinenraum davon.

Thomas richtete seine Worte an Grace: „Schick ein Geschwader nach draußen. Sie sollen nach überlebenden Golds suchen."

„Und", sagte Grace, „was machen wir dann mit ihnen?"

„Schießt sie ab", kam die kompromisslose Antwort, „ich will lediglich verhindern, dass so ein Schädling durch irgendeinen Riss ins Schiffsinnere gerät. Wo wir gerade dabei sind: Sind die geborgenen Wracks nach Golds durchsucht worden?"

Paulo war blass geworden: „Nein, sie stehen aufgereiht auf dem Reparaturdeck C."

Thomas war aufgesprungen: „Hotaru, hol mir Ron auf die Kom-Leitung."

Als Hotaru in Richtung Thomas nickte, begann dieser zu sprechen: „Ron, sofortiger Einsatz für dich und deine Marines. Durchsucht auf Reparaturdeck C die geborgenen Wracks nach Golds. Beeilt euch und seid vorsichtig!"

Von Dekker kam ein kurzes: „Verstanden, Sir!"

8. Freund oder Feind

<u>Irgendwo auf der Geronimo Richtung, Reparaturdeck C:</u>

Major Dekker rannte mit seinen 12 Leuten Richtung Reparaturdeck C. Alle waren in voller Ausrüstung und für Infanteristen maximal bewaffnet. Unterwegs flackerte die Beleuchtung ein paar Mal. Ein deutlich sichtbares Zeichen dafür, dass man sich einer beschädigten Schiffssektion näherte.

Der Captain hatte seinem Einsatzbefehl noch hinzugefügt, dass man das Reparaturdeck verschlossen hatte, das hieß, es war nicht von innen zu öffnen. Je näher man kam, desto vorsichtiger ließ Ron seine Leute agieren. Kurz vor dem Ziel ließ er an jeder Biegung anhalten und zunächst sichern, dann erst rückten seine Leute nach. Ron gedachte die Warnung des Captains ernstzunehmen.

Dadurch, dass die Fremden auch im freien All überleben konnten, wurden sie zu äußerst gefährlichen Feinden.

Nichts lag dem Major ferner, als durch Unachtsamkeit oder Unterschätzung des Gegners, das Leben seiner Männer zu gefährden.

<u>Wenig später, Brücke der Geronimo:</u>

Zwei Dinge passierten nahezu gleichzeitig. Ron Dekker meldete über Bordkom, dass in die Zugangstür zum Reparaturdeck ein mannsgroßes Loch gebrannt war, und kaum hatte man sich von dem ersten Schrecken erholt, da rief Paulo: „Kontakt, erneuter Kontakt!"

Thomas wirbelte herum: „Wie weit entfernt und welche Art von Schiff?"

Paulo blickte auf seine Scanner: „Ziemlich weit weg, Captain, an der äußersten Scannerreichweite, ca. 15 Lichtminuten. Ich entdecke keine Ähnlichkeit mit den bisher aufgetauchten Einheiten der Golds."

Thomas drehte seinen Stuhl wieder nach vorne: „Paulo, du kennst deine Aufgabe. Wähle die Personen schnellstmöglich aus und bereite die Evakuierung vor. Auf mein Zeichen nimmst du selbst und die übrige Brückencrew mein Schiff – und nehmt Ewa und Shelly mit."

„Wenn du glaubst, dass...", begehrte Laura auf, wurde aber hart von Thomas unterbrochen: „Ich sagte ohne Diskussion. Paulo anfangen – sofort! Hotaru, schiffsweite Kommunikation einrichten und übernimm die Scanner von Paulo, dieser hat Wichtigeres zu tun."

Hotaru bestätigte beide Anordnungen und Thomas nutzte die eingerichtete Kom-Leitung und seine Stimme war im ganzen Schiff zu hören: „Hallo Crew, hier spricht der Captain. Wir haben Eindringlingsalarm. Jeder bewaffnet sich und folgt den Anweisungen von Major Ron Dekker! Ron, ich habe hier noch ein weiteres kleines Problem, dein Problem ist der oder die Eindringlinge. Die schiffsweite Kommunikation bleibt bis auf Weiteres bestehen. Gib deine Anordnungen, du bist der Fachmann!"

Ron bestätigte und kurze Zeit später hörte man seine Anweisungen: „Achtung Besatzung, hier spricht Major Ron Dekker. Ab sofort ist niemand mehr allein unterwegs, zumindest zu zweit ist ab sofort Pflicht. Ich verlange absolute Kommunikationsdisziplin. Wer einen

Gold entdeckt, gibt sofort und ohne zu zögern den Standort an. Crewmitglieder, die nicht unmittelbar an ihrem Arbeitsplatz gebraucht werden, begeben sich zur Hauptkantine."

Ron teilte seine Leute ein und bildete Suchtrupps. Auf der Brücke bedeutete Thomas Hotaru, dass die Brücke die Schiffskommunikation lediglich abhören solle, aber selbst nicht gehört wurde.

„Hotaru, wer ist da am äußersten Rand der Scannererfassung aufgetaucht?"

Hotaru nahm eine paar Schaltungen an ihrem Touchpanel vor: „Ich habe keine Ahnung, Captain. Aufgrund der Entfernung kommen nur undeutliche Werte. Es ist ein Flugkörper, soviel steht wegen der Energieabgabe fest. Die Energieart unterscheidet sich auch von der der Golds. Weitere Angaben kann ich im Moment nicht machen. Wir müssen näher ran."

„Näher ran", echote Laura, „womit denn? Soll ich schieben?"

Lauras Nerven waren zum Zerreißen gespannt. Die angeordnete mögliche Evakuierung und damit das Schiff und Thomas zurückzulassen, ging ihr gewaltig gegen den Strich. Hilflos trommelte sie mit ihren Fingern auf der Armlehne ihres Kommandosessels. Über die Schiffskom kam die Meldung eines der von Ron ausgeschickten Suchtrupps: „Sir, wir haben einen Toten gefunden, ein männliches Mitglied der Crew. Oberkörper und Kopf sind verbrannt. Wir befinden uns in Sektion C, 4. Deck backbord."

Man hörte, wie Ron Dekker seine ausgeschickten Teams neu instruierte und andere Suchsektoren anordnete.

Thomas fluchte: „Können wir nicht ein Problem nach dem anderen bekommen, bitte? Hotaru, was macht der aufgetauchte Fremde?"

„Nach meinen Anzeigen steht er in Bezug auf uns ohne messbare Fahrt im Raum."

Hotaru und die anderen Mitglieder der Führungscrew sahen ihren Captain erwartungsvoll an.

„Näher ran ist eine gute Idee. Paulo, wie weit bist du mit deinen Evakuierungsvorbereitungen?"

Paulo nahm noch ein paar Schaltungen vor: „Ich bin gleich soweit, ich habe mir vom Schiffsrechner dabei helfen lassen. Die Passagiere der verfügbaren Tiger Sharks stehen fest. Bei Aktivierung wird die Besatzung, zumindest der kleine Teil, den es betrifft, vom Schiffsrechner

informiert und zum Evakuierungsfahrzeug geschickt. Der Rechner hat eine Auswahl nach Geschlecht und Fähigkeiten vorgenommen."
Paulo sah mehr als unglücklich zu seinem Captain.
„Gut gemacht, Paulo. Hoffen wir das Beste – noch ist es nicht so weit. Wenn der Hund nicht zum Knochen kommt, dann muss der Knochen eben zum Hund kommen. Hotaru, ruf den Fremden auf allen Frequenzen."
Hotaru schaltete ein paar Mal, wartete mehrere Augenblicke, wiederholte das Ganze und meldete schließlich: „Keine Antwort, Sir."
„Tja", Thomas zuckte mit den Schultern und erhob sich aus seinem Kommandosessel, „also die Sache mit dem Knochen und dem Hund. Laura, du hast die Brücke."
Laura bestätigte: „Geht's wieder los?"
Thomas nickte und nahm wiederum die Notrutsche zu seinem Flieger und unterwegs dachte er, dies sollte eigentlich eine Notrutsche sein. Scheint so langsam aber sicher die normale Wegstrecke zu meiner Eagle One zu werden. Als Thomas die Gangway zu seinem Flieger hocheilte, wurde er kurzfristig von einem Bordtechniker aufgehalten: „Sir, der Vogel ist bedingt kampfbereit. Munition für die Bordkanone ist ausreichend vorhanden, Raketen sind allerdings Fehlanzeige."
Thomas bedankte sich und eilte weiter. Wenig später saß er angeschnallt und im geschlossenen Raumanzug im Pilotensitz. Auf dem Kampftableau zeigte lediglich die Anzeige der vorhandenen Raketen Rotwert, alle anderen Anzeigen leuchteten grün. Die Deckmannschaft hatte den Flieger in kürzester Zeit wieder einsatzbereit auf seinem Platz abgestellt.
Die Schiffsorganisation klappte hervorragend.
Wenig später befand sich Thomas im freien Raum. Über Funk ließ er sich die Koordinaten des Ziels in den Bordrechner einspeisen und beschleunigte mit Höchstwerten.

<u>Gleichzeitig, unweit der Sektion C 4 Deck, backbord:</u>

Shelly befand sich allein auf den Gängen der Geronimo, als sie die Anordnung von Ron Dekker und die Information über das Vorhandensein von Eindringlingen erreichte. Sie war auf dem Weg zur Medostation. Ewa hatte eine tägliche Kontrolle der Schwangerschaft angeordnet.

Vorsichtig, aber dennoch zügig, dabei leicht besorgt, ging Shelly weiter. Zumindest zu zweit war eine gute Sache, aber selbst mit der jetzt aufgeweckten Besatzung waren weite Teile des Schiffes wie leergefegt und selbstverständlich hatte sie sich für den Besuch der Medostation auch nicht bewaffnet.
Das gelegentliche Flackern und Aussetzen der Schiffsbeleuchtung machte ihren Weg auch nicht einfacher.

Kurz darauf, Eagle One:

Thomas beschleunigte seinen Flieger mit gemischten Gefühlen immer noch in Richtung des aufgetauchten Fremdschiffes. Bisher ließen sich keine Reaktionen auf seine Annäherung ausmachen. Ein Blick auf den Scanner verriet, dass das Fremdschiff etwa die vierfache Masse der Eagle One hatte. Als Thomas sich noch 5 Lichtminuten vom Zielobjekt entfernt war, kam Bewegung in das Schiff. Es beschleunigte von Thomas weg und das mit beeindruckenden Werten. Das Schiff hielt den Abstand von 5 Lichtminuten. Thomas nahm die Geschwindigkeit herunter und der Fremde tat dies auch. Thomas stoppte sein Schiff und auch der Fremde bewegte sich nicht mehr. Thomas konnte tun und lassen was er wollte, der Fremde hielt den Abstand von 5 Lichtminuten. Als Thomas sich dann wieder der Geronimo näherte, also zurückflog, folgte ihm das unbekannte Schiff. Ein Anfunken auf allen Frequenzen verlief auch wie schon auf der Geronimo negativ; der Fremde antwortete nicht.

Gleichzeitig, Sektion C 3 Deck, backbord:

Unwillkürlich hatte Shelly eine schnellere Gangart gewählt. Die Sorge um die Sicherheit ihres Ungeborenen sowie das stellenweise, sekundenlange Ausbleiben der Bordbeleuchtung machten die gesamte Situation mehr als unangenehm. Schließlich hörte Shelly hinter sich ein undefinierbares Geräusch und wirbelte herum, während gleichzeitig die Bordlampen dort, wo sie sich befand, sekundenlang erloschen.
Etwa 50 Meter von ihr entfernt flackerte die Beleuchtung an einer Gangbiegung und warf den Schatten einer dünnen, großen Figur auf die Wand und den Boden – einer Figur, die einen dünnen Hals und

einen dreieckigen Kopf hatte, gleichzeitig war ein gefährliches Zischen zu hören.
Shelly wandte sich zur Flucht und schrie laut um Hilfe.

<u>Gleichzeitig, Eagle One:</u>

Tolles Katz- und Mausspiel, dachte Thomas, diese Angelegenheit bringt uns so nicht weiter. Er stoppte abermals sein Schiff und drehte die Nase in Richtung des Fremden. Es stellte sich heraus, wie sollte es auch anders sein, der Fremde hatte ebenfalls seine Fahrt gestoppt. Für diese Fälle hatte Thomas noch eine Kleinigkeit im Gepäck. Schon vor etlichen Tagen hatte man für den Fall der Fälle kleine Sonden vorbereitet. Sie trugen in ihrem Inneren die geschichtlichen Abläufe der letzten Monate, sowie einige ausgesuchte Informationen über die Menschheit und die Bitte um Hilfe. Das Ganze war leicht verständlich in Bilddateien gespeichert und sollte keine Herausforderung an andere Intelligenzen darstellen.
Thomas programmierte eine solche Sonde. Sie sollte sich dem Fremden bis auf zwei Lichtminuten nähern und dann den Antrieb abschalten. Ein Funksignal sollte dann die Neugier des Fremden wecken.
Thomas schoss die Sonde ab, drehte seinen Flieger wieder in Richtung Geronimo und beschleunigte mit gemäßigten Werten.

<u>Sektion C 3 Deck, backbord:</u>

Shelly hörte hinter sich das Geräusch schneller aber unmenschlicher Schritte und schrie ihren Hilferuf in höchster Not heraus: „Hilfe, ich werde verfolgt. Ich befinde mich in Sektion C 3 backbord und renne Richtung Medostation! Bitte helft mir!"
Shelly war kräftig und sportlich. Die Schwangerschaft war noch frisch und behinderte sie daher höchstens mental. Die Angst beschleunigte ihren Lauf noch um einiges, aber der Feind ließ sich nicht abschütteln, auch diese Schrittgeräusche folgten in kürzeren Abständen. Er hatte wohl ihren Hilferuf gehört, selbst wenn er ihn kaum verstanden hatte, konnte er sich den Inhalt bestimmt denken.
Ron Dekker hatte auf so etwas gewartet. Kaum war die leicht hysterisch geschriene Meldung von Shelly über die schiffsweite Kommunikation bei ihm angekommen, begann er blitzschnell zu überlegen, rief sich den

Bauplan des Schiffes ins Gedächtnis und den Standort seiner Suchtrupps.
Er selbst war mit zweien seiner Leute unterwegs und auch am nächsten dran: „Lauf weiter in Richtung Medostation wir kommen dir entgegen!"
Ron begann mit seinen Männern zu rennen. Auch wenn die Ausrüstung schwer zu tragen war, die Männer waren ausgezeichnet trainiert und sehr schnell in den Gängen des Schiffes unterwegs.
Shelly hatte die Antwort von Ron gehört und lief so schnell sie konnte in Richtung Medostation. Trotzdem hatte sie den Eindruck, dass der Gold immer weiter aufholte, weil das Geräusch der Schritte näherkam. Panisch holte sie das Letzte keuchend aus ihrem mittlerweile erschöpften Körper heraus.
Ron rannte mit seinen Leuten Shelly entgegen. Als laute Geräusche von vorne zu hören waren, ließ Ron seine Männer anhalten. Vor ihnen war eine Rechtsbiegung im Gang und Shelly musste jeden Moment auftauchen.
Ron wandte sich an den Marine Miller.
Miller war das, was man als echten Kerl bezeichnen konnte: Ca. 195 cm groß, breitschultrig und seine enorme Körpermasse schien nur aus Muskeln zu bestehen.
Per Zeichensprache bedeutete Ron ihm, was er zu tun hatte. Miller antwortete mit einem Kreis, der aus dem Zeigefinger und Daumen der rechten Hand gebildet wurde – er hatte verstanden. Miller begab sich noch etwas nach vorne und ging rechts in einer Nische in Deckung. Ron und der anderen Marine knieten sich in der Mitte des Ganges nieder und nahmen ihre Gewehre in Anschlag.

<u>Eagle One:</u>

Thomas hatte kurz vor der Landung auf der Geronimo Laura einen kurzen Bericht über Funk übermittelt. Dabei hatte er erfahren, dass die Jagd auf einen oder mehrere Golds eröffnet worden war und Shelly dabei in höchster Gefahr schwebte. Thomas war sehr beunruhigt und konnte zu seinem größten Bedauern nicht selbst eingreifen, aber die Situation war bei Ron sicherlich in guten Händen. Er funkte die Medostation an.
„Mach dir keine Sorgen", antwortete Ewa, „hier herrscht Hochbetrieb. Ron hat zwei Männer geschickt, die den Eingangsbereich sichern."

Ewa hatte dann mit dem Hinweis auf die Versorgung von Verletzten abgeschaltet.

C 3 backbord:

Shelly kam im vollen Speed um die Biegung herum und rannte dabei gegen den ausgestreckten linken Arm von Miller, der sie wie eine Spielzeugpuppe aus dem Lauf vom Gang pflückte, in die Nische drückte und sich schützend davorstellte: „Sorry – Lady", quetschte er sich noch raus, als das Alien ebenfalls mit Riesenschritten um die Gangbiegung herumkam.
Ron hatte aus den Augenwinkeln die Rettungsaktion von Miller registriert. Seine Aufmerksamkeit galt aber dem folgenden Gold. Als dieser sichtbar wurde und ein geeignetes Ziel abgab, eröffnete Ron zeitgleich mit dem anderen Marine das Feuer. Ein hartes Stakkato aus den Steyr-Aug-Sturmgewehren mit kurzem Lauf ertönte und etliche Explosivgeschosse trafen den Gold. Dieser wurde von den auftreffenden Geschossen förmlich zerfetzt. Schwarze Flüssigkeit spritzte aus den Wunden und benetzte Wände, Gang und Decke. Das Alien war tot, bevor es noch auf dem Boden aufschlug. Trotzdem gab Ron keine Entwarnung. Er huschte geduckt weiter nach vorne und spähte um die Gangbiegung herum, aber kein Alien war bei der immer noch flackernden Gangbeleuchtung zu sehen: „Ron an Brücke. Einen Gold ausgeschaltet, Shelly wohlauf – soweit ich das erkennen kann!"
Erleichtert kam die Antwort von Laura: „Gut gemacht, Ron!"
Dekker bedeutete Miller die angeschlagene und zitternde Shelly zur Medostation zu bringen. Er selbst setzte die Suche nach weiteren Golds fort.

Zwischensequenz:

Thomas war mittlerweile gelandet und befand sich wieder auf der Brücke. Eine kurze Diskussion unter den Crewmitgliedern hatte ergeben, dass alle den geheimnisvollen Fremden für einen Beobachter hielten. Zumindest schien eine Gefährdung von ihm zurzeit nicht auszugehen.
Eine kurze Diskussion mit Ron brachte das Ergebnis, dass die Suchmannschaften dringend aufgestockt werden mussten. Ron war bei der Durchsuchung der Geronimo sonst restlos überfordert, zumal er noch

Männer für die Sicherung der Medostation und der Hauptkantine abstellen musste.
Laura zog demzufolge alle Crewmitglieder ab, die nicht direkt mit der Reparatur des Antriebs oder der Wiederbewaffnung mit Raketen und Minen beschäftigt waren. So kam es, dass Ron über 200 bewaffnete Leute bei der Durchsuchungsaktion zu koordinieren hatte und hierbei von Paulo unterstützt wurde. Nach weiteren 12 Stunden gab Ron Entwarnung. Man hatte keinen weiteren Gold entdeckt; das Schiff galt als clean. Erfreuliche Nachrichten kamen auch von Phil. Der Ionenantrieb war teilweise repariert und konnte leicht belastet werden.
Thomas gab daraufhin Startbefehl in Richtung Stonehall, innerhalb der von Phil angegebenen Parameter. Langsam setzte sich die waidwunde Geronimo in Bewegung. Lutz leistete an seinem Kommandopult Schwerstarbeit. Nicht alle Korrekturdüsen und schwenkbare Antriebseinheiten funktionierten so wie sie sollten. Teilweise gingen sie gar nicht, manche auch falsch. Einheiten, die eben noch gut in der Toleranz lagen, versagten bei der weiteren Benutzung. Lutz steuerte das Schiff intuitiv und verließ sich dabei so ganz auf sein Gefühl.
Innerhalb des Schiffes wurde fieberhaft an der Reparatur und auch an der Herstellung von Raketen und Minen gearbeitet. Niemand gab sich ernsthaft der Hoffnung hin, den Gegner vernichtend geschlagen zu haben. Es würde eine Frage der Zeit sein, bis der nächste Waffengang erfolgen würde. Es würde noch ein langer Weg werden bis nach Stonehall.

Der geheimnisvolle Begleiter folgte in dem bisher üblichen Abstand von 5 Lichtminuten.

<u>Einen Tag später, Medostation:</u>

Kurz nach der 09:00-Uhr-Besprechung war Thomas urplötzlich in der Medostation aufgetaucht. In den Händen hielt er zwei Becher dampfenden Kaffees, wünschte allseits einen guten Morgen und drückte der verdutzten Ewa einen der Becher in die Hand: „Na? Haben Frau Doktor aus wichtigen Gründen wieder mal der Besprechung fernbleiben müssen?"
In gespielter Strenge schaute er Ewa tief in die Augen.

„Danke für den Kaffee, Tom. Ich gebe ja zu, dass ich in den letzten zwei Tagen wenig zu irgendwelchen Besprechungen gekommen bin, dafür habe ich gute Neuigkeiten." Lächelnd nippte Ewa am heißen Getränk.

„So? Nun aber schnell raus mit den guten Nachrichten!" Thomas schaute sich um, als suche er diese Botschaften.

„Diese Meldungen", begann Ewa langsam, „liegen hier verteilt in den Betten. Niemand ist verstorben und alle werden wieder völlig hergestellt sein – bis auf vielleicht kleine Narben."

Thomas wurde übergangslos ernst: „Das ist wirklich gut, das ist sogar sehr gut. Du bist sicherlich eine der Besten in deinem Job. Das Hauptquartier wusste schon, warum man dich als Chefärztin an Bord dieses Schiffes geholt hat. Hast du schon Visite gemacht?"

Ewa freute sich sichtlich über diese anerkennenden Worte und nicht nur über die Worte, sie lächelte, seit Thomas die Medostation betreten hatte. „Nein, ich wollte gerade los."

„Denkst du, ich könnte mitgehen?", fragend blickte Thomas Ewa an.

Ewa nickte: „Sie werden sich freuen, ihren Captain zu sehen."

Damit nahm sie Thomas beim Arm und führte ihn in das erste Krankenzimmer.

<u>12.07.2120, Captains Besprechungsraum, 09:00 Uhr:</u>

Thomas stellte mit Befriedigung fest, dass dieses Mal alle Führungsoffiziere zur Besprechung gekommen waren. Die Anspannung der letzten Tage hatte sich etwas gelöst. Paulo hatte heute ein Frühstück gezaubert und während man zugriff und den heißen Kaffee genoss, unterhielt man sich recht angeregt über verschiedene Themen. Thomas dachte überhaupt nicht daran, diese Atmosphäre im Moment durch den Beginn der Besprechung zu stören. Schließlich hatte man Zeit.

Er selbst machte sich über ein recht delikates Nahrungsmittel aus den hydroponischen Gärten her. Es schmeckte etwa wie heißer Leberkäs' mit Brötchen.

Dabei betrachtete er seine Führungsmannschaft und horchte mal in die eine oder andere Unterhaltung.

Ewa unterhielt sich doch tatsächlich mit Grace über so etwas wie Mode. Die Schiffsärztin verteidigte ihre Vorliebe für Röcke und Kleider, während Flight das Beinkleid aus praktischen Erwägungen heraus vorzog.

Das Gespräch zwischen Lutz und Laura handelte, man stelle es sich vor, vom Kinderkriegen beziehungsweise der Erziehung des neuen Mitbürgers. Belustigt stellte Thomas fest, dass diese beiden völlig ahnungslosen Personen, zumindest in dieser Frage, ein erstaunliches Fachwissen irgendwo unterwegs aufgeschnappt haben mussten. Sagenhaft, wie die sich auskannten. Die Zukunft würde zeigen, wenigstens bei Lutz, ob dieses Wissen auch Früchte brachte.

Das Thema zwischen Trixie und Ron war von vornherein klar. Man erörterte Sicherheitsfragen, stellte die Schussergebnisse der Steyr Aug mit kurzem und mit langem Lauf gegenüber und fachsimpelte darüber, ob man noch mehr Treibmittel in die Patronen geben könne. Die können einfach nicht aus ihrer Haut, dachte Thomas.

Sein kleiner Lauschangriff auf das Dreiergespräch zwischen Phil, Paulo und Hotaru ergab, dass der Spaßvogel Phil gerade einen derben Witz zum Besten gegeben hatte. Während Paulo lauthals lachte, schlug Hotaru die Hände vors Gesicht und wurde sogar ein wenig rot. Das Zucken ihres Oberkörpers verriet aber nur allzu deutlich, dass sie am liebsten selbst lauthals gelacht hätte – aber man musste ja Beherrschung üben, alte japanische Tradition.

So gestaltete sich die erste Stunde der allmorgendlichen Besprechung sehr entspannt und Thomas aß etwas mehr als gewöhnlich – wirklich zu interessant, die Gesprächsthemen. Er würde nachher eine Extrarunde joggen, um die überflüssigen Kalorien wieder zu verbrennen.

Die eigentliche Besprechung begann an diesem Morgen gleich nachdem das Frühstück abgeräumt war, nämlich um 10:45 Uhr. Der Reihe nach gaben die Beteiligten ihre Berichte ab.

Paulo begann: „Ich habe nicht viel zu berichten. Der Plan, den ich bevorzuge, ist längst bekannt, Rückzug nach Stonehall, Wiederherstellung der Kampfkraft dieses Schiffes. Das wird uns Zeit genug lassen für weitere Planungen."

Nun war es an Lutz: „Wir bewegen uns. Langsam zwar, aber immer schneller werdend. Ich kann den Kurs halten. Wir sollten in einer Woche in Stonehall hineinfliegen können, wenn nichts Unvorhergesehenes passiert, und wir die Antriebsenergie noch etwas steigern können."

Die Aufmerksamkeit aller richtete sich auf Trixie: „Die Jungs und Mädels von der Raketenfraktion haben bisher 10% des Bestandes wiederherstellen können. Zunächst werden die noch vorhandenen Tiger Sharks mit Raketen bestückt."

Beim Stichwort Tiger Sharks richteten sich die Augen auf Phil: „Ja, ich habe zwei Themen oder besser gesagt drei.

Erstens: Ionenantrieb. Wir werden noch ca. 20% mehr Schub geben können, damit wir die Zusage von Lutz halten können.

Zweitens: Sprungantrieb. Wir haben alle möglichen Fehlerquellen erforscht und nichts gefunden. Um weitersuchen zu können, müssen wir den Ionenantrieb abschalten. Das ist, denke ich mal, nicht in unserem Sinne. Daher muss der Jumper warten bis Stonehall.

Drittens: Aufklärer. Elf dieser Maschinen sind verloren und bleiben es auch erst einmal. Eine solche Maschine neu aufzubauen ist uns zwar möglich, aber leider verbraucht dies sehr viel Zeit und Ressourcen. Beides haben wir im Moment nicht."

Phils Blick suchte Grace, die nächste Rednerin: „Mir stehen wieder 41 Tiger Sharks zur Verfügung. Phil hat es mit seiner Mannschaft geschafft, die beschädigten und geborgenen Maschinen wieder funktionsfähig zu machen."

„Unser Begleiter", begann dann Hotaru, „bewegt sich immer noch im Abstand von 5 Lichtminuten und folgt jeder unserer Bewegungen. Es ist, als wenn wir einen Schatten hätten."

Damit war der Begriff geprägt. Das geheimnisvolle Schiff sollte ab jetzt nur noch der ‚Schatten' genannt werden. Ewa berichtete anschließend, dass sie morgen den letzten Patienten nach dem Kampf aus der Medostation entlassen können.

Ron war wie immer kurz und knapp: „Meine Mannschaft ist einsatzfähig – wir warten auf Befehle."

Thomas stand auf: „Prima. Hört sich alles ganz gut an. Wenn wir noch ein paar Tage Ruhe haben, dann werden wir die Geronimo wieder zusammengeflickt haben. Grace, stell die Staffeln der Tiger Sharks neu zusammen. Vier mal zehn Maschinen, eine bleibt in Reserve für besondere Einsätze. Wir fliegen weiter in Richtung Stonehall und zwar so schnell wie Phil uns fliegen lässt. Paulo, unter diesen Umständen benötigen wir fürs Erste den Evakuierungsplan nicht mehr. Ich danke euch – an die Arbeit!"

Die Versammlung begann sich aufzulösen. Als auch Ewa gehen wollte, hielt Thomas sie zurück: „Joseph hat mich wissen lassen, dass er den

Nachtisch zwar kaltgestellt hat, dieser sich aber trotz Kühlschrank nicht ewig halten wird."

Ewa schaute schelmisch: „Wir würden unseren Hobbykoch sicherlich verprellen, wenn wir seinen Nachtisch verschmähen würden."

„Oh ja", nickte Thomas eifrig, „und er ist ein wichtiger Mann. Er leitet unsere Raketenabteilung."

„Das Risiko", so Ewa, „dürfen wir auf keinen Fall eingehen. Ist 20:00 Uhr heute Abend recht?"

„Ich freue mich drauf."

Thomas schmunzelte. Hoffentlich würde der Tag schnell vergehen und es dieses Mal keine unliebsame Störung geben.

Es gab keine Störungen, auch nicht beim Verzehr des Nachtischs. Ewa und Thomas verbrachten einen wundervollen Abend miteinander. Sie hatten nicht wieder die Kantine aufgesucht, sondern waren mit ihren Nachtischschüsselchen in einen Raum gegangen, den Thomas Top 12 nannte.

Ewa stockte das Herz als sie diesen ca. 6 x 6 Meter großen Raum mit flauschig weichem Teppich betrat. In der Mitte des Raumes war ein Couchtisch aufgebaut aus Mahagoninachbildung. Die umstehenden Sitzmöbel waren aus schwarzem, elegantem Kunstleder gefertigt. Überall aus dem Boden drang indirekte, blendfreie Beleuchtung und das Beste an diesem Raum: Dieses Zimmer befand sich an der Oberseite des Schiffes. Die Außenwände des Raumes waren in der Art einer Käseglocke gestaltet und bestanden aus durchsichtigem Material.

Nirgendwo im ganzen Schiff gab es einen besseren Ausblick in das unheimliche und unendliche Nichts. Tausende von Sternen warfen ihr Licht in den Raum und spiegelten sich in Ewas Augen. Von dem todbringenden Nichts dort draußen trennte sie lediglich 25 cm dickes durchsichtiges Aluminium und die eingeschalteten Schutzschilde. Ewa hatte sich unwillkürlich dicht an Thomas herangedrängt und flüsterte: „Ich glaube, ich habe ein wenig Angst. Wie schön diese Gefahren sich zeigen können."

Dabei richtete sie ihrem Arm in Richtung eines bizarr aussehenden und leuchtenden Sternennebels. Dort wurden gerade neue Sterne geboren, während andere vergingen.

„Ich wusste gar nicht, dass die Geronimo einen solchen Raum hat."

Thomas grinste: „Ich auch nicht, hat mir Lutz erzählt. Hier hat der Schwerenöter wohl das Herz von Shelly erobert."

Ewa strahlte über das ganze Gesicht und sah Thomas tief in die Augen. Der Angeschaute wurde auf einmal etwas unsicher. „Na ja, ich nehme es wenigstens an. Wir sollten uns setzen, die Aussicht und unsere leichte Mahlzeit genießen."

Beide setzten sich auf die gleiche Bank und befassten sich mit ihrem Nachtisch. Als sie den letzten Rest mit den Löffeln aus den Schüsseln gekratzt hatten, begannen wieder ihre Geschichten von früher. Thomas versank in diesen grünen Augen und versuchte die Sommersprossen auf der Nase von Ewa zu zählen. Ewa räkelte sich und kuschelte sich ausgiebig an Thomas, als es an der Tür klopfte. Missbilligend nahm Thomas zur Kenntnis, dass die Schiffsärztin blitzartig einen halben Meter Abstand zu ihm eingenommen hatte.

„Herein", rief er laut, aber es meldete sich niemand und die Tür ging auch nicht auf.

„Ich hasse solche Störungen!"

Thomas erhob sich und ging zur Tür. Als sich diese öffnete, stand vor ihm auf einem kleinen Rolltischchen eine brennende Kerze, eine Flasche guten Rotweins und zwei übergroße, dazu passende Gläser. Von dem Überbringer fehlte jede Spur.

Ewa lachte: „Hast du das bestellt, oder haben wir einen heimlichen Freund an Bord?"

Völlig verwundert gab Thomas die letzte Option an und rollte den Beistelltisch zur Couch. Es wurde noch ein sehr netter Abend und zum Schluss war selbstverständlich die Rotweinflasche leer, übrigens ein Barossa, einer der letzten vor dem Klimawechsel hergestellten Weine aus Australien.

<u>19.07.2120, Brücke der Geronimo, 13:00 Uhr:</u>

„Es ist soweit, Captain."

Lutz hatte sich zu Thomas umgedreht.

„Wir sind da und können jetzt wieder in Stonehall eindringen."

„Gute Arbeit, Lutz."

Thomas war sichtlich zufrieden mit seinem Navigator. Lutz hatte in den letzten Tagen das eine oder andere Mal auf seine Freischicht verzichtet und dabei pausenlos den Kurs der Geronimo überwacht. Je weiter man kam, desto besser ließ sich das Schiff steuern, da auch Phil mit seinen Männern kaum Freizeit genoss und daher die Reparatur des

Antriebs und der Steuerung fast abgeschlossen war. „Dann bring uns mal rein und dann die alte Position wieder einnehmen."
„Ay, Captain."
Lutz widmete sich wieder den Kontrollen und die Geronimo verschwand im Schutz von Stonehall. Was niemand sah: Der Schatten überbrückte die Distanz von 5 Lichtminuten innerhalb kürzester Zeit und hielt kurz vor dem Asteroidenfeld an.
Lutz brachte die Geronimo dieses Mal in nur 3,5 Stunden die 400 Mio. Kilometer bis zum alten ‚Parkplatz'. Sicherlich eine meisterliche Leistung. Mit entschlossenen Handgriffen schaltete der Navigator den Schiffsantrieb ab und das gleichmäßige Summen erstarb augenblicklich, die Geronimo stand still und ohne Fahrt im Raum. Die Gegend war bekannt, die Anziehungskräfte der Monde hielten das vermutlich letzte Schlachtschiff der Erde auf seiner Position. Alle sahen ihren Captain erwartungsvoll an. Was sollte nun geschehen?
Thomas stand auf. „Hotaru, schiffsweite Kommunikation, bitte."
Hotaru schaltete, nickte und ein Knacken kündigte die Bereitschaft des geöffneten Audiokanals an.
„Hallo Crew, hier spricht euer Captain. Wir haben unseren alten Ausgangspunkt in Stonehall wieder erreicht. Wir sind hier verhältnismäßig sicher. Dadurch, dass wir unbehelligt vom Feind fast eine ganze Woche lang äußerst wehrlos durch den Raum gekrochen sind, hege ich die Auffassung, dass wir die Golds doch wohl empfindlicher getroffen haben. Schließlich haben sie es nicht geschafft oder gewagt, uns erneut anzugreifen. Jeder von euch hat sein Bestes gegeben und gerade in den letzten Tagen ist Erholung eindeutig zu kurz gekommen. Ich brauche eine starke und ausgeruhte Mannschaft, daher verfüge ich, dass der Rest des heutigen Tages frei ist und morgen auch. Die Leitungscrew übernimmt die Programmierung der Überwachungsrechner, damit wir nicht überrascht werden. Ich sage Dank für eure Leistung und genießt den freien Tag."
Vielstimmiges Gejohle war aus dem gesamten Schiff zu hören. Thomas glaubte nicht, dass an diesem Tage noch gefeiert würde, dazu war die Crew zu schlapp. Die weitaus meisten Mitglieder würden einfach in ihre Kojen verschwinden und sich erst morgen früh der Entspannung widmen. Mehr als einen Tag konnte Thomas leider nicht gewähren und auch dieser konnte schon zu viel sein. Thomas bedeutete Hotaru, die

Schiffskomleitung zu unterbrechen: „Lutz, für dich habe ich noch etwas."

Lutz programmierte gerade den Rechner für die Flugkontrolle und sah hoch.

„Geh runter zum Staselager und melde dich bei einem gewissen Joe. Shelly ist schon auf dem Weg dorthin."

Wie der Blitz verschwand Lutz von der Brücke.

„Machst du das richtig?", fragte Laura zweifelnd und sah Thomas an.

„Wer macht schon alles richtig, Laura? Ich komme mir hier vor wie in einem falschen Film. Es gibt für unsere Lage keine Regelungen, Vorschriften oder sonst was. Ich versuche intuitiv das Richtige zu tun. Vielleicht sind wir schon ein Generationenschiff? Keiner kann uns sagen, ob wir jemals eine verwertbare Bleibe finden werden. Dann muss zunächst die Geronimo als Heimat dienen. Shelly ist schon schwanger, weitere werden vielleicht folgen – ich weiß es nicht."

„Aber", begann Laura, „dieser Stahlkasten hier kann keine Bleibe für 50.000 Menschen bieten."

Thomas nickte: „Ich weiß, ich weiß. Wir müssen dringend einen bewohnbaren Planeten finden – und übermorgen fangen wir damit an, nicht eher." Er gab Laura einen freundschaftlichen Schlag auf die Schulter und begab sich in seine Privaträume. Von dort versuchte er Ewa in der Medostation zu erreichen, aber ein Oberarzt erklärte ihm, dass Ewa die letzten beiden Tage mit der nochmaligen Untersuchung des Goldleichnams verbracht hatte und sich jetzt in ihren Privatraum zurückgezogen hat.

Okay, dachte Thomas, vielleicht auch besser so. Er stellte sich unter die Dusche, trocknete sich ab und legte sich in sein Bett. Kaum, dass er lag, schlief er auch schon.

9. Besuch

<u>19.07.2120, Staselager, 17:00 Uhr:</u>

Lutz erreichte leicht außer Atem das Staselager. Der Geruch nach Desinfektionsmitteln fiel ihm überhaupt nicht auf. Der hatte nur Augen für Shelly, die gerade mit einem Pfleger sprach. Hastig eilte er zu den beiden: „Bist du Joe?"

„Ah, der werdende Vater und das gleich in zweierlei Hinsicht. Jawohl, ich bin Joe. Herzlich willkommen in meinem Refugium. Ich werde zu euren Gunsten, und nicht zuletzt deswegen, weil mich der Captain sonst in den Hintern tritt, auf meine freie Zeit verzichten und euer Töchterlein aus der Stase holen. Ihr habt hoffentlich Spielzeug dabei?"
Shelly und Lutz sahen sich erstaunt an. Das konnte ja heiter werden. Eine Vierjährige ohne Spielzeug!
„Ähm, äh, ich werde was basteln", versprach Lutz aufgeregt, „aber nun mach schon!"
„Okay. Folgt mir!"
Shelly klammerte sich an Lutz und beide folgten dem Pfleger.
„Ich habe vor etwas über 4 Stunden bereits den Aufweckprozess eingeleitet. Mit einer weiteren Injektion wird sie aufwachen. Sie wird noch sehr schwach und als Kind wohl auch etwas quengelig sein."
Joe schritt nach Meinung von Shelly viel zu langsam voran. Dann ging es auch noch über Notleitern in die Höhe. Erst im dritten Stockwerk verließ Joe die Leiter. Wenig später blieb er neben einer Stasekapsel stehen. Lutz konnte auf dem Deckel den Aufdruck C 3.476 erkennen. Die vordere Hülle der Schlafhülle war wie bei allen anderen durchsichtig und auch etwas beschlagen, sodass man den Inhalt nicht genau erkennen konnte. Lutz neugierige Blicke sahen jedoch einen sehr kleinen Menschen mit langem Haar.
„Wir hatten keine Kapseln für Kinder, daher musste die kleine Lea mit einem Erwachsenenteil vorliebnehmen", erklärte Joe entschuldigend. Der Pfleger machte sich umgehend an dem Verschlussmechanismus zu schaffen und Lutz nahm seine Shelly in den Arm, die ihrerseits die Hände vors Gesicht hielt und lautlos weinte. Die Stasekapsel sprang auf und gab den Blick frei auf eine schlanke Vierjährige, deren auffallende Sommersprossen auf der ungewöhnlich hellen Haut nur noch von den kupferroten Haaren, die in langen Locken bis weit über die Schultern fielen, übertroffen wurden. Für Lutz eines der schönsten Mädchen, die er je in diesem Alter gesehen hatte und für Shelly sowieso. Lutz hatte Bilder gesehen und Shelly hatte ihm von Lea erzählt, aber nichts hätte den direkten Anblick ersetzen können.
Joe setzte eine Injektionspistole an den Hals des Mädchens und zischend entlud sich eine kleine Menge des Aufputschmittels. Lutz hielt sich etwas zurück, denn die Kleine sollte zuerst die vertraute Mutter sehen. Ihn kannte sie ja noch nicht einmal. Dann schlug Lea ihre was-

serblauen Augen auf. Verwirrt und suchend blickte sie umher, bis sie ihre Mutter erkannte: „Mami", kam es mit etwas piepsiger Stimme aus ihr heraus und dabei streckte sie mit einiger Mühe ihre kleinen Ärmchen nach der Mutter aus.
Shelly ließ sich auch nicht lange bitten. Schnell hatte sie die kleine Lea aus der Stasekapsel herausgehoben und hielt sie auf dem Arm. Joe mischte sich in das Familienglück: „Bitte trag die Kleine nach unten. Ich habe dort ein Bett vorbereitet. Du kannst dabei bleiben solange du willst, aber sie muss noch mindestens zwölf Stunden hier zur Überwachung bleiben. Danach kannst du sie meinetwegen mitnehmen, darfst sie aber weitere zwölf Stunden nicht aus den Augen lassen."
Man machte sich auf den Rückweg, voran schritt Shelly mit Lea auf dem Arm. Wieder erklang das piepsige Stimmchen: „Mama, ich bin müde und mir ist kalt. Wo sind wir? Wer sind die beiden Männer da?"
Joe grinste vergnügt über das gesamte Gesicht und schlug Lutz freundschaftlich auf die Schulter: „Hör zu, mein Freund. Ab sofort spielst du die zweite Geige und in ein paar Monaten nur die dritte!"
Joe wollte sich ausschütten vor Lachen.
„Haha", machte Lutz wenig begeistert, fragte sich aber doch wohl, ob Joe nicht im Ansatz Recht haben könnte. Egal, dachte er, ich habe mich entschieden. Die Kleine ist süß, was kommt, werden wir erleben und die Mama ist große Klasse.

20.07.2120, Brücke, so gegen Mittag:

Thomas hatte fast 14 Stunden geschlafen. Danach hatte er ein recht intensives Sportprogramm durchgezogen, hatte jetzt frisch geduscht und Ewa gebeten in die Zentrale zu kommen.
Sinnigerweise war dies nämlich der einzige Ort, der menschenleer war, beziehungsweise wo man ungestört sein konnte. Praktisch, da sich die Privaträume des Captains gleich nebenan befanden.
So schlug Thomas zwei Fliegen mit einer Klappe. Erstens war ihm eine verlassene Zentrale trotz der programmierten Computer nicht ganz geheuer und zweitens wollte er mit Ewa alleine sein.
Ewa hatte wohl den gleichen Gedanken, denn sie schleppte einen Picknickkorb mit allerlei Leckereien auf die Brücke. Als Outfit hatte sie dieses Mal ein enges Kleid aus schwarzem Samt zu klassischen Pumps ausgewählt. Thomas stockte wieder Mal der Atem und etwas erinnerte

ihn daran, dass es auch noch was anderes gab als das Kommando über ein Schlachtschiff zu führen. Beide debattierten eine Weile über die mögliche Zukunft der Menschheit, und als dann das natürlichste Bedürfnis des Menschen sich meldete, der Hunger, zog man sich in die Privaträume des Captains zurück.

<u>21.07.2120, Captains Privaträume, 02:15 Uhr:</u>

Die Alarmsirenen rissen mit ihrer Lautstärke auch den tiefsten Schläfer aus dem Bett. Gleichzeitig war die rote Bandbeleuchtung auf den Fluren und in den Räumlichkeiten der Führungscrew angegangen – das visuelle Zeichen für den Vollalarm.
Fluchend zog sich Thomas eine leichte Jogginghose über und stürmte raus aus seinen Räumen auf die Brücke.
Hotaru rutschte gerade die Notstange herunter von ihrem Wohndeck auf der zweiten Etage.
Laura war schon anwesend und etwas vollständiger gekleidet als Thomas.
Während Paulo den Aufzug von der oberen Etage wählte und sich in gemessener Zeit seinem Arbeitsplatz näherte, übrigens vollständig und korrekt angezogen, schwangen sich Flight und Trixie ebenfalls über das Geländer und dann an der Notstange herunter.
Innerhalb des Schiffes wurde es lebhaft. Die Piloten rannten zu den Notrutschen und bemannten wenig später ihre startbereiten Jets. Das Maschinendeck fuhr die Energiemeiler hoch. Laura sparte sich die Ansprache mit ‚Vollalarm' und ‚keine Übung', denn jeder an Bord konnte sich denken, dass die Überwachungscomputer nicht von alleine auf die Idee kamen, eine Übung zu veranstalten. Auf Lauras und Thomas Kommandotableaus meldete sich eine Station nach der anderen mit ‚BEREIT', sichtbar durch eine grüne Lampe.
Paulo schaltete den akustischen Alarm ab.
Grace meldete alle Jäger und Bomber startbereit. Auf Knopfdruck konnte sie über 100 Kampfflieger zu sofort starten.
„Was ist denn hier los?", tauchte in dem geordneten Chaos aus dem Nichts eine weibliche, verschlafene Stimme auf.
Thomas Kopf flog herum und nicht nur seiner. Da stand Ewa, lediglich bekleidet mit einem seiner Hemden und barfuß. Mist, dachte Thomas,

wie in einem der schlechten, amerikanischen Filme aus früheren Tagen.
Laura sah ihn an und zog eine Augenbraue hoch.
„Sie macht uns Kaffee", beeilte sich Thomas zu versichern.
„Wie praktisch. Ich bewundere deine Voraussicht."
Laura grinste und wandte sich wieder den Kontrollen zu.
Ewa schaute Thomas mit großen, verschlafenen Augen an. Mit einem „Bitte" verscheuchte er Ewa von der Brücke und aus dem Bereich neugieriger Augen.
Die Tür der Brücke öffnete sich und Lutz kam hineingerannt: „Habe ich was verpasst?"
„Und ob", echote Trixie.
Thomas rollte mit den Augen, verdammter Alarm – und die Nacht hatte so schön begonnen.
„Was ist überhaupt hier los?", verlangte er zu wissen. „Hat jemand eine Ahnung, warum wir Vollalarm haben?"
Hotaru meldete etwas Ungewöhnliches: „Wir werden gerufen!"
Thomas sprang auf und drehte sich zu seiner Funkerin um: „Wie? Wir werden gerufen? Flight, ist jemand draußen?"
Grace verneinte. Thomas drehte sich wieder um und wollte sich setzen, aber da stand Ewa vor ihm.
Wenigstens hatte sie sich einen leichten Jogginganzug von Thomas übergestreift, in dem sie quasi versank, dafür war sie immer noch barfuß. Das schwarze Samtkleid erschien ihr in der jetzigen Situation unpassend. Sie brachte Thomas einen Pullover zum Überziehen.
„Danke, Ewa. Sei so gut und bring uns wirklich einen Kaffee", bat er sie flüsternd.
Ewa nickte und ging zum Besprechungsraum. Thomas deutete mit dem Zeigefinger auf Lutz: „Mund zu!"
Dann drehte er sich zu der Japanerin um, während er den Pullover überstreifte: „Was ist das für ein Rufsignal?"
Hotaru zuckte mit den Schultern: „Es sind lediglich Symbolgruppen. Immer wieder dieselben, keine Ähnlichkeit mit denen der Golds. Moment, ich bekomme ein Videosignal herein."
„Auf den Hauptschirm", ordnete Thomas an und drehte sich erwartungsvoll um.
Der Hauptbildschirm flackerte zunächst, übertrug dann zuckende Streifenmuster und schließlich stabilisierte sich das Bild. Völlig überrascht musterte die Brückencrew eine völlig unbekannte Spezies.

Der Schirm zeigte einen entfernt humanoiden Oberkörper. Das längliche, grüne Gesicht besaß zwei recht große Augen und einen dicklippigen Mund und zwar an den Stellen, an denen beim Menschen diese Organe ebenfalls Platz gefunden hätten. Dafür fehlte das Äquivalent einer Nase völlig, lediglich zwei kleine Löcher waren an dieser Stelle zu sehen. Das Wesen trug den Kopf auf einem Hals, dessen Seitenteile durch Queröffnungen unterbrochen waren. Diese Queröffnungen wurden durch Hautlappen immer wieder verdeckt und geöffnet, es drängte sich der Vergleich mit Kiemen auf. Das Wesen steckte in einem Anzug, der wohl am ehesten mit den Neoprenanzügen von Tauchern zu vergleichen war, allerdings trug dieses Individuum einen silbernen Anzug. Wenn man an dem Wesen vorbeischaute, sah man ab und zu eines der anderen Wesen durch einen Raum schweben, der in bläulichem Licht erstrahlte und mit Technik vollgestopft war. Haare oder etwas Ähnliches trug diese Spezies nicht. Bevor noch irgendeiner etwas sagen konnte, erklang eine Stimme im Kopf von Thomas. Sein schneller Rundblick überzeugte ihn davon, dass nicht nur er diese Stimme hörte: „Ich – Baal, Kommandant dieses Schiffes, grüße euch und bitte euch von Feindseligkeiten abzusehen. Für die Kommunikation ist es erforderlich, dass ihr euren Audiokanal öffnet und in eurer Sprache sprecht. Wir sind Empathen, untereinander beherrschen wir die Telepathie, also Gedankenaustausch. Euch können wir verstehen, wenn ihr zusätzlich zu euren Gedanken diese ausspricht. Wir werden uns so verständigen können."

Baal hatte seinen Mund nicht geöffnet und damit wurde seine Behauptung Telepathie zu beherrschen zur Gewissheit. Thomas nickte Hotaru zu, die dann eine entsprechende Audioverbindung herstellte.

„Ich bin Thomas Raven, Kommandant dieses Erdenraumschiffes Geronimo. Nichts würden wir lieber tun, als unsere Waffen ruhen zu lassen. Leider sind wir seit unserer Ankunft in diesem Sektor laufend angegriffen worden und müssen daher vorsichtig sein."

Das Wesen sah Thomas aus starren Augen an. Kein Lid bewegte sich:
„Wir verstehen eure Lage, aber die Trax sind nicht die einzigen Bewohner dieses Teils der Galaxie. Wir haben eure Kämpfe beobachtet und wir sind sehr beeindruckt. Wir werden jetzt mit unserem Schiff in den Erfassungsbereich eurer Scanner fliegen. Ihr werdet erkennen, dass wir selbst euren geringsten Waffen nichts entgegenzusetzen haben. Das

Risiko liegt also ganz auf unserer Seite. Wir sind gekommen, um eure Hilfe zu erbitten."

Thomas war mehr als verwundert: „Trax, so nennt ihr die Wesen, gegen die wir gekämpft haben?"

Wieder erklang die Stimme in den Köpfen, während Ewa von Station zu Station ging und heißen Kaffee verteilte: „Ja, ihre hohe Vermehrungsrate und die Furchtlosigkeit gegenüber dem eigenen Tod macht sie mehr als gefährlich."

Paulo meldete: „Scannerkontakt. Es ist der Schatten. Größe ungefähr 110 Meter. Außer Antriebsenergie kann ich keine nennenswerten Energieverbraucher registrieren. Ein Schutzschild ist ebenfalls nicht vorhanden. Das Schiff stellt für die Geronimo keine Gefahr dar."

„Seht ihr. Um euch endgültig zu überzeugen möchte ich mit zwei Begleitern zu euch an Bord kommen. Da ihr sicherlich so vorsichtig sein werdet und uns nicht mit dem ganzen Schiff an Bord nehmt, schlage ich vor, dass ihr einen Transfer organisiert."

Thomas nickte bestätigend: „Okay einverstanden, wir schicken euch einen unserer Aufklärer. Könnt ihr mit dem Begriff ‚zwei Stunden' etwas anfangen?"

Es entstand eine kurze Pause, bis erneut die Stimme erklang: „So ungefähr. Wir werden warten bis der Aufklärer uns kontaktiert."

Thomas machte eine entsprechende Geste und Hotaru unterbrach den Kontakt. Thomas Anordnungen kamen schnell: „Vollalarm aufheben. Grace, hol deine Leute aus den Fliegern und wähle ein Team aus, die mit dem Reserveaufklärer Baal und seine Begleiter in zwei Stunden abholen. Und jetzt rein in die Uniformen, wir erwarten Besuch. Trixie und Grace, einer von euch beiden bleibt auf der Brücke und hält unsere Freunde sicherheitshalber im Auge. Wechselt euch ab. Ich erwarte euch alle in spätestens 30 Minuten zu einer außergewöhnlichen Besprechung in meinem Raum. Ich möchte eine Analyse dessen, was wir bisher von der grünen Spezies wissen, versuchen. Lutz, wo warst du gerade so lange?"

Lutz zuckte zusammen: „Ah, Captain, wir äh ... haben kein Spielzeug. Ich ... äh ... war gerade dabei, welches zu, äh ... basteln."

„Kein Spielzeug", wiederholte Thomas ton- und fassungslos.

„Tja", Laura zuckte mit den Schultern, „du kannst ja mal versuchen eine Vierjährige ohne Spielzeug einen ganzen Tag lang zu beschäftigen."

„Okay", brummte Thomas, „das Problem bekämpfen wir später. An die Arbeit. Wir erwarten Besuch."

<u>30 Minuten später, Captains Besprechungsraum, Leitungsteam vollständig:</u>

Wegen der knappen Zeit wurde auch keine verschwendet und Paulo begann übergangslos mit seiner Analyse. Zu dem Zweck nutzte er den Projektor, um seine Ausarbeitung visuell zu unterstreichen: „Ich habe hier eine Aufzeichnung unserer Unterhaltung und diese teilweise stark vergrößert. Die Haut von Baal scheint aus winzig kleinen Schuppen zu bestehen. Die Wesen schweben auch nicht durch diesen abgebildeten Raum, sondern sie schwimmen. Hier kann man deutlich", dabei vergrößerte er den Ausschnitt des Bildes, der einen weiteren Alien bei der Durchquerung des Raumes zeigte, „sehen, dass dieser schwimmt. Seht die relativ großen Hände und Füße, die ganz klar mit Schwimmhäuten versehen sind. Dies erklärt auch die Öffnungen am Hals. Es sind nach meiner Ansicht nach Kiemen. Die Wesen schwimmen in so was Ähnlichem wie Wasser. Zur Größe der Spezies kann nichts gesagt werden, weil wie üblich die Bezugspunkte fehlen. Da müssen wir uns überraschen lassen."

Paulo setzte sich und Phil erhob sich: „Die weiteren Scans der grünen Spezies hat ergeben, dass das Schiff im Verhältnis zur Größe überragende Triebwerke haben muss. Ich würde sie mir gerne anschauen. Waffen oder Schilde haben wir vergeblich gesucht. Das Fremdschiff wäre nicht mal in der Lage, unserem Flakfeuer länger als 5 Sekunden zu widerstehen. Von den Raketen ganz zu schweigen. Einer unserer Sparrow Hawks würde ihn innerhalb von 10 Sekunden erledigen."

„Okay." Thomas schien zufrieden.

„Was denkt ihr, warum der Fremde mit uns Kontakt aufnimmt? Welche Hilfe meint er?"

Nun ergriff Ewa das Wort, die sich nach dem pikanten Auftritt von vorhin etwas zurückgehalten hatte: „Ich denke mal, es geht um die Golds, beziehungsweise wie wir jetzt wissen, um die Trax. Baal sprach nicht sehr freundlich von ihnen. Vielleicht können wir davon ausgehen, dass uns lediglich die Trax nach dem Leben trachten und nicht auch der Rest der Spezies in diesem Sektor. Was wir jetzt am Dringendsten brauchen, sind ein paar Freunde, die uns helfen."

„Wir sind da einer Meinung", sprach Laura aus, „nur stört mich die winzige Kleinigkeit, dass unsere neuen Freunde zunächst uns um unsere Hilfe bitten. Wir sind noch längst nicht wieder voll einsatzfähig und werden es auch die nächsten Wochen noch nicht sein."
Trixie ergriff das Wort: „Mir fiel auf, dass die Grünen die höchste Gefahr der Trax dadurch sehen, dass diese furchtlos gegenüber der eigenen Vernichtung sind, und sprachen uns gleichzeitig hohen Respekt bei unserer Kampfführung aus. Kann es sein, dass unsere Fischfreunde ganz einfach ein wenig feige sind?"
Nachdenkliche Ruhe breitete sich aus, bis Grace die Stille mit ihrer warmen Stimme durchbrach: „Entweder feige oder ethisch hochstehend. Möglicherweise vermeiden sie aus moralischen Gründen die gewaltsame Auseinandersetzung. Das würde auch das Fehlen von Waffen an Bord des Schiffes erklären – und die überdimensionierten Triebwerke. Wie dem auch sei, in knapp einer Stunde fliegt ein Team zum Schatten, um die Gäste abzuholen."
„Noch etwas", begann Phil, „sie scheinen bessere Scanner zu haben als wir. Sie haben uns gefunden, bevor wir sie entdecken konnten."
Thomas nickte und schaute sich um: „Noch jemand einen Beitrag zu unserer vorbereitenden Analyse? Nein, wie ich sehe. Dann danke ich euch. Wir sehen uns hier in knapp anderthalb Stunden wieder. Grace und Ron, ihr beide werdet die Gäste auf dem Landedeck empfangen und hierher führen. Der Rest macht sich chic und blättert im Handbuch nach unter dem Begriff ‚Diplomatie'."
Thomas klatschte in die Hände zum Zeichen dafür, dass die Besprechung beendet war.

<u>Etwa 1,5 Stunden später im Captains Besprechungsraum:</u>

Die Anwesenden standen auf, als Grace und Ron die drei Besucher hereinführten. Die Wesen waren in den Schultern sehr schmal, dafür beeindruckende 2,70 Meter groß. Im Gegensatz zum Videobild erstrahlte ihre Haut hier in hellstem Gelb.
Paulo führte das auf die bläuliche Beleuchtung und die dabei entstehenden Farbverschiebungen zurück.
Erstaunt waren alle, dass die Fremden keinerlei Anzüge trugen, die ihnen ihre gewohnte Umgebung, sprich Wasser, zur Verfügung stellten. Lediglich trugen sie einen Ring auf dem Kopf, der über ein Schlauch-

system mit einem Kanister verbunden war, den sie auf dem Rücken trugen. Der Sinn wurde schnell klar. Alle paar Sekunden drangen aus dem Ring feine Nebelschwaden, die die Augen der Spezies mit Wasser benetzten.

Na klar, dachte Ewa, Wasserwesen benötigen in der Regel keine Augenlider, die beim Menschen die Augen feucht hielten.

Baal war klar zu erkennen, da er zum einen einen Schritt vor dem anderen stand und zum anderen eine etwas eckigere Körperform aufwies.

Ewa drängte sich der Verdacht auf, dass die anderen beiden weibliche Exemplare dieser Wasserbewohner waren. Thomas machte einen Schritt auf Baal zu: „Ich begrüße euch an Bord des Schiffes Geronimo. Seid uns in Frieden willkommen. In meiner Kultur ist es üblich, Gästen etwas an Nahrung anzubieten. Leider ist es uns völlig unbekannt, was wir euch anbieten können."

Baal ging auf die unausgesprochene Frage ein und wieder erklang die Stimme in den Köpfen der Beteiligten: „Wir danken für den friedlichen Empfang. Ihr könntet uns Wasser anbieten, da die Umgebung für uns ungewohnt trocken ist."

Thomas bedeutete Hotaru für Entsprechendes zu sorgen und bot den Fremden Sitzgelegenheiten an. Etwas umständlich setzten sich die großen Wesen auf die für ihre Begriffe zu kleinen Sitzmöbel. Thomas stellte sein Team vor mit Namen und Funktion. Danach war es an Baal, seine beiden Begleiter vorzustellen: „Das sind meine beiden Frauen Silur und Tarik. Weitere Besatzungsmitglieder gibt es nicht."

„Oh, zwei Frauen, sieh an."

Thomas konnte sich die leise ausgesprochene Bemerkung mit Bewunderung in der Stimme nicht verkneifen. Ewa, die direkt neben ihm saß, zischte gespielt aggressiv: „Vergiss es!"

„Habt ihr menschlichen Männer denn nur eine Frau?", kam Baals Frage in den Gehirnen der Crew an.

Oje, wie komme ich aus der Nummer raus, dachte Thomas und laut sagte er diplomatisch: „Sagen wir mal so. Wir Männer von der Erde sind schon mit nur einer Frau restlos überfordert."

Baal sah daraufhin seine beiden Begleiterinnen an und das Äquivalent von Lachen entstand lautlos im Raum. Da die Atmosphäre jetzt etwas gelockert war, kam Thomas auf den Punkt: „Ihr habt von Hilfe gesprochen, die ihr von uns erwartet. Ich hoffe, ihr seid euch der Lage bewusst, in der wir uns befinden. Wir sind heimatlos, wahrscheinlich die letzten unserer Spezies und unser Schiff hat nach dem letzten Kampf erhebliche Beschädigungen davongetragen. Wir sind in unseren Einsatzmöglichkeiten etwas eingeschränkt."

„Wir sehen das sehr wohl", äußerte Baal, „deswegen bin ich von meinem Volk auf Agua beauftragt worden, euch einen Handel anzubieten, der interessant für euch sein könnte."

Als niemand etwas dazu sagte, deutete dies Baal so, dass er mit seinen Erklärungen fortfahren sollte: „Wir, die Maroon, leben auf einer Wasserwelt, die etwa zu einem Viertel mit Landmasse bedeckt ist. Wir leben tief unten im Wasser und die Trax in einem Stützpunkt auf dem Land. Die Trax ahnen nichts von unserer Existenz, da sie das Wasser scheuen. Wir selbst hüten uns davor, uns ihnen zu zeigen. Befreit uns von der Anwesenheit der Trax und die Landmasse gehört euch!"

Damit war die Bombe geplatzt.

Zunächst war die Zuhörerschaft, wenn man davon reden konnte, sprachlos. Dann drängte sich Ron vor und sprach Baal direkt an: „Dafür brauchen wir nähere Informationen über den Feind. Was ist das für eine Zivilisation? Welche Schwächen hat sie. Wie viele Feinde leben auf eurer Heimatwelt und wie sind sie ausgerüstet?"

Baal schaute Thomas an: „Darf hier jeder das Wort ergreifen?"

Thomas grinste, offenbar war die Zivilisation der Maroon straff reglementiert: „Jawohl, darf er. Wir sind ein Team. Jeder ist wichtig und damit auch jede Meinung und jede Frage. Letztendlich trage ich die Verantwortung, aber ohne die Mithilfe eines guten Teams kann auch ich nichts ausrichten. Wenn wir helfen sollen, dann rede auch mit den Mitgliedern meiner Crew."

„Wie du wünschst", stand die Antwort im Raum, „vielleicht sollten wir Maroon ähnlich handeln, dann wären wir erfolgreicher bei der Bekämpfung der Trax. Ich habe euch kämpfen sehen vor dem großen Asteroidenfeld und in einiger Entfernung von hier. Ihr seid listenreich und schont euch nicht."

„Viele gute Leute haben wir dabei verloren", warf Laura mit düsterer Miene ein, „und ich trauere um jeden von ihnen. Keiner ist zu ersetzen."

„Ja", kam wieder die lautlose Stimme, „vielleicht haben diese aber dazu beigetragen, dass wir uns an euch wenden und dies eine fruchtbare Zusammenarbeit wird. Damit wären sie nicht umsonst gestorben. Ich will euch nun zunächst über die Trax berichten, da wir nur noch wenige

Zeiteinheiten bei euch verweilen können. Wir müssen dann zunächst zurück in unser Element."
Thomas hob die Hand: „Wer führt Protokoll?"
Hotaru meldete sich. Sie hatte bereits ein Aufzeichnungsgerät auf den Tisch gestellt und ein Speichermedium eingelegt. Sie selbst trug ein Headset, um das Gehörte für die Aufzeichnung nachzusprechen.
Thomas schaute Baal an: „Bitte fang an."
Und Baal berichtete folgendes: Die Trax sind eine eingeschlechtige Spezies, die sich in einem umgerechneten Erdenjahr in der Population verdreifachen konnte. Daraus erwuchsen ungeahnte Platzansprüche und einige Besonderheiten. Bei der Neubesiedelung von Planeten wurden die Kolonisten einfach ausgesetzt und ihrem Schicksal überlassen. Da die Trax vor Urzeiten ihren Planeten aufgeben mussten, flogen sie mit riesigen Schiffen durch das All. Die Rasse spaltete sich in viele Clans auf, die allesamt ihre eigenen Wege gingen. Hatte ein Clan Schwierigkeiten, so kümmerte es die anderen nicht. Eine Besonderheit der Natur, da diese Spezies keine Nachwuchssorgen hatte, eher im Gegenteil. Waren die Raumschiffe eines Clans übervoll, dann wurden etwa zwei Drittel der Besatzung beim nächstbesten Planeten abgesetzt und mit ein wenig Material, Wissen und Waffen ihrem Schicksal überlassen. Zugute kam ihnen, dass sie sich in fast jeder Atmosphäre bewegen können. Falls der Planet bewohnt war, kam es zu heftigen Auseinandersetzungen. Es scheint in der Natur der Trax zu liegen, dass sie sich mit jedem anlegen, von dem sie glauben, dass er ihnen gefährlich werden könnte. Daher auch der Angriff auf die menschliche Zivilisation. Von der Geronimo und seiner Besatzung ist ein gesamter Clan vernichtet worden. Daher gab es auch in der letzten Woche keine weiteren Angriffe. Auch die Trax auf der Heimatwelt der Maroon haben weder die Möglichkeit noch den Anspruch, Hilfe herbeiholen zu können, wenn sie angegriffen werden.
„Werdet ihr uns helfen?"
Thomas sah Paulo an.
„Die Argumentation ist in sich schlüssig und logisch, für mich glaubwürdig", gab der Angeschaute zurück.
„So einfach wird das nicht sein", antwortete Thomas, „wie weit ist eure Heimatwelt entfernt?"
„Nun, Agua liegt von hier etwa 3.500 Lichtjahre entfernt", gab Baal bekannt.

„Da haben wir schon das erste Problem", schaltete sich Lutz ein, „wenn wir den Jumper repariert haben, müssten wir in vielen Sprüngen zu eurer Heimatwelt reisen und jeder Sprung kann angemessen werden von den Trax. Das wissen wir bereits."
Baal schien immer noch ein wenig irritiert zu sein, dass sich wirklich jedes Crewmitglied in die Unterhaltung einmischen konnte, denn er sah ausschließlich Thomas an: „Ja, das ist uns wohl bekannt. Jedoch gibt es mindestens zwei Möglichkeiten in kurzer Zeit größere Strecken zu reisen. Eine davon ist die eure, die andere kann nicht angemessen werden!"
Phil bekam große Augen. Das war etwas für den Techniker: „Und von welcher anderen Art sprichst du?"
Baal machte eine kurze Pause: „Wir müssen gleich auf unser Schiff zurück. Wir sind es schon nicht mehr gewöhnt, lange auf das Wasser zu verzichten, außerdem ist es anstrengend. Aber diese Frage will ich euch gerne beantworten. Es gibt hier ganz in der Nähe ein Wurmloch. Das andere Ende davon befindet sich vor meiner Heimatwelt. Ihr könntet mit eurem gesamten Schiff hindurchfliegen und wärt in wenigen Zeiteinheiten 3.500 Lichtjahre geflogen. Mein Volk zieht diese Art der Reise vor. Es hat den Vorteil, unbeachtet reisen zu können. Es gibt eine Menge Wurmlöcher – wir haben viele von ihnen registriert. Ein Wissen, das wir gerne mit euch teilen – wenn ihr uns helft. Nun müssen wir zurück!"
„Stopp, eine Frage noch." Trixie ließ es einfach keine Ruhe. „Warum erledigt ihr die Trax nicht selbst?"
Baal, der schon halb aufgestanden war, setzte sich wieder: „Sagen wir, wir schätzen das Leben sehr hoch ein und sind daher sehr vorsichtig. Es liegt uns fern das eigene Leben zu riskieren. Man könnte auch einfach sagen: Wir haben Angst!" Nach den lautlosen Worten stand Baal abrupt auf, damit nicht noch mehr Fragen seinen Aufenthalt auf der Geronimo verlängerten. Thomas dankte für den Besuch und trug Grace und Ron auf die Besucher von Bord zu geleiten.

10. Vorbereitungen

<u>21.07.2120, Captains Besprechungsraum, 08:00 Uhr:</u>

Es war unsinnig gewesen, die Crew nach dieser Aufregung wieder in die Betten zu schicken.
Zumindest zum Schlafen, dabei hing Thomas Blick an Ewa, wäre wohl niemand gekommen. Daher hatte Thomas alle Beteiligten gebeten, sich eine Stunde früher zur Besprechung zu treffen und bis dahin die Zeit für eigene Ideen zu nutzen.
„Wer macht dieses Mal Kaffee?", fragte Ewa im Kreis.
Phil meldete sich freiwillig: „Wenn ich dabei nicht so einen übergroßen Jogginganzug tragen muss!"
Allgemeines Gelächter erklang, Ewa verzog das Gesicht und Thomas, der bereits am Tisch saß, stützte seinen Kopf auf beide Arme. Ja, ja, dachte er, hoch lebe das Gespött der lieben Kollegen. Na ja, sollten sie ihren Spaß haben. Ewa war alles andere als ein Grund, sich zu schämen. Nachdem sich die Heiterkeit wieder gelegt hatte, klopfte Thomas auf die Tischplatte und bat um Vorschläge. Und dann ging es recht hoch her. Man war sich in fast keinem Punkt einig.
Während der Major unbedingt mit zur Heimatwelt der Maroon reisen wollte und zwar mit der gesamten Geronimo und das unverzüglich, waren Grace und Phil eher vorsichtig und wollten weitere Gespräche mit den Bewohnern von Agua abwarten. Die Debatte ging mittlerweile in die dritte Stunde und Grace hatte Phil bei der Kaffeeherstellung abgelöst.
Immer war noch keine einheitliche Linie in Sicht.
Thomas, der nicht von vornherein mit einem eigenen Plan ins Rennen gestartet war, nahm eine Idee nach der anderen auf, wog die Bedenken der Crew untereinander ab und langsam aber sicher hatte er in den letzten 30 Minuten einen Plan entwickelt. Es war Laura aufgefallen, dass sich Thomas in der letzten halben Stunde kaum an der allgemeinen Diskussion beteiligt hatte, daher ergriff sie nun das Wort: „Ich bitte mal um Ruhe. Ich glaube, unser Captain will uns gleich seinen Plan kundtun."
Thomas schreckte hoch wie aus einer Art Wachtraum und nickte: „Unser XO hat Recht. Wir kommen auf keine gemeinsame Linie. Ich trage die Verantwortung und muss daher handeln.

Folgende Einschränkungen gibt es:
Erstens: Die Geronimo ist in ihrer strukturellen Integrität möglicherweise den Belastungen eines Wurmlochfluges nicht gewachsen. Zweitens: Innerhalb des Schiffes gibt es noch genügend Schäden zu beheben. Drittens: Unser Schiff ist nicht ausreichend bewaffnet für einen weiteren Konflikt. Viertens: Unsere Jäger und Aufklärer sind erst zu einem Teil voll einsatzfähig.
Daher scheidet die Teilnahme der Geronimo an einem Flug durch das Wurmloch aus. Ich bin aber trotzdem der Meinung, dass wir möglicherweise eine gute Chance auf Freunde und partnerschaftliche Beziehung riskieren, wenn wir das Angebot der Maroon einfach ausschlagen. Wir müssen zwei Dinge gleichzeitig tun: Die Maroon bei der Stange halten und die Einsatzfähigkeit unseres Schiffes wiederherstellen. Gleichzeitig muss ich zugeben, dass ich geradezu darauf brenne, den Trax ein weiteres Mal in den Allerwertesten zu treten. Ich kaufe aber keine Katze im Sack, wie man früher so schön sagte.
Wir werden folgendes tun: Die Eagle One wird das Schiff der Maroon auf dem Weg zu ihrer Heimatwelt folgen. Begleiten wird mich Ron mit weiteren zwei Marines. Wir brechen auf, wenn wir ein weiteres Mal mit unseren Gastgebern gesprochen haben und es ihnen recht ist.
Ron, wähle zwei deiner Leute aus!
Phil, du sorgst mir für ein perfektes Funktionieren der Eagle One!
Trixie, du bewaffnest mein Schiff – stell dir vor, du willst neben der üblichen Bordbewaffnung einen Guerillakrieg führen!
Paulo, sobald sich unsere Gastgeber wieder melden, lässt du dir Daten über die Heimatwelt der Maroon übermitteln – schau' mal, ob wir dort siedeln könnten.
Laura, du übernimmst das Kommando mit dem Ziel, die Geronimo so schnell wie möglich wieder fit zu bekommen. Hat noch jemand Widerworte, die ich nicht hören will? – Gut, dann an die Arbeit!"
Der Draufgänger Ron war Feuer und Flamme wegen des zukünftigen Abenteuers und auch Trixie hatte eine Aufgabe, ganz nach ihrem Geschmack, erhalten.
Die Übrigen nahmen die Anordnungen zur Kenntnis und gingen an die Arbeit.
Als fast alle gegangen waren, stand Ewa noch im Raum, hatte ihren Zeigefinger wie früher in der Schule, aber nur etwa bis in Brusthöhe, hochgehoben und machte kein sehr glückliches Gesicht dabei.

„Oh ja, natürlich", sagte Thomas und wandte sich Ewa zu, „ich kann mir gut vorstellen, dass du nicht begeistert bist. Aber diesen Einsatz muss ich selbst fliegen. Ich muss anschließend entscheiden, ob wir dort siedeln oder nicht. Ich kann mich dabei nicht auf die Aussagen anderer verlassen. Wenn 50.000 Siedler aus den Stasekapseln raus sind, bekommen wir sie dort nicht wieder hinein. Wir haben also nur eine Chance – und die muss funktionieren."

Ewa nickte betrübt: „Ich sehe das alles ein, ich verstehe das auch. Trotzdem muss ich diese Situation nicht mögen. Wir haben uns gerade wiedergefunden und es besteht die Gefahr, dass wir uns wieder verlieren und das vielleicht für immer. Versprich mir, dass du vorsichtig bist."

Thomas schaute Ewa tief in ihre grünen Augen und bedauerte schon fast im selben Augenblick seinen waghalsigen Plan. Na klar bin ich vorsichtig, dachte er, diese Augen will ich noch länger sehen: „Top 12 heute Abend um 19:00 Uhr?"

„Nein", sagte Ewa lächelnd, „ich komme zu dir. Da eh schon alle Bescheid wissen, kann man uns die letzte Nacht vor deiner Abreise nicht nehmen."

„Du hast völlig Recht. Dann um 19:00 Uhr bei mir."

Ewa verabschiedete sich mit einem flüchtigen Kuss, rollte ihr schwarzes Samtkleid zusammen, nahm ihre Pumps und begab sich weiterhin barfuß und mit übergroßem Jogginganzug auf den Weg zu ihrer Suite. Thomas sah ihr nachdenklich hinterher. Selbst in diesem unpassenden Freizeitsportanzug machte sie eine hinreißende Figur. Als Thomas wenig später den Besprechungsraum Richtung Brücke verlassen wollte, wäre er im Eingang fast mit Lutz zusammengerasselt.

„Oh, Entschuldigung, Captain, ich wollte dich was fragen."

„Ja ich weiß", winkte Thomas ab, „die Sache mit dem Spielzeug."

Der Navigator schien verwirrt: „Ach so, ja, äh nein. Ich meine was anderes. Shelly und ich äh … wir möchten, also wir möchten beide, äh … heiraten. Und da wollte ich fragen ob wir das nicht …"

„Können wir das nicht nach unserer Mission nach Agua erledigen?", unterbrach ihn Thomas.

Lutz wurde verlegen und druckste ein wenig herum: „Ja schon, aber Shelly meint, dass wir vielleicht vorher und ich meine auch …"

„Ihr seid nicht sicher, dass wir wiederkommen?", Thomas brachte es auf den Punkt.

Lutz sagte nichts, nickte aber und sah dabei auf den Boden.
„Lutz, wir werden wiederkommen – ganz bestimmt! Aber da es euch so wichtig ist, 15:00 Uhr in der Hauptkantine. Du hast gerade Urlaub für den heutigen Tag beantragt und genehmigt bekommen – Shelly übrigens auch. Du besorgst Ringe und Trauzeugen. Ladet Gäste ein. Als Koch empfehle ich euch Joseph, der macht das ganz ordentlich. Jeder, der euch bei den Vorbereitungen helfen will, mit Ausnahme der Brückencrew, wird von der Arbeit freigestellt. Worauf wartest du noch? Gibt es sonst noch Wünsche und Fragen?"
Lutz strahlte vor Freude: „Nein, Chef ... äh Captain, vielen Dank."
Damit schoss der sonst etwas behäbige Navigator durch die Zentrale zum Ausgang.
Aufmerksame Beobachter hätten festgestellt, dass der gute Lutz in den letzten Tagen so einige überflüssige Pfunde verloren hatte und insgesamt etwas agiler wirkte. Thomas betrat in dem Augenblick die Brücke, als Laura etwas konsterniert dem verschwindenden Navigator nachstarrte. Als sie Thomas kommen sah, zeigte sie lediglich mit dem Daumen hinter dem verschwundenen Lutz her und machte ein fragendes Gesicht. Thomas zuckte mit den Achseln: „Reservier die Hauptkantine ab 14:00 Uhr. Wir feiern Hochzeit – ich bin Hochwürden selbst."
„Aha", antwortete Laura, „und was machen wir jetzt?"
„Tja." Thomas nahm erst gar nicht Platz auf seinem Kommandosessel. „Ich weiß nicht, was du tust, aber ich werde jetzt joggen gehen und dabei mache ich mir Gedanken über die Zeremonie, von der ich keinen Schimmer habe – bis jetzt."

Auf seiner Joggingrunde hielt Thomas noch bei der Abteilung für innovative Techniken. Diese Abteilung sollte nach Anforderung Gerätschaften und Maschinen herstellen können, die eine Besiedlung fremder Welten erleichterte. Thomas ließ sich zum Leiter der Abteilung, einem untersetzten, circa 40-jährigen Mann mit vollständiger Glatze führen und trug seine Wünsche beziehungsweise Anordnungen vor.
„Was sollen wir? Kinderspielzeug herstellen?"
Man sah es dem Mann an, dass er gerne sein Haar gerauft hätte, wenn denn welches vorhanden gewesen wäre.
„Du hast mich richtig verstanden. Unsere Auswanderungsplanungsspezialisten haben wohl was Entscheidendes vergessen. Zuerst befriedigt

ihr den Spieltrieb eines vierjährigen Mädchens. Dann die gesamte Palette, von 0 - 15 Jahren, Jungs und Mädchen."
Der Mann begann zu stottern: „Aber, aber, aber, wie, wie ..."
„Lasst euch was einfallen. Ihr seid doch die Innovationsabteilung. Bei der Vierjährigen würde ich an eurer Stelle einfach mal die Kleine befragen. Sie heißt Lea und kann über unseren Navigator auf der Brücke erreicht werden. Und das ganz große Programm – fragt Leute, fragt euch selbst: Mit was habt ihr gerne gespielt? Fangt bei 0 Jahren an bis 5 Jahre erst einmal, also Beißringe und Bauklötze – und macht voran – die Sache ist wichtig. Nach meiner Rückkehr will ich die ersten Ergebnisse sehen."
Thomas ließ einen schwitzenden Ingenieur zurück, der sich etwas erhabenere Aufgaben vorgestellt hatte.
Etwa 3 Stunden später meldete sich Paulo bei Thomas und Laura zu Wort: „Die Maroon haben sich soeben gemeldet. Ihnen wäre der Start morgen um 11:00 Uhr recht. Wie gewünscht, erhielt ich auch Daten über Agua. Diese sind im Einzelnen: Die Welt ist etwas kleiner als die Erde, Anziehungskraft etwa 0,98 Gravos. Die Zusammensetzung der Atmosphäre ist fast identisch mit der Erde, dafür mit einem leicht erhöhten Sauerstoffgehalt. Die Durchschnittstemperatur beträgt 25 Grad Celsius am Tage, in der Nacht etwa 5 Grad kälter. Ein Tag misst 25 Stunden. Die zusammenhängende Landmasse liegt wie ein Gürtel im Äquatorbereich und geht einmal um den ganzen Planeten herum. Die Landmasse ist etwa so groß wie Amerika und Australien zusammen. Diese Landmasse erhebt sich im Mittel etwa 50 Meter über den beiden Meeren, die an keiner Stelle tiefer als 1.000 Meter sind. Die Landmassen haben ein paar größere Gebirge und viele Flüsse und Seen. Aqua kreist um die Sonne Ares in einer völlig kreisförmigen Bahn – sprich, es gibt keine Jahreszeiten. Agua selbst wird von drei Monden auf ein und derselben Kreisbahn umrundet. Nach den Daten der Maroon gibt es eine Vielzahl von Pflanzen und einige Tierarten, die teilweise domestiziert werden könnten. Es gibt kaum Tiere, die uns Menschen gefährlich werden können – wenigstens nicht auf dem Lande. In den Meeren sieht es da schon anders aus. Die Maroon legen aber Wert darauf, dass wir Menschen uns von den beiden Ozeanen fernhalten, dafür werden sie uns an Land nicht behelligen. Gegenseitige Besuche oder Forschungsreisen nach Anmeldung sind für sie in Ordnung. Auch möchten sie eventuell Handel mit uns treiben. Sie appellieren an uns, schonend und

erhaltend mit der Natur des Planten umzugehen, falls wir uns zur Besiedelung entscheiden."
Thomas sah Laura an.
„Ein Paradies, nicht wahr", bemerkte Laura.
„Ja", bestätigte Thomas, „eigentlich zu schön, um wahr zu sein."
„Genau deshalb", hakte Paulo ein, „wollte ich vorschlagen einen Biologen nach Agua mitzunehmen. Dieser könnte sich dann selbst von der Bewohnbarkeit überzeugen."
Thomas dachte nach: „Dieser Vorschlag ist gut, Paulo. Aber wir können nicht alles in einem Gang erledigen. Wir müssten einen Marine hierlassen, wenn wir einen Biologen mitnehmen wollen. Machen wir eins nach dem anderen – zuerst die Trax, dann nehmen unsere Biologen den Planeten unter die Lupe. Von deren Erkenntnissen machen wir dann eine Besiedlung abhängig. Gute Arbeit, Paulo, verständige bitte noch die Maroon, dass wir morgen um 11:00 Uhr mit ihnen fliegen werden."

<u>21.07.2120, 14:30 Uhr, Hauptkantine:</u>

Shelly versuchte gerade ihrer Tochter Lea die Angst vor Korporal Tiberius Miller zu nehmen. Eine nicht ganz einfache Sache, stellte man sich ein vierjähriges Mädchen und den Berg von einem Kerl wie Miller vor, der dazu noch in seine schwarzen Uniform gekleidet war. Kein Wunder, dass Lea ein wenig verschüchtert an diesem Marine hochblickte.
„Er hat Mami das Leben gerettet und daher habe ich ihn gebeten, mein Trauzeuge zu sein."
Shelly war vor ihrem Kind in die Hocke gegangen und versuchte mit ihrem stärksten Argument, Leas Schüchternheit ein wenig aufzutauen. Sie hatte Glück. Die Kleine verstand, dass ihre Mami diesem großen Kerl eine Menge zu verdanken hatte – das genügte ihr und sie strahlte Tiberius Miller an. Der Korporal versuchte dieser Situation irgendwie gerecht zu werden. Er fühlte sich zwar sehr geehrt, als Trauzeuge zu fungieren, fand das auch sehr gut und wollte auch unbedingt eine gute Figur dabei machen, das hieß aber noch lange nicht, dass er sich im Moment in seiner Haut wohlfühlte. Ein Kampfeinsatz gegen furchterregende Aliens wäre ihm lieber gewesen.

„Jetzt nimm die Kleine doch mal auf den Arm", forderte Trixie, die von Lutz ausgewählte Trauzeugin, den Marine auf und schlug ihm dabei freundschaftlich auf die Schulter. Dabei musste sie sich fast auf die Zehenspitzen stellen und kräftig draufhauen, damit Tiberius überhaupt etwas merkte.

„Äh ..., wenn du meinst."

Vorsichtig bückte sich der Korporal nach vorne und schob seine riesigen Hände unter Leas Achseln. Noch viel vorsichtiger und in Zeitlupe hob er sich das Kind dann auf den Arm, immer vorsichtig danach schauend, ob die Kleine nicht vielleicht doch wieder Angst bekäme und dann noch weinen würde. Aber es geschah nichts. Lea genoss den Ausblick von oben und lächelte in die Runde.

„Steht dir gut", konnte sich Trixie nicht verkneifen zu sagen.

Tiberius wurde vor Verlegenheit rot. Die vorlaute Trixie hatte aus ihrem Kleiderschrank einen silbernen Hosenanzug hervorgezogen. Dazu trug sie silberne Ballerinas und große Ohrringe gleicher Farbe. Ihre blonde Haartracht hatte sie mit einer silbernen Spange zu einem Pferdeschwanz gebändigt. So stand sie jetzt leicht geschminkt und außerordentlich hübsch anzusehen neben ihrem Trauzeugenkollegen Tiberius Miller, der es nun entgegen seiner sonstigen Gewohnheit gleich mit zwei Frauen zu tun hatte – eine auf dem Arm und eine neben sich, die er fast nicht wagte anzusehen. Gott, der ist schüchtern – wie süß, dachte Beatrice, das wird bestimmt ein netter Abend.

Bewundernd sah sie Richtung Shelly. Die Braut trug wie in alten Zeiten Weiß. Es war kein richtiges Brautkleid aufzutreiben gewesen, aber Shelly trug ein langes, weißes Kleid, dazu weiße Pumps und ihre roten, langen Haare hatte sie mit weißen Bändern verziert. Shelly war die etwas kräftigere Frau. Was Trixie zu wenig hatte, hatte Shelly zu viel. Dabei wirkte die Braut keineswegs dicklich. In jedem Falle wirkte sie aber sehr glücklich, wenn man das an dem Blick ablesen konnte, den sie ihrem Bräutigam zuwarf.

Lutz hatte es tatsächlich geschafft, irgendwo im Schiff einen schwarzen Anzug und dazu passende Schuhe aufzutreiben. Ein weißes Hemd und ein Band, welches als Fliege gebunden war, nicht ganz perfekt zwar, vervollständigten das Bild.

Das Brautpaar hatte einige Freunde, sowie die gesamte Brückencrew eingeladen. Außer den Brautleuten und den Trauzeugen, abgesehen von Tiberius, der schien nichts anderes zu besitzen, waren alle nach Traditi-

on in Uniform erschienen und warteten auf 15:00 Uhr und den Captain.
Man hatte den Raum versucht etwas feierlich zu gestalten. Hier und da brannten ein paar Kerzen und irgendwer hatte ein paar Pflanzen aus den hydroponischen Gärten erbettelt, die dort offensichtlich im Moment nicht gebraucht wurden. Der aufmerksame Beobachter hätte sicherlich an einem Strauch ein paar unreife Tomaten entdecken können. Aber dafür hatte niemand einen Blick und selbst wenn, Improvisation war nun mal gefragt. Man hatte ein paar Tische in U-Form aufgebaut und in der Mitte stand ebenfalls noch ein Tisch, auf der einen Seite vier Stühle und auf der anderen einer. Auch hier standen ein paar kleinere Gewächse und es brannten ein paar Kerzen.
Leise getragene Musik ertönte, während im Hintergrund das Klappern von Töpfen zu hören war. Joseph ging seiner zweiten Berufung nach und zauberte das Hochzeitsessen.
Kurz vor dem vereinbarten Zeitpunkt öffnete sich die Tür und Thomas trat herein.
Die Anwesenden erhoben sich, wenn sie denn saßen. Die Gespräche verstummten. Mit einem etwas wehmütigen Blick betrachtete Ewa ihren Tom. Thomas hatte seine bequeme Bordjacke gegen das offizielle Repräsentationssakko getauscht. Zwar war es von gleicher Farbe, war aber dafür ungleich steifer, länger und strahlte mehr Würde aus. Es war Tradition, dass alle Orden und Embleme an diesem Kleidungsstück befestigt waren. Thomas hatte jedoch darauf verzichtet. Er trug nur die Embleme und Dienstgradabzeichen, die ihn als First Commander Space Force und als Captain und in diesem Fall als Captain des Flaggschiffs auswiesen. Die Anwesenden warteten stehend hinter ihren Stühlen auf den Beginn der Zeremonie. Die Musik war verstummt und selbst Joseph hatte das Klappern mit den Töpfen eingestellt.
Thomas hatte seinen Einzelplatz an dem mittig stehenden Tisch erreicht.
Die Brautleute, eingerahmt von ihren Trauzeugen, standen ihm gegenüber.
Thomas Blick fiel auf Lea. Die Kleine hatte offensichtlich überhaupt keine Lust, Millers starke Arme zu verlassen und lächelte Thomas auf eine Art und Weise an, wie es nur Kinder können. Das wirkte ansteckend und Thomas lächelte zurück und sein Blick suchte dann Ewa. Ihre Augen begegneten sich und Ewa kniff die Lippen zusammen und

sah auf den Boden. Thomas erkannte, dass ihr die Situation an die Nieren ging. Die Mission am Folgetag war nicht ungefährlich. Thomas riss sich zusammen und eine Handbewegung von ihm bedeutete den Anwesenden sich hinzusetzen, während er selbst stehen blieb.

„Liebe Weggefährten! Diese Zeremonie ist das schönste Privileg seit Jahrhunderten für jeden Kapitän. Egal ob er zur See fährt oder durch das Weltall fliegt. Das Vermählen eines Paares gehört mit weitem Abstand zu den angenehmsten Aufgaben. Ich danke dem Brautpaar für diese Gelegenheit."

Mit einem leichten Nicken nahm Thomas das leise Lachen seiner Zuhörer zur Kenntnis.

„Wir erleben zurzeit die schlimmste Periode in der Geschichte der Menschheit. Viele werden sich fragen: Heiraten – warum soll man das tun? Lohnt sich das überhaupt?"

Thomas blickte prüfend in die Runde und ließ seine Frage kurz wirken.

„Ich sage ja, denn besser und anschaulicher kann man den Willen zum Leben – zum Überleben, nicht dokumentieren. Mit Optimismus nach vorne in die Zukunft schauen, das ist jetzt gefragt. Für den Verzagten, den Zweifler, den Pessimisten ist kein Platz. Ihn fressen seine Ängste und seine Bedenken auf."

Thomas machte eine kleine, gut berechnete Pause.

„Hier passiert, liebe Anwesenden, etwas sehr Schönes. Zwei Menschen wollen jetzt vor allen Gästen und ihren Trauzeugen bekunden, dass sie willens sind, den weiteren Lebensweg gemeinsam zu gehen und, wie ich hoffe, Nachkommen zu zeugen, wenn sie es denn nicht schon getan haben."

Gelächter kam auf und das Brautpaar selbst konnte sich ein Schmunzeln nicht verkneifen.

„Nachkommen, eine kleine Lea ist schon da, ein weiteres Kind wird geboren werden und ich werde mein Möglichstes tun, dass alle unsere Kinder, und es sind unsere Kinder, zukünftig draußen unter irgendeiner wärmenden Sonne Fangen und Verstecken spielen können!"

Die Hochzeitsgäste klatschten lauten Beifall und Thomas fügte leise hinzu: „Und das in Sicherheit. Ich gebe hier meiner ganz privaten Hoffnung Ausdruck, in dem ich inständig darum bitte, dass es nicht die letzten beiden Kinder sind, die ihr der Menschheit schenkt. Lutz und Shelly, die zukünftige Menschheit braucht mehr von eurer Art. Alles wird davon abhängen, ob mehr Paare wie Lutz und Shelly den Mut

finden, eine Familie zu gründen. Die Menschheit hat auf der Erde viele Fehler gemacht. Ich bin aber guter Hoffnung, dass wir aus diesen Fehlern haben lernen können. Damit haben wir die Erfahrung, die wir brauchen, um unseren Kindern gute Entwicklungsmöglichkeiten und Chancen mit auf den Lebensweg geben zu können. Nun aber genug von diesem Thema. Als Captain dieses Schiffes bin ich berechtigt, Trauungen zu vollziehen. Dazu gehört ein sehr offizieller Teil, nämlich die Frage, ob ihr auch wirklich wollt. Das Brautpaar und die Trauzeugen stehen bitte auf. Ich beginne mit dir, Shelly.
Shelly, neben dir steht Lutz Heinken. Er hat mich um diese Trauung gebeten. Willst du ihn zum Mann und hoffentlich bald mit ihm auf einer paradiesischen Welt leben und mit ihm zusammenbleiben in guten und in schlechten Zeiten?"
Shelly antwortete auf diese Frage mit einem klaren und deutlichen: „Ja, ich will!"
Thomas wandte sich an Lutz: „Nun zu dir, mein Navigator. Hier steht neben dir Shelly Buckley. Willst du sie zur Frau nehmen und mit ihr gemeinsam und hoffentlich mit uns allen zusammen auf einem sicheren Platz siedeln und den Neubeginn der Menschheit wagen?"
Lutz antwortete: „Ja, genau das ist mein Wille!"
„Dann bitte ich euch jetzt, die Ringe gegenseitig aufzusetzen."
Zunächst setzte Shelly ihrem Lutz den Ring auf, anschließend tat er es ihr gleich.
Bei genauer Betrachtung wäre aufgefallen, dass die Ringe etwas improvisiert waren. Aber die Abteilung für innovative Techniken hatte ihre Kinderspielzeugplanung kurzfristig unterbrochen und innerhalb von anderthalb Stunden zwei völlig echte Ringe hergestellt.
„Tja", begann Thomas, „dann will ich die bedeutungsschweren Worte aussprechen: Kraft meines Ranges erkläre ich euch hiermit zu Mann und Frau. Lutz, du darfst jetzt küssen und zwar die Braut."
Unter Beifall und Gelächter küsste Lutz seine Shelly. Danach gratulierte Thomas und bat um Verständnis, dass aufgrund der Situation kaum Geschenke zu machen seien.
„Das größte Geschenk habe ich bereits bekommen und sitzt wach und gesund auf Millers Arm", antworte Shelly und wagte es anschließend glücklich ihren Captain zu umarmen und ihm einen Kuss auf die Wange zu hauchen.

Auch Lutz bedankte sich bei der Gratulation: „Wir haben eine ausgezeichnete Wohnung. Wir wissen das zu schätzen, Captain."
Dann tauchte Joseph in Begleitung mehrerer Helfer auf.
Bald darauf knallten die Sektkorken und die erste Runde wurde ausgeschenkt.
Nach dem allgemeinen Hallo und den Glückwünschen gab es wieder Musik und das Brautpaar musste tanzen. Als Trixie heftig an Miller zerrte, gab dieser die kleine Lea an Laura ab und dann tanzte auch dieses ungleiche Pärchen.
Die nächsten auf der Tanzfläche waren Ewa und Thomas. Thomas bemerkte die kleine Träne, die über Ewas Wange lief. Er bemühte sich entspannt und sicher zu wirken und irgendwann an diesem Abend verdrängte Ewa ihre Sorgen und feierte mit. Um 20:00 Uhr verabschiedeten sich beide von dem Brautpaar mit dem Hinweis auf den letzten Abend vor dem Einsatz und zogen sich zurück.
Der Rest der Hochzeitsgesellschaft feierte ausgelassen weiter.
Als es Trixie gelungen war, Miller ein paar hochprozentige Getränke einzuflößen, taute auch dieser auf und so hatte auch Beatrice Spaß an einem aufmerksamen und humorvollen Begleiter.

„Thomas Raven? Das wurde auch Zeit!"
Mürrisch betrachtete der Mediziner den vor ihm stehenden etwa 20 Jahre jungen Mann, der in reichlich abgerissener Kleidung am späten Nachmittag vor dem Sanatorium in Perth aufgetaucht war.
„Sandra Raven? Ist das deine Mutter? Die haben wir hier seit fünf Jahren, und seit fünf Jahren nimmt sie nichts und niemanden wahr. Sie ist bettlägerig und wir müssen ihr täglich Nahrung reichen. Es wird auch wirklich Zeit, dass du dich hier mal blicken lässt!"
„Ich war öfter hier und habe mich davon überzeugt, dass ihr Zustand unverändert ist", sagte Thomas sanft zu dem Arzt.
„So? Dann weißt du ja auch, auf welchem Zimmer sie liegt", meinte der Mediziner mehr als skeptisch.
„Wenn es keinen Zimmertausch gegeben hat, dann liegt sie wie in all den Jahren auf Zimmer 213."
Der Arzt sah Thomas auf einmal mit anderen Augen an. Die Nummer war richtig und irgendwie war dem jungen Mann tatsächlich zuzutrauen, dass er heimlich in die Anstalt eingestiegen war und seine Mutter besucht hat.

„Gut", sagte der Arzt, „dann geh zu ihr. Wenn du Fragen hast, dann kannst du mich im Ärztezimmer im Erdgeschoss erreichen."
Thomas nickte dankend und machte sich auf den Weg zu seiner Mutter. Leise öffnete er die Tür mit der Aufschrift 213 und betrat das Zimmer. Der Raum war weiß gestrichen und hatte ein Fenster, welches mit dicken Gardinen zugehängt war. Trotzdem drang noch ausreichend Licht hinein, sodass er erkennen konnte, dass außer einem Krankenbett und einem Stuhl daneben nichts in diesem Raum stand. Seine Logik sagte ihm, dass es unsinnig war, einen Raum für einen geistig abwesenden Menschen zu verschönern oder in einen Wohnraum umzuwandeln, trotzdem störte es ihn. Wenigstens einen Teppich hätte man hineinlegen können. Langsam setzte er sich auf den Stuhl, auf dem er tatsächlich schon häufiger, und das stundenlang, gesessen hatte. Das Gesicht seiner Mutter war unverändert. Mit geschlossenen Augen, hohlwangig und mit schlohweißen Haaren, lag sie rücklings auf den weißen Bettlaken. Die Zudecke war bis zum Hals hochgezogen. Ein paar Kabel zeigten an, dass sie mit dem Institutsrechner verbunden war.
Thomas ergriff die Hand seiner Mutter und drückte sie sanft: „Hallo Mom. Hier bin ich mal wieder. Ich weiß, viel zu selten, aber ich kann auch keine Ruhe finden. Gwoja sagt, solange ich keine Ruhe finde, darf ich nicht aufhören zu laufen und zu suchen – was immer er damit meint. Er wartet draußen vor der Stadt auf mich."
Thomas begann zu berichten, was er seit seinem letzten Besuch erlebt hatte. Das machte er immer so. Tief in seinem Innern hoffte er, dass seine Mutter irgendetwas davon verstehen konnte. Während er berichtete, bemerkte er, dass sich der Händedruck seiner Mutter veränderte – er wurde stärker. Verwundert hielt er inne: „Mom? Kannst du mich hören? Mom! Sag was, bitte!"
Ein Zucken lief durch den Körper von Sandra Raven. Ihr Mund bewegte sich ebenfalls zuckend. Thomas beugte sich schnell über seine Mutter, damit ihm ja kein Wort entging, sollte sie etwas sagen. Sandra Raven versuchte krampfhaft etwas herauszubekommen, diesen Eindruck hatte Thomas jedenfalls. Und als etwas Gehauchtes aus ihrem Munde kam, meinte Thomas seinen Namen und das Wort ‚Schmerzen' gehört zu haben. Danach versteifte sich der Körper kurz, um dann wieder völlig schlaff zu werden.
Thomas erschrak von dem lauten Pfeifen innerhalb des Raumes. Der Zentralrechner hatte Alarm gegeben. Schnell überprüfte Thomas den

Puls seiner Mutter. Es war keiner mehr vorhanden und auch ihr Atem stand still. Er legte gerade die Hände seiner Mutter übereinander, als der Mediziner mit einigem Gefolge durch die Zimmertür gestürmt kam. Hektisch gab er Anweisungen, Sandra Raven zu revitalisieren.
„Stopp!" Thomas war aufgestanden und stand vor dem medizinischen Team: „Meine Mutter ist von uns gegangen und dabei wird es bleiben!"
Der Arzt wollte widersprechen, aber Thomas blieb hart: „Ich werde keine Verlängerung dieses Zustandes zulassen! Lasst mich noch ein paar Augenblicke mit meiner Mutter allein! Ich will Abschied nehmen!"
Der Arzt gab auf: „Wie du meinst. Du kannst diese Entscheidung treffen und wir werden uns daran halten. Wir ziehen uns jetzt zurück. Wenn du fertig bist, dann melde dich bitte unten, es gibt bedauerlicherweise ein paar Formalitäten."
Das medizinische Team verschwand und Thomas setzte sich wieder auf den Stuhl. Die Nacht brach langsam herein und es wurde immer dunkler in dem Krankenraum, bis es schließlich völlig finster war.
Thomas bemerkte es nicht. In Gedanken hing er alten Erinnerungen nach, als sein Vater und seine Mutter noch lebten und mit ihm gemeinsam schöne Dinge erlebten.

„Tom! Tom, wach auf! Du bist ganz unruhig und verschwitzt!"
Thomas wurde sanft wachgerüttelt. Thomas schlug die Augen auf und blickte etwas orientierungslos um sich. Ewa hatte eine kleine Lampe auf dem Nachttisch eingeschaltet und blickte ihn besorgt an.
„Ein Albtraum?", fragte Ewa.
„Nein", Thomas schüttelte stöhnend den Kopf, „Realität – trotzdem nichts, was man noch einmal erleben möchte. Wie spät ist es?"
Ewa schaute auf den Zeitmesser: „Gerade 02:00 Uhr früh."
„Gut, ich gehe duschen."
Thomas stand auf und wollte Richtung Hygienekabine gehen.
„Ich komme mit", stellte Ewa fest, sprang, so wie die Natur sie geschaffen hatte, und die Natur hatte sich reichlich Mühe gegeben, aus dem Bett und zog Thomas an der Hand hinter sich her unter die Dusche. Thomas vergaß diesen Traum, wen wundert es, recht schnell.

22.07.2120, Captains Besprechungsraum, 08:00 Uhr:

Thomas hatte die Besprechung wiederum um eine Stunde vorgezogen. Nach langen Jahren war ihm heute Morgen erstmals das Aufstehen reichlich schwergefallen. Ewa kuschelte neben ihm und ihr Duft lag betörend in seiner Nase. Ihre Wärme und die zarte weiche Haut, die sich so wunderbar anfühlte, hinderten Thomas daran, wie sonst üblich, eilig aus dem Bett zu steigen.
Ewa war im Verlauf der letzten Jahre von einem sehr hübschen, jungen Mädchen zu einer wunderschönen Frau geworden. Ewas verschlafener Blick und die zerwuschelten Haare – ein Traum, und für jeden Mann sicherlich Grund genug, um im Bett zu bleiben. Thomas nahm sich vor, das so bald wie möglich zu wiederholen und dann die Besprechung auf 12:00 Uhr anzusetzen.
Die Brückencrew hatte sich sehr schnell daran gewöhnt, dass aus den Privaträumen des Captains auch der leitende medizinische Offizier erschien. Ewa wurde allseits mit einem freundlichen ‚Guten Morgen' begrüßt. Es gab an diesem Morgen des Aufbruchs zum Heimatplaneten der Maroon keine großen Besprechungsthemen, lediglich Paulo hatte sich zu Wort gemeldet: „Baal hat uns noch etwas bringen lassen und mir per Funk den Gebrauch erklärt. Es handelt sich um vier Hand-Scanner, die in der Lage sind, auf ca. 700 Meter genau einen Trax zu erkennen und auf einem Display im Maßstab wiederzugeben. Möglich ist das dadurch, dass die Trax Töne im Ultraschallbereich aussenden, mit denen sie sich zwar nicht verständigen, aber sich gegenseitig über ihre Bewegungen und Standorte informieren können. Baal bat uns, diese Geräte mitzunehmen. Ich habe weitere Daten über die Welt der Maroon auf diese Geräte aufgespielt, sodass sie im Einsatzfall als Info-Datei zur Verfügung stehen können."
„Okay, gut gemacht", gab Thomas seine Anweisung, „wir nehmen sie mit, aber nicht alle. Einer geht zu Phil in die Analyse. Phil, schau mal nach, wie das Ding funktioniert, und bau welche nach."
Phil bestätigte.
„Sonst noch was?" Thomas schaute sich um.
„Ich habe an Ausrüstung alles eingepackt, was mir sinnvoll erschien." Trixie versuchte ein zuversichtliches Gesicht zu zeigen.
„Davon bin ich ausgegangen. Wir werden die Ausrüstung gleich checken. Ron, hast du deine Männer ausgewählt?"

Ron bestätigte: „Ja, Sir! Wir nehmen Tiberius Miller und Sack Carter mit. Beide verfügen über die größtmögliche Ausbildung und werden uns eine wertvolle Hilfe sein."

„Gibt es besondere Aufgaben für uns? Willst du nicht lieber noch ein paar Tiger Sharks als Verstärkung mitnehmen?", wollte Laura wissen.

„Eure Aufgabe ist klar! Wiederherstellung der Geronimo und zwar in voller Gefechtsstärke. Ich nehme niemanden mehr mit. Jeder, der uns begleitet, schwächt die Abwehr der Geronimo. Und hier ist die wertvolle Fracht – unsere Zukunft. Gib uns drei Tage Zeit. Danach musst du tun, was du für richtig hältst. Ich übergebe dir hiermit das Kommando über die Geronimo bis zu meiner Rückkehr – oder für immer!"

Damit hatte Thomas die traditionellen Worte ausgesprochen, die immer dann erforderlich waren, wenn der Captain geplant von Bord ging. Thomas schlug auf die Tischplatte: „Gut, das wär's dann. Ron, wir treffen uns in 30 Minuten bei Eagle One und bring deine Männer mit."

Die Besprechung war zu Ende und die Beteiligten gingen wieder an ihr Tagewerk. Lediglich Ewa blieb noch mit Thomas im Besprechungsraum. Sie ging auf Thomas zu und nahm sein Gesicht in beide Hände: „Tom, ich halte es für besser, wenn wir uns jetzt hier verabschieden. Ich will, dass du deine Gedanken auf die Mission konzentrierst, und will dich beim Start nicht ablenken. Wenn du mir versprichst wiederzukommen, dann verspreche ich dir, deine schlimmen Träume aus deinem Kopf zu verbannen – jedenfalls werde ich mich sehr bemühen."

Thomas grinste: „Beim gemeinsamen Duschen?"

Ewa lächelte: „Wir werden sehen."

Dann drückte sie ihm einen zarten Kuss auf die Lippen und verließ den Besprechungsraum und die Brücke ohne weitere Worte.

Als Thomas die Brücke betrat, wurde er von Laura angesprochen, die offensichtlich den lautlosen Abgang von Ewa verfolgt hatte: „War's schlimm?"

Thomas kniff die Lippen zusammen: „Wie man's nimmt – ja, sehr sogar!"

30 Minuten später, Hangardeck, Eagle One:

Thomas hatte sich umgezogen und die schwarze Einsatzkombi der Marines angelegt. Als die angetretenen Männer, Ron mit seinen beiden Marines Tiberius Miller und Sack Carter, den Captain mit militärischen

Gruß ehren wollten, winkte dieser dankend ab: „Wir sind jetzt ein Team. Wir müssen alles daransetzen, die Mission zu erfüllen. Zu viel hängt davon ab. Lasst uns zunächst die Ausrüstung checken, damit wir im Ernstfall wissen, über was wir verfügen."
„Captain", begann Ron, „Gunnerin Baines hat mich gestern bei der Auswahl der Waffen um Unterstützung gebeten. Sie meinte, aufgrund der Kürze der Vorbereitungszeit könnte sie eventuell etwas übersehen."
Thomas war nicht überrascht: „Das war sehr clever von ihr, dich hinzuzuziehen. Toll, sie hat mitgedacht."
Die Männer betraten das Beiboot des Captains und öffneten die Waffen- und Arsenalkisten. Thomas staunte nicht schlecht. Trixie, und auch wohl Ron hatten so ziemlich alles eingepackt, was man als professioneller Guerilla brauchen konnte. Schließlich zog er einen Gurt mit einem nachgebauten Samuraischwert aus einer der Kisten.
„Warum um alles in der Welt haben wir das an Bord?", Thomas hielt den Gegenstand in Richtung Ron, der gerade in einer anderen Kiste den Inhalt überprüfte. Ron schaute hoch: „Die Trax sind schwer zu töten. Wie stellst du dir vor, einen von ihnen lautlos zu beseitigen? Pfeil und Bogen scheiden aus – sie vertragen einfach zu viel. Würgen? Sie überleben im All."
Thomas ließ den Gurt sinken und zeigte anerkennend auf Ron: „Deine Idee?"
Ron schüttelte den Kopf: „Nein – das war Trixie. Phantasie hat sie, das muss man ihr lassen."
Nach weiteren zwei Stunden hatten die Männer alles gesehen, was man ihnen so mit auf den Weg zu geben gedachte. Keiner von ihnen hatte den Eindruck, irgendetwas vergessen zu haben.
„Lasst uns die Startvorbereitungen treffen und das Schiff checken."
Thomas begab sich zum Pilotensessel. Tiberius Miller und Sack Carter, ein ca. 180 cm großer, sehr hagerer Mann mit Raubvogelgesicht, ebenso redegewandt wie Miller, nämlich gar nicht, nahmen im Passagierteil des umgebauten Aufklärers Platz. Ron gesellte sich zu Thomas ins Cockpit. Da der Copilotenplatz zugunsten eines weiteren Schildgenerators und eines zusätzlichen Bordrechners weggefallen war, nahm Ron auf einer Art Notsitz seitlich Platz.
In wenigen Minuten wusste Thomas, dass Eagle One maximal aufgerüstet und voll einsatzfähig war. Volle Raketenzahl – auch Nuklear bestückt. Thomas erbat über Funk die Startfreigabe.

Laura antwortete ihm: „Ihr habt Starterlaubnis. Die gesamte Crew wünscht euch viel Erfolg bei der Mission und erwartet euch spätestens in drei Tagen wohlbehalten zurück!" Thomas dankte für die Wünsche, während Eagle One bereits über die Magnetschienen Richtung Außenschott bewegt wurde. Kurze Zeit später befanden sich die Männer im All und begaben sich zum Standort vom ‚Schatten'.

11. Die neue Welt

<u>22.07.2120, Eagle One, kurz vor 11:00 Uhr:</u>

„Eagle One an Baal, bitte kommen."
Thomas hatte Video und Audiokanal eingeschaltet und wartete auf eine Antwort der Maroon. Bald darauf erschien das grünliche Gesicht mit den großen Augen auf dem Monitor. Ohne dass Baal seinen dicklippigen Mund öffnete, war seine Stimme in den Köpfen des Einsatzteams zu hören: „Ihr seid also bereit, euch unser Angebot anzusehen?"
„Das sind wir", bestätigte Thomas, „wir bitten euch aber nicht zu stark zu beschleunigen und den Kanal für einen ständigen Informationsaustausch offenzuhalten."
„So soll es geschehen", kam die Antwort des Wasserwesens, „jedoch werden wir uns, wenn wir das Wurmloch passiert haben, trennen. Dann seid ihr für euch alleine verantwortlich. Wir werden erst dann wieder Kontakt zu euch aufnehmen, wenn auf unserem Planeten kein Trax mehr lebt. Siedelt nicht vorher auf unserer Welt, denn ohne unsere anfängliche Hilfe werdet ihr nur geringe Chancen zum Überleben haben."
„Das war der Deal, Baal. Wir werden entweder gegen die Trax kämpfen oder weiterziehen."
Thomas Antwort war bestimmend. Er hatte keine Lust, wortbrüchig gegenüber dem ersten Fremden zu sein, der ihm wohlgesinnt war. Baal beschleunigte sein Schiff und Eagle One konnte gut mithalten.
Thomas fragte Baal, ob es viele Wurmlöcher dieser Art gäbe. Baal bestätigte und vergrößerte noch sein Angebot: „Es gibt sehr viele dieser Reisemöglichkeiten. Die Maroon haben viele Tausend davon erforscht und eine riesige Datei darüber angelegt. Die Maroon teilen ihr Wissen gerne mit ihren Freunden – wenn diese Freunde auch ihnen helfen."

Damit brachte Baal noch eine weitere Motivation für die Menschen ins Spiel. Mit einer solchen Navigationskarte könnte man ungestört durch das All reisen, ohne ständig befürchten zu müssen, dass Sprünge angemessen würden. In den nächsten zwei Stunden flogen die Maschinen verschiedener Welten hintereinander her. Thomas hatte Aufzeichnungen laufen, damit man später die Geronimo wiederfand oder aber das Wurmloch. Endlich verkündete Baals Stimme, dass man kurz vor dem Wurmloch sei und er deswegen sein Schiff gestoppt habe. Thomas tat es ihm gleich. Auf den Scannern war eine schwach violett leuchtende Energieerscheinung von ca. 5 km Durchmesser aufgetaucht: „Was erwartet uns hinter dem Wurmloch?"

„Wir werden in das System der Maroon einfliegen. Unsere Heimatwelt ist dann noch etwa 10 Lichtminuten entfernt."

„Das ist mir bekannt", antwortete Thomas, „ich meine, was erwartet uns direkt hinter dem Austritt aus dem Wurmloch?"

„Das", und es schwang etwas Bedauern in Baals Stimme mit, „kann man nie genau sagen. Es ist aus physikalischen Gründen jedoch sichergestellt, dass die Reise jeweils nur in eine Richtung gehen kann. Ein Frontalzusammenstoß innerhalb der Anomalie ist nicht möglich. Wenn man sich auf wenige Kilometer genähert hat, beginnt der Rand der Erscheinung deutlich sichtbar in violett zu pulsieren und das tut er auch auf der anderen Seite. Es gibt also genügend Möglichkeiten einen Zusammenstoß zu vermeiden."

„Das ist beruhigend", meinte Thomas, „jedoch schützt es nicht davor direkt vor die Kanonen des Gegners zu fliegen. Überträgt das Wurmloch auch Funkwellen?"

„Ja, und das ohne die sonstigen visuellen Anzeichen", bestätigte Baal.

Thomas hatte eine Idee: „Baal, ich schicke eine Scannersonde durch das Wurmloch. Sie wird uns übermitteln, was uns nach dem Durchgang erwartet. Sicher ist sicher."

Nachdem Baal seine Zustimmung signalisiert hatte, schickte Thomas eine entsprechende Sonde los. Sie war mit 30 cm sehr klein und es war unwahrscheinlich, dass sie von eventuell vorhandenen Gegnern ausgemacht werden konnte. Kurz bevor sie das Tor erreichte, begannen die Ränder violett zu pulsieren. In einer hellen Leuchterscheinung verschwand die Erkundungsdrohne. Wenig später trafen auf Eagle One die Ortungsdaten der Scannersonde ein. Gebannt blickten Thomas und Ron auf die Darstellung des Monitors.

„Du hast sowas geahnt, wie?", die ruhige Stimme von Ron ließ Thomas seinen Schrecken vergessen.

Auf dem Monitor war ein etwa 800 Meter großes Schiff aufgetaucht, keine 100.000 km vom Ausgang des Wurmlochs entfernt. Die Signatur war eindeutig Trax.

„Baal, wir haben ein Problem. Ein 800-Meter Schiff der Trax kreuzt vor eurem Wurmlochausgang."

Die Reaktion der Wasserwesen war überraschend. Ein großes Wehklagen kam zum Erdenschiff herüber. Die Meinung, dass man verloren sei und die Heimatwelt der Maroon dazu. Ron und Thomas sahen sich vielsagend und überrascht an: „Ruhig Blut", antwortete Thomas, „wir haben noch ein paar Argumente an Bord. Fliegt nur ein Stück beiseite, nicht, dass ihr in die Schusslinie geratet."

Hastig nahm der ‚Schatten' erheblichen Abstand zum Wurmloch ein. Ron beobachtete genau die übermittelten Daten der Scannersonde. Das Trax-Schiff hatte sich nicht bewegt und anscheinend auch nicht die Sonde anmessen können.

„Das Schiff steht da wie auf dem Präsentierteller", stellte er fest.

„Aber nicht mehr lange", Thomas programmierte drei Phantom-Nuklearraketen mit den Scannerdaten. Auf Knopfdruck schoben sich die Abdeckungen der Abschussstube zur Seite und drei Raketen schossen nacheinander daraus hervor. Gemäß der Programmierung waren alle drei wenig später auf gleicher Höhe, beschleunigten mit Höchstwerten und flogen gleichzeitig ins heftig pulsierende Wurmloch. Wenig später war auf dem Scanner im umgebauten Aufklärer zu sehen, wie die Phantoms auf der anderen Seite mit der gleichen Geschwindigkeit herauskamen, wie sie in einer Entfernung von 3.500 Lichtjahren hineingeflogen waren. Die 100.000 km bis zum Trax-Schiff waren für die atombestückten Phantoms ein kleiner Katzensprung.

Auf dem Scanner war zu sehen, wie alle drei Raketen gleichzeitig in die Breitseite des Trax-Schiffes einschlugen und erheblichen Schaden verursachten.

„Jetzt wir. Wir fliegen dann schon mal vor", mit diesen Worten an die Maroon beschleunigte Thomas sein Schiff und nahm mit Höchstwerten Kurs auf das Wurmloch. Ob ihm die Maroon folgten oder nicht, war ihm im Moment völlig egal. So eine Art von Mutlosigkeit, um nicht Feigheit zu sagen, war ihm gänzlich fremd. Eagle One erreichte das flackernde Sternentor und passierte den Ereignishorizont.

Das Einsatzteam fühlte sich kurz beschleunigt und von grellen Lichterscheinungen umgeben, danach war alles dunkel. Kurz darauf begann das grelle Licht wieder zu scheinen und übergangslos lag der Weltraum vor ihnen. Der Weltraum in 3.500 Lichtjahren Entfernung! Ein Flug über eine solch gewaltige Entfernung in weniger als gefühlten 5 Sekunden! Thomas erster Blick galt dem Scanner. Die Phantom-Raketen hatten ganze Arbeit geleistet. Das Schiff der Fremden war eine ausglühende Wolke aus Wrackteilen.

„Es gibt Überlebende", störte Ron das Gefühl des Sieges, „ein Beiboot macht sich davon."

Thomas nahm die Verfolgung auf. Nach weiteren Daten des Scanners war klar, dass dieses Boot versuchte Agua zu erreichen. Dieser Planet stand direkt in Flugrichtung von Eagle One in einer Entfernung von knapp 10 Lichtminuten. Thomas schaltete die installierten Störsender ein. Damit war vielleicht gewährleistet, dass die Trax keinen direkten Hilferuf senden konnten, wenn sie es nicht schon getan hatten. Jedoch war auch klar, dass die Störsendung an sich ausgemacht werden konnte – wenn sich jemand dafür interessierte. Auch musste irgendwann die Energieerscheinung der Atombomben auffallen. Thomas fluchte. Man hatte sich anschleichen, auf leisen Sohlen und sich erst einmal ein wenig umsehen und dann nach der Aufklärungsmission eine Entscheidung treffen wollen. Stattdessen war man mit einem Paukenschlag im System der Maroon aufgetaucht. Mehr Aufmerksamkeit ging einfach nicht. Thomas hoffte nur inständig, dass die Verteidigung der Trax nicht allzu stark sein würde. Langsam holte Eagle One gegenüber dem Trax-Schiff auf. Thomas sparte Raketen, als er nahe genug heran war und das Feindschiff im Visier des Kampfmonitors auftauchte, spuckte die Bordkanone ihre Explosivgeschosse in schneller Folge aus.

Das Hämmern war im Cockpit von Eagle One deutlich zu hören.

Thomas löste die Bordkanone nur dann aus, wenn er seines Ziels sicher war. Die ersten Explosivgeschosse erreichten das Trax-Schiff und richteten kleinere Schäden an. Aber es waren viele Geschosse und aus kleinen Schäden wurde recht schnell ein großer. Schließlich explodierte das Feindschiff in einer grellen Lichterscheinung. Thomas flog durch die expandierenden Explosionsgase hindurch in Richtung der Sonne Aguas. Er hatte vor den Planten mit der Sonne im Rücken anzufliegen. Dazu musste er erst einmal quer zu Agua in Richtung Sonne fliegen. Damit verließ der Einsatztrupp auch den Kampfplatz. Die Maroon hatten nicht sagen können, ob die Trax anfliegende Schiffe anmessen konnten. Offensichtlich war es den Maroon bisher gelungen aufgrund ihrer hohen Geschwindigkeit nicht bemerkt zu werden. Gleichfalls hatten die Wasserbewohner ihre Raumflugaktivitäten nach der Trax-Invasion fast auf null reduziert. Auch deswegen hatten sie die Menschen um Unterstützung gebeten, sie wollten weiterhin ihre Reisen ins Universum unternehmen.

„Wo willst du landen?" Rons Frage stellte Thomas vor das nächstliegende Problem.

„Die Trax siedeln nach Auskunft unserer Freunde in einem Talkessel. Etwa 20 km davon entfernt gibt es eine kleine Lichtung. Dort werden wir Eagle One abstellen. Den Rest müssen wir zu Fuß zurücklegen. Du kannst schon mal das Beladen unseres Transporters vornehmen."

Der Transporter war ein Raupenfahrzeug und lediglich dazu geschaffen, schwere Ausrüstung auch in unwegsamem Gelände zu transportieren. Er musste beim Einsatz von einem Soldaten per Fernsteuerung dirigiert werden. Ron machte sich mit seinen Männern an die Arbeit, während Thomas mit Höchstwerten Richtung Agua flog. Ein Problem gab es allerdings noch zu lösen: Wie sollte Eagle One unbemerkt auf Agua landen? Thomas Gedanken kreisten schon einige Zeit und versuchten eine Lösung zu finden. Eine perfekte gab es nicht. Thomas konnte lediglich versuchen, für den vielleicht zufälligen Beobachter den Eindruck eines abstürzenden Meteoriten abzugeben. Es blieben aber viele Unbekannte in seiner Rechnung. Also beschloss er Geschwindigkeit und Kurs nicht großartig zu ändern. Weiterhin erforderlich war eine heftige Explosion in der Atmosphäre von Agua und sicherheitshalber, falls jemand nachsah, der Absturz über dem Ozean. Nach einer Viertelstunde kam Ron zurück in die Pilotenkanzel und meldete das vollständige Beladen des Kettenfahrzeugs. Ron schaute auf die Instrumente und auf die erheblich größer gewordene Welt Agua voraus.

„Aha, die Meteoritennummer", brummte er, setzte sich auf seinen Notsitz, schnallte sich an und rief nach hinten: „Jungs, hinsetzen und anschnallen – es wird heftig!"

Normalerweise hätte Thomas jetzt das schnelle Begreifen von Ron bewundert, dazu hatte er jedoch alle Hände voll zu tun. Hastig programmierte er eine NCB-Vulcan-Rakete derart, dass sie auf Knopfdruck explodierte. Weiterhin hatte er mit der Steuerung zu tun, da Eagle One gerade in die obersten Atmosphärenschichten von Agua ein-

drang und aufgrund der Reibungshitze in hellem Feuerschein gehüllt war. Alles ging blitzschnell. Eine NCB-Vulcan verließ fauchend den Aufklärer und flog praktisch voraus.
Im wirklich letzten Moment riss Thomas die hellleuchtende und in ihrem Schutzschirm gehüllte Eagle One aus dem Kurs und betätigte die Fernauslösung der Vulcan-Rakete. Es gab einen grellen Lichtblitz und eine heftige Detonation. Die Druckwelle bekam auch der Aufklärer zu spüren. Es knallte heftig im Cockpit und einige Kontrolllampen wechselten das Farbspiel auf Dauerrot, als ein Rechner mit Rauchzeichen und elektrischen Entladungen seinen Dienst quittierte.
Ron murmelte ein „Verdammt echt!"
Die Besatzung wurde heftig durcheinandergeschüttelt, bis es Thomas gelang, das Schiff abzufangen und es ca. 5 Meter über dem Meeresspiegel in eine stabile Flugbahn Richtung in Ufer zu bringen. Kurz darauf hatte Eagle One das Festland erreicht. Die von Thomas zuvor angesprochene Lichtung war noch etwa 150 km entfernt. Weit genug weg also, falls doch jemand nach dem Meteoriten schauen wollte. Thomas hielt den Aufklärer soweit es ging am Boden und folgte dabei den Bodenerhebungen. Für diesen Flug war volle Konzentration gefordert. Es musste schnell gehen und das Schiff musste so nah wie möglich am Boden bleiben.
Ron hingegen hatte Zeit aus dem Fenster zu sehen und die neue Welt zu betrachten. Eine Ähnlichkeit mit gewissen Gegenden der Erde war nicht abzustreiten. Auch hier herrschte die Farbe Grün vor, ein Anzeichen dafür, dass Photosynthese und Chlorophyll funktionierten. Insgesamt machte der Planet einen fruchtbaren Eindruck. Tiere konnte Ron bei dem schnellen Flug zwar nicht erkennen, jedoch sah er Seen und häufig Flüsse und Bäche, die mäanderförmig durch die üppige Vegetation flossen.
Bald jedoch konnte Ron nur noch nach vorne schauen, der Flug war einfach zu schnell, es wurde ihm schwindelig, wenn er seitwärts aus dem Aufklärer sah. Schließlich war die besagte Lichtung erreicht.
Thomas landete die Eagle One unter dem Schutz von einigen überhängenden Bäumen und schaltete sämtliche Energieverbraucher ab.
Sie waren auf Agua gelandet.
Die Männer schnallten sich ab und Thomas atmete tief durch und gönnte sich ein paar Sekunden Entspannung, indem er einfach nur

durch das Cockpitfenster nach draußen sah und so zum ersten Mal bewusst die Vegetation von Agua in sich aufnahm.

Ron hatte sich mit dem Umweltscanner beschäftigt: „Die Angaben der Maroon stimmen bis ins letzte Detail. Wir können ungeschützt nach draußen gehen – was die Umwelt anbetrifft. Wir haben ausreichend Sauerstoff und die Temperatur beträgt 25 Grad Celsius, die relative Luftfeuchtigkeit liegt bei 65 Prozent. Sack, du schaltest den Scanner ein, der uns von den Maroon überlassen wurde. Du scannst lediglich nach Trax. Tib, du steuerst unseren Lastesel."

Die Angesprochenen bestätigten die Anordnung.

Ron wartete danach auf weitere Anordnungen von Thomas. Er gönnte ihm die kurze Pause.

Die Landung unter diesen Umständen auf Agua war eine Meisterleistung gewesen, die Thomas so schnell bestimmt keiner nachmachte. Die Anspannung und die Konzentration forderten jetzt ihren Tribut.

Thomas schaute nach draußen, als ob er diese Welt zum ersten Mal sah – und genau so war es ja auch. Schließlich raffte er sich hoch: „Vielen Dank, dass sie mit Eagle-One-Air geflogen sind, der Ausgang befindet sich in Flugrichtung rechts."

Mit diesem lockeren Spruch meldete Thomas sich zurück. Allerdings musste er auch zugeben, dass der Autopilot des Aufklärers einigen Schaden abbekommen hatte und mit Bordmitteln nicht zu reparieren war. Ab sofort ließ sich der Flieger nur noch von Hand manövrieren. Mit einem Knopfdruck betätigte er den Öffnungsmechanismus, und da auf einen Druckausgleich verzichtet werden konnte, öffneten sich die Innen- und Außentür der Schleuse. Es roch würzig und angenehm. Der leicht erhöhte Sauerstoffgehalt machte sich positiv bemerkbar. Vor dem Ausgang warteten die drei Marines auf ihren Captain. Sie ließen ihm das Vorrecht als Erster den Boden von Agua zu betreten.

Mit den Worten „Dann wollen wir mal" ging Thomas durch die Schleuse und betrat die neue Welt.

<u>Gleiche Zeit, Geronimo, Brücke:</u>

Laura hatte das Kommando – und sie nutzte es aus. Sie trieb die Leute zu höchstmöglicher Eile an. Sie lobte, wenn etwas funktionierte und sie drohte ihr Erscheinen in der entsprechenden Abteilung an, wenn etwas

nicht so gut klappte. Keiner verübelte ihr das, da jeder wusste, um was es ging.
Im ganzen Schiff herrschte hektisches Treiben.
Phil zum Beispiel war so praktisch überall zu finden. Hier wies er Techniker bei der Reparatur eines Aggregats ein, dort löste er auf Anforderung ein größeres Problem. So zogen sich die Aktivitäten durch das gesamte Schiff und Stückchen für Stückchen bekam Laura eine Fertigstellungsmeldung nach der anderen. Die Arbeit der gesamten Mannschaft war von größtmöglicher Motivation gekennzeichnet. Man hatte beim letzten Kampf Freunde und Weggefährten verloren. Jetzt arbeitete jeder so schnell er konnte, damit die Geronimo für einen eventuellen nächsten Waffengang so gut es ging gerüstet war.
Alles in allem war Laura zufrieden, bis ihr Blick auf Trixie fiel. Nicht, dass eine alte Kontroverse wieder zum Leben erweckt werden sollte, nein, Trixie schien merkwürdig verändert. Sie war blass, hektisch, nervös und kurze Zeit darauf auch wieder teilnahmslos. Laura machte sich Sorgen. Mittlerweile schätzte sie die Gunnerin als wertvolles Mitglied der Brückencrew, auch wenn sie die vorlaute Art nicht gerade schätzte: „Trixie Baines, was ist los mit dir? Irgendwas nicht in Ordnung?"
Trixie schreckte hoch: „Doch, alles klar, mir geht es gut – kein Problem."
„Ja", nickte Laura, „das sehe ich. Melde dich in der Medostation und lass dich untersuchen. Ich brauche im Moment keinen Feuerleitoffizier!"
Trixie wolle aufbegehren, aber ein deutlicher Blick von Laura hielt sie davon ab. Also schaltete sie ihre Konsole ab und verließ die Brücke.

<u>Wenig später, Medostation:</u>

Trixie war in der Medostation eingetroffen. Unterwegs musste sie sich selbst eingestehen, dass es ihr wirklich nicht so gut ging. Das Herz schlug ihr bis zum Hals und teilweise rang sie nach Luft. Nachdem sich die Tür zur Station geöffnet hatte, traf Trixie auf Ewa. Sie stand in der Nähe des Einganges und unterhielt sich gerade mit einem ihrer Ärzte. Ewa sah Trixie kommen: „Hallo, willkommen in meiner Abteilung. Kann ich etwas für dich tun?"
Dabei sah sie Beatrice lächelnd an. Ihr gefiel die jugendliche, etwas unbekümmerte und daher frische Art der jungen, zierlichen Frau.

„Äh, ja – Laura schickt mich. Ich soll mich untersuchen lassen."
Der Arzt wollte sich für die Untersuchung anbieten, aber Ewa dankte, sie wollte sich selbst um Trixie kümmern. Sie führte die junge Gunnerin in ein wohnlich eingerichtetes Untersuchungszimmer und beide setzten sich zunächst erst mal nebeneinander auf eine Couch.
„Dann erzähl. Was meinst du, ist nicht in Ordnung?"
Trixie zuckte mit den Schultern: „Ich habe gar nichts bemerkt, bis mich Laura darauf ansprach und ich dann zur Medostation ging. Mir klopft das Herz bis zum Hals und manchmal schnappe ich nach Luft."
Ewa runzelte die Stirn: „Wie lange hast du das schon?"
Trixie machte ein unschlüssiges Gesicht: „Weiß nicht. Ich meine aber, gestern noch richtig fit gewesen zu sein."
Ewa griff nach ihrer Hand: „Okay, das kriegen wir schon wieder hin. Wir werden jetzt eine kleine Untersuchung machen. Ganz harmlos – entspann dich."
Damit zog sie Trixie sanft von der Couch und bedeutete ihr, sich auf eine bereitstehende Liege am Rande des Raumes zu legen. Während Ewa an Trixies Körper einige Sensoren platzierte, und das auf sehr sanfte Art und Weise, verstand die Gunnerin, warum der Captain Gefallen an dieser Frau gefunden hatte. Abgesehen von ihrem umwerfenden Äußeren hatte Ewa eine äußerst wohlklingende Stimme. Sie war sehr charmant und ihre Bewegungen waren geschmeidig und sicher, die Berührungen außerordentlich sanft. Man fühlte sich in ihrer Gegenwart einfach wohl und gut aufgehoben. Ewa schaltete die Aufzeichnungsgeräte ein und gab Trixie zu verstehen, dass sie sich knapp 10 Minuten gedulden müsse.

<u>Gleiche Zeit, Agua, Landeplatz Eagle One:</u>

Thomas stand mit beiden Beinen auf etwas, was auf der Erde sicherlich Gras gewesen wäre. Als er sich bückte und seine Hand nach dem ausstreckte, auf dem er stand, stellte er fest, dass es etwas Moosartiges war, was circa 10 – 15 cm hochwuchs – und das fast überall. Die Erde darunter war fast schwarz und feucht. Leicht sank Thomas bei jedem Schritt ein.
In gemessenem Abstand folgten Ron und seine beiden Männer.
Miller ließ per Fernsteuerung das Heck des Aufklärers langsam auffahren und dann den Transporter mit leicht surrenden Elektromotoren die

Rampe hinabrollen. Nachdem das Kettenfahrzeug neben den Männern stand, rang sich Thomas zu einem Entschluss durch: „Sack, du wirst in der Nähe von Eagle One bleiben. Du verschließt das Fahrzeug und schützt es durch den Energieschirm. Hol dir eine Fernsteuerung für die Öffnung. Beobachte das Umfeld bezüglich Trax und halte Funkkontakt mit uns. Wir gehen in Richtung Trax-Siedlung. Ron übernimmt die Führung und hält den Scanner im Auge, dann kommt Tib mit dem Kettenfahrzeug und ich übernehme die Rückendeckung. Seid aufmerksam! Ich gehe eigentlich davon aus, dass die Scanner nicht bis zum Wurmloch reichen, aber irgendwann wird das zerstörte Trax-Schiff überfällig sein. Man wird nachsehen und eins und eins zusammenzählen können."
Nachdem sich Sack mit der nötigen Ausrüstung versehen hatte, entfernte er sich etwa 50 Meter vom Schiff und schaltete per Fernsteuerung die Verriegelung und den Energieschirm ein. Dann sah er sich nach einer geeigneten Warteposition um. Ganz in der Nähe stach ihm eine kleine Erhebung ins Auge und zwar in der Richtung, in die das restliche Einsatzteam verschwunden war. Auf dem Hügel stand ein größerer Baum, unter dem Sack die Rückkehr des Teams abwarten wollte.
Ron marschierte kräftig aus, den Blick dabei immer halb auf den Scanner gerichtet. Das Gerät gab praktischerweise auch Hinweise über die Topografie innerhalb einer Reichweite von 500 Metern. So konnte Ron frühzeitig dichtstehenden Bäumen, die eine Durchfahrt des Kettenfahrzeugs nicht zugelassen hätten, ausweichen.
Miller hatte keine Mühe den Transporter zu steuern und so kam man gut voran.
Thomas betrachtete die Natur von Agua sehr genau. Es gab viele Parallelen zur Erde. Das milde Klima, die wärmende Sonne und ein leichter Windhauch, der blaue Himmel, selbst das Zwitschern von Vögeln war zu hören. Hin und wieder begegnete ihnen ein Tier mit grünem Fell, eine Mischung aus Hase, Waschbär und Eichhörnchen. Dieser Bewohner Aguas äste das Moos auf dem Boden ab, schien also ein reiner Vegetarier zu sein.
Schließlich gelangte man nach der Hälfte des zurückzulegenden Weges an einen kleinen Fluss. Der Scanner gab die größte Tiefe an dieser Stelle mit 1,20 Metern und die Breite mit 50 Metern an.
Thomas ließ anhalten.

Paulo hatte aus dem von den Maroon überlassenen Scannern ein Vielzweckgerät gestaltet. Unter anderem waren Hinweise über die Fauna und Flora von Agua eingespeichert. Thomas konnte sich erinnern, dass die Landlebewesen keine Gefahr für die Menschen darstellten. Aus seiner Heimat Australien wusste er aber, dass viele gefährliche Tiere im Wasser leben. Er suchte also in seinem Vielzweckgerät nach Hinweisen gefährlicher Flussbewohner. Nachdem er nichts fand, befahl er Miller zunächst das Kettenfahrzeug übersetzen zu lassen.

Langsam steuerte der Korporal das Fahrzeug ins Wasser.
Die Maschine sank bereits tief im Uferbereich ein, jedoch war das Gerät mit einem äußerst kräftigen Motor versehen und für solche Einsätze gebaut worden. Etwa die Hälfte des Fahrzeugs schaute in der Mitte des Flusses noch aus dem Wasser, jedoch wurde eine andere Gefahr offensichtlich und zwar die Strömung. Das schwere Fahrzeug wurde zwar nur leicht abgetrieben, jedoch war an den Wasserwirbeln im Heck- und Frontbereich deutlich zu erkennen, dass die Strömung viel kräftiger war, als es den Anschein hatte. Das Wasser schäumte rund um das Kettenfahrzeug heftig. Unbeschadet wälzte sich das Ungetüm auf der anderen Seite an das Ufer und Miller stoppte den Vortrieb.
„Ron, kommen wir an anderer Stelle gefahrloser zum anderen Ufer?"
Thomas schaute Richtung Ron.
Der Angesprochene betrachtete seinen Scanner: „Nein, Sir. Hier ist schon eine der seichteren Stellen."
Thomas seufzte: „Also gut. Wir lassen uns von dem Fahrzeug hinübertragen. Einer mindestens muss sichern. Tib, hol das Fahrzeug zurück."

<u>In etwa gleiche Zeit, Geronimo, Medostation:</u>

Die zehn Minuten erschienen Trixie wie eine Ewigkeit. Doch schließlich erschien Ewa wieder und entfernte die Messgeräte von Trixies Haut. Danach druckte sie eine Kunststofffolie aus dem Messrechner aus und nahm die Gunnerin wieder mit zur Couch. Nachdenklich studierte sie die Ergebnisse auf dem Protokoll. Trixie rutschte unruhig auf der Couch hin und her: „Sag schon, was habe ich? Ist es schlimm?"
„Na ja, wie man's nimmt." Ewa schaute Trixie prüfend in die Augen. „Du hast Herzrhythmusstörungen. Da du ansonsten gesund zu sein scheinst, muss die Ursache im psychischen Bereich liegen."

Trixie schmollte: „Willst du mich jetzt an einen Seelenklempner weiterschieben?"

Ewa lachte: „Nein, vielleicht reicht mein Wissen aus, um herauszufinden, was dir so zu schaffen macht. Voraussetzung ist allerdings, dass du mithilfst und dich ganz entspannt und vor allen Dingen offen und ehrlich mit mir unterhältst."

„Okay, gut", Trixie schaute sich um, „soll ich mich irgendwo ablegen?"

Ewa lächelte, die alte Vorstellung von der Psychiatrie: Ohne Couch geht nix.

„Nein, vielleicht versuchen wir es an dem Tisch da vorne, aber vorher hole ich uns einen heißen Kaffee."

Wenig später, Agua, an der ‚Furt':

Korporal Tiberius Miller hatte das Kettenfahrzeug zurückgesteuert.

Triefend nass und voller Algen und sonstiger Wasserpflanzen stand das Gerät wieder am Ausgangsufer vor den Männern. Da das Fahrzeug voll beladen war, wollte Thomas pro Durchgang nicht mehr als einen von ihnen übersetzen lassen. Er bestimmte Ron als den ersten Kandidaten, dann sollte Miller gehen und zum Schluss er selbst.

Während Major Dekker das Fahrzeug erklomm, schaltete Thomas seinen Scanner ein; er wollte nicht von den Trax bei diesem Manöver überrascht werden. Anschließend beobachtete er aufmerksam die Gegend und hatte dabei sein Steyr-Aug-Sturmgewehr mit langem Lauf im Anschlag. Die Gewehre waren mit den kräftigsten Explosivgeschossen geladen. Wer hatte eigentlich gesagt, den Maroon sei unbedingt zu trauen? Er hielt es zwar für wenig wahrscheinlich, dass diese Wesen bei der gezeigten Angst für ein Intrigenspiel taugten, aber Vorsicht war eben besser.

Langsam setzte sich das Kettenfahrzeug in Bewegung und brachte Ron Dekker trocken und wohlbehalten zum anderen Ufer. Dort sprang der Major herab, scannte die Gegend und sicherte ebenfalls mit seinem Sturmgewehr. Als nächster überquerte Tiberius, der selbst steuerte, den Fluss. Den Schluss sollte Thomas machen.

Keiner hatte jedoch daran gedacht, dass das schwere Fahrzeug im Flussbett tiefe Rinnen ziehen würde, die sich beim wiederholten Benutzen der Furt gefährlich auswirken konnten.

Gleiche Zeit, Landeort Eagle One:

Im Gegensatz zu seinen Kollegen an der Furt schob Sack Carter eher eine ruhige Kugel. Er hatte den Scanner mit der Trageschlaufe in Sichtweite an einen der unteren Äste des Baumes gehängt und lag jetzt im weichen Moos. Wer nun glaubte, Sack Carter gab sich der Ruhe hin, der täuschte sich grandios in dem wortkargen Korporal. In Reichweite seines rechten Arms lehnte das Sturmgewehr am Baum.
Wer Sack kannte, wusste, dass es für den Marine kein Problem war, das Gewehr unterhalb einer Sekunde zu ergreifen, zu entsichern, in Anschlag zu bringen und, was noch viel wichtiger war, auch zu treffen. Sack war in der Lage bei einer solchen Aktion ein Karnickel in 150 Meter Entfernung zu schießen – für weiter entfernte Ziele brauchte er ein wenig mehr Zeit.
Carter ließ sich nicht durch diese paradiesischen Umstände einlullen. Seine großen Erfahrungen aus fast allen Krisenherden der Erde besagten, dass gerade dann, wenn alles ruhig zu sein schien, die Gefahr mancherorts am größten war. Seine nie nachlassende Aufmerksamkeit hatte ihm so manches Mal, im Gegensatz zu vielen seiner Kameraden, das Leben gerettet.
Sack war gerne bei der Armee. Als Waisenkind war er früh in seinem Leben mit der harten Wirklichkeit konfrontiert worden. Er fühlte sich nirgendwo zu Hause, nirgendwo gemocht oder gar geliebt. Als junger Erwachsener verdiente er sich sein Geld bei Straßenkämpfen. Diese Wettereignisse waren zwar verboten, aber dafür in zwielichtigen Kreisen umso beliebter, weil es um viel Geld ging. Nicht selten kamen die Kämpfer mit bleibenden körperlichen Schäden davon. Das ging solange gut, bis ein Armeeangehöriger ihn nach einem erfolgreichen Kampf ansprach: „Du bist ein guter Kämpfer. Aber hier total falsch. Wie lange willst du das machen? Irgendwann wirst du deinen Meister finden – und dann? Wir bilden dich richtig aus!"
Sack war nach dem Kampf noch voll Adrenalin und entsprechend aggressiv. Mit einem heftigen Fluch auf den Lippen griff er den Soldaten an und fand sich keine drei Sekunden später rücklings auf der Straße liegend wieder. Alles an seinem Körper schien wehzutun, richtig weh sogar, aber keine ernsthaften oder gar bleibenden Schäden. Der Armeeangehörige beugte sich zu ihm hinunter: „Ich habe nur Spaß gemacht – jetzt. Kein Spaß war das Angebot, zu uns zu kommen – das Angebot

steht. Ich heiße Joe Flannigan. Steh auf und wir gehen einen trinken – dabei können wir reden."
Sack tat wie ihm geheißen und sie tranken mehr als einen. Flannigan war ein netter Kerl und outete sich als Anwerber für die Armee. Er beschrieb nicht alles als rosarot, aber er gab Sack ehrliche Auskünfte. So nahm Sack schließlich an und bereute es bis heute nicht. Die Armee gab ihm alles, was er bisher so sehr vermisst hatte: Eine Heimat, eine Aufgabe und viel Kameradschaft. Sack war glücklich.

Gleiche Zeit, Geronimo, Medostation:

Ewa hatte Kaffee geholt und nun saßen beide an einem Tisch und nippten am heißen Kaffee.
Vorsichtig begann Ewa das Gespräch: „Du hast gesagt, du hättest dich vorgestern noch ganz ordentlich gefühlt. Ich will jetzt nicht wer weiß wie weit in deiner Vergangenheit oder gar in deiner Kindheit rumwühlen. Vielleicht liegt das Ereignis ja näher. Hat es irgendein Déjà-vu gegeben in letzter Zeit: Etwas, was dich an irgendwelche negativen Vorfälle in der Vergangenheit erinnert hat?"
Beatrice Baines zog die Augenbrauen hoch: „Keine Ahnung. Wäre es denn wichtig für meinen jetzigen gesundheitlichen Zustand?"
Ewa nickte: „Aber sicher. Sieh mal. Das Gehirn zeichnet alles auf und das auf zwei Spuren. Einmal das tatsächlich Erlebte und parallel auf der zweiten Spur das Gefühl, das du bei diesem Erlebnis gehabt hast. So reicht unter Umständen ein Lied, ein Geruch oder ein Geschmack für das Gehirn aus, um sich daran zu erinnern und gleichzeitig das damals erlebte Gefühl wieder hervorzubringen. Darum stellt sich bei vielen Personen, wenn sie ein bestimmtes, bekanntes Lied hören Wohlbefinden ein, oder aber auch das krasse Gegenteil – je nach gespeichertem Gefühl von früher. Man kann das trainieren. Man muss dazu nur Bilder und Gefühl miteinander verbinden und sich darauf konzentrieren. Immer, wenn man dann das Bild vor sein geistiges Auge ruft, stellt sich automatisch das Wohlbefinden ein. Das Ganze gehört in den Bereich der NLP oder der neurolinguistischen Programmierung. Was wir jetzt vielleicht suchen müssen, ist ein plötzlicher Stimmungsumschwung in den letzten beiden Tagen."
Trixie schaute mehr als skeptisch: „Keine Ahnung. Sowas hatte ich in den letzten Tagen nicht."

„Gut", Ewa gab sich so schnell nicht geschlagen, „es muss auch nicht immer nur eine negative Ursache haben. Herzrhythmusstörungen können auch aufgrund positiver Ereignisse hervorgerufen werden. Gab es etwas Positives für dich?"

Etwas später, Agua, Furt:

Thomas hatte das Kettenfahrzeug erklommen und sich das Sturmgewehr um den Hals gehängt. Mit beiden Händen hielt er sich an den seitlich angeschraubten Haltebügeln fest.
Langsam ruckte das Fahrzeug an und bewegte sich auf den Fluss zu. Die Einfahrt ins Flussbett gestaltete sich ohne Probleme. Thomas kam es jedoch so vor, als wenn der Transporter mehr schwanken würde als bei den vorherigen Fahrten.
Wenn man selbst draufsitzt, kommt es einem wackeliger vor, so dachte er jedenfalls.
Aber als das Fahrzeug fast in der Mitte des Flusses war, sackte es plötzlich auf der linken Seite soweit ab, dass wild schäumendes Wasser quer über das Dach schwappte. Miller reagierte sofort und ließ die linke Kette schneller rotieren in der Hoffnung, dass sich das Fahrzeug wieder aufrichtet. Das wiederum führte dazu, dass sich das Fahrzeug noch schneller in den weichen Grund hineinwühlte. Thomas auf seinem schwankenden Sitz musste aufgrund der Schieflage davon ausgehen, dass das gesamte Konstrukt umstürzte und ihn möglicherweise im Wasser unter sich begrub. Blitzschnell gab er daher seinen unsicheren Aufenthaltsort auf, holte tief Luft und sprang so weit wie möglich vom Kettenfahrzeug weg in die aufgewühlte Gischt. Ohnmächtig hatte Ron Dekker das Geschehen verfolgen müssen: „Miller hol das Ding da raus – ich hole den Captain!"
Während der Korporal hektisch an der Fernsteuerung hantierte, rannte Major Dekker in Sprintermanier den Fluss in Strömungsrichtung entlang.

In etwa gleiche Zeit, Geronimo, Medostation:

„Na, ich weiß nicht", begann Beatrice zögerlich eine Antwort, „so richtig negativ ist hier nichts an Bord für mich gewesen. Aber positiv. Sicher, ich glaube schon einen guten Job gemacht zu haben. Der Captain

scheint mit mir zufrieden zu sein und auch der XO scheint mich zumindest akzeptiert zu haben. Irgendwie finde ich es gut, dass sich Laura Sorgen um meine Gesundheit macht – aber das täte sie wahrscheinlich aufgrund ihrer Stellung bei jedem."
Ewa hörte aufmerksam zu und beobachtete jede Mimik und jede Bewegung von Trixie.
„Ist das alles? Nichts Besonderes – irgendwas, verbunden mit Freude oder Spaß?"
Trixie lachte: „Ja, doch. Die Hochzeit von Shelly und Lutz war Klasse. Mann, was haben wir gefeiert. Als ich es endlich geschafft hatte, Miller ein paar Drinks einzuflößen, ist er richtig aufgetaut. Mann, ist der schüchtern und süß und …"
Trixie unterbrach sich und Ewa hob die Augenbrauen hoch und zeigte Trixie ihre nach vorn gestreckten, geöffneten Handflächen nach dem Motto ‚Haben wir's?'
„Du meinst …", zweifelte Trixie.
Ewa nickte: „Wäre möglich. Tiberius Miller gehört zum Einsatzteam ‚Maroon'. Was empfindest du für den Korporal?"
Die sonst so vorlaute Gunnerin wollte antworten, aber übergangslos standen ihr die Tränen in den Augen.
Ewa winkte ab: „Du brauchst gar nichts mehr zu sagen. Wir können uns die Hand reichen. Was meinst du wie es mir geht? Ich habe Thomas schon einmal verloren. Wir müssen uns damit abfinden, dass diese Jungs eine Heimat für uns finden wollen. Das ist gefährlich und wir können hier nur abwarten und ansonsten unseren Job machen, damit unterstützen wir sie am besten. Du arbeitest weiter, denn Ablenkung tut gut. Ich verordne dir zweimal am Tag hier für eine Tasse Kaffee zu mir zu kommen. Das hilft auch mir. Ansonsten vertrau bitte Thomas. Er ist ein guter Anführer mit sehr viel Verantwortungsgefühl für seine Leute. Er wird alle drei sicher zurückbringen"

<u>Gleiche Zeit, Agua,</u>
<u>mittlerweile 100 Meter von der Furt entfernt:</u>

Der eben noch auf der Geronimo gelobte Anführer kämpfte buchstäblich um sein Leben.
Dies war ihm sehr schnell nach seinem Sprung ins Wasser klargeworden. Es war unglaublich, welchen Sog dieses doch nicht sehr tiefe Was-

ser ausübte. Immer wieder wurde er unter Wasser gedrückt und ein paar Mal schrammte er an dicken Steinen vorbei, die unter Wasser lauerten und seine Flussfahrt noch gefährlicher machten. Thomas konnte sich ausrechnen, dass er irgendwann gegen einen solchen Felsen geraten würde, und dann war es aus.
Verzweifelt kämpfte er mit der tückischen Strömung.
Den am Flussrand rennenden Ron hatte er noch nicht bemerkt und Ron blieb immer weiter hinter dem reißenden Wasser zurück.
Thomas hätte gerne geflucht, aber er brauchte die wenige Atemluft bis zum nächsten Augenblick, wenn ihm das wilde Wasser wieder einen Atemzug gönnte. Er schaffte es schließlich, seinen Körper in Fließrichtung zu drehen. Beim übernächsten Auftauchen bemerkte er einen abgestorbenen Baumstamm, der mit seinen Ästen vom anderen Ufer aus quer über den Fluss hing. Meine Chance, dachte Thomas und bemühte sich die letzten 50 Meter bis zum Baum noch etwas weiter ans andere Ufer zu kommen. Kurz vor dem rettenden Baum tauchte er dann unter, dachte kurz an Ewa, und stieß sich mit aller Kraft vom Boden des Flussbettes ab.

<u>Zur selben Zeit, Agua, Landeplatz Eagle One:</u>

Sack lag im weichen Moos und bekam von den dramatischen Ereignissen am Flussbett nichts mit.
Er fragte sich gerade, wie er sich seine Zukunft auf Agua vorstellte. Ganz bestimmt war er nicht der Typ, eine Familie zu gründen – das sollten mal andere machen. Aber irgendwer musste doch auch für die Sicherheit sorgen. Die Trax würden nicht gänzlich von der Bühne verschwunden sein. Ja, das war die Lösung. Er würde einer Art Bürgertruppe oder so angehören. Sehr unwahrscheinlich, dass der Captain die gesamte Truppe einfach auflösen würde.
Ein leises Knacken in etwa 100 Meter Entfernung lösten in Sack eine schnelle Reaktion aus.
Ein Blick auf den Scanner – kein Trax wurde angezeigt, das Gewehr wurde vom Baum weggerissen und augenblicklich in Anschlag gebracht.
In der Richtung, aus der das Geräusch gekommen war, bewegten sich ein paar kleinere Bäume, ohne eine Sicht auf die Ursache der Bewegung freizugeben. Sack schaute nochmal sicherheitshalber auf den Scanner –

nach wie vor keine Anzeige. Carter ließ das Gerät am Baum hängen und machte sich geduckt, das Sturmgewehr im Anschlag, in einem weiten Bogen zu den verdächtigen Bäumen auf den Weg.
Während des Anschleichens waren all seine Sinne zum Zerreißen gespannt. Er nahm aber nur wenig mehr als ein leichtes Rascheln auf. Sack bewegte sich langsam und nutzte jede sich bietende Deckung aus. Völlig geräuschlos schlich er sich durch das weiche Moos. Bald hatte er die verdächtige Stelle erreicht, es fehlten nur noch ein paar Büsche, die ihm im Weg standen.
Carter setzte alles auf eine Karte, da er bis dorthin keine Deckungsmöglichkeiten mehr hatte. Er sprang auf und rannte die letzten Meter mit dem Gewehr im Anschlag um die Büsche herum.
Was er dort zu sehen bekam, ließ ihn fast lachen. Zwei etwa wildschweingroße, braune, vierbeinige Tiere, die aber irdischen Rehen ohne Geweih mehr ähnelten, trieben sich dort herum. Wie es für Sack aussah, handelte es sich offensichtlich um ein männliches und ein weibliches Tier und beide gingen voll in der Beschäftigung auf, Nachkommen zu zeugen und bemerkten Sack nicht einmal. Das Männchen geriet bei den Bewegungen immer wieder mit dem Hinterteil an den bewussten Baum, den Sack hatte wackeln sehen. Sack ließ das Gewehr sinken und machte sich grinsend auf den Rückweg.
Das Grinsen verging ihm sehr schnell, als er zu seinem Baum auf den Hügel blickte.
Ein Tier mit violettem Fell, offenbar so eine Art Primat und so groß wie ein mittlerer Schimpanse, machte sich gerade an dem Scanner zu schaffen. Fluchend begann Sack zu rennen.

<u>Gleiche Zeit, Agua,</u>
<u>mittlerweile 200 Meter von der Furt entfernt:</u>

Thomas bekam einen der Äste zu fassen. Mit aller Macht klammerte er sich daran, während der reißende Fluss unter ihm versuchte, ihn zurückzuholen. Da seine Beine noch im Wasser hingen und von der Strömung beeinflusst wurden, hing er fast waagerecht halb im Wasser, halb in der Luft.
„Halt dich fest, ich komme", hörte er Rons Rufe.
Dekker rannte, was seine Beine hergaben, allerdings war er immer noch gut 50 Meter entfernt.

„Vorsicht Treibholz!", hörte Thomas die Schreie vom Major. Als Thomas sich umdrehen wollte, passierte es auch schon. Ein großer Ast oder sonst etwas aus holzähnlichem Material krachte Thomas mit solcher Kraft gegen den Rücken, dass er fast die Besinnung verlor. Vor lauter Schmerz hatte er seinen Halt losgelassen und wurde ein Stück vom Wasser mitgerissen, dann jedoch wurde er abrupt gestoppt.
Sein Gewehr hatte sich zwischen den überhängenden Ästen verfangen und Thomas zappelte etwas hilflos und vor Schmerzen halb besinnungslos in den Halteschlaufen seines eigenen Sturmgewehres.
Dieser Zufall brachte aber Ron näher an Thomas heran. Der Major erreichte den umgestürzten Baum und robbte sich über den Stamm näher an Thomas heran. Schließlich blieb er auf dem Stamm sitzen und kramte aus seiner Ausrüstung ein Seil hervor. Ein Ende befestigte er an einem nach oben gerichteten starken Ast und das andere versuchte er Thomas zuzuwerfen.
Der erste Wurf ging fehl und Ron holte das Seil schnell wieder ein.
Der zweite Wurf erreichte Thomas fast.
Beim dritten Mal gab es direkt nach dem Wurf ein heftiges Krachen.
Einer der Äste, zwischen denen sich das Gewehr verhakt hatte, brach mit einem lauten Knall ab und Ron musste hilflos mit ansehen, wie Thomas wieder abgetrieben wurde. Verzweifelt erkannte der Major, dass die Bewegungen, mit denen der Captain gegen die reißende Strömung ankämpfte, langsamer und wohl auch schwächer geworden waren.
Selbst ein so durchtrainierter Mann wie Thomas hatte seine Grenzen.

<u>Gleiche Zeit, Agua, Landeplatz Eagle One:</u>

Korporal Sack Carter hatte sich keine Mühe gegeben, seine baldige Ankunft am Baum mit dem Scanner zu verheimlichen – ganz im Gegenteil. Durch Rufen war der violette Primat auf den heranstürmenden Marine aufmerksam geworden. Trotzdem war das Tier von dem technischen Gerät außerordentlich fasziniert, blinkte doch irgendwas auf diesem interessanten Teil – ein gelber Punkt. Erst war es ein Punkt, dann zwei, schließlich mehrere und nun sehr viele. Das Tier beschloss in seiner Naivität dieses tolle Spielzeug zu behalten, dies würde Eindruck schinden in seiner Gruppe.

Mit einer geschickten Bewegung löste es den Scanner vom Baum und wandte sich zur Flucht. Im ersten entsetzten Augenblick wollte Sack schießen, wollte aber das Gerät nicht durch die Explosivgeschosse gefährden – also rannte er hinter dem Affenähnlichen her.

<u>Dieselbe Zeit, Agua, nun 300 Meter von der Furt entfernt:</u>

Thomas merkte, dass seine Kräfte schwanden. Hilflos wurde er vom Wasser mitgerissen und konnte nur noch mit Mühe gelegentlich zum Luftholen an die Oberfläche gelangen.
Ob Ron ihm am Ufer folgte, konnte er nicht erkennen. Hin und wieder eckte er schmerzhaft an Hindernissen im Wasser an. Schließlich empfand er auch die Schmerzen nicht mehr. Fühlt sich so der nahende Tod an?, fragte er sich. Dann erschien ihm Ewa vor seinem geistigen Auge. Was mochte sie empfinden, wenn sie von seinem Tod erfuhr? Ein Gefühl tiefsten Bedauerns erfasste ihn. Es hätte alles so schön werden können. Eine gemeinsame Zukunft mit Ewa – vielleicht eine Familie.
Sein überstrapaziertes Hirn gaukelte ihm die eine oder andere Möglichkeit vor, so bemerkte er fast nicht, dass die Strömung nicht mehr so heftig war. Mit letzter Kraft kämpfte er sich nach oben und blickte in Fließrichtung des Flusses.
Tatsächlich, der Strom war hier doppelt so breit und wurde immer breiter, sodass die Wucht der Strömung bei abnehmender Geschwindigkeit immer geringer wurde. Mühsam versuchte er, sich in Richtung Ufer zu bewegen. Es fiel ihm verdammt schwer, aber er kam ihm immer näher. Schließich bewegte sich der Fluss nur noch seicht und er konnte im knapp einen Meter tiefen Wasser stehen. Schwankend und über Hindernisse im Flussbett stolpernd bewegte er sich zum Ufer. Mehrfach fiel er der Länge nach ins Nass und bei jedem Mal hatte er mehr Mühe beim Aufstehen. Letztendlich, als das Wasser nur noch wenige Zentimeter hoch stand, versagten seine Kräfte völlig.
Im Umfallen gab er seinem Körper noch eine kleine Drehung, sodass er rücklings fiel. Dann wurde für Thomas alles schwarz.

<u>In etwa gleiche Zeit, Agua, Landeplatz Eagle One, mittlerweile auch 150 Meter davon entfernt:</u>

Sack kam zugute, dass der Dieb längst nicht so schnell war, wie seine Verwandten auf der Erde, sonst hätte der Marine keine Chance gehabt. So bewegten sich beide in etwa gleich schnell. Damit war entscheidend, wer die bessere Kondition hatte.
Die Jagd ging über Stock und Stein.
Sack hatte jede Vorsicht fallen lassen und rannte einfach nur hinter dem violetten Tier her. Das Gerät war einfach zu wertvoll, um nicht alles zu versuchen, um es wiederzubekommen. Nach einer Viertelstunde heftigen Jagens kamen in Sack Zweifel auf, wer von beiden die bessere Kondition hatte. Er musste sich dringend etwas überlegen, sonst konnte er das Gerät abschreiben.
Der Primat nahm gerade Kurs auf einen Wald. Wenn er diesen erreichte, war es schlecht um die Verfolgung bestellt. Also hielt Sack an und brachte sein Gewehr in Anschlag. Kurz hintereinander jagte Sack zwei Schüsse heraus und rannte weiter, während er sein Jagdmesser aus der Scheide riss. Die beiden Schüsse verfehlten zwar wie beabsichtigt den Violetten, trafen jedoch voraus von ihm rechts und links zwei mittlere Bäume. Der Schüsse waren so gezielt, dass beide Bäume quer zur Laufrichtung des Primaten fielen und ihm so den Weg versperrten. Von den Schüssen und den anschließenden Explosionen zu Tode erschreckt, solche Geräusche gab es sonst kaum auf diesem Planeten, blieb das Tier stehen und drehte sich um.
Sack kam mit weiten Sprüngen herangeeilt und hatte den Arm mit dem Jagdmesser zum Wurf bereit. Ängstlich duckte sich das Wesen, als das geschleuderte Messer heransauste.
Aber Sack hatte das Tier nicht töten wollen. Im letzten Augenblick erschien es ihm ein schlechter Einstand auf dieser Welt zu sein, gleich den ersten etwas intelligenteren Bewohner zu töten. Also verfehlte Sacks Messer den Primaten knapp, dafür nagelte es den Haltegurt des Scanners an einen der umgestürzten Bäume. Der tierische Dieb versuchte noch kurz und vergeblich an dem Gerät zu ziehen, gab es jedoch schnell auf und wandte sich zur Flucht.
Erleichtert entfernte Carter das Messer aus dem Baum, steckte es ein und nahm den Scanner an sich.

Er warf einen kurzen Blick auf die Anzeige und wollte sich dann wieder in Richtung Eagle One bewegen, als ihm das Blut in den Adern gefror. Das durfte nicht wahr sein!
Gebannt schaute er nochmal auf die Anzeige.
Das Gerät zeigte nicht einen Trax an, sondern etwa 50 von ihnen – und sie kamen schnell näher!

<u>Agua, Furt:</u>

Rons Lungen pfiffen.
Nicht weil er untrainiert war, sondern weil seine Laufgeschwindigkeit in dem weichen, nachgiebigen Ufermorast wesentlich schneller war, als man es sich für einen 300-Meter-Lauf unter diesen Bedingungen einteilen sollte. Aber die Sorge um seinen Captain trieb ihn voran. Der Major stellte fest, dass der Strom erheblich breiter und die Fließgeschwindigkeit geringer geworden war. Leichte Hoffnung keimte in ihm auf und er legte noch einen Schritt zu. Schließlich sah er im Uferbereich im seichten Wasser eine Gestalt liegen. Das konnte nur Thomas sein.
Hoch spritzte das Wasser auf, als er mit weiten Sprüngen auf Thomas zurannte. Schließlich erreichte er die leblos im Wasser liegende Person. Hastig überprüfte Ron die Lebensfunktionen wie Atmung und Herzschlag. Beide waren vorhanden und ein grober Check zeigte keine auffälligen Verletzungen. Also packte Dekker den Captain bei den Armen und zog ihn durchs Wasser aufs Ufer zu. Ein Tragen wäre ihm im Moment nicht möglich gewesen, zu sehr hatte der Sprint an seinen Kräften gezehrt. Im halbwegs trockenen Uferbereich legte Ron den Bewusstlosen in einer stabilen Bauch-Seitenlage ab und griff zum Funkgerät: „Dekker an Miller, bitte kommen."
Die Antwort kam sogleich: „Hier Miller, ich höre."
Ron machte sich Sorgen um die Ausrüstung: „Was ist mit unserem Fahrzeug? Hast du es aus dem Wasser bringen können?"
„Es steht neben mir", kam die Antwort, „was ist mit unserem Captain?"
Ron atmete erleichtert durch: „Der liegt neben mir. Komm mit dem Schlepper flussabwärts, da wirst du uns in ein paar hundert Metern finden." Tiberius bestätigte und der Funkkontakt war damit beendet.

Agua, Sack Carter:

Schnell kniete Sack nieder und holte aus seinem Ausrüstungsbeutel einen Schalldämpfer für das Sturmgewehr und schraubte es an. Die Detonation der Explosivgeschosse beim Einschlag war nicht wegzudämmen, jedoch bis auf 100 Meter der Mündungsknall – und so weit war noch kein Trax heran. So konnte er zumindest etwas Zeit gewinnen. Nachdem er die Befestigung vorgenommen hatte, legte er den Scanner vor sich hin und legte das Gewehr dann nacheinander in alle vier Himmelsrichtungen an und gab jeweils ein Schuss ab.
Die Geschosse jagten viele hundert Meter durch die Landschaft, um dann irgendwo mit viel Getöse einzuschlagen.
Sack betrachtete den Scanner. Die Punkte hatten angehalten – die Geschosse taten ihre Wirkung. Nun kam es darauf an. Wie reagierten die Trax? Wenig später kam wieder Bewegung in die Aliens. Aber in eine Richtung bewegten sich viel weniger Trax als in die anderen drei. Darauf hatte Sack gesetzt und nun begab er sich genau in diese Richtung. Glücklicherweise war es auch noch die Richtung, die seine Kameraden vor mittlerweile drei Stunden eingeschlagen hatten. Sack hängte sich den Scanner um den Hals, lud seine Waffe nach und strebte anschließend in lockerem Trab den vorrückenden Trax entgegen.

Gleiche Zeit, Furt:

Ron bemühte sich Thomas wieder in die Wirklichkeit zurückzuholen, als er hinter sich das Herannahen des Kettenfahrzeugs bemerkte. Tiberius hockte obenauf wie ein alter Indianer, blickte wachsam auf den Scanner und steuerte mit ruhiger Hand das Fahrzeug. In unmittelbarer Nähe angekommen, stoppte er die Maschine und sprang in die feuchte Uferbefestigung: „Wie geht es ihm? Ist er verletzt?"
„Das wird wieder", brummte Ron, der neben dem Captain kniete, und wie auf Kommando begannen die Augenlider von Thomas zu flackern. Korporal Miller wollte noch etwas sagen, als Rons Funkgerät ansprach: „Carter an Dekker, bitte kommen!"
Hastig brachte Ron sein Funkgerät aus der Brusttasche zum Vorschein. Es war Funkstille angeordnet und wenn der wortkarge Sack diese Anordnung durchbrach, dann hatte das seinen guten Grund: „Hier Dekker. Was gibt's, Sack?"

„Sir", drang es aus dem Gerät, „möglicherweise haben wir ein Problem. Ich bin von Trax umzingelt. Ziemlich viele. Offensichtlich wollen sie unsere Landestelle untersuchen. Es ist nicht ausgeschlossen, dass sie unsere Tiger Shark finden. Ich bin jetzt in eure Richtung unterwegs, da kommen mir nicht allzu viele entgegen."
Ron hatte, der Verzweiflung nahe, den Kopf gesenkt und überlegte, was zu tun sein. Das war ein Super-Gau. Viel eher als gedacht, waren die Trax misstrauisch geworden. Plötzlich meldete sich eine schwache Stimme: „Sack soll versuchen, sich zu uns durchzuschlagen. Gebt ihm eine Beschreibung, wo wir zu finden sind."
Thomas war wieder bei Bewusstsein und hatte offensichtlich das Problem schon mithören können.
„Gib Sack eine Beschreibung unseres Standortes."
Mit diesen Worten gab Ron das Funkgerät an Miller weiter.
„Ron?"
Dekker wandte sich zum Captain, der mühsam und wohl auch unter Schmerzen seinen Oberkörper etwas aufgerichtet hatte und sich dabei auf die Unterarme stützte, „Ron, im medizinischen Beutel sind Schmerz- und Aufputschmittel. Spritz mich fit – und keine Widerworte!"
Ron nickte. Es hatte keinen Zweck, dem Captain zu widersprechen und es gab auch keinen Grund dafür. Er hätte dasselbe verlangt. Nacheinander verpasste der Major Thomas vier verschiedene Spritzen. Das war ungefähr die doppelte, sonst unter normalen Bedingungen übliche Menge. Thomas stöhnte leicht und legte sich wieder hin. Der Kreislauf musste erst einmal mit dieser Art von Doping klarkommen.
„Sack hat den Befehl bestätigt – und dann abgeschaltet", meldete sich Tiberius.
„Wie?", Thomas fuhr hoch. „Warum abgeschaltet?"
„Na ja, damit er nicht abgelenkt wird oder die Geräusche des Gerätes ihn verraten", antwortete Ron. Thomas beobachtete jedoch, dass beide Gefährten ihre Köpfe gesenkt hielten.
„Da ist noch was anderes. Raus mit der Sprache!"
„Na ja", wiederholte Miller die Worte seines Chefs, „das ist bei uns Marines so üblich. Wenn alles gesagt ist und die Gefahr besteht, dass wir die nächsten Minuten nicht überstehen. Keiner soll uns hören, wenn wir durch einen Zufall an die Sprechtaste geraten."
Thomas war erschüttert.

Die Marines befürchteten, dass jemand ihre Schreie aus Not und Verzweiflung hören konnten. Sie wollten mit dieser Aktion ihren Ruf schützen und keinen Moment der Schwäche preisgeben.
„Ist denn schon alles gesagt?", wollte Thomas wissen.
„Eigentlich nicht, aber daran kannst du ablesen wie hoch Sack seine Chancen einschätzt", antwortete ihm Ron.
Also fast keine, dachte Thomas.

12. Überleben

<u>22.07.2120, Geronimo,</u>
<u>Sektor B, Hangar 3/13 gegen 18:00 Uhr:</u>

Zur gleichen Zeit, als Sack Carter auf Agua um sein Überleben kämpfte, hatte Phil mit einem empfindlichen Messgerät im Hangar 3/13 im Deckenbereich einen Strukturriss festgestellt.
Sein sonst so sprichwörtlicher Humor wurde bei dieser Feststellung arg strapaziert.
Der Riss bedeutete einen Außenaufenthalt im Raumanzug – Reparatur vom All aus.
Missmutig ging Phil zur nächsten Ausrüstungskammer, um sich einen Raumanzug zu holen. Als er den Schrank öffnete, verschlechterte sich seine Laune noch mehr. Es hing nur ein Anzug im Schrank und der hatte noch ein Schild mit der Aufschrift: ‚defekte Kommunikation – außer im Notfall erst nach Reparatur benutzen'. Witzbolde, dachte Phil, für die paar Minuten wird es ohne Funk gehen und daher musste es auch ohne Anmeldung des Außenaufenthaltes auf der Brücke geschehen.
Schnell streifte er sich den Anzug über, griff seinen Plasmaschweißer und begab sich zur nächsten Außenschleuse. Unterwegs traf er auf Beatrice Baines, die als Sicherheitschefin an Bord natürlich wissen wollte, was Phil mit Raumanzug und Schweißgerät vorhatte. Da Phil die Gunnerin schätzte, gab er gerne Auskunft.
Den Teil mit der defekten Kommunikationseinrichtung und der unterlassenen Anmeldung beim XO ließ er sicherheitshalber weg, da mit Trixie bei Sicherheitsbedenken überhaupt nicht zu spaßen war. Sie hätte ihm schlicht die Benutzung verboten.

Mit der Aufforderung vorsichtig zu sein, begab sich Trixie wieder auf ihren Kontrollgang. Phil verließ über eine der Mannschleusen das Schiff. Da er Magnetstiefel trug, war er sicher mit der Außenhülle der Geronimo verbunden – so dachte er.

Auf der Brücke der Geronimo wird das Öffnen einer Außenschleuse auf den Konsolen des Cheftaktikers und auf der der Gunnerin angezeigt, und wenn keine Alarmstufe vorliegt, lediglich visuell. Nun, Trixie war im Schiff unterwegs und Paulo unterhielt sich gerade angeregt mit Grace über die Einsatzfähigkeit ihrer Staffeln, als ein einsames Lämpchen auf beiden Konsolen kurz aufleuchtete und damit kundtat, dass eine Schleusenaußentür geöffnet worden war.

So war Trixie die Einzige, die von Phils Ausflug wusste.

<u>Gleiche Zeit, Agua, Sack Carter:</u>

Sack hatte sich mental hochgeputscht.
Angst war im Moment ein Fremdwort.
Der Wille zu überleben und darum den Feind zu töten, stand ganz oben auf seiner Werteskala.
Auf seinem Scanner erkannte er, dass ihn drei Trax innerhalb der nächsten drei Minuten erreichen würden. Sack schaltete den neuen, von Phil entworfenen und hier erstmals im Einsatz befindlichen Körperschutzschirm ein und bezog hinter einem dicken Baum Stellung.
Phil hatte ausdrücklich gewarnt, sich allzu sehr auf seine Entwicklung zu verlassen. Erstes Gebot sei es immer noch, dem feindlichen Feuer auszuweichen, so hatte er mit erhobenem Zeigefinger gewarnt.
Der lange Lauf des Steyr-Aug-Sturmgewehrs war nun auf kurze Distanz eher hinderlich. Schnell entnahm Carter seinem Ausrüstungspack einen kurzen Lauf und tauschte diesen mit geübten, schnellen Griffen einschließlich des Mündungsdämpfers aus.
Dann wurde es Zeit.
Er hatte den Scanner vor sich an einen Baum gehängt und konnte nun sicher erkennen, aus welcher Richtung sich die goldfarbenen Aliens ihm näherten. Sack wollte seine Haut so teuer wie möglich verkaufen. Ihm war klar, dass die ca. 50 Trax in seiner Richtung für ihn ein unüberwindliches Problem waren, aber noch war er unverletzt und konnte sich wehren.

Die Aliens sollten einen Marine von der Erde fürchten lernen. Vorsichtig lugte er um den Baum herum.
Richtig – da waren sie. Drei Trax bewegten sich ruckartig mit ihren Strahlenwaffen in den Händen, wobei sie sichernd nach allen Seiten schauten. Korporal Carter griff zu seinem Gewehr, entsicherte es und sprang mit einer schnellen Bewegung aus seiner Deckung hervor.

Gleiche Zeit, Geronimo, Brücke:

Laura wurde von der technischen Abteilung über Bordfunk gerufen und sie meldete sich.
„Technische Abteilung an XO. Wir haben unsere Sensoren repariert beziehungsweise ausgetauscht. Nun müssen die Geräte geeicht werden. Dazu müssen wir kurzfristig die Energiemeiler für den Antrieb abschalten und die Außenhülle der Geronimo entmagnetisieren."
Laura schaute zu Paulo, ob dieser irgendwelche Einwände hätte. Paulo schüttelte jedoch den Kopf und zeigte mit seinem Daumen nach oben. Er war also einverstanden.
„XO an Technik. Ihr könnt anfangen. Wann müssen wir und vor allen Dingen wie lange ohne Antrieb auskommen?"
„Wir beginnen in etwa fünf Minuten und es dauert auch etwa so lange. Wir schalten dann die Energie wieder ein, sobald wir fertig sind."
Laura nickte. Kein Grund, die Crew darüber zu informieren. Wenn in fünf Minuten der Antrieb nicht funktioniert, was soll's, wird eh keiner bemerken außer Lutz und der hatte mitgehört.

Kurz danach, Geronimo Außenhülle:

Phil hatte nach kurzem Marsch über die Außenhülle die schadhafte Stelle erreicht.
Zwischendurch genoss er den Aufenthalt im Freien.
Der gesamte Raum war mit einem schwachen, blauen Leuchten erfüllt und die drei großen Monde in unmittelbarer Nähe boten ein bizarres, drohendes Bild. Phil fröstelte es etwas, als er seinen Schweißer für den Gebrauch klarmachte.
Seine Gedanken schweiften ab und er dachte an gestern Abend.
Bei der Hochzeitsfeier hatte er versucht, sich an Grace heranzumachen. Flight war zunächst sehr freundlich zu ihm gewesen und er hatte sich

Hoffnungen gemacht. Sicher, Grace war gut einen Kopf größer als er, ja und, stören tat es ihn nicht. Er bewunderte die gazellenartigen Bewegungen, den schlanken, dunklen Körper und wenn er ihre sanfte, warme Stimme hörte, dann war es ganz um ihn geschehen. Als Grace allerdings seine immer deutlicher vorgetragenen Avancen bemerkte, war sie doch deutlich auf Distanz gegangen. Phil hatte es dabei bewenden lassen, er wollte sich nicht unnötig blamieren. Vielleicht gab es später noch mal eine gute Gelegenheit, sich besser kennenzulernen.

Kurz darauf, Agua, Sack Carter:

Fauchend verließen drei Granatgeschosse das Steyr-Aug-Sturmgewehr von Korporal Sack Carter.
Zwei Trax explodierten förmlich vor seinen Augen. Diese schwarze Flüssigkeit, das Pendant zu menschlichem Blut, spritzte mit einigen Körperteilen in alle Himmelsrichtungen. Der Dritte konnte gerade noch dem letzten Schuss ausweichen, der statt des Alien einen mittleren Baum in einiger Entfernung fällte. Der sofort nachgelegte Schuss von Sack riss diesem aber den Kopf von den Schultern.
Der Lärm war ohrenbetäubend.
Nun war für alle Trax in unmittelbarer Nähe klar, wo der Feind war. Dies hatte auch Sack angenommen und nach einem kurzen Blick auf den Scanner rasch seine Stellung gewechselt. Wieselflink hastete er durch das Unterholz. Bei jeder sich bietenden Gelegenheit warf er einen Blick auf den Scanner. Jetzt zeigte das Gerät zwei Trax an, die dicht nebeneinander in seine Richtung gingen. Sack grinste und hängte sich das Sturmgewehr über die Schulter. Rasch erklomm er einen in der Nähe stehenden Baum und hockte sich auf einen starken Ast in ca. 3 Meter Höhe mit dem Baumstamm im Rücken als Deckung. Dann zog er das wohlweißlich von Trixie mitgegebene Samuraischwert. Es wurde Zeit, zur Abwechslung den lautlosen Kampf zu beginnen.

Gleiche Zeit, Geronimo Außenhülle:

Phil war fast mit seiner Schweißarbeit fertig geworden, als das Unglück passierte. Plötzlich verlor der Cheftechniker buchstäblich den Boden unter den Füßen.

Vor lauter Schreck ließ er sein Arbeitsgerät los, welches sich langsam von ihm entfernte und sich dabei wie in Zeitlupe um die eigene Querachse drehte. Als Phil begriff, was gerade passierte, war er schon gut fünf Meter von der Außenhülle der Geronimo entfernt.

Zunächst war er ärgerlich über diesen Umstand, dann dämmerte es ihm jedoch, dass einer der Monde ihn langsam aber sicher anzog und er in diese Richtung fiel und zwar über das Heck der Geronimo hinweg. Phil überlegte fieberhaft, wie er aus dieser misslichen Situation herauskommen konnte.

Nach einiger Zeit wurde ihm bewusst, dass er keinerlei Möglichkeiten hatte, sich aus eigener Kraft zu retten oder auch nur bemerkbar zu machen. Mit aller Kraft unterdrückte er eine beginnende Panik.

Das Funkgerät war kaputt und zwar wirklich, er hatte es sicherheitshalber noch einmal ausprobiert.

Das Schweißgerät hatte er dummerweise losgelassen, mit diesem wäre mit leichtem Rückstoß vielleicht sein Fall in Richtung Flaggschiff korrigierbar gewesen.

Nun trieb er dahin.

Nach seinen grob überschlägigen Berechnungen würde er in ca. 30 Stunden auf dem vor ihm liegenden Mond aufschlagen. Dies würde er aber nicht mehr bewusst erleben, denn sein Sauerstoffvorrat reichte nur noch für etwa sechs Stunden.

Niemand außer Trixie wusste von seinem Außenaufenthalt.

Seine einzige Hoffnung bestand aus Trixie.

<u>Agua, Sack Carter:</u>

Die beiden Trax hatten den Baum passiert, ohne den über ihnen hockenden Marine zu bemerken.

Sack sprang mit dem gezückten Schwert vom Ast herunter, genau hinter die beiden Aliens, wobei er dem linken schon im Flug den Schädel spaltete. Der andere konnte beim Herumwirbeln gerade noch erkennen, wer ihm den Kopf abschlug. Sack, der über und über mit dieser schwarzen Flüssigkeit vollgespritzt war, knurrte befriedigt und steckte das Schwert wieder in die Scheide.

Ein Blick auf den Scanner zeigte ihm einige Feinde, ca. 700 Meter voraus.

Carter beschloss wiederum seine Taktik zu ändern. Hastig schraubte er den langen Lauf auf sein Sturmgewehr und erklomm einen größeren Baum in unmittelbarer Nähe. In etwa 12 Metern Höhe hatte Sack einen guten Überblick. Er befand sich innerhalb eines Waldes, bei dem die Bäume relativ weit auseinanderstanden und sich daher viele Lichtungen ergaben. Carter schraubte eine Zieloptik mit Infrarotlaser an sein Sturmgewehr und suchte sich eine passende Stelle am Baum aus, an der er die Waffe auflegen und ruhig zielen konnte.
Wenig später bemerkte er einige Trax auf einer Lichtung.
Sack zielte kurz und ein Explosivgeschoss verließ den Lauf seiner Waffe und beendete das Leben des Ziels in 500 Meter Entfernung.
Hastig versuchten die übrigen Insektenartigen, Deckung zu finden.
Ebenso hastig schoss Sack.
Nicht jeder Schuss traf einen Trax, aber fast.
Die übrigen Geschosse richteten durch ihre Splitterwirkung erhebliche Verletzungen an. Sekunden später war die Lichtung leergefegt – genauso wie Sacks Waffe. Mit einem Ausdruck des Bedauerns schob Carter sein letztes Magazin mit 30 Schuss unter das Verschlussstück der Steyr-Aug und ließ es einrasten.

Etwas später, Geronimo, Brücke:

„Technik an XO, bitte kommen!" Laura beantwortete den Funkanruf.
„Wir sind fertig. Nach unseren Anzeigen funktionieren unsere Sensoren und die Triebwerke wieder einwandfrei. Wir sollten zu mindestens die Triebwerke testen."
„XO hat verstanden", damit unterbrach Laura die Funkverbindung.
„Brücke an Phil, bitte kommen!" Nach einer kleinen Pause wiederholte Laura den Anruf. Kurze Zeit darauf kam die Antwort aus dem Maschinenraum.
„Phil ist im Moment nicht anwesend, hier spricht sein Vertreter."
„Okay", gab Laura zurück, „bitte Energiemeiler hochfahren, wir wollen die Triebwerke testen."
Nachdem dies aus dem Maschinenraum bestätigt worden war, betrat Trixie die Brücke und nahm ihre Konsole in Beschlag.
Lutz meldete von seinem Pilotensitz: „Wir haben ausreichend Energie um zu beginnen."

Laura war gespannt, ob alles funktionieren würde, wenn ja, dann hatte sich die Crew selbst übertroffen und die Arbeiten viel schneller fertiggestellt als angenommen. Sie nahm sich vor, ein Lob auszusprechen.
„Lutz, Ionentriebwerke in Bereitschaft bringen."
Lutz bestätigte und draußen im All wurde Phil noch schreckensbleicher als er ohnehin schon war. Mittlerweile befand er sich direkt hinter der Geronimo und schaute in eine der Triebwerksgondeln, von der er eben bemerkt hatte, dass sie rötlich zu leuchten begannen – das untrügliche Zeichen für eine Anwärmung der Aggregate zur späteren Zündung. Wenn jetzt das Schiff beschleunigt wurde, dann erfuhr Phil das Schicksal eines Grillhähnchens, beziehungsweise schlimmer, von ihm würde nicht mal mehr Asche übrigbleiben.

<u>Gleiche Zeit, Agua, Sack Carter:</u>

In Windeseile war Sack vom Baum heruntergeklettert und hastete nun über die von ihm ziemlich verwüstete Lichtung in den gegenüberliegenden Wald hinein. Sein Scanner verriet ihm, dass dieser Wald ca. 200 Meter tief war, dann folgte wieder eine Lichtung von 100 Metern und dann wieder Wald und dieser voll Trax.
In schnellem Tempo durchquerte Carter den ersten Wald.
An der folgenden Lichtung ging er hinter einem umgestürzten Baum in Deckung.
Kein Feind war zu sehen, aber sein Scanner verriet ihm, dass circa 40 Trax sich im gegenüberliegenden Wald, kurz vor der Lichtung, verbargen.
In Sack reifte ein waghalsiger Entschluss. Auf Dauer konnte er dem Feind nicht wiederstehen. Es gab einfach zu viele von ihnen. In Gedanken schloss er mit seinem Leben ab. Es war vielleicht etwas kurz gewesen, aber für den bescheidenen Start hatte er noch etwas draus gemacht. Gerne hätte er noch länger Seite an Seite mit seinen Kameraden gekämpft. Aber für Situationen dieser Art war er ausgebildet worden.
Mit sicheren Griffen überprüfte er die noch vorhandene Ausrüstung und vergewisserte sich, dass sich alles an seinem richtigen Platz befand. Später sollte er keine Gelegenheit zum Suchen mehr haben, dann musste jeder Handgriff sitzen. Mit kalter Entschlossenheit ergriff er das Gewehr und brachte es in Richtung des gegenüberliegenden Waldes in

Anschlag. Sack begann zu feuern, dabei schoss er unglaublich schnell und streute den gesamten gegenüberliegenden Waldbereich in einem Meter Höhe ab.
Keine 10 Sekunden später war sein Magazin leer.
Die Geschosse schlugen wie beabsichtigt am Waldrand ein und richteten durch die Streuwirkung erheblichen Schaden beim Feind an.
Kaum war die letzte Granate explodiert, so sah man Korporal Sack Carter mit gezücktem Schwert in der rechten und einem 44-er Colt in der linken Hand laut schreiend im Zickzack über die Lichtung in Richtung Trax rennen.
Hin und wieder zuckte ihm ein Energiestrahl entgegen. Die meisten davon verfehlten ihn, der eine oder andere streifte seinen Schutzschirm. Letzterer hielt sich erstaunlich gut.
Dann erreichte Sack Carter den Wald. Die Munition aus seinem Colt war allzu schnell verbraucht, also steckte er ihn wieder ein. Geduckt lief er von Deckung zu Deckung. Nun war wieder die geräuschlose Art des Tötens gefragt. Mit schnellen Griffen öffnete er seinen Ausrüstungssack und entnahm ihm sein Spezialwerkzeug.
Jeder Marine hatte sein ‚Werkzeug', mit dem er sich zur Wehr setzen konnte.
Bei Sack Carter handelte es sich um eine acht Meter lange Peitsche mit Spezialseil. Dieses Seil aus Kunstfaser war extrem leicht und war über und über mit sehr kleinen scharfen Diamanten besetzt. Richtig angewandt übertraf diese Waffe ein Schwert an Schneidfähigkeit und konnte nahezu lautlos eingesetzt werden – und Sack war ein meisterlicher Anwender.
Carter steckte das Schwert in die Scheide und nahm die Peitsche zur Hand.

<u>Gleiche Zeit, Agua, Furt:</u>

Thomas, Ron und Tiberius hatten selbstverständlich das Geräuschinferno, verursacht durch Sacks Kampf gegen die Trax, gehört.
„Nun feuert er mit dem Colt", hatte Ron bemerkt, als sich die Explosionsgeräusche geringfügig änderten.
Dann war Ruhe.
„Seine Munition ist alle", drückte Tiberius aus, was die anderen beiden gleichzeitig dachten.

Ron überschlug im Kopf die Entfernung: „Wenn er nicht in spätestens 90 Minuten hier auftaucht, dann können wir weitergehen."
„Und wenn er nur verletzt ist", warf Thomas ein.
„Nicht Sack – nicht Sack Carter", sagte Ron und Thomas wagte nicht zu widersprechen, weil er den beiden Marines ansah, dass sie um ihren Gefährten bangten.

<u>Etwa gleiche Zeit, Geronimo, Brücke:</u>

Laura rief nochmals den Maschinenraum und befahl ein nochmaliges Checken der Energiemeiler.
Phils Vertretung antwortete mit einem OK.
„Was ist mit Phil? Warum antwortet uns sein Vertreter bei einer so wichtigen Erprobung?", stellte Trixie die Fragen in den Raum.
„Phil ist im Moment nicht erreichbar", gab Laura missbilligend Auskunft.
„Wie? Ist er etwa noch nicht zurück?", reagierte Trixie verblüfft.
„Wie zurück?", kam es lang und gedehnt vom XO.
Trixie reagierte augenblicklich. Sie sprang auf und schrie Richtung Navigator: „Lutz, schalt die Triebwerke ab – sofort, los abschalten! Tu es einfach – sofort!"
Obwohl Lutz heftig zusammenzuckte, schoss seine Hand vor und betätigte den Notaus-Schalter für die Triebwerke.
Das rötliche Leuchten in den Triebwerksgondeln erlosch augenblicklich und der frei im Raum treibende Phil konnte zumindest zum Teil aufatmen – solange die Luft reichte.
Phil überlegte, warum die Startsequenz abgebrochen worden war.
Sollte er Hoffnung schöpfen?
Auf der Brücke war Laura zu Trixie herumgefahren: „Gunnerin Baines, ich erwarte eine Erklärung!"
Trixie atmete durch und begann zu berichten: „Phil ist mir auf einem der Decks im Raumanzug entgegengekommen. Er sagte, dass er einen Strukturriss in der Außenhülle vom All aus schweißen wollte. Ich schlussfolgere nun, dass er den Außenaufenthalt hier nicht angemeldet hat. Da er an der Erprobung des Triebwerkes nicht teilnimmt, gehe ich davon aus, dass er noch nicht zurück ist, und dass er vielleicht in Schwierigkeiten steckt."

Laura nickte anerkennend: „Deine Logik ist zwingend und die Unterbrechung der Startsequenz damit korrekt. Hotaru, versuche auf der Frequenz der Raumanzüge Phil zu kontaktieren."
Hotaru begann zu schalten, aber nach einer knappen Minute schüttelte sie ihren Kopf: „Fehlanzeige – keine Antwort!"
Laura wandte sich an Paulo: „Taktikstation, Phil lokalisieren!"
Auch Paulo begann seine Instrumente zu bedienen. Jedes Crewmitglied trug ein Funkarmband und war darüber vom Schiffshauptrechner zu orten. Aber auch Phil schüttelte mit dem Kopf: „Nach meinen Anzeigen befindet sich Phil nicht auf der Geronimo."
„Gut", Laura überlegte, „eine gute Möglichkeit, die reparierten Sensoren zu prüfen. Paulo, such den Raum um die Geronimo ab."
Paulo schaltete die Sensorenphalanx ein und überprüfte die hereinkommenden Werte. Wenig später meldete er: „Ich hab ihn. Er treibt ca. 300 Meter genau hinter der Geronimo. Abstand vergrößert sich. Er wird von dem hinter uns liegenden Mond angezogen."
Das war ein Fall für Grace. Laura sah Grace nur an, dies genügte schon.
„Ich schicke zur Bergung eine Tiger Shark los", bemerkte Grace mit ihrer warmen Stimme.
Mit wenigen Handgriffen am Tableau veranlasste sie, dass zwei Piloten zu ihrem Aufklärer rannten und wenige Minuten später in Richtung Phil unterwegs waren.

<u>Dieselbe Zeit, Agua, Furt und Sack Carter:</u>

Die Minuten krochen quälend langsam dahin. Niemand sagte ein Wort. Kein Kampfgeräusch war mehr zu hören. Thomas, mittlerweile top fit, weil hochgeputscht von dem Medikamentencocktail, behielt den Scanner im Auge und auch der meldete keinerlei Trax in der Nähe. Selbst die Natur schien ihren Atem anzuhalten, während wenige Kilometer entfernt ein Marine um sein Leben kämpfte.
Und Sack kämpfte – nahezu geräuschlos, nur ein wenig leise surrend teilte die scharfe Peitschenschnur die Luft und traf den darauf völlig unvorbereiteten Feind.
Wo die Peitsche traf, trennte sie Gliedmaßen ab.
Die Trax schienen dieser Waffe körperlich weniger entgegenzusetzen zu haben, als die Menschen.

Sack bewegte sich geschickt und lautlos. Rücklings an einen Baum gelehnt machte er sich Hoffnungen, diesen Kampf zu überstehen und sein Leben fortsetzen zu dürfen. Ein halbes Dutzend dieser Insektenabkömmlinge waren bereits der Diamanten besetzten Peitschenschnur zum Opfer gefallen.
Für Sack war es unfassbar, dass der Feind bei so großen eigenen Verlusten seine Taktik nicht änderte. Offensichtlich waren ihm seine eigenen Verluste nicht so wichtig.
Vorsichtig entfernte er sich von seiner Deckung und schlich um eine Gruppe von dichtstehenden Bäumen herum – nichts, kein Feind in Sicht. Rasch verbarg er sich hinter einem großblättrigen Busch und zog den Scanner heraus. Ein Blick genügte ihm. Zu früh gefreut, der Feind hatte seine Taktik geändert. Auf dem Scannerbild konnte Sack ablesen, dass die übrigen Trax sich von ihm entfernten – und zwar alle in die gleiche Richtung. Die Taktik zu durchschauen war nicht allzu schwer. Sie hatten offensichtlich die Tiger Shark entdeckt, denn sie strebten in diese Richtung. Dort konnten sie dann nicht nur auf Sack, sondern auf alle Missionsmitglieder warten. Nun – der Aufklärer war mit einem Schutzschild gesichert. Einige Zeit würde der Flieger den verdammten Kakerlaken schon Widerstand leisten. Ein nochmaliger Kontrollblick auf seinen Scanner zeigte freie Bahn in Richtung seiner Kameraden. Also steckte Sack die Waffen weg und strebte in lockerem Trab Richtung Furt.

<u>Gleichzeitig, Geronimo, Brücke:</u>

Mit schweißverklebten Haaren, mühsam die Beherrschung wahrend, meldete sich Phil auf der Brücke bei Laura zurück. Seine Stimme zitterte etwas und ließ erkennen, was er in den letzten Stunden durchgemacht hatte. Die übrigen Crewmitglieder schwiegen, schauten in der Erwartung eines Donnerwetters nach unten und hofften, dass es die XO kurz machen würde. Lediglich die Sicherheitschefin schaute Phil geradewegs an. Für sie war das Verhalten des leitenden Ingenieurs an Bord unbegreiflich. Phil hatte die elementarsten Sicherheitsregeln gebrochen. Nach ihrer Kenntnis hatte es bisher noch niemand gewagt, ein Schiff im Raumanzug zu verlassen, ohne dies auf der Brücke anzumelden.
Kühl musterte Laura ihren Ingenieur.

Nur kurz konnte Phil ihrem Blick standhalten, dann blickte er verlegen auf seine Fußspitzen.

Laura hatte Mitgefühl, durfte es sich aber nicht anmerken lassen. Phil war außerordentlich pflichtbewusst. Sicherlich hatte er im Interesse der schnellen Reparatur gehandelt, aber so verloren manche Leute ihr Leben. Die strengen Sicherheitsbestimmungen gab es aus gutem Grund.

„Chief Mory! In Anbetracht der Umstände und deiner Stellung an Bord halte ich es nicht für erforderlich auf die existierenden, und damit auch für dich existierenden Sicherheitsbestimmungen hinzuweisen. Nach dieser Sonderaktion sollte die Bedeutung der Vorschriften auch für Uneinsichtige sehr deutlich geworden sein!" Lauras Stimme war laut und scharf gewesen.

„Ja, Sir."

Mehr brachte Phil nicht heraus und sein Blick klebte immer noch an seinen Fußspitzen. Lange Sekunden betrachtete Laura ihn, dann änderte sich ihre Stimme und in einem beschwörenden und mitfühlenden Tonfall brach es aus ihr heraus: „Mensch Phil! Wir brauchen dich hier! Hier an Bord des vermutlich letzten Kriegsschiffes der Erde! Nicht als verbrannter Staub im All! Wir können es uns nicht leisten, verschwenderisch mit unseren menschlichen Ressourcen umzugehen! Bedanke dich bei Trixie. Nur ihrem schnellen und logischen Handeln hast du deine Rettung zu verdanken!"

Phil nickte und kurz suchte er den Blickkontakt mit Gunnerin Baines und verbeugte sich leicht in ihre Richtung.

Trixie grinste und stemmte ihre Arme in die Hüften: „Dafür gibst du einen aus, Phil! Habe ich einen gesagt? Ich werde viel Durst haben!"

Mit Trixies lockerem Spruch entspannte sich die Situation auf der Brücke etwas. Die Leute atmeten auf und auch Phil bewegte sich etwas entkrampfter.

„Okay", begann Laura, die Beatrices entspannenden Beitrag wohlwollend zur Kenntnis nahm, „offensichtlich haben alle kräftig daran gearbeitet, die angeschlagene Lady wieder flott zu bekommen. Es scheint von Erfolg gekrönt. Ich setze die Testphase für die nächsten fünf Stunden aus, damit unser leitender Ingenieur sich wieder in den Status eines effektiven Mitarbeiters bringen kann. Ich beabsichtige, der Eagle One alsbald mit der Geronimo zu folgen!"

Die Brückencrew staunte nicht schlecht. Laura wich von der Befehlsvorgabe klar ab. Jedoch konnte sie für sich eine gefechtsklare Geronimo ins Feld führen – und bei allen Geistern, jeder an Bord warf irgendwelche Bedenken zum Thema Befehlstreue über Bord, wenn es um die Unterstützung des Captains und seiner Begleiter ging.

<u>Agua, Furt:</u>

Von den anderthalb Stunden waren bereits 70 Minuten vergangen, als es in Rons Funkgerät zu knacken begann: „Sack an Ron, bitte kommen!"
Die drei Kampfgefährten waren aufgesprungen und Freude zeigte sich auf ihren Gesichtern, als Ron den Funkspruch erwiderte.
„Ich folge dem Flusslauf in Fließrichtung und müsste euch gleich erreicht haben."
Sack hatte den Funkspruch getätigt, um seine Ankunft anzumelden. Er wusste nicht, in welchem nervlichen Zustand seine Kameraden waren. Er hatte keine Lust, nachdem er die letzten Kämpfe heil überstanden hatte, Opfer seiner Gefährten zu werden, weil diese ihn für einen Feind hielten. Wenig später watete Sack durch die seichte Strömung zu den Wartenden. Nachdem Schulterklopfen und freudige Umarmungen als Begrüßung erledigt waren, füllte Sack als erstes seinen Munitionsbestand auf. Daran konnte man den echten Profi erkennen: Zunächst einmal die Kampfbereitschaft wiederherstellen – dann reden.
Nun begann der Korporal zu berichten. Dabei ließ er eine Beschreibung seines Kampfes aus. Nur an wenigen Stellen seines Berichtes konnte Thomas erkennen, welche Leistung der Marine vollbracht hatte. Im Moment wichtig war Sacks Angabe, dass die Trax den Flieger entdeckt und sich dort versammelt hatten. Sack war nicht verfolgt worden. Offenbar waren sich die Trax sicher, dass die Menschen wieder zum Aufklärer zurückmussten – und dem war ja auch so. Thomas nahm die Meldung äußerlich gelassen, aber innerlich außerordentlich beunruhigt hin. Schließlich wurde Eagle One für den Rückflug benötigt.
Thomas hatte Laura keine klaren Befehle gegeben, wenn der Einsatztrupp nach drei Tagen nicht zurückkehrte. Dann war Laura auf sich allein gestellt. Es war fraglich, ob Laura ihnen mit der Geronimo durch das Wurmloch folgen würde.
„Gut, oder vielmehr schlecht", begann Thomas, „unsere Ausgangslage ist nicht besonders chancenreich, aber im Moment werden wir nicht verfolgt. Lasst uns also beraten, was zu tun ist. Wir benötigen noch

knapp zwei Stunden Marsch bis zur Siedlung der Trax. Nach einem Blick auf den Scanner, sicherheitshalber, setzte man sich einander gegenüber in das weiche Moos.
„Ron, du bist der Fachmann. Hast du eine Idee?"
Gespannt blickte Thomas seinen Experten für militärische Aktionen an. Ron war äußerlich völlig gelassen. Er hatte in den letzten Minuten angestrengt nachgedacht und konnte nun zumindest einen groben Plan vorschlagen: „Meinem Vorschlag liegt eine große Unbekannte zugrunde. Ich kenne den Feind nicht genau genug, um verlässlich seine Reaktionen vorhersagen zu können. Dies wäre aber für meine Idee Voraussetzung."
Thomas zuckte mit den Schultern: „Keiner hätte vor 14 Tagen gedacht, in einer solchen Situation zu stecken. Hier gibt es mehr Unbekannte als Sterne am Himmel. Lass uns deinen Plan trotzdem hören."
„Nun gut."
Der Major begann seine Ausführungen. „Ich sehe Parallelen zwischen den Trax und den Insekten auf unserer Heimatwelt. Der Einzelne von ihnen ist nicht viel wert und opfert sich für die Gemeinschaft. Was unseren Insekten aber heilig ist, ist die Nachkommenschaft. Das ist irgendwie logisch. Geht man verschwenderisch mit dem Leben der Erwachsenen um, dann müssen die Nachkommen geschützt werden, sonst ist die gesamte Art gefährdet – und nirgendwo handelt die Natur unlogisch, zwar hart, aber niemals unlogisch."
Thomas konnte den Ausführungen folgen: „Ich stimme dir zu, Ron. Aber wie soll uns das nutzen?"
Ron machte ein verbissenes Gesicht: „Ich schlage Folgendes vor: Wir trennen uns. Zwei von uns greifen die Siedlung der Trax an, mit dem Ziel, die Brutstätten zu zerstören. Dies wird die Trax von unserem Aufklärer weglocken – zumindest die meisten von ihnen. Die anderen beiden werden Eagle One zurückerobern und damit zur Geronimo zurückfliegen."
Nun war die Bombe geplatzt. Ron hatte tatsächlich einen waghalsigen Plan erdacht und seine Kameraden machten dicke Backen. Pfeifend stieß Thomas die Luft aus: „Mann, Ron, auch wenn Sack sich tapfer und gekonnt geschlagen hat. Meinst du, wir überleben einen Angriff auf die Siedlung selbst?"
Ron antwortete nur mit vier Worten: „Haben wir eine Wahl?"

Ab dann wurde diskutiert. Man fand aber keine bessere Idee, also ging man ans Feintuning von Rons Plan. Nach einem kurzen Hin und Her stand Folgendes fest: Ron Dekker und Sack Carter würden wieder zurück Richtung Eagle One marschieren. Mit Hilfe des Scanners und der dort enthaltenen Datenbank wurde eine Route gewählt, die von zahlreichen Wasserläufen durchzogen wurde und sich neben der geraden Linie zur Siedlung befand. Man ging davon aus, dass die wasserscheuen Trax bei der Eile diese Wege mieden. Tiberius Miller und Thomas Raven würden nach einer kurzen Besichtigung die Siedlung an empfindlichen Stellen angreifen. Dazu würden sie bis dicht vor die Siedlung den Schlepper mitnehmen und auch schweres Gerät zum Einsatz bringen. Anschließend wollten sie sich so lange verstecken, bis Hilfe von der Geronimo eintraf – falls das möglich war. Man beriet lange und dann machten sich Dekker und Carter auf den Weg. Thomas und Tiberius konnten ihren Aufbruch noch etwas hinauszögern, da ihre beiden Mitstreiter gezwungen waren, in einem großen Bogen zum Aufklärer zurückzulaufen und daher mehr Zeit benötigten.

Etwas später, Geronimo, Brücke:

Die angesetzten fünf Stunden waren um. Phil hatte geduscht, etwas geruht und sich auf seinen Job vorbereitet. Nun stand er auf Anweisung von Laura auf der Brücke. Seine Kommandoeinheit hatte er von seiner Arbeitskonsole im Maschinenraum auf das Ersatzterminal der Brücke legen lassen. Alle Kommandocodes waren übertragen worden, sodass Phil von der Brücke aus agieren konnte. Die Energiemeiler waren bereits hochgefahren und Laura hatte einen langsamen Kurs zum Wurmloch setzen lassen. Alle warteten nun auf den Antriebsschub. Aufmerksam betrachtete Phil seine Anzeigen. Eigentlich hatte man alles getan, eigentlich müsste es funktionieren, eigentlich …
Die Beschädigungen an der Geronimo waren jedoch heftig gewesen. Die Reparaturzeit denkbar knapp.
„Stopp!", schrie Phil plötzlich in die angespannte Ruhe. „Antrieb aus! Ich messe Energiefluktuationen. Keine Konstante bei der Energiefreigabe!"
Blitzschnell schaltete Lutz Heinken den Antrieb aus.

Wütend haute Laura auf ihre Konsole: „Verdammter Mist! Der Kahn hat sich nicht einen Millimeter bewegt! Phil, was ist da los? Hilft es, wenn ich aussteige und schiebe?"
Phil war unter dem heftigen Ausbruch seines XO zusammengezuckt. Schnell schaltete er die Konsole wieder um auf Betrieb aus dem Maschinenraum und eilte anschließend zum Ausgang der Brücke: „Ich muss nachsehen. Vielleicht ist es nur ein kleiner Fehler und schnell gefunden."
Immer noch ärgerlich hob Laura beide Arme: „Pause! Kann mir irgendjemand einen Kaffee bringen?"
Hektik kam auf. Jeder auf der Brücke fühlte sich mit einem Mal verantwortlich für Lauras Kaffee. Hotaru war jedoch am schnellsten am Automaten und reichte der Subcommanderin schließlich einen Becher dampfenden Kaffees. Laura stand auf und nahm Hotaru den Becher ab: „Vielen Dank, Hotaru. Wenigstens funktioniert der Kaffeeautomat."
Mit genüsslich geschlossenen Augen und gespitzten Lippen wollte Laura den ersten Schluck Kaffee nehmen, als es einen heftigen Ruck gab und die Alarmsirenen schrillten. Laura verbrühte sich den Mund und der Kaffee ergoss sich in Gänze über ihre Uniformjacke.
„Mist! Das kommt mir irgendwie bekannt vor! Sirenen aus! Brücke an Maschinenraum. Was war das?"
Lauras Stimmung war jetzt auf dem Nullpunkt angekommen. Weil Phil noch unterwegs in Richtung Maschinenraum war, antwortete seine Vertretung: „Wir haben hier eine ungewollte Energieumleitung in ..."
Laura unterbrach ihn hart: „In verständlicher Sprache und in wenigen Worten!"
Der Techniker bewies seine Schlagfertigkeit: „Wir hatten die Handbremse angezogen!"
Laura zog einen Schmollmund. Bei Erschütterungen dieser Art geht die Schiffsautomatik von einer ungewöhnlichen oder gar bedrohlichen Situation aus, daher die Alarmsirenen: „Wenn euer Chef gleich kommt, dann schickt ihn wieder hoch. Wir wagen den zweiten Versuch – und dieses Mal ohne Handbremse!"
Laura war einigermaßen versöhnt mit der Situation, konnte doch gleich der nächste Versuch gestartet werden. Sie wollte sich umdrehen, um sich wieder in ihrem Sessel zu setzen, aber Paulo stand direkt vor ihr.
„Was gibt's?", fragte Laura spitz.
„Ein neuer Kaffee, Sir!"

Mit diesen Worten hielt der Cheftaktiker Laura einen neuen Becher hin.
„Sehr aufmerksam", bedankte sich Laura und zog die mit Kaffee durchtränkte Uniformjacke aus. Der dünne Pullover darunter sah nicht besser aus. Das Kleidungsstück klebte ihr auf der Brust. Paulo wirkte mit einem Mal etwas nervös. Laura registrierte amüsiert, dass es Paulo nicht ganz gelang, seine Augen von ihren üppigen Brüsten fernzuhalten. Freundschaftlich klopfte sie ihm auf die Schulter, während sie ihm den dargebotenen Kaffee abnahm.
„Beruhige dich, Paulo", raunte sie ihm zu, „wir haben jetzt Wichtiges zu tun."
„Äh, ja äh … selbstverständlich", stotterte Paulo, drehte sich um und begab sich schnell zu seiner Taktikstation.
Laura grinste so breit wie lange nicht mehr. Sie beschloss die Blicke als Kompliment zu nehmen und freute sich daher wie jede Frau darüber.

<u>Dieselbe Zeit, Agua, Thomas und Tiberius:</u>

Es war mittlerweile etwas dämmerig geworden und Tiberius hatte sich kurz entschuldigt, um irgendwo seine Notdurft zu verrichten. Als er nach einiger Zeit noch nicht wiedergekommen war, machte sich Thomas Sorgen und folgte dem Marine. Er fand ihn auf einem Stein sitzend vor, in der Hand hielt er ein Stück Papier. Als er Thomas bemerkte, steckte er das Papier hastig ein und murmelte eine Entschuldigung wegen seines langen Ausbleibens. Thomas nickte und setzte sich gegenüber Miller auf einen weiteren großen Stein.
„Tib, wir müssen bald los. Gibt es ein Problem?"
Thomas hatte einen Stimmungsumschwung bei diesem hartgesottenen Marine festgestellt und wollte nun der Ursache auf den Grund gehen.
„Nun", begann Tib, „harte Einsätze haben mir nie etwas ausgemacht. Aber nun empfinde ich eine gewisse Scheu, mein Leben zu riskieren. Ich möchte noch so vieles in meinem Leben machen und erreichen. Nun besteht die Gefahr, dass ich nichts davon umsetzen kann."
Thomas sah seinem Gefährten in die Augen: „Du hast Angst, Tib. Das ist ganz normal. Auch ich möchte noch viele Dinge tun. Ich habe auch Angst, es nicht mehr zu können. Wir werden vorsichtig sein und wir werden diesen Einsatz überstehen! Willst du mir das Papier zeigen, das du gerade weggesteckt hast?"

Miller zögerte. Schließlich seufzte er, holte das Verlangte aus seiner Tasche hervor und gab es Thomas. Thomas nahm es entgegen und betrachtete es im Licht von zwei aufgehenden Monden.
Was er sah, war ein außergewöhnlich schönes Foto von Trixie. Es war wohl gestern bei der Hochzeit aufgenommen worden. Trxie lächelte nicht darauf – sie strahlte. Liebevoll sah sie den Fotografen, sehr wahrscheinlich Korporal Miller, an.
Thomas verstand.
Dieser Bär von einem Mann hatte sein Herz an die kleine Trixie verloren und das machte ihm jetzt bei dem bevorstehenden Kampf zu schaffen.
„Ich verstehe", flüsterte Thomas, dabei zog er selbst eine Fotografie aus seiner Tasche und reichte sie dem Korporal. Miller erkannte ein Foto des leitenden medizinischen Offiziers an Bord der Geronimo – Dr. Ewa Lenn.
„Wir können uns die Hand reichen, Tib. Ich schlage folgende Abmachung vor: Du achtest darauf, dass ich Ewa wiedersehen kann und ich achte darauf, dass du Beatrice wiedersiehst. Einverstanden?"
Thomas hielt Miller die Hand hin.
Der Korporal schlug ein: „Mach ich, Sir. Entschuldigung – ein schwacher Moment."
Beide standen auf und Thomas fasste den Marine an der Schulter: „Besser jetzt als nachher. Lass uns aufbrechen!"

<u>Gleiche Zeit, Geronimo, Brücke:</u>

Laura war es vergönnt, den zweiten Kaffee zu genießen. Heftig schnaufend kam Phil in die Zentrale gerannt. Offensichtlich hatte er sich sehr beeilt und dabei den Weg zum Maschinenraum hin und gleich wieder zurück in respektabler Zeit absolviert.
„So, wenn der Chefschrauber wieder zu Luft gekommen ist, will ich in Richtung Wurmloch fliegen! Außensicht auf den Frontschirm!"
Lauras saloppe Ausdrucksweise signalisierte der Crew eine einigermaßen entspannte Subcommanderin.
Phil hob den Arm und mit schnaufender Stimme gab er bekannt: „Kann losgehen – bin soweit."

Lutz begann zu schalten. Der Geräuschpegel änderte sich für das geübte Ohr etwas und man sah auf dem Frontbildschirm einen der Monde langsam aus dem Erfassungsbereich herauswandern.
Die Geronimo bewegte sich und nahm Fahrt auf.
„Alles innerhalb normaler Parameter", meldete Lutz und Laura nickte zufrieden. Scheinbar hatte der zweite Versuch mehr Erfolg. Langsam verließ die Geronimo den Einflussbereich der drei Monde.

13. Die Entscheidung

<u>22.07.2120, immer noch Geronimo, Brücke:</u>

Laura hatte mit einem fast lautlosen „Ja!" und der gestreckten Faust aus dem Ellenbogen heraus den kleinen Erfolg gefeiert.
Die Mannschaft hatte das weidwund geschossene Schiff schneller wieder flott gemacht als die größten Optimisten es zu wünschen wagten. Laura dachte, die gewonnene Zeit zu nutzen. Sie hätte es sich nie verziehen, und ihre Crew ihr sicher auch nicht, wenn durch untätiges Warten die Mission des Teams ‚Agua' scheitern würde und gar den Teilnehmern des waghalsigen Unternehmens Unheil widerfahren worden wäre.
Aufmerksam beobachtete Laura ihre Anzeigen.
Ein kurzer Blick auf Paulo verriet ihr, dass dieser ebenso akribisch seine Instrumente im Auge behielt. Jeder rechnete mit einer weiteren Überraschung, während das Flaggschiff langsam in Richtung Wurmloch beschleunigte.
„Zuhören", forderte Subcommanderin Laura Stone, „ich gehe davon aus, dass die Passage durch das Wurmloch für ein Schiff dieser Klasse recht belastend sein kann. Außerdem haben wir keine Ahnung, wer uns auf der anderen Seite erwartet. Ich will ein gefechtsklares Schiff durch das Loch bringen. Ich halte daher weitere Tests für angebracht. Dieses langsame Geeiere in Richtung Wurmloch ist kein Test, sondern die Schleichfahrt eines außer Dienst gestellten Schiffes zum Abwracken! Lutz! Kursänderung! Bring uns raus aus Stonehall und das ziemlich zügig. Ich möchte, dass das Schiff belastet wird. Besser wir reparieren jetzt, als während einer Schlacht. Manöverbedingungen!", damit schlug Laura auf den Schalter für den Teilalarm.

Zeitgleich bestätigte Lutz den Auftrag, beschleunigte und zog die Geronimo in eine enge Kurve.
Die einsetzenden Andruckabsorber waren mit der plötzlichen Querbeschleunigung überfordert und ließen ein halbes Gravos durchkommen. Die Brückencrew hatte sich rechtzeitig Halt verschafft, aber aus dem Schiff kamen kleinere Schadensmeldungen und auch Verletzungsmeldungen.
„Habt ihr das schnelle Reagieren verlernt?" Laura war leicht verärgert.
Verletzte hatte sie bestimmt nicht haben wollen. Ewa meldete den Einsatz von mehreren San-Teams auf dem Weg zu Verletzten.
„Soll ich die Flugmanöver anpassen?", fragte Lutz die Subcommanderin.
„Nein", grollte Laura, „wer jetzt dabei verletzt wurde, den kann ich für den Kampf eh nicht gebrauchen. Weitermachen – und schneller!"
Lutz Finger huschten über die Tastatur und Phil gab mehr Energie auf die Andruckabsorber, damit für die Menschen an Bord alles im erträglichen Rahmen blieb. Schließlich sollte lediglich das Schiff getestet werden.
„Grace! Bring deine Geschwader raus – alle!" Laura machte keine halben Sachen.
Flight gab Alarm und in weniger als 90 Sekunden waren über 100 Kampfflieger im Raum um die Geronimo verteilt. Die Technik zum Ausstoßen und Ausschleusen der Jäger und Aufklärer hatte einwandfrei funktioniert.
„Einschleusen!", war das einzige Kommando welches anzeigte, dass Laura die Flieger überhaupt bemerkt hatte.
Weisungsgemäß holte Grace ihre Leute zurück. Das Andocken war ungleich schwieriger. Zwar hielt Lutz die Geronimo gerade, aber Laura dachte nicht daran die Geschwindigkeit zu senken.
„Zwei Minuten bis zum Ausgang von Stonehall."
Lutz war die Ruhe selbst, während er die Geronimo bei höheren Geschwindigkeiten noch Kurven fliegen ließ.
Die Jäger waren mittlerweile alle wieder an Bord.
„Hotaru! Was melden die Scanner von draußen?", wollte Laura wissen.
Hotaru hatte eine negative Antwort schon parat. Die Relaiskette hatte von außerhalb Stonehall keinerlei Fremdschiffe gemeldet.
Und schon raste die Geronimo aus Stonehall heraus.

„Voller Stopp – sofort!", verlangte Laura und Lutz drückte auf alle Tasten, die eine Verlangsamung des Schiffes versprachen.
Das Schiff bäumte sich auf und wieder kamen knapp zwei Gravos durch. Dieses Mal gab es keine Verletzungen, weil jeder darauf vorbereitet war. Der Lärm und die Vibrationen durch die Bremstriebwerke waren enorm und das Schiff ächzte unter der schweren Belastung. Überall knackte und dröhnte es – aber es gab keine Schäden.
Als das Schiff stillstand, nickte Laura befriedigt und befahl die Rückkehr nach Stonehall.

<u>Gleiche Zeit, Agua, Miller und Raven:</u>

Nach der intimen Aussprache hatten sich die beiden Männer auf den Weg gemacht. Tiberius ging voran, den Blick immer wieder auf den Scanner gerichtet, während Thomas die Nachhut bildete und nach allen Seiten sicherte. Man stieß weder auf Überraschungen noch auf Trax und das Gelände begann langsam hügelig und die höhere Vegetation weniger zu werden.
Die letzte halbe Stunde waren die beiden Menschen nur mannshohen Büschen ausgewichen und dabei stetig bergan marschiert. Tiberius konnte in der Dämmerung, so ganz dunkel wurde es auf Agua wegen der drei Monde sowieso fast nie, bereits den Hügelkamm erkennen und machte Thomas darauf aufmerksam.
„Okay, sei vorsichtig, wenn du darüber hinwegsiehst!" Und damit überließ Thomas dem Marine den ersten Blick auf die Siedlung der Feinde.
Die letzten Meter robbte Miller auf allen Vieren und lugte vorsichtig über die Kante hinweg. Thomas wartete geduldig etwa vier Meter hinter ihm. Es dauerte einen kleinen Augenblick, bis Miller heftig zusammenzuckte und hastig rückwärts zu Thomas herunterrutschte: „Das gibt es nicht! Nein, das glaube ich nicht! Thomas – ich, ich bin verrückt geworden!"
Aus Millers Augen sprach der reine Unglaube.
„Hey, du bist nicht verrückt", widersprach Thomas und legte seinen Arm auf Millers Schulter, „was hast du gesehen?"
Miller schüttelte nur den Kopf und flüsterte: „Schau selbst – du würdest mir eh nicht glauben und ich glaube es ja auch selbst nicht!"
Nun war Thomas wirklich beunruhigt. Mit seltsamen Reaktionen des Marine im Gefühlschaos hatte Thomas ja gerechnet, aber das? Thomas

ließ Miller im weichen Moos liegen und robbte selbst zum Hügelkamm. Vorsichtig streckte er seinen Kopf ein wenig höher und schaute ins Tal. Dann sah er es selbst. Thomas schloss die Augen und zählte bis zehn. Als er die Augen wieder öffnete, war es immer noch da. Neben sich spürte Thomas eine Bewegung. Miller hatte sich etwas erholt und war zu ihm aufgeschlossen. Nun blickten beide in das Tal.

Das Tal selbst war etwa 5 km lang und vielleicht 2 km breit. Von den beiden Beobachtern ausgehend, lag der tiefste Punkt des Tales etwa 500 Meter unter ihnen. Die Bergwände waren seicht und bedeuteten für den Abstieg kein Hindernis. Die Trax hatten überall indirekte Beleuchtung installiert. Sie wohnten offensichtlich in Behausungen, die so aussahen wie Zuckerhüte. Am Boden etwa 20 Meter im Durchmesser und bis zum Gipfel etwa 50 Meter hoch. Ein Gebäude im Tal war anders gebaut. Es war halbkugelförmig und wesentlich größer als die Wohnungen der Trax. Das alles brachte aber weder Miller noch Thomas aus der Fassung.

Das Objekt ihrer Anspannung stand etwas weiter hinten im Tal.

Auf seinen skiähnlichen Kufen stand dort ein gräulich metallisch glänzender Stahlkoloss, etwa 1000 Meter lang.

Es handelte sich einwandfrei um ein irdisches Schlachtschiff der Terra-Klasse, ein Raumschiff aus den modernsten Schiffswerften des Erdenmondes – offensichtlich unbeschädigt.

Thomas drehte sich auf den Rücken und ließ sich ein paar Meter in Deckung herunterrutschen – Miller tat es ihm gleich.

„Da wir beide offensichtlich das Gleiche gesehen haben, können wir es als Tatsache hinnehmen."

Miller nickte zu Thomas Worten.

„Wir werden unseren Plan ändern müssen", bemerkte Thomas.

„Was du nicht sagst!" Der Tonfall von Tiberius war schwer zu deuten.

Er lag irgendwo zwischen Scherz und Spott.

Thomas grinste.

Offensichtlich hatte sich Tiberius wieder im Griff. Das unerwartete Auftauchen eines irdischen Schiffes hier irgendwo im, ja wo eigentlich, gab dem Marine wieder einen kräftigen Stoß in Richtung Berechenbarkeit.

„Du hast in deiner Ausrüstung ein Nachtsichtgerät, Tib. Geh wieder nach oben und beobachte das Umfeld des Schiffes. Mich interessiert der Name des Schiffes und ob du Menschen sehen kannst."

Tib bestätigte und holte aus seinem Rucksack ein kleines, handliches Fernglas mit Restlichtverstärker hervor. Alsbald lag er oben in Höhe des Kamms auf Beobachtungsposten.
Thomas überdachte die Lage auf Agua.
Völlig unverhofft sah man sich irdischer Technik in Form eines Kriegsschiffes gegenüber. Wie es dorthin gekommen war, interessierte ihn erst an zweiter Stelle.
Wichtig war, ob es menschliche Besatzungsmitglieder gab.

Gleiche Zeit, Stonehall, Geronimo, Brücke:

Laura saß sichtlich zufrieden in ihrem Kommandostuhl.
Der Probeflug der Geronimo war zur vollsten Zufriedenheit abgelaufen. Weisungsgemäß wendete Lutz das vermeintlich letzte irdische Schlachtschiff für die Rückkehr nach Stonehall.
Die schiffsweite Kommunikation wurde aktiviert und Laura begann einen Rundspruch: „Hallo Crew, hier spricht der Interims-Captain. Der Probeflug war ein Erfolg. Ich danke allen Beteiligten für die schnelle und gründliche Reparatur. Ich beabsichtige, auf direktem Wege durch das Wurmloch zu fliegen, um unserem Captain und seinen Begleitern eventuell Hilfe bringen zu können. Ich verstoße damit ganz klar gegen die Befehle von Thomas Raven, der mir eine Wartezeit von drei Tagen auferlegte. Wer dagegen Einspruch einlegen möchte, der wende sich bitte an seinen Crew-Leiter, der mir dies weiterleiten wird. Der Einspruch wird ins Logbuch aufgenommen und damit registriert. Dies rechtfertigt aber keinesfalls eine Befehlsverweigerung! Nach Auskunft unseres Navigators benötigen wir fünf Stunden bis zur Anomalie. Jeder hat ab sofort den Auftrag, die Ausrüstung zu checken. Wer damit fertig ist, bereitet sich auf einen möglicherweise anstrengenden Einsatz vor. 15 Minuten vor Erreichen des Wurmlochs wird Vollalarm gegeben! Zeit läuft!"
Damit war die schiffsweite Ansprache beendet. In der nächsten Stunde war noch heftige Betriebsamkeit an Bord. Jeder schaute nach seiner Ausrüstung – und keiner protestierte gegen Lauras äußerst großzügige Befehlsauslegung.
Dann machte sich Ruhe breit im Schiff.
Lediglich Lutz, unterstützt von einem jungen Astrogator, bewegte die Geronimo in ruhigen Bahnen in Richtung Wurmloch.

Laura war im Kommandostuhl eingenickt, der Rest der Brückencrew hatte sich in die anliegenden Quartiere zurückgezogen.

<u>Geronimo, Bereich für Innovationstechnik:</u>

In dieser Abteilung war immer noch kein Stillstand zu vermelden. Zunächst hatte man angenommen, drei Tage Zeit zu haben, aber nun war durch die Eile der Subcommanderin ein Wiedersehen des Captains innerhalb der nächsten Stunden möglich.
Und wie hatte Thomas Raven beim letzten Mal gesagt: „Ich erwarte Ergebnisse!"
Hastig ging man alle Entwürfe durch. Man hatte die jüngeren Crewmitglieder befragt, weil diese noch die frischesten Erinnerungen hatten. Auch war man über Lutz an die kleine Lea herangekommen. Unter Aufsicht der fürsorglichen Mama Shelly war die Kleine ausgiebig befragt worden. Da das kleine, rote Lockenköpfchen ein reges und aufgewecktes Plappermäulchen war, war die Ausbeute recht groß gewesen. Zunächst hatten die Befrager noch mitgeschrieben, anschließend hatte man die Wünsche der Kleinen der Einfachheit halber aufgezeichnet.
Der Chef der Abteilung hatte zum Meeting gerufen und nun saßen ein Dutzend Mitarbeiter der hochtechnisierten Spezialabteilung und debattierten äußerst heftig und zwar durcheinander über die Produktion von Kinderspielzeug.
„Ruhe! Ruhe bitte!", brüllte der Leiter der Abteilung, ein blassgesichtiger Hüne mit roten Haaren und Bart und schlug dabei mit seiner rechten Faust mehrfach mehr oder minder verzweifelt auf den Konferenztisch.
Der Erfolg war gleich Null. Er war einfach nicht gehört worden. In seiner Erregung nahm der Rothaarige einen Stoß Kunststoffschreibfolien, hob sie hoch und ließ sie auf den Konferenztisch niedersausen. Es knallte wie tausend Peitschen. Erschrocken hielten alle Anwesenden inmitten ihrer jeweiligen Debatten inne.
„Ich danke für ihre Aufmerksamkeit", fuhr der Hüne etwas spöttisch fort.
„Bleiben wir doch bitte alle mal auf dem sprichwörtlichen Teppich. Im Moment haben wir ein vierjähriges Kind an Bord – meine Damen und Herren – eines! Ich schreibe es gerne mal für euch auf. Im alphanumerischen Bereich liegt die Zahl ziemlich exakt zwischen 0 und 2. Ein

weiteres Kind ist in Produktion und wird frühestens in fünf Monaten das künstliche Licht der Geronimo erblicken – mit Glück das Licht irgendeiner Sonne. Das zweite Kind braucht im ersten Lebenshalbjahr kaum Spielzeug. Bleibt also genug Zeit. Das eigentliche Problem heißt Lea und benötigt ihrem Alter entsprechende Beschäftigungsmöglichkeit. Dies ist umso wichtiger, da es keine Spielkameraden hat. Wir sind hier über ein Dutzend fähiger Wissenschaftler. Wir werden doch wohl in der Lage sein, eine Vierjährige mit Spielzeug zu versorgen! Wer hat Lea befragt?"

Am äußersten Rand des Tisches meldete sich ein kleiner, hagerer Wissenschaftler, versehen mit strähnigem, schwarzem Haar, der es tatsächlich fertigbrachte, noch blasser als sein Chef auszusehen: „Ja, ich habe das mal alles aufgeschrieben", dabei holte er einen Zettel aus der Tasche, der beim Ausfalten immer größer wurde.

„Hast du Weihnachtsmann gespielt und einen Wunschzettel ans Christkind verlangt?", grollte der Abteilungschef.

„Äh ja, äh doch, ja – tatsächlich, so ähnlich war's", stotterte der Angesprochene und begann dann den Zettel vorzulesen …

<u>In etwa dieselbe Zeit auf Agua,</u>
<u>im Bereich der Trax – Siedlung:</u>

Tiberius Miller hatte seinen Beobachtungsposten verlassen, um Thomas einen Bericht abzustatten: „Menschen habe ich keine gesehen. Das Schiff wird von außen an der Einstiegsluke von zwei Trax bewacht. Ich habe keinerlei Beschädigungen am Schiff entdecken können. Wahrscheinlich ist es flugtauglich. Was tun wir?"

Thomas grinste Tiberius an: „Wir holen uns das Schiff. Zunächst hole ich Dekker und Carter zurück – allein können wir beide das Schiff nicht starten."

Das Leuchten in Thomas Augen verriet Tiberius Miller, dass sein Captain und First Commander Space Force nicht scherzte, ihm war es bitterernst mit seiner Idee – von Plan konnte man im Moment ja noch nicht sprechen.

„Ich rufe erst mal unsere Jungs zurück."

Damit ergriff Thomas das Funkgerät: „Raven an Dekker, bitte kommen!"

Augenblicklich meldete sich die Stimme des Marinechefs: „Hier Dekker, ich höre!"
„Statusbericht, bitte."
Ron Dekker berichtete von keinerlei Feindkontakt, und dass man noch circa einen Kilometer vom Standort des Aufklärers entfernt sei.
Thomas nahm die Meldung unbewegt entgegen: „Operation abbrechen. Wir müssen aufgrund der Gegebenheiten unseren Plan ändern. Ich erwarte euch schnellstmöglich an meinem Standort. Könnt ihr ihn anmessen?"
„Können wir. Wir sind unterwegs!", kam die schnelle Antwort des Chefs der Landeeinheiten.
Allein, dass Ron nicht gefragt hatte, warum, ließ auf die Disziplin und bei Ron im Besonderen auf das Vertrauen schließen, das er Thomas entgegenbrachte. Thomas hatte gerufen – und die Marines folgten. Ein Kompliment an seine Person.
Thomas überlegte, das Flimmern an den Triebwerken war selbst in der Dämmerung nicht zu übersehen gewesen. Die Triebwerke waren noch ‚heiß', das hieß, dass man das Schiff mit einer schnellen Crew in etwa fünf Minuten in die Luft bringen konnte.
Aber dazu musste man erst einmal drin sein – und Thomas hatte außer sich nur drei Männer. Die Schiffe der Terra-Klasse waren für Notfälle alle mit Sprachsteuerung ausgestattet, wenn sie denn noch funktionierte. Aber zunächst musste das Schiff von zweifellos anwesenden Trax gesäubert werden. Vielleicht konnte man ja einige oder sogar die meisten von ihnen herauslocken.
Das halbkugelförmige Gebäude in der Mitte schien wichtig zu sein. Vielleicht war das der Schlüssel zum Erfolg.
Hastig besprach Thomas seinen schnell gefassten Plan mit Miller.
Dieser nickte zustimmend und gemeinsam begab man sich zum weiter entfernt abgestellten Schlepper, um Ausrüstungsteile zu holen. Die nächsten zwei Stunden vergingen in leiser, aber hektischer und dennoch aufmerksamer Betriebsamkeit. Einer von beiden hatte immer ein Auge auf den Scanner, um ja nicht von den Feinden bei der Vorbereitung gestört zu werden. Immer mehr Gerätschaften wurden auf dem Hügelkamm installiert, um ein Entern des Terra-Schiffes zu ermöglichen.
Schließlich signalisierten ein Knacken und ein leiser Funkspruch die nahenden Mitstreiter. Thomas ließ Ron und Sack ohne weitere Erläute-

rungen einfach den Hügel hinaufklettern und sich selbst mit der Situation vertraut machen. Die beiden kamen etwas sprachlos wieder zurück.
Thomas erläuterte seinen Plan und teilte die Aufgaben zu.
Danach blieben Sack und Tiberius zunächst zurück, während Ron und Thomas versuchen wollten, die Wachen am Schiffseingang auszuschalten.
Sack und Tiberius sollten mit ihren Nachtsichtgeräten den Überblick behalten und Ron und Thomas leiten. Raven und Dekker überprüften noch einmal die ausgewählte Ausrüstung, verabschiedeten sich von den beiden Weggefährten und verschwanden lautlos in der Dunkelheit Richtung Trax-Siedlung. Tiberius und Sack legten sich mit griffbereitem Funkgerät auf den Hügelkamm und nahmen ihre Nachtsichtgeräte zur Hand.

<u>In etwa gleiche Zeit, Geronimo, Brücke:</u>

Das Schiff näherte sich unter Lutz Steuerung unaufhaltsam dem Wurmloch. Lutz warf einen Blick auf die Uhr und seine Anzeigen. Bei gleichbleibender Geschwindigkeit würde die Geronimo die Anomalie in etwas mehr als einer Stunde erreicht haben. Lutz überließ seinem jungen Kollegen die undankbare Aufgabe Laura zu wecken, indem er mit dem Daumen nach hinten deutete und nur sagte: „Wachmachen!"
Der junge Mann überlegte jedoch nur kurz, marschierte zum Kaffeeautomaten, zog einen heißen Kaffee und ging damit zu Laura. Geschickt manövrierte er das stark duftende Getränke ein paar Mal vor Lauras Nase und stellte es dann, als er die ersten Reaktionen der Subcommanderin bemerkte, auf dem kleinen Tisch neben dem Kommandostuhl ab und begab sich wieder auf den Platz neben Lutz.
„Wie lange noch?", fragte die ganz ‚zufällig' aufgewachte Laura und schlürfte an ihrem Kaffee.
„Wir benötigen noch etwa eine Stunde", antwortete der junge Astrogator an Lutz Stelle.
„Okay, dann wollen wir uns mal vorbereiten."
Mit diesen Worten löste Laura den Teilalarm aus. An den Wänden erschien als optisches Signal das gelbe, blinkende Licht, während die Alarmsirenen im ganzen Schiff die Mobilmachung auf akustischem

Wege recht deutlich anforderten. Erst als die ersten Brückenoffiziere erschienen, schaltete Laura den akustischen Alarm ab.
Hastig nahm jeder seine Position ein und gab eine Klarmeldung an Laura. Aus dem gesamten Schiff sammelten sich die Bereitschaftsmeldungen in Form von grünen Lämpchen auf Lauras Anzeigetableau. Laura nickte befriedigt. Alle Stationen zeigten Grünwerte. Das Schiff war klar zum Gefecht – das Personal war vorbereitet.
Dann öffnete sich nochmals die Tür der Zentrale und Ewa erschien. Sie ließ sich durch den Lift auf die Kommandoebene hinabtragen und schritt auf Laura zu. Der Interims-Captain blickte in ein sorgenvolles Gesicht. Sicherlich machte sich Laura die größten Sorgen um Thomas. Aber dabei war sie nicht die einzige. Nicht ohne Grund missachtete sie den geltenden Befehl und eilte Thomas hinterher. Auch sie wurde von Zweifeln geplagt. Laura nickte Ewa zu und wies auf ein freistehendes Terminal in der Nähe von Trixie. Damit war Ewas Anwesenheit auf der Brücke ihrerseits akzeptiert. Niemand wäre auf die Idee gekommen, etwas Ungewöhnliches daran zu finden, obwohl es offensichtlich war, dass Ewa nicht in der Eigenschaft des Schiffsarztes, sondern vielmehr als Freundin des Captains die Geschehnisse hautnah verfolgen wollte.
„Paulo, schicke eine Sonde durch das Wurmloch", verlangte Laura.
Wenig später kam die Bestätigung für den Abschuss einer Datensonde, die innerhalb von fünf Minuten das Wurmloch passiert haben sollte. Nach knapp sieben Minuten gab Paulo die zurückgeschickten Messwerte durch: „Planetensystem wie von den Maroon angegeben vorhanden. In unmittelbarer Nähe des Wurmloches auf der Gegenseite wird harte Gammastrahlung angemessen, sowie Restenergie und Trümmerteile. Offensichtlich hat ein Kampf stattgefunden."
Laura, sowie Ewa und Trixie waren blass geworden. Erschrocken fragte Laura nach Feindkontakt. Paulo konnte einen Feindkontakt nicht bestätigen.
„Lutz! Bring uns so schnell wie möglich durch die Anomalie. Ich will wissen was da los ist!" Mit diesen Worten betätigte Laura den Vollalarm. Das gelb blinkende Licht wechselte auf Rot und erneut hallten die Sirenen durch das gesamte Schiff. Lutz arbeitete hektisch an seinem Steuerpult und innerhalb des Schiffes bemannten die Jägerpiloten ihre Maschinen. Entscheidende Stationen wurden doppelt besetzt. Grace meldete kurz darauf ein ‚GO' an Laura.

Trixie gab mit versteinerter Miene bekannt, dass alle Raketen und Abwehrbatterien klar zum Gefecht und damit ausgefahren seien und Phil bestätigte die Auslastung der Schutzschirme mit 100%. Von Lutz kam keine Meldung, dafür traten die Triebwerksgeräusche als lautes Brummen deutlicher zutage und jeder konnte auf dem Frontmonitor sehen, dass das wabernde, von Energiefluktuationen durchzogene Wurmloch schnell größer wurde.
Ein ungutes Gefühl machte sich auf der Brücke breit. Bisher hatte noch niemand eine solche beeindruckende Anomalie passiert. Man verließ sich mehr oder weniger blind auf die Angaben der zugegeben freundlich erscheinenden Maroon.

<u>Fast gleiche Zeit, Agua, Trax-Siedlung:</u>

Thomas und Ron waren am äußersten Rand der Siedlung angekommen, ohne Feindkontakt oder auch nur von den beiden Kampffeldbeobachtern gelenkt worden zu sein. Nun wurde die Angelegenheit etwas schwieriger. Sie mussten teilweise aus ihrer Deckung heraus und freies Gelände überwinden. Dass sie dabei die vermeintlich schützende Dunkelheit verlassen mussten, machte ihre Mission noch schwieriger.
Durch Zeichen verständigten sie sich, nur am Rande der Siedlung bis zum Schiff vorzudringen. Zugleich war mit den beiden Kampfbeobachtern vereinbart gewesen, dass sie zu dem Zeitpunkt, als die Vorauseilenden den Talkessel erreicht hatten, ihrerseits oben am Rande der Schlucht seitwärts folgen sollten, damit der Abstand zueinander nicht zu groß würde. Sack und Tib hatten sich auch weisungsgemäß in vorsichtigen Marsch gesetzt und waren jetzt fast auf gleicher ‚Höhe' mit ihren Kommandeuren. Unten im Tal bewegte sich immer nur einer der beiden, der andere sicherte solange die Umgebung. Daher dauerte es eine Weile, bis man in unmittelbare Nähe des Schiffes kam.
Der Scanner zeigte zwei Trax in der Nähe der Hauptschleuse an. Beide waren so weit voneinander entfernt, dass sie sich nicht sehen konnten. Darauf basierte der Plan. Unklar war, ob der Scanner durch die Schiffswände hindurch funktionierte. Thomas nahm sicherheitshalber erst einmal an, dass sich Trax an Bord befanden.
Ron und Thomas verharrten hinter einer Deckung, bis das Signal von Sack und Tib kam: Gleiche Höhe erreicht. Nun kam der schwierigste Teil, die Ausschaltung der beiden Wachen. Thomas machte die Vorhut.

Vorsichtig kroch er über den Boden, außerhalb des Sichtbereiches der ersten Wache, von hinten näher an das Schiff heran. Das Schwert hatte er bereits in der Scheide etwas gelockert. Auf diese lautlose Art sollte der erste Trax, der dicht neben einem Baum stand, beseitigt werden.
Thomas verließ sich dabei völlig auf das Überraschungsmoment und seine Schnelligkeit.
Geschickt nutzte er die Deckung von verschiedenen Büschen und Sträuchern aus, aber die letzten fünf Meter musste er ohne Deckung zurücklegen.
Ron saß hinter seiner Deckung und beobachtete den Anschleichvorgang selbst und die nähere Umgebung. Er sah, dass sich Thomas langsam hinter seiner letzten Deckung in gebeugter Stellung aufrichtete und zum Sprung über die letzten fünf Meter ansetzte, als seitlich von ihm ein karnickelgroßer Hund offenbar aufgeschreckt lautstark quiekend das Weite suchte und dabei in Richtung Trax rannte. Der Trax beförderte das Tier mit einem schnellen Fußtritt ins nächste Unterholz und begann sofort nach der Ursache des aufgescheuchten Tieres zu forschen.
Thomas hatte sich von dem unverhofften Auftauchen des kleinen Waldbewohners ablenken lassen.
Nicht so der Trax, für ihn waren diese Tiere Alltag und keine Überraschungen mehr. Daher dauerte es auch keine Zehntelsekunde, bis das Insektenwesen Thomas entdeckt hatte und dieser entsetzt in den Lauf einer Strahlenpistole schaute.
Aber statt eine helle Entladung zu sehen, hörte Thomas nur ein leises ‚Plopp'. Erstaunt sah er auf den Trax, der zusammengezuckt war, aber immer noch vor ihm stand. Die Strahlenwaffe war mit einem dumpfen Poltern auf den Boden gefallen. Der Körper schien seltsam leblos und schlaff, trotzdem stand das Wesen.
„Millers Spezialwaffe", hörte er Ron übers Funkgerät wispern, „die Armbrust."
Thomas schaute genauer hin. Ein etwa Unterarm langer Kunststoffpfeil hatte den Kopf des Trax durchdrungen und diesen an den nahestehenden Baum genagelt. Die Wucht musste ungeheuerlich gewesen sein. Das Wesen war zweifellos sofort tot gewesen. Aus den mindestens 150 Metern ein wahrer Meisterschuss. Thomas kannte die modernsten Hochleistungsarmbrüste. Diese mit Fernrohren und wie wahrscheinlich

in diesem Fall mit Nachtsichtgeräten versehenen Waffen waren lautlose Killer.

Thomas bedankte sich bei Miller für diesen Rettungsschuss und fragte gleichzeitig nach, ob er den anderen Trax nicht auch auf diese Weise beiseiteschaffen könnte. Tib bedauerte. Der Trax stand für Miller im toten Winkel. Die Vorgänge der letzten Minuten hatten dazu geführt, dass niemand des Einsatztrupps die Scanner im Auge behalten hatte. Der zweite Trax war durch Geräusche aufmerksam geworden und näherte sich Thomas Standort. Als Ron ein Blick auf den Scanner warf, war es fast schon zu spät.

„Hinter dir!", rief Ron laut aus, ohne Rücksicht auf etwaige Entdeckungen. Thomas wirbelte herum und noch im Fallen gab er einen Schuss aus seinem Sturmgewehr auf den nahenden Trax ab. Dieser hatte gerade seine Strahlenwaffe in Anschlag bringen wollen, als das einschlagende Geschoss mit einem Höllenlärm seinen Brustkorb zerfetzte und er haltlos in sich zusammensank.

„Ausweichplan", schrie Thomas laut und rannte in Richtung Schleuse des Erdenschiffs.

Ron hatte schon kurz nach seinem lauten Warnruf nicht mehr damit gerechnet, dass der Plan still und heimlich verwirklicht werden konnte. Nun musste man eben etwas rüder werden. Daher hatte er auch gleich schnell sein Programmiergerät, eine bessere Fernsteuerung beziehungsweise Fernauslöser, aus der Beintasche gerissen und begann mit seinem Vernichtungswerk. Irgendwo hallte auf eine merkwürdige Art und Weise, eine Art Babygeschrei, eine Alarmsirene und das Tal wurde von zahlreichen Beleuchtungskörpern nach und nach, Teil für Teil, taghell erleuchtet.

Tiberius und Sack hatten den Hügelkamm bereits verlassen und kamen in weiten Sätzen zum Schiff gerannt. Thomas war in der Schleuse in Deckung gegangen und hatte sein Sturmgewehr in Anschlag gebracht. Für den Außenstehenden völlig cool, nahm er gelassen jeden sichtbar werdenden Trax aufs Korn und ein Schuss nach dem anderen löste sich aus seiner Waffe. Mit tödlicher Präzision wurde ein Insektoid nach dem anderen mehr oder weniger zerfetzt. Wer Glück hatte, starb sofort, andere überlebten nur wenige Sekunden – kampffähig blieb nach einem Treffer keiner. Dafür rissen die Explosivgeschosse zu große Löcher auch in etwas weiter weggelegenes Zellmaterial. Wenn sich kein Ziel

bot, schoss Thomas auf die eingeschalteten Leuchtkörper, sodass das Tal Teil für Teil wieder dunkler wurde.
„Was ist, Ron?", brüllte Thomas Stimme über den Kampflärm hinweg.
„Geht sofort los!", schrie Ron zurück und betätigte die entscheidende Taste.
Überall auf dem zuerst erreichten Hügelkamm hatten Tiberius und Thomas Waffenstellungen installiert, die Ron jetzt über seine Fernsteuereinheit in Funktion gebracht hatte. Zwei armlange Raketen kamen geräuschvoll den Hang heruntergezischt und schlugen in das halbkugelförmige Traxbauwerk, von dem Thomas annahm, dass es sehr wichtig sei, ein. Die Raketen schlugen durch die äußere Wand und explodierten im Inneren. Teile der Außenwand wurden durch die Luft katapultiert, während es im Inneren anfing, lichterloh zu brennen.
Die Reaktion der Trax war bemerkenswert. Zunächst waren alle in Richtung des Erdenschiffes gerannt, dann aber machten fast alle kehrt und liefen in ihrer ruckartigen Gangart zu dem beschädigten und brennenden Gebäude.
Darauf basierte auch ein Teilplan, denn Thomas und Ron hatten nicht nur diese zwei bereits verschossenen Raketen auf dieses Gebäude gerichtet. Als die zur Hilfe eilenden Trax dicht am Gebäude und auch größtenteils schon im Bauwerk verschwunden waren, brüllte Thomas „Teil 2!" durch den Lärm und die geltende Anweisung brachte Dekker dazu, auf eine weitere Taste seines Gerätes zu drücken.
Wer genau hinhörte, konnte ein mehrfach fauchendes, kurzes Geräusch hören und dann ein durchdringendes Jaulen.
Thomas und Ron hatten zahlreiche Mörser mit Druckluftbetrieb installiert. Das Ziel war das Halbkugelgebäude und seine nähere Umgebung. Mittlerweile waren Sack und Tiberius dicht an das Schiff der Terra-Klasse herangekommen. Mit Hochleistungsschleudern verschossen sie Explosivgranaten, die die anstürmenden Trax stark dezimierten. Thomas schoss noch ein paar Mal aus seinem Sturmgewehr die tödlichen Granaten ab, dann hatten die Mörsergranaten ihr Ziel erreicht. Die Aufschlagzünder leiteten eine vernichtende Welle der Gewalt ein. Mehr als hundert Granaten schlugen innerhalb weniger Sekunden im Zielgebäude oder direkt daneben ein. Die Explosivkraft und die Schrapnellwirkung der Granatenteile zerstörten alles Leben in ihrem Wirkungskreis. Mittlerweile hatten Sack Carter und Tiberius Miller die

Schleuse erreicht und richteten ihre Sturmgewehre ebenfalls auf die noch heranstürmenden Trax.

„Ron, Ron! Komm zu uns!", rief Thomas seinem Marineführer zu.

Dieser raffte sich auf und rannte geduckt auf seine Kameraden zu, die sich ihrerseits bemühten, durch erhöhten Schusswechsel eine Art von Feuerschutz zu geben. Tatsächlich erreichte Dekker wenig später unverletzt die Schleuse. Thomas zog ihn hinein und legte seine Hand auf das seitlich angebrachte Steuermodul der Schleusentür.

„Raven, Thomas, First Commander Space Force. Autorisation anerkannt ohne Einschränkung!", ertönte es aus dem seelenlosen Sprachmodul des Steuerungsautomaten.

Befriedigte nickte Thomas. Die alte Tradition der Flotte, alle Befehlshaber mit den Commandocodes der Schiffssteuerungen aller in Dienst gestellter Schiffe zu verbinden, erwies sich hier als wirklich nützlich. Über das Touchpanel gab Thomas einen neuen Code ein und gab den Befehl, das Außenschott zu schließen. Mit wenigen Griffen sperrte er anschließend das Tableau für andere Zugriffe, speziell für solche von außen.

Kurz bevor sich das Außenschott ganz geschlossen hatte, drückte Ron auf seine letzte Befehlstaste und draußen brach die Hölle los. Alle noch nicht abgefeuerten Waffen wurden nun aktiviert. Während Raven und Dekker bei den ersten Waffenaktivierungen darauf geachtet hatten, dass ihr Weg zum Schiff beschussfreie Zone blieb, hatten sie beim sogenannten ‚all in' das gesamte Tal als Ziel genommen. Waffensplitter konnten dem Schiff nicht gefährlich werden. Im sicheren Innern konnte man das Waffengewitter in Ruhe abwarten.

Die abgefeuerten Granaten und Raketen schlugen mit vernichtender Gewalt in das Tal ein. Der Boden wurde bis in ein Meter Tiefe quasi umgegraben. Thomas und Ron hatten ganze Arbeit geleistet und das gesamte Waffenarsenal des Schleppers verbraucht.

Von Ruhe und Abwarten im Innern der Schleuse gab es allerdings keine Spur.

Das Schiff musste auf Trax durchsucht werden. Man ließ die Langwaffen fallen und zog die Handfeuerwaffen, während dumpf von draußen das Einschlagen der Granaten zu hören war. Thomas zog zwei Desert Eagle hervor und Ron tat es ihm gleich mit zwei 44er Magnum. Sack nahm seine Peitsche in die Rechte und in der Linken hielt er eine vielschüssige Steyr Puch. Tiberius Miller zerrte eine Maschinenpistole aus seinem Rucksack und stellte diese auf Einzelfeuer. Alle Waffen waren mit hochexplosiven Geschossen ausgestattet. So machte man sich auf den Weg, Ron und Thomas in Richtung Brücke, Sack und Tiberius in Richtung Maschinenraum.

Gleiche Zeit, Geronimo, Brücke:

Die Geronimo hatte noch fünf Minuten bis zum Ereignishorizont. Laura hatte über die schiffsweite Kommunikation Anschnallpflicht für alle angeordnet. Jeder hatte mehr als ein mulmiges Gefühl im Bauch, als die Grenzen der Anomalie den Rahmen des Frontmonitors sprengten und ausschließlich die Energiefluktuationen in gleißendem, weißblauem Licht zu sehen waren.
Lutz hatte für sich beschlossen, erst gar nicht auf die Lichtreflexe zu schauen und das Schiff ausschließlich über die Instrumente zu steuern.
Grace stand mit den Armen auf ihre Konsole gestützt und schaute gebannt auf den Monitor. Ihre Augen spiegelten die Lichtreflexe wider und über ihr ebenholzfarbenes Gesicht wanderte Licht und Schatten.
Grace war dem Tode im Laufe ihres Lebens schon ein paar Mal in ihrer Heimat Afrika begegnet – eigentlich viel zu oft. Nach der Wahrscheinlichkeitsrechnung hätte sie schon längst tot sein müssen, daher kannte sie das Gefühl der Angst nicht mehr.
Hotaru saß in ihrem Sitz, hielt die Arme mit den Handflächen nach oben auf ihren Oberschenkeln und hatte die Augen offensichtlich in Meditation geschlossen.
Für Paulo gab es im Moment nichts Interessanteres als seine Anzeigen – jedenfalls tat er weit darüber gebeugt so.
Lediglich Phil schaute begeistert und bewundernd auf die gefährlich aussehende Schönheit draußen im All.
Nur Trixie nahm sich die Zeit, auf die anderen zu schauen.
Besorgt sah sie zu Ewa hinüber. Die Schiffsärztin hatte die Hände vors Gesicht geschlagen und zitterte deutlich erkennbar. Entschlossen schlug die Gunnerin auf das Sammelschloss ihres Anschnallsystems und mit einem lauten Klacken verschwanden die Gurte im Sitz. Anschließend rannte sie zu Ewas Sitz, stellte sich dahinter und umarmte die Zitternde, indem sie sich vornüberbeugte.
Laura schaute sich um und erfasste die Situation. Zwischen den Fingern der Ärztin rollten Tränen hervor.

Trixie schaute die Subcommanderin an. Laura nickte nur kurz zum Zeichen ihres Einverständnisses und drehte sich wieder Richtung Frontschirm. In Gedanken notierte sie einen weiteren Pluspunkt für die junge Gunnerin. Die zierliche Frau zeigte außergewöhnliche charakterliche Qualitäten.

Lutz nahm noch ein paar Schaltungen vor, dann aktivierte er den automatischen Countdown, legte die Hände in den Schoß und schloss seine Augen. Lauras Hände verkrampften sich um die Armlehnen ihres Kommandositzes, während die Automatenstimme langsam von 20 auf null zählte.

<ins>Nahezu gleiche Zeit, Agua, Trax-Siedlung, an Bord des Erdenschiffs:</ins>

Thomas rannte vor Dekker in Richtung Zentrale. Ein Blick auf den Scanner hatte gezeigt, dass dieser nichts anzeige. Entweder war kein Trax mehr an Bord oder die Technik versagte innerhalb des Schiffes. Wahrscheinlich letzteres, dachte Thomas und hielt immer eine seiner Desert Eagle nach vorne gerichtet.

Plötzlich hörte er das harte Bellen von Millers Maschinenpistole und das krachende Einschlagen der Explosivmunition. Richtig gedacht! Kurz darauf meldete Sack per Funk den ersten Feindkontakt an Bord. Bisher sei der Feind nicht zum Erwidern des Feuers gekommen. Offensichtlich war der Mensch schneller in seinen Reaktionen als ein Trax.

Kurz hinter einer Biegung passierte es dann.

Aus einem Seitengang stürmten mehrere Trax. Raven schoss sofort ein halbes Magazin leer.

Der Lärm war infernalisch.

Übrig blieb nur der schwarze, zähe Saft, der an den Gangwänden herunterlief und zerfetztes Zellmaterial der Insektoiden. Auch von diesen Gegnern war keiner zum Schuss gekommen. Thomas erreichte ein Kommunikationsmodul und aktivierte dieses: „Computer! Wie viele nichtmenschliche Lebewesen befinden sich zurzeit an Bord?"

Die seelenlose Computerstimme antwortete: „217 Individuen!"

Ron stöhnte und gab per Funk diese Information an Tib und Sack weiter.

„Heilige Scheiße!" Mehr war als Bestätigung von Carter nicht zu hören, den Rest übertönte seine Steyr Puch.
„Wir sollten auf unsere Munition achten", bemerkte Ron und schob sich an Thomas vorbei.
Zweimal in Richtung Zentrale trafen sie noch auf Trax. Jedes Mal rettete sie ihre Schnelligkeit vor dem gegnerischen Feuer. Obwohl sie in ihre Schutzschirme gehüllt waren, gaben sie sich keinen Illusionen hin. Mehrere Treffer auf dieser kurzen Distanz konnten die Schirme nicht absorbieren.
Dann passierte es auch.
Kurz vor der letzten Biegung konnte einer der Feinde noch zurückschießen. Thomas wurde voll getroffen. Während die Strahlenladung des Schusses vom Schirm aufgefangen wurde, kam die kinetische Energie ungehindert durch. Thomas, der sich wieder vor Ron hielt, wurde an diesem mehrere Meter vorbeigeschleudert und blieb halb benommen auf dem Gang liegen.
Ron sicherte nach vorne und ging gleichzeitig geduckt rückwärts, um nach seinem Captain zu sehen. Plötzlich knackte es und aus verborgenen Lautsprechern erscholl eine Automatenstimme: „Hier Sicherheitsschaltung B 25! Es befinden sich Feinde an Bord!"
„Der merkt auch alles!", spottete Ron, der sich davon überzeugt hatte, dass Thomas nichts Ernsthaftes passiert war.
Der Automat sprach weiter: „Aktiviere Defensivwaffensysteme!"
Anschließend waren aus dem gesamten Schiff, nah und fern, Schüsse und Schusssalven für ungefähr zwanzig Sekunden zu hören. In der Nähe des Maschinenraumes konnten Tib und Sack live mitverfolgen, was die Automatik tat. Überall, wo Trax waren, drehten sich verborgene Geschütze aus Wände und Decken und nahmen den Feind erbarmungslos unter Feuer. Die völlig überraschten Trax wurden innerhalb weniger Sekunden abgeschlachtet. Fassungslos registrierten Ron und Thomas anschließend eine Grabesstille.
„Hier spricht Sicherheitsschaltung B25. Die feindlichen Lebewesen wurden eliminiert!"
Ein Knacken verriet das Abschalten der Automatenstimme.
„Ich liebe Sicherheitsschaltungen", sprach Thomas, während er sich stöhnend aufrichtete.
Gestützt auf seinen Marine-Kommandeur, begab er sich zum nächsten Kommunikationsmodul. Dort fragte er die Schiffsautomatik, wie viele

von den nicht menschlichen Lebewesen an Bord noch Vitalfunktionen hätten.

„Kein nichtmenschliches Lebewesen mehr an Bord", gab die seelenlose Stimme mit ihrer ganz eigenen Logik Auskunft. Wer nicht mehr lebt, ist kein Lebewesen mehr.

„Es befinden sich lediglich vier Menschen an Bord. Ihr Zustand ist innerhalb normaler Parameter!"

Also ging es den beiden anderen Kampfgefährten gut.

Thomas grinste: „Los, zur Zentrale. Mach den anderen Dampf, wir müssen den Vogel starten, sonst erledigen sie uns von außen!"

Ron funkte die Anweisung weiter und beide stürmten die letzten Meter zur Brücke. In der Zentrale bot sich ihnen ein Schlachtfeld sondergleichen. Überall klebte oder floss das schwarze Pendant menschlichen Blutes. Die toten Trax waren mehr oder weniger von den Schüssen durchsiebt worden. Die Automatik hatte den Beschuss erst nach dem Tod der Feinde eingestellt.

Da die Trax außerordentlich widerstandsfähig waren, hatte der Beschuss entsprechend lange gedauert. Jeder Trax war von mindestens 50 Schüssen getroffen worden. Im Gegensatz zu den von den Kämpfern der Geronimo verwendeten Explosivmunition waren hier lediglich gewöhnliche Teilmantelgeschosse zum Einsatz gekommen.

„Ihr könnt euch nicht vorstellen, wie es hier aussieht!", klang es aus Rons Funkgerät.

„Doch können wir", antwortete Dekker, „fahrt die Energiemeiler hoch!"

Ron beobachtete Thomas, der vollkommen ungerührt einen Trax aus dem Kommandositz herauszog und achtlos zu Boden fallen ließ.

„Wer soll diese Schweinerei bloß beseitigen", fragte Dekker kopfschüttelnd, während er seinerseits einen Trax, dem der halbe Kopf weggeschossen worden war, aus dem Sitz des taktischen Offiziers zog. Eine leichte Erschütterung durchlief das Schiff.

„Sie greifen an", bemerkte Thomas, „wir sollten uns beeilen."

Schnell und geschickt stellte Thomas zunächst eine Audioverbindung zum Maschinenraum her: „Ich habe hier noch keine Grünwerte für den Antrieb", gab er auffordernd durch. Die Sache mit dem Schutzschirm konnte er wohl für dieses Modell vergessen. Es wäre außergewöhnlich

unwahrscheinlich, dass man hier auf dieselbe Idee wie auf der Geronimo gekommen war. Dann würde das Schiff gar nicht hier stehen.
„Kommt gleich", rief Tiberius Miller aus dem Maschinenraum und tatsächlich glimmten bald darauf die Statuslämpchen des Antriebs auf Thomas Tableau in zartem Grün. Der First Commander Space Force verlor keinen Augenblick. Mit seiner linken Hand leitete er die vorhandene Energie auf die Starttriebwerke und mit der rechten ergriff er den Joystick der Notsteuerung. Damit konnte er als Captain das Schiff selbst steuern. Diese Methode funktionierte lediglich grobmotorisch. Feine Manöver waren damit nicht möglich. Aber für diesen Notstart sollte es genügen, so dachte Thomas zumindest. Ron las die eingehenden Meldungen der Sensoren ab. „Es nähern sich kleine feindliche Flugeinheiten – mehrere Dutzend. Offensichtlich Jäger", knurrte Ron seine schlechte Meldung in die Zentrale.
Thomas biss die Zähne zusammen: „Sack, Tib! Habt ihr alle Energiemeiler auf Volllast?"
Eine positive Bestätigung kam aus dem Maschinenraum.
„Dann lauft zum Landedeck. Schaut nach kampffähigen Jägern und startet. Wir benötigen dringend Geleitschutz auf dem Weg zurück zum Wurmloch!"

Gleiche Zeit, Geronimo, Brücke:

Das Flaggschiff der Erde erreichte das Wurmloch. Die Passagiere spürten ein Ziehen im Körper und ein kurzes, ruckartiges Beschleunigen, dann wurde alles gleißend hell und gleich wieder dunkel. Kurz darauf durchbrach die Geronimo das Wurmloch auf der Gegenseite. Laura hatte sich schnell wieder von dem ungewohnten Ereignis erholt und starrte auf den Frontschirm.
„Bericht!", forderte sie lautstark und als nicht gleich geantwortet wurde, wiederholte sie ungeduldig die Anordnung.
„Wir sind angekommen. Entschuldige, ich muss mich kümmern", flüsterte Trixie der Schiffsärztin ins Ohr und hauchte ihr gleichzeitig einen flüchtigen Kuss auf die Schläfe. Als die Gunnerin zu ihrem Einsatzpult eilte, hörte sie von Ewa noch ein leises „Danke".
Paulo ergriff das Wort: „Kein Feind im Umkreis, jedoch heftige Energiesignaturen von der Oberfläche des Hauptplaneten!"
Laura war alarmiert: „Lutz! Wir fliegen nach Agua – Maximalwerte!"

Lutz begann zu schalten und tief im Inneren des Schiffes fingen die Energiemeiler an zu brummen. Die Triebwerksgondeln spuckten Feuer und rissen das Schiff in Richtung Ziel. Grace hatte ihre Finger schon auf den Alarmknöpfen und als der entsprechende Befehl von Laura kam, starteten fast einhundert Kampfpiloten mit ihren Maschinen. Keine zwei Minuten später hatte der letzte der kleinen Jäger und Bomber die Geronimo überholt und beschleunigte weiter in Richtung Agua.

Im Inneren des Schlachtschiffs der Terra-Klasse auf Agua:

Mit ohrenbetäubendem Lärm und von fliegenden, entwurzelten Bäumen und Büschen umgeben, startete das Erdenschiff und zerstörte allein durch den Gewaltstart die komplette Trax-Siedlung. Während Thomas von Ron mit den entsprechenden Informationen versorgt wurde, versuchte er mit Hilfe des Frontmonitors den Raumer in Richtung All zu fliegen.
Krampfhaft hielt er den Joystick und dirigierte damit das Schiff. Die Beschleunigungshebel für die Starttriebwerke hatte er bis zum Anschlag durchgedrückt. Trotzdem bewegte sich das Schiff nur langsam. Die Masse musste erst einmal in Schwung kommen.
So schnell das Schiff im All auch sein konnte, unter atmosphärischen Bedingungen war es im Gegensatz zu den leichten Jägern eine lahme Ente. Ron war auf die Idee gekommen die schiffsweite Kommunikation zu aktivieren. Ungeduldig erkundigte er sich bei Sack und Tib, ob man immer noch keine kampftauglichen Jäger gefunden habe.
„Nein, Sir!", kam die Antwort von Sack.
„Alles, was wir hier gefunden haben, sind defekte oder leergeschossene Flieger! Wir laufen noch ein Deck weiter. Dort stehen noch ein paar Tiger Sharks."
„Okay", brummte Ron, „wenn diese untauglich sind, dann bewegt euch schnellstens zur Brücke! Wir brauchen hier Unterstützung!"
„Ron, geh zum Gunnerpult", verlangte Thomas, „schau nach wie wehrhaft wir sind!"
Ron bestätigte und eilte zur Waffenstation. Er überflog die dortigen Anzeigen.
„Fast nichts. Wir haben noch die Abwehr für anfliegende Feindraketen. Das war's!"

„Na ja. Besser als nichts. Programmier die Dinger um. Sie sollen die anfliegenden Jäger der Trax unter Feuer nehmen!", verlangte Thomas.
Ron wirkte skeptisch: „Ob die sich davon beeindrucken lassen?"
Nichtsdestotrotz nahm er die Schaltungen vor. Jedenfalls würden die Trax nicht ganz ungestört das Feuer eröffnen können. Das Schiff begann sich ungewöhnlich zu schütteln. Ron, der einen Blick auf die Anzeigen warf, berichtete, dass der Feind das Feuer eröffnet habe. Er zählte mittlerweile gut 60 anfliegende Feindeinheiten, keiner länger als 50 Meter. Die Schäden am erbeuteten Schiff hielten sich zumindest im Moment noch in erträglichen Grenzen. Ein dumpfes Bollern kündigte die automatische Antwort an. Das Erdenschiff hatte in den Kampf eingegriffen.
„Und?", fragte Thomas nervös, der nur zu gern wissen wollte, dass die Abwehrmaßnahme Erfolg hatte.
„Nun ja", begann Ron langsam.
„Sie beginnen dem Beschuss auszuweichen. Anscheinend wollen sie ihren Lack nicht zerkratzt haben."
Thomas rollte mit den Augen. Wie konnte der Marine in dieser Situation so etwas wie Humor aufbringen? Ein dumpfes Poltern und schnelle laute Schritte kündigten Sack und Tib an. Anscheinend war ihre Suche nach kampffähigen Jägern negativ ausgefallen.
„Sack an die Taktikstation! Tib hilf Ron am Gunnerpult! Wir haben nur noch Raketenabwehrmunition!"
Schnell hatte Thomas die eingetroffenen Marines mit neuen Aufgaben versorgt. Sack eilte zur angegebenen Station und meldete eine Flughöhe von nun 600 Metern. Thomas startete daraufhin zusätzlich die Hecktriebwerke und das Fluggerät machte einen Satz nach vorne. Besorgt schaute Thomas auf den Frontmonitor. Beim genauen Hinsehen konnte er trotz der Dämmerung vor einem der Monde ein Fluggerät auf sich zukommen sehen.
„Feindliches Fluggerät zwei Kilometer voraus!", meldete Sack.
Bevor Thomas hektisch an seinem Joystick reißen konnte, sah er auf dem Frontschirm, wie sich ein Feuerschweif vom eigenen Schiff ausgehend Richtung Feindschiff zog. Kurz darauf schlug es auf der anderen Seite ein. Das gegnerische Fluggerät kam vom Kurs ab, begann zu trudeln und stürzte anschließend auf die Oberfläche von Agua herab.
„Was war das?", fragte Thomas irritiert.

„Eine Sonde der Klasse 2! Nicht gerade die feine Art und bestimmt auch nicht für solche Zwecke geeignet", kam es trocken von Sack zurück.
Er hatte eine größere Aufklärungssonde als Raketenersatz umfunktioniert und auch erfolgreich eingesetzt.
„Klasse!", bemerkte Thomas, „wenn wir Zeit haben, werde ich dir ein kleines Lob aussprechen. Wie viele von den Dingern haben wir noch?"
„Das war unsere letzte", kam die bedauernde Antwort.
Thomas ließ enttäuscht die Schultern sinken.
Kurz darauf meldete Sack an Steuerbord fünf feindliche Jäger, die längsseits gegangen waren und kurz davor waren, das Feuer zu eröffnen.
„Festhalten!", brüllte Thomas und mit einem schnellen Griff am Joystick riss er das Schlachtschiff aus dem Kurs in Richtung der feindlichen Jäger.
Wiederum waren die Trax nicht schnell genug. Es klang etwas scheppernd und die Hülle des Erdenschiffes begann wie eine Glocke zu schwingen.
„Glückwunsch! Du hast durch das Rammmanöver vier der Schiffe zerstört, das fünfte ist manövrierunfähig." Sack schien wirklich fasziniert.
„Unsere Kriegsführung ist, wie soll ich sagen, etwas ungewöhnlich", bemerkte er noch obenauf, „allerdings haben wir mehr als ein paar Kratzer abgekriegt. Wir sollten das nicht zur Gewohnheit werden lassen!"
Thomas schüttelte nur leicht den Kopf. Was für Weggefährten! Wie konnte man in dieser Situation noch solche Sprüche klopfen? Er warf einen Blick zu Ron und Tib. Beide waren in ihre Arbeit vertieft, die Geschütze in Richtung der Feinde auszurichten und diese pausenlos unter Beschuss zu nehmen. Heftig schüttelte sich das Schlachtschiff unter dem pausenlosen Beschuss der Feinde. Lange ging das wirklich nicht mehr gut. Thomas nahm so langsam an, dass sein Beuteplan zum Scheitern verurteilt war. Bis dieser schwere Kahn aus dem Anziehungsbereich des Planeten heraus war, dauerte es noch eine ganze Weile.
Schon begannen einige grüne Lämpchen auf seinem Pult zu flackern. Es war darum äußerst fraglich, ob man unter diesen Bedingungen das Wurmloch überhaupt erreichen konnte.

Zeitgleich, Geronimo, Brücke:

„Ist denn niemand in der Lage, mir einen ordentlichen Bericht zu geben?" Laura trommelte ungeduldig mit ihren Fingern auf ihrem Kommandopult herum.
„Grace! Was sagt Mission Commander über die Lage?"
Auf Graces Gesicht war deutlich das rhythmische Aufleuchten des Vollalarms zu sehen. Angespannt hielt sie ein Empfangsmodul ans rechte Ohr gepresst und nahm offensichtlich eine Meldung ihres Stellvertreters draußen im All zur Kenntnis.
Als Laura erneut fragen wollte, begann Grace zu sprechen: „MC sendet auf Flottenfrequenz seine Scannerdaten. Ich schalte auf Hauptschirm."
Alle starrten gebannt zum Monitor, auf dem zunächst allerlei Turbolenzen zu sehen waren.
„Ich empfange Daten", meldete Paulo.
„Und? Auswertung bitte!" Lauras Ungeduld war kaum noch zu zügeln.
„Ich versuche es", begann der Mittelamerikaner zögerlich.
„Ich messe ein großes, ca. 1.000 Meter langes Schiff. Es startet gerade vom Planeten aus."
„Aha", machte Laura, „eine Art Empfangskomitee. Trixie, mach ein paar Raketen scharf. Feuern auf mein Kommando. Grace, die Jäger sollen sich fern von dem Schiff halten."
Trixie bestätigte wie auch Grace den Erhalt der Anordnung. Paulo wirkte mit einem Mal ziemlich nervös. Hektisch manipulierte er an seinen technischen Geräten am Taktikpult: „Das gibt es nicht! Das ist nicht wahr!"
Laura war alarmiert: „Was ist nicht wahr? Drück dich klarer aus! Oder nennst du das etwa eine Meldung?"
„Nein", stotterte der schmächtige Taktikoffizier, während ihm eine sorgfältig gegelte Haarsträhne nach vorne ins Gesicht fiel, „das angemessene Schiff ist kein Trax-Schiff!"
„Ach nee. Willst du etwa behaupten, die Maroon hätten plötzlich Lust auf ein Kämpfchen bekommen?" Trotz des lockeren Spruches wirkte Laura angespannt und höchst aufmerksam.
„Nein", bemerkte Paulo kühl, „die Signatur ist irdisch! Und es wird von kleineren Trax-Schiffen angegriffen."
„Was!", rief die halbe Crew auf der Brücke.
„Wie kommt ein solches Schiff hierhin?", rief Hotaru aus.

„Egal!", brummte Laura, „es ist ein Erdenschiff und es wird von Trax angegriffen. Das reicht mir aus. Es sind offensichtlich Menschen an Bord oder zu mindestens Feinde der Trax. Grace, Kommando zurück! MC bekommt die Aufgabe, das Schiff zu schützen und die Trax zu bekämpfen – und er soll sich beeilen!"
Von Grace kam nur ein kurzes ‚Aye', dann wandte sie sich ihrem Mission Commander zu und gab die neuen Anweisungen durch.
„Wen haben wir denn da wohl?", fragte Laura in Richtung ihres Taktikoffiziers.
Paulo war in der Zwischenzeit nicht untätig gewesen und darum kam sofort die Antwort: „Es handelt sich um ein Schlachtschiff der Terra-Klasse – neueste Bauart. Wenn sich MC nicht beeilt, wird es nicht mehr lange in einem Stück sein."
Laura schaute zu Hotaru. Diese schüttelte den Kopf. Also hatte sie schon versucht Funkkontakt über die Flottenfrequenz aufzunehmen – und es war beim Versuch geblieben.

Schlachtschiff der Terra-Klasse, Brücke:

„Ich messe weitere anfliegende Einheiten an", meldete Ron.
„Okay", begann Thomas, „meine Herren. Es war mir leider eine viel zu kurze Ehre ..."
„Halt, stopp", rief Ron aufgeregt dazwischen, „es sind Sparrow Hawks und Tiger Sharks!"
„Wie?" Thomas Kopf flog herum und er schien verwirrt, dann reagierte er augenblicklich: „Miller! Sofort zum Com-Pult. Schalte das Funkgerät ein. Wieso konnte uns denn so ein Fehler passieren?"
Der Korporal rannte zum Funkpult und schaltete die Anlage ein.
Gleich darauf tönte die ungeduldige Stimme eines Commandeurs durch den Raum: „... ihr taub? Mit welchen Sternenidioten haben wir es hier zu tun? In welcher Tanzschule habt ihr euren Flugschein gemacht? Antwortet! Wer immer ihr seid, haltet das Schiff gerade und fliegt in Richtung Wurmloch, wenn ihr wisst, wo das ist und was ihr tut. Wir starten Entlastungsangriffe!"
Thomas atmete auf und nickte in Richtung Tiberius Miller. Dieser öffnete einen Kanal und Thomas begann zu sprechen: „Hier spricht Thomas Raven von der Kommandoeinheit Maroon. Wir vier sind

wohlauf und mehr Besatzung hat dieses Schiff nicht. Es ist schön deine Stimme zu hören, Commander!"
Ein Augenblick war Funkstille, dann kam ein erfreuter Ausruf: „Alle Achtung, Captain. Mit vier Crewmitgliedern diesen Vogel unter den Bedingungen bis hierhin zu bekommen – Respekt. Ich nehme meine letzte Äußerung zurück. Aber du kennst das schon – die Kavallerie ist da. Fliegt zurück zum Wurmloch, aber fliegt nicht in die Geronimo hinein. Diese hat vor wenigen Minuten das Wurmloch hierhin passiert."
„Aber", fing Thomas an, „hatte ich nicht ..."
„Ja, hattest du", wurde er von Mission Commander energisch unterbrochen, „du kannst uns später böse sein. Jetzt haben wir zu tun."
Thomas grinste, während MC seine Kommandos an die Geschwaderchefs und dann eine Meldung an Flight auf der Geronimo weitergab.

<u>Brücke, Geronimo:</u>

„Mein Mission Commander meldet mir gerade, dass Thomas und seine drei Begleiter wohlbehalten an Bord des Schlachtschiffes sind!", Grace gab diese Meldung nahezu emotionslos weiter an die Brückenbesatzung. Diese reagierte völlig anders. Lauter Jubel brach aus und Trixie und Ewa lagen sich in den Armen.
„Ruhe! Ruhe! Sind wir hier auf einem Basar?"
Obwohl Lauras Augen einen seltsam feuchten Glanz hatten, wirkte sie ärgerlich und sie brüllte ihre Kommandos geradezu: „Jeder auf seinen Posten! Oder wollt ihr die vier im letzten Moment noch verlieren? Die Gefahr ist noch nicht vorbei! Ich brauche weitere Scannerdaten. Trixie, ist die Feuerorgel bereit? Trixie!"
Schlagartig war Ruhe, die Brückencrew verstummte sofort und jeder hetzte zu seiner Station.
„Feuerorgel bereit", meldete Trixie wenig später.
„Ich habe Kontakt", meldete Hotaru. Laura nickte der Japanerin zu und diese öffnete die Funkverbindung. Bevor noch Laura sprechen konnte, meldete Paulo drei größere Feindeinheit von 800 Metern Länge, die das Schiff der Einsatzgruppe Maroon verfolgten und schnell aufholten.
Laura reagierte schnell: „Grace, deine Jäger sollen sich aus dem Schussbereich der drei großen Einheiten entfernen und lediglich die kleinen Einheiten bekämpfen. Die drei großen gehören uns. Trixie – dein Job.

Feuer wenn bereit! Und nun zu euch, Einsatzgruppe Maroon. Herzlich willkommen unter unseren Fittichen. Bitte alle Energie auf den Antrieb und mit Höchstgeschwindigkeit zum Wurmloch. Wir kommen euch entgegen, denn ihr habt drei große Blutsauger am Heck kleben. Haltet euch fest, es kann turbulent werden!"
Thomas bestätigte auf der Gegenseite und Paulo registrierte eine kleine Kurskorrektur und ein wenig mehr Beschleunigung.
Trixie begann fieberhaft mit ihrer Arbeit. Schnell und geschickt programmierte sie die ausgewählten Raketen. Ewa war an das Gunnerpult herangetreten und sah die junge Frau beschwörend an.
Trixie nickte: „Kein Problem. Ich starte erst mal eine Ablenkung."
Am Bug der Geronimo öffneten sich einige kleine Luken und geräuschlos, dafür mit erheblichem Feuerausstoß, verließen zahlreiche kleinere Raketen den Hangar in Richtung des Schlachtschiffes der Terra-Klasse. Trixie hatte auf jedes der Verfolgerschiffe 30 Hellfire-Raketen abgefeuert. Sie hatte keinerlei Hoffnung, den Gegner damit kampfunfähig zu machen oder gar zu vernichten. Aber diese Raketen waren unglaublich schnell und konnten für eine gewisse Zeit die Gegner am Beschuss des Verfolgten hindern. Nichts anderes hatte Trixie bezweckt. Kaum schlugen die ersten Hellfire ein, verließen neun atombestückte Ganymeds die Abschussstuben und richteten sich gegen den Feind – zumindest war es so gedacht.

<u>Einsatzgruppe Maroon, Brücke:</u>

Thomas schluckte schwer, als er auf den Frontmonitor und seine Anzeigen sah. Die Hellfire-Raketen hatte er ja noch einigermaßen entspannt nahe an seinem Schiff vorbeifliegen sehen. Aber was da jetzt mit voller Beschleunigung auf ihn zukam, war aller Ehren wert und nichts für schwache Nerven. Zwar durchschaute er Trixies Plan, aber es logisch zu verstehen und sich auf der anderen Seite gefühlsmäßig darauf einzulassen, war etwas ganz anderes. Trixie hatte die Ganymeds so programmiert, dass sie zunächst direkten Kurs auf das Terra-Schiff nahmen und erst kurz davor um dieses herumflogen. Die direkt dahinter befindlichen Verfolgereinheiten sollten so spät wie möglich die Gefahr erkennen und möglichst keine Abwehrchance haben.
„Voll Scheiße", murmelte Sack und erreichte damit, dass auch Ron und Tib auf die Anzeigen schauten.

„Trixie weiß was sie tut", fast beschwörend hatte Tiberius Miller die Worte ruhig und ohne Betonung gesprochen.
„Ich wollte, ich hätte dein Vertrauen", meinte Sack skeptisch, während die Ganymed-Raketen immer schneller in ihre Richtung beschleunigten.
„Sie weiß, was sie riskiert", versuchte Thomas seine Crew zu beruhigen und nur Tib und er konnten die Aussage richtig zuordnen.
Draußen im All schossen schnellere Hellfire-Raketen an den anfliegenden Großraketen vorbei und kratzten fast an der Außenhülle des eroberten Schiffes.
„Sie weichen aus!", schrie Sack und tatsächlich hatte die erste Atomrakete ihre Korrekturdüsen gezündet und schickte sich an, der Crew Maroon auszuweichen. Unwillkürlich zogen die Männer den Kopf ein, als die ersten Raketen knapp am Monitorrand vorbeiflogen und damit die Einsatzgruppe auf ihrem Schiff nur knapp verfehlte.
„Es klappt!", freute sich Sack Carter und schlug vor Begeisterung auf sein Tableau.

Kampfgebiet über Agua:

Auf dem Flaggschiff verfolgte man das gewagte Manöver ebenfalls sehr gespannt und Trixie hoffte, dass nichts ihren Plan durcheinanderbringen würde. Sicherlich, sie hatte den Kurs tatsächlich etwas knapp am Schiff vorbei programmiert. Mit einem Aufschrei zeigte Ewa plötzlich auf den Monitor.
Eines der verfolgenden Schiffe hatte die Crew Maroon auf dem Beuteschiff noch unter Feuer nehmen können. Man sah, dass das große Schlachtschiff der Erde begann, sich etwas zu drehen und noch war die letzte Ganymed nicht vorbeigeflogen.
Als der Treffer des gegnerischen Schiffes einschlug, wurden die Männer der Einsatzgruppe von ihren Beinen gerissen und quer durch die Zentrale geschleudert. Hoffentlich, so dachte Ron, bevor er mit dem Kopf an einen Konsolenfuß geriet und ohnmächtig wurde, geraten wir jetzt nicht plötzlich in die Flugbahn einer der großen Raketen.
Neben den Männern wurde auch einiges Inventar durch die Gegend geschleudert, traf auf anderes und das Durcheinander war komplett. Überall, wo Elektrizität im Spiel war, flogen die Funken. Thomas, der sich mit den Füßen vor einer Wand abgefangen hatte, versuchte noch

einen Blick auf den Frontmonitor zu werfen, als für seine Begriffe die Welt unterging.
Laura und ihre Crew sahen entsetzt, dass das Schiff mit Thomas und seinen Leuten an Bord getroffen wurde und sich mit dem Bug aus der Flugbahn herausdrehte.
Die Automatik der letzten vorbeifliegenden Ganymed reagierte blitzschnell, konnte aber die Physik nicht umgehen. Geschwindigkeit und Masse waren einfach zu hoch, um eine ausreichende Kurskorrektur durchzuführen. Für Trixie kam eine Selbstzerstörung der Rakete viel zu spät. Zu dicht war sie schon heran und die Reaktionszeit reichte längst nicht mehr aus. Die Rakete streifte den Bug des Schiffes, wurde abgelenkt und explodierte kurz darauf in unmittelbarer Nähe. Für die Betrachter sah es durch den Explosionsblitz zunächst so aus, als hätte die Ganymed das Schiff zerstört. Als sie kurz darauf erleichtert aufatmen wollten, stellten sie fest, dass der Treffer wohl zu erheblichen Beschädigungen geführt haben musste. Hilflos und ohne Antrieb trudelte das ehemals stolze Schiff der Erde sich quer und längs überschlagend durch den Raum. Das Schicksal an Bord des Schiffes war ungewiss.

<u>Geronimo, Brücke:</u>

„Ruhe", brüllte Laura zum wiederholten Male.
Gebannt schauten wieder alle zum Monitor. Die ersten Ganymeds hatten ihr eigentliches Ziel erreicht. Heftig schlugen die Raketen ein und brachten bei ihrer Explosion die Feindschiffe zum Aufblähen und Auseinanderplatzen. Bei Feind 1 und 2 reichten die jeweils darauf abgeschossenen 3 Raketen aus, Feind 3, bei dem lediglich zwei Treffer zu verzeichnen waren, trieb anschließend trudelnd und führerlos im Raum. Laura hieb auf ihre Com-Taste und sprach erregt mit erheblicher Lautstärke: „Mission Commander! Ich will den Gegner explodieren sehen! Sofort! Stell eine Staffel Tiger Sharks ab dafür! Drei weitere Staffeln Sparrow Hawks sollen das Schiff unserer Leute schützen."
Aus dem Funk ertönte lediglich ein knappes „Aye, Sir!"
Mit einer hektischen Bewegung stellte Laura den Funk ab und wandte sich an Paulo: „Status Quo unserer Kameraden da drüben?"
Paulo machte ein bedenkliches Gesicht und las seine Instrumente ab: „Hauptenergie ausgefallen! Keine Manövrierfähigkeit und kein Antrieb! Lebenserhaltungssysteme offline! Strukturelle Integrität bei 65%! Zahl-

reiche Hüllenbrüche! Das Schiff verliert Sauerstoff! Funkkontakt abgerissen!"
Laura warf einen Blick auf den Gefechtsmonitor.
Beim Treffer auf das Schiff der Einsatzcrew hatten sich die Staffeln draußen zornig wie die Hornissen auf den Gegner geworfen. Mission Commander konnte nur noch grob das Geschehen steuern, so auch den Angriff auf das übriggebliebene Großschiff des Feindes. Im Übrigen kämpften die Staffeln mit kalter Entschlossenheit gegen den Feind. MC hatte den Überblick auf seinem Monitor und entschied keinerlei Kommandos mehr zu geben. Zum einen würden seine Leute eh nur zögerlich, wenn überhaupt darauf reagieren, zum zweiten waren seine Geschwader enorm erfolgreich, als hätte der Treffer auf das Schiff von Thomas zusätzliche Energie oder Waffen freigesetzt.
Kurz darauf verging das letzte Großschiff des Feindes in einer hellen Leuchterscheinung. Die angreifenden Tiger Sharks hatten das Schiff in Stücke geschossen. Aber statt sich darüber zu freuen, drehten die beteiligten Einheiten sofort ab und nahmen den nächstgelegenen Feind unter Feuer.
Bisher war noch kein Jäger abgeschossen worden.
Einige trieben beschädigt und ohne Energie im Raum. Mission Commander forderte vom Mutterschiff das Bergungsschiff an, welches auch kurz darauf mit seiner Aufgabe begann.
Laura schätzte die Eigengefahr für eine Rettungsmission ab und befahl den Einsatz von Rescue 1, der sich um Thomas und seine Männer zu kümmern hatte.
Kurz darauf meldete Rescue 1 den Start und nahm Kurs auf das hilflos trudelnde Kampfschiff der Erde.

<u>Einsatzgruppe Maroon:</u>

Als die Ganymed explodierte, fühlte sich Thomas hochgehoben und mit Wucht gegen die nächste Wand geschleudert. Mit Mühe behielt er das Bewusstsein. Es war schlagartig dunkel geworden. Kurz darauf begannen die Hupen des Vollalarms zu tönen und das rote Blinken des optischen Alarms erleuchtete intervallartig ein Schlachtfeld aus zerstörter Technik, die wild durcheinander lag und funkensprühend und qualmend ihre Unbrauchbarkeit anzeigte. Thomas segelte hilflos durch die Brücke. Offensichtlich war die künstliche Schwerkraft ausgefallen und so einiges mehr, wie die überall hektisch blinkenden roten Lämpchen meldeten.

Thomas bemerkte, dass es ein paar Grad kälter geworden war. Eine spürbare Temperaturabsenkung innerhalb weniger Sekunden wies eindeutig auf ein Leck hin. Hektisch versuchte Thomas in die Nähe seines Kommandositzes zu kommen, denn darunter verbarg sich ein Raumanzug. Ein schneller Blick im Kreis ließen ihn Tib und Sack erkennen, die beide auf dem Bauch bewegungslos vor dem großen Frontmonitor in ca. 50 cm Höhe schwebten – Tib drehte sich langsam um die eigene Achse. Ron konnte er nirgendwo entdecken. Thomas trieb langsam mit dem Kopf voran auf eine der seitlichen Wände zu. Eine Chance, dachte er. Als er die Wand erreichte, stieß er sich mit den Händen wieder ab und gab seinem Körper Schwung in Richtung seines Kommandositzes. Leider hatte er sich etwas verkalkuliert. Heftig fluchend verpasste er seine Armlehne lediglich um knappe zehn Zentimeter. Als er kurz darauf die gegenüberliegende Wand erreichte, berechnete er seine Flugbahn besser. Zwar war er viel zu schnell, jedoch konnte er sich an einer der Armlehnen seines Sessels festklammern.

Er stöhnte laut auf, als beim Ruck ein heftiger Schmerz durch seine Brust fuhr. Er schaute an sich herab und stellte fest, dass ein Metallteil in seinem Brustkorb steckte. Fassungslos sah er, dass er eine deutlich sichtbare Blutspur auf seinen Flugbahnen hinter sich herzog und weiteres Blut aus der Wunde sickerte. Er beschloss, den Fremdkörper in seiner Brust stecken zu lassen. Beim Herausziehen könnte er weitere Blutgefäße beschädigen oder freisetzen. Also unterdrückte er seine Schmerzen so gut es ging und zog den Raumanzug inklusive Magnetstiefeln unter dem Sitz hervor und zog ihn an. Leichter gesagt als getan. Verletzt und ohne Schwerkraft ein sehr schwieriges Unterfangen.

Doch schließlich hatte er es geschafft.

Es war ihm etwas flau im Magen als er nach seinen Gefährten Ausschau hielt.

Mit schweren Schritten seiner Magnetstiefel, die laut auf dem Metallboden aufschlugen, bahnte er sich einen Weg durch das Chaos in Richtung Sack und Tib. Mit wenigen Handgriffen untersuchte er die Kameraden und konnte keine äußerlichen Verletzungen feststellen, Miller erlangte währenddessen sogar das Bewusstsein und fing heftig an zu frieren.

Thomas schaute auf seine Anzeigen – es waren bereits 10 Grad unter Null. Schnell schob er Tib in Richtung eines Schrankes mit Raumanzügen. Während Tib sich heftig bibbernd einen Anzug überstreifte, bugsierte Thomas bereits Sack in Richtung Ausrüstungsschrank. Gemeinsam zwängte man den weiterhin Besinnungslosen in den Anzug, schaltete dessen Lebenserhaltungssysteme ein und ‚stellte' ihn dann auf seinen Magnetstiefeln irgendwo im Raum ab. Ein lautes ‚Klack' verkündete, dass die Schuhe Kontakt mit dem Metallboden aufgenommen hatten. Sack würde seinen Platz so schnell nicht verlassen.

Thomas zerrte einen weiteren Anzug aus dem Schrank und machte sich mit Tib auf die Suche nach Ron. Wenig später stand fest, dass der Major nicht mehr auf der Brücke war. Die weit geöffnete Zugangsschleuse ließ Tib und Thomas bei ihrer Suche den dahinterliegenden Gang aufsuchen und richtig: Ron schwebte mitten im Gang, aber leider nicht allein.

Er hielt sich inmitten einer Blutwolke auf, die zweifelsfrei von ihm selbst ausging, denn aus mehreren Wunden strömte weiterer Lebenssaft heraus. Schnell erreichten die Kameraden ihren verletzten Kollegen. Während Thomas eine sofortige Sichtung der Verletzungen vornahm, entnahm Tib seinem Anzug bereits mehrere Verbandspäckchen und blutstillendes Material. Die Schwerelosigkeit war hier hilfreich. In bequemer Höhe konnte der Major in alle Richtungen dirigiert werden und die Versorgung seiner Wunden ging schnell vonstatten. Thomas wertete es als ein glückliches Zeichen, als Sack Carter angestapft kam. Offensichtlich hatte er keine erkennbaren Verletzungen davongetragen. Man war mit Ron Dekker gerade fertig geworden und hatte ihn in einen Raumanzug gesteckt, als ein heftiges Dröhnen durch das Schiff ging. Irgendetwas hatte wenig vorsichtig angedockt.

Thomas fluchte leise vor sich hin. Keiner hatte daran gedacht die Waffen mitzunehmen. Nun war es spannend, kam der Feind oder der Freund. Tib und Sack nahmen jeder eine der herumschwebenden Gegenstände zur Hand. Ganz so kampflos wollte man sich nicht ergeben.

<u>Geronimo, Brücke:</u>

Mit Befriedigung hatte Laura das Verglühen des letzten Feindschiffes mitverfolgt und die Rückkehr der Staffeln, bis auf die Schutzstaffeln für die Einsatzgruppe Maroon, angeordnet. Auf dem Landedeck herrschte heftige Betriebsamkeit. Einfliegende Einheiten wurden von den Deckoffizieren und deren Mechanikern im Eiltempo auf ihre Kampftauglichkeit geprüft, und wenn dies gegeben war, wieder aufgetankt, aufmunitioniert und in den Startbuchten abgestellt. Beschädigte Maschinen wurden aufs Reparaturdeck bugsiert, wo Techniker bereits warteten und sofort mit der Instandsetzung begannen. Atemlos verfolgte die Brückenmannschaft, wie Rescue 1 am Schlachtschiff andockte. Ungeduldig wartete man auf eine Meldung der Rettungsmannschaft.

„Hier ist Rescue 1. Wir kommen zurück mit einer verletzten Person. Ron Dekker hat es erwischt. Er ist nicht ansprechbar. Veranlassen Sie eine Notaufnahme bei Doc Lenn!"

Laura bestätigte und nickte Ewa zu. Diese eilte aus der Zentrale zu ihrem Med-Lab. Von unterwegs wies sie zwei Doktoren an, sich mit einer Trage und Notmaterial zum Landedeck zu begeben.

„Ich möchte zum Landedeck. Bitte um Erlaubnis die Brücke verlassen zu dürfen." Trixie stand mehr oder weniger stramm und schaute erwartungsvoll in Richtung Laura. Diese drehte sich überrascht um: „Erlaubnis verweigert. Die Feuerorgel bleibt besetzt."

Trixie verlegte sich aufs Bitten: „Laura. Ich habe alle Feinde aus dem Raum gepustet. Was ich nicht geschafft habe, haben unsere Staffeln erledigt. Es gibt niemanden mehr, auf den ich schießen müsste – bitte!"

Die Betonung des zuletzt ausgesprochenen Wortes ‚bitte' ließ Laura aufhorchen. Nachdenklich sah sie die junge Gunnerin an. „Okay, verschwinde. Aber wenn ich dich rufe, bist du sofort wieder hier!"

„Selbstverständlich", rief Trixie beim Rauslaufen aus der Zentrale.

Kopfschüttelnd blickte Laura hinter ihr her. Warum sie bloß so scharf darauf war, aufs Landedeck zu kommen? War es vielleicht ein leiser Anflug von Schuldgefühlen? Schließlich war es eine ihrer Raketen gewesen, die fast die Katastrophe ausgelöst hatte.

Laura ließ sich von Hotaru das Bild vom Landedeck auf den Hauptmonitor schalten. Die Ärzte waren bereits mit einer Trage anwesend und warteten auf die Landung von Rescue 1. Die bereits gelandeten Kampfpiloten standen ebenfalls mit ihren Helmen in den Händen und warteten. Weitere Personen gesellten sich hinzu.

Schließlich standen mehrere Dutzend Wartende auf dem Landedeck, als auch Trixie angerannt kam und sich schwer atmend dort einreihte.

Kurze Zeit später, Geronimo, Landedeck:

Rescue 1 war gelandet und die bereitstehenden Ärzte waren durch die geöffnete Luke an Bord gestürmt. Wenig später kamen sie mit einer Trage und darauf Ron Dekker wieder hinaus. Vorsichtig bugsierte einer der Ärzte das Rollbett in Richtung Ausgang, während der andere schon mit der Untersuchung begann und seine Ergebnisse ans medizinische Zentrum funkte.
Trixie konnte sich nicht mehr zurückhalten.
Mit einem „Willkommen an Bord, Captain", rannte sie an Thomas vorbei auf Tiberius Miller zu. Strahlend sprang sie an ihm hoch und klammerte sich fest.
Thomas grinste. Schön wieder nach Hause zu kommen und der gute Miller bekam vor lauter Schüchternheit einen knallroten Kopf. Als die junge Frau ihm dann noch einen Kuss aufdrückte und er „aber, aber", stammelte, begannen einige der Umstehenden zu klatschen und zu johlen.
Auf der Brücke sagte Laura stehend die Arme vor der Brust verschränkt nach dieser Beobachtung nur: „Ach!"
Sack Carter ging die Rampe hinunter und begrüßte einige Mitglieder seiner Einheit, die extra zur Begrüßung erschienen waren und sich natürlich auch nach dem Befinden ihres Majors erkundigen wollten. Thomas schaute etwas sehnsuchtsvoll über das vor Betriebsamkeit pulsierende Landedeck. Ein Empfang wie Miller hatte er sich auch gewünscht, konnte jedoch verstehen, dass sich Ewa auf die Behandlung von Ron vorbereiten wollte. Aber Logik und Gefühl passen einfach nicht zusammen und so beobachtete er etwas neidisch die Wiedersehensfreude der Gunnerin und des Korporals.
Langsam zerstreuten sich die Leute und begaben sich wieder auf ihre Posten. Thomas war der Letzte, der noch auf der Rampe stand. Langsam ging er hinter den anderen her, als er durch stechende Schmerzen an seine Wunde erinnert und ihm schwindelig wurde. Er winkte und wollte rufend auf sich aufmerksam machen, aber es kam kein Laut von seinen Lippen. Er spürte nur noch entsetzliche Schmerzen und dann wurde es Nacht um ihn. Heftig polternd brach er am Ende der Rampe zusammen und er wurde zunächst von niemandem bemerkt. Einzig Laura hatte mit einem zufälligen Blick auf den Hauptmonitor, der immer noch die Bilder des Landedecks zeigte, den am Boden liegenden

Thomas gesehen. Mit einem Hieb der rechten Hand aktivierte Laura die schiffsweite Kommunikation: „Notfall! Seid ihr blind geworden? Unser Captain ist auf dem Landedeck zusammengebrochen. Er liegt am Fuß der Rampe von Rescue 1. Ewa! Medizinischer Notfall auf dem Landedeck!"

Laura bemerkte die grüne Bestätigungsquittung des Med-Labs in Form einer Lampe auf ihrer Konsole. Ewa hatte verstanden und reagiert. Im medizinischen Zentrum hatte Ewa bereits mit der Behandlung von Ron begonnen. Eine schwierige Notoperation wegen innerer Blutungen war bereits eingeleitet und der Patient im künstlichen Koma. Als Lauras Meldung kam, war Ewa zusammengezuckt und hatte den ihr gegenüberstehenden Arzt angeschaut: „Geh du, Ben, und kümmere dich bitte! Ich kann hier im Moment nicht weg."

„Ich geb mein Bestes – versprochen!"

Mit diesen Worten wollte der Mediziner davoneilen und wurde kurz darauf von Trixie gestoppt, die als Erste wieder beim Captain angelangt war und jetzt ebenfalls die schiffsweite Kommunikation nutzte: „Leute – das ist heftig. Das Blut kommt schon oben aus seinem Anzug raus. Der Puls ist ganz schwach und die Atmung flach. Beeilt euch und bringt medizinisches Gerät mit!"

Ben schaute nur ganz kurz in Richtung Ewa, die blass und gefasst ihrer Aufgabe nachkam und sich nicht ablenken ließ. Trotzdem gab sie ihre Anweisungen: „Beatrice! Auf dem Landedeck ist ein rollender OP untergebracht. Aktiviere die Automatik. Ben, nimm Personal mit und tu, was du kannst. Ich komme nach, sobald ich hier fertig bin."

Ben rief ein paar Namen und die Angesprochenen eilten zu ihm. Danach ging es im Laufschritt zum Landedeck. Während sich dort Trixie hektisch nach dem OP umsah, reagierte der Deckoffizier, der selbstverständlich den Aufbewahrungsort des rollenden Med-Labs kannte, unverzüglich. Er spurtete zu einer der seitlichen Wände und schlug mit der Faust auf einen grünen Knopf in Form eines Kreuzes. Sofort begann eine Warnsirene zu summen und ein Teil der Wand verschwand zur Seite. Zu sehen war ein auf einem Fahrwerk aufgebrachter Operationsraum, der vorne notdürftig Platz für einen Fahrer bot. Der Deckoffizier zögerte nicht länger und nahm auf diesem Sitz Platz. Das seltsame Gefährt, extra für die Sofortbehandlung zurückkehrender Kampfpiloten gebaut, ruckte an und fuhr Richtung Rescue 1.

Auf der Brücke hielt es Laura nicht länger in ihrem Commandositz: „Paulo! Du hast die Brücke."
Als dieser seine Subcommanderin fragend ansah, erteilte diese noch ein paar Befehle: „Sieh zu, dass alle Einheiten landen. Dann näherst du dich mit der Geronimo Agua. Bei 100.000 km stoppst du das Schiff und rufst mich."
Mit einem „Aye, Sir!", verließ der Mittelamerikaner seine Taktikkonsole und setzte sich in Lauras Commandosessel.
Laura kam zeitgleich mit dem medizinischen Personal bei Rescue 1 an. Tiberius Miller hatte mit seinen kräftigen Armen den Captain in den nebenstehenden OP geschleppt und dort auf den Behandlungstisch gelegt. Trixie hatte bereits die medizinischen Überwachungsgeräte an Thomas befestigt und die Monitore angeschaltet.
Mit einem „sehr gut" in Richtung der jungen Gunnerin hatte Ben, der Arzt, mit seinem Personal die weitere Betreuung übernommen.
Nachdenklich verfolgte er die Anzeigen auf den Monitoren.
Laura konnte durch die Glasscheiben sehen, wie eine Sanitäterin den Raumanzug von Thomas aufschnitt. Deutlich war ein metallähnliches Material zu sehen, was etwa fünf Zentimeter aus seiner Brust ragte. Wie weit es in ihm selbst steckte, war schwer zu sagen. An der Menge des Blutes gemessen, welches Thomas bereits verloren hatte, musste die Wunde zumindest eine starke Ader getroffen haben. Ben gab einige Zeichen und eine der Helferinnen schloss an Thomas Arm eine Kanüle an und wenig später floss Blutersatzstoff in den Kreislauf des Verwundeten. Als kurz darauf Thomas künstlich beatmet wurde, wandte sich Laura um. Sie hatte schon viel gesehen, aber das wollte sie jetzt den Fachleuten überlassen. Sie war emotionell zu stark mit ihrem ‚Schützling' verbunden, als dass sie nun wie eine Unbeteiligte diese Operation verfolgen konnte.
Trixie hatte sich an Miller geklammert und jetzt weinte die starke und kleine Frau leise vor sich hin. Der großgewachsene Marine hatte seine kräftigen Arme um seine Freundin gelegt, sodass von Beatrice fast nichts mehr zu sehen war und verfolgte mit versteinertem Blick die Geschehnisse innerhalb des OP-Raumes.
Ben entfernte gerade mit einer Art Zange das Metallteil aus Thomas Brust. Blut spritzte nun aus der offenen Wunde und mit einiger Eile und dem entsprechenden medizinischen Werkzeug wurden die Blutungen gestoppt.

Laura winkte Miller, Baines und Carter zu sich und führte sie zum Büro des Deckoffiziers. Dieser wollte sein Büro räumen, aber Laura gab ihm zu verstehen, dass er bleiben solle.

„Jungs", dabei wandte sich Laura an die beiden Marines, „willkommen zurück an Bord. Ihr habt einen fantastischen Job gemacht. Ich möchte einen umfassenden Bericht von euch. Alles kann wichtig sein. Bitte nehmt ein Aufzeichnungsgerät und diktiert diesem eure Erlebnisse seit dem Verlassen der Geronimo. Anschließend gebt bitte diese Berichte Paulo, damit er mit Hilfe seiner Rechner eine Analyse vornehmen kann. Bitte fangt sofort an. Thomas und Ron könnt ihr im Moment nicht helfen. Ich werde euch benachrichtigen, wenn sich deren Zustand verändert."

Sack und Tib nickten betreten und verließen den Raum.

„Nun zu dir, meine liebe Beatrice. Du wirst mir innerhalb eines halben Tages einen kompletten Bericht über die Verteidigungsbereitschaft der Geronimo abliefern!"

„Aber", fing Trixie an und wurde gleich schroff von Laura unterbrochen: „Junge Frau, das war ein Befehl und kein Vorschlag! Wird's bald?"

Die Gunnerin riss sich zusammen, bestätigte den Befehl und marschierte aus dem Büro des Deckoffiziers heraus. Laura atmete tief durch. Sie hatte Trixie extra diese aufwendige Arbeit gegeben. Niemand durfte im Moment in seiner Arbeitsleistung nachlassen durch zu vieles Denken oder Grübeln. Jeder musste das Gefühl haben, dass Laura auch ohne Thomas die Situation im Griff hatte und sich auf seine jeweilige Arbeit konzentrieren. Wie Laura sich jetzt fühlte? Nun, dachte sie, im Moment habe ich keine Zeit um irgendwelche Gefühle zu empfinden. Sie wusste aber genau, dass diese zu einem späteren Zeitpunkt und dafür umso heftiger zurückkommen würden.

Geronimo, Medizinisches Zentrum:

Um Rons OP-Tisch stand so einiges an medizinischem Personal. Ewa gab kurze, eindeutige Kommandos, wenn sie etwas brauchte oder wenn Hilfestellung gegeben werden sollte. Ein Pfleger wischte ihr von Zeit zu Zeit den Schweiß von der Stirn. Die Chefärztin arbeitete hochkonzentriert und ließ sich keinesfalls ablenken, obwohl sie tief im Inneren um das Leben von Thomas bangte. Nach gut 90 Minuten war das

Schwierigste geschafft und die inneren Blutungen gestillt. Die Lebensfunktionen von Major Dekker waren ausreichend stabil. Ewa ließ die Hände sinken und wandte sich an den assistierenden Arzt neben ihr: „OK, das hätten wir. Übernimm bitte den Rest. Du weißt, wo du mich erreichst."
Der Angesprochene nickte nur: „Das schaffen wir hier schon. Geh nur!"
Ewa drehte sich um und rannte den OP-Raum hinaus in Richtung Landedeck.

<u>Geronimo, Landedeck:</u>

Ben fühlte sich alles andere als wohl in seiner Haut. Das entfernte Metallteil war wesentlich länger gewesen als die größten Pessimisten erwartet hätten. Eine der großen Arterien war verletzt worden und ein Lungenflügel.
Thomas hatte viel Blut verloren.
Ben hatte den Captain an Maschinen angeschlossen und überwachte nun die Vitalfunktionen. Der vollautomatische Scanner am OP-Tisch hatte damit begonnen den Verletzten schichtweise zu scannen und das Ergebnis auf einem Rechner anzuzeigen. Mittlerweile hatte man dem Verletzten den Raumanzug und die Kleidungsstücke darunter mehr oder weniger vom Leibe geschnitten, um den Körper nicht unnötig zu bewegen. Zumindest nicht solange, bis man genau wusste, welche Verletzungen Thomas noch davongetragen hatte.
Nun lag das Ergebnis vor.
Neben Ben waren noch zwei weitere Ärzte sowie ein halbes Dutzend Pfleger und Pflegerinnen anwesend. Die Ärzte berieten die weitere Vorgehensweise. Man war sich nicht ganz einig. Fest stand nur, dass eine falsche Herangehensweise bei der nötigen Operation fatal für den Patienten sein konnte. Daher dauerte die Diskussion länger als üblich, weil niemand der Mediziner einen Fehler machen wollte.
Laura stand im Zutrittsbereich zum Landedeck und sah auch als Erste die heraneilende Ewa. Die stellvertretende Befehlshaberin der Geronimo atmete auf. Laura hatte die Qualifikation und hoffentlich auch die Nerven, ihrem Freund zu helfen. Wenn jemand am besten operieren konnte, dann war es sicherlich die Chefärztin des Flaggschiffs. Ewa

schaute nur kurz zu Laura. Diese sah sie beschwörend an: „Hilf meinem Jungen! Du schaffst das – ich glaube an dich!"
Ewa nickte und rannte auf den rollenden OP zu, wobei ihre langen, kastanienbraunen Locken wild hinter ihr her wehten. Kurz nur registrierte sie die Worte von Laura ‚Hilf meinem Jungen'. Diese Worte drückten so ziemlich das gesamte Verhältnis von Laura zu Thomas aus. In dieser Notsituation hatte Laura einen Teil ihrer Gefühlswelt offenbart. Die Subcommanderin stand wie eine Mutter hinter Thomas.
Ewa erreichte den Not-OP und trat ein. Sofort verstummten die Diskussionen, als Ewas Blick über die bleiche und verletzte Gestalt ihres Freundes glitt. Ewa verlangte einen Bericht. Ben gab in kurzen Worten das bisherige Ergebnis wieder. Der Scanner hatte festgestellt, dass noch ein Fremdkörper im rechten Lungenflügel eingedrungen war und es weitere innere Verletzungen gab. Nur der hohe Adrenalinspiegel und die dadurch bedingte Schmerzunempfindlichkeit hatte Thomas die Kraft gegeben, seine Gefährten nach Hause zu bringen.
„Optionen?", fragte Ewa und die Ärzte gaben der Reihe nach ihre Einschätzung über die weiteren Behandlungsmöglichkeiten ab.
„Ja, wir sind uns also nicht einig", resümierte Ewa, „mit einer Übereinstimmung: Wenn wir nicht bald anfangen, dann werden wir ihn verlieren!"
Die Ärzte nickten betreten. Einer musste jetzt die Weichen für die nötige Operation stellen. Die Aufgabe fiel dem Rang gemäß Ewa zu. Diese drehte sich zum Nachdenken um und schaute aus dem Fenster des OP.
Fassungslos sah sie, dass sich draußen um die 200 Crewmitglieder versammelt hatten, die durch ihre Anwesenheit die Verbundenheit mit dem Captain ausdrücken wollten. Laura stand direkt vor dem Eingang.
Ewa öffnete die Tür.
„Können wir irgendwas tun?", fragte Laura.
Ewa presste die Lippen aufeinander: „Wer glaubt soll beten. Sag der Mannschaft ‚danke' für ihr Kommen. Sie geben mir damit Kraft für die nächsten Stunden."
Damit schloss die Ärztin die Tür von innen und richtete die nächsten Worte an die assistierenden Kollegen. In schneller Folge kamen die Anordnungen für den Ablauf der OP. Die Helfer und Helferinnen legten entsprechendes Besteck parat und die Ärzte verteilten sich ihren Aufgaben entsprechend um den OP-Tisch. Dann begann die bisher

längste OP auf dem Landedeck der Geronimo, eingerahmt von mittlerweile über 200 Besatzungsmitgliedern.
Thomas rannte durch den Dschungel Australiens.
Dicht standen die Bäume und Büsche.
Keuchend ging sein Atem und er hatte keine Zeit auf die Gefahren der Wildnis zu achten, denn sie waren hinter ihm her.
Wo war sein Freund geblieben?
Wie hieß er überhaupt?
Er hatte es vergessen.
Rennen, nur rennen! Bloß weg von hier – weit weg und schnell!
Mit einem großen Satz sprang er über einen kleinen Bachlauf, der wenig später in einen trüben See mündete. Auf der anderen Seite stürzte er wegen des morastigen Untergrundes. Er hörte mehrfaches dumpfes Klatschen aus Richtung des Sees. Das Geräusch kannte er. Mehrere Alligatoren waren schnell ins Wasser gelitten, wahrscheinlich um sich ihn als Beute zu holen.
Hastig wollte er sich erheben, doch der Sumpf gab ihn nur widerwillig frei. Schließlich hatte er es geschafft. Rauschendes Wasser und schlurfende Geräusche im Morast ließen ihn erst gar nicht umdrehen.
Schnell, nur schnell weg.
In Ufernähe gab es einige größere Felsbrocken. Die Angst um sein Leben setzte alle Kräfte frei. Wieselflink erklomm er einen der Felsen. Oben angekommen wagte er es, sich umzudrehen. Am Boden vor dem Gestein lagen nun vier große Echsen und die kleinste war bestimmt vier Meter lang.
Aber das war es nicht, was ihn erschreckte. Auf der anderen Seite des Bachlaufes teilten sich die Büsche und seltsame Gestalten mit dreieckigen Köpfen und merkwürdiger goldener Hautfarbe kamen ruckartig daraus hervor.
Panik ergriff ihn!
Er sprang auf der anderen Seite des Felsens herunter. Beim Aufprall verspürte er einen stechenden Schmerz im linken Fuß. Humpelnd hastete er weiter.
Bloß nicht stehen bleiben!
Er tastete seine spärliche Kleidung ab. Im Gürtel fand er ein großes Messer – besser als nichts dachte er. Die Schmerzen im Fuß waren infolge des hohen Adrenalinspiegels fast nicht spürbar. Hinter sich hörte er ein Knacken und Splittern im Unterholz.

Die Feinde – sie holten auf!

Er steigerte noch einmal sein Tempo. Lange würde er das nicht mehr durchhalten können.

Sein Atem ging rasselnd, sein Herz schlug rasend schnell.

Was war da vorne?

Im letzten Augenblick konnte er seinen Lauf unterbrechen und abstoppen. In einem Meter Entfernung vor ihm lag ein Abgrund. Vorsichtig näherte er sich diesem und schaute in die Tiefe.

Ihm schauderte, es ging mindestens 150 Meter steil hinab. Links oder rechts war die Frage, der Weg nach vorne war unmöglich. Als er sich hektisch umsah, erkannte er rechts in einiger Entfernung seinen Freund Gwoja stehen. Er winkte ihm zu – er solle also zu ihm kommen.

Sofort rannte Thomas los, aber je schneller er lief, desto weiter schien Gwoja entfernt zu sein.

Als Gwoja endgültig seinen Blicken entschwand, entdeckte Thomas eine von Seilen gehaltene Hängebrücke, die auf die ca. 30 Meter entfernte Gegenseite der Schlucht führte. Die Brücke hing tief durch und machte keinen besonders vertrauenerweckenden Eindruck.

Trotzdem, Thomas vertraute sich der Brücke an.

Heftig schwankend versuchte er möglichst schnell, die Brücke zu überqueren. Zwei der morschen Holzbretter brachen auf dem Weg unter ihm durch, er konnte sich jedoch jedes Mal an den seitlichen Tauen festhalten und weitergehen. Auf der anderen Seite angekommen, schaute er nach den Ankerpunkten für die Seile und hatte diese auch schnell in Form von zwei starken Baumstämmen gefunden. Sein Blick zurück zeigte ihm, dass die Verfolger gerade die Brücke auf der anderen Seite erreicht hatten.

Er ging in Deckung und zwang sich zur Ruhe.

Die Feinde waren mit Pfeil und Bogen sowie mit Blasrohren bewaffnet.

Die ersten betraten die heftig schwankende Brücke.

Thomas zwang sich zu warten.

Viele der Feinde sollten auf der Brücke sein, dann wollte er die Halteseile durchschneiden – das Messer hielt er bereits in der Hand. Der erste, goldfarbene Feind hatte in seiner ruckartigen Bewegung schon dreiviertel des Weges absolviert und die Schlange der Feinde riss nicht ab. Die Zeit wird zu knapp, dachte Thomas und sprang auf in Richtung des ersten Ankerpunktes. Er hieb mit dem Messer auf das Tau ein, aber

nichts geschah. Das Tau war unversehrt. Panisch drosch Thomas weiterhin auf das Seil ein, aber er konnte es nicht durchtrennen.
Schließlich gab er es auf und sprang zur Brücke. Der nächste Feind war noch lediglich vielleicht sechs Meter von ihm entfernt und kam wegen der Belastung der Konstruktion von unten auf das feste Gelände heran. Mit einem Aufschrei warf Thomas das Messer auf die goldfarbene Gestalt. Tief fuhr das Messer in die Brust des Gegners. Dieser warf die Arme hoch und kippte nach hinten. Wie bei einem Dominoeffekt riss ein Feind den anderen mit sich bis zum tiefsten Punkt der schwankenden Konstruktion. Aufgrund der Gewichtsverlagerung hing die Brücke in der Mitte sehr viel tiefer als sonst, weil sich dort die meisten der gestürzten Gegner befanden. Selbst von der anderen Seite hatten einige das Gleichgewicht verloren und waren ebenfalls zur Mitte gestürzt. Die Konzentration des Gewichtes auf eine eng begrenzte Stelle war zu viel für die labile Konstruktion. Im mittleren Bereich brachen mehrere Bretter durch und einige der goldenen Gestalten fielen ohne einen Laut in den Abgrund.
Aber für Thomas noch nicht genug. Mit einiger Befriedigung sah er, dass ein Halteseil riss und mehr als die Hälfte der auf der Brücke befindlichen Feinde den Halt verloren und ebenfalls in den Tod stürzten. Die anderen machten sich daran, mit Hilfe des unversehrten Halteseils zu ihm herüberzuklettern. Thomas wandte sich erneut zur Flucht. Weiter rannte er durch den Urwald. Nach einer gefühlten Ewigkeit merkte er, wie ihn allmählich seine Kräfte verließen. Er stapfte nur noch durch die Wildnis. Er war so fertig, dass ihm alles egal war. Sollten sie ihn doch kriegen, er konnte nicht mehr. Er setzte sich auf einen Baumstumpf und wartete auf den Feind und damit auf seinen Tod. Hauptsache dies hatte ein Ende, egal welches.
„Tom! Tom, gib nicht auf!"
Hastig sprang Thomas auf.
Wer hatte da gesprochen?
Woher kannte er diese Stimme?
Er vertraute diesen Lauten. Er hatte angenehme Gefühle beim Klang.
Da war sie wieder: „Tom! Bitte! Gib nicht auf!"
Die angenehme weiche und drängende Stimme gab ihm neue Kraft. Er nahm seinen Lauf wieder auf, gerade noch rechtzeitig, denn wenig später erschienen die Goldenen dort, wo er gerade noch auf dem Baumstumpf gesessen hatte. Er rannte weiter und weiter und jedes Mal, wenn

er stehenblieb, hörte er wieder diese Stimme, die ihn aufforderte nicht aufzugeben.
Schließlich war er in eine Falle gerannt.
Thomas war in einen Talkessel hineingeraten und auf drei Seiten gab es steile Felswände. Die vierte Seite schlossen die schnell aufgerückten Feinde ab. Ende, dachte er, dann hörte er wieder die Stimme. Gut ich versuche es, überlegte er. Rasch erklomm er die ersten Meter an der vor ihm liegenden Felswand. Es ging überraschend gut. Schnell hatte er die ersten 40 Höhenmeter erklommen, als rechts und links von ihm Pfeile gegen die Felswand prallten. Schneller bewegte er sich nach oben und dann bemerkte er einen stechenden Schmerz im Nacken. Schnell zog er einen kleinen Blasrohrpfeil aus seiner Haut.
Gift!
Schon merkte er, wie seine Muskeln taub und kraftlos wurden. Seine Hände, die ihn hielten, öffneten sich und schließlich verlor er den Halt. Er schloss nur noch die Augen, ließ sich dem Schicksal ergeben fallen und erwartete den heftigen Aufprall.
Er fiel jedoch weich.
Als er die Augen öffnete, befand er sich bis zu den Hüften in einem Sumpf und er sank langsam tiefer. Rings um den Sumpf standen die goldenen Gegner und sahen zu, wie er langsam immer weiter hinabgezogen wurde. Er sah sich um. Es gab nichts, was er noch tun konnte, um sich zu retten. Wieder hörte er die Worte, aber er konnte nicht mehr. Mit großem Bedauern stellte er fest, dass er die Stimme gerne näher kennengelernt hätte. Aber nun steckte er bereits bis zum Hals im Morast und der Gegner schaute aus merkwürdig glanzlosen Augen auf ihn herab. Der Morast schloss sich über seinem Kopf. Thomas sah nichts mehr und bekam keine Luft mehr. Ein heftiges Brennen in seinen Lungen signalisierte ihm: Atme!
Heftig ruderte er mit seinen Armen im Todeskampf und tatsächlich konnte er etwas greifen. Er hielt es fest – es war eine Hand. Eine Hand, die ihn wieder aus dem Sumpf herauszog. Er konnte wieder sehen. Die Feinde waren verschwunden, ebenso wie die australische Wildnis. Dafür war nur Helligkeit und ein Gesicht mit langen Haaren und die Stimme fragte ihn laut: „Tom! Tom, erkennst du mich?"
Dann wurde es wieder dunkel.

Ewa hatte sich die Haare von einer Pflegerin zu einem Pferdeschwanz zusammenbinden lassen. Dann sah sie fragend ihre Kollegen an. Diese nickten ernst und gemeinsam begann man mit der Operation. Im Laufe der nächsten Stunden wurde nur das Nötigste gesprochen. An einigen Stellen des Eingriffs wurde es kritisch. Die Überwachungsmonitore zeigten Puls- und Atmungsfrequenz und noch viele weitere Dinge an. Bei kritischen Anzeigen gab es rote Warnlampen und auch akustische Alarme. Die Vitalfunktionen kamen unregelmäßig und stockend. Der gesamte OP war ständig in rot und gelb blinkende Lichter, sowie in leise akustische Warnsignale, gehüllt.
Jedes Mal, wenn es wieder sehr kritisch wurde, rief Ewa dem Verletzten zu, nicht aufzugeben. Immer wieder nannte sie seinen Namen. Bei jedem Mal schien es auf irgendeine Art zu helfen.
Der Zustand stabilisierte sich und die Ärzte konnten aufatmend weitermachen. Nach fünf Stunden war die Operation geschafft.
Die Ärzte wollten gerade aufatmen, als eine Warnsirene gellte und der halbe OP in rotes Licht getaucht wurde. Laura hatte von draußen mit ansehen können, dass die Ärzte einschließlich Ewa sich zurücklehnten und die Handschuhe auszogen. Dann schrillte jedoch ein Signal und hektisches rotes Flackern war zu sehen. Die Subcommanderin beobachtete, wie die Ärzte schnell reagierten.
„Wir verlieren ihn! Herzstillstand!", rief Ewa. „Schnell den Defi!"
Von draußen war zu sehen, dass man zügig Thomas Brust freimachte und mit etwas einrieb. Dann legte Ewa zwei kleinere Geräte darauf und Thomas Körper zuckte heftig zusammen. Dies geschah zweimal, dann warf Ewa die Geräte beiseite und man sah, wie sie Thomas Hand ergriff und laut rief: „Tom! Tom, erkennst du mich?"
Ob der Captain eine Reaktion zeigte, war nicht zu sehen, jedoch hielt es Laura für ein gutes Zeichen, dass die Alarmsirene verstummt war und das neutrale Weiß der OP-Beleuchtung wieder die Oberhand über den roten optischen Alarm gewann.
„Kaffee?"
Laura schaute sich verdutzt um. Trixie stand hinter ihr und hielt ein ganzes Tablett voll dampfenden Gebräus in der Hand.
„Guck nicht so. Die Geronimo hat eine Verteidigungs- und Angriffsbereitschaft von 85%. Mehr sind im Moment nicht drin. Wir brauchen weitere Ressourcen. Du solltest Phil mit einem Bergungsschiff zurück nach Stonehall schicken."

Laura nickte geistesabwesend und nahm einen Becher Kaffee.
„Wie geht es ihm?", fragte Trixie.
Laura schüttelte müde den Kopf: „Ich weiß nicht."
„Warum fragst du dann nicht? Schließlich bist du die Chefin hier."
Trixie tat verwundert und ging auf den rollenden Behandlungsraum zu. Als sie klopfte, machte einer der Ärzte auf. Trixie bot Kaffee an und bald standen alle Pfleger und Ärzte draußen mit einem Becher Kaffee in der Hand.
Ewa sah sich um.
Immer noch standen die Menschen in großer Zahl versammelt auf dem Landedeck. Sie konnte nicht erkennen, dass es weniger als vor sechs Stunden waren. Sie nahm es als ein großes Kompliment für Thomas an, dass die Leute so lange ausharrten, nur um vielleicht etwas eher über seinen Zustand informiert zu werden. Sie ging auf diese Leute zu und bald stand sie inmitten eines Kreises von Crewmitgliedern, die sie aufmerksam und fragend ansahen.
Auf dem Landefeld konnte man jetzt die berühmte Stecknadel fallen hören.
Ewa wirkte außerordentlich mitgenommen. Die schönen Haare hingen ihr etwas wirr und in Strähnen ins Gesicht. Ihr ehemals weißer Kittel war mit zahlreichen Blutflecken durchtränkt. Immer noch den Kaffee in den Händen haltend räusperte sie sich und begann mit fester Stimme zu sprechen: „Hallo Crew! Ich danke euch in meinem und ganz bestimmt auch in Thomas Namen für euer Ausharren. Die Verletzungen waren außerordentlich schwer. Es ist ein Wunder, dass er es damit bis hierhin geschafft hat. Wir sind jetzt mit dem fertig, was wir für ihn tun können. Nun muss die Zeit die Heilung bringen. Sein Zustand ist im Moment stabil. Er war kurz ansprechbar, ist dann aber wieder ins Koma gefallen. Wir können diese tiefe Bewusstlosigkeit steuern. Je nach Gesundheitsstand werden wir ihn aufwecken. Ob er es schaffen wird, werde ich erst in vielleicht drei Tagen sagen können. Ich verspreche euch, dass ich solange nicht von seiner Seite weichen werde und alles tue, damit wir ihn gesund wiederhaben!"
Ewa verbeugte sich leicht und aus der Menge kam verhaltener Beifall. Dann gingen die vom langen Stehen erschöpften Leute langsam und leise diskutierend in Richtung Ausgang. Schließlich waren nur noch Ewa, Laura, Trixie, sowie die Marines Carter und Miller anwesend. Ewa sah die beiden Mitglieder der Spezialeinheit an: „Ron habe ich stabilisie-

ren können. Er wird jetzt ca. 36 Stunden schlafen, dann kann er aufstehen und die Station verlassen. In 6 Tagen ist er wieder der Alte."
Sack Carter verbeugte sich leicht: „Du hast gute Arbeit geleistet und wir wissen, dass unser Major außer Lebensgefahr ist – aber Thomas nicht. In alter Tradition werden wir hier nicht weichen, bevor sein Schicksal geklärt ist." Um seinen Worten Gewicht zu verleihen, setzte sich Sack an Ort und Stelle im Schneidersitz nieder und schwieg.
Tiberius Miller folgte seinem Beispiel. Laura sah nur kurz in die noch stehende Runde, seufzte und gab Anweisungen an Trixie: „Gunnerin Baines! Du bist bis auf Weiteres abgestellt als Servicekraft für das Landedeck. Du sorgst dafür, dass in den OP ein zweites Bett für Ewa hineinkommt und der Bereich mit Trennwänden abgeschirmt wird. Das Gleiche gilt für unsere zwei Marines hier. Du besorgst Feldbetten und sorgst für Nahrung und Getränke – und wenn die Herrschaften sonst einen Wunsch haben – erfüll ihn. Der Rest der Menschheit hat ihnen einiges zu verdanken!"
Trixie strahlte übers ganze Gesicht, das war ein Auftrag nach ihrem Geschmack. Konnte sie doch ganz nebenbei in der Nähe von ihrem Tib sein.
Laura nickte und mit einem: „Ich muss noch was regeln", verabschiedete sie sich.

14. Siedeln oder Weiterfliegen

<u>23.07.2120, Geronimo, Brücke:</u>

Nach den aufregenden Erlebnissen um die Agua-Einsatzgruppe und dem anschließenden Gefecht war Mitternacht schon vorbei, als Laura das Landedeck verlassen hatte und auf der Brücke eintraf. Sie blickte in viele abgespannte Gesichter.
Ihre Crew war erschöpft.
Die Subcommanderin ließ sich einen aktuellen Statusbericht der verschiedenen Stationen geben, nickte zufrieden und teilte eine Nachtbereitschaft ein. Dann ordnete sie für alle anderen Feierabend und Nachtruhe an. Die übliche Besprechung wurde im Captains-Besprechungsraum auf 11:00 Uhr angesetzt. Die Nachtwache nahm ihre Posten ein und die Beleuchtung wurde als Zeichen der Ruheperiode im gesamten Schiff heruntergeregelt. Wer schlafen wollte und konnte, ging gleich in

seine Kabine, andere trafen sich noch auf einen Schluck in der Schiffskantine.

Kein Mitglied der Brückencrew versäumte es jedoch, mit irgendetwas Ess- oder Trinkbarem auf dem Landedeck zu erscheinen und sich nach dem Befinden von Thomas zu erkundigen. So saß man anschließend im großen Kreis und aß und trank gemeinsam die mitgebrachten Nahrungsmittel. Laura ließ in der Mitte eine große Schale aufstellen und ein Feuer entfachen. Jetzt fehlte eigentlich nur noch eine Gitarre und Gesang, dachte Laura, als Paulo Baretta aus seiner Hosentasche eine Panflöte hervorzauberte und leise, getragene aber sehr schöne Musik spielte.

Den Abschluss bildete ‚El Condor Pasa' – unvergessen dieser Klassiker auch noch in diesem Jahrhundert.

23.07.2120, Captains-Besprechungsraum, 11:00 Uhr:

Es war fast so wie früher. Man hatte Kaffee gekocht und das heiße, dampfende Getränk stand vor jedem Teilnehmer der Besprechungsrunde. Nur einer, beziehungsweise drei, fehlten. Thomas lag noch in künstlichem Koma und Ewa wachte an seinem Lager, Ron war zwar wach, musste aber sein Krankenbett noch eine Zeit lang hüten. Vor dem Meeting hatte Ewa Laura wissen lassen, dass die gesundheitliche Lage von Thomas unverändert sei. Laura hatte soeben diese Nachricht an die Crew weitergegeben. Die Mannschaft hörte aufmerksam zu und wartete dann ab.

„Ich weiß", sagte Laura, „ihr seid es etwas anders gewohnt von Thomas. Aber ich habe mir bereits ein Bild unserer Lage gemacht und möchte jetzt die Aufgaben verteilen. Wer Verbesserungs- oder Zusatzvorschläge machen kann ... bitte, ich bin die Letzte, die etwas dagegen hätte. Aber hört erst einmal zu: Phil, du wirst mit einem Prisenkommando rübergehen und mir schnellstmöglich einen Bericht über unsere Neuerwerbung zukommen lassen. Hier geht Schnelligkeit vor Detailtreue!"

Phil nickte zustimmend und Laura wandte sich an Flight: „Grace, Phils Leute haben gestern die Tiger Sharks mit modifizierten Trax-Scannern, das Original stammte von den Maroon, nachgerüstet. Sie funktionieren auf eine Distanz von 2.000 Metern zuverlässig. Du wirst mit deinen Einheiten den Planeten Agua nach Trax absuchen. Ihr werdet dort anfangen, wo Thomas mit dem Beuteschiff gestartet ist. Die Sparrow Hawks sollen Geleitschutz fliegen. Solltet ihr Trax finden – wir haben keinen Platz für Gefangene!"

Grace nickte mit verkniffenem Mund.

„Paulo, ich möchte umfassende Informationen über dieses Sonnensystem. Sonne, Planeten, Monde, Umlaufgeschwindigkeiten, Jahreszeiten, Zusammensetzungen, Rohstoffe und dergleichen – alles, was es an Wissenswertem gibt. Such dir Hilfe an Bord!"

Paulo antwortete mit einem „Aye, Sir!"

„Hotaru, du suchst dir ein paar Marines als Geleitschutz und nimmst vier Fachleute aus unserer biologischen Abteilung mit. Ihr bergt das Beiboot des Captains und nehmt gleichzeitig ein paar Proben für eine vorläufige Analyse des Planeten Agua mit hoch. Sorg dafür, dass sich unsere Eierköpfe nicht verlaufen und nicht endlos Proben nehmen. Eine genaue Untersuchung der Fauna und Flora wird stattfinden, wenn alle Trax beseitigt sind!"

Hotaru strahlte über das ganze Gesicht. Welch eine schöne und verantwortungsvolle Aufgabe!

„Danke Laura. Ich sorg dafür."

Laura sah sich um: „Verbesserungsvorschläge oder sonstige Wünsche?"

Lediglich Lutz fragte, ob er nicht auch etwas tun könne.

„Zunächst nichts, Lutz. Aber das kann sich schnell ändern."

Laura stand auf zum Zeichen des Besprechungsendes.

„Wir sehen uns hier wieder in zwei Tagen um 10:00 Uhr. Zwischenergebnisse nehme ich gerne entgegen. Ich wünsche guten Tag und gute Arbeit."

Damit war die Besprechung endgültig beendet und jeder ging seine Aufgabe, sofern vorhanden, an.

<u>Wenige Stunden später, Geronimo, Brücke:</u>

Hotaru hatte keinerlei Mühe damit gehabt, das Schiff des Captains zu finden und trotz leichter Beschädigung wieder startklar zu bekommen. Dagegen waren die Bemühungen, die erstmals auf die Planetenoberfläche losgelassenen Biologen wieder einzufangen, fast nicht von Erfolg gekrönt.

Hotaru hatte gefunkt bis die Antenne ‚glühte'.

Sie hatte befohlen, gelockt, Versprechungen gemacht und schließlich gedroht.
Dann griff die ansonsten sanftmütige Asiatin zum letzten Mittel.
Mit einem kurzen Sturmgewehr stürmte sie aus dem Beiboot und nahm willkürlich Ziele aus der Umgebung unter Feuer. Während die Granaten ringsum einschlugen und dabei Lärm und Zerstörung verursachten, schrie die Japanerin immer wieder: „Trax-Alarm, Rückzug und Notstart!"
Es dauerte nur ein paar Sekunden, bis die geistige Elite der verbliebenen Menschheit über Stock und Stein angerannt kam. Dabei schepperten die Probenbehälter heftig gegeneinander, aber ohne seine Probenbehälter hätte kein Wissenschaftler die Oberfläche verlassen wollen. Lieber ohne Leben, aber niemals ohne Probenbehälter. Kaum war der letzte Biologe an Hotaru vorbei an Bord gehechtet, als die entschlossene Funkerin ebenfalls das Schiff wieder betrat und noch innerhalb der Schleuse das Außenschott zufuhr und verriegelte.
Schnell eilte sie an den wartenden Passagieren vorbei zum Kommandosessel. Ohne weitere Worte startete Hotaru den umgebauten Aufklärer und nahm Kurs auf die Geronimo. Als einer der Wissenschaftler zu ihr kam und eine Frage bezüglich der Trax stellen wollte, erhob sie nur den Zeigefinger und bemerkte: „Das war knapp!"
Damit gab sich der Wissenschaftler nickend zufrieden und zog sich zu den anderen zurück. Was er nicht bemerkte: Hotaru lächelte nicht wie es typisch für ihre Landsleute war, nein, sie grinste dick und unverschämt, aber das sahen nur ihre Instrumente.

Laura wurde von Phil über Funk gerufen.
Phil hatte sich gleich nach der Besprechung mit einem Bergungsschiff und acht Leuten aus seiner Techniker-Crew aufgemacht und dem Beuteschiff ein Besuch abgestattet. In Raumanzügen, ohne künstliche Schwerkraft und mit leistungsstarken Handleuchten, waren die Spezialisten durch das beschädigte Schiff geschwebt und hatten ihre Feststellungen per Video und Audio aufgezeichnet.
Phil hatte sich am Bordrechner zu schaffen gemacht und gleichzeitig seine Crew optimal durch das Raumschiff dirigiert.
Zurück an Bord des Bergungsschiffes hatte Phil eine Einsatzbesprechung abgehalten und jeder hatte in einem kurzen Statement, unterstützt durch visuelle Aufnahmen, seine Feststellungen bekanntgegeben.

Man hatte daraufhin einige Zeit debattiert und nun war es Phils Aufgabe, einen vorläufigen Bericht über den Zustand des Schiffes an Laura abzugeben: „Hier ist Phil. Wir haben einen vorläufigen Zustandsbericht für dich, Laura."

Die Kommandeurin mit den roten Stoppelhaaren, die gerade noch ausgiebig das Fensterglas ihrer Brille geputzt hatte, beugte sich interessiert vor: „Dann schieß mal los, Phil!"

„Also gut", begann Phil und schaltete für die Brückencrew auch gleich den visuellen Bericht dazu, der nun auf dem Hauptbildschirm in der Zentrale zu sehen war, „wir hatten befürchtet, eine Menge Schrott zu sehen. Ganz so schlimm ist es allerdings nicht. Die Konstrukteure haben ordentlich gearbeitet. Die Abschottmechanismen bei Explosionen an Bord haben weitestgehend funktioniert."

Die Aufnahmekamera an Bord des beschädigten Schiffes überspielte etwas wackelig die optischen Daten auf den Hauptmonitor der Brücke. Im diffusen Handlampenlicht konnte sich Laura einen Eindruck von den Verhältnissen an Bord machen – der, ja wie hieß das Schiff eigentlich? Laura stellte Phil eine diesbezügliche Frage.

„Ja, offensichtlich sind die Kollegen hier an Bord nicht mehr zur Umtaufe gekommen", stellte Phil fest, „das Schiff heißt ‚Old Europe'. Ich habe die Log-Dateien auf Paulos Rechner überspielt. Vielleicht kann er was damit anfangen und die Daten verraten uns etwas über die letzten Tage mit menschlicher Besatzung und wo diese geblieben ist."

Laura drehte sich zu Paulo, aber dieser verfolgte das Geschehen überhaupt nicht. Mit verkniffener Miene und starrem Blick auf seine Monitore widmete er sich ganz der Aufgabe, die ihm Laura gestellt hatte.

„Wenn er Zeit dafür findet, bestimmt", antwortete daher Laura, „wie siehst du die Möglichkeiten einer Reparatur?"

Für Phil war die Frage offenbar heikel, denn er wiegte seinen Oberkörper hin und her.

„Das Schiff ist zweifellos reparabel. Ich fürchte nur deine nächste Frage und die kann ich dir jetzt nicht beantworten. Wir brauchen Rohstoffe und mehr Leute. Wir können das Schiff jetzt sichern, und wenn wir die Frage beantwortet haben, ob wir hierbleiben, dann kann ich dir, wenn wir mehr Personal zur Verfügung haben, auch diese Frage beantworten. Praktisch wäre es auch, wenn wir einige Ersatzteile auf einer Planetenoberfläche herstellen könnten. Fürs Erste sind wir mit der Bestandsaufnahme hier fertig. Hast du neue Befehle?"

Laura schüttelte den Kopf: „Nein. Zunächst nicht. Gute Arbeit. Kommt zurück und ruht euch aus!"
Die Funkverbindung wurde unterbrochen.

Laura sah zu Paulo. Es war sehr ungewöhnlich, dass der Cheftaktiker nicht an den Geschehnissen um ihn herum teilnahm. Dazu war er viel zu wissbegierig. Viele meinten auch einfach weniger positiv denkend, er sei neugierig.
„Paulo! Hast du was entdeckt?"
Laura musste ihre Frage wiederholen, weil der wissenschaftliche Offizier nicht reagierte.
„Äh, ja – ich weiß nicht – vielleicht. Eine meiner Sonden auf Mond DREI meldet eine ungewöhnliche Metallanhäufung." (Der Einfachheit halber hatte Paulo den Monden zunächst die Namen EINS – ZWEI und DREI gegeben.)
„Sooo?", kam es etwas langgezogen von Laura, „schalte die Übertragung auf den Hauptschirm."
Paulo tat wie ihm geheißen und nun zeigte der übergroße Monitor die optischen Übertragungen einer Klasse-2-Sonde. Man sah, wie die Drohne über eine zerklüftete Mondoberfläche in ziemlich geringer Höhe raste. In roter KM-Entfernungsangabe, die rasend schnell rückwärts zählte, konnte man am unteren Monitorrand die Entfernung bis zum anvisierten Ziel ablesen.
Weiter vorne am Steuerpult starrte Lutz fasziniert auf die Übertragung. Nach seiner groben Schätzung musste die Sonde in etwa 2 Minuten auf das Objekt treffen. Die Zeit verging langsam und gebannt starrte die Crew auf die Übertragung der Klasse-2-Sonde, die mal niedriger und mal höher, aber immer dicht über die Planetenoberfläche flog, je nach dem, wie die Topographie beschaffen war.
Kurz vor dem Ziel gab es noch einen höheren Berg, den es zu überwinden galt. Die Drohne gewann an Höhe und kletterte praktisch an der Bergwand hinauf, erreichte schließlich den Kamm und kippte vornüber, um auf der anderen Seite wieder dicht am Boden zu fliegen. Kurz nur übertrug die Sonde ein Bild auf das Tal hinter dem Berg, dann zuckte von links ein fahler Lichtschein herüber und der Monitor zeigte nur noch rauschendes Schwarz.
Während noch alle verwirrt auf den Monitor starrten, handelte Laura schnell und konzentriert.

Mit einem Handgriff löste sie den Vollalarm aus und befahl Lutz schnellstens Kurs auf den entsprechenden Mond zu nehmen. Lutz holte sich die nötigen Informationen von Paulo und schaltete den Antrieb ein und gab die Kursdaten an den Steuerrechner. Brüllend erwachten die Triebwerke zum Leben und schoben das gewaltige Schiff mit Maximalschub in Richtung des von Paulo bezeichneten Mondes.
Auf einen entsprechenden Befehl hin beorderte Grace drei komplette Staffeln Tiger Sharks als Geleitschutz für die Geronimo, die ihre Suche nach Trax unterbrachen und sofort durch die Wolkendecke von Agua in Richtung All und damit zur Geronimo aufbrachen.
Trixie, die auf dem Landedeck gerade eiskalten Apfelsaft zu servieren versuchte, verschüttete eine ordentliche Menge davon, als die Sirenen des Vollalarms zu gellen begannen.
„Scheiße! Ich muss los!" war alles, was man von ihr noch hörte, dann sah man sie zum Ausgang Richtung Brücke rennen.
Zurück blieben einige Scherben und eine Pfütze aus Fruchtsaftgetränk.
Durch ein Fenster des rollenden OP sah man, wie Ewa neben Thomas Bett saß und beim Pfeifen der Alarmsirenen nur kurz und müde nach draußen sah, um sich anschließend wieder ihrem Partner zu widmen.
Auch die beiden Marines erhoben sich und schickten sich an, zu ihren Kameraden zu gehen. Tradition hin, Tradition her – ein Vollalarm hebt auch derlei Regelungen auf. In erster Linie hatte dann jede Abteilung ihre volle Einsatzbereitschaft herzustellen – und Sack Carter war der Vertreter des verletzten Ron Dekker.
Laura wurde hektisch auf der Brücke: „Paulo, ich will die letzten Bilder sehen, bevor die Verbindung abbrach!"
Paulo drehte die Aufzeichnung zurück. Er musste mehrfach hin und her suchen, bis Laura rief: „Stopp!" Das Geschehen hielt an. Alle starrten auf das nicht so klare Abbild.
„Näher ran! Vergrößern!", verlangte Laura.
Das Bild sprang förmlich in die Zentrale. Leider, wie immer bei solchen Zoom-Ansichten: Man kam zwar näher ran, aber es verschlechterte sich die Qualität der Aufnahmen. Auf dem Monitor war ein schemenhafter, langgestreckter, zigarrenförmiger Körper zu sehen. Auf Lauras Nachfrage hin konnte sich keiner der Betrachter einen Reim auf die Übertragung machen.
„Habe ich was verpasst?" Trixie kam heftig atmend die Notstange von der übergeordneten Ebene zur Brücke hinuntergerutscht.

„Nicht unbedingt", gab Laura zurück, „nimm deinen Posten ein und mach ein paar Raketen scharf. Wir müssen mit einem Angriff rechnen!"
„Aye, Sir!", beeilte sich Trixie zu versichern und eilte zu ihrer Station.
„Wenn wir nicht langsamer beschleunigen, dann erreichen wir das Ziel, bevor unser Geleitschutz durch die Tiger Sharks steht", gab Flight zu bedenken.
Die Geronimo war wesentlich dichter am Ziel gewesen als die Tiger Sharks, die erst einmal den Einflussbereich von Agua verlassen mussten.
„Lutz", wies Laura den Piloten an, „langsamer beschleunigen – uns treibt schließlich keiner!"
„Ach", murmelte Lutz, um dann laut seine Bestätigung des Befehls auszusprechen.
Mit geübten Griffen regelte der frisch verheiratete Pilot die Energie an den Triebwerken herunter und das Hintergrunddröhnen wurde leiser. Auf dem Übersichtsmonitor war nun zu sehen, dass die Tiger Sharks schnell aufholen.
„Flight! Aufklärungsmission! Ich will wissen, was das da unten ist!"
Grace bestätigte und gab ihre Kommandos an die drei Staffeln weiter.
Darauf schob sich eine der Fliegergruppen um ganzes Stück nach vorne, während sie von den beiden anderen Staffeln an den Flanken gesichert wurde.
Die Afrikanerin hatte den Staffeln befohlen, nicht seitlich und knapp über den Boden das Ziel anzufliegen, sondern von oben herab darauf zuzufliegen – und das war auch gut so.
Leader Blau flog den anderen ein Stück voraus. Längst schon hatte er die Aufnahmekameras eingeschaltet und übertrug die Ergebnisse an die weiter hinten im All heranschwebende Geronimo.
Doch plötzlich musste Leader Blau ein hektisch blinkendes rotes Warnlicht auf seinen Anzeigen feststellen. Zudem plärrte die Automatenstimme des Bordcomputers: „Annäherungsalarm, Kollisionsalarm! Anfliegende Raketen angemessen!"
Leader Blau fluchte und gab diese Feststellung an die beiden anderen Staffeln und seine eigenen Staffelmitglieder weiter, während er gleichzeitig die Bordkanone auslöste und versuchte, die anfliegenden Geschosse abzuschießen. Auf der Geronimo hatte man ebenfalls mitgehört und somit griff Laura ein: „Geleitstaffeln sofort abdrehen! Zieht euch bis hinter die Geronimo zurück!"

Leader Blau bestätigte und die Tiger Sharks drehten in einer engen Kurve und beschleunigten gleichzeitig voll. Auf der Brücke zog Grace eine Grimasse. Das Manöver war notwendig, aber außerordentlich belastend. Einige der Vitalanzeigen auf ihrem Tableau flackerten. Offensichtlich waren einige Piloten aufgrund der hohen Querbeschleunigung kurzfristig ohnmächtig geworden.

„Lutz! Ich möchte die Steuerbordseite zum Feind ausrichten – Vollschub!"

Während Heinken rasch schaltete, um Lauras Anweisungen nachzukommen und die Geronimo schließlich den anfliegenden Raketen ihre Breitseite zeigte, bekam Trixie ihre Anweisungen: „Rak-Abwehr – Feuer frei!"

Trixie justierte die Zielautomatik und gab Dauerfeuer.

Dumpfes Bollern war noch auf der Brücke zu hören, als die Geschütze auf der Steuerbordseite ihr konzentriertes Feuer aufnahmen. Wenig später explodierten die ersten getroffenen Raketen weit vor der Geronimo. Einige kamen jedoch durch und lösten im Schutzschirm heftige mechanische Belastungen aus. Das Explodieren und anschließende Rütteln war auf der Brücke gut zu hören und zu spüren.

Laura warf Paulo einen Blick zu.

Der Taktiker schüttelte den Kopf: „Schilde stabil – sie halten – jedenfalls noch. Es darf nur nicht viel mehr werden!"

Wieder wurde die Geronimo kurz hintereinander zweimal getroffen.

„Schilde bei 80%!", meldete Paulo.

„Ich habe die übersandten Bilder von Leader Blau analysiert", meldete Hotaru.

„Und", fragte Laura, die mit verkniffenem Blick die anfliegenden Raketen auf dem Hauptmonitor anvisierte.

„Es handelt sich ganz klar um ein weiteres Schlachtschiff der Erde. Ebenfalls Terra-Klasse. Es scheint unversehrt. Die Raketen kommen aus Stellungen, die rings um das Schiff eingerichtet sind."

Laura schaute ungläubig und nachdenklich zu Hotaru. Sie wollte gerade zu einer Entgegnung ansetzen, als eine weitere größere Rakete ihr Ziel erreichte. Dieses Mal wurde die Geronimo ordentlich durchgeschüttelt.

„Schilde bei 50%!", meldete Paulo.

„Das muss aufhören", schimpfte Laura, „Grace, deine Staffeln müssen Entlastung fliegen – sofort! Sie sollen aber nicht das Terra-Schiff beschädigen – nach Möglichkeit."

Grace nickte und sprach einige Befehle in ihren Kommunikator.
Die hinter der Geronimo befindlichen Staffeln nahmen sofort Fahrt auf und stoben auseinander. In einem weiten Bogen kamen die Tiger Sharks zurück und befanden sich nun seitlich der Raketenanfluglinie. Zwei Staffeln schützten das Flaggschiff, indem sie sowohl mit der Bordkanone als auch mit den Hellfire-Raketen die anfliegenden Explosionsgeschosse vor Erreichen des Ziels vernichteten.
Die übrige Staffel flog weit auseinander und näherte sich dann vorsichtig den Bodenstellungen, blieb aber hinter einigen Gebirgszügen des Mondes in Deckung. Von der Geronimo aus versorgte Flight diese Staffel mit Informationen über die Raketenstellungen. Die Piloten ihrerseits programmierten Hellfire-Raketen, die anschließend optisch blind auf das Ziel abgefeuert wurden. Mehr als 20 Raketen wurden nahezu gleichzeitig auf den Weg gebracht. Von oben sah das aus, als breite sich rasend schnell ein Feuerteppich aus, der sich in Richtung des neuentdeckten irdischen Schiffes bewegte. Wenig später schlugen die kleinen aber leistungsfähigen Raketen in die Stellungen rund um das Erdenschiff ein.
Aufgrund der hohen Anfluggeschwindigkeit war es zu keiner erkennbaren Abwehr der Trax mehr gekommen. Wenig später hörte der Beschuss der Geronimo auf. Laura verteilte ein Lob über Funk und beorderte die Staffeln zurück auf die Geronimo.
„Und?", Laura schaute zu Paulo.
Dieser seufzte. Dieses fragende ‚UND' statt eines Befehls nach einem Bericht war ihm ein Gräuel. Er, der sich stets gewählt ausdrückte, fand sich nur schwer mit der spartanischen Ausdrucksweise der Subcommanderin ab. Trotzdem wusste er natürlich, was seine Chefin jetzt von ihm wollte: „Keine Schäden. Schirme zuletzt bei 30%, bauen sich jetzt wieder auf."
Laura nickte zufrieden. Auf ihrem Tableau wählte sie die Kom-Nummer des Marine-Bereitschaftsraumes an.
„Sack Carter, hier!", meldete sich der Korporal sofort militärisch knapp und korrekt.
„Du vertrittst Ron Dekker?", vergewisserte sich Laura, „dann komm zur Brücke, wir haben einen Einsatz zu besprechen."
Nachdem Sack bestätigt hatte, schaltete Laura die Kommunikation mit dem Bereitschaftsraum und wählte dafür das rollende Labor auf dem

Landedeck an: „Brücke an Ewa!" Laura wartete, aber es kam keine Antwort.
Zweimal wiederholte Laura ihren Anruf, dann wurde sie nervös.
„Hotaru, schnell – geh runter und sieh nach!"

<u>Kurz darauf, Geronimo, Landedeck:</u>

Hotaru war mit wild wehendem Pferdeschwanz bis zum Landedeck gerannt.
Sie traf gleichzeitig mit den ersten hereinkommenden Tiger Sharks ein.
Auf dem Deck war die Hölle los.
Die Bedienungsmannschaften versetzten die zurückgekehrten Maschinen schnellstmöglich wieder in einen kampffähigen Zustand. Check nach Beschädigungen, auftanken und aufmunitionieren, abstellen in den Parkboxen und verriegeln. Das alles ließ das Landedeck aussehen wie einen Bienenstock, nur dass man bei dieser Geräuschentwicklung nicht von ‚Summen' sprechen konnte.
Und inmitten des Tumultes stand der rollende OP.
Hotaru rannte darauf zu, wobei sie dem einen oder anderen Techniker und verschiedenen Maschinen ausweichen musste. Hastig riss sie die Tür des OP auf, ging hinein und schloss die Tür hinter sich. Schlagartig brach die laute Geräuschkulisse ab, der Raum war hervorragend gedämmt. Hastig sah sich Hotaru um und musste dann lächeln.
Thomas lag in seinem Bett und die Apparaturen zeigten leuchtende Grünwerte, also war alles in Ordnung mit ihm. Ewa war neben dem Bett sitzend eingeschlafen, lag mit ihrem Oberkörper seitlich neben Thomas auf dem Bett und schlief tief und fest.
Der Funkerin bot sich ein geradezu harmonisches Bild und das gerade auf dem Landedeck der Geronimo bei einem Kampfeinsatz.
Hotaru wählte die Nummer der Brücke auf dem Kom-Tableau und gab ihre Beobachtung an Laura weiter.
„Weck Ewa auf und schick sie ins Bett! Sag ihr, es wäre ein Befehl von mir. Du selbst bleibst da und wartest, bis Ewa einen ihrer Medizinmänner geschickt hat!"
Laura unterbrach die Verbindung und somit war Widerspruch, falls vorhanden, sowieso zwecklos.
Es bereitete Hotaru einige Mühe, die Chefmedizinerin aufzuwecken. Schließlich gelang es ihr. Die schlaftrunkene Ewa hörte sich die Anord-

nungen an, warf Thomas einen bedauernden Blick zu, nickte und verließ den rollenden OP. Wenig später kam ein Arzt und löste Hotaru am Bett von Thomas ab.

Hotaru traf zeitgleich mit Sack Carter auf der Brücke ein. Gemeinsam benutzten sie den kleinen Lift, der sie vom Eingangsbereich eine Etage tiefer auf die sogenannte Commandoebene brachte. Sack meldete sich militärisch knapp mit dem Barett unter dem Arm bei Laura an. Die Commanderin nickte gefällig. Im Gegensatz zu Thomas schätzte sie die militärischen Umgangsformen.

„Wir haben ein weiteres irdisches Schiff entdeckt", ließ sie Carter wissen, „ich will es bergen. Lass dich von unserem Taktiker unterrichten und mach mir anschließend einen Vorschlag, wie wir weiter vorgehen sollen."

„Sofort, Sir!"

Sack deutete eine kurze Verbeugung an und eilte zu Paulo.

Wenige Minuten besprachen sich die beiden Spezialisten leise, dann ging der Korporal wieder auf Laura zu: „Ich brauche zwei Tiger Sharks mit Piloten und eine Staffel Sparrow Hawks als Rückdeckung. Wir gehen mit 10 Mann runter und werden aus zwei Richtungen zu unserem Ziel vorstoßen. Wenn wir das Schiff gesichert haben und es flugfähig ist, musst du uns ein Prisenkommando schicken."

Laura sah zu Grace: „Flight, du hast den jungen Mann hier gehört. Stell ihm deine Ressourcen zur Verfügung!"

Grace schaltete und wandte sich an Sack: „Versammel deine Leute mit Ausrüstung auf dem Landedeck. Du wirst angesprochen. Deine Rückendeckung startet gerade und wartet im All auf dich."

Sack schaute die afrikanische Schönheit verblüfft an.

Schneller handeln konnte man wirklich nicht. Langsam wunderte sich Sack, dass er selbst bei dieser Mission dabei war. Nein, wundern war das falsche Wort, Sack war stolz. Stolz darauf, ein Teil dieser Crew zu sein. Einer Crew, wo offensichtlich jeder genau wusste, was er zu tun hatte. Überall, wo man auch nur hinsah: Fachleute, Spezialisten – manchmal schwierig auf den ersten Blick festzustellen, aber auf den zweiten Blick wurde es glasklar. Schließlich lächelte Sack und tippte einen militärischen Gruß an die Stirn: „Danke, wenn du mal ein Problem hast, Flight, dann wende dich an mich!"

Damit eilte Carter von der Brücke.

Grace starrte einen Moment noch auf die Stelle, an der Carter eben noch gestanden hatte, mehr Emotionen gestattete sie sich nicht, aber sie wusste den kurzen aber ehrlich gemeinten Satz des Marine wohl zu deuten und tief in ihrem Inneren spürte sie, dass das Kompliment ihre verletzte Seele wie eine warme Woge umspülte. Ein Krieger reichte einer Kriegerin die Hand. Es berührte sie mehr, als sie sich eingestehen wollte. Viele Männer schon hatten vergeblich versucht, ihre Aufmerksamkeit zu erhalten. Dieser Marine hatte mit einem kurzen Satz viele Mauerteile ihres psychischen Schutzwalles einstürzen lassen.

„Nachdem das geklärt ist", und Laura war das veränderte Verhalten von Grace wohl aufgefallen, „wenden wir uns wieder unseren Aufgaben zu. Hotaru, kannst du eine Logbucheintragung vornehmen?"

Als Hotaru bestätigte begann Laura: „Das kürzlich in unseren Besitz gelangte, beschädigte Schiff der Terra-Klasse taufe ich um auf den Namen Cochise. Ich gedenke damit, innerhalb der Vorstellungen unseres Captains zu bleiben. Wenn mich meine Schulkenntnisse nicht täuschen, handelt es sich ebenfalls um einen Indianerhäuptling, der sich damals gegen seine Feinde tapfer zur Wehr setzte. Wen es interessiert, der kann ja nachschauen. Auch wenn einige vielleicht jetzt enttäuscht sind, es gibt keine Feierlichkeiten zur Umtaufe. Traditionell wird diese nur von der eigenen Besatzung durchgeführt – und die sehe ich nicht. Hotaru – Cochise eintragen und fertig damit."

„Und wie soll das andere heißen?", fragte Paulo.

„Da habe ich auch schon eine Idee, aber erst müssen wir es mal haben", dämpfte Laura die Erwartungen.

Die Köpfe der Brückencrew gingen herum, als sie das Summen des Aufzuges hörten.

Auf der Plattform des Aufzuges stand Ron Dekker gestützt auf zwei Krücken und ließ sich auf die Commandoebene tragen: „Bitte darum, die Brücke betreten zu dürfen." Mit einiger Schwierigkeit brachte Ron die Worte heraus.

„Erlaubnis erteilt", versicherte ihm Laura, „willst du den Einsatz von hier leiten?"

Ron trat vom Aufzug, der mittlerweile unten angekommen war, herunter und schüttelte nur den Kopf: „Nein, Sack weiß genau, was er tut. Ich will nur dabei sein und beobachten. Irgendwo rumzuliegen und nichts mitzukriegen, ist die Hölle für mich."

Laura grinste, so ähnlich würde es ihr wohl auch gehen: „Sei willkommen auf der Brücke und such' dir einen Platz."
Mit einem dankbaren Ausdruck auf dem Gesicht nickte der Major und ließ sich auf einem Sitz in der Nähe der Feuerorgel nieder.

Gleiche Zeit, Mond DREI:

Vorsichtig näherten sich von zwei Seiten die beiden Tiger Sharks mit jeweils zwei Piloten und fünf Marines nebst Ausrüstung dem Zielgebiet. Die Trax-Scanner zeigten eine freie Zone an, aber Sack wusste, dass diese Geräte nichts über das Innere des Erdenschiffes verraten konnten. Hier versagte die Technik.
Im Hintergrund und wesentlich überhöht hielten die Sparrow Hawks Ausschau nach Gefahren.
Sack hielt nichts von langen vermeidbaren Spaziergängen, auch wenn das Gepäck hier auf dem Mond nicht allzu viel wog. Er ließ die Tiger Sharks mit entsicherten Bordkanonen bis auf 50 Meter heranfliegen. Aus einer Höhe von sechs Metern sprangen er und seine Mannschaft im Raumanzug ab. Bei einem etwa Siebtel der Erdschwere konnten sich die Kämpfer leicht abfangen.
Mit langen, etwas grotesk aussehenden Sprüngen eilten sie auf das Ziel zu, während die Aufklärer mit drohenden Bordkanonen im Hintergrund abwarteten.
Carter hatte seine Leute darauf hingewiesen, dafür zu sorgen, dass bei Feindkontakt an Bord auch auf sie geschossen werden musste. Sacks Aufmerksamkeit war es nämlich nicht entgangen, dass die Sicherheitsautomatik an Bord der Cochise erst dann eingegriffen hatte, als diese feststellte, dass die Trax auf die Menschen schossen. Sack vermutete hier dasselbe Sicherheitsprotokoll – warum also selber schießen!
Als alle Marines sich rechts und links neben dem Hauptschott versammelt hatten und die Gegend sicherten, trat Sack vor und gab den Generalcode von außen ein. Als sich das Schott öffnete, umklammerten die Marines schussbereit ihre Sturmgewehre.
Ein kurzer Blick von Sack ins Innere der Schleuse, dann ein kurzer Wink und die Marines standen alle innerhalb des Schiffes. Rechts und links der Schleusenwände knieten sie, das Gewehr im Anschlag und auf das Innere des Schiffes gerichtet. Carter warf einen schnellen Blick auf die Anzeigen innerhalb der Schleuse. Im Inneren des Schiffes wurde

keine Atmosphäre angezeigt, also konnte der Korporal zunächst darauf verzichten, das äußere Schott zu schließen, denn das hätte bedeutet, dass man in der Falle saß, wenn bei der Schleusenpassage etwas passierte.

Zeitgleich, Geronimo, Brücke:

Gebannt hatte die Brückencrew das Entern des Erdenschiffes durch Sack und seine Männer mitverfolgt. Nun hatte Carter seine Helmkamera eingeschaltet und somit war man an Bord des Flaggschiffes sozusagen live mit Bild und Ton dabei. Das innere Schott schwang auf und die nachfolgende Gangbeleuchtung trat in Funktion. Soweit alles in Ordnung und weiterhin war kein Trax zu sehen. Während der nächsten Stunde durchsuchten die beiden Teams das geenterte Schiff und fanden bis auf eine grausige Entdeckung nichts.
Sacks Team hatte einen der größeren Lagerräume geöffnet und dort hatte man die Besatzung gefunden. Es war kein schöner Tod innerhalb eines luftleeren Raumes, wenn innerhalb von Sekunden das Blut zu kochen anfängt. Offensichtlich hatten die Trax die Besatzung in diesen Raum gesperrt und anschließend die Luft in den Weltraum abgelassen. Die ca. 300 Männer und Frauen waren qualvoll umgekommen.

Mond DREI, Terraschiff:

„Wenn wir jetzt noch einen Grund brauchen keine Gefangenen zu machen – hier haben wir ihn."
Ein Mitglied von Sacks Team stieß diese Worte hasserfüllt aus. Sack zog seinen Kameraden aus dem Laderaum heraus: „Du darfst auf den ersten Trax schießen, den wir sehen", versprach er ihm und schlug ihm auf die Schulter, „und nun zur Brücke. Wollen mal sehen, ob der Vogel auch Flügel hat."
Die zehn Marines trafen sich wenig später auf der Brücke.
Mit vereinten Kräften checkte man die Instrumente und nach kurzer Zeit teilte Carter der Geronimo mit, dass nach seinen Feststellungen das Schiff flugtauglich sei.
Laura ordnete an, dass die Marines an Bord bleiben sollten und kündigte die Ankunft eines Prisenkommandos an. Während der Wartezeit

verriegelte und versiegelte Sack den Laderaum mit den Toten, schloss sämtliche Luken und flutete das Schiff mit Atemluft.
Der Raum der Toten blieb dabei ohne Atmosphäre.
Laura oder Thomas sollten entscheiden, was mit den Leichen zu geschehen hatte.
Die Marines öffneten ihre Raumanzüge und warteten auf die vorläufige Mannschaft.

Geronimo, Brücke:

„Das Schiff ist gesichert, das Prisenkommando unter Phil Morey ist unterwegs. Wie soll dieses Schiff nun heißen", erwartungsvoll hatte sich Paulo zu Laura gedreht und wartete, wie die anderen, gespannt auf Lauras Antwort.
„Nun gut, ich will euch nicht länger auf die Folter spannen. Ich taufe das Schiff auf den Namen ‚Red Cloud', ins Logbuch eintragen – bitte. Mit dem Namen verhält es sich übrigens wie mit den anderen: Auch so ein tapferer Ureinwohner Nordamerikas. Paulo, du hast die Brücke – ich bin auf dem Landedeck zu finden."
Laura verließ die Zentrale und begab sich zum Landedeck. Dort angekommen, öffnete sie die Tür des rollenden OP und fand Ewa vor, die schon nach kurzer Zeit des Schlafens wieder am Bett des operierten Captains saß.
„Hallo Ewa. Wie geht es ihm?"
Ewa machte ein bedenkliches Gesicht: „Er hat die Operation soweit gut überstanden und könnte nun wieder wach sein."
„Worauf wartet ihr dann? Weckt ihn auf!", verlangte Laura.
„Das haben wir getan. Er wacht aber nicht auf. Das ist unser Problem!"
Traurig und hilflos schaute die Chefärztin auf den regungslos im Bett liegenden Mann.
„Gibt es weitere Optionen? Kann ich was tun?", fragte Laura.
Ewa schüttelte nur ihren Kopf: „Nein, mehr als abwarten können wir im Moment nicht."

25.07.2120, 10:00 Uhr, Geronimo,
Captains Besprechungsraum:

Das Brückenteam wurde am heutigen Tag durch Dr. Martin Winter, einem Biologen aus dem ehemaligen Deutschland, verstärkt. Der Wissenschaftler hatte das biologische Team auf Agua geleitet, als Hotaru das Beiboot des Captains geborgen hatte.
Die Stimmung war bei den Anwesenden leicht gedrückt, weil im Hintergrund immer noch das ungeklärte Schicksal von Thomas Raven stand. Nun erschien, leicht verspätet, auch die Chefärztin zur Besprechung. Phil drückte ihr wortlos einen Becher dampfenden Kaffees in die Hand und sie dankte es mit einem kleinen Kopfnicken. Die Gespräche verstummten sofort, als die Anwesenden die erschöpfte Ärztin bemerkten. Alle sahen sie erwartungsvoll an und Laura bemerkte, dass dieses Thema im Moment das war, was alle am meisten interessierte.
„Okay", sprach sie daraufhin, „ich begrüße euch an diesem Morgen. Lasst uns hinsetzen und dann bitte ich als erstes Ewa um einen Bericht."
Schweigsam setzte sich die Crew und Ewa nahm einen kleinen Schluck aus ihrem Kaffeebecher: „Es ist im Moment nicht leicht für mich. Ich bitte euch um Entschuldigung. Ich bin am Ende meiner Weisheit angelangt. Ich weiß nicht, warum Thomas nicht aufwacht. Es geht ihm soweit körperlich ganz gut. Er wacht nur nicht auf. Auf dem Hirnscanner sind merkwürdige Muster zu sehen. Ich habe eine Bitte an euch, vielleicht könnt ihr helfen."
„Wir tun alles", warf Lutz ein und die anderen nickten sofort.
„Ich möchte", fuhr Ewa fort, „dass jeder von euch ihn besucht. Erzählt ihm irgendwas. Ich habe den Verdacht, dass er uns hören kann. Vielleicht hilft ihm das wieder an die Oberfläche seines Bewusstseins zu gelangen."
Laura nickte bestätigend: „Das werden wir gerne tun. Wir beginnen, wenn wir mit dieser Besprechung hier fertig sind. Lasst uns also anfangen, Paulo, dein Bericht bitte."
Paulo erhob sich und warf noch einen Blick auf seine Kunststofffolien: „Ich habe das komplette Sonnensystem oberflächlich gescannt. Das System besteht aus einer Sonne, die unserer heimatlichen bis auf wenige Unterschiede gleicht.

Agua ist der fünfte Planet aus Richtung der Sonne von insgesamt ca. neun. Circa deswegen, weil der siebte Planet lediglich eine Anhäufung von Gesteinsbrocken ist, die, umeinanderkreisend, so etwas wie einen Planeten darstellen. Es ist möglich, dass dieser Planet vor Urzeiten aus irgendwelchen Gründen auseinandergebrochen ist. Nur Agua hat drei Monde. Diese drei Monde haben es allerdings in sich. Sie bergen eine Fülle von Rohmaterial, so wie wir es brauchen. Ein Rückflug nach Stonehall können wir uns sparen. Ich bin auch davon überzeugt, dass der auseinandergebrochene Planet ähnliche Rohstoffe bieten kann. Meine Sonden sind noch unterwegs.
Lebensfreundliche Atmosphäre gibt es allerdings nur auf Agua, lediglich der nächste, also sechste Planet, etwas größer als unser Mars, könnte für eine Besiedlung nach entsprechendem Terraforming infrage kommen. Meine Sonden sind, wie gesagt, noch unterwegs und es kommen laufend neue Daten rein."
Damit setzte sich der wissenschaftlich graduierte und schmächtige, schwarzhaarige Mann aus Paraguay auf seinen Stuhl und sah sich nach dem nächsten Berichtenden um.
Als er von Laura auffordernd angesehen wurde, stand der kleine Engländer Phil auf und gab sein Statement ab: „Ich gebe einen Zustandsbericht der beiden neu hinzugekommenen Schiffe ab. Ich beginne mit der beschädigten Cochise. Das Kampfschiff der Terra-Klasse ist erheblich beschädigt und nach vorsichtiger Schätzung werden wir, wenn ich noch Personal zugeteilt bekomme, ungefähr einen Monat für die Reparatur benötigen. Danach wird das Schiff wieder wie neu sein.
Bei der Red Cloud verhält es sich ganz anders. Das Schiff ist unversehrt, lediglich müssten neue Munition und Raketen an Bord gebracht werden.
Für alle einmal die Daten unserer Neuerwerbungen: Die Schlachtschiffe der Terra-Klasse sind 1.000 Meter lang und haben einen Durchmesser von 150 Metern. Die beiden Triebwerksgondeln von 500 Metern sind bedeutend größer als unsere bei der Geronimo, jedenfalls im Verhältnis gesehen. Diese Schiffe können wesentlich besser beschleunigen als wir. Beide Schlachtschiffe verfügen über vier komplette Staffeln Sparrow Hawks und eine Staffel Tiger Sharks, sowie ein Mehrzweckschiff, welches als Bergungsschiff wie auch als Tender verwandt werden kann. Spätestens wenn die Cochise repariert ist, haben wir unsere Schlagkraft erheblich gesteigert. Wir sollten Besatzungspersonal aufwe-

cken und die Schiffe bemannen, denn ohne Mannschaft nützen uns diese Kampfschiffe nichts."
Auch Phil setzte sich wieder hin.
Nun war Trixie dran. Die Gute machte aber keine Anstalten, sich zu erheben. Wegen der Kürze ihres Berichtes hielt sie es wohl nicht für erforderlich. Wie üblich lümmelte sie sich etwas in ihren Sitz: „Unser Flaggschiff ist zu 100% aufmunitioniert. Wir können wieder in den Kampf ziehen. Es sind schon Mannschaften unterwegs, um Rohstoffe für die Munition der beiden Terra-Schiffe klarzumachen. Wenn die Leute sich ordentlich ranhalten, ist die Red Cloud in spätestens einer Woche voll gefechtsklar."
Die letzte von der Brückenmannschaft, die einen Bericht abzugeben hatte, war Grace Ojok, die schlanke, großgewachsene Schwarzafrikanerin: „Agua ist frei von Trax. Wir haben noch einige aufspüren können und vernichtet. Ebenso sind die drei Monde abgesucht worden und clean. Ich habe meine Staffeln jetzt zu den übrigen Planeten geschickt, um dort zu suchen. Wir werden noch etwa 14 Tage brauchen, um das gesamte System abzufliegen."
Laura bedankte sich für die Berichte und forderte dann Dr. Winter auf: „Hallo Doc. Wir sind alle gespannt auf deinen Bericht. Was hat die biologische Abteilung herausgefunden?"
Martin Winter holte relativ umständlich einen Packen Folien aus seinem mitgebrachten Täschchen und legt den sicherlich zehn Zentimeter hohen Stapel mit einem leichten Klatschen vor sich auf den Tisch. Bevor er anfangen konnte mahnte ihn Laura: „Doc, bitte keine wissenschaftlichen Berichte. Fass dich kurz. Wir müssen entscheiden, ob wir hier siedeln oder weiterfliegen. Gib uns eine Einschätzung aus deiner Sicht."
Mit einem bedauernden Ausdruck auf seinem Gesicht packte Winter die Stapel wieder weg: „Aus Sicht der biologischen Abteilung gibt es keinen Grund nicht zu siedeln. Wir haben aufgrund der Kürze der uns zur Verfügung stehenden Zeit auf der Planetenoberfläche natürlich nicht alle Gefahren und Umstände biologischer oder chemischer Natur registrieren können. Jedoch sind die Angaben der Maroon bisher voll bestätigt worden. Das Klima ist günstig, die Luftzusammensetzung enthält alle für uns wichtigen Bestandteile, die Fauna ist erdähnlich. Alles Weitere werden wir wahrscheinlich erst nach einem längeren Aufenthalt feststellen können. Aber ich habe noch eine Frage: Wie nah

waren uns denn die Trax, als wir so überstürzt unsere Außenmission abbrechen mussten?" Gespannt und auffordernd sah Winter zu Laura.
Laura warf einen schnellen Blick in Richtung Hotaru und als diese vielsagend an die Decke sah, konnte sich die First Subcommanderin schnell denken, was geschehen war.
„Sagen wir mal so, Doc. Ich beantworte diese Frage nicht und dafür brauchst du meine Frage nicht zu beantworten, warum deine Gruppe den Befehlen eines vorgesetzten Offiziers nicht nachgekommen ist."
Laura sah den Leiter des wissenschaftlichen biologischen Teams offen an und dieser richtete seinen Blick verlegen zu Boden. „Äh wir wollten doch nur, äh ..."
„Genau", stellte Laura fest, „genau deswegen werden diese Fragen offenbleiben und nicht weiterverfolgt – einverstanden?"
Der Biologe nickte ergeben und damit war das Thema um Hotarus Schießübungen erledigt.
„Tja", sagte Laura, „also werden wir mal Kontakt mit den Maroon aufnehmen und sie an ihre Zusage von neulich erinnern. Aber erst einmal habe ich ein paar Aufgaben. Ron, kannst du was übernehmen?"
Ron schaute überrascht auf die Commanderin.
„Selbstverständlich M'am. Was kann ich tun?"
„Wie du dem Bericht eben entnehmen konntest", begann Laura, „benötigen die beiden zusätzlichen Schiffe Besatzung. Ich will hier, wenn es eben geht, niemanden abtreten. Wir sind ein eingespieltes Team und das soll so bleiben. Mach dich über unseren schlauen Blechkasten her und such ordentliches Personal heraus – Mindestbesatzung für beide Schiffe. Dann übermittle die Daten an unser Stase-Lager, die haben schon lange keinen mehr aufgetaut – sie sollen gleich anfangen."
Dekker nickte erfreut: „Danke, ich mach mich sofort an die Arbeit!"
Laura drehte sich herum: „Hotaru! Du erhältst eine wichtige Aufgabe. Da Thomas noch nicht ansprechbar ist, kann ich die Geronimo nicht verlassen. Ich möchte, dass du Kontakt mit den Maroon aufnimmst und verhandelst, wie es weitergeht. Wir sind bereit zum Siedeln. Such dir Hilfe und nimm mit, wen du willst, aber du wirst auf die Oberfläche runtergehen müssen. Zuvor gehst du aber zu Thomas und danach starte."
Hotaru ließ alle vornehme asiatische Zurückhaltung fallen und strahlte über das ganze Gesicht. Wieder eine tolle Aufgabe: „Ich möchte Beatrice Baines mitnehmen!"

Während Trixie mit einem kleinen Jubelschrei und gestreckter Faust ihre Freude zum Ausdruck brachte, bereute Laura ihren Freibrief der freien Auswahl, sagte aber lediglich: „Dann bist du, Trixie, für Hotarus Sicherheit verantwortlich und ihr geht jetzt beide zu Thomas – ab mit euch!"
Die Eile, mit der beide Frauen durch den Ausgang verschwanden, ließ den Verdacht aufkommen, dass sie unterwegs sein wollten, bevor es sich Laura anders überlegte.
Habe ich das richtig gemacht, fragte sich Laura selbst, den beiden Mädchen die Verantwortung über uns alle zu überlassen. Sie war etwas erschrocken über ihre eigene Entscheidung, hielt aber daran fest.
Wie hatte man ihr in der Ausbildung zum Führungsoffizier gesagt: „Treffe Entscheidungen und lebe anschließend damit!"

<u>Geronimo, Landedeck, rollender OP:</u>

Hotaru trat als Erste an das Bett von Thomas.
Um die vielleicht persönlichen Worte nicht mitzuhören und damit den Erfolg vielleicht zu gefährden, räumte Ewa mit einem stummen Nicken ihren Platz an der Seite von Thomas und verließ das Krankenzimmer.
Die Japanerin war ein wenig verlegen.
Sie kannte den Captain kaum.
Im Gegensatz zu vielen anderen war sie nicht vom Captain ausgewählt worden, sondern vom Space Command vorgeschlagen worden. Etwas zögernd nahm sie Thomas Hand. Sie fühlte sich warm, aber kraftlos an. In seinem Gesicht sah sie keine Regung. Hotaru begann zu sprechen, leise und eindringlich: „Der Name unseres Schiffes zeigt deine Vorliebe für die Kultur der nordamerikanischen Ureinwohner. Darum habe ich folgendes Zitat und Worte für dich ausgesucht: ‚Was ist das Leben? Es leuchtet auf wie ein Glühwürmchen in der Nacht. Es vergeht wie der Hauch des Büffels im Winter. Es ist wie der kurze Schatten, der über das Gras huscht und sich im Sonnenuntergang verliert.'
Dein Leben ist noch nicht vorbei, deine Aufgabe ist noch nicht erfüllt. Dein Herz ist stark und deine Verletzung wird heilen. Steh auf und führe uns zu den Jagdgründen, auf das wir einig, stark und mehr werden und wir viele Jahre an den Feuern unsere Taten den Nachkommen berichten."

Die schwarzhaarige Frau legte vorsichtig und nachdenklich die Hand des Captains zurück auf das Lager, erhob sich von ihrem Sitzplatz, legte die Handflächen gegeneinander vor ihr Gesicht, verbeugte sich kurz nach asiatischer Sitte und verließ rückwärts den Raum. Draußen nickte sie der wartenden Ewa zu und forderte mit einer Handbewegung Trixie auf, hineinzugehen.
Auch Beatrice Baines betrat den sterilen Raum leise und vorsichtig.
Sie war zwar von Thomas ausgewählt worden, aber sie wusste genau, dass der Captain damit ihrem Vater einen Gefallen getan hatte. Mittlerweile war die zierliche Frau selbstbewusst genug, um sich selbst gegenüber festzustellen, dass sie sich eine gewisse Anerkennung verdient hatte. Davon zeugte schließlich auch der kurz bevorstehende Einsatz auf der Oberfläche von Agua. Vorsichtig setzte sie sich auf die Kante des Besucherstuhls, legte ihre Hand auf Thomas Unterarm und sagte nachdenklich: „Ich weiß, dass ich Mitglied der Besatzung bin, weil dich mein Vater darum gebeten hat. Ich hoffe nur, dass du es nicht bereust oder bereuen wirst. Du warst mir ein Beispiel, ein Vorbild. Ich war keine Disziplin gewohnt, heute weiß ich, dass es ohne nicht geht."
Trixie legte eine kleine Pause ein, sah an sich herunter und fuhr etwas lauter fort: „Verdammt, ich gehe gleich mit Hotaru auf eine Außenmission und ich habe Bammel, dass ich es versiebe. Ich wollte, du könntest mir ein paar Tipps geben. Die Verantwortung drückt doch schwerer, als ich dachte. Es ist immer schön, jemanden über sich zu haben, den man fragen kann oder der Befehle gibt. Solange du das bist, werde ich dir gerne folgen. Wenn du mich hörst, dann drücke Hotaru und mir die Daumen. Ich hoffe, ich sehe dich bald wieder."
Mit diesen Worten stand die Gunnerin abrupt auf und verließ fast fluchtartig den Raum. Etwas mitleidig sah die draußen wartende Ewa in zwei graue Augen, die sich langsam mit Tränen füllten.
„Verdammt! Ich will nicht heulen", schluchzte Trixie und wischte sich die Tränen ab.
Ewa nahm sie in ihre Arme: „Dann tue es nicht, Trixie. Du hast jetzt eine wichtige Aufgabe. Du hast eine gute Ausbildung – du bist Profi. Wir erwarten von dir, dass du dein Möglichstes gibst."
Durch Trixie Baines ging ein Ruck. Ewa hatte sie bei der Ehre gepackt.
„Du hast völlig Recht. Hotaru, lass es uns angehen!"
Ewa winkte den beiden Frauen zu, als diese im Ausgang verschwanden. Dann wandte sie sich wieder ihrem Patienten zu.

Außenmission Operation ‚Mayflower':

Lutz hatte mit seinem subtilen Sinn für makabre Scherze den Namen der Mission ausgewählt. Ohne mit der Wimper zu zucken, hatte Laura bestätigt und den Namen ins Logbuch eintragen lassen.
Die damalige Mayflower war ein Segelschiff, mit dem die sogenannten Pilgerväter, von denen viele aus Mittelengland stammten, nach Amerika aufbrachen, um dort ein neues Leben zu führen.
Nun saßen Hotaru als Pilotin und Trixie als Mädchen für alles andere in einer schnell reparierten und umgebauten Tiger Shark.
„Toll", brummte Trixie anerkennend, „dass uns Laura mit dem Captains Beiboot losfliegen lässt."
„Ich habe es schließlich zurückgeholt", gab Hotaru zurück, „außerdem: Wer soll es sonst fliegen und unsere Aufgabe ist sicherlich wichtig genug."
„Klar, aber wie willst du die Aufgabe angehen?", wollte Trixie wissen.
Die Funkerin zuckte mit den Schultern: „Keine Ahnung. Lass uns erst einmal hinfliegen und abwarten. Die Maroon haben Wert darauf gelegt, dass wir uns vom Meer fernhalten und das werden wir auch tun. Ich hoffe, dass sie sich bei uns melden. Falls nicht, dann müssen wir uns eben was einfallen lassen."
Leichter gesagt als getan, dachte Trixie, die durch das Bugfenster nach draußen schaute und den Planeten Agua hinter einigen Wolkenschleiern als blaugrün leuchtende Kugel inmitten des ewigen Schwarz erlebte. Auf diesem Planeten sollen wir leben, fragte sie sich. Mittlerweile füllte die hoffentlich zukünftige Heimat als Scheibe das gesamte Bugfenster aus.
Hotaru ging in einem flachen Winkel in einen Sinkflug über. Die Schutzschilde schirmten das Fluggerät zwar gegen die hohe Reibungshitze ab, jedoch wollte Hotaru sanft anklopfen und nicht mitsamt der Haustür in die Lebenssphäre der Maroon hineinfallen. Wenn man flach hineinkam, hatte man auch den Vorteil, durch das Bugfenster noch etwas zu sehen.
Ansonsten würden Feuerschleier die Sicht verdecken.
Das kampferprobte Schiff sank langsam tiefer.

Landedeck, OP:

Sack Carter hatte sich gut vorbereitet.
Aber jetzt saß er da und brachte kaum ein Wort hervor.
Während des Kampfes Kameraden fallen zu sehen, war er gewohnt. Nun aber so hilf- und vor allen Dingen tatenlos dasitzen zu müssen und das Ergebnis einer Auseinandersetzung so dicht vor Augen zu haben, war etwas ganz anderes.
Sack räusperte sich: „Hi Captain. Ich ... äh, hätte noch gerne mehr Einsätze mit dir durchgeführt. Wir hatten etwas Pech. Mehr Pech als sonst. Nur die Hälfte von uns kam unverletzt zurück. Aber Ron geht es schon wieder ganz gut. Er stellt gerade die Besatzungen für die beiden neuen Schiffe zusammen. Auch, äh ... das weißt du ja noch gar nicht: Wir haben noch ein Terraschiff erbeuten können – ganz unversehrt."
Sack machte eine kleine Atempause: „Mach, dass du wieder auf die Beine kommst. Wir brauchen jetzt drei Captains!"
Er tätschelte leicht den Unterarm des Verletzten, erhob sich zu einem militärischen Gruß und verließ den Raum. Auf dem Landedeck sprach er ein paar bedauernde Worte zu Ewa und machte dann Platz für Tiberius Miller.
Dieser betrat den OP wie eine Kirche.
Mit gefalteten Händen und den Blick nach unten gesenkt wagte er fast nicht, dem Captain ins fahle, blasse Gesicht zu schauen.
Scheu sah er sich um, sichtlich unwohl in seiner Haut. Als er sich sicher war, dass ihm niemand zuhörte, beugte er sich nach vorne und raunte Thomas zu: „Hallo Thomas. Trixie ist jetzt fast auf der Oberfläche von Agua. Ich wäre gerne mitgeflogen."
Tiberius seufzte: „Ich brauche deine Hilfe. Ich stecke ein wenig in der Klemme. Trixie, ich meine, sie ist ja lieb und ich mag sie auch. Aber wenn das so weitergeht, dann schleppt sie mich zum Traualtar. Nicht, dass ich nicht wollte, ist ja eine ganz Liebe und ich bin wirklich stolz auf meine Kleine. Aber wer soll uns denn trauen, wenn nicht du? Du hast auf Agua als Erster von mir und Beatrice erfahren. Also musst du uns entweder als Captain mit Traufunktion oder aber zumindest als Trauzeuge zur Verfügung stehen. Dafür musst du aber fit sein."
Nochmal sah sich Miller um, damit er sicher sein konnte, dass sein intimes Gespräch mit dem Captain nicht von anderen gehört wurde. Miller stand auf und flüsterte noch ein „Bitte!", dann verließ auch er

den Raum. Ewa kam wenig später zu Thomas und kontrollierte ihn und die Geräte. Beide zeigten keine Veränderung.

Operation Mayflower:

Hotaru und Trixie hatten ihr Schiff in einem Anfall von Optimismus ‚New Hope' genannt und dieses an die Geronimo weitergegeben.
„Meint hier jedermann, er könne unsinnige Namen für wichtige Dinge vergeben?"
Laura schien wenig begeistert, ließ den Namen aber ins Logbuch eintragen mit dem Hinweis, dass der Name zum Ende der Mission gelöscht würde.
Hotaru hielt das Fluggerät in etwa 50 km Höhe konstant in einer Umlaufbahn. Die Geschwindigkeit der New Hope war so hoch, dass alle 90 Minuten eine Umrundung stattfand. Der Funksender übermittelte auf der üblichen Frequenz Grüße und den Wunsch nach Kontaktaufnahme – immer wieder. Seitens der Maroon tat sich nichts. Nach einer weiteren Umrundung veränderte Hotaru den Kurs und flog nun quer zur bisherigen Flugrichtung um den Planeten.
Aber es geschah weiterhin nichts.

Landedeck, OP:

Flight war gekommen.
Trotz Trauer und Sorge bewunderte Ewa die sehr schlanke, hochgewachsene Gestalt mit den gazellenartigen Bewegungen. Grace hatte die Bordkombi abgelegt und kam in Sandaletten und einem Körperumhang mit Leopardenmuster.
Bei vielen Frauen hätte die Aufmachung kitschig gewirkt.
Nicht so bei Grace. Sie wirkte elegant und würdevoll.
Sie neigte ihr Haupt und den Oberkörper vor Ewa und ging dann nahezu geräuschlos in den Behandlungsraum. Dort angekommen, beobachtete sie eine Weile den im Koma liegenden Captain, sowie die Umgebung des Raumes. Schließlich setzte sie sich und sog die Luft hörbar durch die Nase ein. Langsam atmete sie aus. Sie analysierte mit ihrem feinen Geruchssinn die Luft um das Krankenlager. Sie ergriff mit ihren langen schlanken Fingern die Hand des Captains und legte ihre andere Hand auf seine Stirn.

So meditierte sie schweigend ein paar Minuten, dann sprach sie mit ihrer warmen, wohltönenden Stimme: „Lege das Ruder erst dann nieder, wenn das Boot an Land ist!"
Eine kurze Pause entstand, dann sprach sie weiter: „Ein Spruch aus einem Nachbarstaat meiner Heimat. Du wirst wach werden – schon bald."
Damit stand sie auf und verließ das Zimmer. Mit ihren langen Beinen eilte sie anschließend, ohne sich umzuziehen, auf die Brücke.
Laura schaute etwas mehr als verwundert, als Flight in ihrem Aufzug dort erschien. Noch verwunderter bis ärgerlich wurde sie jedoch, als sie hörte, was Grace von ihr wollte: „Wie kommst du auf die Idee, jetzt von mir die Erlaubnis zu bekommen mit einem Jäger auf Agua zu landen?"
Grace legte den Kopf ein wenig schief: „Wollen wir Thomas wiederhaben? Ich kann helfen. Aber ich muss allein auf die Oberfläche!"
Laura war nun tatsächlich etwas aufgebracht: „Grace, du hast vor wenigen Stunden noch gesehen, wie schnell wir einen Flight Commander benötigen. Was ist, wenn etwas passiert, während du unterwegs bist? Außerdem: Hotaru und Trixie sind dort unten und versuchen Kontakt aufzunehmen. Ich fände eine weitere Außenmission auf Agua im Moment dafür nicht hilfreich."
Grace verneigte leicht den Kopf: „Ich habe einen fähigen Mission Commander, der meine Station für die benötigte Zeit übernehmen könnte. Zum anderen werde ich durch mein Tun die Mission Mayflower nicht stören. Entscheide, ob ich unserem Captain helfen darf."
Lauras Entschluss wankte, man sah es ihr deutlich an.
„Du kannst ihm wirklich helfen?", fragte sie vorsichtig.
„Ich kann es nicht versprechen. Es ist davon abhängig, was ich dort unten finde. Aber ich rechne fest damit, dass die Natur auch hier entsprechende Vorsorge getroffen hat."
Laura nickte: „Ich will mir hinterher nicht nachsagen lassen, ich hätte nicht alles versucht. Stell mir deinen Mission Commander vor und dann nimm dir eine Sparrow Hawk."
Mit eleganten und gleichzeitig schnellen Schritten eilte Grace von der Brücke. Wenig später machte sich mit wenigen Worten ein gewisser Jim Snider auf der Brücke bekannt. Jim war ebenfalls Afrikaner und von hünenhafter Gestalt. Neben ihm wirkte die Kommandokonsole klein und unscheinbar. Er gab vorsichtig mit seinen Riesenhänden seine

Kommandocodes ein und somit war diese wichtige Station für weitere Einsätze bereit.
Kurz darauf verließ eine Sparrow Hawk das Mutterschiff in Richtung Agua.

Agua, Mayflower:

Trixie Baines war schon von ihrer Natur her nicht die Geduldigste und daher war diese Mission mehr als eine schwierige Prüfung für sie.
Man hatte den Planeten jetzt schon mehrfach umrundet und der Sender strahlte immer noch die Grußformel und den Wunsch nach Kontaktaufnahme aus. Es tat sich jedoch nichts; das Funkgerät blieb stumm. Trixie trommelte mit ihren Fingern auf dem abgeschalteten Kampfpanel herum.
„Wenn du so weitermachst, ist das Ding entweder gleich kaputt oder wir feuern unbeabsichtigt ein paar Raketen ab", gab Hotaru zu bedenken.
„Das Letztere würde ich jetzt am Liebsten tun. Vielleicht reagieren unsere feigen Freunde dann", regte sich Trixie auf, „der Pulverdampf ist doch schon längst verzogen. Dann könnten sie doch aus ihren Löchern herauskrabbeln."
Hotaru grinste bei der Vorstellung, dass sich irgendwelche Löcher auftaten und Maroon daraus erschienen.
„Ich werde landen", sprach sie, „und zwar in der Nähe der ehemaligen Traxsiedlung und von da aus direkt am Meer."

Landedeck, mobiler OP:

Ron Dekker und Lutz Heinken hatten dem Captain einen Besuch abgestattet.
Beide hatten sich vielleicht zehn Minuten bei ihm aufgehalten, aus ihrem Leben erzählt und die gemeinsamen Erlebnisse kommentiert. Thomas Zustand war unverändert geblieben.
Ron sprach ein paar tröstende Worte mit Ewa und Lutz konnte nur bedauernd mit den Schultern zucken. Beide hätten gerne mehr getan, aber das schien leider nicht möglich.
Dann war Laura am Zug.

Sie übergab Ewa ihren Kommunikator und ging zum Krankenzimmer. Sorgfältig verschloss sie die Tür hinter sich und setzte sich neben Thomas auf das Bett. Ein paar Minuten saß sie schweigend da, dann ergriff sie seine Hand und begann zu sprechen: „Hallo Thomas, ich hoffe, dass du mich hören kannst. Mein Verhältnis zu dir ist schwer zu beschreiben. Ich bin nun einige Jahre älter als du, und da ich nie eine Familie hatte, hast du in meinem Herzen immer den Platz eines Familienangehörigen, ja eines Sohnes, eingenommen."

Laura machte eine Pause und sah zweifelnd an sich herab: „Ich hatte von Anfang an befürchtet, dass ich irgendwann so empfinden würde. Als man mich damals als deine Aufpasserin bestimmte und ich dich zum ersten Mal sah, wusste ich, dass es so geschehen würde. Ich habe voller Stolz deinen Weg beobachtet und begleitet, ganz so, wie es eine Mutter tut. Mit jedem Erfolg auf deiner Laufbahn wurde ich stolzer auf dich."

Lauras Stimme begann zu stocken als sie weitersprach: „Es fiel mir unsagbar schwer, nicht voller Bewunderung von dir zu sprechen, wenn ich mal im Kreise meiner Bekannten war." Voller Entsetzen bemerkte Laura, dass ihr Tränen auf beiden Wangen herunterliefen.

„Denn auf Weisung unserer Führung musste diese Art der Begleitung geheim bleiben. Selbst du wusstest lange nichts vom meinem Auftrag. In mir hast du nur deine Ausbilderin und vielleicht eine Freundin gesehen. Schwer war die Zeit damals für dich, kurz nachdem du Ewa verlassen hast. Niemand hat dich so am Boden zerstört gesehen wie ich. Ich habe dich in meine Arme genommen und du hast geweint."

Laura machte eine Pause und sah zur Decke, dann wischte sie sich mit dem Ärmel die Tränen ab und fuhr fort: „Als die Nacht kam, bist du geblieben. Ich schaffte es nicht, dich wegzuschicken, weil ich Angst um dich hatte. Was in der Nacht geschehen ist, bleibt unser Geheimnis."

Nach einer längeren Pause streichelte Laura Thomas Wange und versuchte ein Lächeln: „Der Weg darf noch nicht zu Ende sein. Draußen wartet Ewa auf dich – und nicht nur sie, wir alle warten auf dich. Wir sind bereit zu siedeln. Wir brauchen dich, damit du uns auf die Oberfläche bringst."

Sorgenvoll betrachtete Laura noch minutenlang das bleiche Gesicht des Captains, dann ließ sie vorsichtig seine Hand los, stand auf und verließ das Zimmer.

Draußen übergab ihr Ewa den Kommunikator mit den Worten: „Die Brücke hat dich gerufen, ich habe um einen Moment Geduld gebeten."
„Ist gut", dankte Laura, dann meldete sie sich bei der Brücke.
„Hier Laura. Was gibt's?"
„Das Team Mayflower wünscht dich zu sprechen", klang es aus dem Kom-Gerät.
„Ich bin gleich auf der Brücke."
Laura nickte Ewa grüßend zu und machte sich auf den Weg zur Zentrale.

<u>Agua, Grace Ojok:</u>

Flight hatte eine kleine Lichtung als Landeplatz ausgesucht.
Als die Kufen des Kampfjets die Erde berührten schaltete Grace die Triebwerke aus.
Leise fauchend und singend verstummte der Antrieb und es herrschte wieder Ruhe im Wald.
Die schlanke Afrikanerin öffnete die Kanzel und betrat wenig später barfuß den Planeten. Sie hatte keine Einsatzkombi an und trug immer noch lediglich das lange Kleid mit dem Leopardenmuster.
Sie stellte sich zur Sonne und schloss die Augen. Meditierend dachte sie an ihren Großvater, der die kleine Grace oft auf seinen Ausflügen in den Dschungel mitgenommen hatte. Seine Worte waren voll Weisheit und Wissen gewesen, und die damals schon ernste Grace hatte sich bemüht, alles zu behalten.
„Spüre die Kraft, die vom Boden in deine Füße und durch dich hindurchgeht", so hörte sie jetzt noch seine Worte und ein gutes und kraftvolles Gefühl machte sich in ihr breit.
Grace öffnete alle ihre Sinne und versetzte sich selbst wieder in die Zeit, als sie mit ihrem geliebten Großvater den Geheimnissen der Natur auf der Spur war. Plötzlich hörte sie viel deutlicher und ihr Geruchssinn nahm um einiges zu. Als sie spürte, dass keine Steigerung mehr möglich war, öffnete sie die Augen und betrachtete ihre Umwelt. Sie fühlte mit den Händen das grasartige Gewächs unter ihren Sohlen und entdeckte viele unterschiedliche Pflanzen. Vorsichtig nahm sie die einzelnen Gräser in die Hand und roch daran. Dann ging sie gebückt in immer größer werdenden Kreisen um den gelandeten Jäger herum und suchte weiter.

Agua, Team Mayflower:

Die New Hope war 50 Meter vor der Küste, die an dieser Stelle ca. 20 Meter steil abfiel, gelandet. Beide Frauen standen etwas ratlos draußen neben dem Aufklärer in der warmen Sonne. Hotaru hatte mit der Geronimo Kontakt aufgenommen und sprach ins Funkgerät: „Wir sind jetzt kurz vor der Küste gelandet. Unsere Kontaktversuche sind allesamt nicht beantwortet worden. Sie reagieren nicht auf unsere Funksprüche."
Aus dem Äther war ein heftiges Atmen zu hören, dann kam die Antwort der Subcommanderin: „Wir müssen die Aufmerksamkeit der Maroon erregen – irgendwie. Lasst euch was einfallen", dann schrie Laura fast ins Mikrofon: „Wir haben nicht umsonst gegen diese Trax gekämpft und gute Leute dabei verloren. Unser Captain liegt noch immer im Koma und diese Feiglinge wollen sich offensichtlich nicht an ihre Zusage halten. Macht was, Mädchen, oder die Antwort auf den Wortbruch kommt von der Geronimo!"
Die letzten Worte waren voller Zorn gewesen.
„Oh jemine, da ist aber jemand ganz schön sauer", meinte Trixie lapidar, „lass mich mal den Vogel fliegen, wird Zeit, dass wir andere Saiten aufziehen. Komm steig ein."
Beide Frauen bestiegen wieder das Captains Beiboot.

Agua, Grace:

Die schlanke Afrikanerin war wohl fündig geworden.
In ihren langen, schwarzen Fingern hielt sie ein Bündel verschiedener Gewächse, als sie mit ihrem katzenhaften Gang zu ihrem Fluggerät zurückging. Als sie außen am Jäger hochkletterte, um ins Cockpit zu gelangen, drehte sie sich noch einmal um. Wenige Meter vom Flieger entfernt machte ein kaninchengroßes Tier mit grünem Fell gerade Männchen und schaute ihr nach. Grace hob grüßend die Hand: „Ich nehme mir nur wenig und ich brauche es."
Dann stieg sie in den Pilotensitz und schloss die Kanzel. Sanft, um keine Verwüstung anzurichten, ließ Grace den Jäger steigen. Zuvor hatte sie sich davon überzeugt, dass der kleine, grüne Agua-Bewohner sich in Sicherheit gebracht hatte. Erst in 200 Metern Höhe schaltete sie

das Haupttriebwerk ein. Mit einem kraftvollen Dröhnen verschwand der Jäger in den Wolken Aguas.

Agua, Mayflower:

„Was hast du vor?", unruhig rutschte Hotaru auf dem Notsitz herum.
„Warte es ab und schnall dich an", ließ sie Trixie wissen.
Mit geübten Fingern machte die zierliche Frau mit den grauen Augen und den langen, blonden Haaren das Fluggerät startklar, während Hotaru hektisch an den Sicherheitsgurten herumfummelte. Wenn Trixie sagte, anschnallen, dann tat man das besser, denn dann war ein etwas unruhiger Flug zu erwarten.
Im Gegensatz zu Grace hatte Baines nichts mit sanft und schonend im Sinn. Aufmerksamkeit erregen, das war der Einsatzbefehl gewesen. Mit sanftem Schleichen erreicht man das eben nicht.
Wenige Zentimeter nur hatte die New Hope abgehoben, als Trixie das Haupttriebwerk einschaltete und diesem aus dem Stand heraus etwa 30% Leistung abforderte. Die beiden Frauen wurden ruckartig in die Sitzpolster gedrückt und heckwärts flogen Gestrüpp und Land wie bei einem Tornado durch die Luft. Hotaru schätzte mindestens 4 Gravos, die die Beharrungsdämpfer durchließen. Beide schnappten nach Luft, als der Aufklärer über die Steiluferkante aufs Meer hinausschoss. Trixie nahm unter Mühen eine Korrektur vor und flog jetzt 5 Meter über dem Meeresspiegel.
Wenig später durchbrach die New Hope die Schallmauer. Der Knall ließ den Planeten in weitem Umkreis erzittern und auf der Wasseroberfläche zeigten sich die Kreise der Druckwelle. Minuten später donnerte das Beiboot mit Mach fünf, also der fünffachen Schallgeschwindigkeit knapp über dem Wasser.
Trixie steigerte das Tempo weiter und flog knapp über dem ruhig stehenden Meer in Richtung Sonne. Bei Mach acht zog die Bugwelle eine tiefe Furche ins Wasser, die nach dem Passieren des Jägers wieder zusammenklatschte und dabei 100 Meter in die Höhe schoss. Längst hatte Trixie den Schutzschirm eingeschaltet, da die Reibungshitze hätte unangenehm werden können.
Die Gunnerin programmierte den Autopiloten auf Mach elf und eine Höhe von fünf Metern über Wasser und die konstante Richtung gera-

deaus. Dann ergriff sie das Funkgerät und überzeugte sich, dass die üblich verwendete Frequenz eingestellt war.
„Hier spricht Beatrice Baines von der Geronimo. Wir haben unseren Teil der Abmachung erfüllt. Kein Trax lebt mehr auf Agua. Wir fordern von euch, dass ihr euren Teil der Abmachung einhaltet. Ich kann äußerst unangenehm werden, wenn ihr euch nicht innerhalb kürzester Zeit meldet!"
Die letzten Worte hatte Trixie ins Mikro geschrien und Hotaru begann auf ihrem Notsitz zu bangen.
Nicht auszudenken, was Trixie noch alles einfallen würde. Beatrice Baines hatte das Mikro des Funkgerätes in die Halterung zurückgesteckt, aber nicht ausgeschaltet.
Gleichmäßig donnerte der Aufklärer über das Wasser und brachte das Meer zum Schäumen.

<u>Geronimo, Landedeck, OP:</u>

Grace hatte ihren Jäger auf dem Landedeck der Wartungscrew übergeben und schritt von vielen bewundernden Blicken verfolgt, eine Afrikanerin in einer Leopardentunika war eher selten auf diesem Teil des Schiffes, in Richtung rollender OP. Vorsichtig klopfte sie an und als Ewa die Türe öffnete, bat sie, eingelassen zu werden. Ewa machte den Weg frei und ließ sie hinein.
„Was hast du da?", wollte Ewa wissen und zeigte auf die seltsamen Gewächse in Grace Hand.
„Du kannst sie gerne untersuchen oder mich einfach gewähren lassen", kam die warme, Vertrauen einflößende Stimme der hochgewachsenen Afrikanerin, „die Kraft des Planeten Agua wohnt in ihnen. Keine Angst, sie sind nicht giftig und dein Gefährte soll sie auch nicht essen."
Ewa nickte zustimmend: „Ich vertraue dir. Kann ich zusehen?"
„Natürlich", antwortete Grace.
Dann wendete sie sich Thomas zu und entblößte einen Teil seines Oberkörpers. Ein paar Pflanzen rupfte sie mit ihren Fingern klein und legte sie auf Thomas Brust. Eine andere Art zerrieb sie zwischen ihren Fingern und rieb damit die Haut unter der Nase des Verletzten ein. Den Rest gab sie in eine kleine Schale und steckte die Pflanzen an und obwohl sie grün und saftig aussahen, fingen sie sofort an zu brennen.
Ein eigentümlicher Duft breitete sich im Raum aus.

Ewa, obwohl sichtlich müde, hatte sich auf einen Stuhl gesetzt und aufmerksam zugesehen.

Grace bedeckte nun wieder die Brust des Captains, schloss ihre Augen und begann mit ihrer dunklen Stimme leise zu singen. Ein melodisches Lied, offensichtlich aus ihrer Heimat, denn Ewa verstand kein Wort. Gleichwohl war sie fasziniert von den Lauten und dem Rhythmus. Als sie ihre Augen zumachte, hatte sie das Gefühl die Savanne und die Natur mit all ihren Tieren zu sehen. Sie sah gewaltige Antilopenherden, jede Menge Zebras und abseits lag ein Rudel Löwen. Dann saß sie wenige Augenblicke später vor einem Kral an einem offenen Feuer und hörte auf die Musik. Nie in ihrem Leben hatte sie sich so wohl und geborgen gefühlt, doch dann verstummte die Musik und jemand fasste sie fast zärtlich am Arm und rief leise ihren Namen.

Mühsam, ganz mühsam fand Ewa in die Wirklichkeit zurück. Der Körper hatte sich sein Recht genommen und Ewa war einfach eingeschlafen. Wenige Augenblicke später war Ewa hellwach, denn die paar Minuten hatten ihr gut getan.

„Hast du was erreicht?", wollte sie von Grace wissen.

„Noch nicht. Die Kräfte der Natur brauchen Zeit, um zu wirken. Du musst bei ihm bleiben und mit ihm reden oder zumindest einen körperlichen Kontakt herstellen. Halte seine Hand, berühre ihn, aber lass ihn nicht los, und du wirst sehen, es wird helfen. Ich gehe jetzt, aber in Gedanken bin ich bei euch."

Ewa versprach, es so zu tun und Grace verließ das Krankenzimmer.

<u>Agua, Mayflower:</u>

„Wie viele Phantom-Raketen mit Atomsprengköpfen haben wir an Bord?"

Bei dieser Frage von Trixie fielen Hotaru bald die Augen heraus: „Bist du wahnsinnig geworden? Wir wollen hier siedeln und nicht den Planeten in Schutt und Asche legen!", rief sie quer durch das Cockpit.

Trixie grinste diabolisch, jedenfalls versuchte sie das zu tun, und wies mit der Hand in Richtung des Funkgerätes. Etwas irritiert starrte die Japanerin auf das Funkgerät und fing dann ebenfalls an zu lächeln. Das Ding war nicht ausgeschaltet worden und das bedeutete, dass alle Gespräche innerhalb der New Hope über den Äther gingen. Es war sehr wahrscheinlich, dass die Maroon ihr Gespräch verfolgen konnten.

„Wenn wir hier nicht siedeln können", fuhr Baines gefährlich leise fort, „dann werden unsere wortbrüchigen Freunde hier auch keinen Spaß mehr haben. Dafür sorge ich. Im Übrigen werde ich die Raketen nur unter Wasser zünden. Also, wie viele haben wir?"
Hotaru nahm sich eine kurze Pause und sagte dann gespielt zögerlich: „Donnerwetter, hätte ich gar nicht gedacht. Das Beiboot des Captains ist außergewöhnlich stark bewaffnet. Wir haben 30 dieser atomaren Phantoms an Bord."
„Das reicht locker!", bemerkte Trixie lapidar, „ich werde jetzt höher gehen und die Raketen aus größerer Entfernung abschießen."
Beatrice riss am Steuerknüppel und die New Hope richtete ruckartig ihre Nase nach oben und wurde gleichzeitig stark abgebremst. Trixie gab Vollschub und der Abgasstrahl des Hecktriebwerks pflügte ein 50 Meter tiefes Loch in den Ozean.
Aufgrund der Hitze des Antriebsstrahls verdampfte das getroffene Wasser explosionsartig. In eine dichte Wolke gehüllt, gewann das Fluggerät schnell an Höhe. Danach schlug das aufgepeitschte Wasser wieder zusammen. Starker Wasserdampf hatte sich gebildet, weil das Meer an dieser Stelle vom Triebwerk zum Kochen gebracht worden war. Fische und sonstige Meeresbewohner, die das Pech hatten, zu nahe am Geschehen gewesen zu sein, trieben gargekocht auf der Meeresoberfläche.
„Heute gibt es Fischsuppe!", schrie Trixie etwas gequält, weil wieder einige Gravos durchkamen.
Dann durchbrach der Aufklärer im Senkrechtflug abermals die Schallmauer. In zehn Kilometern Höhe stoppte Trixie den rasanten Flug. Hotaru fand noch Zeit, die Leichtigkeit zu bewundern, mit der die junge Gunnerin das Fluggerät beherrschte. Die New Hope hielt geradezu an und drehte sich dann um 180 Grad und wies mit der Nase senkrecht nach unten. In dieser Stellung stabilisierte sie das Schiff.
Das war Flugkunst in Vollendung.
„Ich messe auf 2 Uhr eine größere Ansammlung von Metall und etliche Energiesignaturen an. Kannst du meine Scannerwerte bestätigen, Hotaru?"
Die Japanerin schaute ihrerseits auf die Monitore: „Scheint richtig. 500 Meter unter Wasser scheint eine größere Stadt oder sowas zu existieren!"

„O.K. – ich programmiere Phantom 1 auf diese Energiesignaturen, Detonation 500 Meter unterhalb der Wasseroberfläche – ich öffne Abschussstube!" Trixie war in ihrem Element.
Draußen am Aufklärer schob sich tatsächlich eine Abdeckung beiseite und der Kopf einer Phantom-Rakete erschien in der Öffnung. Wieder ertönte Trixies Stimme im Äther: „Feuer in 5, in 4, in 3 ..."
In diesem Augenblick fingen die Kommunikationsmonitore an zu flimmern und schließlich entstand das Bild von Baal auf dem Schirm und in den Köpfen der Frauen entstand eine flehentliche Stimme: „Haltet ein. Wir ergeben uns. Nicht schießen, bitte!"
Trixie ließ die Phantom zurückfahren und verriegelte die Abschusstube. Dann überließ sie den Aufklärer der Schwerkraft und dieser begann wie ein Stein dem Planeten Agua entgegen zu fallen.
Meine Güte, dachte Hotaru, als ihr Magen zu revoltieren begann, nie wieder werde ich Trixie als Begleiterin wählen. Beatrice Baines ihrerseits war nicht mehr zu bremsen: „Ihr sollt euch nicht ergeben, ihr sollt mit uns Kontakt aufnehmen und euren Teil der Abmachung einhalten! Oder könnt ihr euch an eure Zusage nicht mehr erinnern?"
Im letzten Teil, insbesondere bei der Frage, war Trixie immer lauter geworden.
Baal zuckte geradezu zusammen. Offensichtlich war er es nicht gewohnt, in dieser Weise von einem weiblichen Wesen angesprochen, oder besser gesagt, angeschrien zu werden.
„Wo ist euer Führer?", wollte er daher wissen.
„Unser Führer", ließ ihn Baines wissen, „ist im Kampf gegen die Trax, während unsere Verbündeten sich in ihre Verstecke geflüchtet haben, schwer verletzt worden. Er ist nicht bei Bewusstsein und keiner weiß, ob er je wieder gesund wird! Ihr müsst mit uns vorliebnehmen."
„Das tut mir leid", antwortete Baal, „landet bitte dort, von wo aus ihr übers Meer gestartet seid. Wir werden in Kürze dort eintreffen."
Damit unterbrach Baal die Verbindung.
„Okay", sprach Trixie zu Hotaru, „dann bringe ich uns mal dahin."
„Vielleicht", ächzte Hotaru, „kannst du das magenschonend erledigen."
Während des Abbremsvorganges sah sich Trixie nach ihrer Begleiterin um: „Wie? Hast du meinen Flug etwa nicht genossen? War ich etwas ungestüm?"

Die Japanerin winkte ab: „Fast nicht der Rede wert. Ich werde jedenfalls die Geronimo in nächster Zeit nur noch in einem bodengebundenen Fahrzeug verlassen – wenn überhaupt."
Trixie hatte ein Einsehen, fing den Fall des Aufklärers sanft ab und ‚kroch' anschließend mit weniger als Mach 4 in Richtung des vereinbarten Treffpunktes in 100 Metern Höhe.
Die Japanerin übermittelte derweil das Ergebnis ihrer Bemühungen an die Geronimo.

15. Chance

<u>25.07.2120, Geronimo, Landedeck, OP:</u>

Seit Stunden saß Ewa jetzt nun an Thomas Bett und ließ seine Hand nicht los. Sie fühlte sich kraftlos, hilflos und völlig abgekämpft. Nur mühsam hielt sie sich noch aufrecht. Sie hatte sich nach der Trennung von Thomas vor vielen Jahren kaum von dem Verlust erholen können. Wie glücklich war sie gewesen, als sie ihn wiederfand und beide dort anknüpfen konnten, wo sie einst aufgehört hatten. Beide waren reifer geworden und wussten eine liebevolle Beziehung sehr zu schätzen.
Sollte sie ihn ein zweites Mal verlieren?
Sie spürte, wie ihr die Tränen die Wange herunterliefen und mit einem leisen ‚Plopp' auf dem Bett landeten. Mit dem Ärmel wischte sie sich die Tränen ab und strich sich die verklebten Haarsträhnen aus dem Gesicht. Gerne hätte sie dem Schlafenden etwas erzählt, aber es fiel ihr nichts ein. Sie fand keine Worte, um ihre Trauer erklären zu können. Falls er etwas hörte, dann wollte er sicherlich keine von Tränen erstickte Stimme wahrnehmen. Alles erschien ihr auf einmal so sinnlos ohne Thomas. Tiefe Mutlosigkeit machte sich in ihr breit und es fiel ihr nicht einmal auf, dass die Tränen immer heftiger über ihre Wangen liefen.
Mit einem Mal schien alles unbezwingbar zu sein.
Ewa sah nur noch schwarz für die Zukunft und sie wusste, dass das nicht gut war. Thomas hätte von ihr mehr Beständigkeit und Aufopferung für die neue Siedlung der Menschheit gefordert.
Aber ohne Thomas?
Sie konnte es sich nicht vorstellen. Sie hatte eine unglaubliche Angst davor, dass Thomas niemals wieder aufwachen würde. Wer sollte dann irgendwann die Geräte abstellen, wer würde das verantworten wollen?

Mit diesen Gedanken geriet Ewa fast in Panik. Sie fühlte nur noch Leere und völlig Mattigkeit. Vorsichtig hob sie die Bettdecke hoch und legte sich zu Thomas. Dabei dachte sie immer an die Worte von Grace: „Lass ihn nicht los!"

Wenn ich neben ihm liege, dann lasse ich ihn nicht los, selbst wenn ich einschlafe und ich muss ruhen, dachte Ewa, vielleicht fühle ich mich besser nach etwas Schlaf. Kaum lag sie, da schwanden ihr auch schon die Sinne. Soeben war sie eingeschlafen, da wurde sie von einem merkwürdigen Geräusch geweckt.

Erschrocken starrte Ewa auf die medizinischen Geräte.

Die Anzeigen für Herzfrequenz und Hirnaktivitäten waren erhöht.

Schnell stand Ewa auf um weitere Anzeigen abzulesen.

Dann rief sie über Bordfunk einen Kollegen herbei.

<u>Agua, Operation Mayflower:</u>

Die New Hope war auf der bezeichneten Stelle am Steilufer gelandet. Hotaru und Trixie warteten bereits einige Zeit auf die Ankunft der Maroon. Auf Geheiß von Laura hatten die beiden Frauen den Aufklärer so abgestellt, dass ein ganz bestimmter Platz zwischen einigen Felsbrocken und Büschen für die Begegnung mit den Maroon von vornherein festgelegt war.

Die Seeseite war für die Ankunft der Herrscher von Agua frei geblieben. Hotaru hatte in aller Eile ein paar Funkkameras ringsherum angebracht und über die Sendeanlage des Aufklärers konnte das Geschehen auf der Geronimo verfolgt werden.

Die Gunnerin nahm ihre Aufgabe, Hotaru zu beschützen, sehr ernst. Sie hatte ein doppeltes Holster um die Hüften gebunden und trug rechts wie links eine 18-schüssige H&K.

Hotaru hegte keinen Zweifel, dass die Gunnerin exzellent mit diesen Pistolen zu treffen vermochte. Und wer in das entschlossene Gesicht der jungen Frau blickte, konnte auch sicher sein, dass Trixie im Bedarfsfall abdrücken würde.

„Laura ruft Trixie", erscholl es aus dem Armbandkommunikator.

„Hier Trixie. Was gibt es?"

Trixie stand erwartungsvoll in einiger Entfernung zum Steilufer, die rechte Hand lag auf dem Pistolengriff und mit der linken hielt sie den Armband-Kommunikator vor ihren Mund.

„Im Aufklärer sind Ohrmikros. Stellt die Dinger auf Frequenz elf und steckt sie euch in die Ohren. Dann kann ich euch bei den Verhandlungen Tipps geben", gab Laura Anweisung.
Trixie bestieg das Fluggerät um die Anweisung zu befolgen. Sie bemerkte eine gewisse Müdigkeit. Der Tag war bis jetzt reichlich lang gewesen. An dieser Stelle des Planeten war es gerade Mittag, man hatte also noch reichlich Zeit bis zur Dunkelheit. Als die Ohrstöpsel verstaut waren, ließen sich die Japanerin und die Gunnerin auf einigermaßen bequemen Felsbrocken nieder und genossen die wärmende Sonne.
Beide Frauen konnten sich denken, dass die Maroon mit einem Unterwassergefährt anrücken würden – entsprechend ihrer Wesensart. Sie selbst waren vom Kontaktpunkt aus mit Mach 4 geflogen. Unter Wasser ließen sich solche Geschwindigkeiten rein mechanisch nicht erreichen.
Also richteten sich die beiden auf eine längere Wartezeit ein und erzählten sich gegenseitig aus ihrem Leben.
Mitten im ersten Gesprächsthema hörten sie das Geräusch heftig schäumenden Wassers. Trixie sprang auf und schaute zur Uferkante. Sie hatten richtig vermutet. Die Wasserbewohner waren unterhalb der Wasseroberfläche bis kurz vor das Ufer gefahren. Nun erhob sich ein kleiner ca. 5 Meter durchmessender Ellipsoid mit durchsichtiger Kanzel oben mittig aus dem Wasser und schickte sich an, durch die Luft bis an den Rand des Steilufers zu fliegen. Fauchend landete das tropfnasse Amphibienfahrzeug circa 20 Meter vor den Wartenden.
Als die Geräusche des Antriebs verstummt waren, zischte es leise und an der Seite entstieg Baal dem Gefährt. Trixie hatte ihre Hände in die Hüften gestemmt und scherte sich einen Dreck um die Tatsache, dass Baal über einen Meter größer war als sie selbst. Schließlich verfügte sie über 36 sehr explosive Argumente an ihren schmalen Hüften. Hotaru war ganz unbeeindruckt auf ihrem Felsblock sitzen geblieben. Langsam und schwerfällig kam das große Geschöpf näher und als der Abstand nur noch zehn Meter betrug, stand auch die Japanerin auf. Schließlich war sie es, die mit den Verhandlungen betraut worden war.
„Ich grüße euch", klang es in den Köpfen von Trixie und Hotaru.
Baal hatte wieder von seinen teilweise telepathischen Fähigkeiten Gebrauch gemacht.
Hotaru wandte sich ihm zu: „Auch wir grüßen dich. Bist du allein gekommen?"

Als eine positive Antwort in den Gehirnen der Frauen entstand, schickte Hotaru die Gunnerin mit einem Wink ihres Kopfes los. Trixie umging in zügigem Tempo das Wasserwesen und ging an Bord des Amphibienfahrzeugs. Die Durchsuchung war schnell erledigt und sie stieg wieder aus: „Er ist allein", rief sie Hotaru zu.
„Warum so misstrauisch?", tat Baal verwundert.
„Wie würdest du dich denn verhalten, wenn deine Verbündeten, die du im Kampf verteidigt hast, anschließend nichts mehr von dir wissen wollen?" Trixie war sichtlich erbost und stand jetzt wiederum zehn Meter entfernt von Baal aber dieses Mal seitlich versetzt zu Hotaru.
„Was hast du zu sagen?", wollte Hotaru wissen.
Baal wandte seinen Kopf in Richtung der Funkerin: „Ich will euch begründen, warum ihr hier nicht siedeln könnt!"
Ruckartig und blitzschnell hatte Trixie eine ihrer H&K beidhändig in Anschlag gebracht und entsichert. Kimme und Korn zeigten in gerader Linie genau zwischen die Augen von Baal.
„Wie kommt es, dass ein Feigling wie du es wagt, uns eine solche Nachricht zu überbringen. Ich brauche meinen Finger nur ein wenig krümmen und deine gelbe Birne ist Matsch!", zischte Trixie. Die Gunnerin war wegen des Vertrauensbruches aufs Höchste erregt.
„Ich habe Drogen genommen und bin daher völlig gefühllos und damit auch in meinen Reaktionen stark gehemmt", war die lautlose Antwort Baals.
In den Ohren der beiden Frauen erklang Lauras Stimme: „Mach halblang, Trixie, beruhige dich. Lass ihn sagen, warum wir nicht siedeln können. Trixie beherrschte sich, zwar mühsam, aber sie tat es, und steckte schließlich ihre Waffe weg.
„Warum also können wir nicht siedeln?", wollte nun die Funkerin eine Antwort haben.
„Ich habe diese Abmachung mit eurem Captain getroffen und nur er und ich können jetzt noch die Gültigkeit verlangen. Ihr habt uns wissen lassen, dass euer Führer nicht bei Bewusstsein ist. Daher kann keiner von euch die Einhaltung der Abmachung verlangen. Nach unserer Tradition ist das nicht möglich. Ich bitte euch abzufliegen."
Mit diesen Worten erhob er kurz beide Arme zum Himmel. Hastig drehte sich Trixie um und flüsterte in ihr Armbandkom: „Laura, um Gottes Willen, sag etwas, was mich davon abhält, ein ganzes Magazin auf diesen Verräter abzufeuern!"

Es raschelte im Ohr und Laura wollte irgendwas sagen, wurde aber durch eine interne Nachricht davon abgehalten. Hotaru und Trixie hörten nur: „Waas? Hotaru, Trixie, keine Dummheiten! Beherrscht euch bitte! Tut es für mich oder für uns alle! Haltet den Typen hin! Gewinnt Zeit! Ich habe zu tun!"
Dann hörten die beiden Frauen nur noch das Signal, welches beim Abschalten einer Frequenz gesendet wird. Laura hatte das Gespräch beendet, sie waren von nun an auf sich allein gestellt. Hotaru nahm Blickkontakt zu ihrer Kollegin auf und nickte, dabei zeigte sie mehrmals mit den flachen Händen auf den Boden. Trixie verstand, drehte sich wieder zu Baal und fragte: „Könnt ihr uns nicht wenigstens eine Atempause gönnen. Wir brauchen festen Boden unter den Füßen, wenn wir eines unserer Schiffe reparieren wollen. Außerdem müssen wir Nachschub holen. Das dauert. Diesen Gefallen seid ihr uns nun wirklich schuldig."
Baal wiegte unentschlossen den Kopf: „Ich bin nur der Unterhändler. Ich muss fragen und dazu muss ich zurück in mein Boot."
Baal wandte sich um und ging in langsamen Schritten zu seinem Flug- oder Schwimmgerät. Nach zehn Minuten kam er zurück: „Nicht auf unserer Welt. Ihr könnt auf einem der Monde landen und dort euer Schiff reparieren."
Dieses Mal war Hotaru dran und sie scheute sich nicht zu lügen: „Baal, wir Menschen müssen alle paar Monate auf einen Planeten mit einem gewissen Sonnentyp. Wir brauchen diese Strahlung sonst werden wir krank und sterben. Für viele von uns ist der Zeitpunkt bereits überschritten. Wir müssen dringend auf die Oberfläche!"
Baal nickte und verschwand wieder für zehn Minuten in sein Amphibienfahrzeug.
Das kann ja heiter werden, überlegte Trixie, offensichtlich haben die Drogen auch seinen Denkapparat angegriffen und er kann nicht logisch denken beziehungsweise keine eigenen Entschlüsse mehr fassen. Zeit gewinnen ist unter diesem Aspekt kein größeres Problem. Warum sie allerdings Zeit gewinnen sollten, war fraglich. Wahrscheinlich wollte Laura die Jägerstaffeln in Position bringen, um ein klein wenig die Verhandlungsbereitschaft der Maroon zu heben.
Mit einigen Fragen gewannen die Frauen einiges an Zeit.
Der hilflos hin- und hertappende Baal hatte offensichtlich unter den Angst unterdrückenden Drogen keine eigene Meinung mehr. Als Baal

gerade zum siebten Mal in Richtung seines Gefährts losgehen wollte, hörte man von Ferne das Donnern von Triebwerksgeräuschen. Baal blieb stehen und drehte sich in Richtung Geräuschkulisse um. Trixie erkannte die Tonlagen von Sparrow Hawks und mindestens eine Tiger Shark. Bald darauf sah man im Sinkflug eine Tiger Shark in unmittelbarer Nähe zur Landung ansetzen.
Der Aufklärer wurde eskortiert von zwei Sparrow Hawks, die ebenfalls rechts und links neben dem ersten Fluggerät aufsetzten. Als die Triebwerksgeräusche ausklangen, bemerkte Trixie in einiger Entfernung noch ein paar Tiger Sharks, die den Treffpunkt absicherten.
„Donnerwetter! Ganz großes Kino!", entfuhr es Trixie.
Dann öffnete sich die Schleuse des eben gelandeten Aufklärers und das erste, was man sah, waren zwei Füße, dann zwei Beine, die in einem Rollstuhl nach draußen geschoben wurden. Dann kamen zwei Personen ans Tageslicht.
Im Rollstuhl saß Thomas.
Noch sehr blass und erschöpft, aber bei vollem Bewusstsein.
Geschoben wurde er von Ewa, die zwar immer noch weinte, aber dieses Mal aus klar erkennbarem, anderen Grund.
Trixie ging leicht in die Knie, streckte die Arme nach vorne und die Daumen nach oben: „Yeah! Was sagst du jetzt, Fischkopf? Da ist unser Captain!"
Ewa schob Thomas bis dicht vor Baal und hielt dann an.
Thomas legte den Kopf in den Nacken und sah zu Baal hinauf: „Ich, Thomas Raven, habe mit dir, Baal, ein Abkommen getroffen. Wir haben unseren Teil der Abmachung eingehalten und ich als Berechtigter fordere dich jetzt auf, deinen Teil einzuhalten."
Wie von selbst hatte Trixie wiederum eine ihrer H&K gezogen und zielte damit auf Baal. Sollte er es wagen Thomas oder Ewa anzugreifen, dann wäre er in Bruchteilen von Sekunden von Trixies Explosivgeschossen zerfetzt worden.
Aber nichts dergleichen geschah.
Baal verneigte sich leicht und seine Antwort entstand wieder in den Köpfen aller: „Deine Forderung ist anerkannt. Ihr könnt auf der Landmasse siedeln, sie gehört euch. Wie abgesprochen, müsst ihr euch jedoch von den Meeren fernhalten. Wir versorgen euch mit Nahrung, solange ihr es noch nicht selbst könnt. Funkt uns an und wir werden jemanden schicken. Ich muss jetzt fort. Die Wirkung der Drogen lässt

langsam nach und die Nachwirkungen sind sehr übel für den Betroffenen."

Abermals verneigte sich Baal, ging zu seinem Boot und startete. Wenig später war er im Ozean weit draußen vor der Küste abgetaucht. Am Steilufer lagen sich vier Personen in den Armen. Selbst die zurückhaltende Hotaru hatte Thomas umarmt.

„Er ist plötzlich wach geworden", schluchzte Ewa, „Grace hat es mit ihren Zaubermittelchen irgendwie geschafft. Egal wie, Hauptsache Tom ist bei Bewusstsein. Vorsichtig, nicht so heftig. Ganz der Alte wird er wieder. Lasst uns abfliegen. Tom muss zurück in die Krankenstation."

Wenig später hoben alle irdischen Fluggeräte vom Boden ab, vereinigten sich in der Luft mit den dort Wartenden und nahmen Kurs auf die Geronimo. Hotaru gab über Funk das positive Ergebnis der Verhandlungen durch.

Wenig später, bei der Landung auf der Geronimo, war auf dem Landedeck so ziemlich alles erschienen, was an Bord Beine hatte. Als die beiden Unterhändlerinnen sowie Ewa und Thomas ihre Tiger Sharks verließen, brandete nicht enden wollender Applaus auf.

Als Ewa ihren Tom zur Krankenstation bringen wollte, bat dieser: „Noch nicht. Bitte noch nicht. Gönn mir noch ein wenig Zeit mit diesen tollen Menschen."

Ewa gab widerstrebend nach und Thomas blieb zwar im Rollstuhl sitzen, aber bemühte sich mit jedem zu reden oder wenigstens vorsichtig die Hand zu geben. Die ganze Zeit blieb Ewa bei ihm und legte ihre Hände auf seine Schultern.

Thomas genoss den leichten Druck ihrer warmen Hände.

Keiner sollte sie mehr trennen, das versprach er sich selbst.

In den nächsten Wochen herrschte rege Betriebsamkeit. Thomas erholte sich vollkommen und war bald wieder der Alte. Als Erstes ließ er auf der Planetenoberfläche ein großes Fest ausrichten. Der 25.07. wurde als Feiertag ausgegeben. Jedes Jahr sollte der Tag der Besiedlung bejubelt werden. Man lud auch die Maroon ein und es erschien tatsächlich eine Gesandtschaft von 30 Maroon, unter denen natürlich Baal mit seinen Frauen war. Aber vor Beginn des Festes wurde noch eine wichtige Pflicht erledigt. In einer großen feierlichen Zeremonie wurde der Gefallenen der Geronimo sowie der Besatzung der Red Cloud gedacht. In bewegenden Worten nahmen viele Redner Abschied von den Weggefährten. Ein großer Stein trug alle Namen der Gefallenen. Unter dem Eindruck dieser Veranstaltung gingen die Menschen das anschließende Fest viel bewusster und dankbarer an. Trotzdem wurde gefeiert.

Die Cochise wurde vollständig repariert und beide Terra-Schiffe wurden mit Munition, Raketen und natürlich auch Mannschaften versehen. Die Siedler wurden in bestimmter Reihenfolge aufgeweckt und es entstanden auf Agua mehrere Siedlungen.
Die Maroon hielten Wort.
Immer wenn sie gerufen wurden, kam jemand, meistens Baal, dann aber ohne Drogen und er war wieder der Alte.
Die Maroon lieferten Fisch aus dem Meer und die Menschen begannen eine eigene Nahrungskette aufzubauen.

Auf einer Anhöhe, neben einem Teich mit frischem Wasser und mehreren großen Bäumen hatten die Menschen eine größere Hütte aus Holz mit mehreren Zimmern gebaut.
Daneben stand ein Aufklärer.
Auf diesem stand der Name ‚New Hope' in großen Lettern und darunter in kleineren ‚Mayflower'.
Das Haus bewohnten Thomas und Ewa.

Ende dieses Teils

Im nächsten Buch wird über eine Entführung berichtet und eine weitere Spezies.

Wenn Sie wollen: **2122 A.D. – HELENA –**

Zum Schluss eine Bitte:

Ich freue mich immer über Kommentare, über positive natürlich besonders. Rezensionen bei Amazon helfen mir, bekannter zu werden. Rezensionen sind schnell gemacht, tun nicht weh und sind der Applaus des Publikums für den Autor.

Neuigkeiten gibt es über meine Homepage www.harald-kaup.de
(gern Gästebucheinträge)

Anschreiben per E-Mail unter 2120adneuland@gmx.de

Freundschaftsanfragen über FB Harald Kaup (Autor) ausdrücklich erwünscht.

Lieben Dank!

Euer
Harald Kaup